OMNIBUS

Loriano Macchiavelli
Sandro Toni

SARTI ANTONIO E L'ASSASSINO

MONDADORI

Questo libro è un'opera di fantasia. Personaggi e luoghi citati sono invenzioni degli autori e hanno lo scopo di conferire veridicità alla narrazione. Qualsiasi analogia con fatti, luoghi e persone, vive o defunte, è assolutamente casuale.

Il romanzo *Sarti Antonio* è di Loriano Macchiavelli.
Il romanzo *L'assassino* è di Sandro Toni.

www.librimondadori.it

ISBN 88-04-52752-8

© 2004 ARNOLDO MONDADORI EDITORE S.P.A., MILANO
I EDIZIONE SETTEMBRE 2004
II EDIZIONE OTTOBRE 2004

SARTI ANTONIO E L'ASSASSINO

1
SE QUESTA NON È SFIGA...

Due telefonate. La prima la fa Sarti Antonio alla Biondina: «Ti va di uscire con me questa sera? A cena e poi vediamo cosa si può fare».

«Come mai?»

«Non lo so.» Lo sa benissimo. Ne ha piene le palle della sua vita di merda. Di Raimondi Cesare, ispettore capo; dell'auto Ventotto; di Felice Cantoni, agente; della colite che ha ripreso a tormentarlo; del merdoso ufficio affumicato e del puzzo di vecchio che vi si respira... E con qualcuno dovrà pur sfogarsi. Se non vuole scoppiare. «Ti va?»

La Biondina ci pensa su e: «Te lo dico fra un momento. Resta in linea».

La seconda telefonata la fa la Biondina dal suo cellulare. Senza la prima e senza la seconda, o senza una delle due, Sarti Antonio, sergente, si sarebbe messo a letto, come stava per fare, rinunciando alla cena, come gli capita spesso negli ultimi tempi, e avrebbe cercato di dormire, come non gli capita da un po'. Invece ascolta la Biondina che litiga al cellulare sottovoce ma decisa. Le ha scombinato un impegno di lavoro.

«Lascia perdere! Facciamo un'altra volta!» grida Sarti Antonio. Ma lei è impegnata all'altro telefono. Anzi, è lei che alza la voce con chissà chi.

Quando dio vuole, torna al questurino. «A che ora?»

«Guarda che se ti scombino gli impegni...»

«A che ora passi a prendermi?»

«Veramente dovresti passare tu da me. Sai, la mia macchina...»

La sua macchina è alla frutta: la portiera destra si apre solo dall'interno e con un calcio; la spazzola del tergicristallo posteriore è logora e il metallo che la sostiene gratta sul vetro; il contenitore d'acqua per lo spruzzo lavavetro si vuota due ore dopo che l'ha riempito e nessun meccanico sa spiegare come e perché; gli hanno fregato la ruota di scorta e se n'è accorto solo quando ha bucato, sui colli, e se l'è fatta tutta a piedi perché, con i tempi che corrono, non c'è cristo che si fermi a darti un passaggio. Specie di notte. Anche le frecce direzionali hanno dei problemi che l'elettrauto non è riuscito a risolvere. Così ha rinunciato a farla sistemare. Prima o poi la cambierà. Appena avrà l'avanzamento di carriera. E io la vedo lunga.

La Biondina è al volante e sono sulla via Toscana, direzione Pianoro. «Da quanto ci conosciamo?»

«Sai che non lo ricordo? Vent'anni?»

«Di più, di più. Fra sei ore saranno esattamente venticinque.»

«Fra sei ore?»

«Sissignore: venticinque anni fa, alle due di notte mi hai preso su a porta Mascarella per accompagnarmi in questura. Sai cosa mi hai detto?» Lui neppure ci prova a ricordare. «Per accertamenti, mi hai detto. Ma ci hai ripensato e non mi hai portato in questura. Mi hai portato a casa tua. Questo vuole scopare senza pagare, ho pensato. E invece no, hai messo su il caffè, ne abbiamo bevuto due tazzine, mi hai parlato del brutto momento che stavi passando...»

«Non è cambiata molto la mia vita in questi venticinque anni.»

«... e poi, verso l'alba, mi hai portata a casa mia. Avevi un'Ottoecinquanta Fiat. Davanti al portone mi hai detto: "Non ti voglio più vedere a porta Mascarella".»

«È andata così? E tu?»

La Biondina si mette a ridere. «Ho ubbidito e non mi hai più vista a porta Mascarella. Mi sono trasferita a porta Galliera.»

«Quanti anni avevi?»

«Venticinque meno di oggi.»

«Praticamente una bimba.»

«Per questo non mi hai portato dentro. Le ragazze giovani come me di notte dovrebbero restare in casa, mi hai anche detto.»

Al parcheggio dell'HotelRistorante (tutt'attaccato e con la erre maiuscola) Bellavista e prima di scendere, la Biondina fa: «Festeggiamo l'anniversario del nostro primo incontro?».

«No, credo proprio di no. Festeggiare non è la parola giusta.»

«Allora?»

Lui si stringe nelle spalle e scendono.

Sono già capitato da queste parti e ogni volta mi sono chiesto dove sia la bella vista da cui il nome dell'hotel. È piantato nella buca di Pianoro Vecchio, il paese completamente distrutto dalla guerra mondiale... La seconda, per chi ha perso il conto. È piantato nella buca e l'unica bella vista che ha davanti sono i calanchi di là dal fiume. E la bella vista dell'acqua lercia del Savena che scorre proprio sotto le finestre delle camere.

La padrona è una bionda vistosa, e ancora abbastanza in ordine. A occhio dovrebbe aver fatto i soldi con la bella vita e si è regalata un futuro dignitoso. Si chiama Bruna anche se il destino, o il parrucchiere, l'ha fatta bionda di capelli.

«Ma guarda chi entra nel mio locale questa sera! Benvenuto!» Alla Biondina: «E benvenuta anche a te», ma abbraccia e bacia solo lui e se lo trascina dietro fino a un tavolo sistemato in una nicchia della sala che dà l'idea di essere appartato.

Le solite chiacchiere fra due persone che non si vedono da tempo, ma che si conoscono da una vita. Non hanno importanza. Poi la Bruna passa al concreto: «Se siete qui anche per mangiare, capitate bene perché è una sera speciale» e lei stessa non immagina quanto. «Per voi due il cuoco ha preparato... Ma lasciate fare a me e a Cesarino.»

Lasciano fare e mangiano bene. Bevono decentemente, anche. Due cose che a Bologna diventano sempre più rare.

Hanno finito e la Bruna torna alla loro nicchia riservata. Sorride, siede, si versa un goccio di grappa, la sorseggia e chiede: «È andato tutto bene?».

Lui annuisce e la Biondina dice: «I miei complimenti a Cesarino».

Soddisfatta, la Bruna si alza e se ne va. Sul bordo del tavolo ha lasciato la chiave della stanza numero 13. C'è chi sostiene che il 13 porti fortuna. Chiedetelo a Sarti Antonio, sergente.

La Biondina è una donna ordinata e gli abiti che si toglie devono stare nell'armadio. La camicetta di seta, in particolare. Lei è in sottoveste, lui in mutande e calzini e la serratura dell'armadio ci mette un po' a fare il suo mestiere. Quando si decide e lo fa, la Biondina resta di sasso e riesce solo a mugolare e ad agitare le braccia.

Anche Sarti Antonio vede il cadavere. È una statua di ceramica, in piedi, a braccia spalancate come in croce. La ragazza è bella, indossa un abito da sposa, un filo di sangue scende dagli occhi e riga le guance pallide. Ma il pugno nello stomaco lo danno gli occhi. Non ci sono più. Al posto delle pupille, due protuberanze di metallo giallo trasformano il viso in una maschera grottesca.

Sarti Antonio, sergente, ne ha visti di cadaveri nella sua lunga carriera di questurino del cazzo. Questo però gli dà il vomito e deve inghiottire e inghiottire. Non ci si abitua alla morte.

Solite fotografie, soliti rilievi, solite domande e soliti *"èverocomesidice"* di Raimondi Cesare, ispettore capo. Che ha visto abbastanza e lascia la stanza numero 13. In corridoio chiama: «Sergente Sarti, venga qui!» e se è passato dal "tu" al "lei" e usa burocraticamente i gradi, vuol dire che è proprio incazzato.

Sarti Antonio, sergente, si precipita, come sempre.

Il capo lo guarda dalla testa ai piedi e dice: «Lei non indossa le scarpe. Mi tolga una curiosità, è vero come si dice: che ci è venuto a fare nella stanza di questo squallido hotel?». Sarti Antonio continua a stringersi nelle spalle. «Di notte e in mutande!» Se ne va. «Domattina nel mio ufficio! E vestito decentemente.»

È già domattina. Domenica, giorno di riposo per il mio questurino, che non ha il coraggio di ricordarlo al capo. E fa bene perché quello si gira, torna indietro e gli ringhia sotto il naso: «E venga, è vero come si dice, con delle buone motivazioni circa il suo intollerabile comportamento per un funzionario di polizia!».

Abita in un fabbricato di cinque piani e lui è il solo residente che paghi l'affitto. Gli altri sono tutti proprietari.

Non sarebbe nemmeno un guaio perché si evitano le riunioni di condominio. Ma c'è la padrona del suo appartamento, la Grassona rompicoglioni della porta accanto. I due appartamenti glieli ha lasciati il marito quando ha pensato bene di andare a star meglio, stanco di sopportare i rimproveri, le lagnanze, i malanni della moglie. Tutta roba che adesso la Grassona riversa sul suo inquilino, Sarti Antonio, e per farlo aspetta che rientri, di giorno o di notte, dietro la porta di casa e appena il mio questurino posa il piede sul pianerottolo, spalanca l'uscio, sfodera il più bel sorriso del repertorio e invariabilmente chiede: «Come va, signor Sarti?».

Per un po' il mio questurino ha risposto civilmente. Frasi del tipo: "Male, grazie". Oppure: "Non lo so ancora". O anche: "Sono stanco morto, signora". È passato anche a: "Va con due morti, alcuni appartamenti scassinati dai ladri e quattro spacciatori che si sono accoltellati". Ma la Grassona non l'ammucchiava e una sera che il mio questurino ce li aveva di traverso, ma proprio di traverso, è andato sul pesante e ha risposto: «Va di merda, signora! E non me lo chieda più, per favore».

Non è servito e la Grassona continua ad aspettarlo per dargli il benvenuto in condominio. Forse anche questa mattina se la troverà davanti e gli viene voglia di non rincasare.

Il sole è spuntato da un po'.

2
CAVIALE, CHAMPAGNE E FORUNCOLI

Alla finestra il professore guarda il sole che splende ormai alto, sopra i tetti della città. Vorrebbe fare un po' di flessioni e piegamenti perché dicono che fanno bene, la mattina appena svegli. Ma in casa sua non si è mai fatto ginnastica, nessuno in famiglia glielo ha mai detto che la gente perbene deve fare ginnastica.

Sua madre andava a fare una passeggiata, la mattina, con la Lia. Andavano a piedi fino al paese e la Lia faceva la spesa. Sua madre si sedeva al bar di fronte alla caserma e aspettava l'uscita dei soldati. Alle dieci si dava la cipria e un filo di rossetto molto scuro sulle labbra sottili. I soldati la salutavano con la mano passando, e ridevano, prima di mettersi in fila per due. Quando la Lia morì travolta da una Balilla d'annata guidata da un antifascista, sua madre non volle prendere un'altra domestica e continuò ad andare in paese da sola. Però indossava gonne corte e camicette trasparenti. Sempre così, anche d'inverno, e tornava tardi, verso sera. Poi la mano cominciò a tremarle e il rossetto percorse strade nuove verso gli occhi e le tempie. Il sorriso divenne un broncio e la caserma rimase vuota di soldati. Una mattina d'aprile prese a cadere la neve e lei, che a tutti i costi aveva voluto sedere all'aperto, si era rifiutata ostinatamente di lasciare il suo tavolo, nonostante le sollecitazioni del padrone che ormai la conosceva da tanti anni e la compativa, tanto che quando le sistemò un cappotto attorno alle spalle aveva le lacrime agli occhi. L'ambulanza la portò via che il parroco suonava l'angelus e il conte entrava in chiesa per chiedere la grazia. Ma le orecchie del Signore furono quelle del mercante, e la povera donna uscì dall'ospedale solo per entrare in manicomio.

Il professore se la ricorda piccola e spaesata, intenta a raccogliere pietruzze colorate che poi sistemava in bicchieri da Martini.

Il professore osserva ancora i tetti della città e sorseggia un caffè riscaldato tristo e acquoso. Sospira, ma non a causa dei ricordi. Alla mattina il fiato gli manca, è soggetto a modesti ed episodici attacchi d'asma. È alla mattina che fa più fatica, poi tutto va bene.

Oggi c'è il sole, ieri sera c'erano le stelle, pensa, chissà se avremo qualche giornata di bel tempo.

In strada il professore si toglie la giacca e la costringe nella stessa mano che regge la borsa. Lo fa per avere libera la mano destra, perché non gli piace fumare con la sinistra.

«O, eccoti qua, ben alzato» dice al cameriere che gli è venuto incontro per scostargli la sedia dal tavolino. Il cameriere è un giovane che porta sempre una farfalla al collo. La cambia ogni giorno, senza curarsi della camicia.

«Io lavoro da più di tre ore, professore. La prossima volta che nasco faccio il professore universitario. Il solito?»

Si dicono più o meno le stesse cose da più di tre anni, da quando il professore si ferma a fare colazione al bar di piazza Maggiore, la mattina. Il professore rimprovera al cameriere la sua scarsa predisposizione al lavoro, il cameriere rinfaccia al professore i troppi soldi che guadagna all'università in rapporto al poco che fa. La distinzione è sottile, ma non si può sempre stare a fare le pulci alle parole, e poi questo è il loro modo di darsi il buongiorno.

Il solito, per il professore, è costituito da due tartine col caviale e un bicchiere di champagne. Il cameriere non è convinto che il caviale sia poi una cosa così straordinaria, perché una volta il professore gli aveva offerto una tartina al caviale in modo che anche lui, rappresentante della classe disagiata, potesse raccontare di avere assaggiato un cibo consentito solo agli dèi e ai primi ministri. Il cameriere con la farfalla al collo aveva mangiato la tartina e aveva detto "buono" pensando "che schifo!", e prendendo così atto definitivamente di non appartenere a nessuna categoria di privilegiati e di essere verosimilmente destinato a finire la propria carriera nel mondo come cameriere di bar o al massimo come caposala di un piccolo ma distinto ristorante di bassa pianura.

Il professore si sistema con la faccia al sole e chiude gli occhi mentre chiede al cameriere un giornale, uno qualunque, anche sportivo.

«Come sono andate le coppe?» chiede il professore con il volto alzato verso il cielo.

«Non lo so, professore» risponde il cameriere sparecchiando un tavolo. «Ieri sera non ho guardato la televisione e oggi non ho ancora letto i giornali.»

La seconda parte della risposta ha un tono provocatorio ma il professore sorride e non domanda "cos'hai fatto invece di guardare le partite?" e di nuovo gli chiede un giornale.

Il cameriere arriva con le tartine, lo champagne e il "Carlino". Il professore apre subito il giornale, ma forse avrebbe fatto meglio a mangiare il caviale, prima.

C'è una sua foto in prima pagina. Una foto di lei, in prima pagina, di Elisa. Il professore osserva a lungo la foto, poi alza la testa e afferra il flûte di champagne. Se lo porta alla bocca molto lentamente perché la mano ha un leggero tremito.

«Professore?»

Alcune gocce di champagne cadono dal bicchiere sulla mano del professore.

«Professore?»

Il professore alza gli occhi. È un giovanotto quello che lo chiama, in piedi, davanti a lui. Il suo volto è devastato da anelli, orecchini, brillantini. Forse servono a mascherare i brufoli, o forse oggi crescono al posto dei brufoli di una volta. Il giovane coi brufoli d'acciaio e oro ostenta il capo pavesato da una ricca cresta color verde e arancio, e i calzoni sembrano sul punto di abbandonare le anche e cadere miseramente a terra. La maglietta, attraversata da un verso di Valéry consunto dall'uso, è stracciata su una spalla, è sgualcita. Il professore prova un istintivo senso di ripugnanza per quel povero essere dallo sguardo perso e impaurito.

«Sì?» risponde gentile.

Il giovane balbetta qualcosa bilanciandosi sui piedi.

«Vuole parlare con me?» continua il professore disponibile.

«Se può» biascica il giovane.

«Mi aspetti in facoltà, al mio studio. Tra mezz'ora. È per la tesi?»

«Anche... Se lei può...»

«Allora tra mezz'ora. L'aspetto.»

Il professore segue con lo sguardo quella figura che si allontana sotto i portici con l'andatura strascicata di chi ha la vita a noia e non riesce a trovare un solo motivo al mondo per schiodare un sorriso.

Il professore si alza e se ne va senza avere toccato le due tartine e senza avere pagato. Non ha nemmeno letto l'articolo del giornale, non fino in fondo, solo le prime righe. La foto sul giornale è a colori, è grande, occupa mezza pagina. Dentro c'è Elisa che sorride e gioca con un cappellino da pagliaccio. C'è altra gente alle sue spalle. È carnevale? Una foto di carnevale.

Non avrebbe mai creduto che le cose sarebbero finite così. È una cosa che si dice sempre. Non avrei mai creduto eccetera. Eppure...

Non appena varca la soglia del 33 ha l'impressione che tutti lo osservino. Che c'è di strano? Tutti sanno della sua relazione con Elisa, della sua storia con Elisa, del suo amore con Elisa. Amore?

«Buongiorno, professore.»
«Buongiorno, professore.»
«Salve.»

Saluta tutti con un semplice cenno del capo, deciso, asciutto, forse un po' arrogante. Lui non è arrogante, ma a volte è stanco e a volte pensa che le cose non servano a niente.

Il ragazzo coi foruncoli d'oro lo aspetta davanti alla porta del suo studio.

«Entra» gli dice il professore aprendo la porta con la sua chiave personale.

Il ragazzo rimane immobile e lo fissa come se avesse in testa anche lui una cresta di pappagallo.

«Allora?» fa impaziente il professore.

Il giovanotto abbassa il capo, poi diventa rosso e se ne va senza voltarsi indietro.

Il prof pensa: "Ci siamo, è cominciata la guerra".

3
DA LÌ ALL'ETERNITÀ

Sono nel corridoio davanti all'ufficio di Raimondi Cesare, ispettore capo, e aspettano che si apra la porta per entrare, come da ordini ricevuti. Il più sgualcito è Sarti Antonio, sergente, per via della nottata con cadavere dagli occhi a spillo e di un paio di caffè che non gli sono venuti come voleva lui.

La porta si apre ed esce la Biondina.

«Com'è andata?» le chiede il mio questurino. Come se la Biondina avesse appena sostenuto un esame. «Cosa gli hai detto? E lui cosa ti ha detto?»

«Calma, Antonio, calma. Gli ho raccontato come sono andate le cose. Che altro?»

«Sì, ma gli hai anche detto di te... Insomma, di quello che...»

«Antonio, quello sapeva già tutto di me e di te. Cosa credi? Anche tu sei schedato. Esattamente come un cittadino qualunque.»

«Gli hai detto perché eravamo al Bellavista?»

«Non ce n'era bisogno, non credi? Comunque gli ho detto che festeggiavamo un nostro anniversario...»

I colleghi sono entrati da Raimondi e i due sono rimasti soli nel corridoio.

«Gli hai detto quale?»

«No, non me lo ha chiesto.»

«Aspettiamo solo lei, è vero come si dice, sergente Sarti!» grida Raimondi Cesare dalla scrivania. «Ne ha ancora per molto?»

Sarti Antonio saluta la Biondina con un cenno. «Ci sentiamo» le dice e raggiunge gli altri.

Nell'ufficio tutto è pulito, in ordine e profumato come un ufficio della questura da telefilm poliziesco italiano dove le cose tornano sempre e stanno al loro posto, i poliziotti si vogliono bene, collaborano, trattano i fermati con i guanti e la prima cosa che gli fanno trovare in questura è un caffè offerto dal ministero dell'Interno. E alla fine, quando l'ordine è stato ristabilito per la tranquillità dei telecoglioni, tutti possono sorridere soddisfatti.

I convocati sono in attesa, composti e in silenzio, pronti a prendere nota di quanto il dottor *èverocomesidice* dispenserà loro.

«Dunque, la ragazza si chiama Fondali Elisa ed è figlia del professor Fondali Ernesto. Voi tutti sapete chi è.» Fa una lunga pausa, guarda in faccia i collaboratori, uno per uno, e ricomincia: «Dunque, è vero come si dice, non abbiamo fra le mani un omicidio qualsiasi e le indagini dovranno essere svolte con la massima discrezione». Altra pausa. «E soprattutto, è vero come si dice, niente, badate bene, niente deve trapelare su quanto scopriremo.»

Affida un compito a ogni collaboratore: sapere dove e come la ragazza ha trascorso gli ultimi giorni prima della morte; informarsi, ma con la massima cautela, sul fidanzato; indagare sull'equivoco hotel e sulla sua altrettanto equivoca proprietaria; contattare l'ambiente universitario e in particolare gli studenti più vicini alla ragazza... Insomma, le normali indagini che si fanno nei casi di normali, quotidiani omicidi.

«Ma» li disillude subito e con forza il capo «ricordatevi bene, è vero come si dice, che non si tratta di un omicidio qualsiasi. Qui si tratta di un omicidio di gente perbene.» Il che, se ho capito, è più grave di un omicidio fra gente permale. «Mi aspetto molto da voi. Potete andare. No, Sarti, tu no. Tu resti, che abbiamo qualcosa da chiarire» e si dedica alle sue carte. La cosa va per le lunghe e il mio questurino comincia a sentirsi a disagio.

Con calma Raimondi Cesare, ispettore capo, firma l'ultimo foglio e solleva la testa. «Chiudi la porta, Sarti.» A porte chiuse ci si dicono cose riservate. Il mio questurino esegue. «Ti sarai accorto, è vero come si dice, che ti ho tenuto fuori dalle indagini.»

«Infatti, dottore, e mi chiedevo...»

«Sono io che chiedo. Che ci facevi in quello squallido hotel?»

«Be', dottore, conosco la proprietaria ed ero passato a farle un saluto...»

«In calzini e mutande? Lascia perdere, Sarti, lascia perdere.»

«Per questo mi ha tenuto fuori dalle indagini? Per i calzini e le mutande?»

La sua ironia non è mai stata apprezzata dal capo. O non è mai stata capita. Raimondi Cesare lo guarda di traverso. Dice: «Allora te lo spiego in parole povere, che le capisci meglio: è ammissibile, è vero come si dice, che chi dovrebbe tutelare l'ordine pubblico, anche reprimendo la prostituzione, si rechi sul luogo di un delitto in compagnia di una prostituta?». Fa segno che ha finito e il subalterno se ne può andare.

Il subalterno non si è ancora richiuso la porta alle spalle che Raimondi Cesare aggiunge a voce alta: «Di questo delitto, è vero come si dice, me ne occuperò io, personalmente! Tu stanne il più lontano possibile!».

Sarti Antonio, sergente, si accerta di aver chiuso per bene la porta dell'ufficio del capo e borbotta: «Se ne occuperà lui, personalmente. Figuriamoci. Allora ne riparliamo da lì all'eternità».

Di qui a pochi giorni si rimangerà la sua certezza. Accadrà quando Raimondi Cesare, ispettore capo, annuncerà al mondo che l'assassino della sposa, la giovane e bella Fondali Elisa, è stato arrestato, le forze dell'ordine, sotto le sue dirette direttive, hanno svolto puntualmente il loro gravoso compito e la Giustizia seguirà così il proprio ineluttabile corso punendo l'autore dell'efferato delitto.

Ma poiché Sarti Antonio, sergente, tutto questo non lo sa né lo immagina, per il momento torna nel suo ufficio affumicato e puzzolente e, tanto per prendersela con qualcuno, grida: «Si può sapere perché continuate a fumare qui dentro? Non avete avuto notizia che negli uffici pubblici è vietato?». Schiaffeggia via la sigaretta di fra le labbra del primo che gli capita a tiro. «E voi sareste quelli incaricati di fare rispettare la legge? Ma non fatemi ridere!» A Felice Cantoni, agente: «Apri quella finestra e fai entrare un po' d'aria pulita, cazzo!».

Felice Cantoni esegue. «Aria pulita, sì. Ma quando mai c'è stata aria pulita in questa merda di città?»

Da qualche tempo anche Sarti Antonio, sergente, pensa che Bologna sia una città di merda, ma non sopporta che lo dica un maledetto marocchino. Urla: «Cosa brontoli tu? Cosa brontoli, coglione d'un marocchino? Sarà meglio la tua città!» e va a prepararsi un caffè. Più per abitudine che per il piacere di berlo. Raimondi Cesare gli ha tolto anche quel gusto. Almeno fino a mezzogiorno.

4
UN GIOCO DA RAGAZZI

Ha cominciato con Fondali Elisa: ha... aveva ventitré anni, quart'anno di lettere e filosofia. Studentessa esemplare, *èverocomesidice*, non ha mai dato problemi alla famiglia. In regola con il piano di studi e questo, con i tempi che corrono e con gli studenti che abbiamo, *èverocomesidice*, è abbastanza raro se non anomalo. Viveva in un appartamento di via della Castellata che il padre le aveva comperato e al quale pagava regolarmente l'affitto. Fidanzata con un certo Odorici Giuseppe, anni trenta, esperto di informatica e titolare della Webhouse che, ovviamente, *èverocomesidice*, si occupa di informatica. E qui Raimondi Cesare si è consentito un giudizio, ma che rimanga fra noi, mi raccomando: «Oggi tutti i giovani si occupano di informatica, ma, è vero come si dice, sono pochi quelli che ci capiscono veramente».

Dunque, da tre giorni nessuno aveva più notizie di Elisa, ma sappiamo *èverocomesidice* che il quarto giorno si è presentata all'HotelRistorante Bellavista e ha preso possesso della stanza numero 13. Erano le ore venti e trenta, circa, del 9 marzo e nella stanza numero 13 si è incontrata con l'amante.

A parte gli ospiti che quella notte hanno dormito al Bellavista e a carico dei quali "non sono emersi al momento elementi indiziari né legami con la defunta", ce n'è per tutti e tutti sono sospettabili. A cominciare dalla titolare dell'HotelRistorante Bellavista, tale Felicori Bruna, personaggio dal passato di prostituta e dal presente che meriterebbe un approfondimento investigativo, visto che il suo "locale è frequentato anche da personaggi equivoci e si ha ragione di ritenere che vi si svolgano traffici illeciti di varia natura, dalla prostituzione allo spaccio di droga".

Dal fidanzato della defunta, ritenuto dagli interrogati (di cui segue elenco e generalità) geloso e capace di violenza, se provocato.

Dai compagni di università, dei quali "si fornisce l'elenco a parte", secondo cui la ragazza ha avuto rapporti, "anche sessuali" con molti di loro, se pure gli studenti dichiaranti non "sono in grado di declinare" le generalità dei coinvolti.

Ce ne sarebbe anche per il padre, professor Fondali Ernesto, descritto dai testimoni "di cui in calce", come uomo di grande senso civico e specchiata moralità, poco propenso a considerare gli amori della figlia come frutto di una esuberante giovinezza, "ma poiché trattasi di personaggio molto noto e stimato, non si è ritenuto opportuno approfondire le indagini. Qualora però le superiori Autorità ritenessero necessario" eccetera, eccetera...

Ce n'è soprattutto per il professor Tagliacozzi del Paleotto Pierfrancesco. A questo punto dell'esame del materiale pervenutogli Raimondi Cesare, ispettore capo, si rilassa contro lo schienale della comoda poltrona di funzionario di polizia e si fa spuntare il più bel sorriso della sua carriera. E io non l'ho mai visto sorridere prima.

È difficile che Raimondi Cesare, ispettore capo, abbia delle incertezze e, quando è convinto di aver individuato la strada giusta, ci si butta dentro e si ferma solo se sbatte la testa contro un muro. Ne ha incontrati spesso nella sua carriera. Ma, a giudicare dal sorriso, questa volta non ci sarà nessun muro. Ha appena letto le informative che i suoi collaboratori gli hanno consegnato.

Si gode un momento di provvisoria felicità e poi ordina al telefono: «Convocate per oggi pomeriggio il professor Tagliacozzi del Paleotto. L'indirizzo lo trovate all'anagrafe del comune. Usate la solita formula: per comunicazioni che la riguardano». Torna a rilassarsi contro lo schienale. Per poco. Richiama e rettifica: «Lasciate stare. Me ne occupo personalmente. Andrò a trovarlo questa mattina stessa all'università, come si fa con i vecchi amici di liceo». Chiude la comunicazione, legge su un foglio e si dice, sottovoce: «Spero di arrivare durante una delle sue seguitissime lezioni di "Concetto di metafora nel surrealismo storico"».

Gli è andata bene: la lezione non è cominciata e gli studenti sono ancora nel corridoio e si accalcano per entrare nell'aula. Lui, il professor Pierfrancesco Tagliacozzi del Paleotto, è seduto in cattedra e, in attesa che gli studenti prendano posto, fissa sul giornale una delle tante foto di Elisa. Anche Raimondi Cesare, ispettore capo, aspetta, mimetizzato dietro una ragazza dall'enorme capigliatura riccia, che si è fermata poco oltre la soglia perché nell'aula non c'è più posto a sedere.

Il prof piega il giornale e lo mette da parte, alza lo sguardo e si fa silenzio. Ecco, è il momento per entrare in scena.

«Sono Raimondi Cesare, ispettore capo della questura di Bologna.» Usa il tono delle grandi occasioni. «Vi prego di lasciare l'aula. La lezione è momentaneamente sospesa. Forse riprenderà fra poco. Potete aspettare fuori.»

C'è l'imbarazzo che segue un ordine del genere. Poi brusio, qualcuno protesta, altri si alzano senza lasciare il posto.

«Tranquilli, non vi porto via l'amato professore. Mi servono solo alcuni minuti. Per favore!» È un "per favore" che non lascia dubbi e l'aula comincia a vuotarsi. Il professore non sembra stupito né di trovarsi in aula un funzionario di polizia né dell'ordine di sgombero e, quando è uscito l'ultimo allievo, sventola il giornale e dice: «Sarai contento».

Raimondi Cesare, ispettore capo, ha lo stesso sorriso soddisfatto che gli è nato in ufficio. Dice: «Non leggo mai i giornali, è vero come si dice, specialmente quando ho in corso un'indagine. Sai, è per non farmi influenzare».

«Allora sei venuto per sapere come sto.»

«Per sapere come stai tu, come stanno tuo padre, tua madre e i tuoi figli.»

«Sei molto gentile. Dunque, mio padre, ne sai tu più di me. Io non lo vedo da anni; mia madre è morta che ero bambino, e anche questo lo sai, i miei figli devono ancora nascere e verosimilmente tarderanno ancora un po' a venire al mondo. Ma sono tutte cose che sai già, no, da buon funzionario di polizia?»

«Sì, qualcosa so, è vero come si dice. Il mio mestiere lo faccio bene.» Solleva l'indice della destra. «Fammi pensare. Da quanto non ci vediamo? Ah, sì, dall'ultimo giorno del liceo.»

«Davvero? Non l'avrei detto. Potevo aspettare ancora, comunque.»

«Sarei venuto anche prima, è vero come si dice, se ne avessi avuto l'occasione. Ti trovo bene, quasi ringiovanito. L'insegnamento ti giova.»

«A te invece il lavoro in polizia ti deprime.»

«E dire che non mi sono mai sentito bene come oggi.»

«Immagino che sia per questa storia.»

«Come hai fatto a capirlo?»

«Da te non mi aspetto mai sorprese.»

«Be', visto che sono qui e che non voglio portare via troppo tempo ai tuoi studenti, è vero come si dice, potresti raccontarmi cosa sei andato a fare al Bellavista con la defunta Fondali Elisa.»

«Cosa ci va a fare un prof in un hotel così assieme a una studentessa, secondo te? A parlare di surrealismo?»

«Ad ammazzarla, per esempio.»

«Adesso sei tu a essere surreale, Raimondi. Credi proprio che sia così coglione da prenotare un tavolo all'hotel, poi una stanza nel medesimo hotel, poi la vesto da sposa e infine l'ammazzo e me ne vado...»

«... dalla cucina per non farti vedere. Così come sei entrato. Sai che mi aspettavo questa domanda? È il classico modo, è vero come si dice, per deviare i sospetti. Io spargo indizi evidenti che portano a me e li uso per difendermi.»

«Non sei per niente cambiato dal liceo. Sei stupido come allora. Adesso, in più, sei ingrassato e pelato. Comunque facciamo presto: se vuoi arrestarmi, questo è il momento e il luogo più spettacolare. C'è una platea di duecento studenti ansiosi di poter commentare l'arresto del prof di estetica per l'omicidio di una loro compagna. Se no, vattene e lasciami fare la mia lezione.»

Io scommetterei che Raimondi Cesare pensa: "Ecco, non mi può sopportare, come al liceo" e questo gli dà ancor più soddisfazione quando dice: «Sarebbe troppo bello per te. No, no, è vero come si dice, ti lascio alla tua lezione di...». Controlla sul foglietto. «Sì, di surrealismo. Vedo che anche tu continui, è vero come si dice, con le stronzate di una volta: surrealismo! L'arresto ci sarà, caro Pierfrancesco, non dubitare, ma quando sarà il momento voglio anche la televisione e i giornali. Non mi bastano i tuoi studenti» e si avvia alla porta.

La voce del prof lo ferma: «I poliziotti americani fanno sempre delle domande più intelligenti. Tu sei uno che guarda la tivù, anche le stronzate. Possibile che ti sia sfuggito? O forse non ci hai neanche pensato se hai conservato l'acutezza che ti contraddistingueva al liceo. Per esempio: perché l'ho vestita da sposa, perché non abbiamo consumato... Dite così nei vostri verbali per significare "scopata", no? Poi, perché le ho piantato quei due ridicoli spilloni negli occhi e soprattutto perché l'ho uccisa. Il movente. Ci vuole un movente...».

Raimondi Cesare, ispettore capo, si volta e non sorride più. Dice: «Il movente lo troverò presto, è vero come si dice, e le domande te le farò, stai tranquillo. Te le farò in questura e in presenza, è vero come si dice, del tuo avvocato».

«Io non ho un avvocato.»
«Allora, è vero come si dice, farai bene a trovarne uno. E di quelli buoni, perché ne avrai bisogno.»
«Classica battuta da telefilm americano.»
Raimondi Cesare, ispettore capo, torna alla cattedra, pianta un dito in faccia al prof e dice, sottovoce ma cattivo: «Il solito comunista del cazzo». Se ne va.
Sente benissimo la risposta del prof: «Neanche tu sei cambiato. Il solito fascista» ma non accetta la provocazione.
Sulla soglia, e a porta spalancata, dice a voce alta perché sentano gli allievi in corridoio: «È normale che un professore vada a letto con un'allieva qualche giorno prima che quella si sposi?».

L'auto di servizio lo aspetta dinanzi al 33 di via Zamboni, in divieto di sosta, ma sono i privilegi del ruolo. Ordina all'agente al volante: «In centrale». Poi, rilassato sul comodo sedile posteriore, continua fra sé: «Non mi sopporta, come al liceo».
«Come dice, dottore?»
«Niente che ti riguardi. Occupati della guida.»
Forse è vero: Pierfrancesco non lo sopporta esattamente come lui non sopporta, ancora oggi, l'antico compagno di studi che si divertiva a fregargli le ragazze. Solo per fargli rabbia. O forse per dimostrargli chissà che. Ma adesso la situazione è cambiata.
Ci sono due cose che non riesce a capire: perché uno come Pierfrancesco perda tempo all'università, con i soldi che ha in banca, e perché la collettività debba pagarlo profumatamente per insegnare agli studenti delle stronzate come il "Concetto di metafora nel surrealismo storico".
Quanto al movente che sta tanto a cuore a Pierfrancesco, *èverocomesidice*, è già trovato: gelosia. Non sarà un caso che il suo antico compagno di liceo conosca bene il fidanzato della defunta Fondali Elisa. È stato allievo del professore, come la ragazza. Un gioco da bambini.

5
UN VOLTO TRA LA FOLLA

Sarti Antonio non è un uomo curioso. Nel senso che si occupa degli affari del prossimo solo per il mestiere che fa. Ne ha abbastanza degli affari suoi. E ne avanza. Questo per dire che, da quando gli sto dietro, non ha mai assistito né all'inizio né alla fine di un processo. Entra in un'aula di tribunale solo per una convocazione della magistratura, in qualità di teste o di persona informata sui fatti. E ci resta il tempo strettamente necessario per svolgere la sua funzione di questurino.

Ma le cose non sono eterne.

Prima ancora di augurare il consueto, civile ma inutile "buongiorno" a Felice Cantoni, agente, che lo aspetta sull'auto Ventotto sotto casa, borbotta: «Portami in tribunale che vediamo come finisce questo processo».

«Quale processo, Anto'?»

Sarti Antonio lo guarda di traverso e Felice Cantoni sa che anche la giornata sarà di traverso. «Tu non li leggi i giornali, Felice?»

«Il meno che posso, Anto', il meno che posso. E quando mi capita, sono giornali sportivi.»

«Sei proprio un terrone ignorante» ma è un modo affettuoso per invitare il collega a essere più presente nella società civile. A interessarsi. «Oggi c'è la sentenza sul mostro degli spilloni.»

«E che t'importa, Anto'? Mica ci siamo entrati noi, nelle

indagini.» Quando mai Felice Cantoni è entrato in una qualche indagine? Lascia perdere. Non è trapelata la notizia di un questurino in mutande e calzini corti che scopre un efferato delitto mentre va a scopare con una prostituta. E la cosa gli fa piacere.

Si ode all'improvviso il suono di una campanella. Pare che venga da lontano, ma il prof sa che la cappella del carcere è a pochi metri di distanza dalla sua cella. È la prima volta dopo tanto tempo che sente la campana. Forse ci sono delle novità, forse è una messa per la morte di un detenuto anziano.

Qualcuno bussa alla porta del professore, e due agenti entrano.

«Siamo pronti» dice la prima guardia.

Il prof dice "buongiorno" e si alza dalla sedia.

«Dài» dice la guardia rivolta al collega che lo segue. «Muoviamoci.»

Il collega avanza verso il prof con i ceppi in mano.

Il prof osserva incuriosito la manovra della guardia attorno ai suoi polsi.

«Perché?» chiede il prof con un sorriso.

«Andiamo» ordina la prima guardia.

«Avete paura che me la fili? Che mi liberi di voi con un colpo di kung fu, e mi dilegui per i vicoli ombrosi della città?»

«È pronto, professore? Dobbiamo andare.» La guardia non sembra nemmeno avere sentito le parole del prof.

«Se arriviamo in ritardo che succede? Mi raddoppiano la pena?»

Il prof segue le guardie docilmente, con un leggero sorriso sulle labbra. Non è un sorriso di sufficienza, il suo, né di superiorità. È il sorriso di chi trova la realtà così poco logica da essere più ridicola che tragica. È a questo che pensa il prof mentre sale nel camioncino dei carabinieri e poi, lasciato il carcere, mentre il furgone attraversa le vie della città.

Seduti con lui, quattro agenti, due davanti e due ai lati. Il prof non conosce nessuno degli agenti che lo accompagnano. Per tanto tempo ha fatto avanti e indietro dal carcere al tribunale e non ha mai avuto la stessa scorta. Sempre diversa. O forse ricorda male. Anche perché gli agenti non parlano mai durante i trasferimenti. Se ne stanno muti e guardano davanti senza muovere un muscolo, senza sbattere gli occhi. Gli piacerebbe sapere cosa guardano, visto che davanti a loro c'è solo un finestrino così piccolo che le immagini esterne scorrono con la velocità di fotogrammi. Ma loro non sembrano vedere niente. Sarà perché si fa così, per ordini ricevuti, perché questa è la regola, per incutere timore all'imputato, o per cosa?

In ogni caso il prof non ha voglia di parlare. Non saprebbe cosa dire, non ha niente da dire. E poi è stanco, così stanco. E non ricorda bene le cose. Sembra che la sua memoria diventi ogni giorno più debole, che non abbia energia sufficiente per raccogliere dati e immagazzinarli convenientemente. La sua memoria butta via tutto ciò che raccoglie dalla gente, dalla realtà. O quasi tutto. Gli rimangono cose senza valore, inutili, di quelle che servono a poco nella vita. Riesce per esempio a ricordare benissimo il tragitto dal carcere al tribunale.

Adesso sa che sono in via Stalingrado. Il furgone è in leggera salita. È il ponte della Mascarella. Ora sono fermi al semaforo. C'è sempre la fila a quel semaforo. Prenderanno i viali a sinistra, arriveranno fino a via Savenella e si fermeranno davanti all'ingresso posteriore del tribunale.

Ma questa sarà l'ultima volta, verosimilmente. Non farà mai più quel tragitto. Dal finestrino il prof ha colto piccoli frammenti di città, pezzi di campanili, cime di alberi, ultimi piani di enormi caseggiati. Cose senza vita. La vita se n'è andata da tanto tempo dalla città. O forse è semplicemente la sua vita che se n'è andata da lui.

Felice Cantoni, agente, si guarda attorno, fa il giro della piazza dinanzi al tribunale, ma non c'è un posto a pagarlo. Normale in una città come Bologna, costruita a misura di somaro. O di cavallo. Parcheggia dinanzi a un passo carraio e dice: «Io resto qui» e senza aspettare conferma si rilassa contro lo schienale della Ventotto, apre il giornale e si dedica alle ultime disavventure del Bologna.

Non ho ancora capito l'interesse di uno del Sud per una squadra come il Bologna F.C. Il Napoli, magari, la Reggina, la Salernitana, il Palermo... Anche se non c'è da stare allegri neppure con quelle.

Nell'aula del tribunale, Sarti Antonio ci trova Rosas. Più magro e più emaciato del solito. Se ne sta accanto alla porta, come se non vedesse l'ora di andarsene, la schiena appoggiata alla parete e gli occhi da faina chiusi dietro le lenti spesse. Ma non dorme.

«Tu che ci fai qui?» chiede a Sarti Antonio.

«E tu?»

«Permesso» ordina una signora elegante, alta, profumata e di una certa età, ma ancora ben messa.

Sarti Antonio balbetta uno "scusi, signora", si toglie dalle palle e va ad appoggiarsi alla parete, accanto al talpone, e gli mormora all'orecchio: «Che ne pensi?».

«Di cosa?»

Ecco, quando fa così, sarebbe da prendere a schiaffi! «Della partita Bologna-Modena. Secondo te è colpevole?»

Per un attimo Rosas esce dal letargo. Il tempo per riaprire gli occhi dietro le lenti spesse e guardare in faccia Sarti Antonio, sergente, prima di sussurrare: «Sei tu il questurino».

«A chi tocca stasera?»

«Non lo so. A Raviola e Poggi. Credo. Senti da loro.»

«Be', a me no, se Dio vuole. Stasera me ne sto in casa. E spengo il cellulare. E stacco il telefono. Saranno due settimane che non passo una sera in casa. Non so nemmeno più che faccia abbia mio figlio.»

«Magari tua moglie ha preso degli altri impegni, per stasera.»

«Meglio di no. Li disdice.»

«Che ne sai tu? Ha preso un impegno con un'amica, così, per andare al cinema, o una pizza. Tu non ci sei mai. Deposita il piccolo dalla nonna e se ne va al cinema.»

«Se ha preso un impegno lo disdice. E poi lo sa che non mi piace che il piccolo passi troppo tempo con la nonna.»

«Perché? Che ha la nonna che non va?»

Il prof ascolta le due guardie che parlano al suo fianco. Lui è seduto su una panca, le due guardie stanno in piedi, una a destra e una a sinistra. Il prof tiene la testa china e osserva le sue mani congiunte dai ceppi, abbandonate fra le gambe. Le guardie sono giovani, una è molto giovane, potrebbe avere ventisette, ventott'anni, è ben piantato, tende al grasso. Il più vecchio dei due è alto, con un paio di baffi folti e ben curati. Entrambi parlano con una mano mollemente appoggiata sulla canna di un corto fucile mitragliatore. Il prof cerca di vedere se la sicura è innestata, ma lui non si intende di armi, e non se ne accorgerebbe. Sente che in aula c'è rumore. Deve essere stracolma. Sono accorsi tutti. Che ti aspettavi? C'è la sentenza del processo al professore, quello che ha ucciso barbaramente una sua allieva, l'ha sedotta e poi le ha piantato due spilloni negli occhi, due spilloni d'oro! Due spilloni d'oro? Chissà quanto valgono! Povera figlia, così bella, così giovane. Così morta. Ma il bruto sarà punito. Che cosa c'è mai di divertente in un processo? Forse la condanna. Se non c'è condanna, che processo è?

Il prof ha la testa pesante. È confuso. Da quando l'hanno incarcerato è confuso. Ci sono momenti di cui non conserva traccia nella memoria. Come se avesse vissuto a scatti, in quegli ultimi mesi. Quanti mesi? Sei? Otto? Dieci? Un anno? Dovrebbe fare i conti, ma li ha già fatti, i conti, e non ricorda più il risultato.

Il prof è convinto che gli abbiano dato qualcosa in tutto quel tempo, delle medicine, dei farmaci, del bromuro. Dell'elleboro. Qualcosa per tenerlo calmo, che lo intontisse, lo facesse dormire. Delle volte succede. Il primo giorno di carcere, questo se lo ricorda, l'hanno portato in infermeria e lo hanno visitato per bene, gli hanno anche preso il sangue. Poi gli hanno dato delle pastiglie, no, delle capsule piuttosto, due capsule, gialle, grosse, faticose da ingerire.

Il prof ricorda di avere parlato col direttore del carcere, ma è una cosa vaga, come il residuo di un sogno. Ha la sensazione di avere passato tutti quei mesi dormendo, e anche ora, in attesa di entrare in aula per l'ultima volta, si sente stanco, privo di forze. Peggio: privo di curiosità.

Forse, addirittura, l'ha uccisa lui la ragazza. Se forza i ricordi, gli viene in mente solo un passato molto remoto. La sua infanzia, sua madre che raccoglie ghiaietta in giardino cantando una canzone della radio. Una canzone d'amore. Riesce ancora a metterne assieme qualche parola. "Mi son lavato il viso nel ruscello, le-rul-le-ro, tutto vestito a festa." Perché ricorda "le-rul-le-ro tutto vestito a festa" e non ricorda...

Una delle guardie gli dà un colpetto sulla spalla. È ora. È l'ora della sentenza. La corte sta rientrando. Le guardie gli tolgono i ceppi.

L'aula del tribunale gli appare piccola, più piccola del solito. Forse perché la luce del sole cade su di lui e il pubblico resta nel buio. Come a teatro.

Poi si siede e tutto torna alla normalità. Distingue bene i giudici, i commessi, gli uscieri, le guardie. Il suo avvocato gli si avvicina e gli sussurra in un orecchio: «Insufficienza di prove. Vedrai. Abbi fiducia».

Il prof fa sì con la testa, ma con gli occhi cerca il pubblico ministero. Non sa resistere. I giornali hanno scritto che per tutto il processo il prof ha gettato occhiate di disprezzo verso il pubblico ministero, ma la realtà è che del pubblico ministero il prof non può fare a meno di ammirare e invidiare le camicie a collo alto e a punte ripiegate, di colore diverso. Le ha sempre e solo viste al cinema, o nei giornali illustrati di fine Ottocento. Ci vuole coraggio per portare camicie del genere, e classe. Evidentemente il piemme ha l'uno e l'altra. Possiede pure un eloquio fluido e disinvolto, perfino convincente, anche se spesso indulge troppo alla retorica, a discapito della logica, cosa di cui tuttavia il suo avvocato difensore non si è accorto. Fra i tanti avvocati che avrebbe potuto chiamare a difenderlo, fra i tanti amici, chissà cosa l'ha spinto a rivolgersi proprio a questo, noto per la sua scarsa dimestichezza con la vittoria.

Il giudice indugia, c'è ancora chiasso in aula. La gente è elettrizzata. Il giudice finalmente si alza e all'improvviso c'è silenzio. Qualcuno si affretta a prendere posto.

Il prof si allenta la cravatta. Sembra accorgersi solo ora di avere la cravatta. Non è nemmeno una delle sue cravatte. Chi gli ha prestato una cravatta? Quella che indossa è una Regimental piuttosto banale, di cotone, nemmeno di seta. Lui non avrebbe mai messo una Regimental. Sembra una bandiera da stadio.

Prima che il giudice dia lettura della sentenza, il prof non riesce a nascondere un sorriso di compatimento e scuote la testa: ha visto Raimondi Cesare osservare in posa napoleonica dall'alto delle piramidi il suo capolavoro di efficienza investigativa. Sorride, il pover'uomo, a tutto tondo. Anche il prof sorride, e chi lo guarda deve prenderlo per un demente: in un momento così non si ride. Almeno, non le persone perbene.

Il giudice borbotta le solite formule di rito: nel nome della Repubblica e del popolo italiano, la corte d'assise di Bologna eccetera, eccetera...

«... ha pronunciato la seguente sentenza nella causa penale contro Tagliacozzi del Paleotto Pierfrancesco, nato a Spilamberto» eccetera, eccetera... «attualmente detenuto presso la casa circondariale di Pisa, detenuto presente, imputato del reato di cui agli articoli 575 codice penale, 577 numero 2, numero 3 e numero 4 con riferimento all'articolo 61 numero 4 codice penale perché, mediante somministrazione di un estratto di erbe particolarmente tossico e dallo stesso imputato preparato utilizzando le sue conoscenze in materia, cagionava la morte di Fondali Elisa sulla cui persona infieriva mediante l'infissione nei bulbi oculari di due spilloni d'oro, con le aggravanti del mezzo di sostanze venefiche, della premeditazione, dell'aver adoperato sevizie e dell'aver agito con crudeltà; del delitto di cui all'articolo 412 codice penale per aver occultato, nell'immediatezza della commissione del reato sub a), il cadavere di Fondali Elisa nell'armadio di una camera dell'HotelRistorante Bellavista...» Passa a ricordare, a chi l'avesse dimenticato, come i fatti siano «avvenuti all'HotelRistorante Bellavista e nelle sue pertinenze in località Pianoro di Bologna fra le ventuno e le ventidue della notte fra il 9 e il 10 marzo...» eccetera, eccetera.

Tutto ciò chiarito e stabilito e «visti gli articoli 533 e 535 codice di procedura penale, dichiara...» e adesso viene il bello «... dichiara Tagliacozzi del Paleotto Pierfrancesco...»

Ma un volto distrae il prof da tutto ciò che accade intorno a lui. È un volto che ha già visto, un volto noto, di cui tuttavia non riesce a determinare i contorni precisi, né il contesto. È come una lama di luce che trapassa il buio e scompare. Dov'è finito? Il prof guarda a destra, poi a sinistra, come se quel volto potesse avere attraversato nello spazio di un secondo tutta l'aula del tribunale. Il prof è sicuro che se solo potesse osservarlo meglio, più a lungo, gli troverebbe una collocazione, un padrone. Ora non saprebbe nemmeno dire se è di un uomo, o di una donna, o di un bambino.

Il prof si volta verso l'avvocato difensore per chiedere aiuto, ma tutti sono assorti nell'ascolto della sentenza.

Il prof sa che quel volto senza nome è venuto a galla come un monito, ma ancora non sa a quale tempo appartenga, se a un passato infinito o al passato recente e omicida sanzionato in quell'attimo dalla sentenza con le parole...

«... colpevole dei delitti ascrittigli riuniti dal vincolo della continuazione e, ritenuto più grave il delitto sub a) aggravato come in contestazione, lo condanna alla pena dell'ergastolo, oltre al pagamento delle spese processuali e di custodia in carcere.» Non basta: «Visto l'articolo 32 codice penale ne dichiara l'interdizione legale».

Legge anche la data: «Bologna, lì 9 ottobre» eccetera, eccetera.

Nell'aula del tribunale scoppia il finimondo, l'avvocato difensore lo stringe in un abbraccio e gli dice "non lasciarti andare, niente è perduto".

Ma gli occhi del prof non cessano di scandagliare il pubblico alla ricerca del volto che per un attimo ha incontrato il suo sguardo.

Vede Rosas lasciare l'aula. Raimondi Cesare non è più al suo posto. L'avvocato difensore si sta prendendo a male parole con il pubblico ministero.

Cosa significava quel volto in mezzo alla folla? O non era invece una sua impressione, dovuta a quello stato di alterazione permanente causato dalla debolezza e dai farmaci? È tutto vero? O è tutto falso?

Forse ha confuso. Ha voluto vedere una fisionomia familiare in un volto assolutamente anonimo e sconosciuto, capitato là per puro caso e appartenente a qualche curioso di processi e di sentenze, a qualche ardente appassionato di giustizia.

Forse anche di quel volto si dimenticherà, anche questa inquietudine andrà a spegnersi inoffensiva nel grande niente che ha casa dentro di sé. Per via delle medicine.

6
E ADESSO?

«Adesso ci vorrebbe un caffè» dice Rosas, senza spostarsi dalla parete.

«Sì, ma se il bar lo scelgo io.»

Il caffè è una cosa seria e Sarti Antonio ha le sue fisse. Questo bar va bene, questi altri cinque no. A sentire lui, a Bologna e dintorni sono uno su cinque i bar che fanno un caffè appena decente. Uno di questi sta in piazza Maggiore, di fronte a San Petronio. Ha anche i tavolini sotto il portico del Podestà, al sole. E, in autunno appena iniziato, ci si sta bene.

«Ce l'ha un panino imbottito?» chiede Rosas al cameriere in giacca chiara e strichetto.

Per i non residenti, lo strichetto sarebbe la cravatta a farfalla. Che somiglia tanto a uno strichetto, una particolare forma di pasta fatta dalla sfoglia e condita, di preferenza, con il ragù di carne di manzo e maiale. Non sono sgradite un'ombra di prosciutto, una manciata di piselli e una spolverata di grana.

«Prego?»

«Un panino imbottito. Magari con la mortadella...» e andrebbe avanti con altre aggiunte se Sarti Antonio non tagliasse corto.

«Porti qualcosa da mangiare a questo disgraziato. Va bene qualunque cosa che si possa masticare. Per me un caffè. E uno anche a lui.»

«Per me un frizzantino» corregge Rosas. «È l'ora giusta.»

«Non si era parlato di un caffè?» chiede Sarti Antonio quando il cameriere se n'è andato.

«Sì, ma non mangio da ieri l'altro.»

«E hai aspettato me. Grazie per la preferenza.» Si allunga sulla sedia, al sole, e chiude gli occhi. «Un panino con la mortadella. Credi di essere in salumeria? Qui ti servono tartine, caro mio. Che costano un occhio della testa.»

Il silenzio di una piazza Maggiore riservata al traffico pedonale è disturbato solo dalle auto e dai motorini che l'attraversano e si disperdono per via Rizzoli. Anche dal borbottio di Rosas.

«Cos'hai detto?» chiede Sarti Antonio.

«Che l'assassino, quello vero, se la ride alla faccia della vostra giustizia.»

«La nostra. Tu dove credi di vivere?»

«Qui, purtroppo, ma faccio di tutto per dimenticarlo. Io non partecipo alle scelte e non partecipo al voto per non assumermi la responsabilità di un capo di governo che usa il parlamento come sartoria personale. Oh, niente da eccepire: fa il suo mestiere di eletto dal popolo e lo fa bene.»

Da un po' non lo sentivo così appassionato. Da un po' pareva rassegnato a viverci in questo "vostro mondo di merda". Da un po' lasciava che l'umanità andasse verso il suo triste destino. Se ha ripreso vita, vuol dire che qualcosa lo ha rimesso in moto. Qualcosa che gli sta sulle palle.

Lascia le teorie e passa alle tartine multicolori e al frizzantino.

«Cosa c'entra adesso il capo del governo con la condanna di Tagliacozzi del Paleotto?»

«Gran brava persona» mormora Strichetto finendo di sistemare l'ordinazione sul tavolo.

Rosas lo ringrazia con uno sguardo e continua: «C'entra perché gli avvenimenti non si verificano per caso, ma per contribuire alla costruzione del vostro mondo di merda». Ecco, c'è arrivato. Sospende, guarda Strichetto e gli chiede: «Conosci il professore?».

«Sì, e so che era una gran brava persona.»

«Lo è ancora. Non è morto e che un tribunale lo abbia dichiarato assassino non cambia le cose.» Al questurino: «Sentito? Il popolo reclama una giustizia vera e imparziale, come la reclama il tuo presidente del Consiglio». Si dedica alle tartine.

Strichetto le indica con un gesto morbido della mano, la palma in alto. «Il povero professore le preferiva con il caviale. Due ogni mattina, per colazione. Con una coppa di champagne. Lo servivo sempre io.» Se ne va da altri clienti, più sofisticati di quel talpone che gli aveva chiesto un panino "magari con la mortadella". Ma prima ci tiene a dire l'ultima: «Gran brava persona il professore».

Abbastanza lontani dal bar sotto il Podestà, Sarti Antonio si sfoga: «Sai, il mio coglione, quanto mi hai fatto spendere per le tartine e il frizzantino? Dal Lercio ci mangiavamo due sere».

«Io ero per un panino con la mortadella.»

«Anche se il tuo famoso professore preferiva le tartine al caviale?» Rosas non risponde. «L'università vi deve pagare a peso d'oro se un docente si permette due tartine con il caviale e una coppa di champagne ogni mattina.»

Si lasciano sotto le due torri.

Sale le scale in punta di piedi e delicatamente infila la chiave. Non serve, la Grassona è lì, in agguato, con la sua insopportabile inflessione bolognese: «Mo' ha sentito, signor Sarti? Mo' ha sentito che gli hanno dato l'ergastolo? È proprio una vergogna, sa! È proprio vero che s*old e amicezzia, in tal cul a la giustezzia*. Mi scusi, sa, ma ci voleva proprio...» e continuerebbe se il mio questurino non allargasse le braccia, non si stringesse nelle spalle e non le chiudesse educatamente la porta in faccia.

«Ma lei che è un poliziotto» gli grida dietro la Grassona «non può proprio fare niente per quel poveretto?»

Tre su tre danno il professore innocente. Cioè il cento per cento degli intervistati. Andate a fidarvi dei sondaggi! Pare proprio che il professore li abbia stregati tutti, Rosas compreso. E, conoscendo il talpone, lo trovo strano.

7
TANO E LA LUNA

Si sveglia perché l'ha sognata, e guarda in alto come se si aspettasse di vederla scendere dal soffitto spostando appena l'aria con la gonna di taffetà a losanghe grigio perla.

Potrebbe tirare un sospiro di sollievo e dire "finalmente l'ho sognata", quasi per liberarsi da un'oppressione, come un pasto mal digerito. Invece il sospiro di sollievo non viene e le cose restano esattamente come prima: gelate in un mare piatto e nero.

Le guardie l'hanno chiamato subito "il professore", senza ironia, ma quasi per un senso a lungo coltivato della precisione. Uno è ingegnere, uno meccanico, uno idraulico, uno infermiere, un altro semplicemente "signore" o "lavativo" o "oca morta" o "testa di cazzo". Lui è "professore".

La prigione l'ha sorpreso. Ha un senso, possiede un'organizzazione, una sua logica, come dire, insomma, alla fine dei conti: una gerarchia.

Stronzate! Ma quale gerarchia?! Lui potrebbe recitare centinaia di versi di Dante, di Shakespeare, di Racine e di Novalis nella lingua originale, e altri ancora. Una guardia al massimo potrebbe recitare i versi di una canzonetta alla moda. Lui guadagna in un mese quello che il più alto in grado degli agenti carcerari guadagna in un anno. Lui frequenta ministri, dotti, luminari, donne e ragazze che le guardie vedono solo in televisione, lui eccetera e le guardie eccetera.

Dov'è la gerarchia? Le guardie, se volessero, gli potrebbero spaccare le dita delle mani sorridendo e chiamandolo senza ironia "professore".

Il professore si alza dal letto sfondato e osserva il riflesso della luna sullo specchietto sopra il lavandino, e ripercorre con lo sguardo il tragitto della luce dallo specchio alla finestra alla luna, affondata in un punto invisibile del mondo di fuori.

Il mondo di fuori. Ha senso una frase così?

Le guardie gli danno ordini secchi, perentori: "vai avanti", "volta a destra", "fermati", "aspetta". "Professore". "Professore" non suona allo stesso modo detto da un secondino in un carcere e detto da una studentessa che lo ferma lungo i corridoi della facoltà. È solo una questione di contesto. Tutto è contesto.

Ma adesso il contesto non avrebbe più subito mutazioni. Sarebbe stato unico e immodificabile, per sempre.

In prigione le sfumature della normalità, della quotidianità, subiscono un drastico ridimensionamento. Vivi in... quanti metri quadrati? Allora: dodici metri quadrati della cella, centottanta metri quadrati della biblioteca, novecento metri quadrati del cortile (non tutti sfruttabili) e qualche altra cosa da poco. Millenovantadue metri quadrati, facciamo pure millecinquecento. Che esigenze può mai avere uno che vive solo e sempre in millecinquecento metri quadrati, sempre quelli? Quali sfumature può mai coltivare, a quali situazioni nuove e insolite deve far fronte uno che vede sempre le stesse cose, le stesse persone, gli stessi oggetti?

Non ha previsto tuttavia la costrizione del carcere, l'infinita ripetitività dei gesti, l'improvvisa riduzione del mondo a un ristretto ventaglio di opzioni. Ebbene, tutto questo lo fa sentire leggero, quasi sollevato dal peso del vivere. Avrebbe potuto dire, paradossalmente, considerata la situazione, che si sente libero.

Condivide la cella con un altro condannato. È un uomo tozzo e tarchiato, di una cinquantina d'anni, si chiama Gaetano, Tano per amici e nemici.

«Sembra siciliano» dice il professore. «Lei è siciliano?»

Tano non capisce e si guarda alle spalle. Risponde "no" e continua a riordinare i santini lungo il muro.

Rimane in silenzio fino al tramonto.

«Quanto?» chiede all'improvviso Tano in un grugnito.

«Ergastolo» risponde il professore alzando il viso dal suo libro.

Tano si alza a sedere sul letto.

«Cazzo!» fa sgranando gli occhi. «L'hai fatta grossa! Hai inculato la moglie del presidente della Repubblica?»

Tano se la dice e se la ride.

Il professore riabbassa lo sguardo sulle pagine del libro. Tano non è siciliano. Sembra veneto, ma con toni meno dolci, più a scatti.

«Non sono siciliano» dice Tano come leggesse nei suoi pensieri. «Sono nato vicino a Udine. Mio padre è sardo, mia madre era veneta.»

«È morta?»

«Si è gettata dalla finestra.»

«Mi dispiace. Era malata?»

Tano fa una smorfia e allarga le braccia. «Malata... Sì, in un certo senso. Sì, si può anche dire così. Malata. Era matta. Io ti ho detto come mi chiamo» continua Tano. «Adesso dammi qualcosa in cambio.»

Il professore lo guarda senza capire.

«Prenda quello che vuole» dice il professore. «Ho solo dei libri e della cioccolata.»

«Ma no» si spazientisce Tano «che me ne frega dei libri e della cioccolata? Voglio qualcosa di tuo, in cambio. Tu sai chi sono, e io non so niente. Dobbiamo andare avanti da buoni fratelli, no? Io ti do e tu mi dai.»

Il professore si alza, va a frugare nella propria borsa e depone nelle mani di Tano un pacco di giornali.

«Legga qui» dice il professore. «C'è scritto tutto. Io non ho voglia di parlare. C'è scritto tutto: nome, cognome, parentela, accuse, processo, sentenza, istruttoria, tutto, insomma. Legga pure con calma, non ho fretta.

Faccia con comodo. Ho tempo, e non chiedo niente in cambio.»

Il professore torna al letto col suo libro. Tano rimane immobile con il pacco di giornali in mano.

«Professore» fa Tano alzando la voce. «Ti sono antipatico?»

«No» si stupisce il professore «per niente. Come le viene in mente? Non mi è affatto antipatico, anzi, al contrario.»

«E allora perché continui a dirmi "lei", "lei"?»

«A darti del lei? È così che si fa, si usa così.»

«Si usa fra chi non si fida. Non ti fidi di me?»

«Ma certo che mi fido di te. Perché non dovrei fidarmi? Ti do del lei perché... ma se non ti va, d'accordo, okay, ti do del tu. Va bene? Comunque, leggi lì sui giornali e saprai tutto di me.»

Tano abbassa lo sguardo sui giornali, poi li lascia cadere sul letto e li solleva a uno a uno, disponendoli in fila sulla coperta. Quando arriva a una copia di "Panorama" sistemata al contrario, Tano la fissa a lungo, poi muove la rivista da una parte e dall'altra. Alla fine la getta a terra vicino al professore.

«Che cazzo me ne frega, a me! Se non vuoi parlarmi, meglio così. Cazzo me ne frega! Tieniti i tuoi giornali, i tuoi segreti di merda.»

Il professore ci rimane male perché non ha capito. Così racconta a Tano qualcosa di sé e qualcosa degli altri.

8
MADDALENA DA SOLA ACCANTO ALLO SPECCHIO

Ha chiesto a Tano se può attaccare un quadro vicino allo specchio.

Tano si è voltato con gli occhi spalancati, sospettoso. «Che quadro?»

Il professore ha cominciato ad attaccare al legno con lo scotch una riproduzione della *Maddalena* di de La Tour. È un quadro che gli dà un grande senso di pace e di nostalgia.

«Ma cos'è?» ha chiesto Tano, guardingo.

«Una Maddalena.»

«Chi è? Porta sfiga?»

«Non porta sfiga.» Gli ricorda i capelli di Elisa quando l'ha conosciuta.

«Basta che non porti sfiga» dice Tano con una smorfia, e, calandosi i calzoni, si dà una vigorosa grattata ai coglioni. Va a sdraiarsi sul letto gridando a squarciagola: «Ho l'allergia, cazzo!».

Elisa. Sono passati pochi mesi e ancora non riesce a credere che quei capelli ora non trovino più delle dita nelle quali insinuarsi e poi scivolare via.

Il professore guarda i capelli della Maddalena e pensa: "Eppure l'amo"; no, pensa: "Eppure l'amavo".

L'imperfetto è il più crudele dei tempi, dice che tutto è finito, ma solo ieri si poteva usare ancora il presente. E in quella breve desinenza dell'imperfetto, in quelle tre stupide lettere, le cose vive annegano e finiscono nei ricordi.

Il professore si passa una mano sugli occhi.

«Professore, non ci posso credere che hai fatto una cosa simile!» sentenzia Tano da sotto le coltri. «Ma checcazzo, uccidere una così, tutto quel ben di Dio!»

Il professore non pensa più né alla Maddalena né a Elisa né a Tano. Lo hanno distratto delle voci che nel corridoio litigano stizzose, trattenute, come per non farsi udire.

Il professore va ad appoggiare l'orecchio alla porta.

Tano solleva la testa dal cuscino. «Che c'è, professore, ti metti ad ascoltare alle porte, adesso? Lascia stare, non sono storie che ti riguardano. Stai buono, pensa alla Maddalena, non sono storie che ti riguardano.»

«Non riesco a sentire niente. Vuoi fare silenzio? Litigano.»

«Ma no, ma no, non litigano. Discutono. Trattano.»

Chi è che tratta? E su cosa? Il professore rimane ancora con l'orecchio incollato alla porta. Poi si odono dei passi.

«Parlavano di soldi» dice il professore allontanandosi.

«Di cosa vuoi parlare, se non di soldi? In carcere si parla solo di soldi. I soldi danno più soddisfazione della figa.»

«Ma chi erano quei due? E di cosa parlavano?»

«Non lo so. Posso solo immaginarlo.»

«E cosa immagini?»

«Immagino che sia qualcuno venuto a riscuotere. E che l'altro non avesse i soldi, o non abbastanza. Ma cosa ti è saltato in testa di uccidere quella povera figliola? Ti ha preso un raptus anche a te? Tutti adesso hanno il raptus.»

«Non cambiare discorso. Perché vuoi cambiare discorso? Cosa c'è sotto?»

Tano si alza pigramente dal letto e va incontro al professore e gli mette un braccio intorno alla spalla, nonostante il professore superi Tano di venti centimetri almeno.

«Professore, tieni per buona questa massima: in carcere, meno sai meglio stai. Capito? Ricordatelo. Te la regalo, è un regalo di Tano. Non voglio niente in cambio.»

«Sembra che tu ne sappia un sacco, di cose.»
«Sì. È per questo che sopravvivo.»
«Ma non è una contraddizione?» dice il professore.
«Forse. Ma è una delle tante del carcere.»

Diario dello psicologo

Seduta del 21 ottobre. Sede: Carcere del Santo Spirito. Presenti: il paziente, prof. Pierfrancesco Tagliacozzi del Paleotto; il sottoscritto, dott. Arnaldo Leopoldi.

Numero della seduta: prima.

Svolgimento della seduta

Secondo quanto stabilito dalle norme adottate nel nostro carcere, si è sottoposto il paziente a una seduta di test psicologici, molto classici, al limite della banalità, che non hanno altro scopo che quello di saggiare la personalità del paziente, le sue reazioni, il suo comportamento di fronte a una situazione, per così dire, forzata. Nessuno ignora, infatti, che non è stato il paziente a richiedere delle sedute di psicoterapia, ma che vi è stato invitato dalle autorità.

Abbiamo sottoposto al paziente una serie di domande che richiedevano una risposta immediata. La prima domanda è stata: "Con quale tempo preferisci andare a passeggio?". La risposta è stata data con un sorriso: "L'imperfetto". La seconda domanda era: "Perché?". La risposta: "Perché si ha sempre l'impressione che non sia definitivo". Per un attimo ho pensato che si facesse gioco di me, ma non era così. L'ho capito da come mi guardava. Oppure è un grande attore, ma non lo credo.

Gli ho chiesto come si trovava in carcere. Lui ha allargato le braccia e ha detto: "Meglio che all'università, peggio che a casa". Ho di nuovo chiesto perché. Lui ha risposto: "È una sensazione". E ha aggiunto: "Non ne sono nemmeno tanto sicuro". Domanda: "Cos'è per lei un carcere?". Risposta: "Un trasloco". Domanda: "Lei sa perché sta in carcere?". Risposta: "Mi sta prendendo in giro? Certo che lo so". Domanda: "Me lo vuole dire?". Risposta: "Dicono che abbia ucciso una ragazza". Domanda: "Non è vero?". Risposta: "No". Domanda: "Quindi lei è vittima di un'ingiustizia". Risposta: "Piantiamola lì".

Provo con delle immagini.

Ho mostrato al paziente una foto, gli effetti di un attentato: cadaveri, bocche spalancate, sangue, ambulanze e tutto il resto. Gli ho chiesto che sentimenti gli suscitasse quella foto. Risposta: "Delusione". Perché? "È sbagliata l'inquadratura. Se avesse spostato l'asse di sessanta gradi, il fotografo avrebbe colto anche gli occhi di Sharon. Invece ha preferito inquadrare una gamba senza padrone. Ha perso una buona occasione, il fotografo". Domanda: "Lei conosceva già la foto?". Risposta: "Sì, è una foto della Taka Press, è apparsa su tutti i giornali del mondo. Nel reportage televisivo si vedeva anche tutto il resto".

Ho cambiato metodo.

Domanda: "Professor Tagliacozzi, si sta annoiando?". Risposta: "Non ho niente di meglio da fare". Domanda: "Se le chiedo di tornare un'altra volta, lei cosa risponde?". Risposta: "Devo controllare la mia agenda".

Considerazioni generali

Il paziente è molto tranquillo, direi quasi rassegnato, anzi, direi depresso, se non fosse per quella vaga ironia che sembra mettere in ogni risposta. Può anche darsi che sia solo una mia impressione. Comunque, è presto per dare un giudizio attendibile. Cercheremo di essere più precisi nel corso delle sedute a venire.

9
POSTA PER SARTI ANTONIO

La storia del professore, degli spilloni conficcati negli occhi e della sposa in bianco chiusa nell'armadio potrebbe finire lì, con la giusta condanna dell'assassino, se, alle sette e mezzo del mattino, la postina non suonasse il campanello di casa Sarti. Il questurino sta ancora preparandosi il caffè. Il primo di una lunga giornata d'autunno, oltretutto nebbiosa.

La postina è giovane, ben piantata, si chiama Felicità, consegna la posta negli orari più strampalati e ha la voce roca di chi fuma una quantità industriale di sigarette. Ma Sarti Antonio non gliene ha mai visto una fra le labbra.

A volte si presenta con un fazzoletto in testa, alla maniera delle nonne, o annodato attorno alla fronte, come una fascia. Spesso porta uno straccetto bianco attorno al braccio, sopra il gomito, oppure ha il sedere fasciato da uno scialle che scende al polpaccio. Capita anche che metta del colore sulla guancia sinistra: una strisciata di rosso dall'orecchio all'angolo della bocca.

Ultimamente si presenta a distribuire la posta con una bandierina della pace piantata sulla schiena, alla samurai, e assieme alla posta consegna, a quelle che considera persone fidate, dei volantini, stampati in proprio, con le sue considerazioni sulla società e sulla guerra, su come si vivrebbe meglio se la gente capisse che... imparasse a... si comportasse con...

Viaggia su un'antica e scassata Vespa che si sente arrivare di lontano. Marmitta rotta. La posta, e il resto, sta in una borsa di plastica finta pelle fissata al sedile posteriore.

Alle sette e mezzo del mattino suona il campanello di casa Sarti e urla dalla tromba delle scale: «Un pacco in consegna! Presto che non sono ancora in servizio!».

Il caffè va bevuto caldo, appena salito. Così Sarti Antonio si affaccia e grida anche lui: «Vieni su che ti offro il caffè!».

È un giorno speciale: la ragazza porta sia il fazzoletto attorno alla fronte sia uno straccio bianco alla caviglia. Ha la pancia scoperta fino all'ombelico, come funziona oggi.

«Non dicono niente i tuoi superiori?»

Felicità porge il pacchetto. «Per cosa?»

«Per come ti vesti in servizio.»

«Intanto non sono ancora in servizio e poi... Come mi vesto?» e continua a porgere il pacchetto.

Sarti Antonio torna in cucina borbottando: «Se mi presentassi in questura conciato così...».

«Saresti bello con la pancina scoperta.»

«Il caffè.»

Felicità lo raggiunge, sempre con il pacchetto in mano. «Ooo, lo vuoi o no? Mi sono alzata presto per portartelo prima che te ne andassi a fare il tuo sporco lavoro di poliziotto.»

Sarti Antonio deve essere ancora a letto perché, in condizioni normali, lo "sporco poliziotto" non sarebbe passato. Dice: «Posalo sul tavolo».

«È una parola» borbotta Felicità. Sul tavolo c'è di tutto: scatolette vuote e piatti sporchi, sacchetti di carta e sporte di plastica, pane secco, olio e aceto... Felicità posa il pacchetto su una sedia, chissà perché, libera. «Non ci guardi? Deve essere importante.»

«Anche il caffè.»

Bevono in silenzio e solo dopo Sarti Antonio comincia a mettere assieme quello che gli è capitato e gli capita attorno.

«Cosa vuol dire che ti sei alzata presto per portarmi il pacchetto?»

«Credi che le poste mi paghino dalle sei del mattino? Dunque, sono passata con la posta normale e non c'eri. Vengo in centro apposta di sera e non c'eri e siccome si è raccomandato che è importante e che lo devo consegnare nelle tue mani personali...»

«Chi si è raccomandato?» Ma prima della risposta arriva la scampanellata di Felice Cantoni. «Devo andare» e strappa la giacca dalla spalliera della sedia.

«Non lo apri? Guarda che non arriva dalle poste e se uno paga duecento euri... O euro? Insomma, paga un tot piuttosto caro per la consegna, vuol dire che deve essere importante. Se andava in un'agenzia di recapito spendeva molto meno... E tu nemmeno lo guardi! Che cazzo di mestiere...»

«Il mio o il tuo, Felicità?»

«Tutti e due.» Prende il pacchetto e segue il questurino fuori di casa.

Seduto al volante e con gli occhi al portone di casa Sarti, Felice Cantoni, agente, sta fumando la prima delle quattro sigarette concesse dal medico di base. Che diventano otto e anche dieci, a seconda di come vanno le cose nella giornata. Appena si socchiude il portone, getta la sigaretta dal finestrino, spalanca la portiera e fa aria con le mani. Bestemmia in meridionalese e borbotta: «Non ero nemmeno a metà, bottana, bottana».

Prima che Sarti Antonio entri nella Ventotto, Felicità gli ficca in mano, di prepotenza, il pacchetto. «Be', io me ne torno a casa a dormire, che oggi non sono in servizio. E grazie per il caffè.»

«Sali che ti accompagniamo.»

Felicità dà un'occhiata di traverso all'auto Ventotto. «Su quella?»

«È l'unica che mi passano. Monta dietro!» Le apre la portiera, la spinge dentro e la segue. Annusa l'aria e borbotta: «Che non si possa stare senza accendere quella merda di sigaretta?».

«Anto', ho fumato mezz'ora fa. Non si sente il profumo.»
«Puzza, Felice, la sigaretta puzza!»

Finalmente, seduto anche lui dietro e con un po' di calma, Sarti Antonio scarta l'involucro e apre la scatola che ci trova. L'aria che entra dal finestrino socchiuso solleva una nuvola di leggerissimi trucioli di polistirolo che svolazzano all'interno della Ventotto.

Felice Cantoni ne segue alcuni con lo sguardo. Volteggiano e vanno a posarsi sul cruscotto. «Ecco, l'avevo appena pulita, bottana, bottana!»

Dentro la scatola, ancora un piccolo involucro in carta riso. Che sarebbe una specie di carta velina opaca e resistente, un tempo usata per avvolgere piccoli oggetti di un qualche valore. E quelli che Sarti Antonio ci trova dentro, lo devono essere.

«C'è anche un biglietto» dice Felicità.
«L'ho visto.»

È un cartoncino color avorio dai bordi sfrangiati e la scritta è a mano, una grafia precisa e ordinata. I caratteri sono neri, forse in inchiostro di china, e spessi. Alcune righe che non spiegano molto:

> *La ricchezza ch'è volata*
> *come viene se ne va*
> *e non sempre sei fermata*
> *dalle sbarre, verità.*

Non segue firma e non segue data.

È il momento di capirci qualcosa. «Chi te lo ha dato?»

«Ecco, io sono arrivata» dice Felicità. «Io abito lì» e indica il numero 17, sotto il portico basso di via delle Oche.

«Complimenti, abiti in un bel posto.»

«Che vuol dire?»

«Niente, un discorso così...»

Non è un discorso così: al 17 di via delle Oche c'era un casino, al tempo di una volta, quando i casini erano i locali più frequentati della godereccia Bologna e la senatrice

Merlin non aveva ancora pensato di spalancarne le persiane chiuse. E se Sarti Antonio lo sa, vuol dire che avrebbe voluto entrarci in quel casino se solo la data di nascita glielo avesse permesso.

«Niente, un discorso così...» e Sarti Antonio non finisce la frase perché Felicità spalanca la portiera. E con l'auto ancora in movimento. Felice Cantoni bestemmia, inchioda, la portiera sbatte contro la colonna, Felice Cantoni bestemmia di nuovo e Felicità è lontana, sotto il portico di via delle Oche, passa dinanzi al numero 17, prende per via Piella e sparisce nell'oscurità del torresotto che chiudeva la città medievale e dove, in tempi più recenti, quando i casini di cui sopra erano nel pieno della loro attività, erano strategicamente sistemati gli orinatoi.

«Dove hai trovato quella matta?» s'incazza Felice Cantoni. Scende a controllare i danni alla portiera, torna in vettura e borbotta: «Ma come si fa a trattare così un'auto?». Mette la prima e sgomma da via delle Oche.

È successo quello che è successo, eppure per Sarti Antonio non è successo niente. Immobile sul sedile posteriore, fissa la palma della mano dove sono posati la testina di un caprone, incisa con arte e precisione su una scaglia d'ambra grande quanto l'unghia del suo pollice, e il profilo di un cavalluccio marino, anche questo appena tracciato su una scaglia d'ambra grande come la precedente.

«Portami da Rosas» mormora.

«Come no? Tanto Raimondi Cesare ti aspetterà nel suo ufficio fino a mezzogiorno. Anto', mi sa che la tua giornata è nata male.» A motore imballato attraversa l'incrocio Indipendenza – Augusto Righi, evitando al pelo due pedoni sulle strisce. «E mi sa che la mia non sarà meglio.»

10
C'È DEL MARCIO IN QUESTURA

È vero: Raimondi Cesare, ispettore capo, aveva ordinato, dalla soglia e senza entrare nell'ufficio di Sarti Antonio, sergente: «Nel mio ufficio domattina alle nove».

Ci entra meno che può in quel cesso di ufficio, perché le pareti, le carte, i computer e il resto sanno di fumo e di caffè e a lui quel puzzo dà ai nervi. Da quando il medico gli ha ordinato di non fumare e di non bere caffè per via della pressione alta, quelli che fino allora erano profumo e piacere sono diventati puzza e disgusto.

Adesso sono le nove e venti, l'auto Ventotto è imbottigliata in un incrocio. Non si fa un centimetro e le ruote sembrano inchiodate sull'asfalto. Chiamano dalla centrale:

«Auto Ventotto, ci siete, cicci belli?».

Sarti Antonio, sergente, strappa il microfono dal cruscotto e ci urla dentro: «Ci siamo, ci siamo il mio coglione. Cosa c'è?».

Il "coglione" che gli risponde è Raimondi Cesare: «C'è, è vero come si dice, che lei...» e quando l'ispettore capo passa dal "tu" al "lei", le cose, *èverocomesidice*, si sono già messe male «... e lei doveva trovarsi nel mio ufficio alle nove in punto. Non so che ore segni il suo, ma il mio orologio è già sulle nove e trenta».

«Mi scusi, dottore. Il coglione non era... Lei mi capisce... Insomma, voglio dire che l'auto è bloccata da una manifestazione di protesta...» e vorrebbe aggiungere che l'orologio di bordo segna le nove e venti, ma Raimondi Cesare, ispettore capo, lo interrompe di brutto.

«Le manifestazioni non sono mai di protesta, è vero come si dice. Sono sempre sediziose. Lasci l'auto e mi raggiunga a piedi!»

«E se viene a sapere che non c'è nessuna manifestazione, Anto', ma solo un ingorgo di traffico?» chiede Felice Cantoni dopo che la centrale ha staccato.

«Metti la sirena e vedi di far muovere questo cesso d'auto!»

Alle dieci meno un quarto Sarti Antonio bussa, apre e infila un pezzo di testa nell'ufficio del capo con un "permesso?" che più servile non si può. Raimondi Cesare non apre bocca e neppure alza gli occhi dalle carte. «Ecco, vede dottore...»

«Lascia perdere, lascia perdere, è vero come si dice, che abbiamo cose più importanti.» Porge al sottoposto una cartella rosa. «Mi fido di te» dice. Ed è tornato al "tu". «Mi fido di te, ma questa relazione è strettamente riservata. Vedi cosa puoi scoprire.»

Il colloquio è terminato e il subalterno può togliersi dalle palle.

Nell'ufficio di Sarti Antonio sono in cinque: lui; Felice Cantoni, da chissà quale paese del Sud; Imposimato Salvatore, da San Salvatore di Caltanissetta; Medardi Avanti e Tarchiati Fedele, entrambi da Predappio di funesta memoria.

Il nome del Medardi non sarebbe Avanti. Andò così: suo padre, Libertà, romagnolo puro sangue, anarchico convinto e figlio di anarchico, si presentò dal prete per denunciare la nascita del figlio. Il prete si meravigliò molto di vederselo in canonica e quando Libertà disse: «Mi è nato un figlio e voglio chiamarlo...» il prete lo interruppe: «Perché non vai a denunciarlo in Comune?».

«Perché non voglio litigare con quella donna.»

Il prete aprì il registro delle nascite, impugnò la cannetta, la tocciò nell'inchiostro e chiese: «Come lo chiamiamo?».

«Io lo chiamo» e sottolineò la prima persona dell'indicativo presente «io lo chiamo Avanti o popolo.»

Il curato richiuse il registro e disse: «Allora vai da un'altra parte a denunciare la nascita di Avanti o popolo».

Libertà lo prese per la gabbana e lo sollevò dalla sedia: «Guarda che non siamo più al tempo del fascio e Lui è ormai terra da pignatte. Tu chiami mio figlio come voglio io, ti va bene? E se non ti va bene, lo chiami come voglio io lo stesso».

Tira e molla, tira e molla, arrivarono al compromesso di chiamarlo Avantipopolo, tutto attaccato e senza la "o" del vocativo. Il prete aveva ottenuto qualcosa. Ma anche Libertà. Questa è democrazia.

Avantipopolo si arruolò in polizia e diventò Avanti, Medardi Avanti. Libertà lo ripudiò il giorno dopo.

Il mio questurino sorseggia il caffè e legge di corsa il contenuto della cartella rosa "Strettamente riservato".

Ci resta di merda e rilegge con calma. Deve essere una questione importante se non finisce il caffè e guarda uno per uno i colleghi, impegnati nelle inutili pratiche d'ufficio. Una contrazione al ventre lo avverte che la colite è sempre in agguato e che presto dovrà correre in bagno. Anticipa i tempi: ci va portandosi dietro la cartellina riservata, la tazzina e la macchinetta. In corridoio borbotta: «C'è del marcio in questura».

Il mio parere è che in questura non ci sia solo del marcio, ma qualcosa di peggio.

È la prima volta che un caffè preparato con la solita cura finisce direttamente nelle fogne di Bologna.

11
ROMANZI E BIBLIOTECHE

Gli è venuta in mente una trama per un romanzo che vorrebbe scrivere. Ci pensava da un paio d'anni, ma non ha trovato mai il tempo per mettersi al tavolo. Adesso il problema è risolto.

Un uomo – è pieno luglio, un caldo soffocante – un uomo esce dall'ufficio verso le undici di mattina per farsi un caffè, il solito caffè delle undici di mattina, al solito bar. Come si trova in strada viene assalito da un'ondata di calore che sembra bruciargli il viso. L'uomo si affretta perché non vede l'ora di entrare nel bar, che ha l'aria condizionata. Appena svoltato l'angolo si accorge che il bar ha chiuso per ferie. L'uomo rimane immobile, indispettito. Si guarda attorno. Sul viale passano rare macchine, i passanti si muovono con gesti lenti, quasi calcolati. Si direbbe che il caldo attutisca i rumori. Ma l'uomo non vuole tornare in ufficio prima di avere preso il suo caffè. L'uomo ha quarant'anni, forse di più, magari cinquanta. Lavora alle relazioni col pubblico di un sindacato minoritario. L'uomo decide di attraversare il viale e di andare a cercare un bar aperto. Ma non sa se ce ne sono, di bar, in quella direzione, perché non ha mai provato a cercarne.

Allora l'uomo attraversa il viale – il caldo è massacrante – e poi prende la prima strada sulla destra, quella che apparentemente gli dà più garanzie: in una strada così grande non può non esserci un bar. È già passato un quarto d'ora e lui non ha ancora preso il suo caffè. Non ha più molto tempo a disposizione. Il capo si incazza sempre quando qualcuno ritarda. Tuttavia l'uomo decide che ormai è questione di minuti, e di principio: non può darsi per vinto a causa di un bar chiuso per ferie. L'uomo si incammina per la strada lunga e ampia, ma di bar nemmeno la traccia. A mano a mano che avanza verso la fine della strada, anche i passanti e le automobili si fanno più rari. Giunto a una rotonda, l'uomo si guarda attorno. Tutto è bianco per il calore, non si odono più nemmeno i rumori della strada. Ormai è fuori ufficio da mezz'ora. L'uomo si toglie la giacca e si asciuga il sudore. Ora non sa proprio cosa fare. Potrebbe tirare dritto. Si volta indietro e osserva il cammino fatto. "Al diavolo il capufficio" pensa, e si rimette in marcia. L'uomo continua a camminare, passa strade e ponti e ferrovie, ma di bar nemmeno l'ombra. Ha gettato via la giacca e la cravatta, e si è sbottonato la camicia, ormai incollata al corpo. L'uomo non pensa più al capufficio, né al sindacato, e forse nemmeno al caffè. Però va avanti, e a un certo punto non pensa più nemmeno alla moglie e ai figli, e nemmeno alle partite di calcio, né alle cene con gli amici. Pensa solo a camminare. Come se si fosse reso conto, all'improvviso, che quello è il suo destino, che la meta fissata per lui sta in un punto sconosciuto più in là, oltre qualcosa, sempre oltre qualcosa.

«E come finisce?» chiede la direttrice.

«Non lo so.» Il professore fa una smorfia sconsolato. «Non lo so. Ci sto pensando.»

«Ne ha parlato con lo psicologo?»

«No.»

«Perché no?»

«Non me lo ha chiesto. Crede che sia un caso da psicologo?»

La direttrice tiene gli occhi bassi sulla scrivania e gioca con una matita appuntita. È una donna sui quarant'anni, forse qualcuno in più. Ha una faccia segnata e stanca, non sgradevole. E un corpo appesantito. Non ha la fede all'anulare. Non che voglia dire qualcosa, un sacco di persone non portano la fede ma sono sposate. Ha la voce roca, fuma in continuazione. È una donna che ispira fiducia. Non è questa l'idea che il professore si è fatta di un direttore di carcere. Nel suo immaginario il direttore di un carcere è prima di tutto un uomo e, secondo, duro, inflessibile e anche un po' carogna. Ha già avuto un incontro con lei, quando è entrato in carcere, ma non ricorda niente di quei giorni. È come se la vedesse per la prima volta.

«Oh, ho detto per dire. Non saprei se sono cose da psicologo. In fondo è solo un romanzo, no? Giusto?» dice la donna alzando lo sguardo su di lui.

«Per adesso è solo un'idea. Neanche un romanzo.»

«Certo. Lei si identifica con l'uomo del suo... della sua idea?»

«No, per niente. Ha avuto questa impressione?»

La donna alza le spalle, poi spegne la sigaretta e si appoggia allo schienale della poltrona. «Come passa il suo tempo, professore?» chiede dopo un attimo di silenzio.

«Leggo, parlo con Tano, scrivo quando ci riesco, cammino in su e in giù. Ascolto il corridoio. Penso a ciò che è successo, ci rifletto sopra, cerco una spiegazione valida.»

«Lei insiste nella sua versione, che non c'entra niente con la morte di quella ragazza?»

«Mi scusi, ma siete voi che insistete nel dire che io l'ho uccisa. Io sono completamente estraneo. Ah, si fermi un attimo. Le anticipo io quello che sta per dire. Lei sta per dirmi: "Qui tutti i detenuti sono innocenti, vittime di abbagli giudiziari".»

La direttrice sorride e si accende una sigaretta. Osserva il fumo della prima boccata salire in alto, verso il soffitto. «Oh, professore» dice la donna «io me ne frego. Non sta a me giudicare se lei è colpevole o innocente. Il mio parere conta circa come il fumo di questa sigaretta. Comunque, non è per questo che l'ho mandata a chiamare.»

«Immagino.»

«Lei è una persona conosciuta, un intellettuale di fama...»

«Non esageriamo» la interrompe il professore. «Ho un qualche nome in ambiente accademico, ho scritto alcuni libri sulle cose che insegno. Che insegnavo. Ce n'è un sacco come me. La differenza l'hanno fatta i giornali, i media.»

«Va bene, comunque sia... Mi chiedevo se non le andasse di occuparsi della biblioteca dell'istituto.»

«C'è una biblioteca nell'istituto?» finge di meravigliarsi il professore. Lo sa che c'è una biblioteca. Ma non ha mai avuto voglia di entrarci.

«Ma certo, cosa credeva. Una biblioteca bella, anche, grande, otto, diecimila volumi. Però, lo sa anche lei, qui non ci sono bibliotecari, solo detenuti che ogni tanto accettano di occuparsene. In realtà si limitano a segnare i libri che i detenuti vorrebbero leggere, a rimettere a posto i volumi in sala, a scrivere sui registri i libri che arrivano e quelli che vanno in prestito. Non abbiamo mai avuto specialisti, per così dire.»

«Ne sarei felice» risponde il professore. «Ne sarei felice.»

«Bene. Pensavo anche, e qui mi attacco alla sua abilità di insegnante...» La donna fa una pausa per togliersi dalla lingua un po' di tabacco. «Vuole un caffè, un bicchiere d'acqua?»

Il professore dice "un caffè, grazie". La direttrice va alla macchina distributrice di bibite, inserisce due gettoni e torna alla scrivania con due bicchierini di plastica fumanti. Ne porge uno al professore, che dice di nuovo "grazie".

«Le dicevo» riprende la donna non appena si è seduta «che pensavo di fare appello alla sua abilità di insegnante, chiedendole se non avesse voglia, magari non tutti i giorni, ogni tanto... se non avesse voglia di insegnare qualcosa ai nostri detenuti, dei corsi, degli incontri, per tenerli occupati, e poi, chissà, magari qualcuno che si appassiona lo troviamo anche. Che ne pensa?»

Il professore la guarda perplesso. «Certo, è una buona idea. Ma cosa posso mai insegnare? Non credo che siano molti quelli interessati alla poesia simbolista o alle avanguardie storiche. No?»

«Ha ragione, ma, vede, io pensavo a qualcosa di meno... come dire, meno impegnativo.»

«Per esempio?» fa il professore incuriosito.

«Per esempio a leggere e a scrivere. Ce ne sono diversi che non hanno mai imparato, che non hanno mai frequentato una scuola, che hanno passato la vita a fare i ladruncoli e i delinquenti senza mai avere avuto l'occasione di imparare a leggere e a scrivere. Tano non è l'unico, ce ne sono almeno...»

«Vuol dire che Tano non sa leggere?» si stupisce il professore.

«Né leggere né scrivere. Non se ne era accorto?»

Ora sì, ora capisce perché Tano si era rifiutato di leggere tutti gli articoli e le carte che gli aveva passato sulla sua vicenda. Adesso capisce.

«Davvero non se ne era accorto?» chiede ancora la donna con un accento di incredulità. «Né leggere né scrivere.»

12
SE UNA NOTTE D'AUTUNNO...

Se una notte d'autunno un viaggiatore, di questi giorni, passasse sui colli che, verso sud, fanno da corona alla città, non avrebbe la straordinaria ventura di godere, all'inizio della piana, della medioevale visione delle cento antiche torri dai mille mattoni, ultima testimonianza di un passato di lutti e rovine. Né scorgerebbe, laggiù, al limite nord, dove la pianura si confonde con il cielo, le nuove svettanti torri dai milioni di tonnellate di cemento e di ferro e di vetro, ultima, ma solo per ora, testimonianza di un presente di massacri e rovine.

Non potrebbe bearsi di tali straordinarie visioni perché, da un po' di tempo in qua, sarà forse per il buco dell'ozono o chissà dio per quale altra innaturale causa, Bologna dorme e sogna sotto una densa e pesante coperta di nebbia impastata di smog.

In una notte d'autunno così, Sarti Antonio, invece, non dorme e non sogna. Si rigira per il letto e sbuffa. Ma non per la nebbia, che ormai ci si è abituato. Per i morsi della colite che lo hanno mandato in bagno già tre volte, e non è ancora spuntata l'alba. E per alcune domande alle quali vorrebbe tanto trovare risposta: chi gli ha mandato, tramite Felicità, fuori orario, con posta straordinaria e senza francobollo, un cavalluccio marino e una testa di caprone incise su ambra? Cosa accidenti significano?

Trovare le risposte sarebbe semplicissimo: si prende da

parte Felicità, la si torchia per bene, come sanno fare, e fanno, certi poliziotti che si rispettano, dopo di che si va dal misterioso mittente, lo si torchia per bene...

Ma Sarti Antonio, sergente, non è il tipo. Tanto per dire: in servizio non porta mai la pistola e quel pomeriggio del 20 luglio, a Genova, lui si sarebbe trovato male, molto male. Lui non c'era, ma se ce lo avessero mandato, sono sicuro che il giorno dopo si sarebbe dimesso da questurino.

Inoltre, adesso come adesso, c'è la maledetta cartella rosa che gli ha consegnato *èverocomesidice*.

Con i problemi che ha in testa, è difficile prendere sonno. Un altro grugnito, accende la luce, scende dal letto e va in cucina a prepararsi un caffè. Sono le due di notte.

Comincia a parlarsi addosso. Lo fa quando non sa dove sbattere la testa e a volte arriva a capire cos'è nascosto dietro gli avvenimenti, dietro gli oggetti e dietro le parole. Non sempre e non spesso, ma capita. Sarti Antonio, sergente, è fatto così: non è una cima.

«Le cose non vanno più come una volta...»

«Di sicuro. Intanto sei più vecchio di una volta» dico, tanto per fargli sapere che ci sono e l'ascolto. «Tuo padre e suo padre e suo padre... fino alla prima generazione dei tuoi antenati, la pensavano esattamente come te e borbottavano: "Le cose non vanno più come una volta".»

La mia opinione gli interessa poco e lui va avanti per conto suo: «La questura è proprio cambiata e non ci si può fidare nemmeno dei colleghi».

«Rosas direbbe che lui, dei questurini, non si è fidato mai. Né ieri né oggi.»

Ignora anche Rosas. Dice: «Sai che c'è scritto nel rapporto che mi ha consegnato Raimondi?» e recita testualmente gli ultimi capoversi dell'informativa: "... e pertanto si hanno fondati motivi di ritenere che ci siano uno o più agenti collusi con il suddetto pregiudicato Gaetano Spillaci. La loro collusione si svilupperebbe in più forme. In particolare si ritiene che lo tengano informato circa le intercettazioni telefoniche in corso e gli forniscano notizie riservate circa le perquisizioni in corso o programmate dalle Autorità competenti nella di lui abitazione e nei luoghi solitamente frequentati dallo stesso pregiudicato".

«E cosa fa il mio capo? "Vedi cosa puoi scoprire" mi dice. Cioè io adesso dovrei indagare, in via del tutto riservata, sui miei colleghi perché "si ritiene che tali agenti facciano parte della Squadra Operativa alle dipendenze dell'ispettore capo Raimondi dottor Cesare. La presente informativa è da ritenersi strettamente riservata e ogni notizia che dovesse trapelare al riguardo costituirebbe reato punibile a termini di legge".»

Non ho dubbi che le parole scritte sul rapporto siano esattamente quelle riferite dal mio questurino. Mi ha sempre stupito la sua capacità mnemonica, come mi ha sempre stupito il pessimo uso che ne ha fatto e ne fa. Non possiede la prerogativa dei grandi investigatori, di carta o reali che siano. Cioè sintetizzare e collegare i vari momenti che la memoria registra e conserva. Sarti Antonio, sergente, no, a lui serve lo spunto iniziale. Dopo va avanti che sembra unto. Rosas, che quella prerogativa ce l'ha, lo sa e ne approfitta per ricattarlo ogni volta che può. Non accade spesso perché sostiene che "se uno ha scelto di fare il questurino, faccia il questurino e non stia a rompere con i ripensamenti e le nostalgie".

Intanto il caffè è salito e Sarti Antonio lo versa nella tazzina. Lentamente, come se si trattasse di una cerimonia.

«Immagino che ci sia anche qualcuno che indagherà su di te» mi viene da far presente.

Lui non ci aveva pensato. Resta a guardare la tazzina e a girarci dentro il cucchiaino, anche se ancora non ha messo lo zucchero. Se n'accorge al primo sorso e storce il naso.

Arrivano le due e mezzo e le tre e Sarti Antonio, in piedi davanti alla finestra, guarda la nebbia che gli nasconde una Bologna che sembra non ne voglia più sapere di lui. E beve l'ultimo caffè della notte. O quello che s'illude sia l'ultimo, perché ha appena rimesso il culo sulle lenzuola che il campanello di casa gli trasmette un brivido all'addome, come se campanello e addome fossero collegati dai fili elettrici che qualcuno, premendo il pulsante giù in strada, ha messo in contatto.

Non è mai capitato che Rosas salisse di corsa le scale di casa Sarti. Arriva al piano e si appoggia al corrimano perché ha speso quello che aveva da spendere. È più stazzonato e sgualcito del solito e anche i sandali sembrano più scassati. Ha il fiatone e, attraverso i due culi di bottiglia che gli fanno da lenti piantate sul muso di faina, dà un'occhiata al questurino in mutande, sulla soglia di casa e dice: «Quel coglione del tuo Raimondi Cesare ha preso la più grossa cantonata della sua vita». Con le ultime forze porge al questurino un pesante volume rilegato in pelle che Sarti Antonio lancia sul mobile dell'ingresso senza neppure guardarlo. Non gli interessano i libri di Rosas, non riesce a farseli piacere.

«Te l'ho detto già un'altra volta: Raimondi Cesare non è mio.» Lo guarda in faccia e lo trova più pallido del solito. «Non hai più vent'anni e certi sforzi si pagano con la vita. Vieni dentro prima di svegliare il condominio.»

Lo sostiene di peso e lo deposita sul divano. Uno straccio che ha perduto anche la poca consistenza che aveva quand'è uscito dalla fabbrica. Lo straccio riesce a mormorare: «Un caffè?».

«L'ho appena bevuto, grazie.»

«Dicevo per me.»

Glielo prepara. «Sei molto bravo se riesci a fare una classifica delle cantonate di Raimondi Cesare. Ne ha prese talmente tante e talmente grandi...»

Resta accanto al fornello. In silenzio.

«Tu non lo bevi?» chiede Rosas, a occhi chiusi. Ha ripreso fiato e un po' di colore. Sul giallo.

«Ne ho già mandati giù un paio sperando...»

«... che arrivassi?»

«No! Sperando di addormentarmi.»

«E per conciliare il sonno, ti ubriachi di caffè?» Si guarda attorno. «Dove l'hai messo?»

«Cosa?» Ha completamente dimenticato il librone.

«Il volume!» grida il talpone. «E trattalo con le manine della festa, che vale un patrimonio.»

Sarti Antonio lo recupera e, con il rispetto dovuto ai libri, lo posa sul tavolo.

«Sai cos'è questo?»

«Credo di sì» risponde Sarti Antonio con tutta l'ironia che può avere un questurino alle tre di notte. «Dovrebbe essere un libro.»

«Bravo, ma un libro speciale. Sta a vedere» e lo sfoglia con precauzione. Sfiora con l'indice un'immagine e chiede, ma non vuole risposta: «Cosa ne dici?».

Sarti Antonio, sergente, guarda e il solito brivido degli avvenimenti inaspettati e dolorosi gli parte dall'inguine e si concentra più su, in quella che lui ritiene sia la sede della colite. O almeno della sua. Balbetta: «A chi... a chi l'hai rubato?».

«Rubato non è la parola giusta. Si tratta di un prestito, diciamo così, coatto. Quando non servirà più né a me né a te, può anche darsi che lo restituisca.»

Non ci sono dubbi: le due immagini che Rosas gli ha indicato, disegnate da mano esperta e colorate con il pastello su fogli di carta spessa e di colore antico, quasi pergamena, le ha già viste! E in una situazione drammatica.

Soddisfatto dell'effetto, Rosas sorride come una faina, sempre che le faine sorridano, si versa un altro sorso di caffè, lo zucchera con calma e, prima di mandarlo giù, si domanda: «Si può essere più coglioni di quel coglione del tuo superiore? Bastava andare da un antiquario e chiedere. L'antiquario gli avrebbe risposto: "Sì, signor ispettore capo, si tratta di oggetti di inestimabile valore provenienti..."».

Il mio questurino lo interrompe: «Come ci sei arrivato? A chi appartenevano? Perché non lo hai detto prima del processo? Come sapevi che sono gli stessi? Quando hai...». E chissà quante domande farebbe se Rosas non si alzasse, non posasse la tazzina lontano dal prezioso volume e non dicesse: «Be', si è fatto tardi e io devo dormire un po' prima di tornare all'università. Il volume te lo lascio, così te lo sfogli con calma e chissà che non ci trovi altre sorprese. Trattalo bene che vale un patrimonio. Come vedi, ogni pagina è firmata dal Nannini, il pittore che ha disegnato e colorato uno per uno gli oggetti in grandezza naturale a mano a mano che venivano alla luce durante gli scavi. Per tua conoscenza, l'incarico glielo aveva affidato un certo Giovanni Gozzadini, storico e archeologo, ultimo di una nobile famiglia bolognese, morto nel 1887, che forse avrai conosciuto nella tua gioventù perché ha scavato anche dalle tue parti, in quel di Marzabotto...».

«'Fanculo, Rosas! Ti ho chiesto...»

«Ho sentito, ho sentito. Avrai tutte le risposte che posso darti se mi farai un piccolo favore.»

«E ti pareva! "Niente per niente" è il tuo motto, no?»

«Purtroppo è il motto di tutti.»

«Sentiamo, quanto ti serve?»

«Non voglio soldi.»

«Questa è nuova. Cosa vuoi, allora?»

«Lo saprai, lo saprai.» Si alza, saluta con un gesto e sulla porta dice: «Immagino che non avrai mai sentito parlare della civiltà villanoviana. Anche in quella c'è lo zampino del Gozzadini».

Va a immergersi nell'ovatta che nasconde i portici e altre cose. Comprese quelle buone, anche se sono poche.

Sarti Antonio vorrebbe urlargli dietro che, anche se non sa di civiltà villanoviana e di Gozzadini, il suo mestiere lo sa fare e come!

Non gli va di ribattere perché sarebbe inutile e Rosas, su di lui, non cambierebbe opinione. E chissà che non abbia ragione.

Siede al tavolo, sfoglia il volume e, dopo alcune pagine, ha un altro brivido di colite.

Adesso è sicuro: c'è un bel casino nell'omicidio di Fondali Elisa e, quando lo racconterà, Raimondi Cesare, ispettore capo, non la prenderà per niente bene.

13
EQUIVOCHE RELAZIONI TRA GLI OGGETTI

In cortile, una guardia lo afferra per un braccio e gli dice: «Hai visite». Il professore tira la sua monetina, che si schianta contro la base del muro e rimbalza all'indietro per alcuni centimetri. Tano e il Subiolo esplodono in un grido di trionfo e raccolgono da terra tutte le monetine ridacchiando e ansimando. La Marisa lo manda a cagare con un gesto rassegnato.

Il professore tossisce per mascherare l'imbarazzo e segue la guardia, attraverso il cortile, lungo i corridoi, dietro la biblioteca, fino al salone delle visite. In fondo, nell'ultimo tavolo, Nadia sta seduta in punta di sedia, come se fosse in attesa di un segnale per scattare verso un filo di lana olimpico.

L'ultima volta che ha avuto rapporti con sua moglie è stato un paio d'anni prima, quando lei gli aveva telefonato per via di un cane, se voleva un cane, ecco, perché una sua amica aveva trovato un cane per strada, ma non lo poteva tenere, se lo voleva lui, gli avrebbe fatto compagnia. Era di buon carattere. Lui aveva risposto: "Ho già avuto una moglie. Basta animali in casa" e lei gli aveva sbattuto giù il telefono. È fatta così: senso dell'umorismo, zero. Poi gli era dispiaciuto.

«Guarda in che posto mi costringi a venire!» gli dice non appena seduto di fronte a lei. «Hai una bella cera. Mangi bene?»

«Sei stata carina a farmi visita» dice il professore con un sorriso raccattato in qualche angolo del suo repertorio.

«Sì, ma anche tu: che figure mi fai fare! Non posso frequentare più nessuno che tutti parlano di te e del tuo caso. Mi chiedono se non mi sono mai accorta di niente. Nessuna boutique, nessun salotto.»

«Di niente cosa? Se ho mai ucciso qualcuno in passato? Se ho mai tentato di piantarti degli spilloni negli occhi?»

«Non fare lo stupido. In ogni caso io gli dico sempre che non sei stato tu.»

«Davvero? Così gli dici, che non sono stato io?»

«Ma certo, cosa credi. Tu non faresti male a una mosca, sei un imbelle, senza palle, figurarsi. Uccidere una in quel modo barbaro! E adesso?»

«Aspetto. Ci sarà l'appello. Non tutto è perduto.»

«Ti vai sempre a mettere in più fatte situazioni... Te le vai proprio a cercare. Tu, se non ti metti nei guai, non sei contento. Sei sempre stato così.»

«Ma cosa dici? Io non sono mai stato così, mai un guaio, mai niente. Dimmi una volta che mi sono messo nei guai.»

La donna alza gli occhi al soffitto nello sforzo di pensare.

«Tua madre è morta?» chiede all'improvviso il professore.

«Nooo» esclama la donna scandalizzata. «Perché mai dovrebbe essere morta? Sta benissimo. Adesso è alle Maldive, in vacanza. Tu sei sempre stato prevenuto verso di lei, povera donna. Perché dovrebbe essere morta?»

«Non so. Speravo di cominciare la giornata con una buona notizia.»

La donna sbuffa con aria di insofferenza. «Non sei per niente cambiato. Speravo che il carcere ti avesse fatto bene, invece...»

Quando assume quell'aria imbronciata, lui ritrova in lei i gesti infantili e disarmati che gli erano piaciuti nella sua giovinezza.

«E tu che fai?» le chiede premuroso.

Lei alza le spalle. Vuol dire: "Il solito, lo sai. Cosa chiedi?".
«Mi fa piacere che tu sia venuta.»
«Me lo ha consigliato don Egidio. Dice che è un atto di carità cristiana. Il mondo ha bisogno di carità cristiana. Lo dice anche il papa. Tu ci credi?»
«Ah, sì, io ci credo. Non solo di carità cristiana ha bisogno il mondo, ma certo più ce n'è meglio è.»
«Mi prendi in giro?» dice la donna diffidente.
«No, affatto. Non ti prendo in giro.»
«Non so mai se mi prendi in giro. È sempre stato così. Non ho mai saputo se mi prendevi in giro. Perché a me non piace essere presa in giro.»
«Cosa dici, non ti ho mai preso in giro. Ti ho sempre preso molto sul serio.»
«Meglio così. Ho sempre avuto il sospetto... insomma... be'. Tuo padre cosa ne pensa?»
«Non lo so. Non si è mai fatto vivo.»
«Davvero?» fa la donna incredula.
«Lui e la carità cristiana combattono su fronti opposti.»
La donna resta in silenzio a meditare su quel comportamento così poco caritatevole e altrettanto poco perbene. Poi infila le mani nella borsetta. «Ti ho portato una cosa» dice porgendo al professore un pacchetto. «Anzi, due. Anzi, tre. Apri.»
Nel pacchetto c'è un mazzo di carte da tarocchi, un rosario e una *Divina commedia*. È l'edizione dello Scartazzini-Vandelli rilegata in verde, a cui il prof è sempre stato molto affezionato. Il professore sorride.
«Me l'ha dato Flora per te. Dice che era rimasto a casa e che forse ti piacerebbe averlo. Dice che lei non può venire a trovarti, perché tuo padre non ne sarebbe contento. Insomma, un giorno me l'ha portato dicendomi che se ti vedevo... Be', insomma, te l'ho portato. Anche se Flora non mi è mai piaciuta. Secondo me è troppo possessiva. Così, insomma. Sono cose utili, credo. Il rosario è per avere un conforto morale. Deve essere difficile far passare il tempo e, se uno prega, passa più in fretta. An-

che le carte servono per far passare il tempo» dice Nadia d'un fiato.

«Un pensiero gentile. Ma cosa me ne faccio del rosario? Non so neanche da che parte si comincia.»

«Ma ci sarà un sacerdote, no?» lo interrompe Nadia. «Uno che ti insegni, che ti dica come fare, come pregare. C'è sempre un sacerdote in carcere per i momenti di bisogno, per parlare. Con chi parli se no? Se non puoi parlare con un sacerdote o con Dio, con chi parli?»

Vorrebbe dirle: con Tano, con la direttrice, col Subiolo, con la Marisa, con le guardie, insomma, con circa quattrocento persone, tutte, se non migliori, certo più ciarliere del Signore.

«C'è un sacerdote, ma non andiamo molto d'accordo. Ieri abbiamo avuto una discussione a proposito del Credo niceno.»

«A proposito del... cosa?» chiede la donna sbarrando gli occhi.

Quando Nadia se ne va il professore la segue con lo sguardo. È sempre una bella donna, l'equilibrato esito di diete, palestre e buoni pensieri.

«Andiamo» gli ordina la guardia.

«Un attimo» dice il professore. La osserva finché non è uscita dalla porta e restano solo le sedie appoggiate alle pareti e gli altoparlanti muti. Dolce Nadia. Pensa che il mondo sia bellissimo, che il futuro sarà meraviglioso e che gli eventuali guai li risolverà il Signore. Del resto, perché no? Ipotesi diverse avevano forse dato risultati migliori? In ogni caso, lei è stata l'unica persona a venirlo a trovare in carcere, parenti, amici e colleghi compresi. Vorrà pur dire qualcosa.

«Ti serve un rosario, Tano?» chiede il professore appena giunto in cella.

«Per fare cosa?» risponde Tano incuriosito.

«Un rosario, Tano, un rosario. Non sai cos'è un rosario? Per pregare. Per cosa se no. Guarda, ogni grano una preghiera. Un'Ave Maria, un Salve Regina, un Padre nostro, un Gloria, e poi le litanie, e alla fine si ricomincia.»

Tano prende il rosario con delicatezza, come se temesse di incorrere nella collera di Dio se strapazza troppo i grani. Osserva a lungo la croce, poi alza il rosario verso la luce della finestrina, in alto, quasi a valutarne la purezza.

«Ma cosa guardi, Tano» fa il professore. «Non è una collana di perle, non sono diamanti. Non vale niente, costerà cinque euro, neanche. Sono false pietre, di plastica, chissà, o qualcosa di simile.»

«Non lo guardavo per questo» risponde Tano risentito. «Controllavo solo se i grani sono trasparenti.»

«E allora? Che importanza ha?»

«Se ogni grano è una preghiera, come dici tu, penso che se è trasparente è meglio.»

Il professore non replica. Tano è come Nadia, tutto sommato. Una fiorente quarantenne dell'alta borghesia imprenditoriale e un detenuto cinquantenne senza denti e analfabeta. Ci dovrebbe essere una gran differenza, e invece no: uguali. Una disperazione.

Tano va a posare il rosario sulla sua mensola, poi, non contento, lo appende a un gancio dell'armadietto.

«A buon rendere» fa rivolto al prof.

«Di', Tano, cosa pensi di farne del rosario? Tu preghi?»

«Saranno cazzi miei, no? O no?»

«Sai, Tano, quanto tempo è che stiamo qui in questa cella, insieme?»

«Non so, non ho tenuto il conto.»

«Be', in questo conto non mi hai detto niente di te. Io ti do, tu mi dai, andiamo avanti da buoni fratelli, una storia e l'altra, e siamo arrivati che tu sai tutto di me e io niente di te. Ogni volta che ti chiedo perché sei dentro o quanto ci devi stare, tiri il culo indietro e cambi argomento. Ti sembra un bel modo di fare?»

«Vaffanculo, va', te e i tuoi modi di fare. Adesso stai buono e non rompere più il cazzo, che voglio farmi una sega.»

«Potevi anche dirmelo che non sai leggere e scrivere. Perché non me l'hai detto?»

Tano scatta a sedere sul letto.

«Chi te l'ha detto? Dimmi chi è quel figlio di puttana che mette in giro queste balle sul mio conto, figlio di troia... io, Tano, che non sa leggere!» Tano è rosso d'ira e gesticola come un tarantolato.

«Okay, okay, sta' buono, se sai leggere meglio così. Era una voce che ho sentito in doccia, ma se non è così, bene, tutto bene, non ti scaldare, e checcazzo! Cosa sarà poi! Non è mica una vergogna. C'è chi non sa andare a cavallo, chi non sa nuotare, chi non sa parlare, e c'è anche chi non sa leggere. Cosa c'è di male? Bene, va tutto bene.»

«La vuoi piantare adesso? Mi dai sui nervi, mi dai. Sta' zitto.»

«D'accordo, bene. Mi metto a leggere qualcosa. Me ne sto qui buono a leggere qualcosa. E tu che fai?»

«Io volevo farmi una sega ma tu mi hai fatto andare indietro il latte. Vado a vedere la televisione.»

Tano si alza in piedi di colpo. Il prof prende un libro, si sdraia sul letto, lo apre con un sospiro di soddisfazione e finge di immergersi nella lettura. Tano fa qualche passo verso la porta poi si ferma a osservarlo.

«Come te ne sei accorto, che non so leggere?» chiede infine Tano.

«Non ti ho mai visto aprire un libro, né una rivista che non fosse porno. Non era difficile arrivarci. Però non me ne sono accorto subito.»

«Secondo me te l'ha detto qualcuno» dice Tano fissando il prof intensamente. «Te l'ha detto qualcuno. Ma non ha importanza. No. Però non è stata una bella cosa.»

«Non capisco perché te la prendi tanto.»

Tano non risponde, ma non smette di osservare il prof finché la guardia non gli viene ad aprire la porta.

14
CHE RAZZA D'INDAGINE, RAIMONDI CESARE!

Di materiale per rifletterci su, ne ha in abbondanza, a cominciare dai due spilloni che ha incontrato una prima volta infissi nelle pupille di Elisa Fondali e una seconda riprodotti nel volume rubato da Rosas alla biblioteca dell'università. Se allora non sapeva di cosa si trattasse, ora lo sa con esattezza archeologica. La didascalia sotto l'illustrazione li descrive così: "Due grosse spille di bronzo con capocchia d'oro rinvenute nella tomba 4 C all'interno del teschio presso il quale erano altri oggetti d'oro. Esse stavano ai lati del teschio...".

«... e quando le ho viste io, stavano dentro il teschio di una ragazza. Vorrà dire qualcosa?» Parla da solo, come fanno i matti.

Dunque: "... esse stavano ai lati del teschio sì da far ritenere che servissero per appuntare un qualche ornamento sul capo".

Prosegue nelle riflessioni notturne. Ad assassino arrestato, condannato e in carcere, Felicità gli recapita, gli recapita... gli recapita...

Va a prendere gli oggetti preziosi e li allinea sul tavolo. Sfoglia ancora il volume e: «Eccoli qua».

Li confronta con le illustrazioni e sono gli stessi. Trattasi di "una testina d'ariete d'ambra...".

«Io l'avevo preso per la testa di un caprone.» Caprone o ariete, è la stessa testa.

Trattasi di "una testina d'ariete d'ambra di centimetri quattro per centimetri due; una testa d'ippocampo...".

«A me pareva un cavalluccio marino.» Che è poi lo stesso animale.

"... una testa d'ippocampo d'ambra pure di centimetri quattro per due."

«E anche questi provengono dagli scavi etruschi! Il che vuol dire...»

Vuol dire, e ci arrivo anch'io che non sono del mestiere, che l'assassino non è chiuso in carcere, come si illude Raimondi Cesare, ma passeggia tranquillamente per la città. Magari in questo momento è sotto le finestre di casa Sarti e ghigna

Va a controllare. Scosta una tendina, fatta grigia dal tempo, e non vede la via, nascosta da una nebbia che non se ne va e che mette altra nebbia nella testa di Sarti Antonio, sergente. Bologna è una luce lattiginosa sparata dai lampioni e diffusa dalle particelle di umidità.

Va a posare la tazzina e la macchinetta per il caffè, entrambe vuote, paurosamente in bilico, sulla pila di piatti sporchi da una vita. Ha altre preoccupazioni che mettere ordine in casa. A voce alta, come fa quand'è in crisi, si chiede: «Ma perché spedire a me quelle figurine? Devo essere l'unico in tutta Bologna che non si è mai interessato alle indagini». Guarda gli oggetti. «Cosa significano? Che ci faccio?» e mi guarda. Che posso rispondergli?

Un poliziotto normale si presenterebbe dal capo per dirgli a brutto muso: "Che razza d'indagine hai condotto, Raimondi Cesare?". Ma Sarti Antonio, sergente, non è un poliziotto normale. Lui ha un'altra idea.

Dice: «Be', prima di pestare una merda, mi conviene saperne di più».

Per saperne di più, bisogna trovare Felicità.

È mezzanotte. Posa l'orecchio alla parete: la Grassona è ancora alzata e guarda la tele.

«Meglio, così non la sveglio.» Va a suonare il campanello.

Lo spioncino si illumina e si oscura e scattano le numerose serrature. Sarti Antonio si aspetta di vederla avvolta nella famosa vestaglia fiorata, un pugno negli occhi, e con i bigodini nei capelli rosso fuoco. Ed è così, esattamente così, che appare, gli sorride e gli dice, a voce alta, come al solito: «Signor Sarti! Mo' si accomodi bene. Posso offrirle qualcosa?».

«No, no! Vorrei un'informazione. Lei sa a che ora passa di solito la postina?»

La Grassona si appoggia allo stipite, come deve aver visto in qualche telefilm, e sorride. «Mo' sicuro che lo so: tutte le mattine alle undici, puntuale come un orologio svizzero.»

«Grazie e mi scusi per l'orario.»

Adesso il sorriso della Grassona è ambiguo. «Mo' non posso offrirle proprio niente?»

Sarti Antonio si volta in fretta, fa un cenno di saluto e va a richiudersi in casa, al sicuro.

L'auto Ventotto arriva alle dieci e tre quarti. Sarti Antonio, sergente, non vuol perdere l'appuntamento con la Felicità. Alle undici e cinque, un postino, seduto su un ciclomotore che, sotto il suo culo, sembra un giocattolo, gira l'angolo, si ferma davanti al portone di casa Sarti, scende ed è un cristo alto due metri, sottile come uno spillo e dinoccolato come un giunco quando tira vento. Controlla i nomi sui campanelli, ne preme alcuni e, al tiro, sparisce nell'androne.

Sarti Antonio, sergente, guarda Felice Cantoni, agente, e gli chiede: «E quello chi è?».

«A occhio direi un postino.»

«Lo so anch'io che è un postino! E... e Felicità?»

Non aspetta la risposta che Felice Cantoni non gli darebbe mai, e scende dalla Ventotto. Appena lo Spillo mette fuori la testa dal portone, il mio questurino lo prende per il petto, lo trascina sotto il portico e lo sbatte contro il muro. Non ha peso.

Il giovanotto guarda dall'alto in basso quello che gli è successo e balbetta: «Cosa... cosa vuole da me? Io... io non ho soldi...».

«Dove hai messo Felicità?» ed è costretto a stare in punta di piedi per arrivare almeno con la testa sotto il mento del postino. E il mio questurino non è un bassotto.

Allo Spillo servirebbe un minimo per capire, ma Sarti Antonio non gli dà tempo e lo sbatte contro la parete. Alla terza, lo Spillo si sbriga a rispondere: «Felicità, sì... Io... io non lo so. Da due giorni hanno mandato me al suo posto...».

«Chi ha mandato te?»

«Ma... io non lo so. Mi hanno telefonato dalla direzione per dirmi che dovevo fare il giro di Felicità... e siccome l'ho fatto altre volte... io ho detto di sì... Ma se ci sono dei problemi... posso anche stare a casa.»

«Che minchia ti prende, Anto'? Sei diventato matto?» grida Felice Cantoni. E gli strappa dalle mani lo Spillo, che resta comunque appiccicato alla parete. «Cosa ti ha fatto questo poveretto? Non vedi che sta in piedi per caso?»

«Forse...» azzarda lo Spillo «forse la Felicità è malata e...»

«Sai dove abita?» chiede Sarti Antonio, sergente. Nemmeno si preoccupa di chiedere scusa. Il prossimo non lo si conosce mai abbastanza.

«Sì, in vicolo Malcontenti al quattordici, ma se è malata sarebbe meglio non...»

Lo pianta lì e torna di corsa alla Ventotto. «Andiamoci, Felice, muoviti!».

«Senta signore!» gli grida dietro lo Spillo, sempre incollato all'intonaco. «Felicità ha fatto qualcosa di male?»

«Sì!» grida Sarti Antonio sbattendo la portiera della Ventotto.

«Guardi che sembra così, ma è molto tranquilla, innocua... Io la conosco bene e so che non...» e il resto della frase si perde nello sgommare sull'asfalto.

Vicolo Malcontenti è a due passi da piazza Maggiore. Si chiama Malcontenti perché la percorreva chi aveva poco da stare allegro: i condannati a morte nell'ultimo viaggio dal Torrone di Piazza al patibolo, nei pressi della Montagnola di oggi.

Al numero quattordici Sarti Antonio, sergente, suona a tutti i campanelli: sì, Felicità abita all'ultimo piano, ma nessuno ha sue notizie recenti. Ne sa di più un'anziana che le abita accanto.

«L'altra sera è venuta a salutarmi e a dirmi che andava fuori e a chiedermi se avevo bisogno di qualcosa. Perché, sa, mi dà sempre una mano per la spesa o per pagare la luce. Non l'ho più sentita tornare a casa. No, no, se torna a casa la sento di sicuro, che non c'è dubbio. E poi viene sempre a vedere come sto e se mi serve qualcosa... No, non è mai stata tre giorni senza venire a vedere come sto. Insomma, in casa non c'è e basta.»

«Le ha detto dove andava?» L'anziana ci pensa e scuote il capo. «È sicura? A ballare, a casa di amici, a cena fuori, a trovare la madre...»

«Insomma, giovanotto, non sono ancora rimbambita!» Rimbambita no, ma per scambiare Sarti Antonio con un giovanotto, bisogna essere in là con gli anni.

È a metà scale che l'anziana si affaccia e grida: «Ah, senta, giovanotto! Mi è venuto in mente che ha parlato di andare a ritirare dei soldi».

Sarti Antonio, sergente, torna su di corsa. «Dove?»

«Oh, questo poi non me lo ha detto.»

«In banca?»

«Sì, in banca alle nove di sera.»

È di nuovo a metà scale e l'anziana grida ancora: «Giovanotto, sa cosa mi ha detto? Ha parlato di...».

«Aspetti, nonna, che salgo» e torna su di corsa. Ormai non ha più fiato. «Cosa le ha detto?»

«Mi ha detto: "Sai, Adalgisa...". Adalgisa sono io. "Sai, Adalgisa, che forse mi sistemo per un po'?" "Magari" faccio io. "E come?" Mi guarda come fa lei quando è contenta e mi dice: "Soldi, Adalgisa, tanti soldi da star bene per un anno". "Magari" faccio io. La saluto e lei se ne va. Non l'ho più vista e forse si è sistemata davvero, beata lei! Oh, era proprio in ghingheri. Vestita come dio vuole, una volta tanto. Una bella sottana aderente, sa, di quelle che stanno sotto l'ombelico, e una camicetta di un colore che le stava proprio bene e faceva vedere e non vedere quello che c'era sotto. Poi aveva un soprabito elegante. Leggero ma elegante. E niente stracci e niente bandierine attorno alle braccia o alle gambe. Stava proprio bene la nostra Felicità. Elegante che non pareva neanche più lei.»

15
RIFLESSIONI SUL DELITTO

«Tano, dimmi, tu che hai esperienza di queste cose. Perché uno vuol male a un altro?»

«Sai, prof, ogni tanto fai delle domande che non si direbbe nemmeno che hai tutto il tuo bene in testa. Cosa vuol dire? E in che senso io ho più esperienza?»

«Stavo pensando... Insomma, quali sono i motivi che spingono qualcuno a uccidere una persona, o a fargli del male o a nuocergli?»

«E a cosa ti serve saperlo?»

«Così, per saperlo. A niente di preciso. Volevo il tuo parere.»

«Se non ti serve a niente, perché vuoi saperlo? Ti incasini la testa inutilmente. E tu ce l'hai abbastanza incasinata.»

Succede una cosa strana. Per più di un anno il professore ha vissuto in modo innaturale, fra accuse, difese, interrogatori, prigioni, offese, lacrime. È sempre stato sotto tensione, per così dire. Non ha mai avuto modo di riflettere su quello che è accaduto quella notte. Ha sempre risposto a delle domande, ha sempre dovuto rivedere gli eventi nella prospettiva che gli veniva imposta da qualcun altro. È stato come drogato. A volte deve fare uno sforzo per ricordare. Ci sono momenti di cui non è sicuro, altri che rivede distintamente e che ricorda nei minimi dettagli. Che paradosso! Solamente a cose fatte, una volta spenti i riflettori e scesa la notte, ha cominciato a ricostruire gli avvenimenti, le cose, i gesti, la cronologia. Da solo, senza pressioni, senza avvocati, senza giudici. La prigione gli ha in qualche modo restituito una sorta di lucidità, un ambiente pacifico e disteso entro il quale muoversi a piacere, secondo le sue esigenze, i suoi tempi. Questo spiega probabilmente la sua tranquilla accettazione della prigione, come fosse una clinica delle emozioni e dei sussulti, in cui provare di nuovo a meditare. Per dirla tutta, in prigione si sente in pace, sciolto dai vincoli della realtà, pronto a ricominciare.

«Allora?»

Tano lo guarda impaziente, le mani intrecciate, seduto sul letto.

«Dimmelo, avanti, prova. Dimmi il primo motivo.»

«Ripeti» fa Tano sospirando.

«Dimmi i motivi per cui qualcuno vorrebbe fare del male a qualcun altro. Prova.»

«Sì. Perché gli ha scopato la moglie.»

«Quindi tu dici che uno vorrebbe fare del male a un altro se questo gli ha scopato la moglie.»

«Anche se ci ha solo provato. Io lo ucciderei, per questo.»

«Dunque per gelosia.»

«Cosa c'entra la gelosia?» si meraviglia Tano.

«Che cos'è, se no?»

«Onore. Che c'entra la gelosia?»

«Chiamalo amore, se vuoi.»

«Amore? Ma cosa c'entra anche questa! Cos'hai in quella testa di merda?»

«Dillo tu allora.»

«Sei sordo? Per onore lo uccido, per onore. E checcazzo!»

«Ma se tu non l'ami, questa donna, questa moglie, se non ne sei geloso, cosa ti frega se uno la scopa?»

«Perché lei è mia, è un'offesa a me che mi fa quello.»

«Rientra nella categoria "furto", allora, è così?»

«Va già meglio che le altre due stronzate che hai detto. Ma c'è qualcosa in più. Non è solo questo. Dillo tu, io non lo so dire.»

«Non sei siciliano, Tano, ma non si direbbe mica, sai. Ragioni come un picciotto degli anni Trenta.»

«Vedi, prof, vedi» dice Tano agitando un dito ammonitore «qui non è questione di essere siciliani, o torinesi, o sardi, o chi cazzo vuoi te. Qui o si è uomini o si è merde. Questo è il punto. Il punto. Capito? Hai studiato tanto e non sai queste cose.»

«Merda, Tano, tu non stai al gioco.»

«Forse no, ma è un gioco questo? Prof, è un gioco? Non credo, non credo che per te sia un gioco. Mi sbaglio?»

Il prof si appoggia al letto. «Secondo te, chi è stato, Tano? Non riesco a capire.»

«Professore, smettiamola qua. È un gioco che non mi diverte più. Io non ne so niente. Sono cazzi tuoi.»

«E piantala di chiamarmi professore. Come lo dici tu sembra l'equivalente di "povero stronzo".»

«E cosa sei? Non sei un povero stronzo? Passi il tempo a rimuginare su quella storia e a farti il sangue cattivo. Così è peggio, te lo dico io. Chiedilo a chi vuoi, è molto peggio. Chiedilo al Subiolo, chiediglielo. Sai quanti mesi ci ha messo per accettare il carcere?»

«Va bene, va bene, piantala. Cosa dovrei fare, secondo te? Accettare di passare il resto della vita in galera? Senza avere fatto niente?»

«Sì, buonanotte.»

«Non capisco perché ti ostini a pensare che sono colpevole. Io non l'ho uccisa quella ragazza, non l'ho uccisa! Perché non mi credi? Che motivo avrei di mentirti? A te, di mentire a te?»

«Se sei qui, sei colpevole. Il resto sono storie. Il problema non è essere colpevoli o innocenti, il problema è essere dentro o essere fuori. Tutto qui. È semplice. C'è chi sta dentro e chi sta fuori. Ecco.»

«Ma io sto dentro senza avere fatto niente, io dovrei stare fuori. Questo non conta? Non c'è una differenza fra i colpevoli e gli innocenti?»

«C'è anche un sacco di gente che sta fuori e ha ucciso,

rubato, rapinato, stuprato e inculato. L'importante è che ci sia un equilibrio. Qualcuno sta dentro e qualcuno sta fuori. Per il resto, colpevoli, innocenti, chissenefrega, non gliene frega un cazzo a nessuno. C'è chi sta dentro e chi sta fuori. Noi stiamo dentro.»

«Ma va' a cagare anche te, Tano. Venti secoli di dottrina morale spazzati via dall'economismo etico di un galeotto. Ma va' a cagare. Anche te, va'.»

Tano prende dalla mensola il mazzo di tarocchi e li sgrana studiandoli con attenzione. «Ma tu le conosci, queste carte? Io non le ho mai viste.»

Senza aspettare la risposta, le ripone sulla mensola, prende un mazzo di piacentine e comincia a mescolarle. Poi ne serve tre al prof, tre a se stesso e quattro le dispone armonicamente sul tavolo. «Dài, gioca» dice Tano indicando le carte. «Non ti agitare. Vedrai che ti passa. Dopo, se ci sai fare, le cose non sono così male.»

Il professore prende in mano le carte e le osserva con attenzione. Poi getta un tre di spade. «Quando me ne sono andato da quel cazzo di albergo, lei era ancora viva, Tano, lei era viva, come te e me. Io sono andato via prima, che lei era viva. Tano, era viva, ti dico.»

Tano sembra molto impegnato nella valutazione delle carte in tavola. Poi cala il re bello per raccogliere un sette e il tre del professore.

«Viva. E bella. Allora sei proprio uno stronzo, prof. Lei è lì, viva, bella, e tu te ne vai. Non sei un po' recchia?»

«Lei mi ha mandato via, lei mi ha chiesto di andarmene, capito? Io non volevo, ma lei ha insistito al punto che ho fatto come voleva lei.»

«Ma perché ha tanto insistito per farti andare via?»

«Non era mai successo prima.»

«E tu?» chiede Tano studiando le carte in tavola.

«E io niente. Cosa vuoi dire, io cosa?»

«Non hai chiesto perché, che cazzo aveva da comportarsi così, una spiegazione, cazzo, no? Che ti dicesse perché, almeno.»

«No, non le ho chiesto niente. Ho pensato che avrà avuto le sue ragioni per fare così. Non gliel'ho chiesto.»

«Bravo coglione. Così adesso sei nella merda perché lei aveva le sue ragioni. Ma che uomo sei? Una ti porta a scopare in un albergo e non vuole che vi vedano assieme e tu non le chiedi nemmeno... Ma vatti a far fottere, prof. E poi che ragione c'era di andare in albergo? Non avevate una casa, tu non hai una casa, lei non aveva un appartamento, una stanza, un cazzo di posto dove posare il culo la notte?»

«Lei mi aveva detto che voleva fare qualcosa di nuovo, che le sarebbe piaciuto passare l'ultima notte con me in un hotel prima di sposarsi. Ho pensato anche che volesse farmi un regalo per il mio compleanno, io sono nato il 9 marzo, una cosa così, una sorpresa, un regalo d'addio, non so nemmeno io.»

«Come sorpresa non si può dire che non sia riuscita» ironizza Tano scompigliando le carte e raccogliendole secondo i semi. «Un bel regalo! Io sono nato il 1° gennaio. Così non me lo dimentico.»

«Mi ha chiesto se conoscevo un hotel carino, un po' fuori città» continua il prof. «Certo, dico io, l'hotel Bellavista, verso Pianoro, vicino a casa mia. Bella posizione, sulle colline, si mangia anche bene.»

Tano alza lentamente il capo dal tavolo e guarda in faccia il prof. «Come hai detto che si chiama l'albergo?»

«Bellavista si chiama. A Pianoro Vecchio, prima che cominci la salita della Futa. Sai dov'è?»

«No che non lo so» dice Tano gettando le carte in malo modo. «Non lo so. Ma non si può giocare così, con uno che parla e parla in continuazione. Non ne posso più.»

«Ah, tu non ne puoi più? Io non ne posso più. Sono io quello che è innocente, non tu, capito?»

Tano si è sdraiato e già dorme. O fa finta di dormire.

16
LA VOCE E LA COSA

Il Subiolo tiene gli occhi bassi: osserva con attenzione un punto indefinibile tra le gambe e le scarpe, la Marisa aspetta incuriosito, Tano si agita sulla sedia incapace di dominare l'eccitazione, Tricche-Tracche dorme con le mani intrecciate sulla pancia, il Màccaro lo fissa con occhi bui, i due nuovi in fondo sono stravaccati sul tavolo.

La direttrice ha fatto le cose per bene. La biblioteca è ora dotata di una lavagna con pennarelli, un televisore con relativo videoregistratore, una decina di quaderni e parecchie penne Bic, con inchiostro nero e blu. Gli alunni, per così dire, stanno raccolti in due tavoli di fronte a quello, più piccolo e malandato, del prof.

Il prof non ha mai insegnato alle scuole elementari o, in ogni caso, in nessun istituto che non fosse almeno il liceo. Non sa come si fa a insegnare a degli analfabeti, non sa come si insegna a leggere e a scrivere. Immagina che un adulto sia diverso da un bambino di cinque o sei anni, in questo. Non si può far fare a un adulto delle righe intere di aste o di tondi, come era toccato a lui. Quando era in prima elementare la maestra gli insegnava a fare i cerchi delle "o" e delle "a" raccontando che una linea, all'interno di un quadrato del quaderno, cerca di raggiungere l'angolo del quadrato ma, visto che ci trova una bestia feroce, ecco che curva verso l'angolo opposto, e anche qui salta fuori una belva, e allora via verso l'altro angolo eccetera. Così nascono le "a" e le "o", secondo le maestre degli anni Sessanta. Ma può tirare fuori una storia così per ricettatori, stupratori, grassatori e svaligiatori di banche? Anche se è vero che psicologicamente quella gente ha molti punti di contatto coi bambini, è ridicolo solo pensarla, una cosa del genere.

La direttrice sta in piedi accanto al prof, con sguardo sorridente. Dice qualche frase di incoraggiamento e di stimolo. Che leggere e scrivere è indispensabile per vivere nel mondo di oggi, che chi non sa leggere e scrivere è come se gli mancassero le mani, entrambe, non una sola, e che in ogni caso leggendo il tempo passa più velocemente e dalla lettura si può trarre grande diletto.

«Io trarrei più diletto da una scopata» interviene uno dei due sconosciuti suscitando grida di universale consenso. Tricche-Tracche si sveglia alla parola "scopare".

«Anch'io» interviene la direttrice senza scomporsi. «Invece mi tocca stare qui con voi tutto il santo giorno. Quindi non siete i soli. E visto che quella cosa lì non si può fare, tanto vale impiegare il tempo in modo più proficuo di quello che siete soliti fare. Dico bene? Il professore lo conoscete, ormai, quindi non mi rimane che ringraziarlo per la sua disponibilità e augurarvi buona lezione.»

«Che vantaggi abbiamo se seguiamo queste lezioni?» chiede il secondo sconosciuto alzando la mano. Mastica una cicles a bocca aperta e tiene la testa piegata su una spalla.

«Nessuno vi obbliga a venire al corso del professore. Siete liberi di lasciarlo quando volete. I vantaggi che ne trarrete ve li ho detti: leggere e scrivere vi cambierà la vita.» La direttrice ha assunto un tono deciso. Poi si ammorbidisce e sorride. «Tuttavia» continua osservando il prof con un'occhiata d'intesa «se sarete stati bravi e disciplinati, qualche riconoscimento lo avrete. Io e il prof studieremo il modo più giusto. Vero, prof?»

La direttrice esce dalla biblioteca, il prof l'accompagna alla porta. Sembra una scuola vera, con prof, preside e alunni. Manca solo il bidello.

Tano e compagni schiamazzano come galli da combattimento. Il prof è concentrato su dei fogli di appunti che ha preparato per l'occasione.

All'improvviso alza la testa e urla: «Tano!».

Tutti ammutoliscono e Tano si volta stupito verso il prof.

«Che c'è?» ribatte, sulle sue.

«Cosa vuoi?» fa il prof candidamente.

«Oh, prof, cosa fai, mi vuoi prendere per il culo a me? Tu mi hai chiamato, hai fatto un urlo che sembrava ti stessero castrando. Cazzo vuoi?»

«Vedete» dice il prof dopo un attimo di riflessione «Tano ha risposto a un suono che io ho emesso, perché sa che quel suono particolare corrisponde a una cosa particolare, cioè Tano stesso, la sua persona, lui stesso. O meglio, non proprio Tano, perché lui potrebbe anche non esserci, ma l'idea di Tano, il suo concetto. Cioè, se noi parliamo di Tano mentre lui è al cesso, ci capiamo lo stesso anche se lui non è accanto a noi che ne parliamo. Questo accade sempre ogni volta che abbiamo a che fare con una parola, perché una parola è l'unione inscindibile di un suono con un concetto.»

«Buonanotte» ringhia uno dei due nuovi. «Ci vuoi insegnare a leggere e a scrivere e non sai nemmeno parlare.»

«Sta' zitto!» lo rimbecca Tano. «Lascialo parlare. Dice delle cose giuste. Se non lo lasciamo parlare...»

«Ma va' a cagare.» Il primo nuovo si alza minaccioso. «Come fai a dire che sono cose giuste se non hai capito una minchia di quello che ha detto? Ripeti quello che ha detto, prova un po', ripeti quello che ha detto, se è vero che hai capito. Nessuno ha capito una parola di quello che ha detto, ci scommetto.»

Anche Tano si alza, pronto a rispondere alle minacce dello sconosciuto.

«Fermi, state buoni» interviene il prof. «Sedetevi, per favore. Ha ragione, ha ragione lui. Non sono stato chiaro. Come ti chiami?»

Il nuovo è perplesso. Si guarda attorno in cerca di aiuto. «Perché vuoi sapere il mio nome?» dice in tono diffidente. «A cosa ti serve saperlo?»

«Solo per risparmiare fatica. Se stiamo un po' insieme dovrò chiamarti in qualche modo, no?, se vogliamo scambiarci dei pareri.»

«Dobbiamo proprio farlo? Non è che muoia dalla voglia.»

«Neanch'io, ma se vogliamo andare avanti in questo tentativo, sarà meglio che la smettiamo con le stronzate.» Il professore è tagliente, determinato.

Il primo nuovo si avvicina al prof minaccioso. Gli punta un dito sotto il mento. «Il mio nome è Lazzaro, ma tutti mi chiamano il Redivivo. Te lo dico solo perché non voglio che tu vada all'inferno senza sapere chi ti ci ha mandato. Sono pochi quelli che hanno dato dello stronzo al Redivivo e sono vissuti così a lungo da raccontarlo.»

Il Redivivo ha afferrato il prof per il collo della camicia. Il prof fa per difendersi e colpirlo. Non ha paura, stranamente. È solo infastidito. All'improvviso una mano afferra il braccio del Redivivo e lo costringe a lasciare la presa.

«Non hai sentito quello che ha detto il prof, Redivivo? Basta con le stronzate. Torna al tuo posto e stai tranquillo. Non vogliamo guai con nessuno, io non voglio guai con nessuno, soprattutto adesso. Se non ti va, schioda il culo dalla sedia e vattene a farti delle seghe in cella. Chiaro? Sono stato chiaro?»

Il Redivivo non vorrebbe lasciar perdere, ma uno sguardo al volto di Tano lo convince che quello non è il momento di attaccare briga.

Il Redivivo torna al suo posto con un sorriso ironico indirizzato al prof, un sorriso ricco di promesse non invitanti.

Tano, in piedi accanto al prof, gli fa un cenno che significa "continua". Passa gli occhi su quella piccola e sgangherata classe come se passasse in rassegna le sue truppe prima della battaglia. Quando il prof riprende a parlare,

Tano si accomoda a sedere. Nessuno degli altri ha alzato un dito o proferito parola.

Il prof ha un leggero tremito nella voce. Non gli è piaciuto quello che è successo. Chi è Tano? Ha messo a tacere il Redivivo, più grande e grosso di lui, con un'autorità insospettata. Anche questo lo infastidisce, non conoscere esattamente i rapporti gerarchici dei detenuti. Finalmente, dopo un lungo respiro, riprende la lezione. «Non sono stato chiaro, me ne rendo conto. Il Redivivo aveva ragione. Cercherò di farvi capire cosa intendevo.»

«E così ha fatto la conoscenza del Redivivo» dice la direttrice con aria soddisfatta.

Il prof allarga le braccia.

«E nonostante il Redivivo la lezione è andata bene. Mi sbaglio?»

La direttrice si alza e si dirige verso un frigorifero color legno che sta nascosto dietro un armadio. «Vuole un aperitivo?» chiede. «Ho solo degli analcolici, qui.»

«Un analcolico va bene, grazie. È tanto tempo che non bevo alcolici che forse mi ubriacherei solo all'odore. Grazie, mi sembra di essere...»

Il prof non termina la frase.

«Le sembra di essere ancora fuori, vero? Questo voleva dire? Lo so, succede anche a me. Non sono prigioniera ma è come se lo fossi. In realtà questa è casa mia. Ci vivo dieci-dodici ore al giorno. Il resto mi va in viaggi e sonno. Due ore per venire e tornare a casa, mettere a posto un po' di cose, pulire almeno il pavimento, poi un bagno, un piatto di quel che c'è in frigo, cose del genere. Quante ore restano? Sei? Sette? Il tempo di un whisky e di una dormita affannosa. Se prendo un Martini all'aperto, di domenica, mi sembra che il mondo sia diverso.»

Il professore annuisce e sorride. «Io non ho ucciso quella donna» dice con voce ferma.

«Perché me lo dice?» chiede la direttrice.

«Perché penso che se fossi in lei avrei paura di stare solo con un assassino, uno che non ha esitato a uccidere una donna in modo truculento. Non le viene in mente che potrei essere colto da un raptus improvviso e saltarle addosso e colpirla con questo tagliacarte, o con quella statuetta di ceramica?»

La direttrice stappa gli analcolici e li versa in due bicchieri che erano stati vasetti di Nutella. «Ci sono abituata, ai criminali. Lei non è il primo e verosimilmente non sarà l'ultimo. Non sono nemmeno certa che la gente cosiddetta perbene sia più sicura dei miei delinquenti qua dentro. Non so chi è più pericoloso. Insomma, sono rischi che corro. In tutti questi anni non mi è mai successo il minimo incidente. Ho sentito di colleghi, invece, in altri carceri, a Regina Coeli, o all'Asinara, tempo fa... Oh, basta, lasciamo perdere. Alla salute.»

La donna e il prof bevono assaporando l'analcolico come fosse un vino pregiato. La donna si siede nella poltroncina davanti alla scrivania, di fianco al prof. È un gesto di cortesia. Il prof sta in silenzio. La donna non è male, se ci si guarda bene. È ben proporzionata, ha una faccia leale e decisa, un po' segnata sotto gli occhi. Veste un tailleur verde scuro, con scarpe a tacco basso.

La donna rompe il silenzio.

«Allora, a parte il Redivivo, com'è andata la lezione? Hanno imparato qualcosa?»

«Non lo so. Gli ho fatto fare dei disegni, semplici. Delle mele, delle carote, degli asparagi. A memoria. Volevo che imparassero a gestire la mano, a sciogliere i muscoli della mano, le dita. E cose che avessero a che fare con i tondi e le aste della scrittura, come le mele, appunto, e le carote.»

«Immagino i commenti che hanno fatto, e anche i disegni» interviene la direttrice con un sorriso leggero.

«Ah, sì, altroché. Alcuni molto divertenti. Ma non glieli posso dire.»

«Non li voglio sapere. Ho abbastanza fantasia. Quando ha fissato il prossimo incontro?»

«Per giovedì, se le sta bene.»

«Ha carta bianca, prof. Va bene come decide lei.»

La donna si alza, e il prof capisce che l'incontro è terminato. La direttrice l'accompagna alla porta.

«Professore?»

«Sì?» Il prof si volta tenendo una mano sulla maniglia della porta.

«Quando ha la prossima seduta con lo psicologo?»

«Domani pomeriggio, dalle cinque alle sei.»

«Allora la mando a prendere. Vorrei parlare ancora di qualcosa con lei.»

Il prof fa sì con la testa. Apre la porta, si ferma. «Ho notato che a certi carcerati lei dà del tu. Non so se è un segno di familiarità e di fiducia o solo un modo per fare pesare una superiorità gerarchica. Mi piacerebbe saperlo, perché mi piacerebbe se mi desse del tu.»

«Non sapevo come l'avrebbe presa. È solo una questione di familiarità. Con alcuni siamo qui da tanti anni.»

«Bene» fa il professore. «Anch'io le darò del tu.»

La donna sorride, e il suo sorriso è molto gradevole. «Se lo ha dimenticato, mi chiamo Caterina. Solo Caterina, niente Kate, o Cathy, o Rina. Caterina e basta. Ho anche un soprannome, presso i carcerati. Ma questa volta sono io a non dirglielo. A non dirtelo.»

«Non importa. Chiederò in giro».

Il prof esce nel corridoio. Di nuovo la voce della direttrice lo ferma.

«Prof, un'altra cosa. Attento al Redivivo. È uno che se le lega al dito. Non è troppo pericoloso, solo *un po'* pericoloso.»

17
CENA PER DUE CON CAMERA 13

La Felicità è sparita, e c'era da aspettarselo. Le poste non ne hanno notizie da giorni e la dipendente non ha neppure mandato il prescritto certificato medico; lo Spillo continua a sostenere che lui non ne sa niente; la cartella rosa strettamente riservata è chiusa nel comodino assieme alla pistola d'ordinanza e a due caricatori, che ormai avranno fatto la ruggine; le domande che tormentano Sarti Antonio, sergente, restano senza risposta.

L'unico tranquillo e contento è lo Spillo perché così mette assieme un po' di soldi per le vacanze al mare, la prossima estate.

In queste condizioni, riprende la vita di sempre. Forse per questo, alle dieci del mattino, tanto per cambiare nebbioso, l'auto Ventotto finisce nel parcheggio dell'HotelRistorante Bellavista.

«Che siamo venuti a fare, Anto'?»

«A prenderci un caffè.»

«E proprio qui dovevamo venire, con tutti i bar che ci sono a Bologna? Sono diventato matto per non finire nel fosso, con una nebbia che si taglia a fette. La strada per la Futa, caro mio, è fra le più trafficate del mondo. Adesso, poi, che ci sono i lavori per l'alta velocità...» E chissà per quanto andrebbe avanti se Sarti Antonio non lo lasciasse solo a brontolare il suo malumore, chiuso nell'auto Ventotto.

La titolare del Bellavista si è alzata da poco. È dietro il

banco del bar, in vestaglia e con gli occhi ancora socchiusi. Il salone è desolatamente squallido, vuoto e con gli odori del tanto cibo sprecato ieri sera. E che diventa disgustoso con il passare delle ore.

Senza riuscire a mettere a fuoco il cliente mattiniero, la Bruna grida, con una voce roca che farebbe accapponare la pelle a uno dei tanti camionisti di Tir che frequentano la statale della Futa e quindi il Bellavista: «Siamo ancora chiusi!».

«Non mi negherai un caffè?»

La Bruna riconosce il mio questurino dalla voce. Continua a gridare: «Antonio, che ti venga un colpo! Dov'eri finito?». Non è la stessa tenutaria che, gentile e riservata, riceve i clienti la sera e li mette a loro agio. Non c'è nessuno in giro e può mostrare la sua vera natura, che è quella della popolana nata e cresciuta nel Pratello, quando il Pratello era il Pratello, e che ne ha passate di tutti i colori. Mette sotto un altro caffè. «Dopo quell'accidente di cadavere che mi è capitato nell'armadio, chi ti ha più visto? Sei solo?»

«C'è Felice, ma se ne sta chiuso nell'auto perché non può bere caffè.»

«E dove hai messo la Biondina?» Sarti Antonio si stringe nelle spalle. «Andata anche questa. Non te la prendere, Antonio: ci sono più donne in giro per le strade che strade per le donne. Ne troverai un'altra. Siediti che ti porto il caffè. Oh, non sarà come vuoi tu perché i primi non vengono mai come voglio io.»

Non è male e Sarti Antonio lo gusta seduto a un tavolo.

«Verrà a trovarmi, mi dicevo, verrà a vedere come sto, quell'accidente di questurino che mi ha messo nei guai.»

«Io ti ho messo nei guai? Mi ci hai messo tu con il cadavere nell'armadio.»

«Sai per quanto mi hanno fatto tenere chiuso? Tre mesi! E tu dov'eri invece di darmi una mano?»

«Se potessi, una mano la darei a me.»

«Sai che ti avevo dato per morto?»

Sarti Antonio si tocca le palle e dice: «Invece sono qui».

Finisce il caffè. «Toglimi una curiosità» dice. «Perché tutto attaccato?»

«Cosa?»

«L'insegna: hotel e ristorante sono tutt'attaccati e con la erre maiuscola.»

La Bruna si mette a ridere di gusto. «E ti presenti dopo mesi per chiedermi questa stronzata?»

«No, c'è anche dell'altro.»

«Veramente io avevo fatto fare le due insegne separate, ma quando sono venuti a montarle, hanno visto che nello spazio sopra la porta non ci stavano e allora le abbiamo messe di seguito e attaccate. È venuto carino, no?» Guarda il questurino, sospettosa. «Allora?»

Sarti Antonio non sa come cominciare. «Metti che io abbia preso una camera e voglia andarmene senza farmi vedere...»

Bruna si fa seria. «Oh, Antonio, non sarai qui ancora per quello stramaledetto delitto dell'armadio? Guarda che ho risposto...»

«È solo una mia curiosità.»

Bruna finge di crederci. «Allora... Dunque, se sei abbastanza magro puoi uscire dal finestrino del bagno, al piano terra.» Gli prende le misure. «No, tu non ci passi, ma non ti vedrebbe nessuno.»

«Oppure?»

«Oppure, se hai del fegato, salti da una finestra del primo piano, nuoti nel Savena e sparisci per la campagna. Ma anche questo non mi pare sia per te» e sorride pure, la stronza.

«Andiamo a controllare?»

«Oh, Antonio, non mi disturbare i clienti che dormono ancora.»

Fanno piano e in punta di piedi.

La camera numero 13 è libera e Sarti Antonio, sergente, ci entra per la prima volta dopo la notte infame. Un'occhiata all'armadio e non lo apre. Non si sa mai, il destino...

Si affaccia alla finestra. Sotto, quasi in aderenza al fabbricato, scorre il Savena, in quel punto abbastanza profondo da permettere un salto di quattro, cinque metri. Bisogna solo saper nuotare.

«La cucina?» chiede Sarti Antonio, sergente, sottovoce.

«Antonio, e vuoi farmi credere che non stai indagando sull'omicidio?»

La prende sottobraccio. «Non dirlo a nessuno. Questo omicidio mi ha messo nei guai e voglio capirci dentro. Una cosa riservata, mi raccomando.»

«Se la Bruna decide di non parlare, non parla nemmeno sotto tortura. Oh, questurino, mio nonno era un partigiano torturato dai fascisti! E non ha aperto bocca. Poveretto, si è portato i segni fino a quando se n'è andato alla Certosa. Con tutti gli onori e le bandiere dell'Anpi.» Si avvia per le scale. «Andiamo pure in cucina, ma non prenderti paura perché ci troverai un gran casino.»

La cucina è sottosopra quasi quanto quella di casa Sarti.

«Adesso arriva la donna che fa le pulizie» si giustifica la Bruna. «Ecco, dalle camere si arriva qui e se si esce dalla porta della cucina, né io né i clienti in sala lo vediamo.»

«Ma lo vede il cuoco.»

«Infatti Cesarino l'ha visto.»

«Chi ha visto?»

«Il professore entrare e uscire dalla cucina. Non è questo che vuoi sapere?» Prende il mento di Sarti Antonio e lo scuote. «Sveglia, questurino! Guarda che il cuoco lo ha detto a quel coglione prepotente del tuo capo. Come si chiama?»

«Quel coglione prepotente del mio capo si chiama Raimondi dottor Cesare.» Ha insistito sul "coglione". E con un certo gusto, devo dire.

«Gli ha raccontato che lo ha visto entrare e poco dopo uscire e che lo ha anche salutato. Cosa ti credi? Il professore è una persona educata.»

«Se n'è andato da solo?» La Bruna annuisce. «E la ragazza?»

«Mi pare una domanda da questurino. La ragazza è rimasta chiusa nell'armadio.»

La Bruna ha ragione, ma Sarti Antonio, sergente, passa sopra all'ironia. «Non ti sei insospettita che nessuno dei due ti avesse pagato la stanza?»

«Vieni con me.» Lo trascina alla cassa, apre una rubrica, la sfoglia e mostra la pagina alla lettera P. «Cosa ci leggi?»

Sotto il nome "professore" Sarti Antonio, sergente, legge: "6 gennaio pranzo e cena per uno. 15 gennaio cena per uno. 10 febbraio cena per uno. 24 febbraio pranzo e cena per uno. 7 marzo cena per due. 9 marzo cena per due e una stanza. Va bene la 13".

«Sai cosa vuol dire? Vuol dire che il professore, che abita qui vicino, veniva a mangiare quando ne aveva voglia, faceva segnare e una volta ogni tanto mi pagava.»

«Abita qui vicino? Non ha casa nel centro storico?»

«Lì ci ha un trappolo. Oddio, ci può anche dormire quando non gli va di tornare a Pianoro, ma la sua casa, una villetta che è una bellezza, sta a due passi da qui.»

Sarti Antonio, sergente, va a sedere a un tavolo, ancora apparecchiato per quattro. Ci sono i piattini sporchi di dolce, un cestino con il pane secco, quattro bottiglie da vino, le posate, i tovaglioli sporchi, la ricevuta fiscale... E questo dimostra quanto i miei connazionali rispettino le leggi. E i finanzieri le facciano rispettare.

Sarti Antonio scorre la ricevuta fiscale. «Sono questi i tuoi prezzi?»

La Bruna lo raggiunge e anche lei scorre la nota. Gira una delle bottiglie vuote e mostra l'etichetta. «Oh, hai visto cos'hanno bevuto? E sai cosa mi costa una bottiglia di Brunello? Ne hanno vuotate quattro.»

Sarti Antonio accartoccia la ricevuta fiscale e la butta sul tavolo. «Non servirmi mai un Brunello.»

La Bruna gli sorride. «A te faccio dei prezzi speciali.»

«Niente Brunello lo stesso. A me va benissimo il Lambrusco o...»

Lo interrompe l'entrata di Felice Cantoni, agente, che chiede: «L'hai preso 'sto caffè?». Sarti Antonio gli mostra una sedia. «Dobbiamo andare, Anto'. La centrale ha chiamato...»

«E tu lasciala chiamare. Un caffè?»

«Lo sai che non lo posso bere. La centrale segnala...» e la pianta lì perché il mio questurino ha ricominciato con la Bruna. Siede anche lui.

«Cos'hanno mangiato quella sera il professore e la ragazza?»

«Non hanno mangiato.»

«Nelle tue note c'è scritto...»

«Lo so. C'è scritto "prenotato una cena per due", ma non hanno mangiato. Si è presentata la ragazza e mi ha chiesto di salire subito in camera e di mandare su il professore appena arrivava.»

«E per te è normale che non si sia fermata a mangiare?»

«Antonio, quella aveva una gran voglia di scopare.» Sorride. «Anche se tu non te lo ricordi, io so cosa vuol dire.»

«Venivano spesso a mangiare da te e per una camera?»

«La ragazza l'ho vista quella sera per la prima volta. Anzi, sai cosa ti dico? Doveva essere la prima volta che andava in un albergo con un uomo. Faceva di tutto perché i clienti non la notassero.»

«Era in abito da sposa?»

«Mi prendi per il culo?»

Non la prende per il culo e io so dove vuol arrivare. Ma non adesso. Adesso chiede: «Il professore veniva e andava sempre dalla cucina?».

La Bruna comincia a rompersi. Dice: «La stessa domanda del tuo capo. Siete fatti con lo stampino voi questurini». Si avvia al banco. «No, prima non era mai entrato né uscito dalla cucina. Mai, Antonio. E proprio per questo il tuo capo lo ha messo in testa nella sua lista. E se sei un questurino come si deve, lo dovresti sapere meglio di me.» Torna da Sarti Antonio. «Ma vuoi che ti dica una cosa? Il tuo capo ha preso una di quelle cantonate, ma una di quelle cantonate... Il professore non l'ha ammazzata, quella poveretta.»

«Come lo sai?»

«Lo so, lo so e basta. E adesso toglietevi di torno che qui dobbiamo lavorare!»

Sarti Antonio resta seduto con i suoi problemi. Se sperava di risolverne qualcuno con la Bruna, si sbagliava. Ne ha più di prima.

Sottovoce per non disturbare troppo i pensieri del collega, Felice Cantoni mormora: «Anto', dalla centrale hanno chiamato per...».

«Sì, me l'hai detto.» Stranamente non è arrabbiato. È stanco, deluso, sgualcito e colitico più del solito. «Andiamo a fare il nostro dovere.»

Se ne vanno senza salutare la Bruna che li guarda uscire e, scura in viso come non è sua abitudine, gli grida dietro: «Lascia perdere se non vuoi metterti in altri guai!».

«Uno più, uno meno» borbotta fra sé Sarti Antonio, sergente. Gli viene in mente qualcosa e rimette la testa dentro. Grida anche lui: «Ah, complimenti per le pulizie nelle camere! L'hanno chiusa nell'armadio la notte del 9 marzo e l'ha trovata la Biondina la notte del 12. Complimenti! Se non ci entravo io in quella camera, te ne accorgevi quando puzzava!».

Il bicchiere finisce contro la parete, a due dita dalla testa di Sarti Antonio, si sbriciola e ci vorrà un po' a raccogliere tutti i frammenti. Il vetro è fatto così: se sbatte contro una parete, si sbriciola.

18
GLI OROLOGI SONO PIÙ IMPORTANTI DEGLI PSICOLOGI

Tano è seduto al tavolo intento a fare dei disegni. Il prof si avvicina tenendo un libro in mano.

«Che fai, Tano, disegni?»

«Mi alleno a fare delle figure. Ce l'hai insegnato tu, no?»

Il prof osserva incuriosito. Su un quaderno a righe Tano ha disegnato centinaia di tette femminili che ha copiato da una rivista porno aperta sopra il quaderno.

«Ma cosa sono?» finge di scandalizzarsi il prof.

«Sono tette. È per imparare a fare le "o" e le "a". Invece delle mele o dei cocomeri, come vuoi tu, ho preferito esercitarmi con qualcosa di ugualmente tondo ma più bello da vedere. Non va bene?»

«L'importante è che tu impari a fare i tondi. E per le aste come fai?»

«Copio le carote o le zucchine, cosa ti credi?»

Il prof rimane a guardare i disegni di Tano. Poi fa il giro del tavolo e si siede di fronte a lui. «Posso chiederti una cosa?» chiede gettando il libro sul letto.

«Puoi chiedere quello che vuoi, tanto...»

«... tanto tu mi rispondi solo se ne hai voglia, giusto?»

«Giusto.»

«Da quanto tempo sei qui?»

«In tutto o questa volta?»

«Tutte e due le cose.»

«Questa volta ci sono da dieci mesi, due condonati per

buona condotta. In tutto ci sono stato... vediamo...» Tano fa i conti utilizzando tutte le dita delle mani. «Direi cinque anni, a occhio e croce. Sì, mese più mese meno.»

«Sempre qua, in questo carcere?»

«Sempre al Santo Spirito. Ci sono affezionato.»

«La direttrice era sempre la stessa?»

«Chi dici, questa, la Ditalara? Sempre lei. No, cioè, mi sbaglio, cazzo, perdo la memoria, no, il primo anno c'era l'Oemme. Poi l'hanno mandato via. La Ditalara è venuta dopo, subito dopo.»

«La Ditalara è il suo soprannome, allora. Perché la Ditalara?»

«Oh, prof, te saprai anche le lettere dell'alfabeto, ma quanto al resto, sei un macero. Perché cazzo una si chiama Ditalara? Ma perché si fa dei ditali, no? Devo spiegarti che cos'è un ditale?»

«Ti dà l'impressione di essere una così?»

«Che c'entra l'impressione. Sono quattro anni che è rimasta vedova e dopo di allora non ha più avuto un uomo. Come vuoi che faccia?»

«Quindi era sposata. E quattro anni fa è rimasta vedova. Come è morto il marito?»

«Si è gettato sotto al treno. Ma non era uno a posto. Sempre dentro e fuori dagli ospedali. Non doveva essere tutto a casa. Un giorno è scappato dall'ospedale e addio marito.»

Il prof rimane a meditare sul cinico commento di Tano. «Ma tu come le sai tutte queste cose?»

«Professore, in carcere non abbiamo altro da fare per giorni e mesi e anni. Se vuoi sapere qualcosa, chiedilo a noi. Siamo meglio di internet.»

«Ma se non sai nemmeno cos'è internet.»

«So che è la cosa meglio che c'è in giro.»

Il professore si accorge di non avere più l'orologio al polso. Lo cerca sulla mensola, sotto i libri e i giornali, sul lavandino.

«Cerchi qualcosa, prof?» chiede Tano mentre con la lingua fuori cerca di riprodurre un seno particolarmente impegnativo.

«Non so più dove ho messo il mio orologio. Ero sicuro di averlo lasciato qua sopra. Non lo trovo più.»

«Ci credo che non lo trovi più. L'ho preso io.»

«Potevi chiedermelo. Ma tu ce l'hai un orologio, e anche meglio del mio. Cosa te ne fai di un altro orologio?»

«Non era per me. Era per il Redivivo. L'ho dato al Redivivo.»

«L'hai dato... E perché mai hai dato a quello stronzo...» Il prof è infuriato. Prende il quaderno di Tano e lo getta a terra.

«Stai buono, prof, stai buono» dice Tano paziente.

«Vuoi spiegarmi perché cazzo ti permetti di rubarmi l'orologio per darlo a quel verme schifoso del Redivivo? Vuoi spiegarmelo?»

«Vedi, prof, qui le cose vanno così. Tu hai insultato il Redivivo...»

«Io ho cosa?! Insultato...! Ma se è stato lui...»

«Tu hai insultato il Redivivo, e se non c'ero io ti strappava gli occhi e te li ficcava su per il naso. Ora, siccome fra pochi giorni io non ci sarò più a proteggerti il culo, tu hai dovuto chiedergli scusa e, per mostrare la tua buona volontà, gli hai fatto un dono, quell'orologio che a lui piace tanto. Chiaro? Ma non ti devi preoccupare, perché quel lurido verme l'orologio te lo darà indietro, oh, sì che te lo darà indietro, e farò in modo che te lo ridia con tutti gli interessi. Quindi, calmati, e frena le rabbie. È tutto a posto.»

«Un momento. Che significa che tra pochi giorni non ci sarai più eccetera?»

«Quello che ho detto. Fra dieci giorni esco. Sono libero, me ne vado, parto, lascio la compagnia.»

Il prof è confuso. Non gli importa niente né dell'orologio né della magra figura fatta col Redivivo. La notizia che Tano se ne va lo ha colpito, e pensa che ne sentirà molto la mancanza, pensa che resterà privo di qualcosa di importante, che forse non riuscirà a sostituire in nessun modo. «Così te ne vai» dice il prof, e non è una domanda ma solo una constatazione, il punto di partenza per cominciare a pensare a una nuova organizzazione, ancora una volta.

«Me ne vado, ma non ti preoccupare: nessuno ti toccherà. Sei protetto anche se io sono via. E poi non sono ancora uscito, quindi, niente addii. Può anche darsi che torni dentro presto, non sai mai come vanno le cose. Dipende da chi conosci fuori.»

«E tu chi conosci?»

«Qualcuno conosco.»

«Mi dispiace» dice il prof. «Mi mancherai.»

«Non metterti a piangere, adesso, non muoio mica. Ti do un consiglio. Gratis.»

«Se è gratis...»

«Lasciala perdere, quella là.»

«Quella là chi?»

«Sai benissimo chi, non fare lo stronzo. In questi anni ci hanno provato tutti, guardie e detenuti. Nessuno ha battuto un chiodo. Perfino dei magistrati ci hanno provato: è andata buca a tutti. Se vuoi provaci, ma non farti troppe illusioni. Dammi retta. Comunque sia, fai attenzione. Se io ci capisco qualcosa, quella è una donna solo dal di fuori. Dentro è acido solforico.»

«Lo terrò presente.»

Il professore non pensa alla direttrice, pensa solo che Tano se ne andrà.

Una guardia lo va a prendere qualche minuto prima delle cinque. È un uomo segaligno, prossimo alla pensione, completamente calvo. Quello che colpisce sono i suoi occhi: liquidi e rassegnati. È un uomo di poche parole. Compie il suo lavoro con diligenza, affidando ai gesti gran parte delle sue esigenze di comunicazione. Si chiama Filippo, e tutti lo chiamano Filippo, senza diminutivi o nomignoli. Quando uno non ha un soprannome, o è considerato meno di una merda, o è ritenuto degno del massimo rispetto.

Il prof non aveva un'idea precisa su Filippo. Come si fa ad avere un'idea su qualcuno che quando parla suonano le campane a festa?

Filippo aspetta che il prof indossi una maglia pesante. Quando sono davanti alla porta dello psicologo, Filippo lo ferma posandogli una mano sul braccio.

«Non vorrei importunarla, prof, ma devo chiederle una cosa.»

Il prof si volta, stupito dalla cascata di parole.

«Ma come ha fatto, una persona come lei, colta, istruita, ricca, che può avere tutte le donne che vuole, come ha fatto a compiere un'azione così orrenda, un crimine tanto odioso, contro una povera creatura innocente? Continuo a pensarci e non so darmi pace. Quella povera ragazza, nel fiore degli anni, con tutta la vita davanti a sé. Continuo a chiedermi: perché?»

Filippo ha abbassato gli occhi, il prof è rimasto senza parole. Filippo scoppia a piangere. Si prende il volto fra le mani per soffocare i singhiozzi. Il tempo di bussare alla porta, di sentire "avanti", e se ne va rapidamente, lasciando il prof smarrito nelle mani dello psicologo.

Diario dello psicologo

Seduta del 15 novembre. Sede: Carcere del Santo Spirito. Presenti: il paziente, prof. Pierfrancesco Tagliacozzi del Paleotto; il sottoscritto, dott. Arnaldo Leopoldi.

Numero della seduta: seconda.

Svolgimento della seduta

Il prof. Pierfrancesco Tagliacozzi del Paleotto mostra un'incredibile capacità di adattamento alla sua nuova situazione di carcerato. Apparentemente non ha risentito affatto del mutamento esistenziale prodotto da abitudini quotidiane per lui assolutamente inedite. Condivide la cella con un altro detenuto, abitualmente dedito allo spaccio di droga, a riciclaggio di denaro sporco, ricettazione e diversi altri crimini, col quale ha instaurato un rapporto più che cordiale. Il Tagliacozzi, date le sue specifiche competenze, tiene un corso per l'insegnamento della lingua a detenuti analfabeti. Le domande da me approntate vertono proprio sul suo modo di passare il tempo.

Domanda (d'ora in poi semplicemente D.): Lei, professore, come passa il tempo qui in carcere?

Risposta (d'ora in poi semplicemente R.): Leggo e parlo.

D.: Con chi parla?

R.: Con Tano, il mio compagno di cella, con la direttrice, e qualche altro detenuto o guardia, occasionalmente.

D.: Di cosa parlate?

R.: Con i detenuti e le guardie delle cose di cui parlano tutti. Del campionato di calcio, di donne, del tempo, dell'organizzazione del carcere, del cibo del carcere, di quello che ciascuno farà quando uscirà, altro ancora che adesso non mi viene in mente.

D.: Si direbbe che non le dispiaccia troppo la vita del detenuto.

R.: No, non troppo.

D.: Non rimpiange qualcosa della sua vita normale, non le manca qualcosa?

R.: Sì, qualcosa.

D.: Che cosa, per esempio?

R.: Un Martini al bar di piazza Maggiore verso le sette di sera in primavera.

D.: Ah, un Martini. E poi?

R.: Non le sembra sufficiente?

D.: Non so, io sono astemio. Non le mancano i suoi ragazzi, i suoi studenti, voglio dire, all'università?

R.: Posso non rispondere?

D.: Perché? Non mi sembra una domanda così pericolosa.

R.: Sì, invece. Se io rispondo che non mi mancano faccio la figura di un professore menefreghista, se rispondo che mi mancano faccio la figura del satiro. Tutti penseranno: a quello gli mancano le ragazze, altro che storie.

D.: Ma questi colloqui sono strettamente riservati. Nessuno ne verrà mai a conoscenza.

R.: Non si faccia illusioni.

D.: Va bene, cambiamo direzione. Lei sogna?

R.: Immagino di sì, ma non ricordo i sogni. E quando li ricordo sono sogni ignoranti.

D.: Non capisco cosa intende con "sogni ignoranti".

R.: Un sogno stupido, privo di qualsiasi indicazione utile a uno psicologo.

D.: Mi potrebbe fare un esempio di sogno ignorante?

R.: Io entro in aula, deposito la cartella sulla cattedra, do un'occhiata alla classe e inizio a parlare del Surrealismo. E basta. Il sogno finisce lì, col primo manifesto del surrealismo.

D.: Mi racconti un altro sogno.

R.: Un altro sogno? Sì. Io esco dall'aula, la lezione è terminata, mi tolgo la giacca, è piena estate nel mio sogno, e penso: "Adesso mi faccio un Martini".

D.: Lei è fissato col Martini.

R.: È una delle poche fissazioni che non disturbano nessuno e non vorrei guarirne.

D.: Ha detto poco fa che legge, anche. Cosa legge?

R.: Libri, giornali, riviste. Un po' di tutto.

D.: Ho capito. Quali sono i suoi rapporti con gli altri detenuti?

R.: Buoni. Vado d'accordo con quasi tutti quelli con cui ho rapporti. Ho avuto uno scambio di opinioni un po' vivace con un detenuto chiamato Redivivo.

D.: Come mai?

R.: Non era d'accordo con la teoria linguistica di Saussure.

D.: Ho capito. Le va di venire un'altra volta?

R.: È sempre un piacere parlare con lei.

D.: Scusi, un'altra cosa. Come si scrive Saussure?

19
FOTO CON DEDICA

È nato e vissuto per un po' dove la nebbia si vedeva una volta l'anno e quella volta non la chiamavano nebbia. Erano nuvole basse. Perciò non gli piace. Specie quella fitta che copre Bologna da tre giorni. Ti puoi imbottire di panni, ma entra nelle ossa e le arrugginisce. Sempre nasconde il pericolo. Anche cose belle e liete, ma dietro il muro Sarti Antonio immagina solo il peggio. Il mestiere che fa gli ha tolto il piacere del piacere.

Era stracciato di stanchezza e una volta tanto ha dormito fino alle otto. Si stupisce lui stesso. Come si meraviglia che fuori, oltre le tendine grigie di polvere e smog, splenda il sole. E il caffè ha un buon sapore. Anche perché è il suo giorno di riposo. O dovrebbe esserlo.

Sul tavolo c'è sempre il prezioso volume con i disegni dei reperti etruschi. Ci sta bene e fa da centrotavola, ma tenerlo lì può anche essere ricettazione. Restituirlo e subito. Sarà l'occasione per chiarire con Rosas la questione del favore. Mai tenere conti in sospeso con il talpone e che le bevute vadano pari.

Con precauzione, Sarti Antonio incarta il libro, lo mette in una borsa di tela per la spesa, l'unica rimasta in circolazione dall'avvento della plastica, esce, va a sbattere contro la Biondina, la borsa finisce a terra e Sarti Antonio bestemmia.

Prima ancora di salutare la donna, controlla i danni al

volume. È fortunato. I rilegatori dell'Ottocento sapevano il mestiere.

«Scusa» dice alla Biondina. «Ti ho fatto male?»

«No. Esci di fretta.»

«Sì... Cioè, dovrei restituire...»

«Avevo qualcosa da dirti, da farti vedere, ma se non hai tempo...»

«Ce l'ho, per te ce l'ho sempre. Andiamo su o...»

«Va bene un bar.»

La Biondina ne approfitta per fare colazione. «Sai» dice dopo i due cornetti e il cappuccino «non sono abituata ad alzarmi così presto e mettermi lì a fare il caffè, è un tormento.»

«Allora è una cosa seria.»

«Non lo so. Decidi tu» e si concentra sul fondo della tazza. Rimescola e rimescola lo zucchero, indecisa, e Sarti Antonio le lascia il tempo che vuole, ma non si aspetta niente di buono. Infatti: «Insomma, qualcuno mi ha mandato questa e sono due notti che passo d'inferno. L'ho trovata nella cassetta».

La busta è bianca, senza francobollo, indirizzo e mittente. Sulla foto, il viso di Elisa prende l'intero sedici per dodici, maschera di ceramica con gli occhi trafitti da "due grosse spille di bronzo con capocchia d'oro rinvenute nella tomba 4 C all'interno del teschio presso il quale erano altri oggetti d'oro".

«Ci mancava solo questa» riesce a mormorare il mio questurino. E lo attraversa il solito brivido da colite.

«Dietro c'è la dedica» sussurra la Biondina.

Sarti Antonio riconosce la grafia precisa e ordinata, come quella che ha vergato il biglietto ricevuto tramite Felicità. Caratteri neri, forse in inchiostro di china, e spessi, come in grassetto, e rotondi. Solo due versi:

per vedere l'assassina
servon occhi da faina

«Cosa faccio?» chiede la Biondina. Sarti Antonio è inchiodato sulle righe e non risponde. «Io direi di portarla in questura.»

«Sì» mormora il questurino «è l'unica cosa da fare» e il suo giorno di riposo va a farsi fottere.

Raimondi Cesare, ispettore capo, mette la foto nella busta e la busta nel cassetto della scrivania. Dice: «Ha fatto la cosa giusta, signora, ma, è vero come si dice, non si preoccupi per il gesto di un mitomane. Farò comunque espletare gli opportuni rilievi dalla scientifica». A Sarti Antonio: «Ma so che ci troveranno solo le tue impronte».

«Be', quando la signora me l'ha consegnata, non pensavo... Sì, dottore, non ho usato le precauzioni del caso.»

«Accompagna pure la signora all'uscita.»

In corridoio Sarti Antonio dice: «Aspettami qui» e torna nell'ufficio del capo. «Dottore, lei non ritiene... Insomma, non sarebbe il caso... Io credo che la foto l'abbia scattata l'assassino e se è così, vuol dire che il professor Tagliacozzi del Paleotto...»

«Se fosse così» rettifica il capo. «Ma così non è. Infatti il tribunale lo ha condannato e sta bene dov'è.»

«Ma la foto...»

«Chiunque, è vero come si dice, può averne fatto un ingrandimento usando le immagini pubblicate sui giornali e averla spedita alla tua amica. Tranquillo, Sarti, me lo confermerà la scientifica.»

C'è dell'altro che Raimondi Cesare, ispettore capo, non sa ed è il momento di aggiornarlo.

«Se mi permette, dottore...»

No, non permette. «Sarti, mi pareva di averle affidato un importante e riservato incarico. Se ne occupi e lasci a me il professor Tagliacozzi del Paleotto.»

Contento lui.

«Ha ragione Rosas» dice alla Biondina. Fa un gesto con il capo a indicare oltre la porta chiusa e aggiunge: «È un povero coglione».

«Tu non credi al mitomane?»

«Lo vede anche uno stupido che la foto non è la riproduzione da un giornale. I casi sono due: o l'ha scattata l'assassino dopo aver messo il cadavere nell'armadio... Non so se te ne sei accorta, ma si nota il fondo dell'armadio. O l'ha scattata l'assassino o uno che gli era molto vicino.»

«Allora?»

«Allora, allora... Non mi ha voluto ascoltare e mi ha ordinato di occuparmi...» Si ferma in tempo.

Sono in piazza Maggiore e Sarti Antonio prende verso il bar con i tavolini sotto il voltone del Podestà. C'è un tiepido sole d'autunno che fa bene alle ossa ancora umide di nebbia recente. Li riceve Strichetto che, da cameriere di una volta, prepara la sedia alla signora.

«Buongiorno, dottore. Cosa le servo, signora?» Compitissimo, salvo il fatto che Sarti Antonio, sergente, non è mai stato dottore.

Appena si allontana, la Biondina mormora: «Io ho paura. Se quello è ancora in giro, come dici tu, e sa dove abito...».

«Ma perché dovrebbe avercela con te?»

«Uno che fa quello che ha fatto lui è un matto e non sai mai cosa può fare un matto.»

La Biondina ha ragione. «Sai che facciamo?» dice il mio questurino. «Per un po' vieni a stare da me...»

«Non posso, il mio lavoro... Ho degli appuntamenti...»

«Li disdici e ti prendi una vacanza.» La guarda negli occhi, velati, appassiti per le due notti insonni e per il mestiere che fa, e le accarezza la guancia. «Ti farà bene.»

È vero, c'è in sospeso l'indagine della cartella rosa, ma non se n'era dimenticato. L'aveva semplicemente accantonata perché gli faceva comodo. Raimondi Cesare gliel'ha riportata in evidenza. E in malo modo, anche. Solo che Sarti Antonio, sergente, non sa da che parte prenderla.

La prende così: «Imposimato, con me oggi vieni tu».

Felice Cantoni, agente, ci rimane male. Dice: «Ma come, Antonio? E io?».

«Mi servi in ufficio. Aspetto delle disposizioni dal dottor Raimondi e, appena ti arrivano, me le passi.»

«E l'auto? Chi la guida?»

Imposimato gli batte una mano sulle spalle. «Tranquillo, Cantoni, ho la patente da vent'anni.»

«Sì, ma la Ventotto...»

«La tratterò bene e non si accorgerà nemmeno che la guido io.»

Dal corridoio Sarti Antonio urla: «Imposimato! E allora?».

Io non sono malizioso, ma che Sarti Antonio, sergente, abbia cominciato con Imposimato Salvatore da Caltanissetta vuol dire che una sua idea sul colluso ce l'ha. Che è: se in polizia qualcuno è colluso con la malavita, può essere solo un marocchino. E per un poliziotto onesto, come lui ritiene di essere, è cominciare con il piede sbagliato.

«Destinazione, capo?» chiede Imposimato, seduto alla guida.

«Università, Zamboni trentatré.»

Porterà il libro a Rosas, ma prima comincia l'indagine, strettamente riservata, affidatagli dal capo, così: «Mestiere di merda, Imposimato. Oggi era il mio giorno di riposo e sono qui e non mi pagano gli straordinari».

«A me succede spesso, sergente. Non te la prendere che la vita è fatta di alti e bassi.»

«La tua. La mia è fatta di bassi e bassi.» Ci fa una pausa. «Hai moglie?»

«Sì, e due figli.»

«Alla tua età. Dove vuoi arrivare?»

«Sono arrivato. Basta figli e basta mogli, a costo di tagliarmelo con il rasoio» e si mette a ridere come se fosse una battuta divertente. A me fa venire i brividi.

«Tua moglie lavora?»

«No, le bastano la casa e i figli.»

«Imposimato, e come vivete?»

«Facciamo i miracoli, sergente, i miracoli.»

Sono fermi al semaforo fra Indipendenza e Irnerio e quando la Ventotto riparte, Sarti Antonio insiste: «Ci deve essere un modo per fare un po' di quattrini».

«Se lo trovi, sergente, fammelo sapere.»

«Speravo me lo dicessi tu. Sto passando un momento di merda! Spese, spese... Venderei l'anima per quattro merdosi euro.»

«E chi te la compera, sergente, la tua animaccia» e torna a riderci su.

Fuori dallo studio di Rosas c'è la fila di studenti. Chiede permesso, entra, posa il libro sul tavolo, su una pila di altri libri in precario equilibrio, e dice: «Il tuo prezioso manoscritto. Io ne sono fuori, d'accordo? Non l'ho mai visto» e richiede permesso. «Un'altra cosa: di che favore si tratta?»

«Ne riparliamo.»

«Lo so, purtroppo.»

Rientra in questura e Felice Cantoni gli va incontro e gli chiede: «Tutto bene?».

«Il dottor Raimondi?»

«Non si è sentito.» Insiste con l'ansia nella voce: «Tutto bene?».

«Se vuoi sapere della Ventotto... Abbiamo tamponato.»

Per un secondo Felice Cantoni becca e diventa pallido. Una pugnalata sarebbe stata più gradita.

A mezzogiorno si pranza in ufficio con un panino e un caffè; un altro caffè a metà pomeriggio e a sera si rientra con addosso lo schifo di una città impossibile.

La telefonata di Felice Cantoni gli dice che la giornata non è passata invano e che la pastura comincia ad attirare i pesci.

«Antonio, perché non me l'hai detto?»

«Cosa?»

«Che stai in male acque. Ho qualcosa da parte e posso darti una mano.»

Possibile che Felice... Sarti Antonio non ci crede! Dice: «È una cifra grossa e qualcosa non mi basta».

«Allora è molto pesa, Antonio. Ma come ci sei finito?»

«Non lo so: è successo.»

«Senti, io posso arrivare a un paio di milioni.» Il colluso non può essere lui. Uno che si vende non ha solo un paio di milioni. Ce li ha anche Sarti Antonio, ed è il massimo. «Se ti servono...»

«Non ti preoccupare, me la caverò.»

«Un'altra cosa: perché ne hai parlato con Imposimato? Io a che servo? Solo a guidare la Ventotto? Siamo assieme da una vita...»

«Non volevo darti dei problemi.»

«Che problemi, Antonio? A cosa servono gli amici?» Si dice sempre così. «Quello che posso...»

«Ci penserò, Felice, ci penserò. Grazie» e tira un sospiro di sollievo. Ci mancava che fosse proprio Felice Cantoni l'infiltrato della mala bolognese in questura.

20
ADDIO MIA BELLA, ADDIO...

L'appartamento non sembra più lo stesso. C'è ordine e c'è pulizia. Tavola sparecchiata, niente piatti sporchi nel secchiaio. Letti rifatti ogni mattina. Lei dorme nella stanza, letto matrimoniale, lui sul divano e non c'è il caso che sbaglino e finiscano l'uno nel letto dell'altra.

Ma non dura in eterno e infatti lei dice: «Non posso restare ancora». Sono le dieci di sera e stanno seduti davanti a un televisore acceso che né la Biondina né Sarti Antonio seguono.

La scatola se ne sta lì, accesa per abitudine, come si fa con la lampada dell'ingresso, rientrando a casa. Ormai produce e riversa solo merda e anche uno dal palato grezzo come il mio questurino ne ha le palle piene.

«Perché non puoi?»

«Perché non mi va di farti dormire sul divano...»

«Vengo nel tuo letto» ma lei nemmeno lo ascolta. Ha altri pensieri.

«... e perché ho i miei impegni e non posso sbrigarli qui, a casa tua.»

Su questo non ci sono dubbi. Sarti Antonio può ospitarla, ma per i clienti diventa dura. Intanto la Grassona, che è la padrona dell'appartamento, non gradirebbe. Già ha storto il naso quando le ha presentato la Biondina come una parente di passaggio. Forse è gelosa. Non gradirebbe neppure il ministro dell'Interno. Né Raimondi Cesare, ispettore capo, tanto per restare negli stracci di un questurino da pochi soldi.

«Qualche amica che potrebbe ospitarti?» azzarda lui.

«Non cambierebbe. Nel mio mestiere ci vuole riservatezza o si perdono i clienti.»

Al momento Sarti Antonio non ha soluzioni. Dice: «Forse ci siamo preoccupati per nulla...».

«Se per te è nulla che un assassino mi abbia portato a casa, e di persona, la foto di Elisa morta...»

Nessuno dei due ha soluzioni da proporre e la voce che arriva dal buio dell'ingresso silenzioso è roca e profonda, dal tono duro e cattivo. Da far venire un colpo anche a gente dal cuore saldo. Dice, quella voce: «Io avrei una soluzione».

Nella penombra si materializza il muso da faina di Rosas. Non il solito muso: il talpone è avvolto in una sciarpa rossa che lascia scoperte la fronte e le lenti spesse sulle quali balugina lo schermo tivù, unica fonte di luminosità nell'appartamento.

«Ma cosa cazzo... Si può essere più...» Nel suo scarso vocabolario da verbale di polizia, Sarti Antonio non trova l'epiteto sufficiente a esprimere quello che pensa di Rosas. «Come accidenti sei entrato?»

Rosas dondola a mezz'aria un mazzo di chiavi. «Me le hai date tu.» Il raffreddore è all'ultimo stadio.

«Sì, te le ho date, ma vent'anni fa! Si suona, cazzo, si suona per entrare! Noi potevamo anche essere nudi.»

«Uno spettacolo da non perdere.»

«Senti chi parla: sei imbacuccato come una befana...»

«C'è freddo e c'è una nebbia della madonna» dice Rosas. «Senti come sono ridotto. C'è un po' di caffè?»

Glielo prepara la Biondina e mentre il talpone lo beve, Sarti Antonio gli chiede: «Da quanto sei nascosto là?».

«Abbastanza per aver sentito tutto. Ho una soluzione.»

La soluzione sarebbe: la Biondina si trasferisce nell'appartamento di Elisa, vuoto e disponibile da quando hanno tolto i sigilli, ci mette su casa e lavoro e il fanatico delle fotografie non l'andrà a cercare là.

Sarti Antonio non ha capito bene. «Come sarebbe nell'appartamento di Elisa?» Rosas gli fa ciondolare sotto il naso un altro mazzo di chiavi. «Del suo appartamento?» chiede. Il talpone annuisce e il ghigno assomiglia sempre più a quello di una faina. «Perché le hai tu?»

«Affari miei e di Elisa.»

Un bel colpo: veniamo a sapere che Elisa se la faceva anche con Rosas.

«Una ragazza disponibile» commenta Sarti Antonio. «Se le mie informazioni sono giuste, scopava un po' con tutti. Con gli studenti, con i professori, con il fidanzato e adesso anche con Rosas. Mancavo solo io. Peccato.»

«Balle, tutte balle!» grida Rosas con una reazione che non è da lui. Ci sono fatti che mi sfuggono? Ci sono: «La verità è che tutti avrebbero voluto portarsela a letto, ma Elisa non era una ragazza facile. Sceglieva gli amici con molta cura».

«Lui li chiama amici...» dice il mio questurino sottovoce. Basta per far incazzare di più Rosas.

«Chiamali come ti pare! Amanti. Ti va bene?» Spinge l'indice sotto il naso di Sarti. «Vuol dire una cosa sola: era una ragazza che sapeva il fatto suo» e qui si lascia andare e impariamo cose che non avremmo mai immaginato. E cioè: dopo che Elisa e il professore si sono lasciati «di comune accordo e senza alcun rimpianto» precisa Rosas «io e lei ci siamo messi assieme e siamo stati bene. Non dormivo più nello studio in università, vivevo con lei, le preparavo la colazione, mi ero comperato degli abiti e delle scarpe...»

«Insomma, eri diventato una persona quasi normale» sfotte Sarti Antonio.

«Tu sai dove sta la normalità, il mio questurino del cazzo?» Rosas è cattivo.

Una brutta notte, come la definisce Rosas, saranno state le due, subito dopo aver fatto l'amore, Elisa gli comunicò che dovevano piantarla lì. Doveva sposarsi. Doveva? Lei aveva annuito ed era andata a chiudersi in bagno.

Non ho mai visto un Rosas tanto malridotto. Né avrei immaginato che potesse accadere. «Non l'ho più vista» e chiude e si chiude.

La morte di Elisa lo ha colpito duro e per la prima volta da quando si conoscono, Sarti Antonio sente per il talpone qualcosa di nuovo. Tenerezza, forse, o comprensione. Ma non sa come farglielo capire. Ha sempre pensato che Rosas fosse al di sopra. Sopra gli avvenimenti, sopra le persone normali come lui, sopra le idee, sopra le critiche... Adesso se lo ritrova a terra. Una cosa che gli fa male.

«Mi dispiace» riesce appena a mormorare. La Biondina ha gli occhi lucidi.

Piegato in se stesso, con le spalle curve, Rosas dice: «Adesso tu mi devi fare un favore. Aiutami a trovare quel figlio di puttana che l'ha ammazzata». Guarda in faccia Sarti Antonio e aspetta una risposta. Gli basterebbe anche un cenno.

«Sei proprio convinto che non sia stato il professore?»

«Ti ci vuole dell'altro per capirlo?» Si risolleva e respira lungo. Cerca di tornare il solito Rosas. «Non solo l'assassino di Elisa è fuori, ma sta facendo di tutto per farci capire che il professore è innocente.»

«Perché?»

«Questo lo scopriremo. Se mi darai una mano.»

Gliela darà. Nei limiti delle sue limitate possibilità. Sarti Antonio, sergente, non sa dire no a chi non conosce. Come potrebbe farlo con Rosas che gli sta attorno da una vita?

«Mi devi un favore.»

«Anche se non te lo dovessi... Da dove si comincia?»

«Da dove si continua. Ho raccolto elementi all'università che poi ti dirò.» Si alza e si riavvolge nell'enorme sciarpa rossa. «Per prima cosa ci serve Felicità. Trovala!» Porge alla Biondina le chiavi dell'appartamento di Elisa. «Fa' come se fossi a casa tua. A lei farebbe piacere.» Se ne va com'è venuto, in silenzio e nel buio del corridoio.

Restano a fissare lo schermo illuminato da idiozie. E per Sarti Antonio è il momento di capirsi. Mormora:

«Rosas innamorato. Non è normale, non funziona, non ci credo...».

La Biondina si alza. «Non vedo perché. Domattina preparo le mie cose e me ne vado.»

«Allora è l'ultima notte che passi qui.» Lei annuisce. «Mi raccomando, qualunque cosa ti capiti, avvertimi.» L'accompagna in camera. «Ci tengo a te.» Lei annuisce ancora e gli sorride. «Buonanotte.»

«Buonanotte» dice anche lei.

Sarti Antonio sta chiudendo la porta, ma la Biondina mette un piede contro lo stipite. Appoggia il viso alla fessura e sussurra: «Sì, è l'ultima notte che passo qui». Riapre quel tanto che permette a Sarti Antonio di infilarsi in camera.

In salotto, il televisore continua a fare il suo stupido mestiere. Una volta tanto, e fortunatamente, per nessuno.

«Fa presto lui. Dice: "Trova Felicità!". Ma dove la trovo?»

Comincia con il responsabile dell'ufficio personale. Deve insistere e anche mostrare la patente di questurino prima che il direttore gli metta sotto gli occhi la schermata che riguarda Felicità. Di lei impara tutto quello che si può imparare di una persona. Che è stata assunta da un anno e mezzo dopo un regolare concorso; che non rispetta gli orari di lavoro ma che distribuisce comunque la posta in giornata; che non ha problemi di rapporti con gli altri; che fa politica in servizio, che non è sposata, non ha avuto figli e non risulta ne abbia attualmente in corso... E tante altre belle cose che gli fanno dire "complimenti, dottore, qui dentro siete più organizzati che in questura" ma che a lui servono a poco o niente. Tranne il cognome, che fa Frosali. F.F., Frosali Felicità. Utile per la ricerca all'anagrafe, sempre con patente di questurino in mostra.

Originaria di Spilamberto, in quel di Modena, nubile, cittadinanza italiana e tutti gli eccetera del caso, che gli serviranno a poco se non andrà a controllare presso i geni-

tori, Antonio e Veronica, a Spilamberto, dove risiedeva prima di trasferirsi a Bologna e prendere servizio alle Regie Poste Italiane.
Non sono più Regie? Chi l'ha detto?

21
UN URLO NELLA NOTTE

«Dove sei, Caruso, dove sei? Caruso, Caruso, Caruso, Caruso.»

L'urlo passa la notte da parte a parte come uno stiletto, e la "o" dell'ultimo Caruso scivola lungo le pareti e si spegne lontano. Sembra il fischio di un treno nel buio.

«Cosa è stato?» chiede il professore che si è svegliato di soprassalto. «Chi è?»

Il professore guarda Tano. Ma Tano interviene solo con uno squassante ruggito, nel sonno.

Il prof scende dal letto e si avvicina alla porta. Sente dei passi, qualcuno corre, delle voci, qualcuno parla. Altre voci protestano.

«Tano.»

Il prof va alla mensola di Tano e guarda l'ora.

«Tano» ripete il prof irritato. «Sei morto? Sembra che non abbia mai dormito in vita tua, cazzo!»

«Che c'è?» dice Tano senza muovere un dito. «Ti ha morso un cobra? Dormi.»

«Sono le quattro, Tano, Cristo!»

«È colpa mia?»

«Cos'è successo? Non hai sentito?»

«Appunto, sono le quattro. Dormi.»

«Ma che cos'hai nella testa? In quella testa balorda. Scannano uno in piena notte e lui? Dorme. Dorme!»

Tano si alza a sedere sul letto. Ha delle lunghe mutande a losanghe nero-arancio, si strofina le guance, poi infila un braccio intero nelle mutande e si gratta vorticosamente una qualche parte remota del baricentro. «Non rompere. Sai, prof, sono stato in cella con un sacco di gente, di tutti i tipi, proprio di tutti i tipi. Con dei gay, e con dei negri. E con ebrei, albanesi, agricoltori, impiegati di banca, sminatori, industriali, e un sacco d'altra gente. Sai cosa ti dico? Nessuno ha mai rotto le palle come te. Si può sapere perché non dormi come fanno tutte le persone normali?»

«Normali? Qualcuno urla nella notte ed è normale dormire e fare finta di niente?»

«Chi ha urlato?»

«Non so chi ha urlato, ma uno ha urlato forte "Caruso", più volte, disperato. "Caruso, dove sei?".»

«Caruso? Sei sicuro? Così ha detto?»

«Chi è Caruso? E chi ha gridato?»

«Dev'essere Bocciapersa che ha gridato. Ogni tanto lo fa. Sempre di notte. Sogna una persona e grida il suo nome. Ha delle crisi. Dicono. Un poveraccio. Ma innocuo.»

«Che crisi, di cosa? E se ha delle crisi, perché sta qua e non in infermeria, o all'ospedale, o in manicomio, al limite?»

«Non so chi è Caruso. Il nome però l'ho sentito. Caruso. Sarà un parente? Una volta ha gridato: "Napoli". "Napoli, dove sei?" ha detto. Napoli è una città, di giù. Io non ci sono mai stato. Però conosco della gente che è di Napoli, o che ci è stata. Ma nessun Caruso.»

«Allora forse è il grande tenore Enrico Caruso. Gli piace l'opera?»

«A Caruso?»

«Ma no, a Bocciapersa. Caruso è di Napoli, è nato a Napoli.»

«Ed è un amico di Bocciapersa?»

«È morto ottant'anni fa, Tano.»

«Riposi in pace. Possiamo dormire adesso?»

«E non fanno niente?»

«Chi è che non fa niente?»

«I medici, l'ospedale, non lo so io, quelli che devono fare qualcosa.»

«No, stanno attenti che non si impicchi, poi lo lasciano stare.»

Nel corridoio niente più rumori. Le voci che protestavano ora tacciono, le grida sono cessate. Il professore tiene l'orecchio appoggiato alla porta. Spera che qualcuno ricominci a parlare, spera di udire almeno dei passi, spera al limite che Bocciapersa riprenda di nuovo a gridare. Adesso sente freddo ai piedi. Uno spiffero che viene dalla porta, da sotto. È freddo fuori? Piove, nevica, c'è nebbia, tira vento? Non lo sa. Dalla finestrina non si capisce. Pensa a Elisa perché sa che appesa alla parete la Maddalena è assorta sulla candela e i suoi capelli l'avvolgono come un lungo velo nero, le girano attorno alle spalle, scendono lungo la schiena e si perdono nel quadro, che è solo buio e silenzio.

Elisa è seduta al tavolo. Mangia degli asparagi. In sottoveste, mangia in sottoveste, perché si è appena alzata. Ma non è mattina, è mezzanotte passata, e la casa, in mezzo ai monti, è solitaria, solenne e umida. Elisa si è svegliata affamata. Hanno fatto l'amore a lungo, alla luce di una piccola lampada, piccola, molto piccola. Il prof la osserva dalla soglia della camera da letto. Le si avvicina alle spalle, le raccoglie i capelli scompigliati e glieli aggiusta dietro il collo e lungo la schiena, e li accarezza, pettinandoli. Lei sorride e continua a mangiare gli asparagi avanzati la sera prima. Il prof apre un cassetto e prende una candela. L'accende e la mette sul tavolo di fronte a lei, poi spegne la luce. Maddalena che mangia gli asparagi. Il prof la guarda a lungo, ma lei non ci fa caso, non fa caso al prof che la guarda col fiato sospeso, né alla stanza immersa nel buio, né a un latrato che viene da lontano. Il prof le prende i capelli, li arrotola appena, come una treccia, e glieli passa attorno al collo. È talmente bella che guardarla è intollerabile. Lei si volta verso di lui e dice: "Vuoi uccidermi? Lo sai che ho fame dopo aver fatto l'amore. Vuoi uccidermi solo per questo?". Si mette a ridere, con quella sua risata sommessa e leggera. Una mano del prof scivola nella scollatura della sottoveste e stringe un seno di Elisa, sempre più forte. Elisa esclama: "Ahi, mi fai male" e si volta a guardarlo con aria di rimprovero.

Il prof si stringe addosso la giacca che si è gettato sulle spalle. Vorrebbe che fosse meno freddo e che la cella fosse più illuminata, che ci fosse la possibilità di accendere la luce. C'è solo una lucina da santino che illumina la riproduzione di una Madonna con bambino, attaccata al muro con un chiodo, in alto.

Il prof si stende di nuovo sul letto e vuole dormire. Vuole pensare ad altro. Non deve pensare a Elisa. Pensare a una delle sue attività carcerarie. Ai corsi per imparare a leggere e scrivere i ragazzi fanno qualche progresso. Riescono a disegnare tutte le lettere dell'alfabeto e a riconoscerle. A Tano piace disegnare particolarmente il corsivo, perché le lettere sono tonde, mentre detesta lo stampatello, con tutti quegli angoli. Però se la cava, si impegna. Quando fa gli esercizi si china quasi completamente sul quaderno e tiene la punta della lingua fra le labbra. Forse è così in tutto, quando è concentrato. Forse tiene la lingua fuori dalla bocca quando uccide qualcuno facendogli un pettirosso alla gola con un castrino per maiali. Ma forse non ha mai ucciso nessuno.

Il Redivivo finge di fregarsene dei corsi, ostentando un sorriso di sufficienza, e giocherellando con la penna Bic, ma in realtà gli piacerebbe imparare, non tanto perché consapevole dell'utilità della cosa, ma solo per non avere qualcosa in meno degli altri, per essere allo stesso livello. Il Redivivo va volentieri al corso, perché può cogliere ogni occasione per tendere il braccio e mettere in bella vista l'orologio del prof.

Il sonno fa visita al prof proprio sull'immagine del Redivivo e del suo nuovo orologio.

I bicchieri sono uguali, proprio uguali, anche della stessa grandezza. Uguali a quelli di sua madre, quelli che la povera donna ormai demente si divertiva a riempire di sassolini e ghiaietta. Hanno lo stelo alto, e sopra un tronco di cono molto svasato. Il prof per la prima volta si accorge che allora, a casa sua, quel tipo di bicchiere doveva costituire una stranezza, o una rarità. I bicchieri da Martini hanno avuto una certa diffusione solo molti anni dopo, mentre allora erano un'esclusiva dei grandi bar, solo dei grandi bar, come potevano essere l'Harris Bar, o il Pedrocchi, o il Deux Magots a Parigi. E sua madre li riempiva di ciottoli.

«È un Martini» dice la direttrice con un sorriso. «L'ho preparato io. Volevo farmi perdonare l'analcolico dell'altro giorno. Ti piace il Martini?»

«È una delle mie ragioni di vita» risponde il prof. Ma non sorride, il prof, perché gli dà fastidio il fatto che lo psicologo abbia divulgato i loro colloqui. Oppure è stato costretto. Ma il risultato non cambia. Può anche darsi che sia una coincidenza. Non è una cosa così grave, però gli dà fastidio.

«Qualcosa non va?» chiede la direttrice apprensiva.

«No. Mi piace il Martini.»

«Ho portato i bicchieri da casa. Non si può bere un Martini in bicchieri di carta o da tavola.»

«Salute» dice il prof alzando il bicchiere verso il cielo.

La direttrice lo osserva mentre sorseggia il Martini chiudendo gli occhi.

«Sembra che tu stia pregando» dice la direttrice.

«Una specie di preghiera, sì» fa il prof. «Una preghiera laica. Buono, secco. È incredibile che il Martini abbia questo potere di sedare i conflitti dell'anima, come un Salmo biblico, o una pagina di Montaigne.»

«Tu esageri» sorride la direttrice.

«Mi piacerebbe che all'inventore del Martini venisse dedicata una via. Si sono dedicate tante vie a persone insignificanti che una via così sarebbe un atto di giustizia.»

«Ho sentito che i tuoi corsi riscuotono un certo successo» cambia discorso la direttrice.

«Non saprei. Qualcosa hanno imparato. Non so se durerà.»

«Si dice che qualcuno vorrebbe partecipare ai tuoi prossimi corsi. Pare che tu sappia insegnare.»

«Non è questo.»

«Cos'è allora?»

«È solo che propongo un modo diverso per passare il tempo.»

La direttrice lo guarda come se volesse dire qualcosa. Poi versa al prof un secondo Martini.

Il prof la ringrazia e aggiunge: «Bevo da solo?».

La direttrice dice "no", e gli rivolge uno sguardo di complicità. «Dovremmo pensare a una forma di ricompensa per i tuoi studenti, se sei d'accordo. Qualcosa che li invogli a continuare, che li interessi, li incuriosisca. Che ne dici?»

«Io un'idea ce l'avrei. Non so se è praticabile, ma un'idea ce l'avrei.»

«Avanti.»

«Vorrei portarli a visitare un museo.»

«Un museo?»

«Sì. Un museo. Se si può.»

La direttrice fa alcuni passi in silenzio attorno alla sedia. «Cosa pensi di ottenere?»

«Non lo so. Un altro tipo di passatempo.»

«Mi ci fai pensare sopra?»

«Non ho fretta. E, senti, c'è ancora una cosa.»

«Vuoi dirmi che hai saputo qual è il mio soprannome?»

«No, non era questo che volevo dire. Però sì, l'ho saputo. Non è granché.»

«No, non granché.»

«Non prendertela. Qua dentro siamo tutti così, segaioli e ditalare. Non bisogna farci caso.»

«No, non me la prendo.»

Il professore e la direttrice si guardano in faccia. La direttrice distoglie gli occhi e succhia dal bicchiere quasi vuoto l'ultima goccia di Martini ormai caldo.

«Non ci faccio caso» dice la direttrice. «Cosa volevi dirmi?»

«Mi ispiri fiducia» dice il prof.

«Davvero?»

«Non volevo farti un complimento. Mi dispiace che il dottor Psicologo ti venga a riferire il contenuto dei nostri incontri. Non mi sembra... Cioè, mi mette in imbarazzo questa cosa. È come se mi trovassi in piazza in mutande. Non siamo pari. Tu sai tutto di me e io non so niente di te.»

«Vuol dire che mi metterò in mutande anch'io.» La direttrice sorride imbarazzata per le sue stesse parole. «La prossima volta.»

Il prof si alza e si avvia verso la porta. La direttrice lo accompagna.

«Sai, non si sta male nel tuo carcere» dice il prof. «La gente è abbastanza perbene, i Martini sono buoni.»

«Non dirlo troppo presto. Per entrambi. Forse qualcosa ti deluderà.»

«Forse. Sai, ci sono due cose che non mi danno pace. La prima è questa: io non ho ucciso nessuno.»

«Me l'hai già detto. Ma che io ti creda o no, la cosa ha poca importanza. Credo di avertelo già detto, anch'io.»

«La seconda cosa è legata alla prima. Non sopporto l'idea che Raimondi Cesare faccia carriera sulla mia pelle.»

«Chi è Raimondi Cesare?»

«Nessuno. Non è mai stato nessuno. Ma è diventato qualcuno risolvendo il mio caso e facendomi arrestare. Sono diventato la sua rivincita sulla vita. Adesso crede che la mediocrità sia maestra di vita. Non posso sopportarlo, non lo sopporterò mai. Ma qui tu non ci puoi fare niente.»

«Qualcuno potrebbe aiutarti?»

«No. Solo il caso. Oppure Dio. Ma ho l'impressione che entrambi stiano battendo altre strade. Ci vediamo. Grazie per il Martini.»

Il professore esce dall'ufficio della direttrice. Prima che possa fare un altro passo la mano della direttrice lo afferra per un braccio e lo trattiene.

«Professore, io non sapevo nulla dei tuoi colloqui con lo psicologo. Io non c'entro con quella storia.»

«Meglio così. Sì, meglio così.»

«Anche tu ispiri fiducia. Devi essere un insegnante benvoluto.»

«Eppure c'è qualcuno che non mi vuole affatto bene. Qualcuno ce l'ha con me.»

22
ENTRA IN SCENA IL DODO

Filippo lo osserva sempre con gli occhi scivolosi. Il suo sguardo oscilla tra l'incredulità e il rimprovero.

«Ma cos'ha, quello là?» chiede il prof alla Marisa che gli cammina accanto in cortile.

«Chi è?»

«Quello là, che sembra stia per passare la mano da un momento all'altro. Ce l'ha con me?»

«Ah, Filippo. Ce l'ha con te? Cosa gli hai fatto?»

«Ma vaffanculo anche te. Cosa vuoi che gli abbia fatto?»

«Non saprei. Ma è un buon uomo, per essere un *polizei*.»

La Marisa era stato in carcere anche in Germania, a Heidelberg, dove lo avevano beccato a falsificare marchi in compagnia di un tappezziere croato e un imbianchino turco. Si era fatto qualche mese e poi era stato estradato, ma lui continuava a inserire qualche parola di tedesco nei suoi discorsi, in omaggio a quel paese che, nonostante tutto, continuava a rimpiangere, soprattutto per via del pollo piccante e della birra. A sentire lui, nel carcere in cui si trovava, la birra era servita quotidianamente, e mica un bicchiere o due, no, in abbondanza. E poi, che paese!, c'è pochissima criminalità, in Germania.

«Comunque, se vuoi saperlo, quello là non ha per niente l'aria di un *Polizei*, con quella faccia da canna al vento.» Il prof si appoggia al muro e guarda quelli che giocano a pallone.

«Be', con quello che ha avuto, vorrei vedere te» fa la Marisa accendendosi una sigaretta.

«Cioè? Cos'ha avuto?»

«La figlia... anni fa, lui aveva una figlia, la moglie è morta già da un sacco di tempo, vent'anni, anche di più, insomma, la figlia l'ha tirata su lui, sai com'è, un uomo da solo, con una figlia femmina...»

«Basta che tu dica una figlia. È inutile dire una figlia femmina. Hai mai conosciuto una figlia maschio? Però falla corta, per favore. Cos'è successo alla figlia femmina?»

«Lo sai che sei stronzo? Che cazzo vuoi da me? Fattela raccontare da un altro, allora, la storia della figlia di Filippo.»

«Dài, piantala» fa il prof tirandolo per la maglia. «Non fare il rompipalle. Raccontami. Ti do qualcosa in cambio.»

«Dimmi una cosa che mi dai in cambio. Una cosa lunga e dura?» La Marisa sghignazza, poi viene colto da un attacco di tosse che lo fa piegare in due.

«Dovresti smetterla col fumo» sentenzia il prof. «Poi ti viene il cancro ai polmoni e muori.»

«Che ti venga a te e a tua nonna» risponde la Marisa raccogliendo il catarro dal fondo dei polmoni.

«Allora, questa storia?» riprende il prof non appena il respiro della Marisa torna normale.

«Be', è una storia triste» comincia la Marisa asciugandosi la bocca con un fazzoletto indurito dall'uso. «La figlia, un giorno, la figlia di Filippo, litiga col padre, ha quindici, sedici anni, la figlia, Filippo no, ne ha oggi sessantadue, sessantatré insomma, più di sessanta, allora, lei litiga col padre, perché la sera prima è tornata tardi dal cinema... tardi, oddio, non so cos'è tardi per Filippo, però tardi, così hanno litigato, il giorno dopo, e lei è scappata via in lacrime.»

«È scappata di casa?»

«Aspetta. Lei scappa di casa. E per tre giorni, dico tre giorni, più nessuna notizia di lei. Niente, sparita nel nulla. Nessuno l'ha vista, nessuno l'ha sentita, niente telefonate alle amiche, niente.»

«Niente.»

«Niente. Ti puoi figurare com'era Filippo, un padre che la figlia scompare di casa, non dev'essere facile.»

«No.»

«Te la faccio corta. La ritrovano quattro giorni dopo affondata in un canale, violentata e strangolata. Il corpo veniva portato dalla corrente e si era impigliato nelle canne, a faccia in giù, con le mutandine attaccate a un piede. Te l'immagini?»

«No, non me lo immagino. E l'assassino?»

«*Der Mörder?* Lo sai tu? Io no. La polizia no. Filippo no. Nessuno sa niente. Caso chiuso.»

«Poveraccio.»

«Be', da quel momento non è stato più lui. Piange con niente, si perde. Si dimentica le cose.»

Adesso il prof capisce. Prova una gran pena per Filippo. Si stupisce anche che continui a trattare i detenuti in maniera corretta, civile. Avrebbe potuto sfogare su di loro il suo dolore, la sua rabbia, la sua impotenza. Invece se ne va in giro come un vegetale a chiedersi perché il mondo è così cattivo e a coltivare immedicabili complessi di colpa.

La Marisa, appoggiato al muro, si è acceso una sigaretta e scruta le azioni di gioco sul campetto di cemento della prigione.

Anche il prof si appoggia al muro vicino alla Marisa. Il campo da pallone è proprio piccolo, non è un campo da gioco regolare, per forza, ma non ci si può giocare in molti, massimo sette per squadra, forse otto, meglio cinque. Da un lato la porta è dipinta sulla parete della prigione, dall'altro è segnata da un paio di pietre. Poi c'è una rete metallica alta almeno tre metri, rinforzata, in alto, da filo spinato. Divide il campo da football da uno spiazzo in terra battuta irregolare, molto ampio, con una fontana di ghisa quasi al centro. La fontana è secca da anni, e lo scolo è pieno di carte, cicche, bastoncini e foglie. Non si capisce perché ci sia bisogno di una rete a dividere i due settori, quello del calcio e l'altro, dove i detenuti passano alcune ore della giornata. Forse serve a impedire che il pallone rotoli troppo lontano, in mezzo a quelli che passeggiano, litigano o giocano a zaccagno e a carta in alto. Quando il pallone arriva in quella zona, la partita è finita, perché gli altri si tengono il pallone o lo restituiscono dopo insulti e risate di scherno, e allora si rischia sempre che si accenda una rissa. E nessuno ci guadagna se nasce una rissa. Il campo, quello sterrato, è circondato da un alto muro, spesso parecchi centimetri. Ogni venti metri, lungo le pareti, ci sono delle speciali piattaforme a cui si accede tramite una scaletta. Sopra le piattaforme ci sono una sedia e un piano d'appoggio. Ricordano più o meno i seggioloni degli arbitri del tennis, ma più grandi, molto più grandi, perché qui i sorveglianti devono sedersi, sgranchirsi le gambe, sistemare il fucile, appoggiare il portacenere, e tutto il resto. I bastioni sono spaccati in due da un'ampia apertura occupata da un cancello a sbarre di ferro. Cancello e mura sembrano inespugnabili. Al di là delle mura si stende una specie di terreno incolto e disarmonico e, proprio in fondo, lontano, si intravvedono avanzare lentamente le sagome di auto e camion. Forse è l'autostrada o una superstrada. Ogni tanto qualcuno si appoggia al cancello, guarda lontano e sogna, buttando la cicca oltre le sbarre. I guardiani osservano attenti senza muovere un muscolo.

Nuvole obese si avvicinano al carcere come lumaconi neri. Si alza il vento. La Marisa dice *"der Wind"*, e si infila la maglietta nei calzoni.

Il professore dice alla Marisa: «Quello non l'ho mai visto. Da dove sbuca, da un circo?».

La Marisa passa una mano sulla sua folta chioma gialla prima di rispondere. «Non guardarlo, fai finta di niente. È tornato, cazzo! Speravo che restasse dov'era ancora per un po'. Cazzo. Cazzo. Cazzo!»

Il prof guarda negli occhi la Marisa, che è impallidito. «Che c'è?» gli chiede.

«C'è che è tornato il Dodo. Guardalo! Guardalo! Sta' attento, guarda cosa fa. Ma nasconditi, non farti vedere. Sta' attento!»

Il prof si nasconde dietro un sostegno della rete metallica. L'uomo che la Marisa ha chiamato il Dodo è una montagna di grasso che sta immobile davanti al portone d'entrata, a una decina di metri dal palo sinistro della porta da calcio disegnato sul muro. Visto così, da lontano, non pesa meno di centosessanta, centosettanta chili, per un'altezza di circa centonovanta centimetri e una quarantina d'anni d'età. Il Dodo tiene le braccia dietro la schiena. Il corpo è assolutamente immobile. Solo la testa si muove da destra a sinistra, con esasperante lentezza, come lo snorkel di un sottomarino. La divisa sembra sul punto di esplodere al minimo gesto. Non sembra nemmeno una guardia, sembra un personaggio da libro per bambini, uno di quegli omoni grassi e buffi, tutti tondi e un po' stupidi. Sul campo di cemento il gioco sembra avere subito un improvviso rallentamento e lo strepito dei giocatori è divenuto silenzio. I secondini, sulle loro piattaforme, guardano verso il Dodo, anche loro immobili. Alla fine il Dodo fa qualche passo avanti, e lo spostamento d'aria sembra inquietare i giocatori che si fermano, ognuno al proprio posto. Il Dodo ha una camminata a un tempo comica e minacciosa: si muove a fatica spostando il peso ora a destra ora a sinistra, e gettando i piedi in fuori, mentre si ha l'impressione che un'onda di grasso debordi e si rovesci addosso ai vicini. Giunto all'altezza della finestrina del ripostiglio che serve da spogliatoio, si ferma e volta il capo verso il muro. L'uomo che sta seduto a terra in attesa del suo turno per giocare si alza e si toglie il berretto. Il Dodo con un dito gli fa segno di avvicinarsi. Il professore non ha mai visto niente di così minaccioso come quel dito.

«Hai visto? Hai visto?» mormora la Marisa. «Sta' a vedere. Guarda cosa fa, la iena.»

La iena appoggia paternalmente una mano dietro al collo dell'uomo che ha abbassato il capo di fronte a lui. A poco a poco la mano comincia a fare forza, e l'uomo è costretto a inchinarsi, poi a inginocchiarsi davanti al Dodo. A un suo cenno l'uomo si china su una scarpa e comincia a leccarla. Il professore non sente quello che dice il Dodo, ma certamente sussurra parole di incoraggiamento, come "bravo", "bene", "continua così" e sorride apertamente, mentre controlla con lo sguardo l'effetto di quella situazione sugli altri detenuti e sulle guardie.

«Cosa fa?» chiede il prof.

«Gli pulisce le scarpe con la lingua, poi gliele allaccia» risponde la Marisa.

«Gliele allaccia?»

«Ma l'hai guardato? Come pensi che riesca ad allacciarsi le scarpe con quella mole? Lo fa apposta.»

«Potrebbe mettersi dei mocassini.»

«Già, ma finirebbe il gioco.»

«Ma perché? Che senso ha?»

«Perché è una carogna. Tutto qui. È uno stronzo fatto e cagato. Che altro?»

«E nessuno si ribella?»

«Sei matto?! Non riuscirebbe più a vivere. Gliela fa pagare in tutti i modi possibili. Un paio d'anni fa ha buttato giù dalle scale uno che si era ribellato. È rimasto sei mesi in infermeria. C'è stata un'inchiesta, ed è risultato che era stato un incidente.»

«Neanche le guardie? E la direttrice?»

«Lo temono tutti, perché può ricattare tutti. Dicono che tiene tutti per le palle. Dicono. Dicono anche che è legato alle organizzazioni del Sud-est.»

«Che storie mi racconti?»

«È così, ti dico. Comunque, tieniti lontano da lui.»

«Anche la direttrice?»

«Ma piantala, tu e la tua direttrice. Anche lei non ci può fare niente. Chiediglielo, no? Chiediglielo, tu che la vedi sempre. E poi le fa comodo. Fa comodo a tutti i direttori avere qualcuno che trova sempre il modo di cavare le castagne dal fuoco.»

Il Dodo intanto si è stancato e liquida il malcapitato con

un calcio a una spalla. Il Dodo riprende la sua camminata debordante.

«Non lo sottovalutare, prof» riprende la Marisa indicandolo con il capo. «E non irritarlo. Per fortuna non sembri il suo tipo.»

«Io non sarei il suo tipo?»

«No, tu no. A lui piacciono giovani e magri come stecchi. Tu non sei come piacciono a lui.»

«È gay?»

«No, è una checca. Vive con un giovanottino tutto figo e sempre in tiro che pare uscito dalla televisione. Con un gran ciuffo di capelli sugli occhi. Dicono, dicono, che lui lo costringa a pulirgli il culo, sul serio, mica per dire, a pulirgli il culo perché lui col braccio non ci arriva, allora lo deve fare lui. E poi fanno la doccia assieme. Dicono che lui, il giovanottino, lo strofini tutto per bene, da capo a piedi, e poi il Dodo lo costringe a succhiarglielo, sotto la doccia, sotto lo scroscio dell'acqua che viene giù.»

Il prof osserva la Marisa che parla. Non sa cosa pensare. Il Dodo, a centrocampo, ha alzato il capo e scruta il cielo plumbeo con aria preoccupata, poi torna sui suoi passi. Raggiunto il portone, si volta per un ultimo sguardo alle sue terre e rientra nei suoi appartamenti.

«Cazzo!» esclama la Marisa calpestando la millesima cicca.

«Cosa bisogna fare per non irritarlo?» chiede il prof.

«Non lo sa nessuno. Si scopre sempre dopo.»

«Che bellezza!» commenta il prof.

«Te l'ho detto: stai in campana. Se ti prende di mira sei fatto. Dammi retta. Quello se ne sbatte se sei professore. Anzi, rischi che si diverte ancora di più.»

«Cercherò di tenerlo a mente. Questo vento mi ha fatto venire mal di testa.»

Rientrano tutti. Il prof e la Marisa si mettono in coda.

«Ma perché l'ho visto solo oggi?» chiede il prof.

«Finora era in servizio al reparto femminile, dall'altra parte. Ogni anno le guardie si scambiano i reparti, fanno qualche mese di qua e qualche mese di là. Non so perché.»

«Visti i suoi gusti, non si sarà divertito tanto con le donne, il Dodo» dice il prof.

«Scherzi?! Molto di più. Si diverte molto di più. Con le donne ce l'ha in modo particolare.»

Da una finestra il Dodo osserva senza espressione quella lunga fila di uomini che rientra in cella. Il prof non se ne accorge. Se non è troppo preoccupato è solo perché non ha visto da vicino gli occhi del Dodo. Sono due palle nere immobili in campo bianco. Come quelli dei pescicani.

23
L'ASSASSINO È IL PROFESSORE

Aspetta fuori dall'aula che Rosas finisca la lezione e si gode le ragazze in fiore che gli passano davanti. Non capisce come riescano a sopravvivere seminude sotto il primo gelo che l'autunno ha fatto calare, improvviso e inatteso, su Bologna.

Una gli si ferma davanti, lo guarda negli occhi per alcuni secondi, troppi per il mio questurino, e, con un tono basso che promette chissà cosa, dice: «Ce l'hai una canna?».

«Lascialo perdere, Claudia» le risponde Rosas appena uscito dall'aula. «È un questurino e ti potrebbe accusare di spaccio.»

Claudia fa due passi indietro, verifica il questurino da capo a piedi, gli sorride e dice: «Non sembra». Va a cercare altrove il fumo che le serve.

«Che bisogno avevi di dirglielo?» Ma Rosas è già tornato nello studio. Lo segue e chiude la porta.

«Brutto segno» mormora Rosas. È seduto dietro la scrivania, nascosto da una pila di volumi, tesi e tesine. «Cosa c'è che non va?»

«Chi ti dice che non va?»

«La tua faccia. Allora? Non hai trovato Felicità.»

No, è sparita e anche i genitori non ne hanno notizia e sono disperati. Gli hanno raccontato che la ragazza è andata a trovarli, gli ha dato un bel po' di euro e ha detto: "Fatene quello che volete". Non la vedono da una settimana.

«E non è tutto. Quel tuo professore... Come fai a sostenere che non è stato lui? Ho letto i verbali dell'inchiesta... che se Raimondi Cesare lo viene a sapere, mi mette in croce. È incastrato che non c'è scampo. Poi c'è il tabulato del telefonino...»

Rosas ascolta, mastica un panino che ha trovato frugando nel cassetto. È imbottito di qualcosa che non assomiglia a nulla: una poltiglia marrone che deborda e sgocciola sul piano della scrivania. Sul suo viso di faina c'è un sorriso ironico.

«Cosa mangi?»

«Panino alla pasta d'acciughe e burro. Ne vuoi un morso?» Disgustato, Sarti Antonio nega con il capo. «Vai avanti.»

Va avanti. Nei tre giorni precedenti la morte, il professore ha ricevuto una sola telefonata da Elisa. Di certo quella che fissava il loro appuntamento al Bellavista.

«E con questo?» chiede Rosas. Ha finito il panino e si pulisce mani e bocca con un foglio dattiloscritto. Che getta nel cestino.

«Con questo, il tuo innocuo professore era il solo a sapere dove stava la ragazza, il solo con il quale ha parlato, il solo che Elisa ha contattato col cellulare.

Rosas ha perduto per strada il sorriso. Chiede: «E quante telefonate ha fatto il professore a Elisa?».

Il mio questurino non ha bisogno di controllare appunti. Ha tutto chiaro in memoria. Dice: «Nessuna». Si guarda attorno. «Come si fa per un caffè?»

Rosas ha dei pensieri che prima non aveva e si limita a indicare fuori.

Nel corridoio c'è una macchina che distribuisce tutto il distribuibile. Prefabbricato. Tu ci metti dentro le monete necessarie e lei ti partorisce all'istante, e con un rumore di ferraglie, merendine all'acido fenico, paste incartonate, succhi di frutta che la frutta l'hanno vista passare, panini di gesso al salame di plastica, barre di cioccolata sintetica, bottigliette di acqua gonfiata...

E c'è anche la possibilità di farsi preparare un caffè. Lei, la macchina, ti chiede: "Lo vuoi lungo, ristretto o normale? Con zucchero o senza? Aggiungo latte?". Tu rispondi e lei ti serve.

Si paga in anticipo. Sarti Antonio ordina due caffè normali con zucchero e gli vengono sputati in un bicchiere di plastica formato tazzina. Il cucchiaino è uno stecco, sempre di plastica, che scende dall'alto. Ringrazia, torna nello studio e porge il caffè al talpone. Dice: «Raimondi Cesare non ha preso una cantonata, come sostieni tu. E guarda che mi dispiace, ma mi dispiace molto». Annusa il liquido scuro e bollente. Storce il naso, ma rischia. Un sorso e poi via, tutto, nel contenitore accanto alla macchina, in corridoio: bicchiere, stecco e liquido che qualcuno si ostina a chiamare caffè.

Meno sofistico, Rosas se lo beve senza una piega.

«Come fai?» gli chiede Sarti Antonio.

Il talpone lo guarda. «Si fa l'abitudine a tutto in questo mondo di merda. Basta pensare che il caffè è così.»

«Ma il caffè non è così.»

«Lo dici tu.»

Inutile insistere, ma Sarti Antonio ci prova: «Allora fai una cosa, pensa che l'assassino è il professore e ti metti il cuore in pace».

«Non dire cazzate.» Questione di opinioni. Rosas si alza. «Vieni con me» dice.

Passano per una quantità di corridoi tanto che Sarti Antonio dice: «Fra poco saremo in piazza Maggiore».

«Non mi avevi chiesto di indagare all'interno dell'università? L'ho fatto.»

«Ah, sì? E hai scoperto?»

«Che questo è un nido di vipere. Non ce n'è uno che ricambi i favori ricevuti da Pierfrancesco. Io ricordo che ha speso del suo per farmi assumere.»

«Allora non sei attendibile quando sostieni che è innocente e io...»

Rosas si ferma, lo prende per gli stracci e lo sbatte contro la parete del corridoio. Ce lo tiene e gli dice, con il viso tanto vicino al suo che sente il puzzo dell'orrido caffè appena bevuto: «Io so che chi ha ammazzato Elisa è in giro, magari proprio qui, all'università, e lo incontro e mi saluta e...».

Questa proprio Sarti Antonio non se l'aspettava. Non da Rosas. Più che stupito, non sa cosa fare. Potrebbe liberarsi con una spinta, semplicemente, che ci vogliono tre Rosas per tenerlo fermo. Eppure se ne sta incollato alla parete.

Accanto passano studenti, bidelli, professori e anche gente normale e nessuno si cura dei due. Tirano dritto. Sono affari che non li riguardano.

Con delicatezza si toglie di dosso le mani di Rosas e dice: «Sei proprio andato, caro mio, andato. E tu saresti quello che ragiona, che guarda ai fatti, che analizza, che dà lezioni di sintesi... Ma va a dar via il culo!» e se ne va offeso oltremisura. Con tutti gli anni che ci ha passato dentro, non ha capito molto della vita ed è sempre una sorpresa.

Rosas lo blocca per le spalle e gli urla: «Adesso tu vieni con me, bello! Vieni con me e fai il tuo dovere di questurino del cazzo!».

Sarti Antonio, sergente, lo guarda negli occhi e gli sussurra: «Adesso ti fa comodo un questurino del cazzo, vero? Be', rivolgiti a un altro perché per il sottoscritto, il caso è chiuso, come dicono in tivù». E se ne va sul serio.

Una volta tanto, Rosas ha sbagliato. E di brutto. Il mio questurino sarà quello che è: quando gli fa comodo usa gli amici, è servile con chi sta un pelo più in alto, non è una cima, ma ha un grande rispetto per l'amicizia e una profonda onestà sul lavoro. Due cose, le ultime, che dovrebbero contare ma che, con i tempi che corrono, sono più zavorra che altro.

A piedi sale via Zamboni diretto in questura. Saranno due chilometri. Che fa borbottando fra sé il suo scontento, e chi lo incrocia sotto i portici gli gira alla larga perché non si sa mai, con i matti che circolano oggi... E se non è matto quello che parla da solo...

«Si innamora e diventa scemo. Rosas è diventato scemo. Ha tutti gli elementi in mano per capire che la sua Elisa l'ha ammazzata il professore, eppure continua a menarla con l'assassino libero e in giro per l'università. Il professore è stato l'ultimo a incontrare la ragazza, si erano lasciati da poco, lei si doveva sposare con un altro, lui lascia in camuffa il luogo del delitto...» e va avanti a borbottare le prove a carico del Tagliacozzi.

La pianta solo quando arriva in piazza Maggiore, al bar di Strichetto, e siede a un tavolino sotto il portico del Vignola per un caffè. Ne ha proprio voglia e se lo gusterà come si deve.

«E poi, lo ha condannato o no un tribunale regolare con tanto di giudici, avvocati e codice penale?»

Si è tolto un peso dallo stomaco, convinto di essersi liberato del cadavere nell'armadio. Di non doverci più mettere mano. Si sbaglia. La vita è fatta così e si diverte con i modesti. Con i nobili e i ricchi, no. Per loro ha sempre un minimo di rispetto.

Comincia Strichetto: risponde a una domanda che Sarti Antonio aveva rivolto a se stesso. Dice: «Sì, dottore, è vero che un tribunale lo ha condannato, ma lei sa meglio di me quante volte i giudici si sbagliano».

Continua con una motocicletta nuova fiammante, di quelle che pesano, parcheggiata sotto il portico della questura. È tappezzata con adesivi e bandierine della pace che Sarti Antonio ha già visto. Ce ne sono dappertutto, di questi tempi. Non servono a nulla, ma va bene così.

Non si meraviglia di Felicità seduta davanti alla sua scrivania. Sul pavimento vicino alla sedia, un casco da motociclista nuovo di zecca, aerodinamico e con la protezione totale.

È vestita di stracci, ma oggi sembrano stracci eleganti, comperati in un negozio alla moda e indossati per far pensare a cosa a malapena nascondono. Elegante, profumata e quasi distinta. Attorno al braccio porta il nastrino con i colori della pace che le sta bene, meglio di quando è vestita da postina stracciona. I capelli raccolti dietro la nuca lasciano liberi alcuni ciuffi sulla fronte, appena scomposti, che scendono a coprire una piccola porzione degli occhi. Poi c'è la pancina deliziosamente scoperta. E si fa presto a immaginare cosa ci sia due dita appena sotto la cintura di stoffa che sta sotto l'ombelico.

Sarti Antonio, sergente, ha dato appena un'occhiata a quella cintura sotto l'ombelico, di sfuggita, perché è nell'esercizio delle sue funzioni, ma è quasi sicuro di aver intravisto l'inizio di una leggera peluria. E un brivido gli è sceso fino all'inguine. Non di colite, questa volta.

«Che ci fai tu qui?» chiede con la voce che gli esce male.

«Ooo, non sei passato dalle poste, non sei venuto a cercarmi a casa e hai tormentato l'Adalgisa? Non hai telefonato ai miei genitori per chiedere di me? Eccomi» e con un gesto grazioso scosta il ciuffo di capelli sugli occhi.

Stranamente i colleghi del mio questurino sono tutti occupati: battono sui tasti, sfogliano pratiche, ma molti occhi sono piantati nel fondoschiena di Felicità che si intravede fra i due listelli della spalliera.

«Dove sei stata?»

«Ooo, questa è bella. Ti aspetto da due ore e mi chiedi dove sono stata.»

«Volevo dire perché sei sparita senza avvertire nessuno, nemmeno il tuo ufficio.»

«Io non ho un ufficio. Mi sono licenziata.»

«Perché?»

«Ne avevo piene le tasche dei loro orari. Ho voglia di vivere.»

«Per vivere ci vogliono soldi. O no?»

Felicità si stringe nelle spalle. «Sai cosa dice mio padre? Ci saranno dei soldi che non ci sarò più io. Ha ragione. Poi ho messo da parte qualcosa... È tutto?»

«Non ho ancora cominciato. Intanto perché sei scappata, quando ti abbiamo accompagnata a casa?»

«Cos'è, un reato?»

«No, è maleducazione.»

«E tu, con quello che succede al mondo, ti stai a preoccupare della cattiva e della buona educazione? Comunque... Me ne sono andata perché ero in ritardo per il lavoro. Te l'ho detto: quelli non fanno che parlare di orario e di doveri verso gli utenti. Dei miei orari e dei doveri verso la sottoscritta, niente.»

«Chi ti ha dato i soldi?»

«Chi ti ha detto che mi hanno dato dei soldi?»

Giocano. Sarti Antonio, sergente, indica il casco e dice: «Se hai comperato un casco nuovo devi aver comperato anche una moto nuova. E credo di averla vista».

Felicità sorride. «Sì, te l'ho detto: avevo qualcosa da parte.»

«Fa un po' come ti pare» lascia perdere Sarti Antonio, sergente. C'è una cosa più importante: «Adesso però non divaghi e mi dici chi ti ha dato il pacco per me».

«Immaginavo che fosse questo. Un tale che non conosco.»

«Vieni con me.» La prende per mano e la trascina alla porta.

«Ooo, aspetta, no?» Si toglie dalla mano del questurino e recupera il casco. Torna alla porta, sorride a Sarti, gli ridà la mano e dice: «Ecco, andiamo, portami dove vuoi».

La porta alla scientifica e l'identikit che ne esce è talmente poco credibile che il tecnico che l'ha disegnato dietro i suggerimenti di Felicità lo guarda, scuote il capo, ne tira due copie e dice: «Se va bene a te, Sarti...».

Fuori, Sarti Antonio, sergente, dice a Felicità: «A me non va bene, ma se non vuoi collaborare, rischi una incriminazione...».

«Ooo, collaboro, collaboro. È quello che ricordo di quel tale che mi ha consegnato il pacco per te.»

Sarti Antonio le mette sotto il naso l'identikit. «Ma lo hai guardato bene? Dove lo incontri uno così? Nei fumetti.»

«Io l'ho incontrato. E se non ti va bene, fattene un altro come lo vuoi tu!»

Testa enorme, quadrata, che fa tutt'uno con il collo. Pare che non abbia il mento. O meglio, ne ha quattro o cinque che partono da sotto la bocca e scendono fino a sparire sotto la camicia. Gli occhi sono grandi e rotondi come quelli di un bue. Insomma, un personaggio di Magnus, di quelli che ti devono essere odiosi fin dalla prima vignetta.

Felicità si appoggia alla motocicletta nuova e lavora con le chiavi. Poi guarda Sarti Antonio, gli sorride e dice: «Tutto qui? Io che mi credevo chissà cosa». Indossa il casco integrale e il sorriso che dedica al mio questurino scompare sotto l'affumicatura della visiera calata di colpo.

La moto gira l'angolo di piazza Roosevelt e Felice Cantoni spunta da dietro la colonna e dice: «Anto', quella ci sta, credi a me, quella ci sta».

«Cosa fai? Ti nascondi adesso? Stai a spiarmi?»

«Che spiare e spiare. Controllavo che non le rubassero la moto. Dacci dentro con quella, Antonio!»

«Ma cosa dici, cosa dici, povero matto.»

«Cosa dice lei.» Scimmiotta la voce roca della ragazza: «"Portami dove vuoi... Io mi credevo chissà cosa..." Dammi retta, Anto', quella ci sta».

«Sì, ci sta. Ma smettila, coglione!» Però un pensierino ce l'ha fatto. L'ho capito da come le ha guardato la pancina, che si è scoperta ancora di più quando Felicità è salita sulla moto.

24
SI FA AVANTI AVANTI

In questura lo chiamano lo Zoppo, ma non quando lui è nei paraggi, che è permaloso e piuttosto ruvido e usa il bastone come un'arma. Una volta ha steso un tale con una botta fra capo e collo. Gli aveva fregato la bicicletta e lo portarono al pronto soccorso con trauma cranico. Venti giorni di prognosi.

Tanto perché sappiate con chi ha a che fare Sarti Antonio, sergente, quando va a trovarlo nel suo archivio. Si chiama Poli Ugo, dottore, ed era uno dei funzionari più giovani e promettenti fino a quando non ebbe un incidente di macchina. Faceva la scorta all'auto di un importante uomo politico, che è stato anche presidente del Consiglio. Aveva sempre fretta, ma il giorno dell'incidente ne aveva più del solito e faceva viaggiare le auto a forte velocità. Sulla Porrettana, l'auto di Poli Ugo, per tenere dietro a quella dell'onorevole presidente, in una curva finì fuori strada e il giovane e promettente funzionario si massacrò una gamba fra le lamiere. Incidente sul lavoro, come ne capitano troppo spesso nei cantieri o nelle fabbriche.

Ma Poli Ugo se la legò al dito. Non tanto per la gamba massacrata, quanto per l'insensibilità del politico che neppure si fermò a soccorrerlo. Gli proposero la pensione anticipata, che non accettò perché, disse, l'investigatore si fa con la testa e non con le gambe. Poteva anche avere ragione, ma i superiori non condivisero e lo confinarono in archivio.

«Un lavoro da invalido» disse. Finì in archivio lo stesso.

Gli passano dinanzi tutte le pratiche della questura e lui, prima di archiviarle, se le studia e qualche volta trova anche la soluzione. Che non rivela a nessuno. Archivia la pratica con una erre a matita rossa sul bordo. Nessuno sa cosa vuol dire. Posso immaginarlo: risolto.

Si è adattato presto all'informatica ed è stato il primo a dotare l'archivio di computer. Quando avete bisogno di una qualsiasi informazione sulla Bologna delinquente, andate dallo Zoppo e c'è il caso che vi ascolti. Ma se lo trovate con i coglioni di traverso, si attaccherà alla burocrazia e dovrete presentare i prescritti moduli con le firme delle autorità competenti. Il che vuol dire che dovrete aspettare parecchio per le vostre informazioni.

Sta spulciando una pratica, a capo chino e il bastone appoggiato al bordo della scrivania, a portata di mano.

«Come va?» chiede Sarti Antonio. Gli risponde un borbottio. «Come?»

«Dico che è la seconda volta che vieni a rompere i marroni. Non avete già risolto il caso del cadavere nell'armadio?»

«Non avete: lo ha risolto il capo. Sono qui per una certa Felicori Bruna...»

«Buona quella!» e finalmente guarda il mio questurino.

«La conosci?»

«Io conosco tutti a Bologna» e digita sulla tastiera. Guarda i risultati, scuote il capo, si alza, impugna il pesante bastone e zoppica dietro le scaffalature. Torna con un faldone che scaraventa sul piano del tavolo di consultazione, nell'angolo più buio dell'ufficio e contro il muro. «To', e divertiti, ma hai preso la strada sbagliata. La Felicori non c'entra niente. Ne ha fatte di tutti i colori nella sua vita, ma con il cadavere nell'armadio non c'entra.»

Sarti Antonio, sergente, sfoglia il dossier e, sì, la Bruna ne ha fatte di tutti i colori: prostituzione in prima persona e sfruttamento della prostituzione, ricettazione e smercio di refurtiva, rapporti con la malavita bolognese e falsificazione di documenti... Insomma, ha vissuto. Arrestata molte volte, ma non un giorno di carcere. Da tre anni non risulta più fermata. Forse perché è diventata confidente della polizia.

«Tu dici che non c'entra?» chiede Sarti Antonio allo Zoppo. «Sai qualcosa che io non so?»

Lo Zoppo indica l'archivio. «Io ne so molto che qui dentro non è scritto.»

È in buona e conviene insistere: «Io qualche sospetto ce l'avrei». Lo Zoppo, seduto di nuovo alla sua scrivania, lo guarda e aspetta il seguito. Buon segno. «Per esempio, la Bruna è sicura che il professore non ha ammazzato quella poveretta.» Le parole esatte usate dalla Bruna nell'ultimo incontro con il mio questurino al Bellavista, prima che il bicchiere andasse a frantumarsi contro la parete, a due dita dalla testa di Sarti Antonio. «E forse è sicura perché sa chi è stato.»

«Io non so se lo sa; so che ha dei buoni rapporti con chi potrebbe saperlo.»

«E cioè?»

«Sarti, sveglia! Cos'hai letto nel suo fascicolo?»

«Be', sai, ho dato un'occhiata veloce...»

«E hai fatto male. Lì c'è scritto che la Felicori intrattiene tutt'ora ottimi rapporti con alcuni esponenti della malavita bolognese e in particolare con un tale Spillaci Gaetano considerato...»

Il solito brivido al ventre. Sarti Antonio, sergente, interrompe lo Zoppo: «Hai detto Spillaci Gaetano?».

«No, ho detto Spillaci Gaetano. Sai di chi parlo? No, non lo sai. È considerato un capo della malavita bolognese, ma non riescono a incastrarlo. Lo mettono dentro per alcuni mesi perché non inquini le prove a suo carico e poi sono costretti a rimetterlo fuori perché non è emerso nulla. C'è del marcio, caro Sarti, c'è del marcio in questa faccenda.»

"Caro Sarti"? È la prima volta. «E tu dici che la Bruna...»

«Non lo dico io, lo dicono le carte. Anche lei, però, se la cava sempre.»

«Be', è una confidente...»

«Bella confidente! Non riesce a fornire informazioni per incastrare lo Spillaci Gaetano.» Si rimette alla pratica.

Sarti Antonio si avvia alla porta. Chiede: «Perché mi hai dato quelle informazioni? Non è il tuo stile».

«Lo so, ma mi piacerebbe che Raimondi Cesare facesse la figura di merda che merita. Almeno una volta nella sua carriera.»

«Anche a me.»

Nel buio del corridoio, poco distante dall'archivio, Medardi Avanti è appoggiato al muro e fuma una sigaretta. Dice: «Ce ne hai messo di tempo là dentro».

«Aspetti me?»

Medardi annuisce, lascia cadere la sigaretta e la spegne con la suola. «Ho qualcosa da dirti.»

«Potevi aspettarmi in ufficio.»

«Non in ufficio. Andiamo a fare due passi.»

I due passi li fanno in piazza Roosevelt. «Allora? Cosa c'è di tanto riservato?»

«Troppa gente in giro.»

Guida l'Avantipopolo: via Venezian, Ugo Bassi e, in Montegrappa, il Medardi si guarda attorno e imbocca il voltone de' Gessi. Se gli serviva un posto tranquillo e appartato, ha scelto bene. Il vicolo de' Gessi è in perenne oscurità, stretto fra il tetro palazzo de' Gessi e le grigie mura del teatro Medica. Sul fondo, in via Parigi, c'è un albero d'alto fusto che non si capisce come abbia potuto svilupparsi, uscito com'è dal cemento e dall'asfalto. L'albero e il fondale luminoso di via Parigi fanno uno strano contrasto con la cupa penombra del vicolo. Cose che si vedono a Bologna.

In vicolo de' Gessi, il Medardi indica i tavolini di un bar chiuso per turno e dice: «Ecco, qui va bene» e siede.

«Sì, è la giornata ideale per sedere all'aperto. Facciamo presto.»

«Prestissimo. Posso darti una mano.»

«In cosa?»

Avantipopolo sorride. «So che hai un problema di soldi.»

Altro brivido al ventre. «In questura le notizie viaggiano. Sì, sono in un brutto momento, ma passerà.»

«Aiutiamolo a passare. C'è il modo di fare su qualche soldo.»

«Ooo, Avantipopolo, per chi mi hai preso?»

«Non hai capito. In maniera tranquilla, Sarti, senza rischi.»

Bisogna fare attenzione a non rovinare tutto. Sarti Antonio fissa il piano del tavolo, lercio di polvere e di cacche di piccioni e non parla. Finge di pensare, finge indecisione.

«Facciamo così: tu ci pensi e poi mi dici qualcosa.» Il Medardi si alza. «E per piacere, Antonio, non chiamarmi Avantipopolo.»

E adesso? Sarti Antonio, sergente, resta seduto. Da solo con i suoi pensieri, in un vicolo dove passa una persona con cane ogni sette minuti, seduto a un tavolo all'aperto di un bar chiuso per turno settimanale.

E adesso? L'unica consolazione è che, se le cose stanno così, l'infiltrato sarebbe Medardi Avantipopolo, un tipo con cui Sarti Antonio non è mai entrato in confidenza. Un tipo che ha ripudiato il padre e il proprio nome. Ci si può fidare di uno così?

E adesso? Adesso ci vogliono delle prove.

È una di quelle giornate che non finiscono mai e Rosas, seduto sui gradini del portone, contribuisce. È più trasandato, più magro, più scassato. Ha gli occhiali di traverso sul naso e l'aspetto di un cane bastonato. Anche se oggi le cose sono cambiate e più nessuno bastona il cane di famiglia. È il cane che bastona il padrone.

Sarti Antonio gli si ferma dinanzi e per un po' lo guarda. Anche Rosas ha alzato la testa al questurino.

«Allora?» dice finalmente Sarti Antonio. «Stiamo qui fino a notte o saliamo da me?»

Rosas si alza e si mette di lato. Non ha ancora aperto bocca. Salgono le scale in silenzio e in silenzio Sarti Antonio prepara il solito caffè. È un classico: arrivato in casa, siano le otto di sera o mezzanotte, Sarti Antonio prepara il caffè. Adesso sono le undici di sera.

Rosas si lascia cadere sul divano e chiude gli occhi. Li riapre quando sente il profumo del caffè sotto il naso. Prende la tazzina dalle mani di Sarti Antonio. «Zuccherato?»

«Vuoi anche che ci soffi per raffreddarlo un po'? No, non l'ho messo. Fa' qualcosa anche tu.»

«Scusami» balbetta il talpone. Al questurino nessuno ha mai chiesto scusa per una domanda idiota. Rosas meno degli altri. «Scusami per l'altro giorno all'università... Non ci sono più con la testa.»

«Me ne sono accorto. Non mi hai mai chiesto scusa. Adesso bevi il caffè che poi ne parliamo.»

Ne parlano. Rosas spiega che l'altro giorno «quando ci siamo presi per il bavero...»

«Non ci siamo presi. Tu mi hai preso.»

Sì, così. Lo stava accompagnando dal professor Delfini, che ha sostituito in cattedra Pierfrancesco Tagliacozzi del Paleotto. «... e Delfini conosce bene il collega del quale ha preso il posto grazie alla sua condanna.»

«Ci hai parlato?»

«Sì, ci sono andato da solo. È uno stronzo. Mi ha detto che da quando Elisa lo aveva lasciato, Pierfrancesco non era più lui e si aspettava che prima o poi avrebbe fatto una cazzata» e in un impeto di indignazione che non gli appartiene, Rosas drizza la schiena. «Capito lo stronzo? Che se non mettevano dentro Pierfrancesco, lui quella cattedra se la sognava! Ammazzano Elisa e lui la chiama cazzata.»

«A parte la cazzata, siamo a posto, no? Abbiamo un'altra conferma: è stato il professore. Punto.»

Per non prenderlo ancora per il bavero, Rosas non lo ascolta e va avanti per la sua strada. «Poi ho parlato con gli studenti e con altri professori. Intanto non c'è ragazza del corso che non fosse disposta a darla a Pierfrancesco...»

«Uomo fortunato.»

«... e non c'è professore o incaricato che non sia felice di esserselo tolto di torno.»

«Bell'ambientino. E io che mi lamento della questura.»

Rosas non è interessato alla questura. «Ti ho mai dato un consiglio sbagliato?» Sì, gliene ha dati, ma a che serve ricordarlo adesso, con i guai che ha il povero talpone? «Allora ascolta e dammi retta: sono tutti sospettabili, tutti avevano dei motivi per togliersi di torno Pierfrancesco, tutti...»

«Se è per questo, anche tu. Gelosia. Lui, il professore, ti scopava la ragazza e tu...»

Rosas si drizza un'altra volta e grida: «Non più, Elisa lo aveva lasciato, cazzo!».

Sarti Antonio posa una mano sulla spalla del talpone. «Tu hai bisogno di una vacanza.»

«E tu hai bisogno di un po' di cervello! Cosa aspetti a torchiare la postina come si deve?»

«Ma guarda te! Adesso la polizia può torchiare i sospetti. Non eri tu quello che "i cittadini hanno dei diritti! I cittadini vanno rispettati! Polizia carogna!"? L'amore fa dei brutti scherzi.»

Rosas non accetta la provocazione. Continua: «Guarda che la strada per arrivare all'assassino passa da lei e se non l'hai ancora capito...».

«Tu che sei più bravo di me... Come lo sai?»

«Da come si è comportata e si comporta. È un comportamento normale il suo? Spiegamelo: è normale?»

Non è normale, ma come si fa a torchiare la Felicità? Sarti Antonio, sergente, non è il tipo.

25
MILLE MODI PER UTILIZZARE IL GHIACCIO

Alla fine della visita, il prof gli ha fatto una domanda, ma Rosas non gli ha risposto. Si è girato e adesso cammina verso l'uscita. Chissà se lo rivedrà ancora? Chissà cos'è venuto veramente a fare?

Lo guarda allontanarsi e l'antico amico gli sembra vecchio e grigio, come fango rappreso su una scarpa.

Melampo lo riaccompagna in cella e prima di chiudergli la porta alle spalle, gli dice: «Oh, prof, le Marlboro». Il prof non l'ha sentito. Sta ancora pensando all'incontro con Rosas. Si è preso da Bologna per venirlo a trovare in carcere e dirgli che lui, il prof, non è l'assassino. Ne valeva la pena? «Prof. Mi stai ascoltando?» insiste Melampo.

«Sì, scusami...»

«Non è per il pacchetto. Me lo posso comperare, non sono così disperato, ma in carcere se si vuole qualcosa, si deve dare qualcos'altro in cambio.»

«Sì, l'ho sentito dire. Avrai le Marlboro e le cicles.»

Quando Melampo è venuto a prelevarlo perché "in parlatorio c'è qualcuno che ti vuole, prof", aveva lasciato Tano e la partita a dama. Adesso la cella è vuota e la scacchiera è tornata sul davanzale. Senza più le pedine schierate. Una partita che non finirà mai.

Gli dà fastidio lasciare le cose a metà, non arrivare alla conclusione logica.

Si sdraia sulla branda e cerca di venire fuori dal groviglio di pensieri che Rosas gli ha portato in prigione. Avvenimenti che appartenevano all'infanzia gli sono tornati davanti, come fantasmi che credeva di aver lasciato a Spilamberto assieme a una parte del suo passato.

Ma i pensieri non vanno dove vorrebbe lui. Sono autonomi e seguono un loro corso. Ed è sollevato quando Filippo apre la porta e gli dice: «Venga con me, prof».

Non chiede dove, non avrebbe senso. Si alza e va.

Massimo comune multiplo, o minimo comun denominatore. Cosa c'entra? Il professore sta cercando nella memoria un esempio del minimo e del massimo. Filippo lo precede in silenzio, strascicando i piedi. Il prof, a testa china, prova a mettere insieme una serie di frazioni, a mente, e a fare dei conti. Il minimo comun denominatore. Perché è così buio il corridoio, e perché i neon sono così deboli? Oppure i vetri sono tanto sporchi da impedire che entri la luce del giorno?

Giunti di fronte all'ufficio della direttrice, Filippo se ne va. Il prof dice: «La vengo a cercare io?» ma Filippo non risponde.

«Accomodati, vieni avanti.» La voce della direttrice arriva dal buio. Anche il suo ufficio è affondato nella penombra. «Non accendere la luce, per favore. Ho mal di testa.»

«Se vuoi torno in un altro momento.»

«No, resta. Siediti. Tanto, non è che se sto in silenzio la cervicale se ne va.»

«Pare che il motivo dominante della giornata sia il buio. Oggi tutto è buio. Il giorno, le celle, i corridoi, la biblioteca, il tuo ufficio. Come te lo spieghi?»

«Ci sono dei giorni così. Dove è tutto nero.»

«Non dovresti stare qui. Non puoi concederti un paio di giorni di permesso? Te ne stai a casa, a letto, prendi qualcosa, dormi.»

«No, sarebbe peggio. Non mi piace stare ferma in casa a fare niente. E poi, in realtà, casa mia è qui. È un'idea alla quale dovrei abituarmi. Mi secca, ma credo che sia così.»

«Vuoi un po' d'acqua?» chiede il prof.

«Sì, grazie. Ce n'è una bottiglia in frigo.»

Il prof si dirige a tentoni verso il frigo. Accende la luce dicendo: «Solo per un momento. Non vedo niente». Quando torna con il bicchiere d'acqua, la direttrice, accasciata sulla poltrona, si copre gli occhi con una mano. Il prof depone il bicchiere sulla scrivania, di fronte a lei. Ma la mano della donna rimane immobile a coprire gli occhi. Il prof si accorge che la direttrice sta piangendo.

«Che c'è?» chiede prendendole il polso e allontanandolo dal volto. «Cos'è successo?»

«Niente. Lasciami stare, non è niente» dice la direttrice cercando di ritirare il braccio.

«Ci sono dei guai? Dimmelo.»

La donna prende un fazzolettino di carta e si asciuga gli occhi. «È un semplice aggravamento del conflitto madre-figlia, niente di particolare.»

«Hai una figlia?» chiede il prof.

«Sì, ma è come se non l'avessi. Ha vent'anni, vive lontano, e mi detesta. Tutto qua. Una cosa banale.»

«E cosa ti è successo per farti piangere?»

«Niente di particolare. Sta in una comunità di tossicodipendenti e quando è in crisi si sfoga accusandomi di essere la causa dei suoi guai.»

«Ed è vero?»

«Forse. Ma non volevo.»

«Nessuno vuole mai. Non piangere.»

«Mi sento un'incapace. Mio marito, mia figlia, io... che vita è stata la nostra?»

«Avanti, calmati. Pensa che le cose si mettono sempre a posto, vanno a posto per conto loro. Respira forte.»

«Le cose non si sono messe a posto per me, e neanche per te, se ho capito bene.»

«Su, appoggia la testa allo schienale. Non pensare a niente. Chiudi gli occhi.»

La direttrice non protesta più. Appoggia la testa allo schienale, chiude gli occhi. Il prof spegne la luce grande e accende una piccola lampada accanto al divano, in fondo alla stanza, solo quella.

«Sei un po' rossa in viso» dice il prof. «Non avrai la febbre?»

«No, non credo.»

«Aspetta.»

Il prof torna al frigorifero e toglie una vaschetta di ghiaccio dal freezer. Prende alcuni cubetti e li butta in un bicchiere. Col bicchiere va alle spalle della direttrice, si strofina tra le mani un paio di cubetti per alcuni secondi e quindi passa le mani ghiacciate sulle tempie della donna abbandonata contro lo schienale.

La donna trasale ma non dice niente. Il professore comincia a massaggiare le tempie con tocco leggerissimo. Nessuno dei due parla.

Fuori, lontano, dalla parte delle celle, si ode un cancello sbattere, poi più niente.

Il prof stringe di nuovo tra le mani un paio di cubetti e ricomincia l'operazione. Una goccia gelata cade nella scollatura della donna, che sussulta ma non fa un gesto, non dice una parola. Il prof continua il suo lentissimo massaggio alle tempie, e segue con lo sguardo la goccia che scivola piano tra i seni della donna e scompare dentro la camicetta. La donna ha socchiuso appena le labbra. Il prof allunga un dito e raccoglie, nell'incavo fra i seni, ciò che resta della goccia. A quel contatto improvviso la direttrice stringe le labbra. La mano del prof abbandona le tempie della donna, le accarezza il collo, a fior di pelle, con dita leggere come fumo, e poi la nuca. La donna si inarca all'indietro per cercare con la testa il tocco che sembra abbandonarla. Ora le mani dell'uomo le accarezzano le spalle, sopra la camicetta, e, a mano a mano che si sposta verso il braccio, la carezza tende a tirare la stoffa. Il professore si china sulla donna e la bacia alla base del collo, mentre le mani si uniscono sul davanti e prendono a slacciare i bottoni della camicetta. Per la prima volta la donna fa un gesto, e porta un braccio all'indietro, sopra la testa, e afferra i capelli dell'uomo e li tira verso di sé, nel momento in cui l'uomo si impadronisce dei seni e li tiene prigionieri fra le mani, come per accertarsi che tutto è vero. Poi le dita si muovono, e scendono. L'uomo e la donna non hanno fretta, si sentono al sicuro, nel buio, e hanno gesti distesi, calmi, pacificati, quando scivolano a terra, quando lui le toglie la gonna, quando lei lo libera dai pantaloni e lo accoglie dentro di sé con un gemito, ed è l'unico rumore che li consola. Entrambi rimangono immobili. Hanno paura. Che tutto finisca troppo presto, che la realtà li sprofondi di nuovo nel gorgo, che tutti i colori diventino grigi.

«Professore» dice la donna, ma la parola si perde nel sospiro. Poi la donna attira a sé il capo del professore e lo stringe forte. L'uomo cerca di alzarsi per guardarla negli occhi, ma lei non glielo permette.

«Non muoverti. Non muoverti. Resta così. Non finire, non finire!»

L'uomo appoggia il capo sulla spalla della donna e lascia che lei lo imprigioni così, ancora una volta.

L'uomo si accorge che la donna che lo abbraccia tanto forte al punto di soffocarlo sta piangendo.

«Piangi?» chiede lui.

«No. Dimmi solo questo: è l'inizio o la fine? Perché non so cosa fare, non so a che punto sono.»

L'uomo tace perché è sorpreso e non sa dare una spiegazione a niente. Si può essere così stupidi? Per un istante il prof pensa: e adesso? Ma è una cosa di pochi attimi, perché pensa che bisogna vivere, che bisogna spingersi ai confini. Comincia a muoversi sulla donna. Lei lo lascia fare, mentre le sue paure spariscono, e alla fine lo asseconda, senza una parola, senza un gemito, senza un sospiro. E quando avverte che il mondo si sottrae, si lascia andare alla voce che le mormora: "Non hai più paura, ricomincia".

Adesso sono di nuovo il prof e la direttrice, vestiti, seduti uno di fronte all'altra, divisi da una scrivania, che non sanno dove mettere gli occhi e non sanno se qualcosa è cambiato. Il prof osserva la direttrice accendere l'ultima sigaretta e gettare con decisione il pacchetto vuoto nel cestino. Il prof sa che se c'è uno che ha qualcosa da perdere è lei. È per questo che è nervosa, pensa il prof, e non sa decidersi ad aprire bocca.

Improvvisamente il prof dice "grazie", e lei lo guarda senza capire.

«Dico grazie per la fiducia» precisa il prof.

«Quale fiducia?» risponde tesa la direttrice. «È stata solo una scopata, la fiducia non c'entra niente. E fiducia per cosa, poi?»

«Non si scopa con uno se si ha paura di lui, non si scopa con un assassino.»

La direttrice fa un gesto stanco come dire "che sciocchezze" o "che cazzate".

«Non c'entra niente con la fiducia. Abbiamo fatta una bella scopata, adesso stiamo meglio tutti e due, punto. Non c'entra niente con la fiducia, l'assassino, la paura, e il resto.»

«È questo che pensi?»

«Non lo so cosa penso.»

«Sono convinto che fra due ore al massimo tutti sapranno tutto. Non so come può avvenire, ma è così. In carcere la gente sa sempre tutto ciò che avviene. Sei nervosa?»

«Sì, sono nervosa.»

«Ti capisco.»

«Davvero?»

«Sì. È cambiato qualcosa?» chiede il prof.

Il professore deve avere uno sguardo particolare se la direttrice abbassa gli occhi e dice "sì". «Mi è passata la cervicale. E mi è venuta voglia di andare a trovare mia figlia.»

«Secondo me adesso ci si vede meglio.»

«Sì, c'è più luce.»

«I neon hanno ricominciato a funzionare.»

La donna sorride chinando la testa sulla scrivania.

«Volevo dirti una cosa ma non ne ho trovato il coraggio» dice il prof.

«Dimmela.»

«Sei molto bella. Ecco. Era questo.»

La donna resta in silenzio e lo fissa negli occhi. «Anch'io voglio dirti una cosa. È necessario, non posso farne a meno. È una domanda.»

«Che domanda?»

«È una domanda su di te, cioè sul tuo processo... no, sul tuo passato.»

«Se è necessario.»

«Credo di sì. Per me.»

«Non sono sicuro, ma sento che mi farà male.»

«No, non è per farti male.»

«Avanti.»

All'improvviso qualcuno bussa alla porta che si apre prima che la direttrice riesca a dire "avanti". È il Dodo. Si ferma assestando la sua mole con movimento sussultorio. Il Dodo ruota il capo verso il prof e poi verso la direttrice. I suoi occhi sono una fessura nella carne che fa uscire solo il buio.

«Dodo» fa la direttrice con voce tagliente. «Cosa fai qui? Non si aspetta il permesso prima di entrare?»

«Credevo che fossi da sola.» La voce del Dodo è roca e diseguale, come se parlasse in falsetto. Da castrato settecentesco.

«Cosa vuoi?»

«Credevo che mi avessi fatto chiamare.»

«Tu credi troppe cose, Dodo. Non fare il furbo.»

Il Dodo ferma lo sguardo sul professore.

«Allora non mi hai fatto chiamare» conclude il Dodo.

«Va' via.»

«Chi è lui?» gracchia il Dodo fissando il prof.

«Non pensarci, Dodo, non ti riguarda. Pensa a fare il tuo lavoro, pensa.»

Il Dodo le lancia un sorriso sprezzante e si gira verso la porta per uscire.

«Dodo» lo richiama la direttrice.

Il Dodo non si cura della direttrice ed esce.

«Un giorno ti spedirò in galera, Dodo, dall'altra parte, però» dice la direttrice. Ma il Dodo non la sente, oppure fa finta di niente. Si odono i suoi passi rimbombare nel corridoio.

La Direttrice si alza e va a versarsi da bere.

«Vuoi?» chiede al prof, ma non ascolta il suo "sì, grazie" e guarda pensierosa dalla finestra.

«Pioverà anche oggi» sbotta la direttrice. «Ne ho abbastanza, cazzo!»

«Della pioggia?» chiede il prof.

«Di tutto» risponde aggressiva.

«Riprendiamo?»

«Cosa riprendiamo?»

«Dovevi farmi una domanda.»

«Sì. Ma non ne ho più voglia.»

«Avanti, non facciamola così lunga. Dimmi cos'è.»

«Riguarda quella storia delle piante.»

«Di cosa parliamo?»

«Dell'elleboro.»

«L'elleboro?»

«Sissignore, l'elleboro, elleboro, che c'è, ti giunge nuova questa parola?»

«Non so di cosa si parli.»

«Cosa vuoi farmi credere, che non sai cos'è l'elleboro?»

«Se scopare ti fa questo effetto, è meglio che lasciamo perdere. Succede con tutti o solo con me?»

«Oh, cazzo, prof, sei insopportabile.»

La donna si versa ancora del whisky e non ne offre al prof. Non è che lo fa di proposito. Il fatto è che non ha l'abitudine di pensare agli altri. La donna è arrabbiata, il prof la indispone, ma non è solo colpa sua.

«Andiamo» riprende conciliante il prof. «Cos'è questa novità dell'elleboro? Non so cosa vuoi dire, sul serio. Spiegami.»

«Guarda.» La direttrice gli porge una cartellina gialla,

usata, che porta i segni di numerose cancellature ed etichette. «Aprila.»

Il prof esita un momento e poi l'apre con un gesto deciso. All'interno della cartellina gialla c'è un giornale formato tabloid.

26
LA MORTE DI ERACLE

All'interno della cartellina gialla c'è un giornale formato tabloid chiamato "Il Cantastorie". In copertina ci sono delle vignette umoristiche, in bianco e nero.

«È un giornale del mio liceo, di quando andavo al liceo. Uno dei tanti giornalini che si fanno in tutti i licei del mondo. Che cos'ha di speciale?» Il prof non sfoglia il giornale, sembra improvvisamente avere desiderio di andarsene da lì.

«Se ti prendi la briga di aprirlo, vedrai che cos'ha di speciale. Avanti, aprilo, prof. È il giornale del tuo liceo, non aver paura. Lo conosci bene, no? Chissà quanti articoli hai scritto per "Il Cantastorie". Ti aiuto? Vuoi che te lo sfogli io?» La direttrice fa dell'ironia.

La direttrice allunga la mano verso la pagina del giornale, ma la mano del prof si sovrappone alla sua e la inchioda al tavolo.

«Non importa» dice il prof. «Non aprirlo. So benissimo cosa c'è dentro.»

«E allora?» fa la direttrice ritirando la mano. Ma non c'è animosità nella domanda.

«Cosa vuoi che sia? Un articolo sulla morte di Eracle. Uno stupido articolo sulla morte di Eracle scritto da un adolescente presuntuoso che pensava di saperne più di tutti.»

«Ma anche di un adolescente che probabilmente ne sapeva più di tutti sull'elleboro. Come è morto Eracle?»

Il prof non risponde alla domanda della direttrice, ma si limita a guardarla parlare.

«E come è stata uccisa la ragazza per cui sei stato condannato, giusta o no che sia la sentenza?»

«Non mi piace questa storia. Il processo è già terminato, e io sono stato condannato. Non mi diverte riviverlo una seconda volta. Finiamola. Non c'è più niente da dire.»

«Piantala tu, prof. Tu mi hai chiesto di credere alla tua innocenza. Io ci voglio credere, ma tu devi aiutarmi. Perdio, tu devi aiutarmi.»

«Cosa cambia?»

«Ma come cosa cambia? Mi prendi in giro?»

La direttrice urla adesso, è rossa in viso. Sbatte una mano sulla scrivania, e guarda il prof con occhi di fuoco.

Il prof abbassa la testa e sospira.

«Era un articolo sulla morte di Eracle. Ipotizzavo per l'eroe una morte diversa da quella raccontata dalla tradizione classica. Eracle, secondo la leggenda, muore per avere indossato una veste intrisa nel sangue di Nesso, che aveva assunto proprietà mortali. Insomma, una veste avvelenata, recapitatagli dalla moglie tradita Deianira. Io, per scherzo, ipotizzavo che un detective di quei tempi, incaricato di indagare sulla morte dell'eroe, scopriva che in realtà la veste era stata intrisa nel succo di elleboro da un immaginario amante di Deianira.»

«Il problema non è quell'articolo, lo sai, no? È evidente: la ragazza, quella che tu avresti ucciso, è morta per avere ingerito una forte dose di elleboro, anzi, se non sbaglio, di elleboreina, un'erba che in certi casi può essere mortale.»

«L'elleboro è sempre stato usato come sternutatorio, nient'altro. È vero che può essere mortale, ma quante persone sono decedute per elleboro? Neanche nei romanzi gialli, o solo in quelli di Agatha Christie.»

«Ma nel tuo articolo da liceale disquisisci con molta sapienza sulla natura e le proprietà dell'elleboro. Ne parli come se lo avessi sempre maneggiato.»

«Io sono di origine campagnola, e di erbe ne conosco

un sacco. Tra queste l'elleboro, che ho sempre amato perché ha un bel nome e perché ha riscontri nei classici. Tutto qui. Conosco anche la mandragola, se è per questo, e una decina di altre erbe e infusi mortali.»

La direttrice sospira. Non è soddisfatta, si siede e si sistema i capelli nervosamente. «Non mi aiuti per niente, prof. Perché dovrei crederti?»

«Non chiederlo a me. Del resto, non cambia niente. Io sono colpevole e sono dentro. Questo è tutto. E probabilmente hai già deciso.»

«Vaffanculo, prof.» La direttrice non ha più energie. «La luce va e viene.»

«Dove sei andata a scovare quel giornalino? Non era comparso nemmeno nel processo. Nessuno ne conosceva l'esistenza. Anch'io lo avevo quasi dimenticato. Come hai fatto? Devi avere fatto delle ricerche a tutto tondo per ottenere questo risultato.»

«Nessuna ricerca. Mi è giunto in una busta, per posta.»

«Solo così? Senza una parola, senza una firma, niente?»

«Oh, sì. Non era affatto anonimo. Guarda.»

La direttrice apre un cassetto e porge al prof un biglietto piegato in quattro. Il prof lo apre e corre alla firma, ma non ne avrebbe bisogno. La calligrafia diligente da scolaro delle medie non lascia dubbi.

«Ancora lui! Dovevo immaginarlo. Sempre lui. Raimondi Cesare. Forse dovrei cambiare carcere. Si può chiedere un trasferimento in un carcere di un paese straniero, il più lontano possibile? Ce l'ho addosso come una piattola. Il bigatto.» Il prof lascia andare il biglietto sulla scrivania.

«Dice che non l'ha potuto usare in tribunale perché lo ha trovato solo a processo finito. Metteva a posto le sue carte private e gli è capitato fra le mani. Me lo ha fatto avere per... Lo hai letto?» La direttrice raccoglie il biglietto e lo scorre.

«Non ne ho voglia. Fammi un riassunto.»

«Voleva che io sapessi con chi ho a che fare. Dice di prestare attenzione, perché tu saresti uno che fa il "finto tonto" e sai fare le "moine alle donne".»

Il prof ride piano, e dice: «Ma che stronzo! Parla come un bambino deficiente». Finisce di ridere. «Per oggi ho avuto troppe emozioni. È meglio che vada» dice sbrigativamente.

La direttrice dice "arrivederci".

Fuori, nel corridoio, è talmente buio che quasi non si accorge che il Dodo sta dritto in piedi accanto alla porta. Il Dodo dice: «Ti accompagno io» e lo spinge da dietro.

È un viaggio silenzioso fino alla cella. È come se il carcere fosse deserto. È come se l'aria avesse paura del Dodo.

27
PELLE NERA E PELLE BIANCA

Una brutta sorpresa per Felice Cantoni, agente: l'auto Ventotto non va in moto. Ci prova più d'una volta e più di due, ma non c'è verso. Smadonna, apre il cofano e tutto pare normale. Controlla fili e spinotti, dà una pulita qua e là nel vano motore e riprova. Niente. Grida: «Chi è andato attorno alla mia macchina?».

«Cantoni, l'abbiamo lavata come ci hai chiesto» gli risponde un meccanico nascosto da qualche parte, nell'officina.

«L'avete lavata e adesso non parte! Dov'è Santucci?»

«Ci sono io, non ti vado bene?»

«Io voglio Santucci, mi fido solo di Santucci, si è sempre occupato lui della mia auto. Santucci!»

Santucci spunta da sotto l'auto di rappresentanza del signor prefetto. «Cosa ti cade, Cantoni?»

«La mia macchina non parte!»

«Ci do un'occhiata appena ho finito qui.»

«Oh, ma io ne ho bisogno adesso!»

«Anche il prefetto» e sparisce. Felice Cantoni si rassegna e Santucci rimette fuori la testa per dire: «Oh, Cantoni, te l'hanno detto che la Ventotto non è tua ma di proprietà dello Stato?».

È una brutta giornata. «'Fanculo, Santucci!»

Per questo Sarti Antonio, sergente, deve mettersi in strada con l'auto Trentasei, al volante Medardi Avanti.

«Anto', e io che faccio?» chiede Felice Cantoni. Non mi stupirei se si mettesse a piangere.

«Felice, l'ufficio è pieno di pratiche: ordina e sbatti in archivio le più vecchie. Fai un po' di pulizia che ce n'è bisogno.»

Sulla Trentasei, Medardi chiede: «Dove si va, capo?».

«Medardi, fai lo spiritoso? Cosa si fa quando si è di pattuglia?»

«Volevo sapere se hai delle preferenze.»

«Sì, fa in modo di passare dal bar del Meloncello: fanno un buon caffè.»

Sono seduti al bar del Meloncello e Medardi chiede: «Ci hai pensato?». Sarti Antonio, sergente, se l'aspettava. Annuisce. «E hai deciso...» Sarti Antonio borbotta qualcosa. «Come?»

«Ho detto: cosa c'è da fare esattamente?»

«Roba tranquilla, senza rischi. Si tengono le orecchie aperte e si riferisce al sottoscritto se ci sono operazioni in corso, di cosa si tratta, dove e quando...»

«Insomma, divento un tuo subalterno.»

«No, nel secondo lavoro non ci sono gerarchie. Siamo alla pari. Certo, io ho più anzianità, ma non ci faccio caso.»

«Tutto qui?»

«Per adesso. Poi si vedrà.» Fa un cenno al cameriere per il conto. Paga e quando sono soli: «Cosa decidi?». Altro borbottio. «Non ci sente nessuno, ti dispiace parlare chiaro?»

«Ho detto che ci sto, ci sto, ma con dei limiti.» Recita la parte del poliziotto onesto che si fa comperare, ma con dispiacere, costretto dalle vicissitudini della vita.

«Che sarebbero?»

«Stare fuori dai tuoi traffici, non sapere a cosa servono le informazioni, avere rapporti solo con te...» Aggiunge qualcosa sottovoce.

«Ancora?»

«Ho chiesto quanto si prende.»

«Dipende dall'informazione. Certo tu, con la posizione

che occupi, puoi imparare quello che io immagino soltanto. Pagano bene, stai tranquillo. Uno stipendio più alto di quello che ti passa lo Stato.»

Riprendono il viaggio e Sarti Antonio, sergente, si chiude nel sedile di sua competenza e sull'auto Trentasei c'è un lungo silenzio. Fino a quando, fermi al semaforo, Avanti lo guarda e dice: «Lo so, la prima volta ha fatto quest'effetto anche a me. Ma poi passa». Dà un'occhiata allo specchietto e riparte. Prende alcune curve a tutta canna.

«Cos'è? Devo superare l'esame velocità?» grida il mio questurino, la mani puntellate sul cruscotto.

Avanti non gli risponde. Sono su per San Luca e prende la curva delle Orfanelle come se fosse in circuito. Grida: «A cosa stai lavorando attualmente, Sarti?».

«Sono già al tuo servizio?»

«Non ancora.» Con un cenno del capo, Avanti indica lo specchietto. «Lo chiedo perché c'è una moto che ci segue da quando siamo partiti dalla centrale e non sono riuscito a perderla.»

Sarti Antonio bestemmia. Poi: «Riesci a capire chi è?».

«Sì, con i raggi ics di Superman. È coperto di pelle e ha il casco integrale.»

«Adesso però mi fai il piacere di rallentare! O vuoi che ci ammazziamo? Rallenta, perdio!» Avanti solleva il piede dall'acceleratore e il mio questurino si gira e la vede. Anche la moto ha rallentato ed è a una cinquantina di metri.

«Lasciami al Sanluchino... Poi ti dico...»

«Non vuoi che lo inchiodiamo a un palo della luce? Ce ne sono molti da queste parti e ci mettiamo poco.»

«Lasciami al Sanluchino. Credo di sapere...»

«Resto a coprirti...»

«Ti ho detto di lasciarmi al Sanluchino, cazzo!»

Lui lo chiama ancora Sanluchino, ma ha cambiato nome da anni. Da giovane ci portava le ragazze, offriva loro un bicchiere di porcheria lattiginosa che andava di moda e costava una cifra, poi s'imboscavano. Era il bar della stazione d'arrivo della funivia per San Luca. Già ai tempi di Sarti Antonio il giovane, la funivia non funzionava più, ma erano rimasti in piedi i piloni, la stazione di partenza, la stazione di arrivo e il Sanluchino.

Adesso è un bar ristorante albergo di lusso e si continua a spendere una cifra.

Avanti ferma la Trentasei nel piazzale, ai piedi della gradinata che mette al santuario di San Luca, e guarda nello specchietto. Dice: «Si è fermata anche la moto». Sarti Antonio fa per scendere e Avanti gli mette una mano sul ginocchio. «Sicuro che non vuoi che io resti nei paraggi?» Il questurino annuisce e scende. «Come torni in città?»

Sarti Antonio si stringe nelle spalle e si avvia verso il bar ristorante albergo. Prima di entrare dà un'occhiata attorno: l'auto Trentasei è ripartita, direzione Bologna, e il motociclista, seduto sulla moto ferma all'imbocco del piazzale, la guarda passargli accanto. Poi comincia i preparativi per scendere.

Dalla vetrata si gode un bel panorama: ai piedi del colle della Guardia c'è lo stadio, che qualche vecchio chiama ancora il Littoriale; appena oltre si stendono i marmi accecanti dell'immensa Certosa e poi tutto il resto fino al limite nord con la Fiera e le torri grigie di cemento di Tange. Lo sono andati a cercare fino in Giappone.

«Ciao, come stai?» È la voce roca, da fumatrice, di Felicità, in piedi accanto al tavolino di Sarti Antonio. Vestita da centauro, casco sottobraccio, capelli neri scomposti e niente ombelico scoperto.

Sarti Antonio le fa cenno di sedere. Lei siede e posa il casco sul tavolino. «Cosa bevi?» le chiede.

«Un Alexander.»

«Cos'è?»

«Non lo so, ma mi piace da impazzire.»

Ne portano due e a Sarti Antonio vengono i brividi perché sono passati anni e la bevanda è la stessa. E costerà in proporzione al tempo trascorso. Lascia che Felicità sorseggi a occhi chiusi e poi: «A cosa devo l'onore del pedinamento?».

«Al fatto che tu sei così.»

«In altre parole?»

«Voglio dire che io non vado matta per i questurini, anzi... Ma tu sei un questurino diverso.»

«Meglio o peggio degli altri?»

«Be', peggio. Sei peggio perché...» e manda giù un altro goloso sorso di Alexander «... perché dai l'idea di essere onesto. È la razza più brutta perché ti fanno illudere e poi ti fregano esattamente come gli altri e tu non te l'aspetti e ci rimani peggio.»

«Non ho capito niente, ma va bene lo stesso. Cosa vuoi?»

Felicità ha finito l'Alexander e si guarda attorno. Dice: «Non possiamo parlarne a casa tua?».

A Sarti Antonio viene in mente la pancina scoperta e l'ombelico. Ormai conosce il brivido che dallo stomaco gli scende giù, fino... Non è di colite. Prima di salire sulla motocicletta, dice: «Se i vigili ci fermano, io non ho il casco».

«Ooo, sei o non sei un poliziotto? Gli dici che è un'emergenza...» Getta indietro i capelli e infila il casco.

Tiene in equilibrio quella bestia di motocicletta e la guida come Agostini. Da anni Sarti Antonio non si occupa di motociclismo. Agostini ha lasciato le corse da un bel po' e adesso c'è Valentino. E i vigili non li fermano.

In casa non apre neppure la cerniera della sua seconda pelle. Siede sul divano e aspetta.

«Sentiamo» dice Sarti Antonio. Le mette davanti la tazzina e lui resta in piedi con la sua in mano.

«Un buon caffè.»

«Lo so. Vai avanti.»

Ci mette un po', cerca le parole giuste, fa troppe pause, ma alla fine racconta quello che è venuta per raccontare. E cioè: il pacchetto glielo ha consegnato un tale, grande e grosso come un bue, pieno di soldi come un cane pieno di pulci.

«Si è raccomandato di non dire che il pacchetto me lo

aveva dato lui e di inventare una storia qualunque e che, se tutto fosse andato come sperava, ci sarebbe stato un altro bel pacco di euro per me.»

Poi ha visto la faccia di Sarti Antonio quando ha aperto il pacchetto e ha capito che la cosa era pesante e che non aveva fatto una bella cosa. Ma ormai...

«Naturalmente non sai chi sia, dove abiti...»

«Così è. Sai una cosa? Mi sei simpatico, m'ispiri» e, rilassata sul divano, fa una pausa di riflessione, con gli occhi socchiusi che guardano sornioni il questurino.

Il seguito dipende da cosa dirà Sarti Antonio, sergente. Che comincia così: «Sei poco affidabile, Felicità».

Non è quello che lei voleva sentire. «Tutto qui?»

«No, togliti quella seconda orribile pelle nera. Preferisco la tua. E preferisco il tuo ombelico.»

Felicità sorride. «Anch'io.» Si alza dal divano senza smettere di guardare il mio questurino, gli sorride e comincia lentamente a far scendere la lampo. È un colpo da niente: sotto la pelle nera comperata in un negozio specializzato in motociclette, c'è solo la pelle bianca di Felicità. E il seno e i fianchi e finalmente l'ombelico e la pancina che la ragazza va mostrando in giro. Anche con il freddo di novembre.

«Non ho mai scopato con un questurino» dice con voce bassa e più roca del solito. «Spero di non pentirmi.» Sarti Antonio le è grato perché non ha detto: "Non mi sono mai scopato un questurino". Non lo avrebbe sopportato. «Lo facciamo qui, sul divano?» Come se fosse la cosa più normale di questo mondo. E forse lo è, ma andatelo a spiegare...

Sarti Antonio prova a rispondere, ma la voce non esce e si stringe nelle spalle. Sta per: "Facciamolo dove vuoi tu, ma facciamolo".

Preferisce sul divano, ma poi finiscono sul tappeto. E per lei va bene anche lì.

Un sottile tramezzo divide il salotto del questurino dalla cucina della Grassona e Sarti Antonio inventerà qualcosa per giustificare i mugolii di Felicità.

Dopo, non sa se Felicità sia pentita di avere "scopato con un questurino". Per sicurezza, non glielo chiede. È una ragazza con poche repressioni, almeno sessuali, e ci mette poco a rispondere: "Poteva andare meglio".

Felicità è appena andata in bagno che Rosas, dalla penombra del corridoio, dice: «Posso entrare?».

Sì, è sempre stato lì, nell'ingresso, seduto sullo sgabello. Ha aperto con la sua chiave, è entrato, ha capito cosa succedeva nel salotto e avrebbe voluto tornare fuori, parola d'onore, ma...

«Ma fuori ha cominciato a nevischiare e fa un freddo cane.» Da prenderlo a schiaffi! «Non ti preoccupare: ho fatto di tutto per non guardare e non sentire. Mi sono anche messo a leggere l'elenco telefonico.»

«Tu sei... Tu sei...» Non trova la parola. «T'immagini cosa penserà Felicità se...»

«Se... cosa?» chiede Felicità. È di nuovo in tenuta da motociclista.

«Questo... questo...» Ancora non trova la parola. «Questo qui è stato tutto il tempo nell'ingresso mentre noi... mentre io e te...»

Felicità raccoglie il casco, finito sotto il televisore, fa un cenno di saluto ai due e se ne va. Che Rosas sia stato presente, non le fa né caldo né freddo. Mi sembra un bel vivere.

La certezza che nella sua vita non ci sia più nulla di riservato, nemmeno le scopate, che sono un momento talmente privato da tenerlo solo per due, fa un po' incazzare Sarti Antonio. Dalla sua casa entrano ed escono come se fosse un albergo. È capitato che una notte, rientrando dal servizio e dopo dodici ore di questura, abbia trovato il letto, il suo letto, occupato da Felice Cantoni che ci dormiva con una ragazza raccattata chissà dove.

«Non lo puoi fare a casa tua?» gli aveva urlato mentre la ragazza correva in bagno.

«Anto', a casa c'è mia moglie...»

Ci ha trovato anche Rosas, nel suo letto. E poi e poi e poi...

Non è tanto il fatto che gli occupino il letto, quanto la necessità di cambiare le lenzuola ogni volta. Non gli va di dormire dove hanno scopato altri. Gli fa un po' schifo. Storie, ma lui è fatto così e prende una decisione: «Scatta l'operazione recupero chiavi. Comincia tu».

«Come sarebbe? Le ho da quindici anni...»

«Appunto, è troppo. Mettile sul tavolo e vattene.»

«Da te non me l'aspettavo.» Posa le chiavi e si avvia alla porta. Non è più lo stesso: qualche anno fa se ne sarebbe andato con le chiavi in tasca.

«Bene, e uno» borbotta Sarti Antonio. Poi alza la voce: «Toglimi una curiosità: sei venuto solo per assistere alla mia scopata o cosa? Hai rovinato la più bella scopata della mia vita».

Con la destra sulla maniglia della porta, Rosas dice: «Non so dove andare a dormire. Nell'appartamento di Elisa c'è la Biondina, i miei amici non hanno posto per questa notte e così pensavo...».

«Hai ancora degli amici? Strano.»

So che questa notte Rosas dormirà in casa Sarti.

28
UNO STRANO SABOTAGGIO E UNA STRANA REAZIONE

Una delle cose più fastidiose e che ti fanno cominciare di merda la giornata è svegliarsi per il telefono. Se poi, prima ancora che tu, con il tono impastato di sonno, possa dire "pronto", Felice Cantoni, agente, ti urla nelle orecchie: «Vuoi che te lo dica? È stato un sabotaggio!» be', allora la giornata è andata e non ci sono speranze.

Sarti Antonio allontana dall'orecchio il ricevitore e borbotta: «Di cosa parli, Felice?» e dà un'occhiata di traverso alla sveglia, sul comodino.

«Sono in officina, Anto', e Santucci mi ha appena detto...»

«Fammi capire, Felice: sono le sei del mattino e tu e Santucci siete in officina...»

«Sì, Antonio. Mi telefona Santucci che saranno le cinque e mi dice che devo correre in officina.»

Sarti Antonio borbotta: «I matti non si contano più» e alza la voce. «Prega il tuo dio che sia una cosa seria!»

«Seria, Anto'? Più seria di così... Santucci è sicuro che è stato un sabotaggio. Una gran testa di minchia ha tolto la calotta dello spinterogeno... Si fa presto, ci sono due mollette... Il testa di minchia ha sfilato la spazzola di distribuzione della corrente e la Ventotto non è partita. Santucci è stato chiaro: sabotaggio.»

Sarti Antonio cerca di svegliarsi perché ancora non c'è del tutto. «Aspetta, aspetta... E perché avrebbero sabotato la Ventotto?»

«Che ne so, Anto'? Dimmelo tu. Che ne so io a cosa stiamo lavorando?» Fa una pausa e poi grida: «Anto', l'auto Ventotto non si tocca!» e chiude la comunicazione.

Sabotaggio? Be', non esageriamo. Avantipopolo aveva bisogno di parlargli da solo a solo e ha fatto in modo...

È ancora seduto sul letto e sta pensando se provare a riprendere sonno o dargliela su, che dalla cucina arriva il profumo di caffè.

Avevo ragione io: Rosas ha passato la notte a casa del questurino. Sarti Antonio è fatto così: tanto casino, tanta determinazione e poi lascia che Rosas si faccia i comodi suoi.

Non si lava neanche la faccia. Subito un caffè. Siede al tavolo e con le mani si tiene su la testa, che questa mattina pesa più del solito. Borbotta: «Prima quel coglione di Felice e adesso il tuo caffè. Bel modo di cominciare la giornata».

Rosas neppure lo ascolta. Gli mette sotto il naso una tazzina fumante e lo zucchero. Sarti Antonio, in mutande e con la testa che proprio non vuol sapere di riprendere la sua posizione naturale, zucchera e mescola con molta stanchezza nei muscoli e, dopo il primo sorso, dice: «Non è la mia miscela».

«Ti va o no?»

«Non male, Rosas, non male. Credevo peggio. Che miscela hai comperato?»

«Non l'ho comperata, l'ho presa da Elisa...»

«Domanda stupida la mia.»

Rosas porta le tazzine sul lavello e, a mia memoria, è la prima volta che accade. Dovrò abituarmi alle novità. Poi viene a sedere di fronte al questurino.

«Prima di uscire vorrei dirti di Pierfrancesco. Sono stato a trovarlo in carcere...»

«E come ci sei andato? Hai rubato un'auto o viaggiato in treno senza pagare il biglietto?»

Battuta che Rosas non si preoccupa di commentare. «Sono andato a trovarlo e mi ha detto delle cose piuttosto interessanti. Soprattutto sui reperti etruschi...» e adesso che i problemi sono tutti sul tappeto, Sarti Antonio, sergente, è finalmente pronto a cominciare la giornata come si deve. Una delle tante.

«Me lo immagino. Sentiamole queste cose interessanti.»

Deve essere una storia lunga perché Rosas va a sistemarsi sul divano, dove ha dormito, e si rilassa contro lo schienale. «Intanto gli ho detto molto chiaramente che non è stato lui a uccidere Elisa...»

«Lui non lo sapeva e sarà stato contento di impararlo da te.»

«... e gli ho spiegato che l'assassino è in giro, libero, manda messaggi in codice sia a te sia alla Biondina e tu stai facendo il possibile per fregarlo.»

Questo gli ha detto il figlio di puttana! E dell'altro ancora. Come: Sarti Antonio, sergente, non sarà una cima, ma quando si mette in testa di arrivare alla verità, non c'è Raimondi Cesare che tenga, ci mette l'anima e ci arriva e il professore può stare tranquillo che è in buone mani.

«Ti ringrazio di cuore» riesce a infilare Sarti Antonio fra una frase e l'altra del talpone.

«Gli ho anche mostrato i reperti etruschi...»

«Cosa gli hai mostrato?»

«Te l'ho detto, i reperti...» E qui Sarti Antonio si alza e corre in camera. «Tranquillo, tranquillo, li ho rimessi al loro posto. Non sono un ladro, io» gli grida dietro Rosas.

I reperti ci sono. Nel cassetto del comodino, posati sopra la cartellina rosa strettamente riservata e sotto la quale ci sono i fazzoletti da naso e, sotto di loro, la pistola e i due caricatori. Torna in cucina.

«Tanto per sapere: quando li hai rubati?»

«Non li ho rubati.»

«Allora diciamo: quando non li hai rubati dal mio comodino?»

«Li ho presi in prestito l'altra mattina, quando ho dormito da te e, per non disturbarti troppo, me ne sono andato prima che ti svegliassi.»

«Fantastico. Io ti ospito e tu mi freghi, fantastico.» Non ha più la forza, o la voglia, di arrabbiarsi. È rassegnato. «Immagino che avrai anche frugato nella cartellina rosa.»

«Per chi mi hai preso? Non sono affari miei. E poi c'è scritto "strettamente riservato".»

La reazione di Sarti Antonio è piuttosto modesta. Sarà che si è svegliato male o sarà che gli anni lo stanno addolcendo. Si limita a borbottare: «Appunto. Be', scordati quello che hai letto. E questa volta faccio sul serio, Rosas. È un affare pericoloso».

Come se non avesse parlato. «Dunque» riprende il talpone «gli ho mostrato i reperti e ha avuto una strana reazione. Appena glieli ho messi davanti, ha sorriso, mi ha chiesto: "Posso?", li ha presi in mano come se avesse ritrovato un tesoro e li ha guardati che sembrava in estasi.»

Non so come Rosas abbia potuto capire tutto quello che ha capito da alcuni semplici gesti.

Mentre Pierfrancesco guardava in estasi gli oggetti, Rosas gli ha chiesto se sapeva di cosa si trattava e lui ha mormorato un "certo" che non lasciava dubbi. Poi, continuando a bearsi della visione, ha spiegato che facevano parte della collezione di un certo Emile Schüfftan di professione idraulico...

«Un idraulico in possesso di un tesoro?»

«Ingegnere idraulico, Antonio. Ma è una storia lunga e magari te la racconto un'altra volta. Il prof mi ha spiegato che il tesoro, di inestimabile valore, era finito a suo padre...»

Il mio questurino si è svegliato del tutto e per la seconda volta interrompe il talpone. «Inestimabile? Dovrò restituirli... No, consegnarli alle autorità...»

«Per adesso li tieni e non fai le tue solite cazzate. Era solo per spiegarti che nessuno che ci sia con la testa regala oggetti d'inestimabile valore a un questurino. E se lo fa, dietro ci deve essere qualcosa di grosso, ma di tanto grosso che non immagini. Dunque, il prof me li ha restituiti a malincuore e mi ha chiesto come li ho avuti...» e Rosas gli ha raccontato del pacco recapitato da Felicità, ma purtroppo non gli ha potuto riferire, e gli dispiace molto, della scopata che i due, Sarti Antonio e Felicità, si sono fatta, perché ancora doveva avvenire, ma non ne tralascerà un'esauriente descrizione nel corso della prossima visita che farà al prof in carcere. Che forse gli farà anche piacere, visto che di donne, là dentro... E qui il talpone ghigna come la iena che, nonostante il dolore per la perdita di Elisa, in fondo ancora è.

«E la strana reazione?»

A sentire Rosas, la strana reazione sarebbe arrivata subito dopo aver appreso come i reperti erano finiti a Sarti Antonio. Ha chiesto di rivedere le antichità, se le è rigirate fra le mani, ha scosso a lungo il capo e quando le ha restituite si è rimangiato in parte le precedenti affermazioni.

«In che senso?» chiede Sarti Antonio, sergente, come se volesse conoscere la fine di una favola che gli piace.

Nel senso che di colpo il professore non era più sicuro che si trattasse dei reperti del padre. Anzi, non li aveva mai visti perché il vecchio ne era tanto geloso da non permettergli, nemmeno da bambino, di visitare la famosa collezione. Poi, alla domanda di Rosas su come sapesse di cosa si trattava, aveva risposto: "Disegni, fotografie, descrizioni di chi li ha visti...". Insomma, più niente di sicuro.

«Capisci cosa significa la sua marcia indietro?» chiede Rosas. Sarti Antonio scuote il capo e Rosas si arrabbia. «Sei proprio un questurino per modo di dire! Sta cercando di proteggere qualcuno! E se le cose stanno così, sai cosa faremo noi?» Altra silenziosa negazione di Sarti Antonio. «Noi andremo a far visita a quel qualcuno. Abita a Spilamberto...»

Sia io sia Sarti Antonio, sergente, abbiamo già sentito il nome.

«Dove abita?» chiede il questurino.

«Sei ancora a letto? A Spilamberto...»

«Ferma, ferma! Ci abitano anche i genitori di Felicità.»

«Va bene, se vuoi potrai andarli a trovare, ma non vedo attinenze...»

«Così, una constatazione.»

Dopo aver guardato a lungo Sarti Antonio, Rosas completa: «Andiamo a trovare il padre del prof, ci parliamo e dopo ti porto a Guiglia, sull'Appennino modenese poco lontano. C'è un ristorante dove si mangia piuttosto bene. E si beve bene. Conosco il proprietario e mi farà un prezzo speciale».

«Ti farà? Vuoi dire che pagherai tu?» e anche Sarti Antonio guarda la faina, che sembra non aver capito l'antifona. L'ha capita il questurino.

Prima di lasciare il prof, Rosas gli ha chiesto di prepararargli una relazione completa su quello che gli è capitato negli ultimi giorni prima dell'omicidio e quelli immediatamente successivi. Proprio tutto perché "... non si sa mai: anche le cose che sembrano inutili possono nascondere segnali importanti". Questa l'ho già sentita e Rosas sta diventando prevedibile e normale. «Gli ho anche detto di metterci dentro quello che non ha raccontato alla polizia e che io non andrò a raccontare in giro.»

«Non puoi promettere cose che non sei autorizzato a mantenere. La società ti tutela e il tuo dovere di cittadino...»

Banale anche Sarti Antonio, sergente, ma non ho il tempo di farlo rilevare ai presenti perché Rosas urla: «Non rompere i coglioni con le tue stronzate! Nessun dovere verso questa società di merda che non tutela un cazzo!». Fantastico: in una frase di venti parole è riuscito a infilarne quattro da censura letteraria. Potrebbe essere un record.

La sparata è stata talmente impetuosa e sentita che Sarti Antonio è rimasto senza parole. Anche Rosas, stupito dalla propria irruenza, per un po' tace e quando riprende, continua a dire cose che non sono da lui. Come questa: «Cosa ne diresti se andassimo da una chiromante. Ne conosco una piuttosto brava...».

«Direi che sei andato del tutto e non c'è più speranza.

Direi che l'amore ti ha mandato giù di testa. Direi che...»
Lascia perdere. Gli è tornato in mente quello che il professor Delfini aveva riferito proprio a Rosas. Chiede: «Ricordi cosa ti ha detto Delfini del professore?». Il talpone non risponde. «Te lo ricordo io. Ha detto che da quando Elisa lo aveva lasciato, Pierfrancesco non era più lui e si aspettava che prima o poi avrebbe fatto una cazzata.» Avvicina il viso a quello di Rosas. «Non l'avrai fatta tu una cazzata?»

Il talpone si è calmato. Chiede: «Cioè?».

«Cioè: sei così sicuro che l'assassino non è il professore forse perché Elisa...»

«... l'ho uccisa io! Andiamo bene. E tutto perché ti ho chiesto di andare da una chiromante.»

«E ti sembra normale? Tu che mi hai sempre rotto le tasche con la ragione, con la razionalità degli avvenimenti, con lo studio dei comportamenti umani e della società che li fa agire, mi vieni a proporre l'irrazionale, il soprannaturale...»

«Tu non ci sei proprio. Cosa significano i simboli che troviamo nell'omicidio di Elisa? Gli spilloni nelle pupille, la testina d'ippocampo e l'ariete. Avranno un loro significato, no? Io ti propongo una chiromante perché può spiegarci i significati occulti di quella simbologia, la loro interpretazione. Per chi li ha utilizzati, e non è un essere razionale ma superstizioso e con buone conoscenze dell'occulto, hanno un preciso significato e vuole che noi lo scopriamo. Allora andiamo a sentire il parere di chi ci vive, nell'irrazionale. Chissà che non ne ricaviamo degli indizi.» Riprende fiato dopo la tirata, troppo lunga per il suo carattere, e borbotta: «Che poi vorrei sapere dove finisce il razionale e comincia l'irrazionale».

Il mio questurino non sta a sofisticare sulla filosofia del razionale. È uno che si lascia convincere. Si alza, va in camera, rimette fuori la testa e dice: «Mi vesto e andiamo».

Prima di uscire, Rosas si riprende le chiavi dell'appartamento di Sarti Antonio, ancora sul tavolo. E tutto torna come prima. Anche la Grassona della porta accanto. Sarti sta ancora chiudendo a chiave e la Grassona mette fuori la testa. I capelli, che di recente il parrucchiere ha fatto rosso tiziano, le coprono parte del viso. Lo aspettava da chissà quanto e lo guarda con gli occhietti eccitati. Anche la voce è ironica.

«Buongiorno, signor Sarti. Ieri sera è stato male qualcuno in casa sua, che ho sentito dei lamenti?»

«Sì, è venuta a trovarmi mia cugina che è stata male.»

«È poi morta?»

«In che senso?»

«Mah, sa, signor Sarti, ho sentito che la poverina urlava: "Oddio, oddio muoio, muoio..."» e il sorriso che regala al mio questurino è pieno di sottintesi.

La vecchia porcona sta migliorando. Qualche tempo fa lo avrebbe sfrattato "perché quando le ho dato in affitto l'appartamento non sapevo che sarebbe diventato una casa di tolleranza, signor Sarti!".

Rosas ripresenta il ghigno dei tempi migliori e, mentre scendono le scale, scimmiotta la voce della Grassona: «Oddio, oddio muoio, muoio...».

Fuori continua a nevischiare, ma non si attacca all'asfalto perché non è abbastanza freddo e le strade sono una poltiglia merdosa di smog che entra nelle cuciture di scarpe poco adatte a un inverno arrivato in anticipo.

29
... L'ARMATA SE NE VA

«Ti aspettavo» dice Tano vestito come per andare a nozze.

«Dove vai? Sembri una puttana che si prepara per la messa» chiede il professore stupito, ma sente una fitta allo stomaco, perché sa già dove va Tano.

«Decollo. Volo via e vi lascio col culo per terra.» Tano accenna a un passo di danza.

Il prof non riesce a sorridere. «Quando parti?» chiede.

«Quando parto? Ma subito, amore mio, subito! Laggiù in strada c'è uno splendido, magnifico, rilucente taxi che mi aspetta. E Tano vi dice: addio, amici, addio, l'armata se ne va. Comportatevi bene. Tu, soprattutto. Sta' in campana. Non farmi stare in pensiero.»

«È tornato il Dodo» dice il prof in tono preoccupato.

«L'ho visto. Stai attento, non fargli ombra, se passa stenditi sotto i suoi piedi. Non farlo arrabbiare. Se ti chiede di allacciargli le scarpe, fallo senza protestare. La regola è: evitarlo, evitarlo a ogni costo.»

«Farò il possibile. Però non gli pulirò il culo.»

Filippo si affaccia sulla soglia e guarda Tano. Tano prende la sua valigetta male in arnese e si avvicina a Filippo.

«Vengo.»

Prima di uscire Tano si rivolge di nuovo al prof.

«Prof, non prenderla troppo alla leggera. Col Dodo non si scherza. Io non posso fare niente col Dodo. Fa parte di un'altra... un'altra compagnia, diciamo. Lui non rompe le palle a me, e io non le rompo a lui. Ma non provocarlo.»

«Ma perché è così potente? Tutti ne hanno paura, i detenuti, le guardie, la direttrice e perfino tu.»

Tano lascia andare la valigia a terra e afferra il prof per la maglietta, all'altezza del petto, tirandola a sé, lentamente, senza ira. «Vedi, prof» gli sussurra avvicinando la bocca al suo orecchio. «Vedi, prof, tu saprai anche leggere e scrivere, e altre cose, ma sei stupido come una gallina. Io non ho paura del Dodo, ma ho paura di quelli che stanno dietro di lui. Perché è gente pericolosa, è gente che non adopera né mani né armi, ma usa il potere, e il potere mi fa paura, perché non lo si batte. Capito? Io non sono di quelli che non hanno paura di niente. Io ho paura di tutti quelli che hanno più potere di me e mi possono tagliare le palle. È chiaro? Dovresti fare così anche tu, se sei furbo.»

Tano lascia la maglietta del prof e batte alcuni colpi con la mano aperta sul suo petto. «Ecco» dice sorridendo.

«Ti è caduto un altro dente?» chiede il prof indicando il sorriso di Tano senza un incisivo.

Tano raccoglie la valigia continuando a sorridere. I due se ne vanno lasciando il prof da solo nel mezzo del corridoio male illuminato.

«Tano» gli urla dietro il prof. «Non smettere di leggere. Continua a leggere.»

Tano alza una mano senza voltarsi.

C'è poco da dire, pensa il prof. Le cose non sono come dovrebbero essere. Il mondo va alla rovescia. Chi ha detto che il carcere è la fine della vita?

L'incontro con la direttrice, il ritorno del Dodo, la partenza di Tano, la visita di Rosas. Tutto in un giorno.

La visita di Rosas.

Rivedendolo, il prof aveva pensato che Rosas aveva passato tutti quegli anni tra notti insonni e mediocri spinelli. Occhi cerchiati e guance scavate, e capelli che sembravano reduci da un tornado. Non l'aveva nemmeno riconosciuto. E quando lui aveva detto: "Sono Rosas", il prof non aveva trovato niente di meglio che rispondere con uno stupito "oh, Rosas".

Si erano guardati in silenzio poi Rosas aveva allargato le braccia. «Eccomi qui» aveva aggiunto.

«Era un po' che non ci parlavamo» aveva detto il prof.

«Qualche anno.»

«Diversi anni.»

«Molti anni.»

«Quindici anni è diversi anni o molti anni?»

«Se il punto di vista è quello dell'eternità, quindici non sono né pochi né molti. Poco o molto non hanno senso nell'eternità.»

«Vuoi che tiri in ballo Agostino?»

«No. Sono venuto a dirti che sei innocente.»

«Ah. E... è importante?»

«Sì. Non sei tu il colpevole. Io lo so.»

«Non cambia niente.»

«Sì. C'è un assassino in giro che si vuole fare prendere.»

«Racconti storie.»

«È così. Si vuole fare prendere, manda lettere, manda cose.»

«A te? Perché?»

«Non a me. Io non conto niente. Alla polizia, le manda.»

«A chi?»

«A Sarti Antonio.»

«Ah, il tuo amico.»

«Non è mio amico.»

«Stronzate. Ti rifiuti di ammetterlo solo perché è un questurino e tu sei un settario. Non sei cambiato. Vedi solo quel che ti fa comodo.»

«Per fortuna. E tu sei un benpensante, anzi, uno che ama l'ordine a qualunque costo, le sue cose, i suoi libri, la sua tavola, i suoi poliziotti, e a culo tutto il resto.»

Avevano ricominciato a litigare. Poi avevano smesso, imbarazzati.

«Ricominciamo?» aveva chiesto il prof.

«Vaffanculo» aveva detto Rosas sorridendo.

«Come va?»

«Non sono cambiato, le cose non sono cambiate. O forse sì, ma io non me ne sono accorto.»

«Cos'è questa storia dell'assassino e del poliziotto?»

Rosas si era guardato attorno, aveva srotolato una manica della camicia. Dalla manica era caduta una bustina di carta di riso.

«È per via dei controlli» si era giustificato Rosas, aprendo la busta con estrema delicatezza e posando davanti al prof due oggettini di forma ovale, un ovale imperfetto, grandi come un bottone.

«Posso?»

Il prof li aveva presi in mano e sollevati fino agli occhi. E aveva sorriso. Quella specie di sorriso che appare quando la felicità ha la meglio sul mondo.

«Sai cosa sono?» aveva chiesto Rosas.

«Certo. La collezione Schüfftan!» La voce del prof era un sussurro.

«La collezione...? Che cos'è?»

Il prof non sembrava udirlo.

«Che cos'è? Cos'è questa collezione di cui parli?»

Il prof aveva osservato i due oggetti con una sorta di rapimento estatico. «La collezione Schüfftan. Si tratta di una favolosa collezione di reperti etruschi che facevano parte di una tomba anomala.»

«Anomala?»

«Sì, perché, pur avendo le caratteristiche classiche delle tombe a *tholos* etrusche, come quelle degli Atridi, presentava una particolarità: era strapiena di oggetti di ogni tipo, cianfrusaglie, giocattoli, oggetti per la cucina, mestoli, pentole, strumenti per la lavorazione della lana, e poi gioielli, gioielli e gioielli.»

«E allora?»

«E allora, una tomba di questo genere può anche non essere una tomba, ma un deposito, un granaio, un rifugio, che ne so, un'altra cosa. Ma l'anomalia non è solo questa. La tomba stava in un campo ai piedi di una collina, completamente isolata dalla necropoli, anzi, molto lontana dalla necropoli.»

«Ma questi oggetti sono riprodotti dal Nannini, e il Gozzadini non parla di tombe anomale, né...»

«Aspetta» lo aveva fermato il prof. «Abbi pazienza. Ci stavo arrivando. Il Gozzadini non ne parla semplicemente perché non ha dato importanza all'insolita ubicazione della tomba. Per lui era solamente un caso. Una tomba lontana dalle altre e piena degli oggetti più svariati significava semplicemente che si trattava della tomba di un lucumone, o di un dignitario, insomma, di un personaggio importante, che si era scelto un luogo separato come ultima dimora per sottolineare la sua importanza, e si era circondato degli oggetti della sua famiglia adorata: i giocattoli per i figli, le cose di cucina per la moglie, e i gioielli, il potere.»

«E invece?»

«E invece no. Primo, perché le tombe dei dignitari e dei lucumoni sono sempre state assieme alle altre, all'interno della necropoli, e secondo perché lo scheletro della tomba era quello di una donna. Non poteva essere un dignitario.»

«Ma il Gozzadini non poteva saperlo.»

«No, infatti. Solo di recente è stato possibile stabilire che si trattava di uno scheletro femminile. Per quanto... Avrebbe dovuto sospettarlo: gli orecchini stavano ai lati del teschio, dove c'erano le orecchie. E gli uomini etruschi non portavano orecchini, all'epoca. Pare. E poi era una tomba troppo povera dal punto di vista strutturale per appartenere a un dignitario.»

«Tu cosa ne pensi?»

«Penso che la tomba non era una tomba. Io credo che fosse un rifugio, un covo, se vuoi, un deposito. E, se devo dirla tutta, penso che fosse un deposito di *tymborichoi*, di tombaroli, e penso che la donna doveva essere una specie di guardiano, di custode del deposito. Poi deve essere successo qualcosa per cui la donna venne uccisa e il luogo abbandonato. Oppure il deposito fu chiuso e la donna rimase sepolta dentro.»

Rosas aveva ascoltato con attenzione. «Mi sembra quanto meno fantasioso» aveva detto poi.

«Sì. Non ci sono prove. Ma io penso che sia andata così.»

«Questo cosa ha a che fare con noi?»

«L'importanza della tomba non sta nella sua natura, o nella dislocazione. Sta proprio negli oggetti rinvenuti e nei gioielli, in questi gioielli. Nella tomba, o quello che è, tra la marea di cianfrusaglie, sono stati trovati anche delle specie di dadi, rozzi dadi con la numerazione su quattro soli lati.»

Il volto di Rosas si era fatto più attento.

«Erano *astragaloi*» aveva continuato il prof. «Te lo ricordi Erodoto? Nel primo libro delle *Storie* racconta che i Lidi, in Asia minore, per sopravvivere a una carestia che aveva colpito il paese, avevano inventato una serie di giochi che gli permettevano di vincere la fame. Un giorno giocavano e il giorno seguente cercavano cibo. Tra i giochi che avevano inventato c'erano gli *astragaloi*. Ti ricordi? Ma dopo diciotto anni di carestia, una parte dei Lidi decise di cercare fortuna in terre lontane, e finirono nel paese degli Umbri, *es Oumbrikoùs*, cioè, più o meno, nella pianura padana, e mutarono il loro nome in quello di Tirreni, *Tyrsenoùs*. Che sono poi, secondo alcuni, gli Etruschi.»

Rosas si era tolto gli occhiali e, con le dita, aveva cominciato una meticolosa pulizia delle lenti. Una guardia aveva alzato gli occhi dal tavolo in cui stava sonnecchiando e aveva controllato l'orologio.

«Questo significa» aveva ripreso Rosas inforcando di nuovo gli occhiali «che l'etruscologia di tendenza autoctona avrebbe torto, e così anche quella mista, alla Pallottino. Insomma, non è vero, come ormai credono tutti, che gli Etruschi erano un popolo padano, ma è vero invece che ha ragione Erodoto: vengono dal Medio Oriente. Ma...»

«Ma?»

«Ma non è una prova sufficiente. Alcuni dadi in una tomba costituiscono un evento certo stupefacente, ma da qui a sostenere...»

«Hai ragione» l'aveva interrotto il prof. «Ma diventa una prova quasi certa se accanto agli *astragaloi* si trovano dei gioielli di fattura orientale.»

Rosas aveva osservato il prof con i suoi occhi da talpa spalancati come un oblò sul mare. «Vuoi dire che questi gioielli...»

«Sì, questi due gioielli fanno parte di una partita di gioielli che vengono dalla Lidia, o dai dintorni. Il che significa che i Tirreni, gli Etruschi, hanno mantenuto per secoli dei rapporti con la madrepatria.»

«Cazzo!» aveva mormorato Rosas scuotendo la testa. «Per questo hanno tanto valore.»

«Praticamente incalcolabile: risalgono al terzo secolo avanti Cristo, sono di squisita fattura, sono fatti di avorio e di ambra orientale e costituiscono praticamente la prova decisiva dell'origine degli Etruschi. Assieme agli altri oggetti ritrovati nella tomba chiamata da Gozzadini "4 C", fanno una collezione che se la vendi ci puoi ripianare il debito pubblico e assicurare il benessere al paese per almeno cent'anni.»

«La collezione Schüfftan?»

«Esatto.»

«Racconta.»

«Come sai, tutti i reperti degli scavi di Gozzadini furono diligentemente catalogati, schedati e riprodotti dalla penna del Nannini. Come spesso accade in questi casi, gli oggetti furono depositati in un sotterraneo del Museo Archeologico di Bologna, in attesa che Villa Aria, a Marzabotto, trovasse una sala nuova per sistemare i reperti. Il Museo non esisteva ancora, e Villa Aria, che prende il nome dal promotore degli scavi, fungeva da museo. La necropoli era stata trovata nel territorio di Marzabotto, non so se te l'ho detto. No? Comunque. Nel 1911 da Villa Aria, in cui erano già stati trasferiti i reperti, viene rubata un'enorme quantità di gioielli, vasi, pietre preziose e altro, fra cui anche gran parte del tesoro di cui stiamo parlando. Le ricerche non approdano a nessun risultato. Del tesoro non si sa più niente, volatilizzato, scomparso nel nulla. Finché, nel 1943, i gioielli trafugati fanno la loro comparsa in Francia, a Parigi. Madame Yotte, il cui marito Joseph era un collaborazionista legato all'Action française e alla Ligue des Patriotes, madame Yotte, Geneviève Yotte, prende possesso di un appartamento appartenuto alla famiglia Schüfftan, una famiglia di ricchi ebrei denunciati e deportati dai nazisti a Treblinka. Be', la signora Yotte è molto scrupolosa, e fruga centimetro per centimetro il suo nuovo appartamento, nonostante appaia quasi completamente spoglio e depredato di ogni cosa di valore. Quando ha ormai perso ogni speranza di trovare qualcosa e, indispettita, sta per abbandonare la casa, si accorge che la stufa non aderisce completamente alla parete, ma rimane distante dal muro, troppo, come se... Madame Yotte comincia a tirare energicamente la stufa verso di sé, suda, impreca, si sporca il suo bel tailleur da delatrice, e finalmente può gettare un'occhiata dietro la stufa. È lì. Una cassetta larga e sottile è sistemata di taglio tra la stufa e il muro, e dentro la cassetta c'è una fodera di seta, e sopra la fodera di seta ci sta qualcosa come seicento gioielli di provenienza varia, fra cui tutti quelli trafugati da Villa Aria. Come sono arrivati in casa dell'ebreo Schüfftan? Non lo so. Emile Schüfftan non era né un mercante d'arte né un archeologo. Di mestiere faceva l'ingegnere idraulico, con particolari competenze per quel che riguardava i canali e i fiumi. Era molto ricco, questo è certo, ma l'unica sua passione era l'archeologia industriale. Gli piaceva comperare e riadattare vecchi mulini, fabbriche decadute, antichi ostelli, o alberghi di passo abbandonati. Non so come sia venuto in possesso di quei gioielli. Può essere tutto. Forse anche lui li ha trovati, forse qualcuno, un altro deportato, glieli aveva affidati, forse forse forse, chissà.»

La guardia si era avvicinata al prof mostrandogli l'orologio. Rosas aveva nascosto i gioielli con la mano.

«Ehi, prof, l'ora è già passata da un pezzo. Dobbiamo chiudere. Dài, datti una mossa.»

"Ancora un attimo, Melampo, dammi ancora cinque minuti, cinque minuti cinque, che ti costa?"

«Avanti, non farti pregare. Se scoprono che ti ho lasciato a parlare per più di un'ora mi fanno il culo, quindi...»

«Una stecca di sigarette.»

«Che sigarette?» La guardia esitava.

«Quelle che vuoi tu. Più un pacchetto di cicles.»

«Okay, dieci minuti. Non uno di più. Marlboro?»

«Marlboro. Mi costi come un'amante.»

La guardia si era allontanata ridacchiando e aveva preso posto di nuovo dietro al suo tavolo.

«E allora?» aveva incalzato Rosas.

"A Madame Yotte le cose cominciano ad andare male. I tedeschi sgombrano, la guerra è perduta, comincia il dopoguerra, cioè le vendette. Il marito viene trovato annegato in un canale nel giugno del 1945, e lei fa appena in tempo ad abbandonare il suo appartamento e a prendere col figlioletto il primo treno in partenza. Riesce a gettare in una valigetta un po' di biancheria e i gioielli."

«E il treno in partenza dove va?»

«Il treno in partenza va in Italia. Si ferma a Torino. Lei scende e incontra un uomo. Lei è una bella donna e all'uomo in questione piacciono le belle donne. La storia è finita.»

«Mi pare che manchi qualcosa.»

«La storia è finita, perché quell'uomo ora è in possesso della collezione Schüfftan. E quell'uomo è mio padre.»

«E la donna?»

«Sparita. Con un bel po' di soldi. Mio padre le ha comperato i pezzi pagandoli un piatto di lenticchie, ma la donna è stata ben felice di sbarazzarsene. E poi non sapeva nemmeno cosa aveva in mano. Aveva compreso che era roba di valore, ma non immaginava nemmeno cosa si era portata dietro. Tutto qui. Questa è la storia della collezione Schüfftan. Nessuno sa che esiste, naturalmente. Tranne la polizia, è chiaro. Ma è roba di tanti anni fa.»

Il professore e Rosas si erano guardati in silenzio.

«Come li hai avuti?» aveva chiesto alla fine il prof indicando i gioielli.

Rosas gli aveva raccontato una storia di postine che diventano ricche e di poliziotti che ricevono per posta oggetti insoliti e di incalcolabile valore. E aveva finito dicendo: «E tu pensi che ci sia qualcuno matto a tal punto da regalare al primo coglione di questurino degli oggetti tanto preziosi se non ha un preciso scopo? Sentiamo, prof».

Il professore era rimasto in silenzio a osservare i due gioielli. «Non lo so. Mi pare strano che dei pezzi così preziosi vengano spediti per posta, o consegnati con tale leggerezza a qualcuno. Forse non si tratta nemmeno della collezione Schüfftan, a pensarci bene.»

«Come sarebbe non si tratta della collezione Schüfftan? Ma se mi hai tenuto qui un'ora a raccontarmi...»

«Io non l'ho mai vista quella collezione. Mio padre non mi ha mai permesso nemmeno di darle un'occhiata. Io ho solo visto le foto, i disegni di Nannini, nient'altro. Potrebbero benissimo essere dei falsi. Non lo so. Forse mi sono lasciato trasportare dai ricordi. E poi, che importanza ha?»

Rosas stava per replicare quando la guardia si era avvicinata di nuovo. Rosas aveva raccolto in fretta i gioielli e li aveva rimessi nella manica. «Senti» aveva detto al prof «preparami una relazione precisa, il più precisa possibile, sugli ultimi giorni prima dell'omicidio e su quelli immediatamente seguenti. Capito? Precisa! Nei dettagli. Chi ti ha telefonato, dove sei andato, chi hai visto, chi è venuto da te, con chi hai mangiato, tutto, capito? Anche e soprattutto quello che non hai raccontato alla polizia.»

«Ma perché? Ormai i giochi sono fatti, la storia è finita. Basta così. Lasciamo che il destino segua il suo corso.»

«Non lasciamo un cazzo! Fai come ti ho detto. Tu non sei l'assassino e sei qui, il vero assassino se la gode portandosi in giro per il mondo dei gioielli senza prezzo. Fai come ti dico!» aveva concluso Rosas alzandosi.

La guardia aveva posato una mano sulla spalla del prof, che aveva fatto sì con la testa e si era alzato appoggiandosi con fatica al tavolo. «Ciao» aveva detto.

«A presto» aveva concluso Rosas. Ma nessuno dei due si era mosso.

«Non abbiamo parlato di Elisa» aveva detto il prof.

«Già, non ne abbiamo parlato.»

«È della mia possibile innocenza che ti interessi o dell'assassino di Elisa che ritieni sia ancora libero?»

Rosas non aveva risposto. Si era già girato e camminava verso l'uscita. Il prof lo aveva guardato allontanarsi e l'antico amico gli era sembrato vecchio e grigio.

30
LA MAGA DAGLI OCCHI VERDI

Se Sarti Antonio resta nel mondo della sua infanzia, le chiromanti sono quelle che leggono il futuro ai montanari del suo paese. Se si spinge nel mondo attuale, ha davanti le sfigate che, dagli schermi delle televisioni locali, infinocchiano le casalinghe frustrate dalle corna di mariti, altrettanto frustrati.

Si aspettava l'antro della strega, gatti neri sugli scaffali, filtri magici e formule diaboliche. Si aspettava una vecchia sdentata e spettinata che puzzasse di zolfo. Si aspettava una catapecchia cadente in periferia con attorno alberi secchi ed erba bruciacchiata dalle fiamme dell'inferno. Oppure, una stanza decorata da simboli improbabili, una casalinga abbigliata da veggente, la penombra di una sfera di vetro...

Si sbagliava.

L'appartamento è in pieno centro, a due passi da piazza Maggiore. Un attico, con grande terrazza aperta sulla rilassante visione dei colli che fanno da cornice alla città. Per dire, a un tiro di schioppo c'è Villa Aldini e basterebbe allungare la mano per aprirne il portone, sotto l'antico, classico porticato. Un po' più a destra, il colle di San Luca e il santuario.

«Sa che nei giorni di bel tempo, laggiù, riesco a vedere le cime più alte delle Prealpi» dice la padrona di casa, indicando il nord, a Sarti Antonio che se ne sta sul terrazzo, imbambolato a godersi la visione delle colline sfarinate di neve.

«Come a casa mia» borbotta il questurino. «Preciso, preciso» e pensa alle pareti grigie che soffocano il suo appartamento e alle finestre che gli guardano in casa. Fa freddo e il nevischio gli ha imbiancato i capelli. Che non ne hanno bisogno. Rientra.

Non ci sono filtri e formule, ma tre pareti ricoperte di libri dalle coste di pelle con scritte d'oro. E la chiromante ha bei denti regolari e bianchi, occhi verdi, questi sì misteriosi, capelli corti appena passati sotto le mani del parrucchiere e, quando a Sarti Antonio capita di avvicinarsi più del lecito alla signora, sente il profumo costoso. Indossa un abito altrettanto costoso. Insomma, una signora con la esse maiuscola. E un bel paio di tette.

Il gatto c'è, sornione come sono i gatti in salute, e con un bel pelo liscio e lucido. Ha gli occhi dello stesso colore della padrona, misteriosi, e guarda con sospetto i due sconosciuti. Si chiama Betel. La padrona, Antonia.

Fra l'Antonia e Rosas c'è del tenero, o c'è stato, perché i due si parlano in confidenza e lei lo guarda con la dolcezza di un'amante abbandonata ma soddisfatta. Non arrivo a capire cosa ci trovi, o ci abbia trovato, nel talpone.

Non potendo accarezzare la signora, Sarti Antonio accarezza il gatto. Vorrebbe, perché Betel si alza prima ancora che gli sfiori il pelo e se ne va sul davanzale a cercare le Prealpi.

«Betel, bel nome, ma strano» si consola il questurino. Non sono ancora entrati in argomento.

Antonia va dal gatto e lo accarezza. «Non è strano. Il betel è un insieme di sostanze naturali: noce di areca, calce viva, foglie di una piperacea e di tabacco e vari aromi.» Ecco, si comincia a entrare in argomento. Antonia guarda Rosas. «Lo sai che il betel è simbolo d'amore e fedeltà? Ha anche proprietà afrodisiache.» Torna a spiegare al questurino: «Una leggenda orientale racconta di un bel giovane trasformato dagli dèi in un albero di areca e della sua giovane amante tramutata in liana del betel, che si è poi avviluppata attorno al tronco dell'albero».

Antonia e Rosas sorbiscono un infuso alcolico di betel che "ho inventato io" dice la signora chiromante "e l'ho chiamato Sangue di Demone".

Sarti Antonio, sergente, sta con il classico caffè. Però spiega: «Di demoni ne incontro abbastanza per le strade».

«Ti sbagli, Antonio» e che siamo già al tu, è simpatico. «Vedi, originariamente i demoni erano esseri divini e si identificavano con il destino stesso dell'uomo. Il demone al quale mi riferisco è il simbolo dell'intuizione che permette di vedere oltre e con sicurezza, in modo non razionale. C'è poi un aspetto dei demoni che ti riguarda direttamente come poliziotto e quindi tutore dell'ordine legale. I demoni potevano autorizzare i mortali a violare le regole della ragione e della legge, in nome di una illuminazione trascendente che fa parte della conoscenza e del destino.»

Cominciamo bene! Per Rosas è tutto nella norma, visto che non ribatte e parte con una sintesi degli avvenimenti per i quali sono arrivati fino a lei.

Il mio questurino si sente a disagio. Forse per gli occhi verdi che gli scavano dentro, mentre Rosas racconta. Forse per la banalità del suo caffè a confronto con il Sangue di Demone o forse perché non si sarebbe mai sognato di ricorrere a una chiromante per risolvere le indagini.

Arrivato al motivo della visita, Rosas la pianta e si dedica alla mistura magica. Un lungo silenzio che Antonia riempie fissando le due dita di Sangue di Demone rimaste nel bicchiere. Poi, prima di venire al fatto per cui, pianta il suo sguardo verde su Sarti Antonio e gli chiede: «Proprio non vuoi provare il mio Sangue di Demone?».

«A quello basta il caffè. Non è uno disponibile alle esperienze» risponde per lui Rosas.

"Quello" se la prende. «Parla per te» e poi all'Antonia: «Prima di andare, lo assaggerò volentieri. Per un po' mi tengo il sapore del caffè».

Un'altra pausa e finalmente la maga è pronta a dare il responso. I responsi, perché sono più di uno e complicati. Per farlo, lascia la poltrona e siede dietro il tavolo ingombro di oggetti simbolici e libri. È appena sistemata che Betel abbandona il davanzale e le Prealpi per raggiungerla sul tavolo. È talmente delicato che non sposta una piuma del troppo che lo ingombra. Guarda la maga dagli occhi verdi e quando quella annuisce, le salta sulla spalla e vi si accoccola.

«Io» dice Antonia parlando molto lentamente «comincerei dagli occhi. Anche gli spilloni hanno un loro preciso significato, ma verranno dopo. Dunque, gli occhi: il destro corrisponde al sole e cioè è rivolto all'attività e al futuro; il sinistro è la luna, cioè l'indifferenza e il passato. La soluzione di questa dualità fa passare dalla percezione distintiva alla percezione unitiva, alla visione globale sintetica. La visione dualistica è anche una percezione mentale.»

Antonia si alza dalla scrivania, va a cercare dei libri nello scaffale, ne sceglie due e torna a sedere. Betel non si è mosso dalla sua spalla. Equilibrio perfetto. La maga sfoglia uno dei due libri e legge: «"L'anima ha due occhi, l'uno guarda il tempo e l'altro è rivolto all'eternità"». Chiude il volume rilegato in pelle e chiarisce: «Lo scrive Silesius». Be', se lo scrive lui...

Se voleva chiarire, non c'è riuscita. Non per me. E Sarti Antonio, sergente, è sulla mia lunghezza d'onda. Ci spiegherà poi Rosas, fuori dall'antro della Sibilla.

La signora prosegue: «Ed ecco il punto: perché gli occhi e perché chiuderli con due spilloni. L'occhio è considerato la fonte del fluido magico, del pericolo e dell'ebbrezza. Attenzione ora: le vecchie, le giovani spose e le puerpere hanno occhi particolarmente pericolosi per il malocchio. Si spiega così l'abito da sposa che hanno fatto indossare alla ragazza prima di ucciderla». Un attimo di riflessione. «Sapete se era in attesa di un figlio?»

No, non risulta che Elisa aspettasse un figlio. Sarti Antonio guarda Rosas e gli sussurra: «A meno che tu non ne sappia più di me».

«Sì, alla mia età e in questo mondo, mi metto a costruire un figlio.»

Antonia non si perde nei pettegolezzi dei due. «Si dice che il malocchio sia la causa della morte di metà dell'umanità. Si dice anche che il malocchio vuoti le case e riempia le tombe. I mezzi di difesa contro il malocchio sono il velo... Da sposa? I disegni geometrici e, sentite bene, gli oggetti brillanti come l'oro e i diamanti. Ecco quindi gli spilloni d'oro conficcati nelle pupille della sfortunata ragazza come difesa dal malocchio. Per gli spilloni c'è anche un'altra ipotesi. Presso i Bambara...»

«Chi sono?» chiede sottovoce Sarti Antonio a Rosas. Ma non abbastanza sottovoce, perché la maga lo sente. Tace e lascia spazio alla spiegazione che il talpone, impaziente e insofferente per l'ignoranza del prossimo, ha già cominciato a dare.

«I Bambara o Bamananke sono un popolo di razza sudanese che oggi abita l'alto Niger.»

La maga può riprendere: «Dicevo che presso i Bambara si ritiene, e con ragione, che durante l'atto sessuale la donna si unisca all'uomo non tanto attraverso il sesso, quanto attraverso gli occhi» e la maga guarda Sarti Antonio. «Personalmente sono convinta di questa teoria. Non faccio mai l'amore senza guardare negli occhi il mio partner. La vista è il desiderio, l'occhio è la voglia.» Ancora un pausa, forse per dar modo agli ascoltatori di entrare bene nelle sue frasi. Ma pare anche che il parlare l'affatichi. «Ecco allora che togliere con gli spilloni, che sono pure una difesa contro il malocchio, la possibilità a una donna di guardare negli occhi l'amante significa anche toglierle la meravigliosa possibilità di raggiungere l'estasi totale nell'atto sessuale. L'assassino potrebbe essere una donna?»

«Non lo so» confessa candidamente Sarti Antonio, sergente, che è sempre più incasinato dal diluvio di ipotesi. «Perché una donna?»

«Una vendetta tanto raffinata e atroce la può concepire

solo una donna gelosa.» Avrebbe potuto usare altri termini, ma ha usato "concepire". Tanto per restare in tema. «Vediamo: cosa c'era scritto dietro la foto?»

Il mio questurino non ha bisogno di pensarci su. Recita: «"Per vedere l'assassina, servon occhi da faina"».

«L'assassina» conferma la maga.

«Be', adesso non mi venga a raccontare che...» comincia Sarti Antonio. Ma la pianta lì per il minimo rispetto che ha per le opinioni del prossimo.

La maga dagli occhi verdi, che ha continuato a sfogliare il suo volume, sorride a Sarti Antonio e dice: «Qui c'è qualcosa che riguarda le indagini. Un suggerimento per arrivare all'assassina». Legge e riassume: «Nel Kasai, i maghi Baluba e Lulua si servono degli occhi dell'assassinato per scoprire l'assassino. Pare che sia un metodo infallibile. Peccato che tu non lo possa utilizzare. Primo perché non ti è consentito dalle legge, secondo perché la tua assassinata gli occhi non ce li ha più, trafitti dagli spilloni. Potrebbe essere stato un modo per impedirti di scoprire l'assassino, non credi?».

Sarti Antonio, sergente, non capisce se lo prende per il culo o se crede a quello che va dicendo. Nel dubbio si astiene dalla risposta.

«Ho bisogno di un altro bicchiere di Sangue» dice la maga. Gira il capo e guarda Betel, il gatto. Che deve aver capito. Infatti miagola sottovoce e scende dalla spalla di Antonia per accoccolarsi sui fogli del tavolo.

Ci mette un po' a preparare la mistura. Procedura complessa e code di rospo, denti di pipistrello, sputo di donna incinta difficili da trovare fra i tanti vasetti che ingombrano la cucina.

Sarti Antonio, sergente, ne approfitta per chiarirsi le idee con Rosas. Dice: «Certo che di cose ne sa quella matta».

«Non è una matta.»

«Vuoi farmi credere che credi a quella baggianate?»

«Non è questione se io ci credo o no. Di certo nel mondo c'è gente che ci crede. Perché non l'assassina di Elisa?»

«Va bene, ammettiamo pure... Adesso che lo sappiamo, che ce ne facciamo?»

«Abbiamo dei punti da cui partire.»

«Dimmene uno.»

«Bologna non è una metropoli e con un minimo di ricerca si trovano quei pochi o molti che si occupano di occultismo, magia, simbologia... Già Antonia potrebbe darci dei nomi...»

Evocata, Antonia appare nello studio, silenziosa come Betel, accompagnata da tre porzioni di Sangue. E questa volta Sarti Antonio non potrà tirare indietro il culo. Assaggia per primo, studia i sapori che ha inghiottito, ci pensa su e dà il suo giudizio: «Sapore gradevole, asciutto, ma non sento l'alcol».

In piedi dinanzi a lui, la maga sorride con malizia. «Si fa sentire dopo venti minuti, il tempo giusto per mettersi a letto in due.»

"Ma qui siamo in tre" verrebbe da dire a Sarti Antonio. Non lo fa e manda giù un altro sorso. In attesa del letto, Antonia siede al tavolo di lavoro. Betel è pronto a saltarle di nuovo sulla spalla, ma la maga lo ferma con un cenno del capo. Betel si rimette giù e ronfa sommesso nel provvisorio silenzio dello studio.

«Andiamo avanti» dice Antonia. «Molto interessanti i due amuleti che ti hanno mandato. Intanto sono d'ambra» e qui fissa Sarti Antonio dritto negli occhi. «In greco *élektron*, e vorrà pur dire qualcosa, no?» Forse, ma il mio questurino non ha risposte da dare. «Ambra uguale a elettricità. Gli amuleti d'ambra sono dei condensatori di corrente che prendono su di loro gli eccessi di tensione di chi li possiede. L'ambra è quindi come un filo psichico che collega l'energia individuale all'energia dell'universo, l'anima singola alla collettiva.» Va a prendere un altro volume, lo sfoglia, legge e riporta: «"Spesso dei santi e degli eroi si è detto che hanno un viso d'ambra, che significa un riflesso del cielo su di loro. Lo Pseudo Dionigi l'Areopagita spiega che l'ambra è attribuita alle essenze celesti perché riunendo in sé le forme dell'oro e dell'argento rappresenta insieme la purezza incorruttibile, inesauribile, indifferibile e intangibile che appartiene all'oro e lo splendore brillante luminoso e celeste dell'argento"».

Guarda il mio questurino come per dire: "Tutto chiaro, no?".

Non so se è chiaro. Certamente di qua ce ne andremo tutti più informati. Magari non ci servirà a nulla, ma sarà solo per colpa nostra.

«È ariete o montone?» chiede Antonia al questurino. Che guarda Rosas sperando nella sua risposta. Non serve, «perché l'ariete è simbolo di forza, di fecondità; il montone, invece, è simbolo di imitazione, di mitezza, di forza ridotta e cioè evirata. L'ariete è anche una macchina da guerra che permette di abbattere porte e mura e, se consideriamo anche questo aspetto, si potrebbe dire che la sua forza di penetrazione sia ambivalente: fecondatrice e distruttrice. Come simbolo zodiacale, e qui credo si possa fare riferimento all'omicidio, è il primo segno e corrisponde quasi completamente con il segno del Toro e con il punto equinoziale di primavera che risulta compreso nella costellazione dei Pesci. Ricordo bene, perché ho seguito con attenzione il processo, che la costellazione dei Pesci è il segno zodiacale del professore. Ma l'Ariete è anche segno di fuoco, cardinale, maschile-positivo, con Marte in domicilio, Venere in esilio, Saturno in caduta e il Sole in esaltazione».

La maga dagli occhi verdi fa una pausa e guarda il questurino come se si aspettasse da lui una reazione. Ma che reazione può avere se non ci ha capito niente? E l'Antonia riprende: «Essendo l'ariete simbolo della virilità, ha una influenza negativa e sfavorevole alle donne se al momento della loro nascita si trova a oriente». La maga guarda di nuovo Sarti Antonio. «Fra i sospetti, c'è una donna nata in questa situazione?»

E chi lo sa? Sarti Antonio non sa nemmeno se ci siano dei sospetti.

«Il cavallo marino» e qui sfoglia un altro volume. Intanto

spiega: «L'ippocampo femmina depone le uova in una tasca incubatrice ventrale del maschio il quale le feconda e nutre i piccoli. Borges, che è più affascinante, ne scrive così: "A differenza di altri animali fantastici, il cavallo marino non nasce dalla combinazione di elementi eterogenei, non è altro che un cavallo selvatico la cui abitazione è il mare, e che solo quando la brezza gli porta l'odore delle giumente, nelle notti senza luna, viene a calcare la terra". Wang Taihai, un viaggiatore del diciottesimo secolo, scrive: "Il cavallo marino suole comparire sulle rive in cerca della femmina". Infine Plinio scrive, a proposito del cavallo marino: "Nelle vicinanze di Olisipo e del fiume Tago, le cavalle rivolgono il muso al vento occidentale e restano incinte di lui; i puledri così generati risultano di ammirevole prestezza, ma muoiono prima di aver compiuto i tre anni"». La signora chiude il libro, guarda i due ospiti e considera conclusa la lezione di non so bene quale disciplina.

Sulla porta, Antonia trattiene Sarti Antonio per un braccio. Se lo tira vicino al viso e gli mormora: «Quando vuoi provare la scopata con gli occhi, fammelo sapere».

C'è poco da rispondere.

Fanno un pezzo di strada in silenzio, ognuno con le proprie riflessioni e poi Sarti Antonio, sergente, che non è abituato a ragionare dentro ma a voce alta, non ce la fa più e dice: «Insomma, se ho capito bene, è tutta una questione di sesso».

«In che senso?»

«Gira, gira si arriva sempre lì. Vuoi vedere che all'origine del massacro di Elisa c'è il sesso? In questo caso gli indiziati sono molti, a quanto si mormora in giro. E ci sei anche tu. Francamente io c'ero arrivato senza bisogno della maga dagli occhi verdi. Ma va bene lo stesso: è stato un incontro eccitante.» Va avanti con i suoi pensieri che poi condensa così: «Certo che i tempi sono cambiati. Quand'ero giovane, le ragazze me la facevano sudare. Adesso te la sbattono in faccia e se ci pensi su un momento prima di dire sì, fai anche la figura del coglione».

31
LA NEVE AGLI IRTI COLLI

La neve sbatte sui vetri dei finestroni come uno sciame di farfalle bianche. Il professore pensa al deserto, con quelle dune immobili e lunari.

«Nevica come un demonio» dice Flip guardando assorto i vetri.

«E a te che ti frega» gli risponde Menelik, che è di origine abissina ma parla come un romano di Trastevere.

Il professore osserva la schiena di Menelik e si muove sui suoi passi lentamente, in fila indiana, lungo il corridoio.

«Che giorno è oggi?» chiede qualcuno.

«Il giorno che te lo cacciano in culo» risponde uno da dietro.

«Buoni, piano, non spingete, state buoni» ammonisce pigramente una guardia battendo ritmicamente uno sfollagente sulla coscia.

«Che giorno è?» ripete la voce.

«Se ci danno da mangiare i maccheroni al pomodoro è giovedì. Se i maccheroni sono al burro è venerdì, se sono col sugo di verdure è sabato, se c'è la panna è domenica. Non si fa altro che mangiare maccheroni in questo cazzo di posto» commenta qualcuno.

Tutti ridono e fischiano.

«Avanti, non fate casino, state zitti, buoni» dicono le guardie cercando di mettere un po' di autorità nella voce.

Ma sono stanche, le guardie, e non hanno voglia di sbattersi troppo.

Il refettorio doveva essere una biblioteca, un tempo: è molto lungo e stretto, e in alto gira un soppalco, e giù, in basso, sono sistemate due file di tavoli paralleli. I detenuti entrano da una porta del soppalco e scendono una scala di legno per raggiungere i tavoli.

Tutti cercano sempre di occupare gli stessi posti, a meno che non ci siano problemi di convivenza. Ma accade anche che qualcun altro, magari uno nuovo, uno sfigato, occupi il posto che il caso e una lunga consuetudine hanno già assegnato. Qualche volta scoppiano delle liti, ma sono cose da poco. In genere la fame e i guardiani che piantonano il soppalco coi manganelli dissuadono tutti dall'attaccare briga.

Il professore è seduto accanto a Flip, e di fronte ha la Marisa. Vicino alla Marisa siede Menelik, che sorride sempre.

«Ehi, Flip» dice il prof guardandosi intorno «dove hai messo Bocciapersa? Non lo vedo in giro.»

«Sta male» dice Flip guardando le posate immobile. «Sta male.»

«Anch'io ho mal di testa. È questo clima umido. Lui cos'ha?»

«E piantala, Marisa» dice Menelik. «Lascialo in pace, povero stronzo. Non vedi che a momenti piange?»

Flip sta dentro perché si è fatto prendere la mano. Con un paio di balordi aveva messo insieme una banda che svaligiava appartamenti d'estate, quando i padroni se la spassavano a Rimini o alle Canarie o in qualche altro posto dove ci si diverte. I tre avevano preso di mira una villa da ricchi sulle colline. Avevano fatto le cose per bene: controlli, appostamenti, orari, ville vicine, tutto come si deve. E infatti tutto era andato nel migliore dei modi, dentro. Avevano arraffato tutto quello che potevano, e perfino caricato i mobili, quelli antichi, su un camioncino. Mentre stavano per lasciare la casa, Flip aveva pensato bene, per un eccesso di scrupolosità, di dare un'occhiata a uno sgabuzzino dall'aspetto poco invitante, in verità. E nello sgabuzzino non aveva trovato né tesori né pezzi d'antiquariato, ma solo una vecchia, tutta nera, con la bocca spalancata, seduta su una sedia a rotelle e con il volto rigato da lacrime secche.

La vecchia aveva cominciato a urlare come un'aquila spennata e Flip, terrorizzato, era corso via gridando anche lui, una cosa da coniglio. A loro volta, spaventati da tutto quello schiamazzo, i suoi complici se l'erano svignata col camion e la refurtiva, lasciandolo solo come un coglione a camminare per i tornanti della collina e a farsi beccare dalla polizia allertata dalla vecchia. Nessuno ha mai saputo dire cosa ci facesse la vecchia nello sgabuzzino.

In prigione, dove era finito per somma di ammonizioni, Flip aveva finalmente trovato la sua vera vocazione. Anzi, una doppia vocazione. Quella di infermiere e quella di gay. I giornali di ispirazione ecologista e politicamente corretti potrebbero sostenere a giusto titolo che la prigione, se ben gestita, non è molto diversa da un convento. Considerato il suo carattere mite e la sua naturale propensione al sacrificio, Flip era stato indirizzato dalla direzione a lavori di carattere paramedico: infermiere, aiuto medico, compilatore di ricette, segretario amministrativo, ripiegatore di bende e consolatore di addolorati, fra i quali era venuto a trovarsi, un bel giorno, Bocciapersa, un poveraccio ex falsificatore di biglietti sportivi e teatrali, finito dentro perché i suoi avvocati, scordatisi della sua esistenza, non avevano presentato in tempo le carte necessarie per la scarcerazione. La galera non era stata una vacanza al mare, per Bocciapersa, soggetto a crisi depressive che lo stendevano a letto abulico e rassegnato. Ma Flip lo aveva preso in custodia, ci aveva parlato, lo aveva tranquillizzato, protetto e vegliato. E alla fine, senza nemmeno capire come, si era trovato anche nel suo letto dell'infermeria. Da quel momento i due avevano fatto coppia fissa e la situazione matrimoniale qualche beneficio aveva sortito sulla labile psiche di Bocciapersa, che aveva cominciato a guardare il mondo con occhi meno tristi e Flip con occhi più languidi. E perfino le sue grida disperate nella notte erano diminuite, se non di intensità, quanto meno di frequenza.

Mangiano in silenzio. Solo Menelik scoppia a ridere ogni minuto senza una ragione precisa. Flip di colpo si alza e si mette in tasca un pezzo di pane e una mela. Volge il capo verso una guardia e piagnucola: «Posso?». La guardia sospira e tace. «Posso, guardia?» geme ancora Flip. Alla fine la guardia cede e fa un cenno. Flip muove le labbra e abbandona in fretta la tavola. Forse ha detto "grazie", ma nessuno ha sentito.

«Ehi, Flip, vai a mettere la supposta al malato?» La risata del Redivivo attraversa il salone senza raccogliere troppi consensi. Non perché la battuta non è buona, ma perché nessuno presta molta attenzione né agli affari di Flip, né a quelli della Marisa.

«Ma cos'ha Bocciapersa?» chiede il prof. «È così ammalato?»

«Vogliamo piantarla con Flip, e Bocciapersa, le malattie e tutte queste stronzate? Siamo qui per mangiare, mangiamo. Facciamola corta» salta su il Redivivo sbattendo il bicchiere sul tavolo.

«Qualcosa non va, laggiù?» grida una guardia con voce minacciosa. «Redivivo, ti prude il culo? Vuoi una grattugiata?»

«Tutto okay, guardia» fa la Marisa agitando una mano. «Tutto okay. Solo una discussione. Per passare *die Zeit*.»

Il Redivivo mangia nervosamente, il prof si limita ad ascoltare e a guardarsi attorno. Qualcosa non va.

Il prof non fa in tempo a chiedersi che cos'è che non quadra, quando si ode un grido disumano, straziato, provenire da lontano, non lì nella mangiatoia, ma fuori, dal corridoio, forse, o dalla biblioteca.

Per un attimo cessa ogni rumore. La guardia che aveva minacciato il Redivivo urla, guardando la porta: «Che c'è?» e poi, più forte: «Chi ha gridato?». Nessuno risponde e le guardie non sanno che fare. Non vogliono abbandonare il refettorio e la custodia dei detenuti, ma se qualcuno grida così...

Il professore è il primo ad alzarsi, ma dopo essersi alzato non sa cosa fare.

«Fermati lì, prof» urla la guardia. «Nessuno ha bisogno di te. Fermi anche voi, ho detto. Fermi tutti. Non è successo niente. Non succede niente.»

Ma non è vero che non è successo niente, poiché un secondo grido proviene dall'interno, ma questa volta è di un'altra guardia.

«Presto, cazzo, venite, qualcuno mi aiuti!» È sempre la guardia che urla, un urlo strozzato.

Allora le guardie del refettorio non si curano più dei detenuti e corrono fuori. Anche i detenuti spingono via le seggiole e risalgono la scala e corrono verso il corridoio, urlando e imprecando e urtandosi.

Il prof è stato il primo a correre su per la scala e ad accodarsi alle guardie che fanno risuonare i loro passi nel corridoio dagli alti soffitti. Le guardie incrociano altre guardie che provengono da altre direzioni. C'è anche il medico, e anche la direttrice. Tutti corrono, tutto rimbomba.

«Dove? Dove?»

«Là, nei bagni.»

«No, nell'infermeria!»

«Ma checcazzo...»

«Nell'infermeria, ho detto, è venuto da là.»

«Ma chi ha gridato?»

«Non lo so, ma è nell'infermeria...»

«È là, ti dico, ma chi c'è nell'infermeria?»

«E io che ne so? Il dottore, no?»

«No, è qua, il dottore è qua.»

«Sono qua. Non c'è nessuno nell'infermeria.»

Il prof arriva all'infermeria subito dopo le guardie. Si sono fermate sull'entrata. Le voci si sono spente d'improvviso, e anche i passi non rimbombano più. Si ode solo l'ansimare stremato, e il fiato tirato coi denti per la corsa. Il prof si fa strada tra le guardie incapaci di muoversi.

«Aiutatemi, cazzo, invece di stare lì a guardare.»

La guardia che abbraccia il corpo sembra implorare aiuto, la sua voce è un sospiro, e quando anche gli altri vanno a tenere il corpo, la guardia scivola in ginocchio a terra tenendosi le braccia.

«Dov'eravate tutti, cazzo, dov'eravate, non ce la facevo più. Dov'eravate, cazzo, anche voi.»

Il prof rimane inebetito a fissare il corpo di Bocciapersa penzolare dalla trave del soffitto, con una corda al collo e due guardie abbracciate alle gambe nel tentativo di sostenerlo. Ma i due vacillano e sembrano piuttosto inscenare una curiosa danza rituale con il corpo di Bocciapersa che ciondola di qua e di là. La lingua, tra le labbra gonfie, sporge in maniera buffa dalla bocca, sembra una smorfia da clown, di quelle fatte per far ridere i bambini.

«Dio, che puzza!» esclama una guardia giovane cercando di arrampicarsi su uno sgabello per staccare la corda dalla trave.

«È tutto bagnato qua sotto. Ma cos'è, si è pisciato addosso? Dio, che schifo!»

Adesso la vede anche il prof la pozza di orina sotto il corpo di Bocciapersa. Quello che fu Bocciapersa ha indosso solo i pantaloni del pigiama. Sul davanti sono macchiati da una larga chiazza di piscio, o forse di sperma, se è vero quello che si dice. Il prof corre ad aiutare le due guardie che abbracciano le gambe di Bocciapersa e afferra saldamente i fianchi dell'impiccato. Mentre il prof alza la testa per osservare a che punto è la guardia che deve staccare la corda dalla trave, il pugno di Bocciapersa lo colpisce alla guancia, sì, proprio il pugno, perché la mano è chiusa. Davanti agli occhi stupiti del prof le dita del cadavere si allentano e lasciano cadere un oggetto rotondo che finisce sui piedi del prof.

In quel momento il corpo, liberato dalla corda, si affloscia sui tre uomini che lo reggono e tutti finiscono a terra.

«Tienilo, perdio, non per le gambe, accidenti a te!»
«Tiralo su, per le braccia.»
«Lascialo di là, lascia che... Ma no, sul letto.»
«Dov'è il dottore? Chiama il dottore.»

Bocciapersa viene depos4itato sul letto alla bell'e meglio. Il prof non si era accorto di quanto fosse magro Bocciapersa. Il dottore non sembra fare troppa fatica nel manovrare quelle poche ossa accartocciate, nel sollevare la testa dai capelli radi e sporchi, nell'aprire la bocca e ricacciare dentro la lingua spinta fuori dalla stretta della corda sul collo. Il dottore è sudato, respira a bocca aperta, ma in una mano tiene ancora un mozzicone di sigaretta che sta per lasciare cadere la cenere. Tossisce.

«E fate tacere quello là, merda! Mi dà sui nervi» sbraita all'improvviso.

Le guardie stupite cercano "quello là", di cui odono i singhiozzi ma che non vedono da nessuna parte. Perché Flip è accovacciato tra l'angolo della camera e il letto, quasi nascosto dall'armadio. I suoi gemiti sembrano un soffio di vento tra fessure di legni sconnessi, lamenti monocordi senza modulazione d'intensità. Il pianto patetico di una topa per la morte del figlio.

«Dài, Flip» dice il prof andando a raccoglierlo da terra. «Andiamo. Vieni via.»

«Portalo via, prof» dice una guardia. «Toglicelo dalle palle. Abbiamo già abbastanza guai, qui, senza doverci sorbire quella musica.»

«Assassini! Assassini!» scatta rabbioso Flip. «L'avete ucciso! Merda che non siete altro. Merda! Me l'avete ucciso come un cane! Come un cane!»

Il prof abbraccia Flip più per fermarlo nel suo scatto verso le guardie che per consolarlo.

«Sta buono, Flip, nessuno è colpevole. Nessuno l'ha ucciso» dice il prof con voce carezzevole. «È andata così, è il destino.»

«Loro l'hanno ucciso. Lui non si sarebbe mai ucciso. Lui aveva me. Non si sarebbe mai ucciso.» Flip parla ora con voce piatta, a scatti, ma dall'angolo delle labbra scende un rivolo di bava che va a depositarsi sulla manica. Ha gli occhi rossi, lucidi, come uno che ha la febbre.

Il prof lo tiene per le spalle e lo conduce fuori.

Flip fa qualche passo, curvo come un penitente, poi si ferma.

«L'hanno ucciso loro. Lo so. Sono stati loro. La pagheranno.»

Flip guarda negli occhi il prof e aspetta una sua parola.

«Assassini!» Il grido esplode nell'infermeria come una granata.

Il prof lascia Flip al suo dolore e rientra di corsa nell'infermeria.

All'improvviso scoppia l'inferno. Dei vetri vanno in frantumi, un armadio di legno crolla a terra con un boato che rimbomba fra la polvere, i detenuti gridano insulti e distruggono quello che gli capita sottomano, le guardie li attaccano con i manganelli, ma i detenuti non sembrano nemmeno sentire i colpi. Arrivano altre guardie, richiamate dai fischietti e dal frastuono, ma arrivano anche altri detenuti, quelli che erano restati a curiosare nel corridoio.

La direttrice grida "fermatevi, basta!" ma le sue parole si perdono nel rumore della lotta. Gli scontri hanno gettato il corpo di Bocciapersa giù dal letto, che ora viene quasi schiacciato contro il muro. Di colpo si ode un *bang* e una pioggia di calcinacci si rovescia nella camera. I rumori cessano come per incanto, e la polvere che scende a lente volute dal soffitto si va a distendere a terra come una nevicata benefica. Quando la polvere si dirada la prima figura che diventa visibile a tutti è quella di Menelik addossato alla finestra che imbraccia un fucile e lo agita in su e in giù con gli occhi spalancati e la bocca aperta, indecisa tra un ghigno e una risata. Ha la maglia strappata in più punti e sanguina da un sopracciglio. Il vento che entra dai vetri rotti della finestra gli scompiglia i capelli, che gli ricadono davanti agli occhi. Ma Menelik non si muove di un passo e resta lì col calcio del fucile piantato su un fianco e la canna puntata contro tutti.

«Sei contento adesso?» Il capo delle guardie fa due passi verso di lui con la mano tesa. «Avanti, dammi quel cazzo di fucile prima che si faccia male qualcuno.»

«Ah-ah» fa Menelik agitando l'arma. «Fermo lì, uomo bianco, o ti faccio un buco nella pancia che i tuoi figli ci potranno vedere il paesaggio dall'altra parte.»

«Cosa vuoi fare?» interviene con voce ferma la direttrice. «Vuoi ammazzare tutti? Ammazzarci tutti? E poi?»

Menelik scoppia in una risata, ma gli occhi non ridono. Sono spaventati, perché ora Menelik non sa cosa farsene di quel fucile fra le mani. Il prof si fa sentire.

«Okay, Menelik, ci hai fatto prendere paura. Adesso smettiamola tutti e ridai il fucile alle guardie. Tanto, che te ne fai? Non sai nemmeno sparare. Guarda qua: hai tirato un colpo e hai massacrato il soffitto.»

Menelik guarda sospettoso il prof. Poi sorride e abbandona la finestra. Arrivato di fronte alla guardia rimane fermo per un attimo a ridergli in faccia, quindi, afferrato il fucile con entrambe le mani, glielo consegna.

«È vero» conclude Menelik. «Non so nemmeno sparare. Il colpo mi è partito per caso. Non volevo tirare. L'ho trovato per terra.»

La guardia prende con rabbia il fucile e afferra Menelik per la gola. Il prof interviene deciso a dividere i due.

«Non sono questi i patti» dice alla guardia.

«Ma quali patti, non ci sono stati patti» ribatte la guardia. «Non la passerà liscia, il cioccolatino.»

«Sì che ci sono stati patti.» Il prof è deciso a non mollare. «Ci sono stati dei patti. Non è vero, forse?»

Nessuno parla. La guardia continua a fissare Menelik con occhi rabbiosi.

«Non è vero, forse?» ripete il prof a voce più alta, fissando la direttrice.

«Okay» interviene finalmente la direttrice. «Ci sono stati dei patti. Lascialo stare.»

La guardia se ne va digrignando i denti.

La Marisa scuote la testa cercando di togliersi i calcinacci dai capelli. Poi guarda la direttrice.

«Sì, però ci trattate come bestie.»

«Ma che significa, quali bestie, di cosa parli, testa di cazzo!» interviene una guardia.

«Avete lasciato Bocciapersa da solo, uno che piange un minuto sì e uno sì, uno che non dovrebbe stare qui.» È un albanese che parla, uno di cui il prof non si è mai accorto.

«Ma c'era il medico» interviene la direttrice. «Nessuno poteva pensare...»

«Ma quale medico, dov'era il medico?»

«A bere un goccio, ecco dov'era. Ma andate a cagare!»

«In bagno, ero andato, non posso andare in bagno? Due minuti sono stato via, due minuti soltanto. Chi poteva immaginare... Non c'entro, io.»

«Sì, sì, non è colpa di nessuno. Come al solito.»

«Siete trattati come principini, che cazzo volete?» È la guardia che ha staccato la corda a parlare. È giovane, arrivato da poco, è deciso ma non aggressivo. «Siete trattati come noi, cosa volete? Noi non abbiamo né ucciso, né violentato, né sequestrato né niente. Però siamo trattati come voi, anzi, peggio di voi.»

«Ma di cosa parli, di cosa parli, cesso di sbirro» si scalda la Marisa.

«Basta! Piantatela! Via tutti adesso. Ne riparliamo.» La direttrice è nervosa come un gatto soriano.

Tutto sembra tornare in ordine. Le guardie ridiventano guardie, e i detenuti tornano a fare i detenuti.

Il prof sa che l'ordine, una volta infranto, non ritorna mai. Sa anche che i prigionieri hanno ragione, che anche le guardie hanno ragione. Se tutti hanno ragione, chi è che ha torto? Il prof tiene le mani in tasca, e rigira tra le dita l'oggetto tondo che stava nel pugno di Bocciapersa. C'è anche un'altra cosa in quella storia che lo disturba. Dov'era il Dodo che non s'è visto per tutto il tempo?

32
LA BOTTE DI BERENICE

L'appuntamento è per le otto, ma Rosas tarda. Solo quando si va a mangiare Rosas è puntuale. Arriva con venti minuti di ritardo e ha l'aspetto di chi è ancora a letto. Trova per caso la maniglia della portiera, apre, sale e borbotta: «Non ho ancora preso il caffè».

«Sei arrivato lo stesso con venti minuti di ritardo.»

«È domenica, Antonio!» Appoggia il capo al sedile e chiude gli occhi, se mai li aveva aperti. «Fermati al primo bar che trovi.»

«Guarda che caso: dal suo letto a qui non ne ha trovato uno aperto.» La constatazione era per uso personale di Sarti Antonio, ma Rosas si sente chiamato in causa.

«Dimentichi che io non ce l'ho una casa.»

«Dove hai dormito?»

«Da un amico.»

«Fino a che ne trovi. E dopo?»

La prospettiva non turba il talpone, abituato com'è alla precarietà da quando la democratica amministrazione della città lo ha sfrattato dalla tana di via Santa Caterina diciannove. Ufficialmente per un risanamento del centro storico. In realtà per trasformare dei tuguri, dove comunque i meno fortunati avevano un tetto sulla testa, in pregiati appartamenti da miliardari. Da allora Rosas ha vissuto dappertutto portandosi dietro i suoi quattro stracci e i troppi libri.

Per un lungo periodo ha soggiornato perfino da Settepaltò, il disperato che vive in una baracca alla periferia di Bologna, che si mantiene raccogliendo cartoni, sgomberando soffitte e regalando ai suoi concittadini dei caschi da cantiere che, a sentire lui, proteggono dalle pericolose radiazioni che stanno uccidendo l'umanità. Lui lo tiene in testa anche quando dorme. E indossa un numero esagerato di paltò l'uno sull'altro. Sempre per le radiazioni.

Ultimo domicilio conosciuto di Rosas, lo studio in università.

«Perché non ti cerchi uno straccio d'appartamento in affitto?» gli chiede il questurino mentre Rosas fa colazione in un bar sulla Bazzanese. Quella vecchia, perché sulla Bazzanese Nuova ci sono solamente due bar abbinati al rifornimento della benzina, uno in entrata e uno in uscita da Bologna, e le paste e i toast sono industriali: li fanno e li servono in catena di montaggio e vanno bene per quelli che sono abituati a mandare giù di tutto e non sanno più ascoltare i sapori.

«Non ho nessuna voglia di dare i miei pochi soldi ai padroni degli appartamenti.»

«Mi pare giusto. Così ti fai mantenere dagli altri. Da quelli come me che i loro pochi soldi li danno ai padroni degli appartamenti» e la discussione andrebbe avanti fino a domattina.

Ma il talpone si alza e dice: «Possiamo andare».

«Una volta, appena venivano due dita di neve, pulivano le strade. Adesso...» brontola Sarti Antonio. La storia di "una volta" è ormai una favola che si tira fuori quando le cose non vanno. O vanno esattamente come andavano una volta. Cioè male.

La neve continua a sfarfallare a mezz'aria e ritarda il più possibile di posarsi sull'asfalto, come se le facesse schifo la schifosa poltiglia che fa impastandosi con lo smog. Anche la neve non assomiglia a quella montanara degli anni belli di Sarti Antonio, quando non era sergente né immaginava che lo sarebbe diventato.

Allora la neve era candida e la potevi mangiare. Il bambino Sarti Antonio, di ritorno da scuola, ne raccoglieva un bicchiere, ci mescolava lo zucchero e se la ciucciava con il cucchiaino, goloso come se mandasse giù un gelato.

Siamo in vena di rimpianti e i ricordi che sfiorano la mente del mio questurino lo intristiscono. Solo un po'. Va avanti cercando di tenere in strada un'auto che, senza gomme da neve, sbanda e rischia il fosso. Come pilota Sarti Antonio, sergente, non è un granché. Ci vorrebbe Felice Cantoni e la sua auto Ventotto. Sabotata.

Oltre a non montare gomme da neve, l'auto di Sarti Antonio è un massacro, ma credo di averlo già riportato. È un concerto di suoni scardinati, un debito che non si finisce di pagare. Ma a Spilamberto ci arriva.

È la capitale dell'aceto balsamico. Tradizionale, mi raccomando. L'altro, l'aceto balsamico e basta, è un surrogato, una finta, un si fa per dire. E chi ha assaggiato l'uno e l'altro, sa cosa intendo.

Da queste parti il tradizionale è un tesoro di famiglia, un patrimonio da conservare e tramandare di padre in figlio. Salire le scale che mettono alla soffitta dove, a volte da secoli, riposa nelle pregiate botticelle è un rito al quale non sono ammessi estranei.

Si sale in silenzio e come in una processione religiosa. Conosco un tale che, per farlo, si toglie le scarpe al piano terreno e indossa pantofole che usa solo per l'acetaia.

Man mano che ci si avvicina al tesoro, si comincia ad apprezzare il profumo filtrato dalle pezzuole di tela di lino o di canapa grezza, a seconda delle convinzioni del titolare, posate sull'imboccatura delle botticelle, e quando si arriva nella soffitta, è una sinfonia di aromi antichi, che prendono nuovo vigore e nuovo spessore ogni anno nel periodo della vendemmia, quando il mosto, bollito a dovere, va a sposarsi con quello che sta dentro la botte madre e sollecita e rinnova vecchi profumi e antichi sapori.

I bambini non possono entrare. Le loro grida disturbano il laborioso riposo del balsamico attorno al quale non devono avvenire fatti traumatici. Non li sopporterebbe. Dalle parti di Spilamberto c'è chi ricorda la brutta fine del contenuto di una botte madre, diventata poi famosa come "la botte di Berenice", che aveva subito una drammatica violenza. I più anziani, seduti all'osteria della piazza, se lo raccontano ancora come se fosse una storia vera. E può darsi che lo sia.

Andò così: la signora Berenice Della Torretta, di antica famiglia locale, fu trovata con la testa ficcata nella botte madre di una delle sei batterie di balsamico custodite da secoli dalla nobile famiglia Tagliacozzi del Paleotto.

L'inchiesta dei carabinieri stabilì trattarsi di suicidio, ma il becchino incaricato di recuperare il corpo di Berenice dalla botte non ci aveva mai creduto. Per un paio d'ore aveva cercato in tutti i modi di togliere, senza massacrarlo, il corpo minuto della povera donna dalla posizione che aveva scelto per lasciare la nostra valle di lacrime. Finì col rinunciarci e, messa su la faccia più triste del suo repertorio di becchino, andò dal signor Pierferdinando, in lutto, non si sa se per la perdita della moglie o per l'aceto andato a male, che aspettava sul pianerottolo del solaio il risultato del suo lavoro, e gli disse: «Signor conte, io non ci riesco e se non volete seppellire la vostra povera moglie con quella cassa di gelso... A proposito, signor conte, lo sapevate che è di gelso, il miglior legno che ci sia per le botti madre? Dicevo che se non volete mettere sottoterra la vostra povera signora con quella cassa di gelso attorno alla vita, che sarebbe proprio un bel guaio buttar via una così bella botte, dovete far smontare le doghe. So che è un delitto...». Intendeva che era un delitto sfasciare una botte madre vecchia di secoli e mandare giù per le scale di cantina il suo prezioso contenuto, ma anche che la signora Berenice non poteva essersi ficcata da sola dentro quella botte, come un tappo nel collo della bottiglia. «So che è un delitto, ma se fossi in voi chiamerei Furetto, che ha le mani della festa, e gli farei smontare le doghe in modo che, dopo aver cavato fuori la povera signora Berenice, lui le rimette a posto e la botte è salva.»

Furetto era il miglior falegname da botticelle per il balsamico e il più richiesto. Conosceva e sapeva scegliere le essenze adatte, che variano per ogni botticella della stessa batteria, lo sapeva stagionare e lavorare nel modo tradizionale.

A questo punto della storia, il racconto dei vecchi si ferma perché nessuno ricorda, o non è stato tramandato, se il signor Pierferdinando recuperò o no la botte della Berenice. Si sa della fine del contenuto: spillato prima di sdogare la botte madre, venne disperso in uno dei tanti fossi di scolo attorno alla villa perché il trauma sopportato dall'aceto in maturazione nella botte di Berenice aveva conferito al contenuto un innaturale color rosso sangue. Come l'aceto balsamico della botte madre aveva conferito un innaturale color scuro notte al viso di Berenice.

«Cosa ne diresti, visto che ci siamo, di andare a trovare anche i genitori di Felicità?» chiede Sarti Antonio, sergente, tenendo d'occhio la poltiglia sull'asfalto e il fosso.

«Per dirgli che hai scopato la figlia?» ghigna il talpone. «Saranno contenti di sapere che la loro Felicità l'ha data a un questurino. E gratis, oltretutto.»

Per un secondo, e giusto per vedere che faccia ha un coglione, Sarti Antonio gira il capo verso Rosas. Dice: «Sai una cosa? L'amore per Elisa ti ha fatto male. Sei invecchiato, rincoglionito e le tue battute sono più penose di quelle di Vespa a "Porta a porta"...».

«Non dirmi che guardi Vespa!»

«Il meno possibile e mi fa anche un po' senso, ma se è per farti dispetto, d'ora in poi lo guarderò ogni sera.»

Di nuovo silenzio all'interno dell'auto. Poi Rosas dice: «Si può fare. Chissà che non ci dicano dove ha preso i soldi la tua postina. Se sai dove abitano...».

Sarti Antonio, sergente, ha una quantità di difetti, dalla mancanza di fantasia alla scarsa cultura, classica o scientifica che sia; dall'impossibilità congenita di essere disonesto all'incapacità di sintesi e via di questo passo. Ma ha una memoria elettronica.

«Via Vignolese millequattro.»

«Dove?»

«Rincoglionito e sordo» borbotta il mio questurino. E alza la voce: «Vignolese...».

«... millequattro, ho sentito. Sai la novità? Ci abita anche il padre del prof. È lì che ti sto portando, questurino.»

«Mi sta portando. Lui mi sta portando.»

Via Vignolese millequattro. La villa è di quelle che, se ci passate dinanzi, vi viene subito da chiedervi chi ci abiti. Specialmente se riuscite a leggere i caratteri, appannati dagli anni, sull'antica targa di marmo inchiodata contro la colonna di sinistra del cancello. C'è scritto "Villa Strana".

Due colonne rotonde e massicce coronate da un cappello di cotto, artisticamente lavorato, sostengono il cancello di ferro battuto, al momento chiuso. Termina, in alto, con un arco protetto da punte di lancia. Avrà un paio di secoli.

La casetta, pochi metri oltre il cancello, sulla sinistra del viale, dovrebbe essere l'abitazione del custode. Pulita, in mattoni a vista e con le imposte chiuse.

Il viale s'infila, dritto e alberato, per cinquecento metri nella campagna piatta e bianca di una neve come quella di Sarti Antonio di una volta, e finisce davanti al portico di Villa Strana. Da lì, da quel viale, non è passato nessuno da un po'. Almeno da quando ha cominciato a nevicare. Immacolato e liscio di bianco.

Il tutto stemperato dentro lo sfarfallio della neve che comincia a fare sul serio. Una visione e una tranquillità d'altri tempi e da signori che sanno vivere.

L'auto si ferma davanti al cancello, il mio questurino scende e cerca un campanello. Che non c'è. Guarda nel parco e, sfuocato nello sfarfallio della neve, un essere che sta fra l'uomo chinato e l'animale appare e scompare dietro tronchi secolari. Vaga come se non sapesse dove. Per un po' dritto davanti, poi cambia direzione, poi torna indietro, poi piega di nuovo. Come se cercasse qualcosa nella neve.

«Ehi! Maestro! Oh, signore, mi sente? Ehi, lei!» Quello sente, si gira verso il questurino, fa un cenno vago e riprende il suo andare. Sentono anche quelli della casa del custode e infatti si socchiude la porta e un tale, fasciato in un cappotto che gli nasconde la parte inferiore del viso, mette fuori la testa. È nascosta anche la parte superiore del viso. Sotto un berretto di pelo, da Siberia. Si socchiudono le imposte e si muove una tendina. Mai fidarsi delle apparenze.

«Cosa vuole?» chiede, con poco garbo, la mummia.

È sceso dall'auto anche Rosas e i fiocchi di neve gli si posano sulle lenti. Non se ne preoccupa. Fa due passi verso il cancello, camminando sulle uova, e si ferma perché la neve gli si è già infilata fra le strisce di sbrindellati sandali estivi e gli mette i piedi a bagnomaria. Bestemmia sottovoce e urla:

«Abita qui il conte Pierferdinando Tagliacozzi del Paleotto?»

«Chi lo vuol sapere?»

Secondo la prassi, la risposta competerebbe a Sarti Antonio, sergente, ma mentre pensa se presentarsi come questurino o cittadino qualunque, per lui lo fa Rosas: «Sono un collega di Pierfrancesco e ho qualcosa da riferire al conte».

Il custode di Villa Strana rientra e si richiude in casa. Resta la tendina scostata e restano i due sotto la neve che adesso cade abbondante. Si guardano. Non so cosa veda Rosas dietro le lenti innevate.

«Dove siamo capitati?» si chiede Sarti Antonio.

Attorno, una distesa piatta e bianca, alberi bianchi, tetti bianchi e l'animale uomo continua a muoversi nel parco. Nessuno da qui a Spilamberto, sulla via Vignolese.

Di colpo, il silenzio invernale è rotto dallo scatto che schiude automaticamente il cancello, spalancando davanti ai due pellegrini il lungo viale alla villa.

«Significa che possiamo entrare?» si chiede ancora il questurino. Rosas è già in auto e si asciuga i piedi con la pelle di camoscio trovata nella tasca della portiera. «Sai a cosa servirebbe quella? Ad asciugare la carrozzeria, non i tuoi piedi.»

L'auto slitta a sinistra e poi a destra, la fiancata sfiora il cancello e si ferma accanto all'abitazione del custode. Sarti Antonio, sergente, abbassa il finestrino e grida, non si sa a chi: «Oh, della casa! Abita da queste parti un tale Antonio Frosali?».

La mummia, nascosta in attesa dietro la porta, rimette fuori la testa senza viso, annuisce e chiude fuori il mondo e la sua neve. Definitivamente.

«Grazie!» grida ancora Sarti Antonio, sergente. «Bell'accoglienza!» Pesta sul gas, l'auto slitta sul nevischio, sbanda, striscia contro il primo tiglio del viale e si ferma in testacoda sotto il porticato di Villa Strana.

Scendono e Sarti Antonio, sergente, chiede: «Hai visto quel tale?». Ma nel parco non c'è più nessuno. Solitudine, silenzio e nevischio.

«Siamo appena arrivati e vedi già i fantasmi?»

«C'era uno strano individuo...» ma lascia perdere.

Il portone, di spesso e antico legno, è aperto e la vetrata si socchiude appena il mio questurino la sfiora, cigola sui cardini e si apre su un lungo corridoio che attraversa da parte a parte il corpo della villa.

Anche qui silenzio. Una villa disabitata. Silenzio, un interno troppo caldo, un corridoio troppo scuro e solo la luce che arriva, di riflesso, dalla scala per il primo piano.

La vetrata si è chiusa subito dietro Rosas.

«Cosa facciamo?» chiede Sarti Antonio, sottovoce per non turbare il silenzio di Villa Strana.

Da dietro le lenti spesse che gocciolano neve, Rosas accenna alle spalle del questurino.

«Vi aspettavo!» dice una voce, improvvisa, profonda, arrivata da chissà dove.

33
UNA MACABRA VIGILIA DI NOZZE

«Vi aspettavo!» Il conte Pierferdinando Tagliacozzi del Paleotto, immobile sul secondo gradino della scala, domina e sovrasta i due. Un'ombra in controluce. Di lui si vedono gli occhi, bruciati dalla febbre, e il pallore del viso.

Scende i due gradini, accende la luce nel corridoio, si mostra ed è esattamente come Sarti Antonio immagina debbano essere i nobili: antico e alto di una testa sopra Sarti Antonio, che pure non è basso. Dritto, in gamba, elegante e senza un chilo in più di quanto previsto per un uomo della sua stazza ed età. Capelli bianchi ben tagliati e in ordine. Magro e pallido, la faccia scavata.

In piedi e dritto davanti a Sarti Antonio, il primo trovato sulla sua strada, per un po' il signor conte controlla gli ospiti, poi si avvia e apre una delle porte del corridoio; indica ai due che possono seguirlo ed entra per primo, come si conviene al nobile padrone di casa.

Nello studio, cuoio e legno e libri alle pareti. Il profumo d'antico e di legna bruciata ricorda al mio questurino i tempi dell'infanzia. La fiamma del camino, sulla parete sinistra, unica a non essere ricoperta di libri, fa baluginare la penombra, stempera i contorni delle cose e modifica di continuo i lineamenti del nobile profilo del signor conte, seduto dietro una scrivania ricoperta di inutili, ma preziosi, oggetti antichi.

Ignora gli ospiti e, come se fosse solo, si mette a preparare, con calma e attenzione, una pipa di radica, lucida per il lungo uso. Un rito. Estrae piccole prese di tabacco da un contenitore di ceramica, le depone con cura nel fornello, le sistema e le preme delicatamente con l'indice. A carica completata, un'ultima, definitiva pressione con il curapipe, tolto da un astuccio che, a occhio e croce, dovrebbe essere d'argento con delicate incisioni. Il tabacco spande attorno un profumo che invita al vizio.

Sarti Antonio e Rosas hanno atteso in silenzio che il rito si compisse. Prima di accendere, il nobiluomo si degna e indica, con il bocchino, le poltrone dinanzi alla scrivania.

I due si avvicinano e il conte guarda i sandali che il talpone strascina sul ricco tappeto e dice, con la voce ferma di chi non ha bisogno di pensare le parole: «Così lei è il collega di Pierfrancesco». Non ha detto "mio figlio" ed è già un indizio dei rapporti che corrono fra padre e figlio.

Siedono. Il talpone comodo e spappolato nell'antica morbida pelle screpolata, e Sarti Antonio, sergente, in bilico sul bordo della poltrona che la sorte gli ha messo sotto il culo.

L'accensione della pipa è un altro rito che richiede la cura e il tempo necessari. E il silenzio assoluto. Si svolge così: un primo fiammifero, rigorosamente di legno, viene scricchiato sull'apposita superficie ruvida, lo si tiene in modo che la fiamma non prenda troppa consistenza, lo si avvicina al fornello, ma non troppo, e si tira senza che la fiamma venga aspirata verso il tabacco, ma lo scaldi, lo sollevi, gli dia la consistenza e il volume giusto; il curapipe preme, ma non troppo, il tabacco che si sta attorcigliando al primo calore. Si depone nel posacenere il primo fiammifero, ormai arrivato alle dita, se ne accende un secondo che produce, nel fornello, la brace sufficiente per tirare senza che la pipa abbia più a spegnersi.

Ecco, adesso è tutto a posto: il conte si rilassa contro lo schienale, intreccia le dita sul petto, tira due boccate lente e dice: «Un antico saggio ha stabilito che per una buona fumata, la pipa deve essere riempita da tre persone: il primo terzo da un bambino che così non premerà troppo il tabacco; il secondo terzo da una ragazza, possibilmente vergine e quindi con un poco più di forza, e l'ultima parte da un uomo, che darà al tabacco nel fornello l'ultima, giusta pressione». Un'altra tirata e poi: «Bene, vi ascolto».

Può sembrare strano, ma c'è ancora in giro gente che vive così, circondata da libri e da inutili oggetti preziosi, da un camino acceso, da una pipa che richiede la presenza di tre persone, fra le quali una vergine e, con i tempi che corrono... E che non desidera accorgersi che fuori nevica. E ci si sgozza per un barile di petrolio o nel nome di chissà quale dio perverso.

"Chi comincia?" dice l'occhiata di Sarti Antonio a Rosas.

"Cominci tu, sei tu il questurino" risponde il cenno del capo di Rosas.

"Sì, ma da dove?" chiede ancora l'espressione di Sarti Antonio.

"Da dove ti pare" risponde la stretta di spalle di Rosas.

«Dunque» dice il mio questurino «siamo qui per informazioni riguardo...»

«Io non la conosco» lo interrompe il conte.

«Giusto. Mi chiamo Sarti Antonio.» Va in tasca, estrae la patente di questurino, la porge al conte, ma resta con mano e documento tesi. Il conte fa segno di non essere interessato e di credere sulla parola. «Mi sto occupando dell'uccisione di Fondali Elisa.»

Sarti Antonio, sergente, non sopporta il fumo e non sopporta chi fuma, ma l'aroma della pipa che si stempera nell'aria è gradevole e non lo disturba. Anzi.

«Ero certo che l'omicidio della povera ragazza fosse giunto alla sua naturale conclusione con l'arresto e la successiva condanna dell'assassino.» Andiamo bene: l'assassino. Non "mio figlio". A Rosas: «Evidentemente mi sbagliavo». Ha individuato subito chi è la mente e Sarti Antonio non se la prende. È conscio delle sue possibilità e, per un questurino, mi pare indice di buonsenso.

«Suo figlio è innocente» dichiara il talpone senza riemergere dalla poltrona.

La rivelazione non fa né caldo né freddo al signor conte che si prende il tempo per una lenta tirata di pipa e poi pianta due occhi duri in quelli di Rosas. «Chi lo sostiene?»

«Gli avvenimenti accaduti e il comportamento del vero assassino.»

Con molta calma il conte usa il curapipe per premere con delicatezza sulla brace, aspira e subito manda fuori una voluta chiara. Gioca con l'oggettino prezioso e guarda dritto Rosas. Dice, sillabando e senza mostrare alcuna emozione: «Pierfrancesco ha ammazzato quella povera ragazza».

Una bella dimostrazione di amore paterno. Ma Rosas sa stare al gioco: «Suo figlio è innocente, signor conte».

«Lei è giudice, dottor Rosas?»

«Come sa il mio nome?»

Il conte è un tipo che si prende tutto lo spazio che gli serve e risponde se ne ha voglia. Ripete: «Lei è giudice, dottor Rosas?».

«Non c'è bisogno di essere giudice per interpretare fatti e indizi.»

Bella gara fra questi due. Sarti Antonio, sergente, fa da spettatore e prende nota, caso mai saltasse fuori del materiale utile alle indagini e alle convinzioni del talpone.

«Non mi piace la gente presuntuosa, dottor Rosas. O professore?»

«Nemmeno a me, signor conte.»

«La mia non è presunzione. Io so quello che dico, professor Rosas» e con questa bella dichiarazione, l'incidente potrebbe chiudersi. Non è così. Il conte insiste e questa volta con Sarti Antonio. «Alcune precisazioni, sergente, che potranno servire alle sue indagini, anche se non capisco a quale scopo continuarle data l'evidenza: Pierfrancesco è mio figlio solo per l'anagrafe. Né io né lui sappiamo chi sia il padre. Forse non lo sapeva neppure la povera Berenice, mia moglie e sua madre. Che riposi in pace.» Bella famigliola! «Le mostrerò una foto» ma prima di muoversi dalla poltrona, si concede un altro paio di boccate. Abbandonare la poltrona e sospendere il fumo gli procura un notevole disturbo e lo fa a malincuore.

Posa la pipa in un vasetto di ceramica con decorazioni d'argento, rimette il curapipe nel suo astuccio, si appoggia ai braccioli e si alza. Prende un album da un tavolino, scosta le tendine, scruta il prato e il cielo, mormora, chissà se per sé o per gli ospiti: «Non nevica più e fra poco spunterà il sole» e torna a sedere. Sfoglia l'album, trova quello che cercava e porge il volume a Sarti Antonio, sergente. «Le dice nulla questa foto?»

Gli dice, gli dice! Tanto che si fa sentire di nuovo il brivido da colite spastica di origine nervosa. La foto, in bianco e nero, non è recente. Lo dimostrano la stampa, il cartoncino, la seghettatura dei bordi, la posizione nell'album, la pettinatura della giovane, alcuni oggetti ripresi nella foto e la sponda del letto alla quale la ragazza sta appoggiata. Ma soprattutto l'abito che la giovane indossa ha gli anni che ha.

Il mio questurino continua a fissare la foto e ci è rimasto tanto male che Rosas si alza dalla sedia e va a verificare. E anche lui ci rimane di sasso. Chiede: «Chi è?».

Il conte non risponde subito. Dal momento che i due, con la loro inopportuna e sgradita presenza, lo hanno costretto a rinunciare alla pipa prima del tempo, adesso aspettino! Lui ha da pulirla perché non assorba troppa umidità impregnata di nicotina che ne altererebbe le proprietà. E ci vuole il tempo che ci vuole. Poi si degna: «La ragazza lì ritratta si chiamava Artemisia Breventani e doveva diventare mia moglie». Cambia tono: «Ma richiamo la vostra attenzione non sulla pur bella, ma povera Artemisia, riposi in pace, quanto sull'abito che indossa».

Non c'era bisogno che il signor conte lo facesse rilevare con la sua inopportuna e macabra ironia. Sarti Antonio, sergente, non sarà una cima, come ho più volte sostenuto, e non solo io, ma ha un'eccellente memoria e aveva già notato l'abito. Tant'è che il brivido, partito dalla bocca dello stomaco e concentratosi nel colon, aveva origine proprio da quello.

Non si dimentica un abito da sposa trovato, una maledetta notte, nell'armadio della stanza numero 13, HotelRistorante Bellavista, e indossato da Elisa Fondali!

Ma c'è di più e di peggio: alla prima occhiata Sarti Antonio, sergente, non ha visto la povera signorina Artemisia, ma l'altrettanto povera signorina Elisa. Sia la prima sia la seconda erano bionde, stessa corporatura, stesso bel viso di ceramica e stesso abito da sposa. Riposino in pace entrambe.

A guardare meglio, le differenze ci sono. Artemisia era più giovane, forse sui diciotto, e, a giudicare dalla lunghezza dell'abito da sposa, un poco più bassa di Elisa. Artemisia, poi, mostrava i suoi occhi spalancati, chiari e belli; Elisa, due spilloni dalle capocchie d'oro.

«L'abito che indossa la povera Artemisia nella foto è lo stesso che l'assassino ha fatto indossare alla povera Elisa e che io custodivo qui in villa, fra i ricordi della mia vita. Anche gli spilloni d'oro appartenevano alla mia collezione.»

È una bella storia e si starebbe ad ascoltarla fino a notte, ma Sarti Antonio, sergente, ha delle esigenze che lo costringono a interrompere il signor conte. Chiede: «Perché il conte Pierfrancesco avrebbe ucciso la Fondali Elisa?».

«Rispondere è compito suo, sergente. Lo chieda a Pierfrancesco. A me può chiedere la storia che sta dietro l'abito da sposa» e l'atteggiamento del signor conte cambia da così a così. Si riprende l'album, lo sfoglia lentamente e comincia un racconto che nessuno gli aveva chiesto. Forse è solo un modo per ricordare a se stesso un passato che gli è tornato davanti senza che lui lo volesse.

«Io e Artemisia eravamo giovani, ci amavamo...» Ci mancherebbe! La gioventù e l'amore sono cose da nobili. «... e dovevamo sposarci due giorni dopo che sua sorella Flora le ebbe scattato la foto durante una prova dell'abito nuziale. È l'ultima immagine di Artemisia. Poi accadde... Flora era venuta a trovarmi e mi aveva parlato a lungo di Artemisia. Che era felice, che non vedeva l'ora, che passava il tempo a provare l'abito da sposa... Il mattino della vigilia delle nozze, Flora andò per svegliarla e la trovò...» Il conte lascia cadere l'album sulle ginocchia e si passa le mani sul viso.

«Com'è... com'era morta?» chiede Sarti Antonio, sergente.

«Il magistrato concluse per il suicidio. Dose eccessiva di elleboro.» Bel colpo! L'elleboro deve essere una malinconia di famiglia. «La povera Artemisia lo usava spesso come cardiotonico, medicamento empirico da sempre in uso dalle genti di campagna che avevano più fiducia nelle tradizioni che nella scienza farmacologica. L'elleboro, preso in dosi massicce, provoca gastroenterite emorragica, collasso e morte.»

Rosas ha orecchie attente alle squallide storie d'amore e morte di una nobiltà decadente e reazionaria con la quale non ha da spartire. «Che motivi aveva per suicidarsi?» chiede.

«Altra domanda da non fare a me» risponde sottovoce il conte. Si alza. «Non ho altro da dirvi, signori.»

34
LE STANZE DEL TESORO

«Lei non avrà altro da dirci, signor conte, ma io ho ancora da chiederle.» Sarti Antonio, sergente, ha riacquistato un po' della grinta che ogni questurino per bene dovrebbe avere. «Ha mai visto questi?» Deposita sul piano della scrivania il pacchettino di carta riso e aspetta che il signor conte lo svolga. Il riverbero della fiamma del camino illumina il ghigno dell'ariete e dell'ippocampo.

Il signor conte ci resta male. Si china a controllare meglio le miniature, se le posa sulla palma della sinistra, le accarezza, si rialza, guarda in faccia il mio questurino. «Come li ha avuti?»

«Segreto istruttorio.»

Il signor conte stringe in pugno le miniature, esce dallo studio e si mangia a passi lunghi e veloci il corridoio in penombra. Alla fine del quale si ferma dinanzi a una porta blindata. Lavora alla chiusura e, allo scatto dell'avvenuta apertura, si gira agli ospiti, che lo hanno seguito, e dice, piuttosto incazzato: «Vi faccio vedere dove dovrebbero stare questi oggetti preziosi!».

Una luce soffusa, tenue e tendente all'azzurro scuro, illumina il museo privato del conte Pierferdinando Tagliacozzi del Paleotto e dà agli ambienti un'atmosfera irreale. All'interno di una teca su un piedistallo, al centro della seconda sala e su un velluto rosso, dormono il sonno dell'eternità molte miniature d'ambra. Mancano l'ariete e l'ippocampo. La loro impronta è stampata nella stoffa.

«L'abito nuziale stava là» e il conte indica un manichino squallidamente nudo, nell'angolo della sala. «Gli spilloni dovrebbero essere in quell'altra teca.»

«E come mai non ci sono?» chiede Rosas.

«L'assassino ha rubato l'abito, le miniature e gli spilloni.»

«C'è un problema, però, signor conte» si permette di eccepire Rosas.

Il conte non è abituato a lasciarsi interrompere. Ruggisce: «Di cosa parla lei?».

«Parlo delle due miniature che sono arrivate al questurino, qui, mentre suo figlio...»

«Non è mio figlio!»

«Sarà, ma porta il suo cognome, conte. Dovrà farsene una ragione. Bene, le due miniature che lei sta stritolando nel pugno...» Il conte schiude delicatamente la sinistra, ormai rossa per la pressione, e verifica le miniature. «Quelle, sì, sono arrivate al questurino mentre suo figlio era chiuso in galera. Com'è possibile che le abbia rubate lui e quindi sia lui l'assassino?»

«Lei è uno sciocco!» Senza giri di parole. «È chiaro che non ha agito da solo e che il suo complice, o la sua complice, è ancora libero.» Considera chiuso l'incidente, solleva il cristallo della teca e depone, con tutta la delicatezza possibile, le miniature rubate nella legittima sede.

«Sì, può essere» dice intanto Rosas «ma a che scopo spedire le miniature a un questurino?»

«Non mi riguarda. Scopritelo voi» e richiude, anzi, richiuderebbe la teca se Sarti Antonio, sergente, non infilasse la destra fra coperchio e teca. «Mi scusi, signor conte, ma il caprone e il cavalluccio marino sono oggetto dell'inchiesta in corso e sotto sequestro.»

Non c'è nessuna inchiesta in corso né sequestro autorizzato dalla magistratura, ma Sarti Antonio, sergente, ci ha provato. E gli va male.

Il conte gli toglie le mani dalla teca e dice: «Nessuna

inchiesta e nessun sequestro, sergente» e chiude definitivamente l'accesso ai suoi tesori. Indica l'uscita del suo museo, perentorio come Ugo Bassi che, quand'ancora era sistemato sul piedistallo di Porta Galliera, ordinava agli odiati crucchi di prendere la strada del Nord, verso il confine. A lui, al barnabita Ugo, quel gesto è costato la vita.

«Mi spieghi una cosa, conte» chiede il talpone mentre ripercorrono il corridoio. «Come ha fatto suo figlio, o chi per lui, a entrare nelle stanze del tesoro se sono più protette del caveau di una banca? Lì dentro ci può entrare solo lei.»

«Vorrà dire che l'assassino sono io» e gli sorride mostrando i denti. Se non fosse il nobile che è, avrebbe risposto: "Provati a dimostrarlo, il mio coglione". Si limita a chiamare: «Camillo!». Dal nulla che è l'intera Villa Strana, appare il fantasma che si aggirava nel parco.

Se Camillo ti dicesse di avere trent'anni o settanta, non ti meraviglieresti. Magro più del normale e minuto, dà l'idea di essere forte come chi ha vissuto la vita usando solo i muscoli. Ha il viso scavato e radi capelli biondicci. Biondicci sono anche gli occhi. Nel senso che sono chiari e di un colore che non ha nome. Il cappotto nel quale è intappato gli arriva ai piedi e lo fa più basso di com'è; la sciarpa girata due volte attorno al collo gli copre anche la bocca. Arriva dinanzi al signor conte e lo guarda fisso in viso e con occhi immobili, come se lo vedesse per la prima volta.

«Camillo, accompagna i signori alla porta.» Camillo annuisce. «Accertati che lascino la villa.» Altro cenno di assenso e Camillo si avvia precedendo i due. Che non ha ancora guardato. Per lui non esistono.

Sulla porta della villa e prima di uscire, Sarti Antonio, sergente, si gira per un'ultima occhiata al conte. Ma nella penombra del lungo corridoio, anziché il signor conte, c'è un fantasma. Un altro. Laggiù, accanto alla porta blindata delle stanze del tesoro, lo spirito di Artemisia gli sorride e gli fa ciao con la destra.

«L'hai vista anche tu?» chiede a Rosas.

«Cosa?»

«Lei, la morta in abito da sposa... Artemisia.»

«Quale sarà la prossima cazzata, Sarti?»

«Giuro che ho visto...» Si rivolge a Camillo, immobile sotto il porticato. Aspetta che i due si tolgano dalle palle. «Tu l'hai... l'hai vista?» Camillo allarga le braccia e non esce dalla sciarpa. «L'hai vista o no?» Camillo si scopre la bocca e la tocca più volte con l'indice della destra. «Che vuol dire?»

«È muto, non l'hai ancora capito?»

Ha smesso di nevicare e, verso le prime colline dell'Appennino, il cielo si va facendo chiaro.

L'auto si è appena mossa e là, in fondo al viale, il cancello comincia a schiudersi. «Qui fai un passo e sei controllato» borbotta Sarti Antonio. Ferma accanto alla casa del custode e scende. «Voglio vedere in faccia la mummia.»

Là, in fondo al viale e sotto il porticato, c'è ancora Camillo. Secondo gli ordini del signor conte, si accerta che i due lascino definitivamente Villa Strana.

«Lei, cosa vuole?» grida qualcuno da dietro la porta.

«Voglio vederti in faccia!»

Sempre da dietro la porta: «E io no».

Sarti Antonio, sergente, picchia i pugni contro il legno. «Apri questa porta o la sfondo a calci?» Dentro borbottano in due, ma non si decidono. «Va bene, io comincio» e parte la prima pedata. La seconda, più violenta e che avrebbe potuto scardinare la chiusura, non arriva a destinazione. La porta si è spalancata di botto e Sarti Antonio, sergente, mancandogli il previsto sostegno, vola dentro, sul pavimento. A faccia in giù.

«Bel modo di presentarsi a casa mia» dice Felicità. «Fai sempre così quando sei in servizio? E io che ti credevo un questurino diverso dagli altri. Cosa cazzo vuoi?»

La guarda da sotto in su, dal pavimento, e la vede sorridente, nonostante il tono. Le chiede: «Abiti qui?».

«Abito qui. Perché?»

«E... e la mummia?»

«Mio padre. Non sta bene e quando esce si copre. Cosa vuoi da lui?»

«Sapere dove hai preso i soldi per comprarti la moto e lasciare il lavoro...»

«Parliamo mentre stai sul pavimento o ti alzi?» Lui si alza e Felicità continua: «Potrei raccontarti un sacco di balle, ma tu non mi crederesti e andresti a ficcare il naso chissà dove. Così te lo dico io, chiaro e tondo. Andiamo fuori».

Esce e si avvia lungo la cavedagna che costeggia la siepe verso la provinciale. Calpesta e calcia la neve. Comincia: «La moto l'ho comperata con la liquidazione delle poste. Usata, anche se non te ne sei accorto».

Ha smesso di nevicare, fa freddo e Sarti Antonio non ha guanti e non ha scarpe adatte. Le dita delle mani e dei piedi gli si stanno congelando. «E adesso che intenzioni hai?»

«Trovarmi un altro lavoro. Meno stupido di quello che avevo. E che mi faccia guadagnare di più.»

«Immagino già che tipo di lavoro.»

«Sei proprio un questurino di merda! Cosa ne sai tu di lavoro, che hai passato la vita con il culo al caldo, in un ufficio?»

«Infatti, anche adesso... Ma lasciamo perdere» e torna indietro, verso l'auto. Ha già pestato abbastanza neve. Davanti alla casa del custode si ferma e dice: «Sei certa di aver preso la decisione giusta? Le poste sono sempre un lavoro sicuro».

«Io non voglio un lavoro sicuro. Ne voglio uno che mi piaccia.»

Sarti Antonio le va vicino e la guarda in viso. È rosso per il freddo e gli occhi brillano di felicità. Adesso le darebbe volentieri un bacio in bocca. Deve avere le labbra gelate, ma dentro, la lingua... La pianta di pensarci e chiude con un: «Ho capito. Allora, buona fortuna».

Vetri appannati, Rosas raggomitolato sul sedile e il cancello ancora spalancato davanti al muso dell'auto.

«Potevi lasciare il riscaldamento acceso.»

«Perché non l'hai acceso tu? Bastava mettere in moto.»

«Lo sai benissimo che non so da che parte si comincia con le auto! Prendi la strada per Vignola e poi Guiglia. Oltre che freddo, ho anche fame.»

Chissà se Camillo ha lasciato il porticato e se n'è tornato a vagare nel parco d'autunno?

Sembra che l'inverno abbia voluto farci uno scherzo e darci un assaggio di quello che sarebbe capace di fare se... Le nuvole si sono dissolte nel giro di danza di un vento tiepido e adesso il sole scalda le ossa della foresta di vecchi ciliegi nella piana del Panaro.

Un'occhiata giù, salendo verso Guiglia, e si ha la visione completa del castello di Vignola, di un buon tratto del corso del Panaro, che poi, a monte, si perde nello stringersi della valle, e della pianura che pare arrivare fino ai piedi di quelle che qui chiamano le Alpi di Verona. Sono innevate.

Insomma, un balcone sulla valle Padana. E davanti, improvvisamente, l'antica rocca dei Montecuccoli, sul colle, dritta contro il cielo.

Sarti Antonio, che viene dai monti sulla valle del Reno, non conosce la valle del Panaro e si sarebbe volentieri goduto il panorama se qualcosa non lo infastidisse e, dopo il secondo tornante, guarda nello specchietto retro e borbotta. Rosas conosce il modo di pensare di Sarti Antonio, sergente, e non chiede delucidazioni. Ha i suoi problemi da risolvere e gli bastano.

Altro tornante, altra occhiata al retrovisore e altro borbottio. Questa volta Rosas chiede: «Cos'è che non funziona?».

Con il capo, Sarti Antonio indica lo specchietto. «Non funziona quella macchina. Ci segue da quando siamo usciti dalla villa del conte matto. Io rallento e lei rallenta. Io accelero e lei accelera. Normale per te?»

«Perché non ti fermi e lo chiedi a chi sta al volante?»

Non vale la pena rispondergli. Spinge sull'acceleratore,

ma l'auto è quello che è e alla prima curva a radicchio finisce nel fosso. Per la neve o per Sarti Antonio, sergente, che non è mai stato un buon manico. A Felice Cantoni, agente, non sarebbe successo.

Nessun danno ai viaggiatori. Restano seduti ai loro rispettivi posti, in silenzio, e poi Rosas commenta: «Mi pare una buona soluzione».

«'Fanculo, Rosas!» e il mio questurino cerca di aprire la portiera, che si è ancor più sgangherata nell'impatto. Spinge e bestemmia, ma la portiera non si apre. Fino a quando non l'aprono dall'esterno.

«Vi siete fatti male?»

«Non mi sembra» dice il mio questurino. Solleva gli occhi e ha di nuovo la visione del fantasma di Artemisia. Non indossa l'abito da sposa, ma un elegante cappotto dal collo alto, una sciarpa di lana pregiata e un berretto di pelo morbido e caldo.

«Lei è... Lei è...»

Rosas completa la frase: «Lei è la signora Flora, sorella della signora Artemisia».

Come accidenti lo sappia, è uno di quei misteri che Sarti Antonio non arriverà mai a risolvere. Uno dei tanti nella sua vita di questurino.

L'elegante signora porge la mano guantata di pelle scura e dice: «Piacere». Sarti Antonio stringe e annuisce. «La mia auto è ancora in strada e posso accompagnarvi. Dove siete diretti?»

«A Guiglia» risponde Rosas. «Alla Lanterna».

«Conosco. Ci vado spesso anch'io.»

«Se ci accompagna, pranza con noi» insiste Rosas. Senza consultare Sarti Antonio, come sarebbe normale, visto che dovrà pagare lui.

«Volentieri.» Così, senza nemmeno pensarci su.

L'auto di Flora è più comoda e più calda di quella abbandonata nel fosso. È più silenziosa e si parla senza gridare.

«Passava di qua per caso?» butta lì Sarti Antonio. E

guarda Flora in viso. Assomiglia molto alla defunta Artemisia, ovviamente invecchiata dal tempo, che passa anche per le belle donne. L'ha già incontrata! E non sulla foto del signor conte. La memoria del mio questurino non sbaglia.

Flora si gira e sorride a Sarti Antonio. «No, vi seguivo.»

«Ci seguiva» ripete Sarti Antonio a Rosas, seduto dietro.

«Sì, vi seguivo» e guarda ancora il questurino.

«La strada, signora. Stia attenta. Si scivola.» Come avrebbe detto a Felice Cantoni.

«Non si preoccupi, ci sono abituata. E poi ho le gomme da neve.»

«Capito? Lei ha le gomme da neve.»

«Be', se avessi saputo della neve, le avrei montate anch'io, no?»

«No!»

35
FATTI E MISFATTI DI UN'ANTICA NOBILTÀ

Sul portale ad arco che mette nel borgo medioevale di Guiglia, c'è ancora l'aquila estense. E nella piazza, il monumento ai caduti per la Resistenza, che qui sono stati molti e molte le fucilazioni da parte dei nazisti. È di moda dimenticarli perché, dicono, "tutti i morti sono uguali". Io ci credo poco, ma conto poco anch'io.

Non so come Rosas conosca i titolari della Lanterna, ma fatto sta che lo accolgono come un vecchio amico. Lo stesso fanno con chi lo accompagna.

Li trascinano dentro, al caldo, e mettono davanti ai tre un bicchiere di vino a testa e, poco dopo, un borlengo a testa, «in attesa che vi prepariamo da mangiare» dice Ivano.

Non sto a spiegarvi cos'è il borlengo perché non capireste. Il borlengo non si spiega: il primo va assaggiato lentamente per rubarne sapori e profumi, il secondo gustato con calma per assaporarlo come si deve e il terzo va mangiato. Accompagnati con il rosso di queste colline. Non servono le posate. Bastano le dita. E fra un bicchiere e un borlengo, Flora si spiega. Se no, Sarti Antonio, sergente, non riuscirà a gustare un pranzo destinato a restare memorabile nella sua squallida vita culinaria fatta di panini, scatolette di chissà quali porcherie e rari decenti pranzi dal Lercio.

Dopo il primo borlengo e il terzo sorso di rosso, Flora comincia così: «Vi chiederete perché vi ho seguito». Non so Rosas, ma Sarti Antonio, sergente, se lo chiede di sicuro. Non ha fatto altro da quando sono finiti nel fosso.

«Anch'io sono convinta che il mio Pier sia innocente e non vorrei che la convinzione del conte sulla sua colpevolezza vi mettesse su una pista sbagliata.»

Arriva il secondo borlengo e sospende le spiegazioni. Ci vorrà un po' per conoscere tutto il pensiero della ex bella donna, Flora, sui cruenti fatti che hanno portato i tre a pranzare in quel di Guiglia.

«Avrete capito che i rapporti fra il conte e Pier non sono quelli normali fra padre e figlio.» Be', non ci voleva molto. «Avete saputo che Pier non è suo figlio...»

«È stata la prima cosa che il conte ha precisato» dice Rosas.

«Ma non sapete come e perché.»

Ce lo racconta lei, fra il terzo, e ultimo, borlengo.

Per non farla troppo lunga, le cose andarono così: Pierferdinando, dopo la morte di Artemisia, sposò Berenice. I due sposi scoprirono presto di non poter avere figli. Per colpa del conte.

«Non perché fosse impotente, che, anzi, il conte ha avuto una vita sessuale piuttosto intensa: Parigi, Berlino, Vienna... ovunque ci fossero belle donne, là c'era il conte Pierferdinando Tagliacozzi del Paleotto e anche oggi, con gli anni che ha...» e donna Flora tralascia per non cadere nello scandalo. «Poi Berenice ebbe un figlio... non si è mai saputo da chi.»

Il conte, per nulla disposto a riconoscere un erede non suo, non lo accettò mai, come non si occupò più della moglie semidemente e la lasciò al suo destino. Ancora oggi, sempre a detta di donna Flora, il conte è ricchissimo, ma chiuso e burbero, legato al suo passato e non ama l'attuale mondo. Sta quasi sempre in villa e si occupa dell'acetaia e delle collezioni d'arte.

«Come avrete capito, io sto con il conte da quando Berenice pensò bene di affogarsi nella botte madre dell'acetaia. Ma anche prima, fin dalla morte di mia sorella, fra noi c'era una certa simpatia. Poi arrivò Berenice. Veramente molto bella.»

Adesso che sappiamo tutto (o quasi, perché è difficile entrare completamente nei segreti della nobiltà) degli intrallazzi di un'antica famiglia, che ce ne facciamo?

Mi piacerebbe chiederlo a Sarti Antonio, sergente, ma lui ha altro per la mente e di colpo grida: «Ecco, ecco dove l'ho incontrata, signora contessa!».

Rosas e donna Flora si guardano. Poi lei dice: «Essere l'amante di un conte, se pure per molti anni, non dà diritto a fregiarsi del titolo. Non mi chiami contessa».

Sarti Antonio, sergente, non sta ad ascoltarla. «Sissignore, io l'ho incontrata in tribunale, il giorno della sentenza! E lei mi ha chiesto... No, mi ha ordinato di togliermi dalla porta e di lasciarla passare.»

Non mi sembra che donna Flora, quel giorno in tribunale, abbia fatto un discorso lungo. Si era limitata a un "permesso" dal tono perentorio, al quale il mio questurino aveva risposto con un timido "scusi, signora" e si era tolto dalle palle.

«C'ero, c'ero» conferma donna Flora. «Al conte non l'ho mai detto, ma ho seguito l'intero processo. Un modo per vedere Pier tutti i giorni. Gli ho voluto bene. Gliene voglio ancora e darei chissà cosa per aiutarlo.»

«Be'» dice Rosas «intanto testimoniando che il prof non potrebbe aver avuto gli spilloni da piantare nelle pupille di Elisa perché non è mai entrato nelle stanze del tesoro.»

«Lei come lo sa?»

«Me lo ha detto lui.»

Donna Flora ci pensa su mentre in tavola arrivano delle piccole e fragranti crescentine fritte e il discorso potrebbe finire lì. Ma: «Non è del tutto vero. Pierfrancesco era ancora bambino e il conte lo portò nelle stanze blindate. In quell'occasione raccontò al piccolo come era venuto in possesso del prezioso materiale archeologico».

Rosas insiste: «Non è facile entrare là, con tutte le protezioni che il conte ha fatto installare. Lei ci riuscirebbe?».

«Mi ha messo nella lista dei sospetti?» sorride donna Flora. «No, io non ci riuscirei, ma forse Pierfrancesco...»

«Da che parte sta, signora?»

«Dalla parte di Pierfrancesco ma, se dicessi che lui non è in grado di entrare nelle stanze, mentirei e un buon pubblico ministero non faticherebbe a dimostrare il contrario. È un rischio che non voglio correre.»

«Ma sono anni che il prof non incontra il conte, non va alla villa...»

«Sì, questo lo posso testimoniare.»

«... e non sappiamo quando gli spilloni e il resto siano stati rubati.» Poi Rosas ha un sospetto: «E neppure sappiamo se sono stati veramente rubati».

A Sarti Antonio, sergente, non va giù di essere emarginato in un'indagine che poi, in fondo, è tutta sua. Anche se non ufficialmente. Interviene: «Perché il conte non ha denunciato il furto? Adesso noi sapremmo quando e come è avvenuto. E forse sapremmo anche chi lo ha derubato».

Rosas guarda il mio questurino come si guarda un povero di mente e si rivolge a donna Flora: «Capisce perché la maggioranza dei delitti restano senza colpevole?».

«Che cazzo dici!» Poi Sarti Antonio si scusa con la signora.

Rosas spiega: «Sì, andava alla polizia a denunciare che gli avevano rubato prezioso materiale archeologico che molti anni prima era stato a sua volta rubato da un museo. Solo tu puoi avere delle idee così».

Il vino comincia a dare i suoi frutti e i tre riescono a godersi il pranzo.

Escono dalla Lanterna alle cinque del pomeriggio, è un freddo bestia, il cielo è stellato, il castello è illuminato e, avvenimento incredibile, per la prima volta nella storia dei rapporti con Rosas, Sarti Antonio, sergente, non ha pagato. E non ha pagato il talpone e non ha pagato donna Flora Breventani. S'infittisce così il mistero su cosa leghi il talpone al popolo di Guiglia. E a quelli della Lanterna in particolare.

Dei tre, il mio questurino ha bevuto di più. Forse perché non deve guidare. Dice, con tono impastato: «Ci vorrebbe un po' d'aria fresca».

«Guarda che c'è, c'è ed è gelata» assicura Rosas. Trema nella sua giacchetta leggera e nei sandali sbrindellati. «È che tu hai bevuto troppo.»

«Due passi ci faranno bene» dice donna Flora. «Vi porto nel balcone sulla pianura. Una visione da sogno.»

Ha ragione. La piazza finisce contro un parapetto di mattoni. Sotto c'è il volo di una pianura illuminata fino a chissà dove. Forse fino al mare. O alle Alpi. Città, paesi, spazi bui e poi ancora strade e ancora buio e la Ghirlandina illuminata, a metà strada fra qui e l'infinito. Nel freddo di una sera d'inverno, sulla valle del Panaro.

In auto e lungo la discesa che porta a Vignola e poi, si spera, a Bologna, Rosas ha ancora voglia di insistere. Evidentemente c'è qualcosa che lo tormenta, che non gli torna nella lacrimevole storia della nobile casata Tagliacozzi del Paleotto.

«Quando il conte creperà...» Donna Flora lo guarda e il talpone, che quando vuole non ha alcuna sensibilità, insiste: «Quando il conte creperà, a chi andranno le ricchezze della casata?».

Per un po' donna Flora non risponde. Poi ferma l'auto in uno slargo della provinciale, spegne il motore, mette diligentemente il freno a mano e le luci di soccorso, si gira in modo che anche Sarti Antonio, sergente, possa sentire e chiede: «Lei sa qualcosa in proposito?».

«L'unica cosa che so è che prima o poi anche i nobili crepano» e, stabilita questa verità, insiste: «Allora?».

«Il conte non ha più molto da vivere. Tempo fa è andato, come più volte ogni anno, in una casa della salute in Svizzera per alcuni esami. I risultati sono stati chiari: non ha molto da vivere. Mesi, forse un anno.»

Alla notizia, Sarti Antonio, sergente, vorrebbe esternare il suo inutile ma civile cordoglio. Incivilmente Rosas lo precede: «Non ha risposto alla mia domanda: cosa succederà quando il conte se ne andrà?».

«Pierfrancesco è l'unico erede. Ce ne sarà anche per me, se è questo che le interessa. Ho passato la mia vita all'ombra del conte.» Ci fa su una pausa, che serve a creare l'attenzione necessaria, e poi: «È stata la consapevolezza della sua prossima fine che ha spinto il conte a cercare una riconciliazione con Pier. Una mattina... Era una mattina dolcissima, di quelle che capitano da noi in primavera e che ti lasciano dentro il segno per l'intera giornata. Facevamo colazione sotto il porticato della villa. Mi disse, improvvisamente: "Se Pierfrancesco trovasse una buona compagna... Se si sposasse, la nostra casata non si estinguerebbe e il nome dei Tagliacozzi del Paleotto non si perderebbe nell'oblio del futuro". Rimasi molto sorpresa: non lo avevo mai sentito parlare con tanta malinconia». Il ricordo la rattrista e per un po' pensa al suo futuro prossimo.

Poi, in tono sommesso, racconta come, per soddisfare il desiderio di un moribondo, abbia cercato Pierfrancesco per fissare un incontro fra padre e figlio.

«Ho trovato Pier disponibile e abbiamo fissato una data. Ma a quell'incontro non si è presentato. Non ho avuto il tempo di chiedergliene il motivo perché qualche giorno dopo lo hanno arrestato. È andata così e ora non serve piangerci su. Il conte si arrabbiò molto e ordinò a tutti, in villa, che in sua presenza non si nominasse mai più "quel bastardo". Disse proprio così, "bastardo". È stata la prima volta che ho sentito chiamare bastardo Pierfrancesco. E ne ho vissuti di anni a fianco del conte!»

«Quando doveva esserci l'incontro?» chiede ancora Rosas, del tutto insensibile ai drammi della nobiltà.

«Pochi giorni prima che la povera ragazza venisse trovata... facesse la brutta fine che ha fatto.»

Rosas si gira per coinvolgere il questurino, sul sedile

posteriore, in quello che sta per dire. Che è: «L'incontro era al Bellavista?».

Ancora una volta sorpresa, Flora lo guarda, mette in moto e riprende il viaggio. «Sì» dice «al Bellavista. Ma lei come lo sa?»

Anche Sarti Antonio è sorpreso, ma non chiede. Farebbe una figura di merda. Fa anche lui una domanda. Per non essere da meno: «In quale clinica?».

Flora sorride triste. «Vuole controllare tutto. È giusto, è il suo mestiere.»

«Dove sono stati eseguiti gli esami clinici dei quali ci ha appena parlato?»

«Alla Clinique du Lac di Locarno. Da anni il conte ci passa quindici, venti giorni... Sostiene che si disintossica dalla malavita che lo circonda. Forse l'ultimo soggiorno sarà veramente l'ultimo.»

È molto gentile e scarica i due dinanzi al portone di casa Sarti. Poi donna Flora riprende la strada per Villa Strana. Domani il mio questurino chiederà alcune spiegazioni al talpone. Domani, perché adesso è troppo invornito dalla fatica e dal pranzo per discutere. E magari per arrabbiarsi.

Domani si occuperà anche del recupero dell'auto. O forse non lo farà mai. Non sarà una gran perdita.

Nelle chiacchiere, che non so a cosa porteranno, e nell'euforia del cibo e del vino, non ho descritto, come s'usa ormai, l'abbondante pranzo. Sono negato per l'arte culinaria.

È stato Sarti Antonio, qualche giorno dopo, che ne ha chiesto a quelli della Lanterna. Gli hanno risposto con una lettera:

Carissimi tutti voi,
tralasciando i borlenghi che non fanno parte del pranzo ma sono un di più, avete cominciato con il gnocchino fritto. Pezzetti di sfoglia poco più grandi di un francobollo, fritti in olio d'oliva e conditi con scaglie di parmigiano e aceto balsamico tradizionale.

Poi vi abbiamo servito dei tortellini cotti in autentico brodo di cappone e accompagnati da un buon pignoletto dei nostri colli.

Il secondo era una cacciatora di pollo e coniglio ruspanti, con crescentine nelle tigelle al posto del pane. Poi, per non lasciare lì le crescentine nelle tigelle che erano rimaste, le avete mangiate condite con abbondante pesto di lardo, aglio, rosmarino e una spolverata di grana.

Noi tutti, qui, siamo convinti che la vostra momentanea amnesia sia dovuta al troppo lambrusco Grasparossa che avete bevuto per mandare giù le crescentine nelle tigelle.

Come dolce avete assaggiato alcune porzioni del nostro dolce, l'istrice di zabaione cotto in un velo di panna montata e ricoperto con mandorle abbrustolite. Probabilmente l'istrice non andava giù bene e così lo avete aiutato con alcuni (volete sapere quanti?) bicchierini di nocino, ricetta della nonna, fatto con le nostre noci raccolte all'alba del 24 giugno, il giorno di San Giovanni, ancora umide di rugiada.

Sperando di rivedervi presto, vi facciamo tanti auguri di buone feste.

Ivano, Mario e Laura della Lanterna

Siamo già alle feste di Natale! Ci volevano quelli della Lanterna per ricordarlo al mio questurino. E il prof le passerà in galera, nonostante gli sforzi di Sarti Antonio, sergente, e l'interessamento, chissà perché tanto insistito, del talpone Rosas.

36
L'OCCHIO DI SATANA E IL MANTO DELLA VERGINE

Che cosa c'è dopo la rivoluzione? Dopo la rivoluzione c'è la restaurazione. È alla restaurazione che il prof pensa il giorno dopo la storia di Bocciapersa impiccato e di Menelik versione Far West.

Restaurazione non significa che le cose saranno come prima, perché le cose non sono mai come prima. Adesso c'è un suicida in più e alcune sanzioni che prima non c'erano. Niente più cortile in libertà, per esempio, il che non è nemmeno una gran perdita, visto il freddo e la neve che ha coperto tutto il campo di calcio e le garitte delle guardie. Niente più biblioteca e niente più lezioni di lingua per un po'. E anche questo non sarà del tutto sgradito agli ospiti del carcere, che riusciranno a farsene una ragione senza troppe sofferenze. Sospese le proiezioni cinematografiche settimanali ma i programmi televisivi non sono stati toccati: un eccesso di rigore rischierebbe di suscitare una nuova sommossa.

I provvedimenti sono stati comunicati dalla direttrice per altoparlante, con voce ferma e priva di commozione. Solo qualche parola di circostanza per la morte del povero Bocciapersa e l'annuncio di un'inchiesta sugli incresciosi fatti verificatisi nell'infermeria.

Insomma, cominciano, con un po' d'anticipo, i regali di Natale. Il Dodo si vestirà da Babbo Natale, e Flip farà la Befana. Merda, non fa ridere.

Filippo entra con un gran sferragliare di chiavi e serrature. Sarebbe più semplice lasciare le porte sempre aperte, o chiuderle solo alla sera. Così è stupido, doverle aprire ogni volta. Dove possono mai fuggire i carcerati?

Filippo entra come tutti i giorni in silenzio e appoggia una sportina di plastica sulla branda vuota che è stata di Tano.

«Che cos'è?» chiede il prof alzandosi in piedi.

«Le sigarette, la cioccolata, le riviste, e il resto.» La voce di Filippo è spenta e strascicata come un lamento.

«Vuoi qualcosa? Un po' di cioccolata?»

Filippo scuote la testa.

«Ho saputo di tua figlia. È stata una cosa...» Il prof non sa come terminare e muove solo le mani. Vorrebbe dare l'idea di una cosa atroce, incommensurabile, indicibile, ma non trova le parole.

Filippo fa sì con la testa e si volta verso la porta.

«Filippo, io non l'ho uccisa quella ragazza, non sono stato io.»

«E allora chi l'ha uccisa?» chiede Filippo con gli occhi rossi.

«Nessuno lo sa.»

«Nessuno sa mai niente. Uccidono mia figlia e non è stato nessuno, uccidono quella povera ragazza e non è stato nessuno, uccidono di qua e di là, e nessuno sa niente, nessuno ha visto niente.»

«Non sono stato io» insiste il prof.

«Va bene, non è stato lei. Cosa cambia?»

«Volevo solo che lo sapessi.»

«Adesso lo so. Non parliamone più.» Filippo esce curvo sotto il peso del dolore.

Il prof accende una sigaretta e sale sul gradino sotto la finestrina per vedere meglio. Cosa c'è da vedere che non abbia già visto? Il cielo è nero come l'occhio di Satana, la neve è bianca come il manto della Vergine. La neve cade lentamente, ma dalla finestra non si vede dove andrà a posarsi. Il prof sa che sotto c'è il cortile, e che il cortile è tutto bianco, e che non si muove niente, e non si ode niente. Ma sapere e vedere sono due cose diverse, e al prof piacerebbe vedere.

Tano se n'è andato. Tano l'ha lasciato solo in quel merdaio.

La direttrice si è rinchiusa nel suo guscio. Cosa starà facendo con tutta quella neve? Al prof vengono in mente i momenti dell'amore, quell'orgasmo che lei ha quasi subito, a denti stretti, senza tirare il fiato, con un semplice sibilo. Il prof non è in grado di dire cosa sia successo, non sa spiegarsi perché la direttrice lo abbia come cancellato, quasi lo rimproverasse di averla fatta godere, di avere instaurato con lei un rapporto vincolante, suo malgrado, di cui ora non sa che fare.

Senza Tano, senza la direttrice. Si sente a disagio il professore, perché non sa cosa aspettarsi dagli altri, e non sa quali sono le proprie capacità di reazione di fronte all'imprevisto.

Il prof, stupidamente, senza alcuna ragione, controlla che nella cella non ci sia nessuno, poi va a frugare in un cassetto.

Per la prima volta osserva con attenzione il bottone caduto dalle mani rattrappite di Bocciapersa. È un bottone piccolo, da calzoni o da pullover, ma insolito, e prezioso. Ha la forma di un quadrilatero, di una losanga, apparentemente di lacca nera, incisa con una serie di linee bianche e sottili che dovrebbero formare un disegno, un simbolo forse, o un'iniziale. In ogni caso appare indecifrabile. È troppo piccolo. Ci vorrebbe una lente. Non ha mai visto un bottone del genere.

Ripensandoci, Flip ha ragione. Probabilmente ha ragione. Bocciapersa è stato ucciso. Ha lottato, povera anima, si è difeso, ma in quella lotta impari e disumana l'unico danno che è riuscito a infliggere al suo carnefice è stato quello di strappargli un bottone e di tenerlo stretto in mano mentre lui lo issava sulla sedia, di sigillarlo tra le sue dita da scheletro mentre lui gli passava il cappio intorno al collo, di spedire nei muscoli della mano tutto l'ossigeno che gli restava.

Non sa cosa fare il prof di quel bottone. Dovrebbe consegnarlo alla direttrice, da passare poi agli inquirenti, ecco una soluzione ragionevole. Ma il prof diffida delle soluzioni ragionevoli, e soprattutto diffida della legge. Perché la legge, essendo un fatto sociale, non persegue né la morale né la verità, ma solo l'accettabilità di un sistema.

Insomma, il prof non ha voglia di privarsi del bottone per consegnarlo a chi di dovere. Ha l'impressione che non riuscirebbe in nessun caso a modificare il giudizio della commissione di inchiesta: morte per suicidio. Del resto, ha senso complicarsi la vita per uno come Bocciapersa, povero, squallido, miserabile delinquente di serie B, socialmente dannoso e pederasta?

Bene, non si consegni nulla alla polizia, si taccia il particolare del bottone, lasciamo che le cose procedano come devono procedere. Lasciamo che l'ingiustizia faccia il suo corso.

Il problema serio tuttavia è un altro. Se Bocciapersa è stato ucciso, significa che esiste un assassino. Chi voleva uccidere Bocciapersa, e perché? Potrebbe agire di nuovo, contro un altro?

Più ci pensa, più le cose paiono senza senso al professore. Bocciapersa non può essere stato ucciso a scopo di furto, visto che possedeva solo gli occhi per piangere. Non può essere stato ucciso per vendetta: quale sgarbo può avere mai commesso uno che aveva paura di un battito di ciglia? Bene, via il furto, via la vendetta. Cosa rimane? La gelosia. Per carità, Bocciapersa era veramente contro ogni tentazione. Del resto, non gli si conoscevano avventure prima dell'arrivo di Flip. Povero Bocciapersa, perfino il carcere lo rifiutava. Nemmeno a un detenuto ha mai suscitato il benché minimo desiderio sessuale.

Non ha senso. L'omicidio di Bocciapersa non ha senso. Bisognerebbe chiedere a Flip, sentire da lui. Forse Bocciapersa sapeva cose che non avrebbe dovuto. O visto cose che non avrebbe dovuto. Chiedere a Flip. Non appena si sarà rimesso dallo choc e sarà in grado di spiccicare una parola che non sia un'insolenza o una bestemmia.

Il prof arriva a una conclusione che gli pare onesta: il bottone resta con lui fino a che gli eventi non lo costringano ad agire altrimenti. Gli sembra una soluzione equa. Equa, equa... Cazzo, no!

Qualcuno bussa alla porta della cella. Di solito nessuno bussa. Si apre e basta.

Il beneducato è il prete del carcere, don Marino, il quale non sa se andare o stare. Alla fine decide per un interlocutorio "il Signore sia con te" e il prof dice: «Si accomodi, padre».

Il prete si accomoda su una sedia di paglia sfilacciata, il prof si siede sul letto. Il prete è il nulla: né piccolo né alto, né grasso né magro, né triste né allegro, né con la barba né senza, né questo né quello. Gli occhi sfuggono senza posa l'interlocutore e cercano rifugio nel libro nero che il prete porta sempre con sé. Potrebbe essere una Bibbia, o un messale, o magari anche, perché no?, l'integrale di Emmanuelle Arsan.

Il prete si schiarisce la voce e chiede: «Mi deve dire qualcosa, figliolo?».

«Niente, padre.» Il prof allarga le braccia. «Niente, no. Dovrei?»

«Pensavo... speravo... Va tutto bene? Ho saputo delle recenti vicende che l'hanno vista protagonista.»

«Ho solo cercato di aiutare un suicida e di confortare un afflitto. Non sono stato protagonista di niente.»

«Ma ha contribuito a sedare la rivolta. Non è cosa da poco.»

«Oh, padre, non facciamola più grande di quello che è. Rivolta non è la definizione esatta. Si è trattato solo di uno sfogo, nient'altro. Neanche tanto ingiustificato, del resto. Uno sfogo, un eccesso di malumore.»

«Ma Menelik si è impadronito di un fucile e ha sparato! Come fa a dire che non si è trattato di una rivolta?»

«Davvero crede che le cose siano andate così? Chi glielo ha detto?»

Il prete si stringe nelle spalle. «È quello che si dice in giro.»

«Scommetto che è la versione del governo.»

«Lo dicono tutti.»

«La realtà è che Menelik si divertiva da matti ad azzuffarsi con le guardie, una delle quali, colpevolmente, si è lasciata sfuggire dalle mani il fucile. Menelik l'ha raccolto e gli è scappato un colpo che ha devastato il soffitto. Così sono andate le cose. Né più né meno.»

«Bene» dice il prete e rimane in silenzio.

«Come mai è venuto a trovarmi, padre?»

«Perché me lo chiede? È mio dovere.»

«Voglio dire: perché proprio oggi?»

«Non so, non c'è un perché. Avevo pensato di venire già da un po' di giorni.»

«Ah, ecco.»

«Si direbbe che non mi creda. Cosa sospetta?»

«Non vorrei che Menelik e gli altri pagassero per colpe che non hanno. Anzi, per errori compiuti da altri.»

«Lei la vede così?» si stupisce il prete.

«Le cose sono così. Lei parla di rivolta. Ma dove è stata questa rivolta? Il novanta per cento dei detenuti non sa nemmeno cosa è successo. Il resto è stato solamente una zuffa di una decina di persone tra guardie e detenuti. Quanta gente è finita all'ospedale? Nessuno. Ci ha pensato? Una rivolta che nasce e finisce in dieci minuti e non ci sono né feriti né tantomeno morti. Che rivolta è? Perché non parlare di provocazione, invece?»

«Provocazione? Non credo di seguirla, professore.»

«Incuria, disinteresse, superficialità, approssimazione, se preferisce. Bocciapersa era una persona fragile, debole, facile alla depressione. Era sempre ammalato. Uno così non lo si lascia solo per ore, non lo si lascia senza farmaci, non si impedisce al suo amante di vederlo. Questo invece è quello che ha fatto la guardia medica. Il dottore se n'è andato a farsi un paio di whisky alla mensa, poi è passato in sala giochi a vedersi la tivù. L'infermiere era con lui.»

«Ma le condizioni dell'ammalato non erano gravi, non giustificavano una sorveglianza continua. Chi avrebbe potuto immaginare...»

«Bocciapersa era stato abbandonato in camera. Non solo non c'era corpo medico o paramedico, ma non c'erano nemmeno altri ammalati. Lui era solo. E tutti sanno che Bocciapersa quando stava da solo viveva terrificanti crisi depressive.»

Il prete spalanca gli occhi in un atteggiamento di incredulità.

«Vuol farmi credere che hanno fatto apposta a lasciarlo da solo, sperando in un suo gesto tragico?»

Il prof non risponde. Adesso è sicuro che si è trattato di omicidio: nessuno presente in infermeria, nessun medico, nessun malato, nessuna guardia. Un paziente dai nervi inesistenti. Un prete che saggia il terreno. Un bottone nella mano. L'hanno ucciso.

«No» dice infine il professore sospirando «dico solo che non è in questo modo che ci si prende cura degli ammalati.»

Il prete si alza, pronto al congedo. «Allora è così che lei la pensa» dice sottovoce.

«Dica a chi l'ha mandato che io la penso così.»

L'incontro con il prete ha reso il prof nervoso. In realtà probabilmente il prete c'entra poco, ma c'entrano molto gli eventi del giorno prima. Il prof è sicuro che Bocciapersa sia stato ucciso. La cosa gli sembra impossibile, ma le alternative sono poche. Chi ha mandato il prete? E perché? Una risposta difficile e una facile. La facile: l'hanno mandato per sapere quale sarà la versione del prof nel caso di una inchiesta giudiziaria. Quella difficile: chi è stato non lo sa. Forse la direttrice, ma non gli sembra il tipo, forse la guardia accusata di avere abbandonato il fucile. Oppure l'assassino.

37
LA TECNOLOGIA È UN UMANESIMO

Adesso il prof ne è convinto: per tutto il periodo della carcerazione preventiva in attesa del processo gli hanno somministrato medicine e pozioni debilitanti. Ora, per la prima volta dopo tanti mesi, comincia a stare bene, si sente in forze, è lucido, la memoria è ritornata. Chissà perché qualcuno ha sentito il bisogno di infilargli nel brodo filtri e bromuri. Volevano predisporlo alla condanna, rassegnato, senza correre i rischi di una difesa esasperata? O forse temevano un suo gesto estremo, preso nella morsa della vergogna e della disperazione.

Gli sembra che il riscaldamento non funzioni troppo bene. Esamina il termosifone, appena tiepido, e cerca di girare la manopola e lo sfiatatoio, ma niente, tutto bloccato.

Gli piacerebbe sentire della musica. Finora non gli è mancata la musica, ma adesso si stenderebbe volentieri sul letto ad ascoltare una musica lenta e soffice, non troppo grave, una musica da immagini, nostalgica, che suscitasse l'idea del passato, non proprio del passato, ma delle cose perdute.

Quando è entrato in carcere gli è stato consegnato una sorta di decalogo a cui attenersi se non voleva incorrere in punizioni esemplari: niente armi, niente coltelli, niente corpi contundenti, niente computer, niente e-mail, niente telefonini, niente televisione, niente radio, niente droga, niente donne, e niente un sacco di altre cose. Sono ammessi: libri, giornali, quaderni, matite e penne, una messa la domenica e chiacchiere a volontà. Più la televisione in comune e la partitina di pallone quando il tempo lo permette.

Si è messo in testa di imparare a memoria la *Divina commedia*. Una volta aveva sentito di un pastore che la sapeva a memoria. L'aveva imparata nei lunghi periodi solitari che passava ai pascoli con le pecore. Bastava dirgli, per esempio, "Inferno 3" che lui partiva con "Per me si va nella città dolente" e non si fermava più. Non bisognava però chiedergli cosa significassero i versi che recitava: non ne aveva la minima idea. Gli piaceva solamente il suono di quelle parole che non capiva.

Ma non è giorno da *Divina commedia*, questo. Sarebbe piuttosto giorno da passeggiata in centro per librerie, da aperitivo in piazza Maggiore, verso sera, da giro per guardare le vetrine e fare considerazioni scontate sulla società dei consumi. Per un aperitivo in piazza Maggiore con Elisa.

Il prof si alza a sedere sul letto. Si strofina gli occhi, si guarda intorno. Forse è il caso di mettere un po' in ordine la cella, a cominciare dalla sportina di plastica che gli ha portato Filippo. Il prof getta i giornali sul letto, mette le due stecche di sigarette sulla mensola accanto ai libri, e la cioccolata sulla mensola piccola, quella che gli serve da comodino. Troppa cioccolata. Due stecche grandi di Lindt fondente, cioccolatini vari e un pacchetto quadrato che dovrebbe contenere altri cioccolatini. "Troppa cioccolata, cazzo" pensa il prof scartando il pacchetto dalla sua bella carta lucida dai mille colori.

Non è cioccolata. È un telefonino.

Il prof torna a guardarsi intorno, come in cerca di qualcuno che gli possa spiegare il chi, il come e il perché.

Il primo istinto è di cercare un biglietto, una frase, un segno che lo illumini, il secondo è di nascondere immediatamente l'oggetto sotto il materasso del letto di Tano. Il prof si ricorda di un consiglio di Tano: se ricevi un qualunque oggetto proibito, fai in mille pezzi il contenitore, poi buttalo nel cesso, se è possibile, se no brucialo. Il prof, a fatica, sminuzza il cartoncino della scatola e poi brucia i pezzetti, a uno a uno, e getta la cenere nel cesso.

Niente bigliettino, niente segnali. Un telefonino nuovo e anonimo è nascosto nella cella del prof.

Il prof non ha il coraggio di prendere in mano l'oggetto e di esaminarlo a fondo. Il messaggio potrebbe nascondersi dentro al telefonino stesso.

Adesso pensa, e fa ipotesi a rosario. Ma soprattutto non trova il modo di mettere una pezza a quella cappa di sensi di colpa che gli fa sgradevolmente compagnia. È in possesso di un telefonino, che è vietato, e nasconde una prova di reato, che è peggio che avere commesso il reato stesso. Se prima il bottone trasmessogli da Bocciapersa gli scottava le dita, adesso, con l'aggiunta del telefonino, si sente bruciare tutto come Eracle sotto il mantello di Deianira.

Il prof ode nel corridoio dei passi e un tintinnare di chiavi. I passi si fermano davanti alla sua cella e le chiavi cercano la serratura.

È un giorno molto movimentato. Anche in carcere evidentemente ci sono giorni così, dove non stai in pace un minuto. Prima Filippo, poi il prete, poi il telefonino, adesso un'altra visita.

Filippo. Di nuovo. Se continua a venire da lui con quella frequenza cominceranno a pensare che hanno una relazione.

«O, Filippo» dice il prof «cominceranno a pensare che abbiamo una relazione.»

Filippo non capisce e non sorride. Fa il solito cenno col capo che significa "andiamo", e aspetta in piedi sulla soglia curvo come un salice d'autunno. È il rituale che Filippo riserva alle richieste della direttrice.

Il prof controlla che nulla sia in disordine nella cella, e soprattutto di non avere dimenticato in bella vista il cellulare.

Mentre percorrono il corridoio a passi lenti, il prof ripensa all'ultima volta che ha percorso quella via. Il Dodo sembra scomparso dalla circolazione. Sono due giorni che non lo si vede.

Prima di farlo entrare Filippo gli sussurra: «Dopo che ha parlato con lei, vada in piscina. Lo dice il Jab».

Questa volta l'ufficio della direttrice è illuminato a giorno. Sopra una pila di documenti spicca un piccolo albero di Natale tutto colorato. L'albero è di plastica, gli aghi dell'abete finto sono finti, le palle sono finte, la neve è finta. Ma le lucine che si accendono e si spengono a intermittenza sono vere.

Il prof dice: «Bello!».

La direttrice è in piedi accanto alla finestra e ha l'aria di osservare con attenzione ciò che accade al di là dei vetri. «Vieni a vedere» dice.

Il prof si avvicina e guarda dalla finestra.

«Nevica» osserva.

«Nevica forte.»

I due restano in silenzio, immobili, accanto alla finestra. L'ufficio della direttrice deve essere nella parte posteriore del carcere, perché dalla finestra si vede solo un sentiero farsi strada attraverso una spianata brulla e finire sul limitare di un bosco, molto lontano.

«Chi passa da quel sentiero?» chiede il prof.

«Nessuno ci passa più da anni. Una volta ci passavano i pastori. Di là, oltre quella macchia, c'è il mare. Non so nemmeno se riuscirò a tornare a casa, stasera.»

«Una volta ho sentito di un pastore che sapeva a memoria la *Divina commedia*» dice il professore.

«E cosa se ne faceva?» chiede la direttrice guardandolo negli occhi, meravigliata.

«Declamava a voce alta i versi di Dante per fare venire sera e tornare a casa con le sue pecore. Era un modo per far passare il tempo.»

«Non ho nemmeno le catene da neve» continua la direttrice.

«Neanch'io ho le catene da neve. Ho solo quelle normali da carcere» fa il professore, sperando che la battuta serva a qualcosa.

La direttrice affonda la testa sulla sua spalla e dice: «Abbracciami».

Il professore la stringe, e i due rimangono così a lungo, senza parlare. O forse lei ha parlato, ha sussurrato qualcosa, ma la voce si è persa sul petto di lui e magari lei non voleva nemmeno essere udita. Lui però ha sentito il fiato caldo della donna attraversare la lana della camicia e fare un piccolo forno sulla sua pelle.

Poi la donna lentamente si stacca da lui e va a sedersi alla scrivania. «Non abbiamo tempo per queste cose» dice con un sospiro. «Siediti. Vuoi una sigaretta? Qualcosa da bere?»

«Una sigaretta, sì. Niente da bere. Cosa mi devi dire?»

«Ci sarà un'inchiesta per i fatti di ieri» dice la direttrice.

«Per cosa? A cosa può servire un'inchiesta? Alcuni detenuti, esasperati per il criminale comportamento del personale medico, hanno fatto casino e sono volate alcune sberle. Finito. Che altro? C'è bisogno di un'inchiesta per questo?»

«Non è così semplice» sospira la direttrice.

«Quali sono gli scopi dell'inchiesta? Stabilire le cause della morte di Bocciapersa o determinare l'entità della rivolta?»

«Bocciapersa si è suicidato. Per questo basterà un certificato medico e l'autopsia.»

«Non vi siete chiesti perché ha voluto uccidersi, Bocciapersa?»

«Prima o poi doveva accadere. Bocciapersa era sull'orlo del suicidio da sempre. Che il medico o l'infermiere fossero assenti è solo un caso. Va bene, c'è stata una certa negligenza da parte del personale di sorveglianza, ma non sono loro la causa della morte di quel poveraccio. Prima o poi l'avrebbe fatto ugualmente.»

«Oh, cazzo!» fa il prof con un gesto di fastidio.

«Che significa "oh, cazzo" detto in quel modo?»

«Bocciapersa non si sarebbe mai ucciso! Non era uomo

da uccidersi. Era malato, era depresso, ma aveva trovato una ragione di vita. Aveva trovato chi si prendeva cura di lui e chi lo coccolava quando era in crisi, chi ascoltava le sue lamentele e le sue lagne.»

«Flip?»

«Certo, Flip. Avresti dovuto vedere la faccia di Flip quando ci ha detto che Bocciapersa era in infermeria. Sembrava un cane bastonato. Quei due si amavano, capito? Bocciapersa per niente al mondo avrebbe rinunciato all'amore di Flip. Non lo avrebbe mai lasciato solo. Bocciapersa era un lagnoso, non un suicida.»

«Forse» dice la donna «ma sono solo ipotesi. Chi può dire cosa passa nella testa della gente? Un momento di sconforto, di depressione e, *zac!*, è fatta. Chi può dirlo?»

Il prof esita. Non sa se mettere la direttrice a parte dei suoi sospetti. Alla fine decide di non farne niente. Aspettare. Vedere come vanno le cose. Prendere tempo.

«Non vorrai mettere sotto accusa quei quattro o cinque disgraziati che hanno protestato per la morte di Bocciapersa.»

«Qualcuno ha sparato.»

«Senti, lo sai anche tu, c'eri, hai visto come sono andate le cose. Menelik ha sparato in aria solo perché si è eccitato ad avere un fucile in mano. D'accordo, i detenuti hanno esagerato nella protesta. Li hai già puniti portandogli via il calcio, il cinema e il resto. Non basta? Non è sufficiente? Finiamola lì e chiudiamo il caso.»

La direttrice gioca con l'accendino.

«Potrei anche essere d'accordo. Ma non so cosa potrò fare. C'è sempre la commissione ministeriale, e lo sai anche tu cosa ne pensa il ministro della disciplina nelle carceri. È un po' fascista.»

«No, è solo stupido.»

«C'è differenza?» chiede sorridendo la direttrice.

«Sì. Non tutti i fascisti sono stupidi, ma tutti gli stupidi sono fascisti.»

«Me lo ricorderò.»

«È un po' di giorni che non vedo in giro il Dodo. Dov'è finito?».

«Non saprei» fa la direttrice improvvisamente sospettosa. «Perché me lo chiedi?»

«Non lo so. È che quando non lo vedo in giro penso male.»

«Posso informarmi, se serve a farti stare tranquillo. Non ha chiesto delle ferie, che io sappia. È in servizio normalmente. Forse fa il turno di notte. Perché ti interessa?»

«Se devo stare in guardia, preferisco conoscere le sue mosse. Non credo di essergli molto simpatico.»

«Sicuramente non sei il suo tipo.»

«Me l'hanno già detto.»

«Ah, sì? Chi te lo ha detto?»

«Tano, fra gli altri, il giorno in cui il Dodo è ricomparso all'orizzonte.»

«Si direbbe che ti sei affezionato a Tano» dice la direttrice con un sorriso ironico.

Il prof ci pensa un momento prima di rispondere. «È vero» dice poi. «Anche se fa ridere, uno come me amico di un delinquente. Però Tano ha qualcosa che quasi nessuno ha. Almeno per quello che posso capire dopo averlo frequentato per poco tempo. È un uomo. Ha il senso della misura, non vuole prevaricare, non attacca briga inutilmente. Ma non ha paura di nessuno.»

«Un uomo è così?»

«Non lo so. Credo di sì. Questo è un uomo. Sì.»

«Beviamo qualcosa.» La direttrice si alza e va a prendere da bere in frigo. «Non ho gin» dice osservando l'interno del frigo.

Il prof guarda la donna che versa qualcosa nei bicchieri. «Mi è venuto a trovare il prete, stamattina» dice assaporando il primo sorso di whisky.

«Don Marino?» chiede sorpresa la donna.

«Sì. Ti stupisce?»

«No. Ma... mi aveva detto che non sarebbe tornato fin dopo Natale. Doveva andare a trovare la sua famiglia, o fare gli esercizi spirituali, non ricordo più. Comunque, non credevo che fosse qui. Voleva redimerti?»

«No. Voleva sapere cosa ne pensavo dei fatti di ieri.»

«Don Marino? E a lui cosa importa?»

«Non so. Tu che ne pensi?»

«Niente» dice la direttrice alzando le spalle e ingoiando una lunga sorsata di whisky. «Non lo conosco bene. Non mi è nemmeno tanto simpatico.»

«Può averlo mandato qualcuno a sondare la situazione?»

«Chi?»

«Non ne ho idea. È un'ipotesi.»

«No. Non mi pare possibile. A chi vuoi che interessi cosa pensi tu di quello che è successo ieri? Che importanza può avere?»

«È quello che mi dico anch'io.»

«Continua a nevicare» dice la direttrice guardando la finestra.

«E tu dovrai passare la notte qua» conclude ironico il prof.

La direttrice fa sì sorridendo.

«Mi piacerebbe farti un regalo per Natale» dice il prof.

«Che regalo ti piacerebbe farmi?» chiede la direttrice con aria seduttiva.

«Un vestito a fiori, degli slip e un reggiseno viola e un sacchetto di noccioline americane.»

«Bel regalo» commenta lei. «Mi piace. Perché proprio quelle tre cose?»

«Perché stanno assieme. Il vestito per toglierlo, il reggiseno e gli slip per toglierli, e le noccioline per mangiarle insieme a letto, nudi.»

La donna sorride scuotendo la testa.

«Ti piace?» chiede il prof.

La direttrice alza gli occhi su di lui. «La vigilia di Natale vado via per qualche giorno» annuncia al prof.

«Ah, ecco. Sì.» Il prof ci è rimasto male. Non che pensasse minimamente che quel suo programma fosse realizzabile. Non sa nemmeno lui cosa sperava.

«Vado a trovare mia figlia.»
«Fai bene. Facciamoci gli auguri prima che tu parta.»
«Sì.»
«È stato bello stare qui oggi» dice il professore.
La donna fa sì con la testa e poi gli volta le spalle. Al professore piacerebbe se lei versasse qualche lacrima.

38
BABBO NATALE

Il jab è un colpo della boxe portato con il braccio in avanti, una specie di diretto, ma senza potenza, un colpo di disturbo o di sbarramento, che adottano in genere quelli che hanno le braccia lunghe e vogliono difendersi dagli assalti di rivali troppo aggressivi. Se usato bene è un'arma micidiale, perché, portato in serie e velocemente, scombussola i piani dell'avversario, gli fa saltare i tempi e gli gonfia gli occhi. Una specie di mosca tze-tze tediosa e inaffondabile.

Jab è anche il soprannome del detenuto Roberto Ribolla, classe 1955, in carcere dal 1990 per avere soppresso con due colpi di pistola la moglie e l'amante sorpresi in atteggiamenti che lasciavano poco spazio al dubbio e che soprattutto il Ribolla non aveva apprezzato.

Il soprannome Jab è dovuto al fatto che in carcere, quando il Ribolla incontra qualcuno, gli tira un jab sulla spalla, a mo' di saluto, un colpo leggero, ovviamente, come un buffetto su una guancia, anche affettuoso, volendo. Il fatto è che il Ribolla era stato un discreto peso piuma negli anni Ottanta, arrivando anche a battersi due volte per il titolo italiano in due incontri sfortunati, che aveva perso il primo per ferita e il secondo per un verdetto scandaloso di cui i giornali parlarono a lungo. Ebbe anche una chance europea, ma il palcoscenico internazionale era troppo per lui: a Berlino fu battuto per k.o. al terzo round da un micidiale picchiatore che di lì a poco avrebbe conquistato il mondiale. Dopo quella sconfitta, il Ribolla si lasciò andare, dissipò in investimenti sciagurati il poco che aveva guadagnato e fu invischiato nel giro della droga e del riciclaggio di denaro sporco.

È proprio il Jab che il prof va a cercare in "piscina", il salone in cui si danno convegno i detenuti per guardare la televisione, giocare a carte e a ping-pong, leggere i giornali sportivi, parlare di donne e perdere tempo in vario modo.

Jab, in piedi, sta osservando a bocca aperta quattro sardi che giocano alla morra, cercando di capirci qualcosa.

«Oh, Jab» fa il prof arrivandogli alle spalle «Come va la vita?»

Jab si volta e gli tira il consueto jab alla spalla prima ancora di averlo riconosciuto.

«E a te, prof, come va l'incontro?» risponde Jab.

«Me la cavo. Sono ancora in parità e non ho beccato ganci pesanti.»

«Meglio così. Mai abbassare la guardia, neanche se l'altro sembra moribondo.»

«E tu?»

«Sono all'angolo.»

«Vieni fuori con il gioco di gambe e muoviti sul tronco.»

«Aspetto il gong.»

«Novità?»

«Ho saputo che è arrivato Natale.»

«Fra qualche giorno» dice il prof fissandolo.

«No, stamattina» sottolinea Jab guardandolo a sua volta in faccia stringendo gli occhi.

Alla fine il prof capisce. «Scusa, mi ero dimenticato. Confondo sempre con l'Immacolata concezione. È vero, è arrivato Natale.»

«Babbo Natale vuole parlare con te. Dice che è tutto pronto, basta solo che tu accenda il camino in camera e aspetti, verso le sei. Stasera. Ah, sta' in campana. Babbo Natale è silenzioso come un frate.»

«Farò come dicono i secondi. Bisogna sempre dare retta ai secondi, no?»

«Sempre. Sono come il padre e la madre.»

«Spero proprio di no. Sarebbe un guaio. Ma come fa ad arrivare Babbo Natale?»

«È il mistero del Natale. Babbo Natale non si sa dove abita, come arriva, come fa ad avere tanti giochi. Però arriva sempre.»

«Grazie, Jab, a buon rendere.»

Il prof guarda l'orologio che sta al centro della parete grande come un sole. Sotto, una guardia col fucile spianato fa da sentinella al tempo.

Mancano meno di due ore alle sei. Il prof si ferma accanto alla Marisa e al Màccaro a guardare un telefilm alla televisione.

«O, Marisa.»

«O, prof.»

«O, Màccaro.»

«O, prof.»

«Come fila?»

«Scivola via che pare unto.»

«Meglio così.»

«Meglio.»

«Gut.»

«Com'è?»

«Quello lì con la testa pelata ha ucciso il marito della figa rossa e adesso vuole uccidere anche lei. Una stronzata.»

«Okay, me ne torno in camera.»

«Quale?»

«Quella rosa, che dà sul mare, da dove si vede tanto di quel pelo da far paura.»

«Anche la sera?»

«Soprattutto la sera, quando la figa scende a slavina per andare a passeggiare sulla spiaggia e trovare qualcuno che gli dia una grattata per la notte.»

«Aspettami, vengo anch'io.»

«Ti aspetto. Te ne tengo un paio in calda.»

Il prof abbandona la compagnia del telefilm. All'uscita della piscina quasi si scontra col Redivivo che entra. Il Redivivo lo guarda con occhi di brace, poi gli fa un sorriso da Gioconda e alza il braccio con ostentazione e consulta l'orologio: «Sono già quasi le cinque, prof. È ora che ti dai una regolata».

«Non ne sarei sicuro, Redivivo. Quell'orologio ha sempre segnato l'ora sbagliata. Del resto, cosa pretendi da una patacca presa da un vu cumprà a tremila lire?»

Il Redivivo sorride a denti stretti mentre il prof lo aggira e se ne va.

In cella appoggia l'orecchio contro la porta per assicurarsi che nessuno venga a disturbarlo proprio mentre si dà da fare col telefonino.

Non è un apparecchio particolarmente raffinato. Però è carico e c'è campo. Babbo Natale doveva esserne al corrente. Il prof controlla se per caso non ci siano dei messaggi. Niente: il telefonino ha proprio l'aria di non essere mai stato usato. Adesso il camino è acceso. Non rimane che aspettare le sei.

Il prof si siede sul letto, nasconde il telefonino sotto la coperta e aspetta. E prega che, in quel giorno così affollato, nessuno venga più a chiedere di lui.

Alle sei e mezzo c'è la cena. Babbo Natale lo sa di sicuro. Difficilmente qualcuno viene a cercarlo prima di quell'ora, ma non si sa mai. Cosa succederebbe se il telefonino si mettesse a suonare proprio mentre passa qualcuno nel corridoio?

Il prof prende in mano un libro e legge. E aspetta.

Il prof guarda il cielo nero e bianco e cerca di immaginare l'ora. Saranno le cinque e mezzo. Saranno le sei meno dieci. Saranno le sei meno qualcosa. Il conto dei minuti e dei secondi lo sfinisce: il libro gli cade dalle mani e la testa si fa pesante. Il prof cerca di stare sveglio. Poi, senza rendersene conto, scivola lentamente sul letto e si addormenta.

Lo sveglia il tremolio della coperta. Il prof si alza di colpo e afferra il telefonino appoggiato accanto al cuscino, appena sotto il lenzuolo.

«Pronto» dice in un sussurro, col fiato in gola.

«Dove cazzo eri finito? Non ti hanno passato il messaggio? Credi che abbia tempo da perdere?»

«Hai imparato a leggere?»

«Va a cagare. E non parlare forte. Ti sento bene. Non c'è bisogno che urli. E non dire mai il mio nome.»

«Non sto urlando, e non c'è bisogno di dirmi di parlare piano.»

«Dimmi le ultime novità.»

«Non ci sono novità. Non di rilievo, almeno.»

«Madonna mia, c'è stata una rivoluzione e tu mi dici che non ci sono novità! Cos'è per te una novità?»

«Ma come hai fatto a sapere...»

«Avanti, prof, non perderti in stronzate. Dimmi della rivoluzione.»

«Non c'è stata nessuna rivoluzione, solo una baruffa.»

Il prof racconta le vicende del giorno prima a Tano, minimizzando i fatti e tacendo la parte che lui ha avuto nella conclusione della storia.

«Mi hanno detto che sei stato tu a impedire che finisse tutto in vacca.»

«Ho solo riportato le parti alla ragione. A nessuno conveniva tirare troppo la corda.»

«Hai fatto quello che andava fatto. Oggi com'è l'atmosfera?»

«Le guardie stanno impettite come spaventapasseri, e ci trattano con distacco e sufficienza. Menelik racconta a tutti come ha distrutto il soffitto dell'infermeria, e ride come un matto, ma si vede che se la fa sotto dalla paura.»

«E Flip?»

«Flip si è chiuso in cella e non è ancora uscito. È sotto continua sorveglianza. Pare che dorma sempre. Forse gli hanno dato qualcosa.»

«Tu che ne pensi?»

Il prof rimane in silenzio.

«Prof, ti ho chiesto cosa ne pensi. Vuoi tenermi qui fino a domani?»

«Penso che Bocciapersa sia stato ucciso.»

«Lo penso anch'io.»

«Ma non capisco il perché.»

«Io sì.»

«Perché?»

«Non spingere, prof, stai in fila. Lo saprai quando sarà il momento. Se arriverà, quel momento. Adesso piantiamola lì, devi andare a mangiare. Se avrò bisogno ti farò avvertire dal Jab.»

«D'accordo. Dal Jab. A presto.»

«Ancora una cosa, prof. Continua così, e non andare in cerca di grane. Tienilo a mente: niente grane. Se ti succede qualcosa dillo al Jab. D'ora in poi tu sarai il mio braccio lì dentro.»

«Non mi va di fare il braccio. Io di solito sono la mente.»

«Scordatelo. Hai bisogno di qualcosa?»

«Non saprei.»

«Se hai bisogno di qualcosa dillo...»

«... al Jab, va bene.»

«A proposito: usa il telefonino con molta attenzione. Fanno presto lì a intercettare le chiamate.»

«E non hai paura che scoprano le tue?»

«Le mie telefonate non le intercettano. È come se non le intercettassero. Ah, senti, ti sto preparando delle novità.»

«Di che genere? Non mi piacciono le novità troppo nuove...» Ma Tano ha già chiuso.

39
REGALO DI NATALE

L'auto Ventotto si lascia dietro la questura. A bordo c'è un Sarti Antonio, sergente, che dire arrabbiato è poco e un Felice Cantoni, agente, che si chiede, sottovoce: «Come si fa a essere incazzati anche per le feste?».

«Si fa così: la vigilia di Natale ci si siede sulla tua merdosa automobile.»

«Prova a pensare che domani non sarai in servizio. Tortellini, zampone, lenticchie e spumante.»

«A casa tua. A casa mia, scatoletta di tonno, scatoletta di fagioli e acqua del sindaco.»

Felice Cantoni guarda il collega, scuote il capo e borbotta ancora: «Possibile che non hai uno straccio di amico per passarci assieme il Natale?».

«Ce l'ho, ce l'ho. Sono io che non ho voglia di Natale. Le feste mi deprimono.»

«Se vai avanti così, non arrivi alla pensione.»

«Pensa che guaio!»

È una di quelle giornate no che capitano sempre più spesso sulla Ventotto. «Anto', sai che facciamo? Domani vieni a pranzo da noi. Ci sono i parenti miei e quelli di mia moglie arrivati dal Sud e si sta insieme fino a sera...»

«Quanti siete?»

Felice Cantoni ci fa un rapido conto: «Dodici».

«E con me fanno tredici. Lasciamo perdere, Felice, lasciamo perdere. Ci manca solo un Natale in tredici!»

«Anto', sei diventato anche superstizioso?»

Sì, da quando la maga dagli occhi verdi gli ha prospettato una quantità di simboli e stregonerie, Sarti Antonio, sergente, è diventato anche superstizioso. O forse lo è diventato dalla sera della maledetta cena all'HotelRistorante Bellavista. E della stanza numero 13.

«Andiamo da Settepaltò» decide all'improvviso.

«E che ci andiamo a fare, Anto'?»

«È Natale anche per lui. O no?»

Nonostante il freddo, la porta della baracca di lamiera, fuori porta Lame, è accostata e, dentro, Settepaltò sistema, contro le pareti, le ultime acquisizioni. Che sono vecchie riviste di cinema che un incolto bolognese ha scaraventato sulla strada prima dell'ultimo dell'anno.

«Oh, Antonio!» dice il buon vecchio. «Che piacere vederti! Vuoi un bicchier d'acqua?» Si accorge che i due non indossano il casco. Pianta lì le riviste di cinema, fruga fra le altre inutilità che incasinano la sua dimora, scova due caschi da cantiere e, contento, va a posarli sulle due teste in pericolo. «Ecco, così va meglio.»

Il mio questurino mette sul tavolo il panettone e la bottiglia di spumante. «Buon Natale, Settepaltò. Questa la bevi alla nostra salute. E fredda, mi raccomando. Lo spumante va bevuto gelato. Ce l'hai il frigo?»

«No, ma basta mettere la bottiglia fuori di casa. Con questo freddo non serve il frigorifero.»

Ha ragione lui.

Prima di andarsene, i due questurini sono costretti a bere il bicchiere d'acqua che il buon vecchio mette loro in mano. «È buona, sapete. La prendo alla sorgente di Pianoro.»

Seduto sulla Ventotto, Felice Cantoni protesta: «La sorgente di Pianoro: mi verrà la caghetta. T'immagini cosa ci ha fatto bere?».

«Quante balle! Non sarà peggio della minerale che compri a peso d'oro. A proposito, sai quanto ti costa? Trecentomila lire al metro cubo. Quella del sindaco costa trenta lire, è meglio e più sicura.»

«In euro, Anto'. Traduci in euro.»

Il gracchiare della radio interrompe il conto cominciato a memoria. «Centrale chiama la Ventotto. Ci siete?»

«Ci siamo sì. Cosa ti cade?»

«A me niente» rispondono dalla centrale. «Cade qualcosa alla Biondina...» e un brivido corre per la schiena del questurino; da quando ha ricevuto una certa foto, la Biondina è in pericolo «... che cerca Sarti Antonio disperatamente. Telefonale, ciccio bello» e chiudono con «oh, si è raccomandata che è importante.»

«Felice, fermati alla prima cabina che incontri. O al primo bar.»

«Che bisogno abbiamo di fermarci, Anto'? Adesso abbiamo questo» e dalla tasca del cappotto di Felice esce un cellulare.

«Cos'è? Il tuo regalo di Natale? A me basta e avanza il telefono di casa.»

«Non l'ho comperato, Anto'. È di servizio e paga il contribuente.»

«Abbiamo un cellulare in dotazione e lo consegnano a te? Io chi sono?»

«È per te, è per te, ma quando l'economato ha telefonato per il ritiro, tu non c'eri e così sono andato io.» Sarti Antonio, sergente, gli strappa il telefonino e lo rigira fra le mani. «Oh, si sono raccomandati di usarlo solo per motivi di servizio, Anto'.»

«E non è per servizio? Me lo ha chiesto la centrale. Come funziona?»

Ci vorrà un po' prima che il mio questurino prenda confidenza con la nuova tecnologia in dotazione.

«Sono io» dice Sarti Antonio. «Cos'è capitato?»

«Puoi passare da me?» e dal tono della voce, si sente che a casa della Biondina qualcosa non funziona. «Io non me la sento di uscire.»

«Cos'è capitato?»

«Mi sono arrivati gli auguri di Natale. Per favore, vieni.»
«Be', intanto potresti dirmi...»
«Non per telefono, Antonio, non per telefono.»
La cosa è seria. «Chiuditi a chiave che arrivo!» A Felice Cantoni: «Spegni 'sto coso e dacci dentro senza guardare in faccia a nessuno. Nemmeno ai semafori» e mette il lampeggiatore e attacca la sirena.

Un invito a nozze per Felice Cantoni, agente. E una delle rare occasioni nelle quali Sarti Antonio non protesta per la velocità.

L'appartamento che era di Elisa è al quinto piano e Sarti Antonio fa le scale di corsa e suona il campanello che non ne ha più da spendere. Bussa e ansima: «Apri, sono io».

Aprono: è un sottotetto che il mio questurino non fa a tempo a vedere perché la Biondina gli si butta fra le braccia e lo stringe. Lui aspetta un po' che si calmi, poi l'allontana e la guarda: è pallida, impaurita e torna fra le braccia di Sarti Antonio per sussurrargli all'orecchio: «Ho paura, Antonio, ho paura che mi succederà qualcosa di brutto. Che faccio?».

«Tranquilla che adesso ci sono io.» Se lo dice Silvestro Stallone dallo schermo è una cosa seria; se lo dice Sarti Antonio, sergente, con il fiatone e sulla soglia di un sottotetto del centro storico di Bologna, fa ridere. «Andiamo dentro e racconta.»

La Biondina chiude la porta a chiave, mette la catena di sicurezza e guarda dallo spioncino. Poi non racconta. Trascina Sarti Antonio in un salotto minuscolo come una bomboniera, indica una carta da gioco sul tavolo e sussurra: «Stamattina stavo per uscire e l'ho vista sul pavimento dell'ingresso, infilata sotto la porta».

È una carta dei tarocchi e Sarti Antonio, sergente, la guarda per un po' senza toccarla. Anche se l'ometto che vi è raffigurato non è simpatico subito e fa strani gesti, non vede come possa mettere paura.

Guarda la Biondina. Che mormora: «Dietro, dietro ci sono gli auguri di Natale».

Sul retro, come per la foto di Elisa trovata nella cassetta della posta, due versi in grafia precisa e ordinata – caratteri neri, forse in inchiostro di china, e spessi, come in grassetto, e rotondi – ricordano che:

Per una terra nuova, ogni tomba è un'uscita.
Muore solo la morte, immortale è la vita.

«Capisci?» Ma con tutta la buona volontà, il questurino non capisce e lo dice con un cenno del capo. «Ma come? È una minaccia di morte: "ogni tomba è un'uscita". La tomba è la mia!»

«Non stai esagerando?»

E qui arriva la crisi isterica che covava da un po'. «Non sto esagerando! Mi vogliono ammazzare! Sanno dove mi nascondo e arrivano fino alla porta e infilano quella... quell'orribile cosa...» Piange con singhiozzi.

Sarti Antonio la prende fra le braccia e l'unica consolazione che le sa dare sono alcuni colpetti affettuosi sulle spalle. «Adesso ti porto a casa mia e resto con te. Prendo dei giorni di permesso... È più sicuro.» L'allontana e la guarda negli occhi. «Cosa ne dici? Vigilia di Natale e Natale assieme, io e te. Non male. E chissà che non facciamo anche l'ultimo dell'anno. Cosa ne dici?»

La Biondina fa sì con il capo e si mette a riordinare l'appartamento.

«Proprio adesso?» chiede Sarti Antonio. «Con i problemi che abbiamo...»

«Non voglio lasciare disordine. Lascio com'era quando sono arrivata.»

«Solo una donna poteva pensarci» borbotta il mio questurino. E aspetta.

La Biondina fa le valigie. Per la terza volta in pochi giorni.

Felice Cantoni, agente, li vede uscire dal portone. «Quella aveva urgenza di un taxi» borbotta. «Non della mia auto.» Gli ruga che prendano la Ventotto per un servizio pubblico con autista. Scende, apre il bagagliaio e vede le lacrime della Biondina. «Cos'è successo, Anto'» chiede sottovoce.

«Te lo dirò, Felice, te lo dirò. Adesso portaci a casa mia.»

La Biondina disfa le valigie e Sarti Antonio fa il numero della questura. Aspettando il "pronto" si rigira fra le mani la carta minatoria.

«Qui centralino della questura.»

Il bagatto dei tarocchi.

«Pronto, pronto...»

Prima o poi capirà cosa significano i messaggi misteriosi che arrivano da chissà chi. Io ne sono sicuro perché Sarti Antonio è duro a morire. E ha anche la testa dura.

«Pronto! Qui è il centralino della questura! Chi parla?»

Veramente non ha ancora parlato nessuno.

«Sono Sarti Antonio e ho la febbre. Sono a casa, forse è influenza. Sentirò dal medico e poi richiamo.»

«Sei proprio sfigato, sergente: domani è Natale e lo passi a letto.»

«Meglio a letto in casa mia che al centralino della questura.»

«Buon Natale lo stesso, Sarti!»

«Anche a te.»

La Biondina si è calmata e si muove per casa a rimettere in ordine le sue cose. E quelle di Sarti Antonio, che riduce la casa come un letamaio.

40
L'AFGHANO DI NATALE

La vigilia di Natale in carcere è santa come dappertutto, e, soprattutto, è piena di sorprese. Intanto la direttrice non è partita per l'annunciata visita alla figlia. Il prof pensa che la colpa sia da attribuire alla neve. Dopo la cena c'è stato panettone e spumante per tutti, e un discorsetto di auguri della direttrice, la cui sostanza era "state buoni più che potete", ma che conteneva anche una promessa di clemenza per i rivoltosi. Da verificare. Ma tutti sono stati contenti. Abbastanza contenti. Moderatamente contenti. La direttrice e le guardie hanno mangiato assieme ai detenuti, in tavoli appartati, ovviamente. Era ricomparso il Dodo, che manifestava un insolito buon umore. Ma quando non rideva i suoi occhi si muovevano in continuazione a sorvegliare tutto ciò che era possibile sorvegliare. Ci sono stati dei brindisi, e le guardie hanno permesso qualche scherzo più vivace del solito. Dopo la cena, chi voleva poteva restare a guardare la televisione, o a giocare in piscina, o a fare quel che voleva, in attesa della messa di mezzanotte, celebrata dal prete supplente, visto che don Marino aveva tolto le tende. Nella confusione generale, il prof e la direttrice si erano trovati uno di fronte all'altra con due bicchieri di spumante in mano, prima della messa.

«Non sei partita, allora» aveva detto il prof.

«No. La neve ha bloccato tutte le comunicazioni. Niente

auto, niente aerei, niente treni. Non si vedeva niente di simile dal '77. Non so.»

«Mi dispiace.»

«Oh, forse non è neanche un male, tutto sommato. Non credo che mia figlia mi avrebbe visto volentieri.»

Il prof aveva abbassato gli occhi imbarazzato. I rapporti tra figli e genitori erano il suo forte.

«Ho un regalo per te. Anzi, due» aveva detto la direttrice bevendo una lunga sorsata di spumante.

«Un vestito a fiori, con noccioline?»

«Quasi. Il primo te lo do subito: il Dodo era in servizio, l'altro giorno, quando è morto Bocciapersa.»

«Però nessuno l'ha visto.»

«E allora?»

«Niente. Era per dire.»

«Cosa ti passa per la testa?»

«Una cosa che non posso dire.» Il volto della direttrice si fa attento. «Mi passa per la testa che vorrei trascorrere la notte di Natale con te, a toglierti abitini a fiori e tutto il resto.»

«Già.»

«Ti imbarazza?»

«Ti pare che io sia una che si imbarazza per queste cose?»

«Non lo so. Si direbbe che tu sia pentita di quello che è successo.»

La direttrice evita di guardarlo, cercando un posto dove appoggiare il bicchiere vuoto. «Non sono pentita di avere scopato con te, se è questo che vuoi dire. Ma adesso...»

«... non sai come gestire la situazione.»

«Più o meno.»

«Non c'è niente da gestire. Il fatto che io sia chiuso qui dentro elimina ogni problema, mi pare. O mi sbaglio?»

«Non è così.»

«Com'è?»

«Non facevo più l'amore con qualcuno da almeno... non so nemmeno dire quanto tempo. Un'eternità. Da quando mio marito si è buttato sotto il treno. Capisci?»

«No.»

La direttrice fa un gesto di insofferenza. «Lasciamo stare. Non serve a niente. Se passi domani nel mio ufficio ti do il secondo regalo.»

Il prof non ha mai amato molto gli spinelli. Se n'è fatto qualcuno in gioventù, per stare insieme, con Rosas magari, durante quelle interminabili riunioni nel '77, oppure quando intuiva che lo spinello era il modo giusto per portarsi a letto una ragazza della compagnia. Ma il prof non è uomo da spinelli. È piuttosto uomo da alcol e sigarette, molto di entrambi.

«Che faccia smorta, prof! Sei mollo come la tetta di una vacca» commenta il Subiolo. «Tò, ti faccio un regalo che tira su anche i paracarri. O, occhio: vacci morbido che questo ti slomba e ti lascia stecchito in branda. Mi devi un favore. Grosso, eh!»

«Che cazzo è quest'affare?» borbotta il prof esaminando le due palline nere uscite da un piccolo cono di cartoncino marrone.

«Devi solo accendere e tirare. È un afghano oppiato che neanche nei tuoi sogni.»

«Non faccio sogni con ingredienti di questo tipo» dice il prof valutando con diffidenza le due palline.

Il prof è sudato fradicio, ma nella cella fa freddo. Il vento sibila all'esterno. Qualcosa sbatte lontano, delle lamiere, o della latta.

È tornata!

La vigilia di Natale Elisa è tornata. È venuta da lui. Per molti mesi non ha dato segni di sé, tanto che il prof si è convinto che Elisa l'ha dimenticato. Invece è tornata. La vigilia di Natale. È tornata piena di pacchetti, di regali o di bagagli. Non è chiaro dove tenga tutta questa roba, ma si china e raccoglie un pacchetto, avvolto in carta da zucchero, quella che si trovava una volta dai droghieri e dai tabaccai, e glielo porge, senza dire una parola, guardandolo con un sorriso dolce e triste.

«È per me?» chiede lui prendendo il pacchetto. «Che cos'è?»

«È il nostro passato» mormora Elisa quasi senza muovere le labbra. «Il tuo e il mio.»

«Ma è vuoto» esclama il prof dopo avere aperto il pacchetto.

«Sì, perché noi non abbiamo avuto passato. Lo hai distrutto così presto che non ha fatto in tempo a mettere su nemmeno una foglia.»

«E questo cos'è?» chiede il prof prendendo il secondo pacchetto che Elisa gli porge.

«Questo è il mio futuro. Guarda.»

«Anche questo è vuoto. Non c'è niente dentro.»

«C'è tutto quello che tu mi hai dato.»

«Ma io non volevo, io credevo...» Il prof, seduto sul letto, appoggiato al muro, è sull'orlo delle lacrime quando prende il terzo pacchetto dalle mani di Elisa. Sfiorando le sue dita sente un brivido attraversarlo da parte a parte, come se una folgore gli trapassasse le viscere.

«Questa è la morte» dice Elisa continuando a sorridere.

«Non voglio aprirlo.» Ma le mani già si danno da fare attorno alla carta. Dal pacchetto spunta un baule da viaggio, un baule di quelli che da bambino aveva visto in casa di suo padre, con le borchie, rinforzato agli spigoli da listelle di metallo, con pesanti lucchetti sul davanti.

Senza sforzo solleva il coperchio dell'antico baule da viaggio. Guarda incuriosito cosa c'è dentro e poi fissa di nuovo Elisa.

«Dove abito adesso, gli inverni sono così freddi che per difendersi dal gelo ci vuole molto sangue, e le estati così calde che per sopravvivere bisogna avere molte lacrime.»

«E gli asparagi?» chiede il prof.

«Dove sto adesso, non ci sono asparagi, ma solamente colline senza salite, e burroni senza pareti.»

All'improvviso il prof si accorge che Elisa indossa un abito da sposa e che agita le braccia come fossero ali, come se stesse per prendere il volo.

«Ma cosa ti sei messa addosso?» dice tendendo una mano per accertarsi che sia proprio lei quella che indossa quel vestito, o forse per fermarla nei suoi movimenti armoniosi e soavi.

A poco a poco quel suo sbattere di ali immaginarie si stempera in movimenti sempre più lenti e faticosi, finché il corpo di Elisa si raccoglie in una fissità senza vita. Ora sembra una di quelle statue di marmo che si vedono a volte nelle certose e nei camposanti, immobili, con le braccia allargate come per un viaggio al cielo.

«Elisa, dove sei?» dice il prof allungando una mano, che va a posarsi su un seno di quella sposa di cera.

«Ahi, mi fai male!»

Il prof ritira subito la mano come scottato dal fuoco, e guarda il volto della sposa per dirle "mi dispiace". Gli occhi della sposa sono gialli e mandano scintille d'oro.

Il prof urla e balza indietro urtando contro il muro.

Adesso il prof è calmo. Non ha ascoltato i rumori della notte, non ha dato retta al sibilare lontano del vento, allo scricchiolare del legno, al cigolare delle porte, al passo lento e felpato delle guardie. Non ha teso l'orecchio per captare un rantolo, un russare, o magari un grido, un "Caruso" di Bocciapersa. Persa la boccia, perso Caruso. Per sempre.

Si è addormentato così, seduto sul letto a gambe incrociate, con lo spinello di cartoncino tra le dita, e ciò che resta delle due palline di afghano oppiato è rotolato per terra, e continua a bruciare, come un piccolo cuore in attesa.

«Ho russato?» gli aveva chiesto Elisa svegliandosi la prima volta che avevano dormito assieme.

«Perché me lo chiedi? Chi ti ha detto che russi?» aveva ribattuto il prof.

«Qualcuno, qualcuno mi ha detto che russo» aveva gridato Elisa felice gettando in aria le lenzuola prima di correre in bagno sulla punta dei piedi.

«In quanti ti hanno detto che russi?» aveva insistito il prof indispettito.

«Tutti l'hanno detto, tutti» aveva risposto dal bagno con la bocca piena di dentifricio.

«Tutti. Quanti?»

«Un tot.»

Era riapparsa in camera nuda. Si era messa di fronte al prof sull'attenti e si era presa i seni in mano. «Dicono che ogni donna ha un seno più grande dell'altro. Secondo te è vero?»

«Non saprei. Chi lo dice?»

«Tutti. Si sa.»

«Secondo me non è vero, è una balla.»

«Controlla» aveva detto seria Elisa porgendogli i seni.

Il prof aveva accolto i suoi seni tra le mani, li aveva soppesati, li aveva misurati, li aveva accarezzati e li aveva baciati. Poi avevano fatto l'amore.

«Non mi hai risposto» aveva detto lei fumando una sigaretta, attenta a non fare cadere il portacenere posato sullo stomaco.

«A cosa?»

«Se è vero che ho un seno più grande dell'altro.»

«Non ce la faccio più a verificare. Non ho più l'energia di una volta.»

«Dico sul serio. Ce l'ho più grande?»

«Non lo so. Ma che importanza può mai avere?»

«Be', a me non piace avere un seno più grande dell'altro. E neanche avere un orecchio più grande dell'altro, e nemmeno un occhio più grande dell'altro, e così via per tutto il resto. A me piace essere pari in tutto.»

«Ma dove lo metti tutto quello che mangi?» aveva chiesto un giorno il prof mentre mangiavano all'Acquafredda.

«Che significa dove lo metto?» aveva replicato servendosi per la seconda volta di sformato.

«È un modo di dire. Mangi come un camionista e sei magra come un fachiro.»

«Non so se è un complimento. I fachiri non sono granché nel ramo "bellezza".»

«A volte penso che stai con me solo perché ti porto a mangiare in posti scelti.»

«È vero. Anche per questo.»

«Non so se è un complimento.»

«Credi che qui abbiano degli asparagi?»

«Tu cosa sei nella classifica della nobiltà?»

«Sarei conte.»

«Saresti o sei?»

«Sono.»

«Allora perché dici "sarei"? Ti vergogni di essere conte?»

«No. Mi sembra solo un po' ridicolo, oggi.»

«Il conte viene prima o dopo il principe?»

«Dopo. Prima di tutti c'è il re, poi il principe. Il principe non è altro che un re in attesa.»

«E rispetto ai duchi, ai marchesi e al resto?»

«Dopo il principe viene il duca, poi il marchese, poi il conte, il visconte e infine il barone.»

«Non sei piazzato benissimo. Sei fra gli ultimi in graduatoria.»

«Il bello di questa classifica è che non si retrocede.»

«Quindi sei ricco.»

«Mio padre è ricco. Ma è stato anche povero.»

«Ma va'! Non ho mai sentito di un conte povero. I nobili sono ricchi, se no a cosa serve essere nobili?»

«Ce ne sono a valanghe di nobili poveri. Molti, per sopravvivere, vendono il titolo. Una volta si faceva spesso.»

«E tuo padre come ha fatto a diventare ricco?»

«Ha sfruttato al meglio la guerra. Ha comprato, venduto, prestato. Sono sicuro che ha anche rubato e depredato.»

«Pensi che abbia rubato?»

«Sì. A giudicare almeno da quello che si racconta in paese. Ma forse sono solo chiacchiere. Invidia. Certo che, conoscendo mio padre...»

«Che tipo è tuo padre?»

«Volendo essere imparziali, lo si potrebbe definire una carogna.»

«Non ci credo.»

«L'unico modo per andare d'accordo con lui è dire sempre sì e fare quello che lui dice, subito e senza discutere.»

«E allora?»

«Allora me ne sono andato di casa e non ci parliamo più da una trentina d'anni.»

«Sono sicura che ne soffrite entrambi, di questa situazione.»

«No. Ne siamo felicissimi entrambi.»

«Quindi non hai più avuto rapporti con lui, non ne sai più niente. Potrebbe essere morto...»

«Lui è uno della razza che seppellisce, non di quella che si fa seppellire.»

«Penso che lui ti manca.»

«Ho sue notizie da Flora, una donna che è sempre stata con lui, prima, durante e dopo il matrimonio. È l'unica che mi ha voluto bene, in quella casa.»

«È l'amante di tuo padre, allora.»

«Io credo che lo sia sempre stata, anche quando era viva mia madre. Flora però è regolarmente sposata, anche se scopa con mio padre.»

«Ma come fa?»

«Il marito è un mutolo, un orfano piazzato lì dal prete in epoche remote. Un buon uomo, chiuso, senza troppe pretese dalla vita. Vivono entrambi in villa, lui fa il giardiniere, lei cura la casa. Le apparenze sono salve, tutti sono contenti. Flora mi vuole veramente bene. È l'unica che mi vuole bene. E anch'io.»

«L'hai già detto.»

«Si vede che divento vecchio.»

«Si vede che ci tieni.»

«Perché hai voluto venire a letto con me?»

«Voi uomini fate sempre delle domande del cazzo. Cosa te ne frega? Andiamo a letto assieme, non ti basta?»

«Perché siamo insicuri.»

«Tanto lo rimarresti ugualmente, qualunque cosa ti possa dire.»

«Non capisco.»

«Ma certo. Potrei dirti che è perché... che vengo a letto con te perché sei bello, o sei ricco, o scopi bene, o sei affascinante, o mille altre cose. Sul momento saresti soddisfatto, poi cominceresti a chiederti se per caso è proprio vero, se non ho mentito, e allora ricomincerebbero le domande e le insicurezze.»

«Allora non saprò mai perché vieni a letto con me?»

«Esatto. Solo questo posso dirti: vengo a letto con te perché ne ho voglia.»

«Ma tu mi ami?» aveva chiesto Elisa stringendo gli occhi. Stava seduta sul letto a gambe incrociate.

«E tu?»

«Te l'ho chiesto prima io.»

«In ogni caso, non ha importanza. Quindi è inutile parlarne.»

«Perché no?»

«Perché se non ti amo, va tutto bene; se ti amo tu ti devi sposare lo stesso con quel carapace che hai a mano e saperlo metterebbe solo in imbarazzo sia te sia me.»

Elisa lo aveva guardato a lungo, come non avesse sentito la risposta.

«Meglio così» aveva sentenziato alla fine, alzandosi e andandosene.

«Vorrei fare una cosa con te che non ho mai fatto con nessuno» aveva detto Elisa seria.

«Quello che vuoi.»

«Vorrei passare una notte in un hotel da clandestini.»

«Perché?»

«Perché è l'ultima volta che ci vediamo.»

«Perché?»

«Perché devo sposarmi.»

«Perché?»

«Perché non posso fare altrimenti. E ho poco tempo.»

«Perché?»

«Perché la vita è breve e il cammino è lungo. E il mio cammino va in una direzione contraria al tuo. E non chiedere "perché". Perché è così.»

Il prof non aveva mai chiesto tante volte "perché" e non era mai stato così depresso dopo ogni risposta.

41
I TAROCCHI DI NATALE

«Dove vai, verme solitario?»

Il Dodo è comparso davanti al prof all'improvviso, sbucato da dietro una porta del corridoio.

«In direzione.» Il prof si ricorda delle parole di Tano: niente provocazioni col Dodo, niente scontri. Deferenza e testa bassa.

«Ah-ah, in direzione! Bene. Andiamo a scopare, vero?» fa il Dodo con tutta l'ironia che riesce a mettere insieme.

«No, signore.»

«E allora cosa ci vai a fare in direzione?» Il Dodo cerca di provocare il prof.

«Quello che vado a fare sempre: a prendere ordini.»

«E che ordini vai a prendere?»

«Non lo so ancora, signore.»

«La mattina di Natale?»

«Sissignore. Così pare.»

«Sissignore, sissignore. Mi piace "sissignore". A te piace il "sissignore"?» Il prof tace e abbassa il capo. «Forse non mi hai sentito. Ho chiesto: "Ti piace il sissignore?".»

«Ma dove cazzo sei finito, prof. È una vita che Filippo ti cerca.»

La Marisa avanza dal fondo del corridoio deciso come un maresciallo di Napoleone.

«La direttrice ti cerca, e ha mandato Filippo a cercarti, e Filippo ha detto a me di venire a cercarti. Ciao, Dodo.»

Il Dodo sorride al prof con denti da caimano.

«Ci vediamo, prof. Mi devi ancora un "sissignore". Non scordartelo. Il Dodo detesta quelli che hanno la memoria corta.»

«Sì, signore. Non me lo scorderò. Ha una giacca molto bella, signore.»

Il Dodo lo osserva senza capire, e stringe gli occhi. Poi se ne va.

Il prof e la Marisa aspettano in piedi che il Dodo sia scomparso dalla loro vista.

«Grazie, Marisa» dice il prof tirando un sospiro di sollievo. «Ti devo un succhiotto.»

«Ah-ah-ah, non scordartelo, eh. La Marisa detesta quelli che hanno la memoria corta.»

La Marisa se ne va ma, dopo pochi passi, si volta verso il prof. «Ehi, prof. Com'è il màccaro?»

«Sotto cappella» risponde il prof.

«Meglio così». La Marisa ride felice.

Il prof abbandona il corridoio.

Quando arriva in vista dell'ufficio della direttrice incrocia Filippo, intento a leggere dei fogli.

«Eccomi» dice il prof.

Filippo alza gli occhi e lo guarda stupito.

«Ho incontrato la Marisa. Dice che mi cercavi.»

«Non la cercavo» risponde a fatica Filippo tornando alla sua lettura.

«Ah. E, Filippo...»

Filippo torna ad alzare il capo lentamente.

«Senti, Filippo, non potresti darmi del tu? Io ti do sempre del tu, e tu mi dai del lei. Non potresti cambiare?»

«Tanto restiamo sempre agli antipodi, io e lei.»

La tempesta di neve pare terminata. Un sole abbagliante risplende contro i vetri sporchi delle finestre. Vigilia con tempesta, Natale con raggi di sole.

La direttrice lo accoglie con un ruvido "ah, sei tu".

«Sono stato sul punto di farmi violentare dal Dodo per venire da te, e tu mi accogli così? Quasi torno da lui.»

«Vuoi un caffè? Stamattina è il terzo.»

«Mi andrebbe bene, un caffè.»

La direttrice prepara il caffè in una moka e accende un fornello da campo.

«Ma dove dormi, quando resti qui?» chiede il prof.

«Perché ti interessa?» chiede la direttrice con un sorriso.

«Non si sa mai.»

«Due porte più in là, nel corridoio. Una volta era un bagno, io l'ho attrezzato a camera da letto. Totale: metri quadrati sedici.»

«Una reggia.»

La direttrice prepara le tazzine e controlla la fiamma sotto il fornello. «Hai avuto a che fare col Dodo?» chiede versando dello zucchero in un vasetto.

«Veramente ho avuto l'impressione che lui volesse avere a che fare con me.»

«Nel senso?»

«Nel senso che voleva provocarmi.»

«Al solito. Ormai è pronto.»

«Il Dodo?»

«Il caffè, stupido.»

«Mi piace come mi dici "stupido".»

La direttrice tace e si finge concentrata sulla distribuzione del caffè nelle tazzine.

«Buono» dice il prof dopo avere assaggiato il caffè. «Cosa ci fa qui il Dodo?»

«Che domanda è?»

«Mi sono espresso male. Volevo dire: Dodo dovrebbe stare in un ospedale psichiatrico, oppure nella fossa di un carcere turco. Non dovrebbe far parte del personale di sorveglianza di una prigione. È pericoloso.»

«È più pericoloso cercare di liberarsene.»

«Ti prendo una sigaretta» dice il prof posando la tazzina e allungando una mano sul pacchetto di sigarette della direttrice. «Da dove gli viene tanto potere?»

«Lui non ha potere. Lo zio sì. È nipote dell'onorevole Settis.»

«Il calabrese? L'ex socialista?»

«Ora sta nel centro-destra, ma soprattutto milita per se stesso. È il referente delle principali associazioni malavitose del Sud, non dico solo calabresi, dico del Sud, isole comprese. In qualunque campo del crimine organizzato lui c'è dentro. Droga, riciclaggio di denaro sporco, prostituzione, abusivismo edilizio, e poi corruzione, ricatto, estorsione, e aggiungici tu quello che vuoi: lui c'è.»

«Nessuno ha provato a fermarlo?»

«Prove ce ne sono a centinaia nei cassetti della polizia. Ma chi ha voglia di toglierlo di mezzo se controlla centinaia di migliaia di voti in tutto il Sud, in particolare nelle zone che contano?»

«E il Dodo?»

«Il Dodo è il suo soffietto nel carcere. Sorveglia, spia, riferisce, ascolta. Ogni tanto se ne va. Prende qualche giorno di ferie, tutto regolare, per carità!, e se ne va in giro su e giù per l'Italia a prendere contatti, a vedere gente, a mettere a punto piani criminali. Quindi riferisce allo zio. E poi fa le pulizie.»

«Le pulizie?»

«Ma sì, se c'è del pattume, delle cacche di piccione sui vetri della macchina, del pesce marcio in frigo, lui si incarica di spazzare via tutto. Qualcuno si è comportato male? Il Dodo provvede.»

«Non ci credo!»

«Ma certo! Negli ultimi anni abbiamo avuto sei omicidi all'interno del carcere senza che si sia mai trovato il colpevole. Ogni volta c'è stata un'inchiesta e ogni volta l'inchiesta è finita in vacca. Sei omicidi: tutta gente che aveva avuto a che fare con l'onorevole e che con lui non si era comportata bene. Il peggio è che adesso la lunga mano dello zio sta cercando di impadronirsi della costa romagnola e tirrenica per vendere licenze di edificabilità in località turistiche e balneari. Ma qui avrà il suo da fare, perché ci stanno provando già da alcuni anni le bande dell'Est, iugoslavi, albanesi, rumeni, e i fratelli marsigliesi, assieme ai corsi.»

«Non sarà facile per l'onorevole, al Nord.»

«Non sarà facile, ma lui non è il tipo che demorde.»

«E il Dodo ne approfitta.»

«Tutti coloro che hanno cercato di allontanarlo sono finiti a dirigere carceri nei luoghi più impervi e sfortunati della penisola e delle isole. O a dirigere il traffico, semplicemente.»

«Ma l'opposizione non fa niente, non denuncia, non reagisce?»

«L'opposizione è un'idea politica. Nella mala non c'è opposizione, c'è solo scontro. Non c'è governo e opposizione, c'è chi ha vinto e chi ha perso. Cioè, chi è vivo e chi è morto.»

Qualcuno bussa alla porta. Colpi timidi, appena accennati, ma ripetuti.

La direttrice va ad aprire. È una guardia, quella giovane che aveva aiutato il prof in infermeria con il corpo di Bocciapersa. La guardia giovane dice qualcosa alla direttrice. Sono fermi sulla porta, e la direttrice fa sì con il capo. Il prof non ode quello che si dicono, poiché la guardia parla sottovoce e la direttrice ascolta soltanto, oppure risponde a monosillabi, o con poche parole. Poi la guardia se ne va.

«C'è una telefonata per te» dice la direttrice. «Non potresti ricevere telefonate, se non concordate. Ho detto di passarla qui da me. Se vuoi parlare al telefono, devo ascoltare. Non posso fare altrimenti. Mi dispiace.»

«Ma chi è? Chi è che vuole parlare con me?»

«Una certa Rosa, pare. Così ha detto la guardia.»

«Non conosco nessuna Rosa.»

Squilla il telefono. La direttrice solleva la cornetta e spinge un tasto. Dice "sì" e passa la cornetta al prof.

«Pronto» dice il prof.

«Ma dove ti sono venuti a cercare, nel braccio della morte? Ancora un po' e mi addormentavo al telefono.»

La voce di Rosas risuona alta e chiara nella stanza.

«Oh, Rosas» fa il prof stupito.

«Ti faccio gli auguri, dimmi come stai, così passiamo ad altro.»

«Anche a te, bene, dimmi.»

«Conosci dei maghi?»

«Quali maghi? Che maghi?»

«Ma sì, dei maghi, dei chiromanti, gente che legge le carte, che ti dicono se sei sfigato guardando le carte.»

«No. Non ne conosco.»

«E cosa sai dei tarocchi? Sai giocare ai tarocchi?»

«Ma che cazzo di domande sono? Mi telefoni il giorno di Natale per farmi domande così?»

«È un'idea che mi è venuta. Sicuro che non sai niente dei tarocchi? In famiglia da te qualcuno è appassionato del genere?»

«Mi vuoi dire cosa succede? Non capisco niente di quello che dici.»

«Quindi ne sai zero dei tarocchi.»

Il prof non risponde. Si ricorda di una visita.

«Sei ancora lì o ti hanno già censurato la telefonata?»

«Mi è venuta in mente una cosa. Ti ricordi mia moglie?»

«La Nadia? Certo che me la ricordo. Bella donna. Eravate fatti l'uno per l'altra.»

«Lei. È venuta a trovarmi, i primi tempi del carcere.»

«Mi vuoi prendere a gabbo?»

«Sul serio. Anch'io non ci credevo. L'unica persona che è venuta a trovarmi in galera, oltre a te. Non un collega, non uno studente, non un amico, non un parente. Niente.»

«Parenti serpenti studenti. Fanno tutti rima. Va bene, è venuta la Nadia: e allora?»

«Mi ha portato due regali: un rosario...»

«Ti conosce bene, vecchio catto-comunista di merda.»

«... e un mazzo di tarocchi.»

«Dei tarocchi!? Che tarocchi?»

«Cazzo ne so, dei tarocchi, degli stupidi tarocchi. Ti ho detto che non ne so niente di quelle cose lì.»

«Ascolta. Ho assolutamente bisogno che tu mi dica se nel mazzo di Nadia c'è il bagatto. È importante che non te lo immagini nemmeno. Il bagatto, capito? È un arcano maggiore. Non chiedermi cosa significa, non lo so. Puoi controllare subito?»

«No, non posso. Sono nell'ufficio della direttrice, non posso nemmeno ricevere telefonate. Non posso controllare subito.»

«Com'è, bella figa? Te la scopi?»

La direttrice non riesce a nascondere un sorriso.

«Rosas. C'è il vivavoce. Si sente tutto.»

«Ho detto qualcosa di male? Di sgradevole? No. Insomma, puoi ritelefonarmi? Posso ritelefonare io? Dimmi quando.»

Il prof guarda la direttrice che fa sì con la testa.

«Fra dieci minuti?» chiede il prof a Rosas. La direttrice riconferma.

Dieci minuti dopo il prof è di nuovo nell'ufficio della direttrice.

«Non ci capisco niente» dice la direttrice.

«Neanch'io, te lo garantisco. Ma Rosas è uno con le palle. Se mi fa queste domande significa che ha un'idea precisa.»

«Un'idea precisa di cosa?»

«Chiedi troppo. Non lo so.»

Squilla il telefono. La direttrice solleva la cornetta, ascolta, e la passa al prof.

«Rosas? Niente bagatto.»

«Manca il bagatto? Sei sicuro?»

«Rosas, ho detto che non c'è il bagatto. Non c'è!»

«Okay, non c'è. Perfetto. Ci sentiamo.»

La direttrice guarda il prof con un punto interrogativo negli occhi. Il prof allarga le braccia.

«Rosas è convinto che io sia innocente. È il solo, forse. Oltre a me. Ma io non conto, sono di parte.»

La direttrice non risponde. Accende un'altra sigaretta e porge il pacchetto al prof. Il prof scuote la testa.

«Sarà meglio che me ne vada, adesso» dice il prof. «È già troppo tempo che sono qui. La gente mormora.»

Il prof si alza. Sta per andarsene, ma si ferma e sorride alla direttrice. «Il mio regalo? Hai detto che avevi un regalo per me.»

«Ce l'hai sotto gli occhi. Eccolo lì.»

Sopra il tavolo, accanto all'albero di Natale finto, fa bella mostra di sé uno splendido, colorato, vecchio iMac di prima generazione.

«Non è nuovo» dice la direttrice «però funziona. Scrive soltanto. Ha solo un programma di scrittura. Niente altro. Magari te ne fai qualcosa.»

Il prof vorrebbe baciarla, la direttrice. È il primo regalo che riceve in carcere, dopo il rosario e i tarocchi. Forse non ha mai ricevuto un regalo così bello, neanche da Flora.

La direttrice sorride, e lui vorrebbe piangere.

42
NATALE IN CASA SARTI

Da quando mi sono messo dietro a Sarti Antonio, sergente, non ricordo un Natale che è uno passato come si deve. Nel senso di: cenone della vigilia, pranzo di Natale assieme ai parenti, spumante e certosino. E nemmeno una fine d'anno. Intanto perché di parenti stretti non ne ha e quelli un po' alla lontana, come cugini e zii, si sono dimenticati di lui, lui si è dimenticato di loro e chissà che terra toccano.

Per Sarti Antonio, sergente, le feste sono un giorno qualunque e le passa solo e mangiando quello che c'è in frigo. Quando va bene. Se va male lo passa sulla Ventotto assieme a un furto in appartamento, a una retata, a un delinquente da portare alla Dozza. Quando va malissimo, assieme a un cadavere. È capitato. C'è gente che ammazza il prossimo anche per Natale. Hanno ragione quando dicono che non c'è più religione. Ma forse, in questo senso, non c'è mai stata.

Gli resta il ricordo delle feste d'infanzia, nella casa di montagna. La vigilia si cenava tardi, in modo da accorciare il tempo per la mezzanotte e andare alla messa. Con un gelo da spellare la faccia lungo la strada asfaltata accanto alla quale scorreva, poco più in basso, il suo fiume, il più delle volte con sopra una crosta di ghiaccio da passeggiarci.

Lo accompagnava l'allegria di una lunga processione di compaesani, anche loro diretti in chiesa. Con la sola illuminazione della luna, quando c'era, ma sempre con il riverbero della neve.

Per Natale, sua madre lo svegliava con un bicchierino di Strega o Sassolino. Si usava così anche con i più piccoli. Magari il liquore era fatto in casa, con l'estratto, e il bicchierino era scarso. Assieme al bicchierino, una fettina di pinza e una di *panspzièl* impastati e cotti qualche giorno prima, che avevano bisogno di insaporirsi.

Non aveva mai capito, e forse neppure ora, cosa c'entrassero le pinze, oggetti da meccanico e mani sporche, con il dolce di sua madre.

Per il pranzo, tortellini in brodo, carne lessa con salse verdi e rosse che sua madre sapeva fare alla grande. E, quando le cose erano andate come dovevano, e cioè c'era qualche soldo, come dovrebbe essere sempre nella vita, arrosto di maiale. Cotto nel forno della stufa che andava, andava senza risparmio. Almeno per Natale! E mandava attorno il suo gradevole e mai dimenticato calore di legna.

Per frutta, e una volta l'anno, i mandarini attaccati a un piccolo ginepro spinoso che faceva da albero di Natale, scelto, tagliato nel bosco e trasportato a casa assieme al padre.

In questo Natale c'è una novità. La Biondina. Il che vuol dire profumo di brodo e arrosto in casa Sarti. La spesa l'hanno fatta ieri sera, prima di sedersi a rompersi le palle con l'infinita mediocrità che esce dallo scatolone video.

Oh, fantasia zero, anche per Natale. Le solite frasi fatte, sentite e risentite da secoli; i soliti tromboni che starnazzano davanti ai soliti sfigati che se non applaudono alle stronzate gli tagliano le mani; le solite puttanelle da due soldi; la solita ipocrisia sui poveretti destinati a passare il Santo Natale al freddo e al gelo. Intanto loro lo passano con il culo al caldo!

Ma non è di questo che devo raccontare. Racconto che alle undici e venti del 25 dicembre suona il campanello di casa Sarti. Il titolare del contratto d'affitto va ad aprire e si trova davanti alla faccia una cesta natalizia, con strisce svolazzanti di carta colorata.

«Mi fai entrare o passo Natale qui» dice Rosas.

«Come l'hai avuta?» chiede Sarti Antonio ancor prima di farlo entrare.

«Che t'importa?»

«M'importa sì. In casa mia non entra merce rubata.»

Rosas forza il blocco. Deposita la cesta sul tavolo. «Bottiglia di spumante... Guarda che non è da due lire, come sei abituato tu. Costa una cifra.» Ci sono anche un certosino, frutta secca, ananas, un sacchetto di lenticchie e uno zampone "che ci mangeremo l'ultimo dell'anno" si prenota Rosas.

Pranzo di Natale in tre e la Biondina che per un paio d'ore dimentica la foto e il bagatto.

Arrivano al brindisi e a Sarti Antonio non interessa più la provenienza dello spumante. Assapora come se fosse un intenditore e «Buono» dice. Riempie ancora i bicchieri. «Proprio buono.» Altro squillo di campanello e i tre si guardano.

«Vado io» dice la Biondina.

Il grido del questurino la blocca con il culo a mezz'aria. «Non ti muovere!» Poi spiega: «Non si sa mai. Vado io, vado io...». Stando di fianco alla porta chiede chi è. La risposta arriva confusa. «È sola?»

«Ma con chi vuole che sia, signor Sarti? Volevo solo augurarle buon Natale, ma se non mi vuole aprire...» Non è il killer della Biondina. «Ho sentito che eravate alzati e così...»

Sempre con l'orecchio alla parete, la Grassona. Apre. Lentamente e guardando dallo spiraglio. Dice: «Sa, con la gente che circola oggi, bisogna essere prudenti».

«Lo so, lo so purtroppo.» La Grassona non ha ancora messo i piedi in casa che si attacca al collo di Sarti Antonio e lo bacia a destra, a sinistra e in mezzo, proprio sulle labbra. «Buon Natale, buon Natale, signor Sarti. Buon Natale!» Le feste fanno di questi scherzi. «Vedo che è con gli amici. Buon Natale anche a voi.» Alza e mostra una bottiglia. «Champagne! Credevo che il signor Sarti fosse solo e ho pensato di sollevargli un po' il morale. Sapete, sono sola anch'io e in due si sta soli meglio.» Battuta degna di un varietà televisivo.

Sono in quattro, ma non basta: arrivano anche, e insieme come se si fossero dati appuntamento sotto casa, il collega Cantoni e Felicità. Fanno sei. Un Natale anomalo per Sarti Antonio.

La Grassona è scatenata: un bicchiere di champagne dopo l'altro. E quando la bottiglia mostra il culo, si alza da tavola. «Ne ho un'altra in frigo» e si avvia. «Oh, non andatevene!» Nessuno la ferma. E lascia la porta socchiusa.

La prima ad andarsene è la Grassona; la sorreggono Felice Cantoni e la Biondina. Poi, al quarto sollecito telefonico della moglie, se ne va Felice Cantoni. Felicità è la terza. Sarti Antonio l'accompagna alla porta e le dice: «Non sarebbe meglio se restassi a dormire qui?».

«Cos'è? Una proposta sconcia? Non ti basta la Biondina?»

«Hai bevuto troppo. E fumato quella porcheria...»

«Te l'ho già detto: non è porcheria. Ciao.»

«Accompagnami a casa» le dice Rosas.

«In moto?»

«In moto. Perché?»

«Non ho un altro casco.»

«Non voglio un casco. Voglio andare a casa.»

«C'è anche che fa un freddo bestia e non mi sembri vestito per la moto.»

Anche Rosas ha la voce impastata, ma si fa capire. «Se non mi vuoi sulla tua moto del cazzo, dillo chiaro e tondo e mi prendo un taxi che è anche più comodo.»

«È che forse ha ragione il questurino e io ho bevuto e fumato la porcheria. Ti fidi?»

«Mi fido.»

«Andiamo.»

«Rosas, cos'è 'sta storia della tua casa? Da quando ce l'hai?» chiede Sarti Antonio.

«Da quando Elisa se n'è andata e la Biondina è tornata a vivere con te. Adesso è casa mia e voglio vedere chi mi caccerà fuori.»

«Non mi sembra una buona idea: se qualcuno vuol far del male alla Biondina...»

Rosas si avvicina pericolosamente a Sarti Antonio e gli soffia sul viso: «Guardami bene, collega. Ti sembro la Biondina?». Ha gli occhiali di traverso e Sarti Antonio glieli sistema meglio. «Grazie» dice il talpone, e raggiunge Felicità sul pianerottolo. Niente sciarpa e niente berretto. Basta l'alcol che ha dentro.

La Biondina e Sarti Antonio restano soli. Restano sette bottiglie vuote: quattro di spumante nazionale, come da raccomandazioni del Governo, e tre di champagne. Bevute, le ultime, alla salute del defunto marito della Grassona che le conservava non si sa bene per quale occasione.

Nella memoria elettronica del mio questurino restano anche tutti i problemi lasciati da una lunga chiacchierata, quando ancora le menti erano sveglie.

Aveva cominciato la Grassona col dire: «Pensate un po' a quel disgraziato che passerà Natale in prigione. Da solo, poveretto, e innocente».

Le erano andati dietro la Biondina e Felice Cantoni, a scatto libero e con pochissima cognizione dei fatti.

Scientifico, come sempre, Rosas aveva emesso la sua sentenza: «Il prof è dentro perché quel coglione del tuo capo, da quel fascista che è, non vedeva l'ora di fargli pagare le sue idee e il suo passato. Ma soprattutto le umiliazioni e le prese per il culo di anni di liceo assieme. Così ha indagato nella direzione che gli faceva comodo e ha portato in tribunale solo certi indizi nascondendone altri. Bella tutela dei diritti dei cittadini!».

E chissà quale altra invettiva contro i poteri forti dello Stato capitalista avrebbe tirato fuori se Sarti Antonio non gli avesse detto di brutto: «Ma che cazzo dici? Aveva un avvocato difensore. Perché non ha indagato e cercato lui gli indizi che avrebbero potuto scagionare il prof? Era suo dovere. Poi mi spieghi perché il professore non ha mai, dico mai, collaborato alle indagini raccontando quello che sapeva? Come, per esempio, dove la povera Elisa ha passato gli ultimi tre giorni. Lui lo sa: sono stati in contatto telefonico. Se ne stava là, seduto, apatico, assente come se il processo riguardasse un altro».

«È proprio quel comportamento che mi fa sospettare. Io lo conosco bene e non è da lui. L'ho visto reagire duro a provocazioni ben più stupide.»

«Mai una reazione, mai una contestazione... Neppure quando il pubblico ministero gli ha puntato un dito contro chiamandolo il mostro degli spilloni. L'ha perfino accusato di aver organizzato delle messe nere. Io... io mi sarei... Avrei...»

«Avresti fatto come lui! Per tener fuori dal processo qualcuno che ti premeva, avresti fatto come lui!»

E qui Felicità aveva messo tutti d'accordo con una storia che avrebbe lasciato di stoppino sia Sarti Antonio, sergente, sia Rosas, incasinando una vicenda che già era incasinata di suo.

43
RACCONTO DI NATALE

La storia della fotografia e del bagatto, con le loro relative scritte, arrivati alla Biondina, ha colpito duro Felicità. Che di cose così non ne aveva mai viste né sentite. Aveva ascoltato la discussione, a volte dura, fra Sarti Antonio e Rosas e aveva cercato di inserirsi: «Vorrei dire la mia». Come se non avesse parlato. «Ehi, ascoltate» aveva ripetuto. Niente. Le erano rimaste le maniere forti. Aveva vuotato d'un fiato un bicchiere di champagne, aveva urlato un "Ooooh" che non finiva più e sbattuto sul pavimento il bicchiere. Vuoto.

Silenzio e finalmente l'attenzione dei convenuti.

«Be', adesso la piantate con le vostre stronzate. Parlate, parlate e non sapete di cosa!» Aveva preso un altro bicchiere, ma Sarti Antonio le aveva bloccato il braccio.

«Guarda che sono sei, contati. Se ne rompi un altro, qualcuno non beve più per stasera.»

«Tranquillo, è solo per un altro sorso di champagne. Sai che mi piace? Dunque, ho da parlare per un po' e non voglio che mi si secchi la lingua.» Aveva riempito, aveva bevuto e aveva cominciato, con la sua voce bassa e roca: «Apatico, assente... Ma cosa ne sapete voi del contino? Ha vissuto l'infanzia assieme a una madre mezzo matta che lo lasciava solo per andare a farsi scopare da chissà chi e con un padre che non l'ha mai abbracciato e non l'ha mai chiamato figlio, come fanno i padri perbene. A dieci anni l'hanno ficcato in un collegio svizzero... Lei, la madre, diceva: "L'abbiamo portato a studiare in Svizzera...". In collegio, cazzo, in collegio!». Aveva piantato le mani in tasca e tirato fuori una scatola di tabacco, un accendino e un grumo di materia scura. Ne aveva grattato un poco con il coltello, aveva mischiato la segatura al tabacco, si era rollata una sigaretta e se l'era accesa. Gli altri, in silenzio, aspettavano i suoi comodi.

Solo il mio questurino aveva borbottato: «Non mi piace che si fumi in casa mia. Soprattutto quella roba lì».

«Be', per questa volta dovrai sopportare.» Aveva acceso e tirato una lunga boccata prima di offrire in giro. La Grassona moriva dalla voglia, ma le mancava il coraggio. «L'unica che gli ha voluto bene come se fosse sua madre è stata Flora. "Il mio passerotto" lo chiamava. E lei chi era? Una arrivata alla villa per caso a fare la governante. Che sarebbe la cameriera. Anche se poi è finita nel letto del conte...»

«Scusa, scusa» l'aveva interrotta Sarti Antonio. «Tu come sai queste cose?»

«Le so, cazzo! In paese le sanno tutti. E poi sono nata lì e ci ho passato l'infanzia. Vuoi che non conosca il contino? Chissà quante volte ho sentito raccontare la favola di due ragazze arrivate da Napoli con quello che avevano indosso e prese in casa dal conte solo per pietà cristiana.»

Si era rilassata sulla sedia per tirare in pace dalla sigaretta. Sarti Antonio, sergente, aveva aspettato il seguito, che non era arrivato e aveva chiesto, piuttosto deluso: «È tutto?».

«Eeee, ne avrei da raccontare...»

«Fallo.»

L'ex postina si era alzata dalla sedia, era andata da Sarti Antonio, gli si era chinata davanti, gli aveva sbuffato il fumo sul naso e aveva detto: «Adesso fumo». Poi lo aveva guardato bene in faccia, gli aveva sorriso e offerto un tiro.

«Lo sai che non mi va di fumare. E non mi vanno quelli che mi fumano in faccia.»

«Io ti vado, io ti vado, lo so, questurino» ed era tornata alla sua sedia. «Vivi con due belle ragazze per un po' e ti viene voglia di fartele. Figurati se non ne veniva voglia al conte. Oh, mia madre mi raccontava che portava in villa una ragazza diversa ogni settimana. Lo chiamava "quel maiale", ma solo quando eravamo sole. Aveva paura che si facesse anche me, sua figlia.» Procedeva sgangherata come la sigaretta. «Artemisia, dicono, era proprio bella, ma anche Flora... Il conte scelse Artemisia e aveva deciso di sposarla. Peccato, peccato! Non ha fatto a tempo. Restava Flora, no? Ma niente, anche questa volta Flora è fuori. Arriva Berenice e diventa contessa. Ma a letto con il conte ci va anche Flora. Sempre più spesso. E sempre più spesso Berenice va a cercare altrove quello che in villa non trova.» La Felicità aveva tirato l'ultimo fumo, schiacciato la cicca nel piatto... In casa Sarti non esistono posacenere. Si era alzata e aveva detto: «Be', forse è ora che me ne vada a casa. Grazie del bel Natale che mi avete fatto passare».

«Sciacquati la bocca da quella porcheria, prima» aveva detto Sarti Antonio, sergente. E le aveva versato altro champagne nel primo bicchiere che gli era capitato sottomano.

«Non è porcheria, ma bevo lo stesso» e Felicità si era di nuovo seduta.

«Come mai, alla morte di Berenice, il conte non ha sposato Flora?» le aveva chiesto il questurino.

«Non te lo immagini? Scopare, il conte scopava, ma figli non ne poteva avere. Perché sposarsi? Però un matrimonio c'è stato in villa, c'è stato e come! Mia madre me lo ha raccontato spesso. Una cerimonia alla grande e con tutto quello che serve: chiesa addobbata come per la festa del santo patrono e con tanto di organo, pranzo nel parco, suonatori, decorazioni e illuminazione fra gli alberi. E Flora che era bellissima, dice ancora oggi mia madre, quando ci ripensa. Commossa, elegante nel suo velo da sposa... Magari poteva fare a meno dell'abito bianco, ma, lo sapete, nei paesi le tradizioni vanno rispettate.» A Felicità piaceva vedersi addosso lo sguardo degli altri e le piaceva tenerne l'attenzione. Una storia d'intrighi e di sesso che nemmeno la televisione... Una storia che alla Grassona piaceva da morire.

Il mio questurino, piuttosto interessato, l'aveva sollecitata: «Allora si sono sposati».

«Si sono sposati sì. Flora e Camillo.»

Alla rivelazione, la Grassona delusa aveva chiesto: «Camillo? E chi sarebbe? Da dove salta fuori? E il conte?».

«Camillo sarebbe poi il giardiniere del conte.»

«Il giardiniere?» Per Flora, la Grassona avrebbe visto bene un matrimonio con un altro nobile, magari di passaggio.

Sarti Antonio e Rosas sapevano bene chi era Camillo, ma che fosse anche marito di Flora, oltre che giardiniere del conte, arrivava nuova. E complicava le cose.

Da quando la Felicità aveva preso pallino, il talpone non si era più sentito. Dopo la rivelazione aveva detto: «Ma cosa stai inventando, Felicità?».

Felicità gli aveva sorriso. «Una bella sorpresa, eh, talpone?» Nessuno, se non Sarti Antonio, lo ha chiamato talpone. «Non te l'aspettavi neanche tu che sei la testa della compagnia.»

«Di Camillo cosa sai?»

«Quello che sanno tutti al mio paese» e la pianta lì, come se la risposta fosse più che esauriente.

«E cosa sanno tutti?»

Sapevano che Camillo, molti anni fa, era arrivato al paese, che era muto e anche orfano e che il prete lo aveva raccomandato al signor conte per una sistemazione. Il signor conte lo aveva assunto come giardiniere e lo aveva alloggiato nella casetta dietro la villa, assieme agli attrezzi, al concime e ai colombi che ci avevano fatto il nido.

«È un brav'uomo, magari un po' semplice, ma gran lavoratore. Ha sistemato la casetta che dovresti vederla e si fa i fatti suoi. Se li faceva fino a quando il conte non gli ha chiesto di sposare Flora. "Per darle una sistemazione" gli aveva spiegato il conte "che poi io ti ricompenserò come si deve." Si sono sposati, Flora continua a tenere dietro alla villa e continua ad andare a letto con il conte. La notte dorme con Camillo, che non ho ancora capito se fa finta di non sapere o se proprio non ci arriva. E non so nemmeno se poi il conte lo ha ricompensato come si deve o se aspetta di crepare, e pare che sia presto, per lasciargli quello che gli ha promesso e che gli spetta.»

La Grassona era commossa. Forse per lo champagne. Aveva mormorato: «Poverino Camillo, muto e tradito dalla moglie. Poverino. Mo' che bestia però quel conte! Lo dico sempre: Dio mi scampi e liberi da chi ha i soldi».

44
TROPPE COSE PER LA TESTA

Natale se n'è andato, l'anno nuovo è dietro la porta e aspetta di entrare. Restano i problemi di sempre, compresa l'auto Ventotto sotto casa. Alle sette e mezzo del mattino, tutte le mattine.

«Mi raccomando, non uscire. Se ti serve qualcosa, ci penso io.»

«Anche agli assorbenti?»

«Anche. Mi chiami al cellulare. Sì, adesso ci hanno dato un telefonino. Lo lascio a Felice perché a me basta e avanza quello di casa. Ti telefonerò il numero. Mi raccomando.» Si ferma sulla soglia a pensare se ha finito le raccomandazioni. No: «E non aprire a nessuno».

«E se suonano?»

«Da me non suonano, entrano e basta. La chiave di casa mia c'è l'ha mezza Bologna, chissà perché. Anzi, fai così, metti la catena. Non si sa mai.» Un'altra occhiata alla Biondina e poi: «Mi raccomando».

La Biondina vorrebbe rassicurarlo con un sorriso, ma le viene troppo triste per essere sincero. Un cenno di saluto a Felice Cantoni, agente, tanto perché sappia che l'ha visto, e poi Sarti Antonio affoga nei troppi guai che lo tormentano.

Per esempio, la cartellina rosa. Come mai Raimondi Cesare, ispettore capo, non gli ha ancora chiesto, *èverocomesidice*, a che punto siamo con l'indagine strettamente riservata? E perché Medardi Avanti non gli parla più dell'incontro con la mala? Sospettano?

Ma non c'è solo l'inchiesta strettamente riservata. C'è il bagatto, con i suoi versi sibillini:

> *Per una terra nuova, ogni tomba è un'uscita.*
> *Muore solo la morte, immortale è la vita.*

C'è la foto della morta, con i suoi versi altrettanto sibillini:

> *Per vedere l'assassina*
> *servon occhi da faina.*

Ci sono dei reperti archeologici finiti in casa sua; c'è qualcuno che si diverte a seminar casino, non si capisce perché; c'è un muto che sposa l'amante del datore di lavoro; c'è un nobile che sul letto di morte chiama bastardo il figlio bastardo di sua moglie legittima; c'è Rosas che non vuol saperne di convincersi della colpevolezza del prof solo perché *sente* che è così, e senza uno straccio di motivazione, lui che ha fatto della ragione la ragione di vita; c'è la Bruna del Bellavista talmente sicura che il contino sia innocente da dichiarare: "Ma vuoi che ti dica una cosa? Il tuo capo ha preso una di quelle cantonate, ma una di quelle cantonate... Il professore non l'ha ammazzata quella poveretta". E poi ancora: "Lo so, lo so e basta".

C'è un fidanzato, tale Odorici Giuseppe, che Raimondi Cesare, ispettore capo, ha subito scartato dall'elenco dei sospetti; c'è il professor Fondali Ernesto, padre di Elisa, uomo di grande senso civico e specchiata moralità e per il quale, "poiché trattasi di personaggio molto noto e stimato, non si è ritenuto opportuno approfondire le indagini"...

C'è soprattutto una frase buttata lì da Rosas, a proposito del prof: "Avresti fatto come lui! Per tener fuori dal pro-

cesso qualcuno che ti premeva, avresti fatto come lui!".
Be', fa pensare. Il talpone sa qualcosa che Sarti Antonio, sergente, non sa.

E c'è, c'è, c'è... Anche una maga che fa l'amore con gli occhi.

Troppo, troppo. Va bene che Sarti Antonio, sergente, ha una buona memoria, ma se c'è un limite per i computer, dopo di che cominciano a dare i numeri, figuratevi per Sarti Antonio, sergente. Che i numeri li dà di norma.

«Dove si va oggi, Anto'?»

Già, dove? Gli impegni ufficiali sarebbero tanti. Meglio sceglierne uno non ufficiale. Fino a quando Raimondi Cesare, ispettore capo, non lo chiamerà a rapporto.

«E se andassimo a trovare il fidanzato?»

«Il fidanzato di chi?» Sarti Antonio guarda il collega, scuote il capo e non risponde. Pretende che la gente gli legga nel pensiero.

La Webhouse è uno dei tantissimi luoghi dove si pratica l'informatica. C'è una quantità di gente, tutti giovani e attaccati alle tastiere come se da quelle venissero fuori le loro radici, occhi piantati sugli schermi. A malincuore, una ragazza si schioda dal video per ricevere i due clienti.

«Sono Veronica, cosa posso fare per voi?»

Sì, il dottor Odorici Giuseppe, anni trenta, titolare della Webhouse, è in ufficio, ma al momento è alquanto occupato e non può ricevere. "Se posso esserle utile io..." No. E Sarti Antonio, sergente, è costretto a mostrare la patente di questurino.

«Eva» grida Veronica «accompagna questi due poliziotti dal dottore!»

Da una porta esce una cresta verde e arancio. Il resto è in tono: anelli e brillantini sparsi qua e là per il viso. A prima vista, Eva non è un essere umano, nel senso che siamo abituati a dare alla parola. Eva è un giovanotto, magro e consunto dalla vita, che sta in piedi per scommessa. Indossa calzoni e maglietta che non prenderei su da terra, se per caso li incontrassi. Ma sono firmati. Calzoni e maglietta costano più di un mensile del mio questurino.

«Da questa parte» dice lo sfigato.

Il dottor Odorici si alza dalla poltrona, tende la mano, sforna un sorriso che innamora e va incontro agli ospiti. È alto, slanciato, muscoloso, tutto casa e palestra, capelli curati, mani curate, viso curato, scarpe curate, cravatta curata al posto giusto e in tinta con la camicia curata.

È fine dicembre e il dottore è abbronzato come se fosse appena tornato dal mare. Siamo davanti a un vero e proprio arcorizzato. L'arcorismo si è diffuso, e non solo fra la classe dirigente, ma per fortuna pare che, almeno per ora, sia circoscritto e non esca dai confini nazionali.

Felice Cantoni, agente, non l'ha ancora guardato, occupato com'è a seguire l'Eva in uscita. Chiede: «Bel tipo. Chi è?».

«Evaristo, Eva per tutti. Non si faccia ingannare dalle apparenze. Un bravo ragazzo e un genio dell'informatica. Con il computer sa fare delle cose... Neanche lui sa quanto vale.»

«Gli faccia i miei complimenti e...» ma Sarti Antonio lo interrompe.

«Siamo qui per Elisa, non per Eva.»

L'affascinante arcorizzato cambia tono. Diventa ostile, ritira la mano tesa, smonta il sorriso artificiale e torna a sedere alla scrivania. «Ancora? Non è già tutto chiarito e risolto?»

«Se lo dice lei.»

«Cosa c'è ancora? Non ho molto tempo...»

«Sì, sì, mi hanno avvertito.» Non si perde in altri preamboli. «Quando dovevate sposarvi lei e Elisa?»

Il dottor Odorici parla mentre sfoglia documenti e mette qualche sigla qua e là, più per sembrare indaffarato che altro. «Guardi, agente, che del nostro matrimonio, io l'ho appreso dai giornali. Io e Elisa non abbiamo mai parlato di matrimonio. Certo, prima o poi ci saremmo sposati se...» e non continua.

Bel colpo! Elisa lascia il professore e Rosas perché si deve sposare di lì a pochi giorni e il promesso non ne sa nulla. Bel colpo!

«Abbiamo dei testimoni. Elisa raccontava del suo prossimo matrimonio...» si affanna il mio questurino.

«Forse, ma non con me.»

«E lo dice solo ora, dottore?»

Odorici lo guarda con sopportazione: non ama ripetersi. «No, l'ho detto anche a chi mi ha interrogato subito dopo il fatto.» Per lui l'omicidio di una ragazza, che era anche la sua fidanzata, è "il fatto".

«Vi sareste sposati se... Cosa voleva dire, dottore?»

Un'occhiata allo schermo del computer, alcuni tasti da premere e poi risponde con tranquillità: «Ci saremmo di certo sposati se Elisa non mi avesse piantato tre giorni prima del fatto». Una cosa normale. E forse lo è. Fra gente così.

Non c'è più molto da chiedere e Sarti Antonio, sergente, se ne va senza salutare. Appena fuori dall'ufficio, lo raggiunge il sarcasmo del dottor Odorici: «Buon anno, agente!».

«Anche a lei» risponde Felice Cantoni. È lui l'agente. Scelto, magari.

«Sei proprio stronzo» gli dice sottovoce Sarti Antonio mentre attraversano gli uffici.

«Ci ha dato il buon anno e l'educazione...»

«Sì, auguri.» Lascia perdere Felice Cantoni e ragiona a voce alta. «Allora: Raimondi Cesare, ispettore capo, sapeva che Elisa aveva piantato il fidanzato e non si è ricordato che la gelosia e l'orgoglio sono fra le cause più ricorrenti di omicidio. O se l'è ricordato, ma gli ha fatto comodo dimenticarsene. Anche se dai rapporti risulta che il dottor "Odorici Giuseppe, anni trenta, esperto d'informatica e titolare della Webhouse, era da tutti ritenuto personaggio geloso e capace di violenza, se provocato". Più provocato di così...»

Felice Cantoni, agente, interrompe il ragionamento: «Guarda quello stronzo!».

Appoggiato alla Ventotto, la sua bella cresta bagnata dalle goccioline di nebbia, c'è Eva. A disagio e struscia di continuo contro la carrozzeria i calzoni firmati.

«Elisa aveva paura» dice di colpo appena i due questurini gli sono a tiro.

«Chi te l'ha detto?»

Ha già fatto un notevole sforzo. Probabile che con il computer si esprima meglio e senza esitazioni. «Elisa. Mi ha chiesto di dire al dottor Odorici di non farla seguire.»

«E lui ha smesso?»

«Lui ha riso e mi ha detto di riferirle che stesse tranquilla: se c'è da seguire una donna, lui la segue di persona. Non incarica altri.»

«È vero?» Eva annuisce. «Anche tu sei stato a letto con Elisa?»

Il giovanotto agita ancora più il culo sulla carrozzeria della Ventotto e Felice Cantoni, agente, soffre. «Perché me lo chiede? Magari. Io ci ho provato, ma non ero il suo tipo. Ero disposto a insegnarle tutto quello che so di...»

«Sei molto stanco?» lo interrompe Felice Cantoni.

«No, perché?»

«Allora puoi stare in piedi senza appoggiarti alla mia macchina?» e lo sposta di peso.

«Tutto quello che sai di...» riprende il mio questurino.

«... di informatica. Elisa ne sapeva poco. Era in difficoltà con i cellulari.»

Seduto sulla Ventotto, Sarti Antonio, sergente, borbotta: «Se mettiamo assieme quello che sappiamo, viene fuori un gran casino». È così. Più va avanti, più le cose diventano complicate. «Meglio staccare per un po' e stare alla finestra. Chissà che l'aria fresca non mi schiarisca le idee.»

«Si può anche prendere il raffreddore.» La saggezza di Felice Cantoni, agente.

In centrale si fa un caffè. «Chi ne vuole?» chiede ai colleghi. Non capita spesso.

«Uno per me» dice Avanti.

«Nessun altro?» Nessuno. Un buon giro.

Bevono in silenzio, la schiena girata ai colleghi perché se entrasse Raimondi Cesare... Non sopporta che ci si faccia il caffè in ufficio.

«Cosa aspetti a mettermi in contatto?» mormora a bocca storta Sarti Antonio.

«Calma, calma... quando sarà il momento.»

«Calma un cazzo. Io ho bisogno subito, non quando sarà il momento.»

«Se è per questo... Nella pratica Torreni, cassetto della tua scrivania, ci sono degli allegati. Per le spese più urgenti.»

«Voglio sapere da chi dipende il mio futuro. Con chi ci incontreremo? Voglio sapere...»

«Saprai, saprai tutto e di più» sussurra Avanti. Posa la tazzina sulla scansia, che poi Sarti Antonio, sergente, farà sparire dietro le pratiche, strizza l'occhio al collega e, a voce alta che sentano anche gli altri, dice: «Un buon caffè, grazie, sergente. Il prossimo lo offro io. Al bar perché non lo farei mai buono come il tuo».

Nel cassetto della scrivania Sarti Antonio, sergente, tiene ancora una vecchia pratica che dovrebbe essere in archivio da anni. La sfoglia, senza toglierla dal cassetto, e la mazzetta di carte da cento euro è circa a metà, fra la fotocopia di una dichiarazione giurata e il parere dell'esperto grafico.

45
IL MISTERO DEL BAGATTO

L'inverno che stiamo vivendo a Bologna è un pessimo inverno. Non so altrove. Sarà per il freddo di una notte agitata, sarà per i troppi pensieri che lo tormentano anche mentre dorme, ma Sarti Antonio, sergente, si alza con la colite agitata. Non è un bel segno. E i termosifoni sono gelati.

Si presenta alla Grassona deciso ad arrabbiarsi ancora di più. Ha sempre pagato quanto doveva per il riscaldamento e per l'affitto.

«Mi dispiace, signor Sarti» bela quella, il viso atteggiato a un dolore inesistente «ma la centrale termica del condominio si è bloccata e il tecnico dice che ci vorranno almeno tre giorni.»

«Tre giorni? E adesso?» Usa spesso "adesso" quando non sa cosa fare. «Morirò dal freddo...»

«Mo' non ha una stufina elettrica?» No, Sarti Antonio non ce l'ha. È quello che la Grassona aspettava. Spazza via la faccia da funerale, ne mette su una allegra, fa gli occhi a spillo e mormora: «Io ce l'ho, signor Sarti. Perché non viene in casa mia? In due ci si scalda meglio».

Non ci pensa proprio, ma non lo dice. Dice invece: «La ringrazio, potrebbe essere una soluzione. Perché no? Ne riparleremo stasera, quando tornerò a casa».

Questa sera non tornerà a casa.

«Sai che facciamo» dice alla Biondina. «Ti porto al Bellavista e ci resti fino a quando non avranno sistemato il riscaldamento.»

«Non mi pare una buona idea. È lì che sono cominciati i miei guai.»

«I nostri, se permetti. Al Bellavista sarai al sicuro. E poi c'è la Bruna che ti terrà d'occhio.»

«Ti fidi?» Sì, Sarti Antonio, sergente, della Bruna si fida.

La Biondina si lascia convincere. Anche perché l'altra soluzione è: «Oppure vai a stare con la Grassona».

«Non aspetta me.»

Prendono le cose che serviranno per tre giorni fuori e stanno per uscire, ma c'è il telefono. «Pronto.»

«Aspettami che vengo da te» dice Rosas.

«Sto andando in servizio... E poi il mio appartamento è un igloo. Non te lo consiglio.»

«Vieni a casa mia. È importante.»

«E di grazia, marchese, dove sarebbe casa tua?» Gliel'ha già detto: per il momento casa sua è da Elisa.

A Felice Cantoni rompe molto quando il sergente prende la sua Ventotto per un taxi. Ma non protesta. Qualche volta l'ha fatto e non è servito.

La Bruna si è dimenticata dell'ultimo incontro con Sarti Antonio, sergente. Li vede entrare e gli va incontro. Dice: «Sono contenta di vedervi. Mi era venuto da pensare che non volevate più mettere piede da me».

«Lo sai che ti voglio bene.»

«Lo so, lo so» e alla Biondina: «Non essere gelosa, tu, che non te lo tocco, il questurino». A entrambi: «Cosa fate qui a quest'ora? Voglia di fare l'amore al mattino presto?».

«Centrale termica fuori uso. Lei sta qui da te tre giorni. E tienimela d'occhio, che non le succeda niente. Ha già avuto i suoi guai dopo quella notte...»

«Se è per quello, li ho avuti anch'io» brontola la Bruna. «Ti do la tredici» e scoppia in una risata per niente contagiosa. «No, scherzo. Ti metto in una stanza riservata, vicino alla mia, così stai tranquilla. E se hai bisogno chiama, che la Bruna ha il sonno leggero.»

La Biondina raccoglie i suoi stracci e va dietro alla Bruna. «Torna presto» si raccomanda al questurino.

Lui la rassicura con un sorriso sforzato, da colitico. È una brutta mattina. E lo aspetta il talpone. Un altro guaio, lo sente. Ma prima ha un paio di cose da farsi spiegare dalla titolare dell'HotelRistorante.

«Brava ragazza» dice la Bruna tornando dietro il banco. Mette sotto due caffè. «Cosa ci fa con uno come te?»

«Cos'ho che non va?»

«Sei un questurino.»

È una verità che non ammette repliche. Bevono il caffè in silenzio. Poi: «Adesso vado. Ah, senti. Cosa significa: "Lascia perdere se non vuoi metterti in altri guai"?».

«Cosa significa?»

«Dimmelo tu. È il consiglio che mi hai dato l'ultima volta che sono stato qui.»

«Aaa, quello! Be', lo imparerai presto.»

«Bruna, se sai qualcosa che dovrei sapere io... Chi non collabora con la Giustizia...»

Avrebbe potuto trovare qualcosa di meglio. Infatti: «La Giustizia... Sai che paura fa alla Bruna la tua giustizia. Ti saluto. Torna a lavorare, che la Biondina è in buone mani».

Via della Castellata, centro storico, dietro il Duse. È una delle poche strade di Bologna senza portico. C'è l'ingresso degli artisti che passano dal Duse e, dall'altra parte, via Rialto, che si chiama così perché, ricordano i vecchi della zona, ci stava il ponte sull'Aposa, uguale al Rialto veneziano. La solita presunzione dei bolognesi. Magari era un po' più piccolo, perché l'Aposa non è il Canal Grande.

Sempre i soliti anziani ricordano, ma per fortuna sono gli ultimi a farlo, che nella Castellata c'era anche un campo da bocce dove Braccio di Ferro e Duardein al matt, che sarebbe poi Edoardino il matto, vincevano a man bassa nelle sfide con altri quartieri e venivano premiati con delle medaglie intagliate nel legno. Medaglie di legno, pensa te!

L'appartamento di Elisa è all'ultimo piano e guarda verso le colline. Si vede San Michele in Bosco con la sua chiesa, Villa Revedin e una quantità di altre ville seminate lungo gli Scalini, che hanno ospitato e ospitano una ricca borghesia tranquilla. Che non si sogna di inviare pacchi esplosivi in giro per l'Europa. Ha altro da fare.

Sarti Antonio entra, si guarda attorno, annusa il buon profumo. Si vede e si sente che c'è stata una ragazza. C'è lo stretto necessario. Strano per la figlia del famoso professor Fondali Ernesto. Il mio questurino lo fa rilevare e Rosas gli risponde:

«L'appartamento è del padre di Elisa, ma lei lo ha preso solo a condizione di pagargli l'affitto. Si è sempre mantenuta da sola.»

«È la prima figlia del secolo che non si fa mantenere dalla famiglia. Una brava ragazza. E che faceva per vivere, pagare l'affitto e studiare?»

«Il tuo sarcasmo è inutile, il mio coglione. Elisa faceva di tutto.»

«Per esempio?»

«Barista, traduttrice dall'inglese, dal francese, dal tedesco... Correggeva bozze, babysitter e d'estate faceva la campagna turistica dove trovava. Ma non sei qui per sapere come viveva Elisa.»

«Perché sono qui?»

«Per sapere com'è morta e chi l'ha ammazzata.»

«Capito. Da dove ripartiamo?»

«Dal bagatto. Sai di cosa parlo. Vuoi un caffè?»

«Sì, se lo faccio io. Hai ancora la miscela di Elisa?»

Rosas indica l'angolo cucina. Sul ripiano del fornello c'è il necessario e, mentre il mio questurino prepara, Rosas fa partire una musica sottile.

«Crei l'atmosfera per noi due?»

«La musica per Elisa. Ti dispiace se l'ascolto?» Il talpone va sul romantico. Da non credere.

«Figurati. Mi piace.»

«Strano.»

Prendono il caffè e Sarti Antonio aspetta. Sa che a Rosas non si deve mettere fretta. Difatti: «Nel mazzo di carte che il prof ha in cella, manca il bagatto» dice.

«E tu come lo sai?»

«Ho telefonato al prof...»

«... e ti ha risposto la sua segretaria. Non dire cazzate! Non si telefona a un detenuto come fosse a casa sua. C'è una procedura, ci sono dei tempi, ci vogliono dei...»

Rosas sbuffa e lo interrompe: «Io non so cosa cazzo ci voglia. Io so che la mattina di Natale ho telefonato al carcere e mi hanno passato il prof! Se poi non ti va bene, non so che farci!». Povero Rosas: ha perduto l'ironia, la voglia di prendere per il culo un questurino, la pazienza e chissà che altro.

«L'hai sentito la mattina di Natale. Ma se abbiamo passato insieme tutto il pomeriggio e non abbiamo fatto che parlare del contino Pierfrancesco Tagliacozzi del Paleotto e neppure me ne hai accennato?»

«La fai lunga! Ero venuto per dirtelo, ma c'era troppa gente...»

«Così non sei venuto per farmi gli auguri?»

«Oh, Sarti! Io ti offro un indizio fondamentale e tu mi stai a rompere le palle con delle domande da questurino. Hai capito o no che il bagatto arrivato alla Biondina faceva parte di un mazzo arrivato in carcere al prof?»

Sarti Antonio, sergente, ci pensa un po' su e poi: «Bene, adesso sappiamo chi spedisce posta alla Biondina e da dove».

«Non sappiamo niente di niente!» grida Rosas. È proprio sballato. Solo adesso mi accorgo che, da quando è cominciata questa brutta storia, non l'ho sentito fischiettare le solite assurde sinfonie. Lo faceva quando pensava, prima di addormentarsi, mentre leggeva, quando non gli andava di ascoltare le stronzate del mio questurino... Nel corso della vita si cambia. «Mi spieghi come avrebbe fatto uscire dal carcere prima la foto e poi il bagatto?»

«Eppure tu ci sei stato in carcere. Non ricordi? Con un po' di lira, adesso euro, si può ottenere di tutto, caro mio. E mi pare che il tuo prof ne abbia.»

«Il mazzo di tarocchi glielo ha portato la moglie! In carcere! Non ti fa venire in mente qualcosa?»

«Che fra moglie e marito, meglio non mettere il dito.»

«'Fanculo, questurino, 'fanculo! A me fa venire in mente che dietro il massacro di Elisa c'è una famiglia intera. Anzi, due famiglie!» Cerca di darsi una calmata e ci riesce.

Per un po' la musica passa leggera sui fatti e misfatti che riguardano la povera Elisa e poi Rosas dice, sottovoce: «Dobbiamo parlare con la moglie del professore. Si chiama Nadia Vittori, abita in via...».

«Non ti viene in mente che a forza di andare in giro a chiedere, prima o poi qualcuno si chiederà cosa stiamo frugando e perché?»

«E tu diglielo.»

«Buona idea. Non ci avevo pensato.» Adesso è il mio questurino che alza la voce: «A Raimondi Cesare racconto che sto facendogli le pulci addosso! E al signor questore spiego che nessun pubblico ministero mi ha autorizzato a interrogare degli onesti cittadini! E in tribunale mi difendo spiegando che un mio amico... Ma che amico! Quel coglione di Rosas è convinto dell'innocenza del professor Pierfrancesco contino Tagliacozzi del Paleotto e che sto cercando il vero assassino per calmare la sete di vendetta di un innamorato!».

«Bene» dice Rosas sottovoce. «Se non lo fai tu, lo faccio io. Io non ho nessun capo Raimondi Cesare, nessun questore, nessun tribunale cui rendere conto.»

«Lo dici tu!» grida ancora il mio questurino. «Lo dici tu! Non puoi andare in giro a...»

Non serve: Rosas neppure l'ascolta e s'infila uno straccio di cappotto, si arrotola la sciarpa al collo, indossa a ciabatta due scarpacce sporche e strafugnate e, con un cenno della mano, invita Sarti Antonio a lasciare immediatamente la sua casa. La sua casa?

Di nuovo sulla Ventotto. D'istinto avrebbe seguito il talpone, se non altro perché non si facesse male. L'ha mandato al diavolo in cambio di un bar con cesso decente. Ce n'è qualcuno in città. Rari. Ma quando la colite di origine nervosa dice sul serio, c'è poco da scegliere. Si prende il primo cesso che capita e via andare.

Dopo, rilassato, prende una decisione.

«Dov'è il telefonino?» Felice Cantoni, agente, ce l'ha nella tasca interna del cappotto. «Fa' come se fosse tuo, mi raccomando.»

«E dove lo tengo, Anto'?»

«È della questura? Sì, e allora sta nel cruscotto della Ventotto, a disposizione di tutti.»

Parlare con una registrazione è come parlare con nessuno: fa un po' senso, ma non c'è altro se si vuole un numero di telefono.

"Se sa che il numero che cerca è di un'abitazione privata, ad esempio Mario Rossi, dica solo la parola 'privato'. Altrimenti, per ditte, uffici o altro, dica la parola 'altro'."

Sarti Antonio, sergente, ci mette troppo a decidere se la chiromanzia faccia parte del "privato" o è "altro" e la registrazione chiede scusa ma non ha capito la risposta. Non c'era da capire.

Decide che la chiromante è "privato" e fa un altro tentativo: "Ora dica soltanto la città o il comune..." ancora "... la regione o la provincia..." e da qui in avanti ti prendono per un deficiente che non sa distinguere un nome da un cognome: "Adesso mi dica soltanto il cognome, ad esempio Rossi".

La registrazione ha fretta e non permette riflessioni del tipo: Capinera è il vero cognome della maga o è un nome d'arte? "Mi scusi, non ho capito. Forse ha parlato troppo presto. Ripeta con voce chiara..."

Sarti Antonio, sergente, non ha parlato troppo presto: non ha parlato proprio. Comunque dice: «Capinera».

"Ora dica solo il nome, ad esempio Mario."

«Antonia.»

Alla fine c'è anche la conferma: "Vuole il numero di Capinera Antonia?" e, al prezzo di un solo scatto, la registrazione gli regala anche l'indirizzo, "sì o no?". Sì, Sarti Antonio, sergente, lo vuole.

«Ciao, Antonio.»

«Sai chi sono?»

«Che chiromante sarei se non lo sapessi? Come stai?»

«Non lo so. Da chiromante dimmelo tu.»

«Era una domanda retorica, tanto per cominciare un dialogo. Stai male e sei arrabbiato.»

«In pieno. Mi servono delle informazioni.»

«Per telefono?»

«Urgenti. Sai cos'è il bagatto?»

Dall'altra parte c'è una sospensione temporale e poi: «Come sta Rosas?».

«Non lo so. Arrabbiato anche lui. Il bagatto?»

«Perché non venite tutti e due a prendere un Sangue di Demone da me? Vi rilasserebbe.»

«Mi serve sapere del bagatto...»

«Tu vuoi sapere del bagatto, e io ti offro un Sangue di Demone. Ricordi cos'è? O preferisci un Lacrima Christi. Senti, devo lasciarti. Telefonami, ciao» ed è tutto. Vaga, sfuggente, renitente. Anche lei collusa?

46
LA BIBLIOTECA DI ALESSANDRIA

La biblioteca non è illuminata come dovrebbe esserlo una biblioteca che si rispetti. Il prof pensa che ci vorrebbero più lampade sui tavoli, e più neon alle pareti del soppalco, o almeno neon più nuovi, più potenti. Una biblioteca buia e senza lettori è triste come una fermata d'autobus in un deserto di notte.

Il prof sta seduto a un tavolo con la lampada accesa. È una lampada degli anni Cinquanta, con lo stelo di ottone e il cappello verde, di quelle da ufficio comunale, con lampadine deboli, povere di luce. Ma il prof non ha bisogno di luce, poiché vuole solo stare seduto a fissare le scaffalature.

La direttrice è partita. La neve ha cessato di cadere, le comunicazioni sono state ripristinate, e lei ha preso il treno. La figlia sta in una comunità del Veneto, o lombarda, non ricorda bene, ma in un paesino che il prof non ha mai sentito dire. Non c'era nessuna gioia in quella partenza, nessuna ansia per rivedere una persona cara, ma solo tensione. Passerà un pessimo Capodanno e tornerà depressa e incarognita.

L'amministrazione risparmia sul riscaldamento. La biblioteca è fredda come una chiesa. Del resto, perché un carcere dovrebbe sprecare risorse per un ambiente frequentato più da ragni che da lettori?

Il prof si alza stancamente e il rumore della sedia spostata rimbomba nella sala.

Passa lungo le scaffalature e osserva distrattamente i volumi. Lui non è più abituato a quelle biblioteche. Gli ricordano quelle della parrocchia, con i volumi sfasciati tenuti insieme da elastici, con le costole staccate dalla legatura. I volumi sono sistemati in verticale, altri in orizzontale, altri al contrario. Le etichette sono ormai completamente scollate.

Il prof cerca di leggere i titoli, ma ci riesce solamente quando incrocia una lama di grigia luce pomeridiana. Non ha mai avuto la minima curiosità di sapere cosa conteneva la biblioteca di un carcere. Erano altre le biblioteche a cui era abituato.

È stupido, pensa di nuovo il professore, non accendere la luce. Ma perché dovrebbe farlo? Lui non ha intenzione di guardare quei libri, né di occuparsene, di metterli in ordine o di schedarli.

Comunque, una biblioteca è una biblioteca. Piccola o grande, bella o brutta, ha qualcosa di sacro, che invita ad abbassare gli sguardi. Ora il prof ha l'impressione che se accendesse anche la luce più bastarda, si spezzerebbe qualcosa e la biblioteca cesserebbe di essere una promessa per trasformarsi in luna park.

Non capisce con quale logica i libri siano stati ordinati: sembra che non esista né un criterio alfabetico secondo nome dell'autore, né un criterio editoriale per collana, né tematico, né per paese, niente. Probabilmente sono stati schedati e collocati per ordine di arrivo, semplicemente.

Il prof pensa che dovrebbe stare in cella a usare il suo computer nuovo, ma non l'ha ancora acceso. L'ha preso in braccio come un neonato e l'ha portato in cella, e l'ha guardato. Non sa se funziona, non l'ha ancora provato. Per una sorta di timore, per paura di non sapere cosa scrivere. Per non essere felice troppo in fretta.

A prima vista gli scaffali contengono quasi esclusivamente romanzi. Sono romanzi d'avventura, polizieschi, marinari, di fantascienza, di spionaggio. Ma ci sono anche romanzi rosa. Il prof non riesce a pensare al Redivivo che legge appassionatamente *Qui sul mio cuore*. Anche perché il Redivivo riesce a leggere a malapena il suo nome. È il peggiore dei suoi allievi, quello che ha fatto meno progressi e quello che si impegna di meno. Il prof non ha ancora deciso se è intelligente, e non capisce perché si ostina a seguire le sue lezioni.

In fondo alla sala, vicino alla porta che conduce alle cucine e ai sotterranei, il prof scopre una sezione di libri di sociologia, tenuti assieme, questi sì, evidentemente, dall'argomento. C'è il Durkheim sul suicidio, c'è un manuale del Ferrarotti, c'è un libro sulle carceri degli anni Ottanta, Ciacci-Gualandi, *La costruzione sociale della devianza*, qualche storia della sociologia, e c'è perfino un Montesquieu. Gli altri libri della sezione sono in ombra. Dietro l'ultimo scaffale, sacrificato tra i libri e il muro, si trova uno schedario di legno, dall'aria antica e malandata.

Il prof apre un cassetto e sfoglia le schedine, ormai completamente strappate dalla sbarra di ferro che normalmente le tiene unite attraversandole. I bordi delle schede sono diventati così spessi che sembrano incollati l'uno all'altro. La maggior parte è scritta a mano, ma alcuni esemplari sono a macchina. Il prof toglie alcune schedine dal cassetto e si avvicina a una finestra per poterle leggere.

Sente la porta aprirsi, dall'altra parte della sala. È un rumore leggero, ma il silenzio fa da cassa di risonanza. Qualcuno è entrato, tuttavia la luce non è stata accesa. Però il prof ode delle voci, poi dei passi. Sono passi di più di una persona, qualcuno ha delle scarpe nuove, oppure risuolate di fresco, oppure con tacchi di ferro, perché fanno un rumore più forte e definito.

Il prof non sa se farsi vedere, oppure restare nascosto dietro la scaffalatura, accanto allo schedario. Lo insospettisce il fatto che chi è entrato non abbia acceso la luce centrale, ma si accontenti della luce che entra dalle finestre e di quella diffusa dalla lampada degli anni Cinquanta, che il prof ha lasciato accesa. Solo lui desidera stare al buio in una biblioteca.

Devono essere in tre. Due discutono animatamente, ma sottovoce. Il terzo, invece, fa qualche passo avanti e indietro. Il prof lo capisce dal rumore dei tacchi. Il terzo è quello dai tacchi di ferro. Uno dei due che sussurrano deve essere una guardia, perché il prof sente più volte il tintinnare del mazzo di chiavi. Le guardie hanno sempre enormi mazzi di chiavi, che si portano dietro come campanelle per appestati.

Il prof trattiene il fiato. Poi, protetto dalle ombre, sporge il volto dal montante di una scaffalatura. Sono in tre. Una guardia, un detenuto, e una donna. La donna porta tacchi stellari, i responsabili del rumore di ferro sul pavimento. La guardia non la conosce, non sa chi sia, non l'ha quasi mai vista. Ha la faccia da messicano, con lunghi baffi spioventi e occhi assonnati. Il detenuto è Tricche-Tracche. Lo si riconosce per via delle scarpe da tennis rosse e per il gesticolare a sesto acuto che accompagna sempre i suoi discorsi.

Il prof cerca di capire cosa si dicono i tre. In realtà la donna non interviene, ma si limita ad aspettare. Il professore si avvicina con cautela, attento a non urtare gli scaffali o le sedie abbandonate lungo le pareti.

La guardia dice: «... non di più...».

Il detenuto si agita. «... caramelle...»

La donna interviene: «Vogliamo muoverci...?».

Dai gesti che fanno, il prof crede di capire che la guardia non può concedere a Tricche-Tracche più di un quarto d'ora, e che pretende una ricompensa maggiore di quella pattuita. Tricche-Tracche insiste per pagare meno e per avere di più. Quale sia la ricompensa il prof non riesce a intuire, ma certo non si tratta di caramelle. Finalmente la guardia esce, con molte precauzioni e mille occhiate a panoramica sul corridoio.

Non appena la porta si richiude, Tricche-Tracche si avventa sulla donna e comincia a brancicarla dappertutto, mentre lei sbuffa e cerca di frenarne l'impeto guerriero.

«Aspetta, aspetta» dice la donna spostando il capo da una parte e dall'altra per evitare le labbra a idrovora di Tricche-Tracche.

La donna ha un'accento straniero, forse tedesco, o slavo. Ma Tricche-Tracche non è né nazionalista né razzista, a lui vanno bene tutte. La donna riesce a liberarsi e va ad appoggiarsi in un angolo, come un pugile in difficoltà, mentre Tricche-Tracche ne approfitta per togliersi i calzoni e i boxer da campo. La tedesca, o austriaca, o slava, si solleva la gonna e aspetta a gambe aperte. L'uomo afferra la donna per un braccio e la stende su un tavolo di lettura, uno di quelli senza lampade, poi monta sul tavolo a sua volta e si avventa su di lei. Tricche ansima e rantola come un moribondo, e la straniera ripete con voce roca "oddio, oddio", ma le sue mani sono impegnate ad arricciarsi i capelli intorno agli indici.

L'impegno di Tricche-Tracche fortunatamente si esaurisce nello spazio di pochi secondi. I due si rialzano e si riassettano senza una parola. Il prof sente che la donna, prima di uscire, dice qualcosa come "anch'io qualche caramella", e l'uomo fa un gesto che può volere dire tutto. La donna insiste, ma il prof non riesce più a udire nemmeno i mormorii. In quel momento la porta a vetri si apre ed entra la guardia, inquieta e agitata. Ci sono ancora discussioni poi tutti escono, la porta si chiude e la luce del corridoio si spegne.

Il prof aspetta ancora prima di uscire dal suo nascondiglio.

Dunque, nel carcere vengono fatte entrare delle donne, verosimilmente prostitute, per lenire le sofferenze della carne. L'introduzione di donne all'interno del carcere maschile è uno dei divieti contemplati nel decalogo consegnato al prof. Però entrano. Così come entrano i telefonini. Così come entrano droghe, alcol e una quantità di sostanze proibite.

Ovviamente queste operazioni possono essere effettuate solo con l'intervento del personale di sorveglianza o del personale medico e paramedico o dell'agenzia di pulizie. Oppure della direzione.

Il prof esce dalla biblioteca cauto come uno sminatore.

Però non è tranquillo, perché tra i sussurri uditi in biblioteca più di uno assomigliava a "Dodo".

47
STORIE DEL TEMPO CHE FU

Mi hai chiesto chi è Rosas e cosa c'entra con me. Mi hai chiesto anche di spiegarti come sono andate veramente le cose. Mi piace, perché vedo che tu hai voglia che io sia innocente.

E poi devo pure cominciare a usare il computer.

Da dove comincio?

Da Rosas, appunto. Anche perché lui con questa storia ci ha a che fare, sia pure marginalmente.

Rosas l'ho conosciuto nel '77, durante uno scontro con la polizia, a Bologna. Eravamo arrabbiati, esaltati e soprattutto giovani. Per anni abbiamo condiviso tutto: studi, assemblee, manifestazioni, dibattiti. E donne. Io ero ricco e brillante, lui era povero e intelligente. Sono due combinazioni che le donne adorano.

Io non ho mai avuto molti amici. Non sono mai stato abbastanza in un posto per farmi degli amici. Ma forse non è nemmeno questo. È che...

Basta. Non è dell'amicizia che devo parlare. Devo parlare di Rosas, di me e di Rosas. Credo di non sbagliare se dico che, lui povero e io ricco, questa cosa non ci ha mai dato fastidio, non ci ha mai creato il minimo problema. Lui mi chiamava Principe, e io lo chiamavo Stracci, che era un poveraccio in un film di Pasolini. Lui trovava normale che io gli pagassi la cena e io trovavo normale che fosse così. Non so se ha un senso dirlo, ma eravamo tutti e due assolutamente liberi. Io, rientrato in Italia dopo il college in Svizzera, avevo definitivamente chiuso con mio padre e vivevo tra l'appartamentino di Bologna e la casa a Pianoro. Rosas, be', Rosas secondo me non ha mai avuto una famiglia. Mai che abbia parlato di suo padre, di sua madre, di suo fratello, o uno zio, un nonno, niente, neanche una parola. Non so nemmeno se è di Bologna. A volte, da come parla, penso che venga dal Sud, altre volte mi sembra ligure, e altre volte ancora veneto. Per farla breve, ci sentivamo senza legami, pronti per una nuova vita, per una nuova società.

Poi un giorno è finita. È finita perché eravamo due leader, e due leader come noi, quando litigano, è per sempre.

Uno dei nostri era stato arrestato dalla polizia perché trovato in possesso di una decina di molotov. Era un fanatico, un esaltato, insomma, un testa di cazzo, per dirla come va detta. Di quelli che non essendo nulla nella vita trovano giustificazioni sociali alla loro nullità e fanno casino per far credere di contribuire alla causa della rivoluzione. In quell'occasione io commentai con un "gli sta bene", o "peggio per lui", non ricordo nemmeno, e Rosas si infuriò, perché la polizia non aveva il diritto di agire così, e i compagni vanno sempre difesi, e l'importante era la compattezza contro il sistema, e sciocchezze del genere, quelle che dicevamo tutti all'epoca, e anche dopo, per la verità. Da quel momento Rosas non mi ha più rivolto la parola. Ogni volta che ci incontravamo lui cambiava direzione.

Rosas è forse la persona più intelligente che ho conosciuto, ma ci ha messo molto per essere accettato dall'università. Non appena si è presentata l'occasione l'ho aiutato a passare il concorso di ricercatore, ho messo qualche parola buona, ho parlato con le persone giuste. Non mi ha detto neanche "crepa". Probabile che non l'abbia nemmeno saputo.

Forse è quello che ha sofferto di più per quella storia. Che stronzate si fanno da giovani! Per anni e anni non ci siamo più parlati, ci siamo evitati, abbiamo svoltato l'angolo per non vederci.

Poi, un giorno, dopo poco che ero qui, ecco Rosas che viene a farmi visita. Rosas viene a farmi visita. Non so come abbia fatto ad avere i permessi, ma Rosas è uno che ha mille risorse. Forse è stato tramite un questurino, uno a cui Rosas dà una mano ogni tanto, una persona perbene, che tutti chiamano Sarti Antonio, proprio così, prima il cognome poi il nome, non un'aquila, ma perbene. Lo aiuta a risolvere situazioni ingarbugliate. Rosas è una gran testa, te l'ho detto. È venuto a farmi visita, ed è stato come se tutti quegli anni non fossero passati. Abbiamo trovato lo stesso linguaggio di un tempo, lo stesso gusto della parola. Non ce lo siamo detto, ma io l'ho sentito e anche lui l'ha sentito. Era venuto a trovarmi in carcere per dirmi che non ero stato io a uccidere quella ragazza.

Non credo tuttavia che Rosas sia venuto da me solo per salvarmi dal carcere o per far trionfare il Bene nell'eterna lotta contro il Male.

Devi sapere che Rosas aveva avuto una storia con Elisa e, per quello che ne so, che sentivo in giro o vedevo, era stata una storia d'amore, una storia di quelle che ti lasciano senz'aria. Almeno per Rosas. Forse anche per Elisa, chi lo sa, lei non parlava mai degli altri quando era con me, degli altri amanti o amori, dico. Elisa era così, non c'è altro da dire. Per lei avere degli amanti era naturale come per una città avere delle strade. Non ho mai conosciuto una donna per cui la gelosia fosse un sentimento così estraneo. "Sono qui con te ora" diceva "perché pensi a quell'altro, cosa c'entra, siamo noi, qui, adesso." Siamo qui, noi, adesso. Questo le stava a cuore, o sembrava che le stesse a cuore. Il cuore. Il fascino di Elisa stava proprio in questa settorialità del cuore, questa capacità di esserti totalmente dedita per qualche ora e poi scomparire per dedicarsi verosimilmente a un altro con la stessa intensità e lo stesso minutaggio. Ricerca di identità, paura, durezza, superficialità, e tutto quello che vuoi: forse forse forse.

Però, quando stava con me, sembrava innamorata come Giulietta. E sono sicuro che lo era. Così come lo era probabilmente con Rosas, o con altri studenti, o con il suo fidanzato ufficiale. Si può essere sinceramente innamorati di cinque, sei, sette persone contemporaneamente per poche ore ciascuno? Credevo di no, ma con Elisa ho cominciato ad avere dei dubbi. Sull'amore e sui rapporti fra la gente. La cosa sconcertante del suo comportamento è che lei non lo faceva né per sesso, né per denaro, né per favori o vantaggi. Non che li rifiutasse, no, ma... insomma, se c'erano, bene, se non c'erano, bene lo stesso. Scivolava sulla vita con la leggerezza di un inchino, come se l'unica possibilità fosse in quelle poche ore passate con tutti quelli che avrebbero potuto salvarla.

Mi sto confondendo, e capisco che non sono riuscito a darti un'idea né di Elisa né di Rosas. Per riassumere, brutalmente: Rosas si era preso una gran imbarcata per Elisa, e quando lei gli disse che se ne andava per sposarsi, cosa che avrebbe detto anche a me poco dopo, piombò nello sconforto più buio. Mi sono chiesto spesso perché Rosas non si è mai fatto vivo al processo, non abbia mai mostrato il minimo segno di solidarietà, non abbia detto chiaramente "ma non è stato lui!". Forse non era a conoscenza di cose che adesso conosce, forse era ancora frastornato da tutta la storia con Elisa e dalla sua drammatica conclusione. Ma io penso anche che in quel momento gli abbia fatto comodo pensare che ero stato io a uccidere Elisa. Voleva che fossi stato io. In amore si diventa meschini, credo, e Rosas non sfugge alla regola generale. Se fossi stato io a ucciderla, lui si sarebbe liberato di me, avrebbe avuto la conferma che non meritavo la sua amicizia, e nello stesso tempo che Elisa aveva sbagliato nel lasciarlo: con lui sarebbe stata al sicuro. Come tutti, anche Rosas mente a se stesso, ma nelle persone perbene la menzogna non ha vita lunga, e Rosas ha dovuto alla fine riconoscere i suoi errori. O forse, senza tutte queste elucubrazioni – se ne fanno molte in carcere – semplicemente

Rosas non aveva in mano elementi tali da convincerlo della mia innocenza.

Adesso ha voluto sapere tutto sul passato della mia famiglia, sulle malefatte di mio padre, e l'altro giorno, durante la telefonata che hai sentito, mi chiedeva del gioco dei tarocchi. Non so cosa abbia in mente, Rosas. È sempre così strano nei suoi procedimenti mentali. Oppure è troppo chiaro per me.

Ora parliamo di quella sera.

Lo sai che per molti mesi ho avuto un ricordo nebuloso di quella sera? In carcere, a Bologna, mentre ero in attesa del processo, non facevo che dormire e, quando mi svegliavo, vivevo in mezzo a una specie di nebbia mentale che mi offuscava le idee e la memoria. Credi che sia stata una normale reazione agli eventi oppure, come io penso, venivo drogato? Mi davano delle medicine per intontirmi, per paura che commettessi gesti inconsulti, o per impedire che la mia disperazione mettesse in pericolo la serenità del luogo? Lo credi possibile?

48
CLANDESTINO

Un giorno Elisa mi dice che vuole fare con me una cosa che non ha mai fatto con nessuno: passare una notte in un albergo, come due clandestini dell'amore. Io dico "perché no?".

E lei aggiunge che ha qualcosa da comunicarmi. Qualcosa da comunicarmi, proprio così ha detto, come fossi un impiegato, e lei il capufficio. Una cosa che riguardava il suo matrimonio, e poi avremmo passato la notte insieme, in albergo.

Io ci rimango male, perché non me l'aspettavo, e non credevo che quel suo fidanzato di serie B avesse tanta presa su di lei.

Lo so cosa stai per chiedermi: ero innamorato di Elisa? Sono sincero: non lo so. Avrei voluto averla tutta per me, e passare con lei il resto della mia vita, e rientrare a casa la sera e trovarla ad aspettarmi mentre prepara la cena? No, non ci ho mai pensato e non l'avrei voluto. Cosa provavo a pensare che non l'avrei più rivista per tutta la vita? Una forma di malessere, una specie di incapacità a respirare. Impossibile. È amore questo? O egoismo, o sentimentalismo o superficialità? O cosa? Tu sei una donna, dimmelo tu, visto che le donne vengono da Venere (e gli uomini da Marte).

Va bene. Lei dice che vuole passare una notte come ti ho detto, e deve comunicarmi eccetera, e io dico sì. "Scegli tu il luogo, io non me ne intendo. Ma mi piacerebbe che fosse per la sera del 9 marzo." "Perché proprio quella sera?" chiedo io. Lei non mi risponde, ma io lo so: perché il 9 marzo è il giorno del mio compleanno. Quella notte doveva essere il mio regalo di compleanno. Curioso regalo un addio per sempre. Ma non bisognava mai chiedersi troppo le ragioni per cui Elisa faceva le cose. Era la fine di febbraio, mancavano ancora una decina di giorni. C'è un hotel vicino a casa mia, in campagna, l'hotel Bellavista, dove si mangia anche discretamente e che io frequento spesso, visto che abito vicino e non ho quasi mai voglia di farmi da mangiare. Il 4 marzo passo dall'hotel, mangio un piatto di minestra e prenoto cena per due con stanza per il 9. Tutto a posto. In facoltà incrocio Elisa di sfuggita, le faccio un segno con la mano per dire "vediamoci dopo", ma lei fa segno di no, stringendosi nelle spalle, come a dire "non posso proprio". Io ho lezione, sono in ritardo. La rivedo solo il giorno dopo. Vado di fretta perché ho esami, e lei mi fa un segno con la mano: "ti telefono". Ma lei non telefona. Mi chiama solo la mattina del giorno dopo. Mi chiede se ho prenotato, e io le dico di sì, per la sera del 9 marzo all'hotel Bellavista. Lei mi chiede dov'è. Io le rispondo: "Che cosa ti importa, la strada la so io".

"Dimmi dov'è, perché io vengo da sola. Ci troviamo là alle otto e mezzo."

"Va bene" faccio io "abbiamo tempo per parlarne."

"No" ribatte lei "perché fino alla sera del 9 non ci vediamo più. Devo sistemare delle cose."

"Che cose devi sistemare?" insisto.

"Delle cose. Poi ti spiego. Ci vediamo la sera del 9. Poi ti spiego. Dimmi dov'è, come ci arrivo."

Glielo dico, ma non mi piace. Cos'è che deve sistemare? Ha un tono nella voce che è insieme scostante e impaurito. No che non mi piace. Ma non glielo dico. È facile capire cos'è che deve sistemare. In fondo sta per sposarsi, accordi, preparativi, inviti. Ma soprattutto deve parlare con quel cretino del suo fidanzato. Ci sono cose che non capirò mai delle donne. Capisco sempre perché un uomo sta insieme a una certa donna, ma perché una donna... Va bene. Penso: fatti suoi. Il suo promesso sposo è un imbecille che si chiama Giuseppe Odorici. Lo conosco bene perché anche lui frequentava i miei corsi. È lì che si sono conosciuti con Elisa. Chissà cosa l'aveva spinto a seguire le mie lezioni. Uno che l'unica sensibilità che ha è verso il denaro, un bruto che gode solo se traffica coi soldi e la Borsa, uno che si eccita solo a vedere le barre del dollaro e si addormenta davanti a un libro. Adesso ha rinunciato all'università e ha messo su una piccola ditta di materiale informatico, a cui dedica tutto il suo tempo e il suo poco sapere. Io non ce l'ho con l'Odorici perché non è sensibile all'arte, non me ne importa niente. Il fatto è che lui è un violento, sempre pronto a prendere fuoco e ad aggredire la gente a male parole. Figurati quale doveva essere la sua vita con Elisa! Le faceva delle scenate di gelosia che erano diventate la favola della facoltà. Più di una volta l'hanno visto seguire di nascosto Elisa e spiarne le mosse, chi vedeva, come si comportava. Se non fosse stato per tutta quella montatura di spilloni e abiti da sposa, avrei scommesso che Elisa l'aveva uccisa lui. Al processo è riuscito a dimostrare che lui quella sera era al cinema con un suo collaboratore, un giovanotto tutto foruncoli e capelli verdi, anche lui mio studente, che ha confermato la sua versione. Secondo me anche il foruncoloso era innamorato di Elisa.

Non voglio tediarti con la lista degli innamorati di Elisa. Elisa ha mantenuto la sua parola: non l'ho più né vista né sentita per tre giorni, fino a quella sera. Cosa ha fatto in quei tre giorni Elisa? Nessuno è riuscito a scoprirlo. Potrebbe essere la chiave dell'enigma. Ma né gli investigatori della polizia, né il pubblico ministero né la difesa hanno mai pensato che fosse importante. Una eccentricità da attribuire al carattere imprevedibile di Elisa, ecco.

Faccio come dice lei. Mi reco all'appuntamento la sera del 9 all'hotel Bellavista. Nel parcheggio davanti all'hotel ci sono diverse macchine. C'è molta gente. Non ne ho mai vista tanta, in realtà. Ma può capitare, non mi stupisco. Il luogo è attraente, c'è un bel panorama, le giornate si allungano, la primavera si sente nell'aria. Si mangia bene, cucina locale, la padrona è simpatica. Cosa si può volere di più dalla vita? Già, cosa si può volere di più? Bruna, la padrona, mi viene incontro e mi dice che quella persona mi aspetta in camera. È già arrivata da una decina di minuti e le ha detto che mi aspetta su. Non ha voluto prendere posto al nostro tavolo, ma è salita subito in camera, la camera numero 13.

Non capisco. A Elisa piace mangiare, le piace bere. Perché se ne va dritta in camera e rinuncia così alla cena? Improvviso e irresistibile bisogno di sesso? No. Non Elisa. Per Elisa la buona tavola faceva parte del sesso. In ogni modo salgo in camera.

Lei è seduta sul letto, sotto le coperte, ma è tutta vestita, un bel vestito di seta a fiori, leggero e invitante. Io faccio per togliermi l'impermeabile, ma lei mi ferma.

"No. Devi andare via. Non chiedermi niente."

Io rimango lì senza parole. Lei abbassa gli occhi, ma capisco che è inquieta, che qualcosa la disturba. Non è irrequieta, in realtà, non c'è qualcosa che la disturba. Ha paura, ecco che cos'è. Ha paura.

"Cosa c'è che non va?" chiedo. "Non capisco."

"Non c'è niente da capire. E va tutto bene. Adesso va' via. Domani ne riparliamo. Domani. Scusami, ti prego, scusami, è colpa mia. Domani."

"Ma cosa sta succedendo?" le chiedo. "Mi sento un cretino. Non sono stato io a volere passare una notte all'hotel, te lo ricordi? E adesso mi dici di andarmene, così, senza una spiegazione, come si direbbe a un lavavetri albanese? Cosa ti succede da un po' di tempo in qua?"

"Sì, sì, sì, hai ragione, è colpa mia, te l'ho detto, è colpa mia, ma adesso vattene, ne riparliamo domani."

"Perché non possiamo adesso?"

"Riparlarne domani, dico io, cosa ti costa?" Sta diventando isterica.

Io mi siedo davanti lei, senza dire niente.

Ma lei mi guarda in modo così disperato e supplichevole, che mi rialzo immediatamente.

"Aspetta" dice lei. "Quando sei giù dalle scale esci dalle cucine. Non farti vedere in sala. Puoi uscire dalle cucine. Per favore."

"Allora lui è qui!" dico trattenendo la rabbia.

Lei mi guarda ma non risponde.

"È per lui che devo sgattaiolare via come un ebreo errante e passare dalle cucine camuffato da topo!" urlo.

Lei non aggiunge parola, e io esco, ferito e irritato, scendo le scale, e invece di entrare in sala prendo il corridoio sulla destra che porta alle cucine. Quando passo c'è solo Cesarino, il cuoco, che forse mi saluta, non ricordo bene perché pensavo solo alla mia umiliazione. Poi esco dalla porticina che dà sul retro dell'hotel, dove ci sono i cassonetti della spazzatura. Aggiro l'hotel, arrivo al parcheggio, che ormai è pieno di auto. Solo auto, non un'anima viva. Vedo la macchina di Elisa vicino all'entrata dell'hotel. Raggiungo la mia auto e me ne vado.

Mentre torno a casa, penso che domani non l'ascolterò neppure. Non ascolterò le sue spiegazioni, la lascerò, che non può trattarmi così. Io non sono uno che si tratta così. Non sono uno dei suoi stupidi compagni di studi. Penso che non vorrò più rivederla.

Questo è ciò che è successo quella sera. Quando io me ne sono andato, Elisa era viva.

49
LA MAGA E IL NUMERO TRE

Freddo e gelo di notte, nebbia e smog di notte e di giorno. La centrale termica del condominio è stata riparata in fretta perché non siamo più abituati a soffrire, e la permanenza al Bellavista è durata solo due giorni e una notte. Si torna a casa in tempo per ricevere una visita imprevista.

«Come sapevi il mio indirizzo?»

«Se è la prima cosa che ti viene da dirmi, non è granché carina» risponde la Capinera. Il questurino non si toglie dalla soglia e la maga cerca di vedere cosa c'è e chi, nell'appartamento. Ha gli occhi più verdi che mai. Scintillano nella penombra delle scale. «Non avevi bisogno di un consulto?»

«Sì, tre giorni fa.»

«Certe cose non si fanno per telefono. A domicilio sì, come vedi, ma costa il doppio. Allora?» Sarti Antonio non si schioda dalla soglia. «Mi fai entrare o no?»

«Ah, sì, scusa. Entra, entra.»

Entra, studia l'ambiente, misura lo stipendio di un questurino e conclude: «Bell'appartamentino».

«Detto da una che ha una reggia aperta sulle Prealpi, mi sembra un gran complimento. Ti ringrazio, so che fa schifo, ma non ho trovato di meglio al prezzo che posso permettermi. Come sta Betel?»

«Che carino! Ricordi come si chiama.»

«Ho buona memoria.» Poi non sa che altro inventare e inventa la cosa più stupida. «Un caffè?»

«Se non hai il Sangue di Demone...»

«No, niente sangue. Almeno in casa mia.»

Lui prepara il caffè e lei siede sul bordo del divano. E si guarda attorno, curiosa. O stupita che si possa abitare in un posto simile.

Sorbiscono in silenzio. Lui in piedi davanti a lei. Poi Capinera gli restituisce la tazzina vuota, si rilassa contro lo schienale, chiude gli occhi e chiede: «Che vuoi sapere del bagatto?».

«Sul serio sei venuta per il bagatto?»

Lei non risponde. Sorride.

«Be', tutto quello che c'è da sapere.»

«Un po' troppo. Posso dirti quello che ne so io, se mi spieghi a cosa ti serve. Sempre per la morte dagli spilloni d'oro?» Lui annuisce. «È diventata la tua fissa?»

«Non è una fissa: c'è una ragazza uccisa e forse un innocente in carcere.» Si è concesso ufficialmente l'ipotesi. «Poi, una persona che non c'entra nulla con l'omicidio riceve una carta...»

«Sicuro che non c'entri con l'omicidio?»

«Sicuro. Dunque, una persona riceve una carta dei tarocchi...»

«Il bagatto...»

Sì, il bagatto, ma se lei lo interrompe sempre... «Sul retro c'è una scritta che fa: "Per una terra nuova, ogni tomba è un'uscita. Muore solo la morte, immortale è la vita".»

«Com'è la scritta?»

«In che senso?» Non è il giorno migliore del mio questurino. In questo momento non sono gli occhi verdi a confondergli le idee. La maga li ha chiusi. Devono essere le tette.

«A stampa, a matita, a biro, tutto di seguito o come in una poesia...»

«Sì, come in una poesia, grafia precisa e ordinata, caratteri neri, forse in inchiostro di china, e spessi, come in grassetto, e rotondi.» La Capinera non sorride più. «Cosa ti dice?»

«Comincio dal numero tre...»

Ancora: «In che senso?».

Adesso la maga riapre gli occhi e si sporge verso Sarti Antonio, sempre in piedi dinanzi al divano. Comincia la lezione. «Ho scoperto una cosa interessante: in questa storia di morti e sortilegi, il numero tre ricorre spesso. Troppo per essere una coincidenza. La ragazza è assassinata alle nove del 9 marzo. Nove, nove, tre. Stanza numero 13. La sentenza di condanna è stata emessa il 9 di novembre... Ancora nove per due volte. Pierfrancesco è nato il 9 di marzo: nove e tre...»

«Hai detto tre, ma mi pare che sia il nove a ricorrere.»

«Il nove è multiplo perfetto di tre. Tre per tre, nove. Tre è numero misterico per eccellenza. Il tre è un numero fondamentale.»

«Sono contento di saperlo.»

«Voglio dire che il tre esprime l'ordine fondamentale nella vita dell'uomo e del mondo e ciò che accade nel segno del tre è stabilito nel disegno universale. Pensa solo alla *Divina commedia*: tre cantiche di trentatré canti, più uno di introduzione per dare l'idea dell'unità, Dio che è uno e trino, e i versi sono disposti in terzine. Vedi? Dante era un "fedele d'amore".»

«Senti, io e te apparteniamo a due mondi separati e se vuoi comunicare con il sottoscritto, devi venirmi incontro. In altre parole: spiegati più chiaramente.»

La maga dagli occhi verdi gli sorride, ma non con ironia. Sorride come sorriderebbe a un bambino al quale si cerca di spiegare ciò che lui non riesce a capire. «Il mondo dell'occulto si chiama così perché è occulto. O cerchi di seguirmi nel mistero, o resti per strada. Il tao produce uno; uno produce due; due produce tre e quindi tre è il numero perfetto, esprime la totalità e nulla può esservi aggiunto...»

«Si potrebbe anche dire che il tre produce quattro...»

«No, per fare quattro serve il tre e l'uno. Oppure il due, due volte, e così per tutti gli altri numeri.»

«Va bene, mi hai convinto. Andiamo con il tao» dice Sarti Antonio, sergente, che cerca di seguire meglio che può. Nei pressi non c'è Rosas al quale chiedere aiuto. «Cos'è 'sto tao?»

«Amico mio» dice la Capinera «tu sei all'età della pietra e io ti parlo di relatività. Comunque il tao è molte cose: una base filosofica, una dottrina, un supporto, la nozione... ma è anche il cammino, la via. Ci sei?»

Io no, ma Sarti Antonio, inaspettatamente, annuisce. Che in tutti gli anni che gli sono stato dietro, io non l'abbia capito come dovevo?

La maga, rassicurata, va avanti e così anch'io imparo che il tempo è triplice (passato, presente e futuro), il mondo è triplice (terra, atmosfera, cielo), tre erano i Re magi (Re, Sacerdote, Profeta), tre gli elementi della Grande Opera alchemica (zolfo, mercurio, sale), tre le virtù teologali e via andare con il tre.

La signora dà i numeri per un pezzo, e io mi ci perdo dentro, tanto che alla fine la vedo stanca. Eppure è un tipo forte e non possono essere le chiacchiere a sfinirla. Chiude gli occhi, si rilassa contro lo schienale e respira a labbra socchiuse.

Pare che Sarti Antonio abbia capito alcune cose sul tre. Ma non la sua influenza nella morte di Elisa. È lui, il tre, l'assassino? Non chiede. Aspetta che sia la maga a chiarire. E intanto guarda le labbra socchiuse, che mostrano appena il bianco dei denti, e immagina come sarebbe gradevole baciarle. E dopo, il resto.

Sottovoce, lei dice: «Sento la mancanza di Betel. Betel mi trasmette energia. E poi vorrei un sorso di Sangue di Demone». Sarti Antonio potrebbe offrirle un altro caffè. O un bicchierino di grappa. Ma non lo fa. Sarebbe ridicolo: una grappa al posto del Sangue di Demone! Lei riapre gli occhi e guarda il questurino. «Per questo preferisco lavorare nel mio appartamento. Poi, se ho voglia, vado sul mio letto e guardo negli occhi chi mi pare.» Ce l'ha anche Sarti Antonio un letto, ma, come per il caffè e la grappa, non lo offre. Per vari motivi. «Adesso ti parlo del bagatto.»

«Prima mi piacerebbe sapere cosa c'entra il tre nella morte di Elisa e...»

La maga lo interrompe: «Non l'hai capito?». No, Sarti Antonio, sergente, non l'ha capito e la spiegazione arriva con tono pacato e sommesso, come se fosse una cosa piuttosto seria: «Elisa era predestinata. Elisa è nata con la sua morte già vissuta nell'aleph e nessuno avrebbe potuto evitarla». Sarti Antonio, sergente, ne sa meno di prima e gli verrebbe da dire: "Tutte cazzate". Non lo fa, ma la sua espressione è chiara e infatti la maga gli chiede: «Spieghi in altro modo i continui ricorsi al numero tre che costellano la sua morte?».

«Sì, un maniaco delle messe nere come...» e chiude lì.

«Come me, dillo pure. Ma poteva sapeva, il tuo maniaco, che anche la sentenza di condanna dell'assassino sarebbe arrivata nel segno del tre?»

«Le coincidenze non si spiegano. Si accettano e basta.»

«Qualcuno che di certe cose ne sa sostiene che se le coincidenze sono più di tre, ancora il tre, come vedi... Se le coincidenze sono più di tre, diventano indizi.»

«Chi l'ha detto è un coglione. Se vuoi, ti faccio un elenco che non finisce più di coincidenze che non sono mai diventate indizi. La vita è una lunga, interminabile coincidenza» ed è convinto di avere espresso una verità immortale. *Gott mit uns!*

50
GLI OCCHI NEGLI OCCHI

La maga Capinera scuote il capo. «Se non credi alla numerologia... Guarda che è una vera e propria scienza.»

«Ci credo, ci credo, ma mi piacerebbe sapere del bagatto.»

«Il bagatto, sì» dice la maga. «Un problema complesso e non so se riuscirò a farmi capire. Che ne è di Rosas?»

Un brutto colpo. Significa che non ha una gran fiducia nelle possibilità cognitive di Sarti Antonio, sergente, e che Rosas sì, Rosas capirebbe al volo.

Dice il questurino: «Non sono poi coglione come credi. So fare il mio mestiere anche senza Rosas». È lui il primo a non crederci. Come spera che ci creda lei?

Invece ci crede. È una che non ha problemi. Dice: «Se ti pensassi stupido, non saresti qui». Poi sorride e mormora: «Inoltre non ho mai fatto l'amore con un poliziotto». Un'altra! Fare il poliziotto comincia ad avere i suoi lati gradevoli. L'idea gli dà un brivido e le tazzine e cucchiaini, che ha ancora in mano, tremano. Sarebbe ora di posare tutto sul lavello, ma lei continua e lui l'ascolta. «Comincio dalla posizione che il bagatto ha nel mazzo dei tarocchi. È il primo, è sopra le altre carte e ha un senso preciso: ci invita ad andare oltre le apparenze. Questo significa che chi lo ha spedito, voleva che il ricevente, cioè tu, si spingesse oltre le apparenze.»

«Non l'ho ricevuto io.»

«Ma si poteva supporre che sarebbe arrivato a te?» Sì, si poteva. «Dunque, è come dico io» e a conferma, vengono ulteriori chiarimenti.

In francese bagatto diventa *bateleur* che significa "giocoliere". E se guardiamo bene la sua immagine, scopriamo che potrebbe anche essere un prestigiatore, uno che, con i gesti e le parole, crea un mondo illusorio.

Il bagatto conduce il gioco; è l'illusionista che si burla di noi e fa apparire ciò che non è. Può indicare tanto la volontà, l'abilità, l'iniziativa personale quanto l'impostura e la menzogna.

«E mi pare che questo sia un segnale per le tue indagini. Significa: "Vai tranquillo, il gioco lo conduco io". Ma può anche essere un invito a guardare bene, a non lasciarti fuorviare da illusioni; ad andare avanti, a riconoscere l'impostura e la menzogna. C'è dell'altro. Vedi il suo copricapo?» Lo vede: il cappello ha la forma di un otto posato in orizzontale sulla testa dello strano personaggio. «Messo così rappresenta l'infinito e forse sta qui il senso della frase: "Muore solo la morte, immortale è la vita". Cioè la vita è infinita.»

Sempre più difficile e Sarti Antonio, sergente, comincia a credere di aver sbagliato a interrogare una maga. Ma lei è lì, davanti a lui. Se con le sue chiacchiere non arriverà alla soluzione, gli resterà comunque il ricordo di due occhi verdi che lo guardano e nei quali sarebbe bello perdersi all'infinito.

Stregato da un filtro d'amore. O, più umanamente, desiderio, giustificato e comprensibile, di scopare con una bella donna.

Antonia si sporge di più verso il questurino, sempre chino su di lei. E lo inonda del suo profumo di maga. «Il braccio destro del bagatto indica il cielo e il sinistro la terra, il che corrisponderebbe, secondo alcuni antichi saggi, al simbolo della prima lettera dell'alfabeto ebraico aleph.»

Sì, quasi chiaro, ma il profumo della Capinera gli entra nei polmoni e gli arriva nel sangue. Gli crea dei problemi.

Raddrizza la schiena e guarda la Capinera negli occhi, i quali, anche, sembrano avere dei problemi: si sono socchiusi e il verde è una linea sottile che va verso l'otto sdraiato. Verso l'infinito.

«Sull'aleph Borges ha scritto alcune pagine straordinarie. Dovresti leggerle.» Chiude la sottile linea verde e legge senza leggere: «"In quell'istante gigantesco, ho visto milioni di atti gradevoli o atroci; nessuno di essi mi stupì quanto il fatto che tutti occupassero lo stesso punto, senza sovrapposizioni e senza trasparenza... vidi una piccola sfera cangiante, di quasi intollerabile fulgore. Dapprima credetti ruotasse; poi compresi che quel movimento era un'illusione prodotta dai vertiginosi spettacoli che essa racchiudeva. Il diametro dell'Aleph sarà stato di due o tre centimetri, ma lo spazio cosmico vi era contenuto, senza che la vastità ne soffrisse. Ogni cosa (il cristallo dello specchio, ad esempio) era infinite cose, perché io la vedevo distintamente da tutti i punti dell'universo. Vidi il popoloso mare, vidi l'alba e la sera, vidi le moltitudini d'America, vidi un'argentea ragnatela al centro d'una nera piramide, vidi un labirinto spezzato..."» e riapre gli occhi, stanchi per le visioni. Sorride a Sarti Antonio, sergente. «Sì, dovresti leggerlo.»

Mostra al questurino la palma della destra, la gira in basso e chiude il pugno, come fanno i prestigiatori. Riapre la mano e la gira verso l'alto e sulla palma c'è la carta dei tarocchi. Ripete l'operazione al contrario e la carta è sparita. Sorride e finalmente si alza dal divano. Finalmente si avvicina a Sarti Antonio. Finalmente aderisce al suo corpo dalla testa ai piedi. Finalmente gli fa sentire il calore della magia. Finalmente gli mormora sulla bocca: «Non faccio mai l'amore senza guardare negli occhi il mio partner».

Finalmente gli sfiora le labbra.

«E farlo con gli occhi negli occhi dai preliminari alla fine è il piacere più intenso che si possa provare. Capisci che certe cose non si fanno per telefono?»

Lui è sempre in piedi e ha sempre in mano le tazzine vuote, piattini e cucchiaini. Li lascia cadere sul pavimento e le sue mani, finalmente libere, entrano sotto la stoffa della camicetta e accarezzano un seno che lo ha stregato per tutto il tempo che l'ha avuto dinanzi.

Ma quando tazzine e piattini cadono sul pavimento, fanno un casino della madonna e svegliano la Biondina.

«Cos'è successo?»

È sulla soglia del salotto, ha gli occhi addormentati e le ci vuole un po' per mettere a fuoco i due. Che sono poi uno solo. Recepisce, mormora uno "scusate" sommesso e torna da dov'è venuta, dopo aver educatamente chiuso la porta del salotto.

«Tua moglie?» mormora la maga senza staccarsi dal questurino. Gli occhi negli occhi.

«Non ho moglie» riesce a far passare, lui, fra le quattro labbra unite. «Non è niente, non ti preoccupare.»

Consiglio inutile perché la maga Capinera, per nulla preoccupata, gli ha già messo la lingua in bocca. E, con le mani sulle tempie, gli tiene la testa in modo da poterlo guardare dritto negli occhi per tutto il tempo che lo fanno. Sul divano.

La Biondina è tornata in camera da letto. È separata dai due da due porte. Ancora numeri. Il due, questa volta. Non so se sia misterico.

51
L'IMPORTANZA DEI BOTTONI

Da non credere. Tra Natale e Capodanno ci sono sei giorni. Dentro a questi sei giorni normalmente ci stanno un sacco di cose: le riunioni coi parenti, i regali sotto l'albero, il panettone in studio, gli "auguri, dottore", il freddo e il ghiaccio, il bacio delle studentesse, il brindisi all'anno che se ne va, e tutte le altre storie di tutti i Natali. Ma una cosa che non ci sta assolutamente e che non si è mai vista nella storia dell'umanità è un'inchiesta giudiziaria che si svolga proprio in quei giorni e che termini prima che scocchi la mezzanotte dei buoni propositi.

Il 29 mattina è un giorno di pallido sole. Una guardia attraversa il cortile bianco di neve. Dalla porta escono tre persone, tutte e tre portano lunghi cappotti scuri, col bavero rialzato, e un cappello nero, a tesa larga. Seguono la guardia a passi lenti e incerti, che affondano nella neve e avanzano a fatica. Sembrano i corvi del *Paesaggio invernale* di Bruegel. Poi escono ancora due guardie. Imbracciano il fucile. Tra loro barcolla Flip, in camicia, con le mani in tasca e la testa incassata nelle spalle. Ne manca uno, ma sembrano i sette nani. La loro passeggiata non fa ombra sulla neve.

«E quelli?» chiede il prof appoggiato a una finestra del corridoio.

«Commissione d'inchiesta» dice il Jab saltellandogli attorno e tirando pugni ai fantasmi.

«Non potresti stare fermo per qualche secondo? Mi fai girare la testa, cazzo.»

«Non essere nervoso, prof, è solo una stupida commissione d'inchiesta. Sai quante ne ho viste da quando sono qui?»

«Ma che inchiesta?»

«La morte di Bocciapersa, no? Cosa credevi? Bocciapersa che penzola dall'alto. Finirà come tutte le altre.»

«Adesso?»

«E quando? Così fanno bella figura e finiscono prima, no? Nei giorni di Natale! "Hanno due palle così" dirà la gente.»

Il prof mormora: «Cosa dici, non capisco» ma pensa ad altro e guarda fuori. «Un'inchiesta senza il direttore del carcere?» chiede.

«Ma c'è il direttore del carcere, c'è.»

«La direttrice è tornata?» si meraviglia il prof guardando il Jab.

Il Jab gli tira un uno-due al plesso solare e al mento. Entrambi i colpi si fermano a pochi centimetri dal prof.

«La direttrice è tornata?» ripete il prof infastidito.

«Così l'ho steso, Jess Durango. Ta-bum. Tum. Braccia in croce. L'arbitro non ha nemmeno iniziato a contare.»

«Jab» fa il prof.

«Sì, è tornata stanotte. Cioè, stamattina era qui. Dicono che la figlia non ha voluto vederla. Certo che i figli sono stronzi forte, eh, prof.»

«E sta' fermo, miseria! Non so più da che parte guardare, cazzo!»

Il Jab si ferma, ma continua a bilanciarsi impercettibilmente sulle punte dei piedi.

La fila dei sei nani scompare inghiottita dal portone vicino all'area di rigore.

«Ehi, prof» dice il Jab. Ma il prof sta osservando la scia delle orme che la passeggiata dei nani ha lasciato sulla neve. Dove vanno?

«Ehi, prof» insiste il Jab.

«Che c'è?» Ma il prof non ha tempo per il Jab.

«Ti voglio chiedere una cosa.»

«Dimmi.»

«Vorrei farmi un tatuaggio.»

«Un tatuaggio? Perché? Cosa te ne fai di un tatuaggio?»

«Così, perché è come avere un quadro addosso. Fa un bel vedere.»

«Che tipo di tatuaggio?»

«Non lo so. Sono indeciso.»

«Tra cosa?»

«Tra molte cose. Mi piacerebbe o un fiore, o un animale, o una donna.»

Il prof lo guarda compunto. «Tra quanto esci di qui?» chiede al Jab.

«Undici anni, tre mesi e sei giorni.»

«Allora hai tempo per scegliere. Hai undici anni, tre mesi e sei giorni per chiarirti le idee.»

«Perché? Io vorrei farlo anche domani.»

«Jab, non puoi farlo domani. Sei in prigione, hai in mente? In prigione non fanno tatuaggi. A meno che tu non conosca qualcuno che fa tatuaggi, qui. Conosci qualcuno così?»

«No. Conosco uno della zona B che scrive in cinese.»

«Ma va'. Chi è che scrive in cinese?»

«È un cinese.»

«Ma va' a cagare anche te, va'. Vatti a far tatuare il buco del culo, Jab.»

Il Jab se ne va ballando sulle punte e tirando ganci ad avversari furbi, agguerriti e invisibili.

Il prof rimane appoggiato al muro a guardare l'inverno.

Da dietro la curva si odono passi pesanti, che rimbombano con rumore di ferro. Questo è il giovane, la guardia con la faccia da ragazzino che porta una piastra di metallo sotto i tacchi.

«Oh, eccoti» dice il giovane fermandosi accanto al prof. «Proprio te. Ti vogliono. Ti accompagno.»

«Mi vogliono? Me? Chi mi vuole?»

«Non hai sentito? Ti vogliono giù, in direzione. Ti accompagno. Dài, muovi il culo.»

«Posso andare da solo» dice il prof allontanandosi dal muro.

«Potresti andare da solo, ma è meglio se ti accompagno io. È per via dell'immagine.»

«Che immagine?»

«Cazzo so, dell'immagine. Per fare bella figura. L'immagine del carcere. Sbrigati.»

Il prof sospira e si stacca di malavoglia dal muro del corridoio e dalla finestra che dà sul campo di calcio bianco di neve con sentiero nero di orme di nani.

Il prof si avvia lentamente, seguito dalla guardia giovane.

I tre uomini sono seduti a caso dalle parti della scrivania della direttrice. Sono molto neri e molto compiti. Gli dicono "buongiorno" e si alzano per dargli la mano. La direttrice gli indica una sedia di fronte a lei. Il prof deve spostare dalla sedia un cappello nero, per potersi sedere.

Flip non c'è. Evidentemente l'hanno già interrogato.

Non l'hanno fatto apposta, evidentemente, di essere vestiti uguali. Cappotto scuro, doppiopetto nero o blu scuro, cappelli neri. Sono lavati, sbarbati di fresco e odorano di talco. Almeno, uno odora di talco. Quello che porta degli occhialini bordati d'oro.

Il prof non sta attento alle presentazioni. I corvi sono tutti neri, ma questi hanno imparato a prenderlo, il formaggio, non a farlo cadere: sono corvi ministeriali e parlamentari. Il prof osserva la direttrice, che appare stanca e insofferente. Non riesce a stare ferma, muove la testa a destra e a sinistra, e in alto. Si passa la mano fra i capelli, e fuma. Il corvo numero uno, quello con le penne più luccicanti, tossisce educatamente, per mostrare che non sopporta il fumo, ma, bontà sua, è pur sempre perbene e democratico. La direttrice però non ci fa caso.

La direttrice informa il prof che i corvi stanno indagando sulla morte di Varo Bosi, detto Bocciapersa, e sulle deplorevoli vicende che hanno fatto seguito allo sfortunato evento.

Una vera disgrazia.
Circostanze irripetibili.
Un attimo di distrazione, comprensibile ma non giustificabile.
Una personalità cronicamente depressa.
Anche lo psicologo è rimasto sorpreso.
Del resto, chi poteva immaginare...
Non si può mai sapere cosa c'è nell'animo di un uomo.
E poi, diciamolo, chi sentirà la mancanza di quel povero essere senza arte né parte?
"Flip, per esempio, testa di cazzo te e chi ti ha eletto" vorrebbe dire il prof, che si limita invece a guardare la direttrice.
Inoltre, il suicida ha avuto delle relazioni sessuali anormali, pardòn, sodomitiche, poco prima di togliersi la vita.
Si vede che non sono state soddisfacenti, ha, ha, ha!
Il prof vorrebbe tornare in cella, invece chiede chi lo dice che ha avuto relazioni eccetera.
Ma l'autopsia, no? Tracce di sperma nel deretano, scusi, signora.
Il prof vorrebbe chiedere a chi apparteneva lo sperma, ma sembra che per tutti sia ovvio che apparteneva a Flip.
La direttrice chiede se è stata fatta un'analisi dello sperma.
Certamente no, a chi vuole mai che appartenga?
Già. Al Dodo, per esempio. Ma questo il prof se lo tiene per sé, come quasi tutto il resto.
Poi ci sono le domande e gli elogi per la meritoria opera di mediazione con i rivoltosi...
Ma quali rivoltosi?
... facinorosi che volevano approfittare di un momento di rilassamento della sorveglianza per mettere a ferro e a fuoco l'istituzione più rilevante dell'intero sistema giudiziario...
Menelik?!
Il prof racconta diligentemente quello che ha visto e

quello che ha pensato, ma nessuna delle due cose sembra interessare più che tanto i corvi sui rami.

L'inchiesta finisce col sopraggiungere dell'ora di pranzo: anche i corvi hanno fame. Il prof viene congedato con ringraziamenti e promesse.

Prima di uscire il prof non può fare a meno di domandare: «Cosa ne sarà di Flip? E di Menelik?».

«Vedremo» dice il corvo calvo e con gli occhiali. «Vedremo.»

«Flip dovrebbe uscire sabato» annuncia la direttrice. «Cercheremo di fare in modo che questi fatti non abbiano alcuna conseguenza sulla sua rimessa in libertà...»

«Anche se, oggettivamente...» la interrompe il corvo con gli occhiali.

"Oggettivamente" è uno di quegli avverbi di cui il prof diffida per istinto. Fa un sorriso ebete ed esce. Fuori, la guardia giovane lo aspetta per accompagnarlo. Sempre per via dell'immagine.

Così Flip esce sabato. Perché esce? Fine del periodo detentivo? Buona condotta? Grazia del capo dello Stato? Non ne ha mai parlato. Del resto, cosa avrebbe potuto dire? E se ne va da solo, senza Bocciapersa? Cosa farà Flip, fuori, nel mondo, col cuore a pezzi e il futuro peggio?

«Ehi, guardia» dice il prof. «Puoi darmi un consiglio?»

«Forse. Se mi è consentito dal regolamento. E poi non mi chiamo guardia.»

«Scusa, è che non conosco ancora il tuo nome.»

«Veramente mi chiamerei Ario, e mi piacerebbe che mi chiamassero così. È un nome che mi piace. Tu che ne dici?»

«È un bel nome. Bello. Si ricorda bene. Classico. Come ti chiamano, invece?»

«Qui mi chiamano Giovane, o Il giovane, perché sono giovane e sono anche l'ultimo arrivato. Però ho già trent'anni, non sono tanto giovane. Forse sembro giovane, ma ho già trent'anni, una moglie e un figlio. Sarà perché ho una faccia da bambino.»

«"Giovane" non è male. Ti poteva andare peggio. Senti, Ario, mi faresti un favore? Ma forse non lo sai.»

«Okay, prof, sentiamo.»

«Come si fa a farsi riattaccare un bottone? In tutto il tempo che ho passato qui non mi era ancora successo di perdere un bottone. Cosa faccio?»

«Questo è semplice. Te lo posso dire. Mandi i tuoi... cosa sono, pantaloni, un gilet, cos'è?, be', quello che è, lo mandi...»

«... dei pantaloni.»

«... mandi i pantaloni a lavare, e fai presente che ti manca un bottone. In lavanderia c'è anche un servizio di rammendo e cose così, rammendi e aggiustamenti vari.»

«E il bottone?»

«Che significa "il bottone"?»

«Il bottone non l'ho perso, ce l'ho ancora. Magari in lavanderia non ne hanno di uguali...»

«Che cazzo mi racconti, prof? Non ti basta avere qualcuno che ti riattacca il bottone? Vuoi anche il bottone che ti pare a te?»

«Non hai torto, Ario, non hai torto. Quanti anni ha tuo figlio?»

«Due anni fra un mese. È un toro.»

«Meglio così. Sei una brava persona, Ario.»

«Siamo arrivati. Dài, entra.»

«Per l'immagine?»

«Ma certo, per l'immagine. Per cosa, se no?»

Prima di entrare il prof mette una mano nella tasca dei calzoni e tende ad Ario un dischetto da computer.

«Posso chiederti un altro favore? Consegnalo alla direttrice. Lo aspettava. Non l'ho fatto prima perché non volevo che la commissione d'inchiesta... sai com'è.»

«Per l'immagine, lo so com'è, per l'immagine, lo vedi» sorride Ario.

52
ADDIO, FLIP

Dopo la morte di Bocciapersa Flip non è stato più lui. Dopo la chiusura dell'inchiesta che ha stabilito che Bocciapersa si è suicidato, è stato ancora meno lui di prima. Gli sono cresciute le borse sotto gli occhi, è smagrito, e si muove quasi esclusivamente a comando. Per il resto, se ne sta in cella sdraiato sul letto con gli occhi chiusi. Qualcuno dice che i capelli gli sono divenuti più radi.

A pranzo e a cena è una guardia che lo accompagna al suo posto e lo fa sedere al tavolo. Flip mangia due bocconi e poi si ferma, la forchetta a mezz'aria e gli occhi persi in una realtà senza contorni.

Nessuno si occupa di Flip, ma nessuno lo infastidisce. Una sera una voce anonima si è alzata sul chiasso della mensa e ha urlato a Flip di non preoccuparsi, che di culi nel mondo ce n'era da stancarsi. L'unica risata che gli ha fatto eco è stata quella del Redivivo. Nessun altro ha riso. Lui, Flip, non se n'è neanche accorto.

Adesso Flip sta in piedi in mezzo al corridoio, con una valigetta in mano. Ha fatto il bagno, si è pettinato, si è messo anche un poco di gel sui capelli. Indossa un completo di lanina celeste. La giacca ha le spalle troppo larghe e i calzoni sono troppo corti, lasciano quasi scoperte le caviglie. Gliel'ha regalato qualcuno, l'abito.

Una guardia gli tiene una mano sulla spalla.

Gli amici di Flip sono addossati alle pareti del corridoio. Stanno tutti in silenzio. Sognano a quando toccherà a loro andarsene, oppure pensano che non rivedranno più Flip.

La guardia spinge avanti Flip e Flip si incammina verso l'uscita a passi brevi e incerti.

La Marisa rompe il silenzio e fa un "hip, hip, hurrah" per Flip, e allora tutti gridano e iniziano a battere le mani in un applauso che accompagna Flip fino alla porta. La Marisa dice: «*Flip geht für immer*. Flip se ne va per sempre. Proprio l'ultimo dell'anno».

«Non sarà un bel capodanno per Flip.»

«Neanche per noi» conclude la Marisa.

Menelik fissa la porta che Flip ha attraversato e incrocia le braccia sul petto. Ha gli occhi lucidi.

«È un po' che non parliamo, noi» dice lo psicologo sull'entrata della piscina.

«Un po', sì. Ho avuto molto da fare, ultimamente» risponde il prof accennando un sorriso.

«Le va di riprendere le nostre chiacchierate? Così, per passare il tempo. Magari non subito. Dopo la Befana.»

«Dopo la Befana» conferma il prof.

«Allora, auguri.» Lo psicologo gli stringe la mano e se ne va.

Come entra in piscina il prof scorge in un angolo il Dodo e il Redivivo che fingono di giocare a carte. In realtà stanno discutendo animatamente. La sala sembra un fumoir turco. Il prof vorrebbe sapere cosa si dicono di così interessante il Dodo e il Redivivo, ma non vuole rischiare. Il Dodo più il Redivivo assieme non sono pane per i suoi denti, così se ne torna indietro prima che lo vedano.

«Hai una paglia, prof?»

Il Màccaro gli viene incontro carico di sportine e di sacchetti di carta.

«Ce l'ho, ma tu come la fumi?» dice il prof indicando le sue braccia impegnate a reggere tutta quella roba.

«Ce la faccio» risponde il Màccaro lasciando cadere tutto a terra. «È solo carta» aggiunge. «Stelle filanti, coriandoli, trombette, tovagliolini, e altre cazzate per la festa di stasera.»

«Cosa avete organizzato?»

«Si cena alle dieci, ci si trasferisce in piscina, si continua a mangiare, si gioca a carte e si guarda la tivù, poi si brinda e si va a nanna.»

«E le ragazze?»

«Quelle ci raggiungono dopo, in cella.»

«E quante sono?»

«Due per ciascuno di noi.»

«E come sono?»

«Sono straniere. Io ho scelto una slava e una nigeriana. Sai, sono juventino.»

«Bella roba! E io che sono per il Bologna, come faccio ad averne una rossa e una blu?»

«Di bolognesi non ce n'erano a disposizione. Per Capodanno sono tutte impegnate. Peccato. Una volta ne ho conosciuto una che faceva dei succhioni che tirava su anche il lenzuolo.»

«Peccato sì. E chi paga?»

«È un regalo dello Stato, non lo sai? Paga il carcere. Tutto gratis. Anche la figa.»

«Sarà un gran bel Capodanno, allora.»

Il Màccaro getta il mozzicone a terra, poi ci ripensa, lo raccoglie e lo va a mettere nel portacenere. Il Màccaro non ha più voglia di scherzare. Si china e raccoglie le sue sportine e i sacchetti.

«Hai visto il Jab?» chiede prima di andarsene. «Volevo fare una partita con lui.»

«No, non l'ho visto. Sarà in giro a tirare di boxe.»

«Sì. Tu non è che hai voglia di fare una partita a ping-pong?»

«Un'altra volta. Oh, lo sai come si arriva alla lavanderia?»

«Non c'è nessuno in lavanderia. Sono in festa fino a lunedì. Devi aspettare fino a lunedì.»

«Aspetterò. Non ho fretta. Auguri, Màccaro.»

Il Màccaro se ne va mentre transita Filippo con delle scarpe spaiate. Una è nera e l'altra marrone.

Il prof gli indica le scarpe senza dire una parola. Filippo fa segno di sì con la testa e si stringe nelle spalle. Se ne è accorto ma va bene così, non ci si può fare niente. Filippo scompare nella rampa di scale che porta in basso.

Mentre sta per tornare in cella, il prof si sente afferrare per il colletto della camicia e sbattere contro il muro.

«Volevamo farti gli auguri, prof» dice ridacchiando la voce del Dodo, stridula come il belato di una capra. Accanto a lui se la ride di gusto il Redivivo.

«Avete un modo originale di fare gli auguri, voi due» commenta il prof aggiustandosi la camicia.

«Sai cos'hai di bello, tu, prof? Niente» fa il Dodo scoppiando a ridere, imitato dal compare che non vuole essere da meno.

Il prof cerca aiuto con gli occhi, ma il corridoio è deserto.

«Mi dicono, professore» dice il Dodo appoggiando una mano sul capo del prof «mi dicono che tu sei un maestro di lingua, un maestro di lingua. È vero?»

Intanto il Dodo fa forza con la mano sul capo del prof, tentando di spingerlo giù.

Il prof si divincola, ma il Redivivo lo respinge addosso al Dodo. La mano del Dodo lo afferra alla gola e lo sbatte di nuovo contro il muro. Il prof si difende cercando di colpire il Dodo allo stomaco, ma è come se il pugno affondasse nella gommapiuma. Il Dodo ruggisce e la sua mano si abbatte come un maglio sul volto del prof che cade in ginocchio. Prima che possa rialzarsi il Dodo lo afferra per i capelli e lo costringe a chinarsi a terra.

«Vediamo se sei bravo con la lingua come dicono» dice il Dodo con la sua voce da topo «Comincia a leccare. Lecca bene, che devono essere lucide come una ceramica.»

Il prof rialza la testa, che il Dodo, per via della pancia, non riesce a tenere abbassata.

«Dodo» ringhia il prof «prima o poi ti luciderò la bara, e sarà un gran giorno per me, hai capito, Dodo?»

Infuriato il Dodo gli tira un calcio a una spalla.

«Basta, Dodo» dice improvvisamente timoroso il Redivivo. «Lascialo perdere, non si merita neanche le tue attenzioni. Potrebbe venire qualcuno.»

«Taci, tu, biscia» sibila il Dodo. «Se hai paura, vattene, ma non spaccare le palle.»

Il Redivivo ci rimane male. «Lo dicevo per te. Fai come ti pare.»

Ma il Dodo non lo ascolta. «Prof, hai delle brutte amicizie» dice staccando bene le parole. «Pessime amicizie. Che potrebbero non bastarti per salvare il culo. Dovresti sceglierti gli amici con più cura, prof. Uno come te dovrebbe stare più attento. Mi sono spiegato? Se no te lo ripeto.»

Il Dodo ha afferrato il prof per i capelli e da terra lo tira verso di sé.

Il prof si aggrappa ai calzoni del Dodo per non andare a sbattere contro la sua pancia. Con una smorfia di dolore, il prof alza gli occhi verso la faccia del Dodo. Gli pare di venir meno, che il cuore batta a mille, quando scorge il bottone che allaccia la tasca della giacca. È un bottone a losanga, con strani disegni bianchi in campo nero, un bottone uguale a quello che Bocciapersa teneva sigillato nella sua povera mano di impiccato.

Aggrappandosi alla giacca del Dodo, il prof si issa a fatica, barcollando e scrollando la testa per liberarsi dalla mano che lo tiene per i capelli. Quando è in piedi, anche se il Dodo lo strapazza ridacchiando, avvicina il suo volto a quello del Dodo, e si libera colpendo dal basso in alto il braccio del Dodo, che, sorpreso, è costretto a mollare la presa.

Il Redivivo assiste immobile alla scena, stupito e impaurito.

Il prof afferra il Dodo per le guance cascanti e gli mormora sulla bocca: «Dodo, ho ucciso una donna piantandole due spilloni negli occhi. Con te non ci metto niente a farti fare la stessa fine. Lasciami in pace, o ti ritroverai con la testa in un letamaio. Non ci sarà nessuno a proteggerti, quando ti infilerò un ago nelle orecchie. Io so che hai ucciso tu Bocciapersa, e la pagherai, questa. E ricordati: se mi succedesse qualcosa...».

«Non è vero!» dice il Dodo spalancando gli occhi dal terrore.

«... tu saresti finito. Io c'ero, ti ho visto, e ho le prove.»

«Tu non hai niente» cerca di riprendersi il Dodo. «Cosa credi di fare, testa di cazzo?»

La mano del prof abbandona il volto del Dodo e con un gesto rapido gli strappa il bottone dalla tasca della giacca.

«Lo vedi questo, Dodo?» Il prof parla con voce calma e flautata. «Non ti sei accorto che te ne mancava uno? Te l'ha strappato quel povero sfigato di Bocciapersa mentre lo impiccavi.»

Il Dodo si appoggia al muro. Tira il fiato a fatica. Cerca aiuto, ma il Redivivo se n'è andato.

«Perché non l'hai detto alla direttrice?» rantola quando riesce ad articolare qualche parola.

«Perché ho bisogno di un'assicurazione sulla vita, e questo bottone è la mia assicurazione. Se mi succede qualcosa, tu sei finito. Il bottone è in un posto sicuro, nelle mani di amici. Se io muoio, hai chiuso anche tu.»

I due si fronteggiano ansimando. Il prof si strofina il capo per lenire il dolore, poi prende un braccio del Dodo, gli apre la mano e vi deposita il bottone. «Li perdi uno dopo l'altro. Di' al tuo amichetto di attaccarteli meglio» dice.

Il prof rientra in cella e si stende sul letto. Trema ancora per lo scontro col Dodo. Non si rende conto immediatamente che quello che suona è il suo cellulare, quello cioè che gli ha mandato Tano.

«Dove cazzo eri? Ti ci vuole tanto a prendere in mano questo cazzo di cellulare?»

«O, sei tu. Non lo sentivo. Ho avuto una discussione col Dodo.»

Il prof racconta a Tano lo scambio di idee avuto col Dodo. Tano ha ascoltato in silenzio.

«Cazzo, prof, allora le hai, le palle!» fa Tano alla fine del racconto.

«Ho avuto una fifa della madonna, altro che palle. Non so neanch'io come sono riuscito a venirne fuori. Ho l'impressione però che me la sono cavata anche per un altro motivo. Ma è un'impressione.»

«Sentiamo la tua impressione.»

«Sono convinto che sia il Dodo sia il Redivivo non fossero tranquilli, come se avessero paura. Non di me, certo, ma... Non so, paura di qualcosa. Che ne dici?»

«Che ne dico? Dico che hai ragione. E che hanno ragione anche loro ad avere paura. Hanno capito di essere giunti al capolinea.»

«Che significa? Spiegati, non capisco.»

Ma Tano ha interrotto la comunicazione.

Il prof getta il telefonino sul letto e sospira prendendosi la testa fra le mani. Sta ancora tremando.

Il prof si prepara al Capodanno, e gli vengono in mente altri Capodanni di epoche remote. Pensa a Elisa, e a Rosas, e anche a Flora. Quando gli viene in mente la direttrice, si rende conto di avere molta confusione in testa.

Le ombre della sera calano lentamente, e qualcosa bisognerà pur fare per sopravvivere.

53
CHI È DENTRO, È DENTRO...

Di Rosas nessuna notizia da giorni. La porta dello studio, all'università, non è chiusa a chiave ma dentro c'è polvere, carta e il computer spento. Sarti Antonio, sergente, ha sprecato le telefonate a casa di Elisa, dove il talpone ha preso dimora, e nessun "pronto chi parla". Da quell'appartamento Rosas era uscito per correre a chiedere, chissà con quale diritto, alla signora Vittori Nadia, ex moglie dell'ex prof, come mai dal mazzo di tarocchi, da lei fatto entrare in carcere, mancasse il bagatto.

E adesso il talpone è sparito.

«Dove lo vado a cercare?»

«Chi dobbiamo cercare, Anto'?» chiede Felice Cantoni, agente, al volante.

«Rosas, no?»

«Quello può essere in ogni luogo, come lo Spirito Santo.»

«È Dio che sta in cielo, in terra e in ogni luogo, non lo Spirito Santo.»

Felice si stringe nelle spalle. «Fa nulla, sono parenti.» Aspetta che il collega allacci la cintura di sicurezza e dice: «Dove si va, Anto'?».

«Dove ti pare.» Poi ci ripensa: «Via dell'Osservanza».

Via dell'Osservanza è una delle più belle strade fra quelle che salgono i colli attorno a Bologna. Aceri e olmi piantati fin dal Milleseicento e tutelati allora come non lo sono oggi: cento scudi d'oro di multa a chi avesse potato o tagliato di quegli alberi senza autorizzazione. Ci sono ricche ville del passato, massacrate dai ricchi ignoranti che sono venuti dopo. Fino ai miei giorni.

La signora Vittori Nadia, di professione divorziata e possidente, abita in una villa ricca e recente. Oggi, dal parco che la circonda, si vede solo una parte della città: le torri e i campanili che bucano la cappa di smog grigio. Il resto della città, tetti, altane, strade... è coperto, impiombato da nuvole scure e basse che annunciano una tempesta di merda.

La signora li fa accomodare davanti alla vetrata che dà sulla città e chiede subito: «È successo qualcosa a mio marito? Sa, quando la polizia viene a casa tua, ci sono solo dei guai». Una bella accoglienza per un questurino. Si dimentica, la signora, che proprio lei chiamò la polizia quando si accorse che in casa c'erano degli estranei. Scoiattoli, entrati dall'abbaino sui tetti, che avevano messo su casa nella stanza dei bambini. Mai arrivati, i bambini, dal matrimonio fra la signora e il professore, e rimasta desolatamente vuota.

«No, signora, niente guai per lei. Sono qui in via privata.»

«Ah, meno male. Un caffè?»

Felice Cantoni vorrebbe dire che lui il caffè non può berlo per via dell'acidità di stomaco, forse ulcera, ha detto il dottore, ma Sarti Antonio, sergente, lo anticipa con un "sì, grazie, signora" così veloce che non lascia al collega il tempo di chiedere altro. Magari una camomilla.

«Lo sai che non posso bere il caffè, Antonio» protesta sottovoce mentre la signora ordina alla servitù "tre caffè, grazie".

Da anni non incontravo servitù in divisa. Giacchetta a strisce, come i carcerati di un tempo. Rosse e bianche, quelle della servitù, e senza numeri stampati sul petto. Calzoni chiari, che si sporcano prima, e guanti in tinta.

«E tu non berlo» sussurra il mio questurino.

«Che figura ci faccio? Porta male andarsene senza vuotare il bicchiere.»

«Il caffè sta nelle tazzine.»

«Come dice, signor sergente?»

«Niente, signora, niente. Ho dato un ordine al mio sottoposto.»

Alla fine, una visita istruttiva. Sì, un tale mal messo e scardinato, che ha detto di chiamarsi Rosas... "... che, fra l'altro, mi pare di aver conosciuto tanti anni fa come amico di Pier..." è venuto a far visita alla signora. Voleva sapere di un mazzo di carte... «Ha detto che si chiamano tarocchi.»

Gli ha risposto di averlo portato al marito in carcere. Poveretto, almeno poteva passare il tempo. Chissà cosa sono costretti a fare, in carcere, per passare il tempo. Si può solo pregare e giocare a carte. No, non sa se ne mancava una di quelle carte. Ride sottovoce:

«Figuratevi che non so neanche quante siano le carte. Be', vi dirò che non l'ho trovato male. Più serio, questo sì, ma per il resto...»

Sarti Antonio, sergente, venuto per sapere di Rosas e non del prof, insiste: «Le ha detto dove sarebbe andato dopo?».

«No, si è arrabbiato quando gli ho detto che il mazzo di carte me l'aveva dato Flora... Sa, Flora? È stata un po' la madre di mio marito, che ha perduto la sua quando era ancora piccolo e lei gli ha fatto da madre fino a quando...»

«Glielo ha dato Flora?»

«Sì, ma adesso non si arrabbi anche lei. Me lo ha dato da portare a mio marito.»

«E lei non ha toccato il mazzo?»

«Così come me l'ha dato Flora, io l'ho portato a mio marito.» Un'altra inutile risata. «Sapete, non so neanche come si tengono in mano le carte. E neanche mio marito sa giocare a carte e infatti quando gliele ho consegnate, si è meravigliato e ha detto...»

«Scusi, signora, ma non siete divorziati?» Sì, sono divorziati. «Allora perché continua a chiamarlo "marito"?»

«Perché quelli che Dio ha unito con il sacro vincolo del matrimonio, nessuno ha il potere di separare. Sa, io sono credente e allora...»

Allora le cose s'incasinano sempre di più. E di Rosas nessuna notizia. E c'è di peggio: il bagatto apparso sulla palma della maga dagli occhi verdi...

A proposito, sarei curioso di sapere se l'amore fatto occhi negli occhi è come lo racconta la Capinera: orgasmo totale! Non lo chiedo al questurino. Potrebbe rispondermi che non sono affari miei.

Dunque, il bagatto apparso sulla palma della maga non è uguale a quello arrivato alla Biondina. Il mio questurino l'ha visto per un attimo, ma è sicuro. Ha la memoria fotografica e in queste cose non sbaglia.

«Mi presti il tuo bagatto fino a domani?» aveva chiesto Sarti Antonio alla Capinera. Dopo che si erano rivestiti e prima che lei se ne andasse.

«Proprio non posso. I tarocchi sono permalosi e se sentono un'altra mano, dànno di matto» aveva risposto lei. «Comprane un mazzo domattina.»

L'ha comperato e adesso, seduto sulla Ventotto, ha in mano due bagatti: quello arrivato alla Biondina e quello del mazzo. Sono diversi. Vorrà dire qualcosa.

«Ci vorrebbe un esperto». Potrei suggerire la maga, ma se non ci pensa da solo, avrà i suoi motivi. Che posso anche immaginare: mai tornare sul luogo del delitto.

«Se è per i tarocchi» dice Felice Cantoni, agente «chiedi a Guccini. È un maestro in quelle carte lì.»

Per trovare Francesco Guccini, alla trattoria da Vito bisogna andarci di notte, quando Paolo tira giù la saracinesca e chi è dentro, è dentro; chi è fuori, è fuori. Sarti Antonio, sergente, fa in modo di essere dentro. Assieme a Paolo e a due clienti che assistono, in silenzio e seduti subito dietro i giocatori, alla messa solenne del tarocchino bolognese. Lo giocano in quattro, uno è il Gucc, e si beve un chiaretto del Garda che esce da solo dal bicchiere e ti viene in bocca tanto è leggero.

Sarti Antonio cerca di capire il gioco. Non è un campione, ma sa di tressette e di briscola. Si danno le carte come a tressette, quindici a ogni giocatore, al mazziere diciassette, il che gli permette di avere due carte fra le prese, prima di cominciare a giocare. Si striscia, si bussa e si vola come per il tressette, ma non è tressette. Ci si arrabbia per una giocata del compagno e si prende come a briscola, ma non è briscola. Insomma, Sarti Antonio per un po' tiene dietro al gioco, ma poi si perde in mezzo al Mondo, al Sole, all'Angelo e a un Bagatto che non è come quello arrivato alla Biondina.

È in piedi dietro Guccini e Paolo porta due sedie e siede anche lui. Guarda fisso il mio questurino e poi gli chiede: «Ci conosciamo?».

«Non so... Sono venuto qualche volta a mangiare...»

«Cosa bevi?»

«Un caffè.» Lo ha detto sottovoce, ma non abbastanza. Si è fatto silenzio e tutti lo guardano, anche Guccini, che dice a Paolo: «Lascia perdere il caffè e porta un bicchiere a questo mio amico».

Sarti Antonio non si aspettava tanta cordialità da uno come Francesco. Anzi, è entrato da Vito con una certa titubanza. Non è normale presentarsi a uno che riempie i palazzi dello sport per chiedergli informazioni sul bagatto. È entrato e non torna indietro. Anche perché la saracinesca è chiusa e chissà quando la tireranno su.

«Mi conosce?» gli chiede sottovoce.

«Ti conosco sì, sei Sarti Antonio. Ci siamo incontrati... Il caffè lo prendi domattina quando ti alzi. Adesso senti questo chiaretto. Poi mi dirai» e la sua erre arrotolata scivola nell'aria affumicata, come in un disco per "*... qui in via Paolo Fabbri quaraaantatré*".

Paolo porta, e posa sul tavolo, un bicchiere pulito; Francesco lo riempie e lo porge al mio questurino.

«Grazie» e visto che il Maestro gli ha parlato con il tu, ne approfitta. «Poi, quando finisci, avrei da chiederti... Dopo, dopo, io aspetto.»

Aspetta fino alle due, in una nebbia da sigarette che entra dappertutto, anche nelle ossa. Fumano come disperati. E Sarti Antonio, sergente, non sopporta le sigarette.

Aspetta fra un bicchiere, una battuta sul governo di centro-destra, tappi che saltano, un'altra battuta sul governo di centro-destra, le grida di chi si accorge tardi di aver sbagliato lo scarto, un'altra battuta sul governo di centro-destra, le carte che volano, strisciano e bussano...

Sarti Antonio, sergente, capisce che hanno vinto il Gucc e il suo compagno di partita, solo perché gli altri due sono sull'incazzato e si rimpallano la responsabilità delle giocate.

«Se tu avessi scartato il cavallo e non la regina, avremmo fatto criccone. Non sai giocare!»

Entrambi gli sconfitti concordano, e non si discute, sul fatto che gli avversari sono stati dei gran "busoni" e "con te non gioco più!" assicura quello che ha sbagliato lo scarto che non ha consentito loro di fare criccone. E punta il dito minaccioso su Guccini.

Paolo dice sottovoce al mio questurino: «Questa la sento ogni volta che il Ciccio ammucchia i tarocchi». Al Ciccio: «Lo sai da una vita che Francesco è un maestro eppure continui a giocare con lui, a perdere e a incazzarti». Di nuovo a Sarti Antonio, come se dovesse aver capito il gioco: «Visto che roba? C'è solo uno che può stare alla pari con Francesco e mi piacerebbe vederli giocare».

Francesco si rilassa sulla sedia, accende l'ennesima sigaretta e aspira con gusto, come se fosse la prima. Fa venire voglia di provare. Poi guarda Paolo e chiede: «Ce l'hai ancora la cantina?». Paolo annuisce, anche se non capisce la domanda. «Allora hai finito le bottiglie.»

Non le ha finite. I due che hanno assistito alla partita in silenzio si alzano e si sgranchiscono le gambe e Sarti Antonio approfitta della sedia lasciata libera accanto al Gucc. «Hai un momento?» gli chiede quasi all'orecchio.

«Certo, dimmi, dimmi pure.»

Sarti Antonio raccoglie le carte sparse sul tavolo, le allontana, posa i due bagatti di sua proprietà dinanzi a Francesco e chiede: «Com'è che non sono uguali?».

Guccini lo guarda, sorpreso dalla domanda. Ma è uno che ha pazienza. Aspira una lunga boccata di fumo, la spedisce nei preziosi polmoni e, senza mandarla fuori, come se vi si fosse perduta dentro spiega: «Intanto questa è la carta più importante dei tarocchi». Indica la carta comperata dal questurino. «Questo è il bégato del tarocchino bolognese. È raffigurato in due mezzi busti e la carta la puoi guardare dal dritto e dal rovescio. Che però non sai quale sia il dritto e il rovescio e questo è il suo bello. Sul tavolo che il bégato ha davanti, ci sono dieci oggetti con un buco nel mezzo. Mi piace pensare che siano dei dolci, ma tu puoi immaginare altro. Per esempio dei contenitori senza fondo. Quest'altro» e tocca la carta arrivata alla Biondina «è il bagatto marsigliese. Come vedi, è a figura intera, ha un alto e un basso, ha i piedi ben piantati a terra e sul tavolo ci sono i semi delle carte. Il coltello rappresenta le spade, i dadi e il bussolotto i denari, la bacchetta che impugna con la sinistra è l'immagine dei bastoni. Ci sono anche le coppe: questo bicchiere.» Aspira e schiaccia la sigaretta, fumata solo per metà, in un posacenere che non ne può più. «La vedi la coppa?» Una domanda come quella della cantina. Sarti Antonio guarda Francesco e non risponde. «Dico sul serio: la vedi?»

Questo lo prende per il culo. «Certo che lo vedo.»

«Sono contento per te. Significa che sei puro.» Altro sguardo perplesso di Sarti Antonio. «Guarda che è una cosa seria. La coppa rappresenta il Santo Graal e il Santo Graal è visibile solo a chi è perfettamente puro.» Accende un'altra sigaretta e aspira con il solito piacere. «Non sono io che lo dico. Lo sostengono certi studiosi dei tarocchi.» Si rigira fra le mani il bagatto marsigliese, legge i due versi sul retro e chiede: «Dove l'hai preso?».

«È una storia lunga. Me l'hanno spedito.»

«Non un bolognese di certo» e Francesco restituisce la carta. «Ricordati che questo si chiama bagatto e questo...» raccoglie la carta comperata «... si chiama bégato. Non fare più confusione.»

Sarti Antonio ringrazia e cerca le parole per chiedere cortesemente se gli tirano su la saracinesca perché è stanco e ha sonno. Resterebbe solo se Francesco Guccini gli cantasse *La locomotiva*. O *Cirano*, ma si accontenta di quello che il Maestrone gli ha dato. E avanza. Avanza perché gli complica ancora le indagini. Non ce n'era bisogno.

54
CAPODANNO MENO QUALCHE ORA

"Per circa duecento metri la strada era perfettamente visibile, ma in fondo si alzava una spaventosa barriera di nebbia. Oppure di polvere bianca, sollevata dal vento che da qualche minuto aveva cominciato a spirare. L'uomo col vestito bianco si asciugava il sudore e camminava guardando alternativamente a destra e a sinistra. C'erano negozi di salumieri, profumerie, ricambi di pneumatici, stazioni di benzina, vendite di essenze odorose, pizzi e stoffe, ornamenti su legno e ceramica, assicurazioni, mercerie, perfino coiffeur per cani. Ma di bar nemmeno l'ombra.
L'uomo guardò l'orologio. Era assente dall'ufficio già da un'ora e mezzo. Si voltò indietro e valutò il cammino che aveva percorso. La porta della città si perdeva in lontananza, ormai invisibile, confusa anch'essa nella nebbia. All'improvviso l'uomo vestito di bianco si chiese: come mai tutta questa nebbia d'estate? Allora era proprio polvere. Ma era tutto così immobile..."

"In questo modo non vado da nessuna parte" pensa il prof chiudendo il documento e poi il computer. "Mi sono chiuso in trappola" pensa ancora mentre si dirige in piscina. Non ha le idee chiare sull'uomo che, nel suo romanzo, si perde per cercare un bar.
In piscina trova solo casino, fumo e il Màccaro che con Tricche-Tracche e la Marisa prova un balletto dove i tre

tentano di armonizzare i loro passi di danza sulla musica di un rap che viene dalla televisione. Forse il clou della sera di Capodanno è il ballo del Màccaro & C.

Il prof accende e spegne una sigaretta, torna in cella e indossa il cappotto.

Poco dopo è nel cortile. La guardia gli ha aperto la porta con sospetto. Gli ha detto: «Ti do un quarto d'ora». Ormai è buio.

Il prof è solo in mezzo al campo di calcio coperto dalla neve. Lungo la linea dell'out sono ancora visibili le impronte della commissione di vigilanza e di Flip. Ma ormai la sera si distende sulla neve e tutto diventa scuro.

Si alza un vento leggero e ghiacciato. Il prof fa qualche passo verso il cancello che sbarra ogni accesso all'esterno. Con le mani in tasca fissa i campi di fronte a lui, e il bosco, lontano, confuso già con la notte. C'è il mare laggiù?

La guardia gli fa segno di rientrare.

È freddo, sente il naso gocciolare.

Alza gli occhi verso le finestre del corridoio appena illuminate. Una figura si allontana rapidamente dai vetri non appena si accorge che il prof ha alzato lo sguardo.

Anche Flora lo osservava da una finestra quando, bambino, giocava con la neve.

Nel corridoio male illuminato il prof incontra Filippo con la direttrice. La direttrice mostra a Filippo dei fogli e intanto indica con la mano tesa i neon a parete. Filippo prende i fogli e se ne va facendo sì con la testa.

La direttrice continua a osservare i neon pensierosa, e, quando si accorge della presenza del prof, resta a guardarlo stupita. Nessuno dei due muove un passo. Solo quando lei fa per rientrare in studio il prof le va dietro e la segue.

«Dove vai?» chiede la direttrice fermandosi sull'entrata dello studio. Non c'è aggressività nella sua domanda, né sfida o rimprovero.

«Ti seguo» risponde il prof, ancora insaccato nel cappotto.

«C'è una ragione precisa o è per passare il tempo?»

«Passare il tempo mi pare una buona ragione.»

«Allora dovresti fare una partita a biliardino con qualcuno.»

«Preferirei fare una partita di alcol e chiacchiere con te. Magari non in pieno corridoio.»

La direttrice apre la porta dello studio e gli fa cenno di entrare. Lo studio mostra qualche segno di trascuratezza. In genere è ordinato e pulito, ma ora le carte giacciono abbandonate qua e là, alla rinfusa, e sul tavolo in fondo ci sono bicchieri e tazzine non lavate. I posacenere sono pieni di cicche.

«Vuoi qualcosa? Un caffè, un tè? Un whisky?»

«Va bene quello che prendi tu» dice il prof, e si chiede se ha fatto bene a entrare nel suo ufficio. La donna sembra nervosa. Mentre versa nei bicchieri due dosi di whisky da nostromo scozzese, le tremano le mani.

«È il mio primo Capodanno qui» dice il prof con aria allegra. «Dobbiamo festeggiare.»

«Buon primo Capodanno da noi» fa la direttrice alzando il bicchiere. Beve una lunga sorsata e si accende una sigaretta.

«Fumi troppo» commenta il prof prendendo una sigaretta da una tasca.

«Faccio troppo troppe cose, e farei di più altre cose che faccio meno.»

«Mi sembra un po' ermetico» ironizza il prof.

«Tanto non ha importanza.»

«Sei tornata prima del previsto.»

«Come hai fatto ad accorgertene?» risponde sarcastica la direttrice.

«Cos'è successo?» continua il prof facendo finta di niente.

«La carne della mia carne non mi ha voluto né vedere né parlare. Evidentemente preferisce dialogare con l'eroina o con l'ecstasy o quello che è, piuttosto che parlare con me.»

«E allora l'hai lasciata là e te ne sei tornata indietro.»

«Visto che la commissione aveva richiesto la mia disponibilità per questi giorni, mi sono detta: perché no? Li ho avvertiti che tornavo prima, se erano sempre del parere di condurre l'inchiesta proprio in questi giorni. Ho preso due piccioni con una fava: ho sistemato la stupida storia della rivolta in carcere e ho liberato la ragazza della mia inopportuna presenza. Così siamo contenti tutti: il ministero, che ha accantonato rapidamente la pratica "casini in carcere", mia figlia, che preferisce non avermi fra le palle, e io, che così mi riposo.»

«Allora sei contenta. Bene.»

«Non so se sono contenta, però qualche effetto c'è stato. Ho deciso di dargliela su, a mia figlia. Se la mia presenza le dà tanto fastidio, inutile continuare a cercarla, a starle vicino. Quando mi vorrà, mi verrà a cercare. Con lei ho finito. Sono molto sollevata. Per il resto, l'inchiesta è terminata in due giorni. Bocciapersa si è ucciso e la rivolta è stata attribuita in toto a Menelik.»

«A Menelik?»

«A Menelik. Ho cercato di convincerli che non c'era stata una vera rivolta, come avevi detto tu, ma non c'è stato niente da fare. In compenso hanno stabilito che Menelik in quel momento era incapace di intendere e di volere. Così sarà sottoposto a perizie psichiatriche, a controperizie, a prove e a visite. Insomma, finirà col cavarsela. Io invece non me la caverò. Non ho fatto buona impressione sui commissari. Non hanno detto niente, naturalmente, ma me ne sono accorta. Troppo permissivismo, carcere troppo morbido, troppi incidenti inspiegabili negli ultimi anni. Non hanno tutti i torti, a pensarci bene.»

La donna tace. Il prof dice: «Potresti sbagliarti». La donna si versa un altro bicchiere di whisky.

Il prof dice ancora: «Magari non ne fanno niente. Se non accade nulla prima delle prossime elezioni, dopo sei al sicuro. Delle carceri ai partiti non gliene importa niente. Rimarrai ancora a lungo qui con me».

«Non ci contare. Io lo so come vanno queste cose. I posti di direttore delle carceri sono molto ambiti.»

«Mi riesce difficile crederlo. Si guadagna tanto?»

«Vuoi un caffè, prof? Sembri così intelligente e poi ti perdi nelle cose più ovvie.»

La direttrice si alza e va a preparare il caffè.

«Cazzo» mormora tra sé «è tutto un casino qui. Bisogna che rimetta in ordine. Lavare, spolverare, dare un po' di straccio.»

«Non ci sono donne delle pulizie? C'è un'impresa che fa le pulizie, no?, tutte le mattine.»

«Certo, certo. Ma mi dimentico sempre di lasciargli le chiavi dell'ufficio, così non riescono ad aprire la porta. E quindi niente pulizie.»

La direttrice fa un movimento maldestro e il barattolo del caffè si rovescia sul pavimento. La donna non impreca e non protesta, si limita a sospirare. Il prof cerca di nascondere un sorriso, poi non ce la fa e ride apertamente. La direttrice lo guarda inviperita. Ci ripensa e ride. I due ridono e non possono smettere. Il prof si alza e va ad aiutare la direttrice a raccogliere il caffè. E quando un uomo e una donna sono inginocchiati a terra a raccogliere il caffè caduto dal barattolo, e ridono e ridono, allora significa che stanno per fare l'amore, a terra, sul caffè sparso, e che rideranno ancora a lungo, dopo.

«Visto che le cose stanno così» dice la direttrice accendendo due sigarette «ho deciso di non preoccuparmi più che tanto. Vedi, a fare il direttore non è che si prendano degli stipendi da guinness dei primati, ma la cosa interessante è quello che ci sta attorno. In un carcere è vietato quasi tutto, ma se hai dei soldi vivi da imperatore. Basta pagare. Vuoi un telefonino, della droga, delle donne, delle armi? Basta pagare. Le guardie, gli inservienti, la donna delle pulizie, i fornitori, tutti. I direttori lo sanno, ovviamente. Allora, dal momento che lo sai, o partecipi al gioco, e hai la tua parte di guadagno, oppure cominci a reprimere e a punire, oppure fai finta di niente. Poiché punire non è possibile più che tanto, perché ti faresti troppi nemici, io ho fatto finta di non vedere.»

«Che cos'è una caramella?» chiede il prof.

«Perché ti interessa?» chiede incuriosita la direttrice.

Il prof le racconta la scena della biblioteca con Tricche-Tracche, la guardia e la puttana.

«La caramella è una bustina monodose di eroina, o una doppia pastiglia di ecstasy, incartata in carta lucida» dice la direttrice sospirando.

«Ed è il Dodo che si occupa di farle entrare e di incassare» continua il prof.

«Ovviamente» conclude la direttrice.

«Ovviamente» ribadisce il prof ripensando alle parole colte casualmente quella sera in biblioteca.

«Quindi, per continuare il discorso, ho deciso di essere molto permissiva. Dal momento che la mia sorte è segnata, tanto vale che lo sia per delle buone ragioni. Se vuoi andare a visitare un museo, una galleria d'arte o quello che vuoi con la tua classe di analfabeti, hai il mio permesso. Scegli quando andare e avrai un'autorizzazione firmata e controfirmata. Del resto, la commissione d'inchiesta ha molto apprezzato il tuo gesto, e mi ha caldamente pregato di farti avere un premio, una gratifica, un riconoscimento. Quindi... Secondo. Ho bisogno di un segretario, una persona sveglia che telefoni, scriva, tenga in ordine le carte. Che sappia usare la posta elettronica e internet. Tu le sai usare, no? Avrai la posta elettronica a tua disposizione. Se mandi una lettera a qualcuno, puoi farlo: è come se lo facessi io. Se vuoi fare o ricevere telefonate, è come se le facessi io, e così via.»

Il prof tace e riflette.

«Ho l'impressione che tu voglia dirmi qualcosa, ma mi sfugge. È così?»

«Ho letto le cose che mi hai scritto su di te, su Rosas, su Elisa. È convincente.»

«Vorrei che fossi convinta tu che io non ho ucciso nessuno.»

«Voglio talmente crederlo che ho paura. Ho paura di ingannarmi. Ho paura di non sapere valutare le cose con obiettività.»

«Però non mi piace sedermi sulle ginocchia del mio capo mentre detta delle lettere.»

«Non cominciamo con le rivendicazioni sindacali. Lo vuoi il lavoro o no?»

Il prof si alza. «Va bene, ora vado. Ci vediamo alla festa.»

«No. Io non vengo. Ci vediamo il 2.»

Si guardano negli occhi, e la direttrice sorride.

Il prof ricambia il sorriso. «Il 2. Anno nuovo vita nuova.»

«Auguri» dice la direttrice baciandolo sulle labbra.

«Vita nuova» ribadisce il prof. «Vale anche per te.»

55
MATRIMONIO SÌ, MA...

L'anno vecchio se n'è andato, se ne sono andati i primi giorni del nuovo e le speranze di qualche cambiamento restano speranze. Che non è del tutto vero perché le cose cambiano. In modo impercettibile, ma cambiano. In peggio. Bisognerebbe smettere di augurarsi buon anno, se il risultato è questo, e sperare finalmente in un anno brutto.

Con il nuovo anno il mondo di Sarti Antonio, sergente, continua a essere casa, questura e auto Ventotto. C'è poco da stare allegri.

«Accompagnami a Scortichino» dice la Biondina. «Ci resterò fino a quando non avrai chiarito le cose. Non mi va di esserti di peso com'è successo con quella bella signora dagli occhi verdi, magari un po' avanti con gli anni, ma ancora piacente.»

«D'accordo.» Anche se la bella donna dagli occhi verdi non si sarebbe mai più ripresentata. Archiviata, come le tante passate sulla sua vita e mai tornate indietro, neppure a salutarlo. Per colpa sua o delle signore, non lo saprà mai. Così è la vita.

Sarti Antonio vede Scortichino solo quando l'auto della Biondina ci arriva sopra, nascosto com'è sotto l'argine di un affluente del Panaro. Un paese di quattro case e un campanile, il tutto avvolto nella nebbia e disperso chissà dove nella pianura padana.

«Ecco, siamo arrivati» dice la Biondina fermando l'auto sull'argine.

Sarti Antonio si guarda attorno. «Sì, ma il paese dov'è?»

«Eccolo» e la Biondina indica un mare di nebbia, sotto l'argine. Spunta la croce di un campanile. A prendere il sole. Quando c'è.

I genitori della Biondina, due vecchietti convinti che la figliola faccia la parrucchiera in un famoso salone di Bologna, lo accolgono con le feste, lo proteggono e lo coccolano, chiuso in casa fino alla domenica pomeriggio. Fuori c'è poco da stare allegri: grigio, nebbia e umidità.

Un sabato e una domenica di merda, passati davanti al televisore a guardare una tivù di merda, chiuso in una casina dai tetti spioventi e attaccata all'argine di un torrente che, se il Po gonfia più del normale, si gonfia anche lui, dà di fuori ed è la prima a seguire la corrente fino in Adriatico.

Prende il treno alle diciannove e diciassette a Bondeno; cambia a Ferrara, arriva in stazione, a Bologna, alle ventuno e trenta. Più di due ore per fare una cinquantina di chilometri.

E domattina presto, in questura.

Imposimato Salvatore è al computer, alla ricerca dei precedenti di un extracomunitario arrestato alla stazione centrale e trovato in possesso di diciotto carte d'identità con sopra la foto del presidente della Repubblica. Una bella foto, come se l'avesse appena scattata lui, l'extracomunitario, a un presidente che gli si è messo in posa. Scoprire a cosa servono a un vu cumprà diciotto carte d'identità del nostro presidente. Una cosa da poco, con i terroristi che tengono in ostaggio il mondo. Bush no, lui non lo tiene in ostaggio. Lui lo difende con le sue guerre preventive e con il suo dio che gli ha rivelato la missione da compiere. Un nuovo e moderno messia.

Cosa c'entra Bush con la morte di Elisa? Vado oltre.

Medardi Avanti ha fra le mani un caso di istigazione alla prostituzione ma, una volta tanto, niente giovini somale o albanesi o nigeriane. Non siamo nell'esotico, siamo nel più banale casalingo. Sono coinvolte una trentina di madri di famiglia della mediocre buona società bolognese.

Tarchiati Fedele, il più giovane dei cinque colleghi, sfoglia una quantità di foto a cercare l'ispirazione per la faccia che dovrà mettere su questa sera, in discoteca. C'è da tirare il bidone a un piccolo delinquente, spacciatore di pastiglie d'ecstasy assolutamente imboracciate, borotalco impastato e pressato assieme a chissà quale merda. L'incazzatura dei giovani consumatori parte dalla riviera e arriva fino a Piumazzo. Sì, perché il delinquente non si presenta mai due volte nella stessa discoteca. Il Tarchiati ha scoperto che dal Ventiquattrore, in quel di Cesena, lo spacciatore di borotalco alla merda non è ancora transitato. Non tarderà. Ha esaurito il giro delle quattro province Rimini, Forlì, Bologna e Modena. Prima o poi lo trova. Detenzione e spaccio di droga. E ci metterà pure la circonvenzione d'incapace e la truffa aggravata. Non si vende impunemente borotalco a degli sprovveduti che lo scambiano per ecstasy. Incapaci.

Cantoni Felice, agente, legge un giornale sportivo: il Bologna, una volta tanto, ha stracciato le chiappe all'Udinese. Tre a zero. Lotta di titani.

Sarti Antonio, sergente, sfoglia una pratica e sta pensando al modo per entrare in contatto con Avanti per poi entrare in contatto con Spillaci Gaetano di professione boss dei delinquenti e delinquente lui stesso. Ha accantonato la morte di Elisa. Fino a quando non si rifarà vivo il talpone. Anche perché non ha altre scelte. Non è in un vicolo cieco, come si dice in questi casi. No, anzi. Lui ha troppe strade davanti.

Come si vede, in questura ce n'è per tutti e fervono le attività anticrimine. Un'attività fortemente artigianale per una criminalità fortemente industrializzata. Ma a Bologna, altrove non so, è sempre stato così. I delinquenti scappavano in carrozza tirata da cavalli e i questurini gli correvano dietro a piedi; scappavano in automobile e li inseguivano in bicicletta; se la filano in aereo e gli vanno dietro con l'Alfa.

Il piantone si affaccia nell'ufficio e dice: «Sarti Antonio dal dottor Raimondi».

«Cosa ci fate sempre al telefono?» attacca il dottore appena Sarti Antonio, sergente, mette piede nell'ufficio. «Sto chiamando da due ore, è vero come si dice, e da due ore trovo occupato.»

«Veramente, dottore, mi pare che nessuno stesse telefonando.»

«Lascia stare, Sarti, lascia stare. Come procede?» Sarti alza la destra e sta per parlare. «Chiudi la porta prima!»

«Sì.» Chiude. «Credo di essere sulla strada giusta, dottore. Ho un contatto che mi porterà allo... all'inquisito...»

«In fretta, Sarti, in fretta, è vero come si dice. Mi stanno premendo, mi stanno premendo.»

«Conto di darle notizie fra qualche giorno. E, dottore, cos'ha ricavato la scientifica dalla foto ricevuta dalla signora...»

«La tua puttana, Sarti. Chiama le cose, è vero come si dice, con il loro nome.»

«Sì. Cos'ha dedotto la scientifica, dottore?» Il dottore borbotta qualcosa. «Prego?»

«Pare autentica» dice con noncuranza *èverocomesidice*.

«Vuol dire che il professor Tagliacozzi del Paleotto, attualmente in carcere...»

«Per ora vuol dire solo, è vero come si dice, che qualcuno ha avuto modo di scattare la foto sul luogo del delitto.» Si sporge verso il mio questurino, in piedi dall'altra parte del tavolo, e sorride, ma sembra più una smorfia. Non ce la fa a essere ironico. Non ha il viso adatto. Dice: «E per quanto ne so io, è vero come si dice, quel qualcuno potresti essere tu».

È tanto grossa che Sarti Antonio, sergente, prima non

riesce a parlare e poi, quando passa la sorpresa, grida. Nell'ufficio del capo. Non era ancora successo. «Ma cosa dice, dottore? Io...» Torna al tono sottomesso, ma deciso. «Io ci sono rimasto così male quando ho visto...» Questa non gliela fa passare, anche se è una battuta. «Perché lo ha detto, dottore?»

Raimondi Cesare, ispettore capo, è ancora proteso sul tavolo. Accentua il sorriso scemo, torna contro lo schienale: «Era una battuta, Sarti, ma tu, è vero come si dice, hai la coda di paglia».

"Battuta del cazzo" verrebbe da dire al mio questurino. Ma torna al punto: «Se le cose stanno così... Cioè, se la foto è autentica, significa che l'assassino...».

«Lo so cosa significa, sergente, lo so.»

«Ci sarebbero anche altri indizi, dottore, che potrebbero...»

«Lo so, sergente, lo so.»

«Per esempio, c'è un mazzo di tarocchi... E poi il bagatto. O bégato, come dice Francesco. E potrebbe anche darsi che il professore...»

«Il professore, sì. Facciamo una cosa, sergente: lei, è vero come si dice, si occupa del caso che le ho affidato e lascia che del professore mi occupi io.» Gli sorride ironico, ma è sempre e solo il ghigno insulso. «O vuole che io le ceda il posto?»

«No, no, dottore» e nel corridoio, lontano da Raimondi Cesare, ispettore capo, borbotta: «Per prendere il suo posto ci vuole la laurea da deficiente, dottore, e io non ce l'ho, dottore».

È un lunedì turbolento e le grida arrivano fino all'ufficio di Sarti Antonio, sergente.

«Posa la valigia a terra e allontanati!»

«Un documento! E tieni le mani in alto!»

«Ti ho detto di lasciare la valigia, cazzo!»

«Appoggiati al muro e tieni le mani alzate!»

«Allarga le gambe!»

«Tieni le mani alzate, ti ho detto! Hai un documento?»

«Sì, ce l'ho, ma se lo vuoi vedere, devo abbassare le mani.»

«Tieni le mani alte e contro il muro, cazzo!»

«Chiamate Sarti. Lo conosco e vi spiegherà...»

È una voce che il mio questurino conosce bene. Corre. Rosas è incollato al muro, di pancia, le mani sollevate.

«Cosa succede? Lasciatelo stare.»

«Te la prendi tu la responsabilità, Sarti?»

«Me la prendo, sì, me la prendo!»

«L'hai guardato bene? Ha la faccia del terrorista.»

È andata così: quelli del centro operativo video hanno inquadrato un tipo sospetto che da due ore passeggiava avanti e indietro dinanzi alla questura, una piccola valigia, altrettanto sospetta, nella sinistra. Con i tempi che stiamo vivendo e le precise disposizioni emanate dal ministero dell'Interno in materia di antiterrorismo, appena il tipo sospetto è entrato nel portone della questura, sono intervenuti e lo hanno bloccato, nonostante la sua tenace resistenza.

Le cose si sono complicate quando si è trattato di sequestrargli la valigia prima che la facesse esplodere. Non ne voleva sapere e ha cominciato a urlare che non lo potevano fare senza un mandato, che la valigia non era loro...

«Capisci la mia considerazione per la tua polizia? Mi hanno preso per un terrorista!»

«E gli dai torto? Guardati. Stracciato, sgualcito, la barba di tre giorni, una valigia sospetta...»

«E secondo voi, poliziotti del cazzo, è così che si presenta un terrorista?»

Sono seduti all'interno del bar di Piazza Maggiore e Strichetto è già partito per i due caffè e le tartine ordinate.

«Che ci facevi davanti alla questura?»

«Aspettavo che tu uscissi, poi ho pensato di entrare. Ti cerco da venerdì...»

«Se vogliamo dire le cose come stanno, sono io che ti ho cercato per una settimana.»

«Perché mi cercavi?»

«Ho una quantità di cose interessanti da raccontarti.»

«Brutto segno» borbotta il mio questurino. «Dove sei stato?»

«Svizzera» e si attacca alla prima tartina. Al caviale, stando alla spiegazione di Strichetto, che si fida poco o nulla del palato di Rosas, uno che ordina un panino con la mortadella in un bar raffinato come il suo.

«Dove sei stato?»

«Ci siamo sbagliati tutti. Elisa si doveva sposare sì, ma non con quel gran coglione di Giuseppe Odorici, anni trenta, esperto d'informatica e titolare della Webhouse.»

Si fa interessante. «No?»

«No, ma andiamo per ordine» e il talpone si attacca alla seconda tartina. «Sai chi ha mandato il mazzo dei tarocchi in carcere?»

Sarti Antonio, sergente, vuole godersi lo stupore di Rosas. Finge di pensare: «Dunque, vediamo. Chi può essere stato? Vediamo... Io no, tu nemmeno... Non sarà stata donna Flora?».

Il sorriso ironico che appare sul viso del talpone è solo un ghigno di faina. «Vedo che segui i miei consigli. E sai dove Elisa ha passato i tre giorni della sua scomparsa? Ti pago la cena. Dove vuoi tu, anche al Pappagallo.»

«In Svizzera?» Il muso di faina fa no. «Allora che ci sei andato a fare?»

Il talpone manda giù l'ultimo boccone, sorseggia un caffè ormai tiepido, guarda il mio questurino negli occhi, si china verso di lui e mormora: «Elisa ha passato i tre giorni chiusa in casa sua. Assieme a me». Che figlio di puttana! Non poteva dirlo prima? «Gli ultimi tre giorni da nubile, poi se ne sarebbe andata e per sempre. Sposa.»

«Dove e sposa di chi?»

«Indovina.»

«Ooo! Non siamo ai giochini idioti della tivù. C'è un cadavere. O te ne sei dimenticato?»

La faina incattivisce: «Tranquillo, non me lo scordo!». Sgombera il tavolino, ci posa sopra la piccola valigia, che non ha mai abbandonato, nemmeno per le tartine, e l'apre con molta, molta cautela. «Attento che adesso scoppia.»

56
... CON SORPRESA

Non scoppia e le mutandine nere col pizzo, i reggiseni neri col pizzo, le calze velate, il pigiama da donna, gli assorbenti, i fazzoletti di carta, il beauty-case, l'agenda, insomma, tutto il contenuto della valigetta finisce sul tavolino di uno dei più raffinati bar della città. Attorno al quale si sono fermate alcune delle signore più raffinate della città. Curiose.

«Cos'è 'sta roba?»

«Secondo te?» domanda Rosas. Poi alle signore: «Non vendo. Tutta roba usata e sporca. Anche gli assorbenti». Si fa il largo. «Viene dalla Clinique du Lac di Locarno» spiega.

«Del... del conte?»

Rosas solleva le mutandine, ci infila dentro le mani, le allarga per bene e le mette davanti alla faccia del questurino. «Ti pare che gli vadano giuste? Tutto di Elisa. Il direttore della clinica mi ha detto che è partita in fretta. Ha preso l'indispensabile e ha detto che sarebbe tornata per il resto.»

«Clinique du Lac, dove il conte...»

«... andava per cure e per ritemprare il fisico provato dall'usurante lavoro di conte. Bravo il nostro questurino. Di più: Elisa è tornata in treno con il conte: Locarno-Bologna.»

Per il lavoro che gli fanno fare, Sarti Antonio, sergente, è abituato ai colpi di scena, ma questa non se l'aspettava e non ha parole.

Una parte degli avvenimenti ha, adesso, una sua collocazione. E cioè: ogni estate Elisa emigrava il quel di Locarno e s'impiegava nella Clinique du Lac come interprete, receptionista, impiegata... Per tutto ciò di cui c'era bisogno.

«E tu ci andavi a letto, vivevi in casa sua e non lo sapevi!»
«Elisa aveva la sua vita nella quale io non entravo. Come lei non entrava nella mia.»
«Nella tua c'è poco da entrare.» Lascia perdere e ascolta il seguito.

Alla clinica Elisa guadagnava abbastanza per mantenersi agli studi e pagare l'affitto al padre. Non voleva dipendere da nessuno. L'ultima estate passata in Svizzera, la direzione le ha chiesto di occuparsi del signor conte, di mettersi a sua disposizione per la posta, battere lettere in inglese e tedesco, accompagnarlo in giro per Locarno, nelle banche... Segretaria provvisoria. E il conte ha preso un'imbarcata. Ci voleva poco.

«Non dirmi che la voleva sposare.»
«Non te lo dico, ma è andata così» e Rosas sfoglia l'agenda. «C'è segnata la data del matrimonio: "Ti sposi alle otto. Appuntamento nella chiesa di San Vito di Spilamberto". La data è il 15 marzo.»

«E non lo sapeva nessuno.»
«Non è esatto» dice sottovoce il talpone. «Se l'hanno ammazzata, qualcuno lo sapeva» e in silenzio comincia a rimettere la mercanzia nella valigia.

Sarti Antonio, sergente, vorrebbe parlare, ma gli dispiace interrompere il rito; sta in silenzio a guardare l'opera e a rimescolare nella tazzina vuota. Alla fine, sul tavolo rimane solo l'agenda. Che Rosas sfoglia lentamente. E il dialogo può riprendere.

«È normale segnare sull'agenda la data del proprio matrimonio?» chiede Sarti Antonio, sergente.

Rosas mostra una pagina: «La calligrafia non è di Elisa». Gira due pagine e mostra. «Questa è di Elisa. La data del matrimonio l'ha segnata il conte, forse per un gioco. Le avrà detto: "Così non la dimentichi".» Manca poco e si mette a piangere. È ridotto male il talpone. «Come vedi, ci siamo sbagliati tutti: io, il professore, tu, il tuo capo fetente...»

«Mettiamo le cose a posto: io non mi sono sbagliato. Io ho preso per buono quello che mi avete raccontato. Ma se posso azzardare senza offenderti, non vi siete sbagliati voi. È lei che vi ha presi in giro.»

Rosas si prende il tempo per assimilare, con amarezza, la verità del questurino e poi chiede: «Ti dice niente la calligrafia?».

«Dovrebbe?»

«Per esempio: è la stessa dei vari biglietti di accompagnamento ai doni che tu e la Biondina avete ricevuto?» Sarti Antonio, sergente, controlla e, sicuro, scuote il capo. «Così, senza confrontare?»

«Ho la memoria buona.» Il talpone è perplesso e Sarti Antonio mostra il bagatto. Se lo porta dietro come un amuleto. Dice: «Controlla».

La mano che ha scritto i biglietti d'auguri non è la stessa che ha scritto sull'agenda di Elisa.

Prima di rimettere in tasca la carta, Sarti Antonio, sergente, la guarda, la mostra a Rosas e dice: «Sapevi che è la carta più importante dei tarocchi marsigliesi? Da noi, a Bologna, si chiama bégato ed è questo». Mostra anche il bégato. «Difficile che uno di Bologna e dintorni giochi con i tarocchi marsigliesi e più difficile ancora che spedisca un bagatto marsigliese. Pensaci su.»

Strichetto si inserisce nel silenzio dei due: «Posso servire altro?».

«No, quanto ti debbo?» chiede il mio questurino. Nessun dubbio che sarà lui a pagare.

«Lascia stare, pago io» e Rosas striscia sul tavolo due carte da dieci che dire sgualcite è poco. «Bastano?»

«Le viene del resto, dottore.»

«Il resto mancia.»

Da Rosas? Strichetto non era preparato. Nemmeno Sarti Antonio.

«Grazie, dottore» dice Strichetto. «C'è qualche novità per il povero professore?»

Deputato istituzionale alla risposta sarebbe il questurino, ma Rosas lo precede: «Fra poco lo rivedrai».

«Magari. Se è vero, dottore, le offro lo champagne.»

«Tienilo al fresco» e, raccolta la valigia, esce e s'impantana nella nebbia del crescentone. Che sarebbe poi la parte centrale di piazza Maggiore, quella leggermente sopraelevata e costruita con conci grigi e rosa artisticamente composti. Peccato che la loro simmetria non si veda ad altezza d'uomo.

«Perché racconti balle?» chiede Sarti Antonio.

«Non sono balle.»

«Cos'è che tu sai e io no?»

«Tutto quello che so io lo sai anche tu. Io metto le cose al loro posto e tu no.»

Viaggiano appaiati e nascosti nella nebbia di una Bologna che sembra deserta e il mio questurino cerca di mettere al loro posto le cose che sa.

Da qualche parte, non si capisce dove, ronzano gli autobus e non ci sono altri passanti. La facciata di San Petronio è illuminata, ma è solo una parete di luce diffusa. Grigia. Potrebbe essere mattino presto o pomeriggio tardi.

Hanno preso, chissà chi dei due, i vicoli dietro il palazzo dei Banchi; il rumore si è attutito ed è più il bollire di un immenso calderone con il coperchio, che il suono di un mondo che vive. Nei vicoli stretti del mercato, l'odore di frutta, di verdura, di pesce e del resto si mescola alle schifezze dell'atmosfera e ne viene un odore nauseante. Di una città in coma. O forse già morta, ma lei non lo sa. E Bologna continua a cuocere.

Sarti Antonio, sergente, ha messo a posto alcuni elementi. Si ferma e blocca Rosas per un braccio. «Forse l'hanno uccisa per l'eredità.»

Rosas ha gli occhiali appannati da goccioline di nebbia. Non credo che veda chiaramente quello che gli sta attorno, ma non pensa a pulire le lenti spesse come il fondo di un bicchiere. Attraverso quella nebbia guarda Sarti Antonio e aspetta.

«Se sposava Elisa, buona parte del suo patrimonio, se non tutto, sarebbe passato a lei...»

«E poi?»

«Cerchiamo chi ci avrebbe rimesso.»

«E poi?»

«E poi, e poi! Lo vuoi sapere adesso e qui, in mezzo a una nebbia che non so nemmeno dove siamo?»

Rosas si toglie gli occhiali, pulisce le lenti fra l'indice e il pollice, con il risultato di distribuire le gocce uniformemente sulle due superfici, li rimette e guarda attorno. «A due passi da casa tua.»

Si sono asciugati il viso e i capelli, Rosas ha tolto la nebbia dalle lenti, si sono seduti.

«Mettiamo che qualcuno abbia saputo del matrimonio...»

«Fai un nome.»

«Il primo che mi viene?» Rosas annuisce. «Pierfrancesco Tagliacozzi del Paleotto.»

«Ridicolo. Non ha mai chiesto soldi al padre. Se gli premesse l'eredità, sarebbe andato all'appuntamento. Flora ha tentato di riconciliare padre e figlio...»

«Mi dici allora dove li prende i soldi per mantenersi a champagne e caviale? Una villetta a Pianoro e un appartamento nel centro storico di Bologna. Lo stipendio dell'università? Sarà per questo che oggi hai pagato tu.»

«Non so da dove gli vengano i soldi, ma il prof non c'entra. Un altro.»

Sarti Antonio, sergente, comincia a ragionare fra sé, come fa quando non gli tornano i conti. «Ci sono due possibilità: Flora non sapeva del matrimonio; Flora sapeva del matrimonio. Se non lo sapeva, si capisce il suo tentativo di riconciliare padre e figlio. Per non veder disperso un considerevole patrimonio di famiglia del quale anche lei avrebbe, in parte, usufruito. Se lo sapeva, ne avrebbe parlato con il prof, almeno perché ne fosse informato. Era pur sempre suo padre. Almeno di nome. E se lo sapeva, perché non ce l'ha detto? Le faceva comodo che non lo sapessimo...»

Sapeva, non sapeva, sapessimo... Mi ci sono perduto. Non Rosas: «Il prof non sa del matrimonio fra Elisa e suo padre, così come non lo sapevo io. Ci puoi mettere la mano sul fuoco».

«E adesso?» Il solito ritornello che, assieme a "e allora", è l'espressione sonora delle ricorrenti indecisioni di Sarti Antonio, sergente.

«Adesso mi faccio una doccia.»

«Ti fai una doccia? Ma se hai appena detto che il prof uscirà presto di galera. E ti fai una doccia! Mi hai fatto parlare, parlare...»

«Continua, non mi disturbi. A voce alta che ti sento dalla doccia.»

Un impostore, un ingrato, uno stronzo, uno che non ha il minimo senso della riconoscenza. In più, Sarti Antonio, sergente, non ha capito se le sue ipotesi siano condivise o se Rosas lo abbia ascoltato perché non aveva di meglio da fare. O aveva solo bisogno di una doccia, e le sue idee, la sua sicurezza sull'innocenza del professore sono altrove, verso una luce che Sarti Antonio non ha ancora intravisto.

57
I TRE RE MAGI SONO DUE, TANO SI CHIAMA

Babbo Natale è arrivato, in ritardo, però è arrivato. Non l'ha portato dalle gelide notti del Nord una slitta di renne, ma una più banale e ugualmente appariscente BMW metallizzata, dalla quale, dismesso il tradizionale completo rosso con bordi innevati, è sceso maestosamente vestito con cappotto blu misto lana e cashmere e un cappello Fléchet morbido, anch'esso blu. Rispetto alla figura che piace ai bambini e a Walt Disney, questo è meno pacioccone, più tosto, scattante, ha gli occhi penetranti e mobili. E poi non si chiama né Babbo Natale, né Père Noël, né Santa Claus, né niente del genere, ma solo e semplicemente Tano.

L'auto è rimasta parcheggiata di fronte all'ingresso della prigione. Dentro, a far buona guardia, due giovanotti tirati al gel, occhiali neri a fascia, completo nero, cravatta nera, niente paltò perché il fisico gli consente follie. Stanno seduti immobili, con lo sguardo fisso davanti a sé. Non fumano, ma sorseggiano un magnum di Coca-Cola. E aspettano.

Quando l'auto si è fermata di fronte al carcere, uno di loro si è prestamente precipitato ad aprire la portiera di Tano e gli ha scaricato dal baule i bagagli: due grosse valigie in lega leggera con bordi rinforzati, molto moderne.

La scena dell'arrivo di Tano ha immediatamente assunto le dimensioni e i colori della leggenda. Se ne è parlato a lungo, dopo, e a ogni racconto cambiavano dei particolari e se ne aggiungevano dei nuovi.

Dopo un'accurata analisi filologica, con doverosi tagli e ridimensionamenti, la versione più attendibile riferisce che Tano, congedato l'ussaro con gel e occhiali, ha impugnato i manici delle valigie, si è diretto all'ingresso della prigione con passo sicuro, alla reception si è tolto il cappello e ha abbracciato le guardie di turno alla portineria. Ha aperto una delle valigie e ha preso dei pacchetti: un regalo per ogni guardia. Poi ha mostrato l'autorizzazione a un colloquio con il prof. Le guardie avevano le lacrime agli occhi e non ci hanno nemmeno fatto caso.

Il tragitto dalla reception alla portineria è stato costellato di soste, di abbracci, di pacche sulle spalle e di regali. Quando Tano è giunto in parlatorio, le due valigie erano vuote.

Il prof è contento di vedere Tano. Sembra quasi una persona perbene, vestito così. Doppiopetto gessato, gilè, camicia azzurra, cravatta gialla con motivi verdi e blu, orologio da tasca con catena d'oro.

I due si abbracciano e si siedono uno di fronte all'altro. Osservandolo più da vicino, il prof nota che il nodo della cravatta di Tano è considerevolmente allentato, che la camicia tende a uscire dai calzoni, che il gilè è abbottonato male, e che le maniche della camicia, sotto la giacca, sono arrotolate. Il prof ne è contento, perché significa che in fondo Tano è rimasto lo stesso, uno che capisce che l'abito fa il monaco ma più che tanto non riesce a stare al gioco.

«Ho imparato a leggere, prof» esordisce Tano con il suo sorriso senza un dente.

«Bene» e sorride anche il prof.

«Hai un buon aspetto. Sei in forma.»

«Sai com'è, la vita calma, sedentaria, il buon cibo, niente stress. Anche tu non stai male.»

«Oh, io... La solita vita. Adesso devo indossare questi cazzi di vestiti da fighetti, ma mi faccio schifo. Sembro Rodolfo Valentino, tutto azzimato come un gigolò.»

«Valentino era frocio, più che altro.»
«Ma va'! Valentino!»
«Non solo frocio, andava anche con le donne. Però gli piaceva prenderlo in culo, ogni tanto.»
«Che schifo! E io gli assomiglio con questi vestiti? Sembro uno così?»
«Che male ci sarebbe?»
«Nel mio lavoro non si può sembrare uno così.»
«Figurarsi! Ma come hai fatto a procurarti il permesso di farmi visita?»
«Conosco la gente giusta nel posto giusto.»
«Non ne dubitavo. Hai fatto un sacco di strada per venirmi a trovare. Dev'essere importante.»
«Non troppo. E poi mica guido io. Dovevo andare a Roma a sistemare alcune pendenze, sai, gli affari, bisogna starci dietro. Allora mi sono detto, cosa sono dieci chilometri in più, vado a mangiare due pesciolini al mare e a far visita al prof. Così gli faccio gli auguri di persona, e lo ringrazio.»
«Di cosa mi ringrazi? Non ho fatto niente di speciale.»
«Intanto mi hai insegnato a leggere e a scrivere. Più a leggere, in verità, perché a scrivere faccio ancora un po' fatica. Però col leggere sono forte. Ci metto pochissimo a leggere, e riesco anche a leggere i giornali senza troppi sforzi. È bello leggere.»
«Te l'avevo detto. E cosa leggi in particolare?»
«In particolare leggo i messaggi sul telefonino, la posta, i cartelloni pubblicitari, i fax, i campanelli delle case, gli assegni.»
«Letture interessanti.»
«Più di quello che credi, prof. E poi ti devo ringraziare per le notizie che mi hai dato di quello che succede qui, e per quello che hai fatto col Dodo.»
«Ho fatto la figura del coglione, ho fatto. Stavo per cagarmi addosso. Se lui non avesse avuto paura di spingersi troppo in là, mi sarei preso una stangata da piangere.»
«Erano anni che aspettavo questo momento.»

«Questo momento?»

«Che il Dodo avesse paura. Tu hai dimostrato questo: il Dodo ha paura.»

«Non certo di me.»

«No. Qui sta il bello. Il Dodo ha paura di un'altra cosa. Ha paura che le sue protezioni comincino a non essere più tanto solide. Si sente un po' solo, un po' orfano, ecco.»

«E ne ha ragione?»

«Non lo so ancora. Per questo vado a Roma. Vado a verificare di persona.»

«Mi pare che le cose ti vadano bene.»

«Per adesso sì. Ma non si sa mai. Domani potrei essere di nuovo qui con te, o sotto due metri di terra. Viviamo come se fossimo immortali, e dopo che siamo morti il mondo non sa nemmeno più che ci siamo stati anche noi.»

«Merda, Tano, come sei tragico! Le cose ti vanno bene e tu stai lì a fare riflessioni sulla morte.»

«Non passa giorno che io non pensi alla morte. Io ci lavoro con la morte, è una specie di socio in affari. E come tutti i soci, prima o poi ti tradisce.»

«Ma quanta gente hai ucciso, Tano? Si direbbe che parli di arance o di polli: "Io lavoro coi polli, e spesso li devo uccidere", che cazzo di filosofia è?»

«Basta, prof, non parliamo di queste cose. Tanto tu non sei fatto per capire. Sei uno di quelli che pensa che la vita è sacra, che tutti hanno diritto di vivere, che solo Dio può dare e prendere, e tutte le stronzate che dite voi persone dabbene. La vita è talmente sacra che non tutti ne hanno diritto. Qualcuno non sa che farsene, qualcuno la usa solo per fare del male alla gente, qualcuno per avere del potere, dei soldi, delle donne. Che idea ha questa gente della vita?»

«E tu che idea hai della vita, Tano, che idea ne hai?»

«Ancora non l'hai capito? Prof, non l'hai capito. E me lo chiedi? La gente che uccido è gente da poco, non vale niente, vale meno di un verme da pesca, nessuno li piange, nemmeno la loro famiglia.»

«Tu allora cosa sei, l'angelo sterminatore, mandato da Dio a fare giustizia?»

«Ma va' a cagare anche te, prof, che cazzo di discorsi fai? Stronzo io che sto a parlare con te di cose che non sai nemmeno di cosa parli. Uno che non ha mai ucciso nessuno cosa vuoi mai che sappia del valore della vita?»

«Ma io ho ucciso qualcuno, te lo sei dimenticato?»

La guardia si avvicina e con volto compunto fa capire che la conversazione dovrebbe terminare.

Tano gli sorride e gli chiede come sta sua moglie.

«Non c'è male, Tano, grazie, non ci lamentiamo.»

«Soffre sempre di nostalgia?»

«Adesso un po' meno. Ma ogni tanto me la ritrovo a piangere in cucina. Si sta adattando. Credevo fosse più facile, però.»

«Le donne, lo sai come sono, sempre con le lacrime in tasca. Ma tu stalle vicino, eh, non lasciarla sola, se no sono guai. Le donne perdono facilmente la testa. Non darle il tempo di piangere. Ecco, tieni questa cosa, portagliela con i miei auguri. Dalla a tua moglie e di' che gliela manda Tano.»

Tano porge alla guardia un pacchetto che ha preso dalla tasca del cappotto.

«Avanti, prendila, non fare lo stupido, è una cosa da niente, che la fa stare allegra, dài, non farti pregare.»

La guardia prende il pacchetto e se ne va ringraziando ripetutamente Tano, e ha quasi un groppo in gola.

«È un bravo giovane» dice Tano «ma si è andato a pescare una sposa a Cuba, che proprio non riesce ad adattarsi qui da noi. Cosa vuoi, là c'è sempre il sole, ballano tutto il giorno, non fanno niente, qui invece... Le ho preso una bambola tutta fru-fru che dice "ciao, mamma" in spagnolo. Magari per qualche minuto le passa la malinconia. Come si fa a prendere una moglie cubana, dico io.»

«Vuoi una sigaretta?» chiede il prof mettendogli davanti il pacchetto di Marlboro.

«No, il medico dice che devo smettere. Faccio fatica a tirare il fiato. Come va con la ditalara?»

«Come al solito.»

«Allora continuate a scopare. Bene. Meglio per te, e anche per lei. È una brava figlia.»

«Ma cosa ne sai tu, di quello che facciamo noi? Chi te l'ha mai detto che scopiamo?»

«Non c'è bisogno di essere un genio per scoprirlo. Tu ce l'hai scritto negli occhi, figurarsi. E poi non c'è mica da vergognarsi. Se uno può, scopa. Regolare.»

«Dopo la storia di Bocciapersa la commissione di inchiesta le ha suggerito di farmi avere qualche permesso, o gratifica, o cose così.»

«E tu?»

«Io ho ringraziato e ho chiesto di andare a visitare un museo con la mia classe di grammatica. Poi vorrei andare a vedere la piazza...»

«Torna a dire un po'... Hai detto che vai con la classe a vedere un museo?» chiede Tano improvvisamente attento.

«Vuoi venire anche tu?»

«Non è escluso, non è per niente escluso. Quand'è prevista la gita?»

«Non si è ancora deciso niente.»

«Chi sono i partecipanti?»

«Oltre a me, ci sarà Tricche-Tracche, la Marisa, il Redivivo, il Màccaro e il Subiolo. Più le guardie, naturalmente. Non so se verrà la direttrice. Forse però non vorrà venire a visitare un museo. Non ne ho ancora parlato.»

«Verranno tutti, non ti preoccupare. Chi vuoi che rinunci a una passeggiata all'aria aperta? Anche a costo di sorbirsi una visita a un museo. Verranno tutti.»

«Allora?»

«Vedi di andarci venerdì mattina, sul mezzogiorno, diciamo, più o meno. A che museo pensi di andare?»

«Al Nazionale. È l'unico che ha una sia pur minima possibilità di essere interessante per loro.»

«Bene, vada per il Nazionale. Vedrò di esserci. Non dire a nessuno che ci sarò anch'io. Perché può darsi che non possa venire. Se ci sono, mi vedi là. Se no, alla prossima.»

«Cosa c'è sotto, Tano? Non dirmi che ti interessa la pittura toscana del XII secolo. Non ci credo.»

«Perché no? Mi fai così cafone, così insensibile alla bellezza?»

Il prof tace, Tano si alza appoggiandosi al tavolo.

«Cazzo, divento vecchio» dice sospirando.

«Diventiamo tutti vecchi.»

«Mi è dispiaciuto per Bocciapersa. E anche per Flip.»

«Flip è venuto fuori.»

«Lo so.»

«Chissà cosa farà, poveretto.»

«Spero che si faccia vivo. Vedrò cosa posso fare, se si fa vivo.»

«Sarebbe una bella cosa.»

«Adesso vado. A proposito, ho un regalo per te, quasi mi dimenticavo.»

«Ma io non ho niente per te, non sapevo nemmeno che saresti venuto» dice il prof prendendo la scatolina che Tano gli mette in mano.

«Che cos'è?» chiede il prof alzando il coperchio di cartone. «Una chiave?»

«Una chiave, ben detto.»

«E cosa me ne faccio di una chiave? Per aprire cosa?»

«Tienila e non perderla. Lo saprai a suo tempo, se le cose vanno come dico io. Lo saprai quando uscirai di qui.»

«Buonanotte!» fa il professore sconfortato.

«Abbi fede, amico mio. Le cose cominciano ad andare al proprio posto. Tutto si mette in ordine. L'acqua scorre in giù, il fuoco va in su: è l'ordine delle cose.»

«Mi sembri ubriaco. Di cosa parli?»

«Ti ci vuole solo un poco di pazienza. Ce ne hai, di pazienza?»

«Fino alla fine dei tempi. È l'unica virtù che ho.»

«Meglio così. Molti auguri, allora. Stai in buona salute.»

«Anche tu, Tano, conservati bene. Molti auguri. Mi ha fatto piacere vederti.»

Tano si è sistemato per bene il doppiopetto gessato, e ha

indossato il cappotto. Bacia quattro volte il prof sulle guance.

«Ho visto molta gente morire» dice prima di andarsene «e sai cosa c'era nel loro sguardo mentre morivano? Uno pensa: terrore, dolore, paura, rabbia. Invece no.»

«Cosa c'era?» chiede il prof.

«C'era solo un enorme punto interrogativo. Stupore. Così. Erano stupiti che una cosa tanto assurda capitasse proprio a loro. Non l'avevano messa in preventivo.»

«Cosa dimostra questo?»

«Niente. Io non mi stupirò di morire quando toccherà a me.»

«Io sì. Sarò stupito e affranto. Almeno questo.»

Tano se ne va ridendo e cantando. Se il prof non si sbaglia, le note sbrecciate di Tano sono quelle di *Un bel dì vedremo*.

58
IL GRAN RE DELLE PUZZOLE

È la prima volta che il prof riceve posta in carcere. Sono due le buste che gli vengono consegnate, due in un colpo solo. La prima è facile da riconoscere: nell'angolo in alto a sinistra della busta fa *cip-cip* un pulcino giallo con gli occhi azzurri e un berretto da Babbo Natale in testa. Solo Nadia può apprezzare e spedire una cosa del genere. Il biglietto dice: "Auguri in ritardo ma di cuore. Cosa sta succedendo? Sembra che tutti stiano attorno al tuo caso. È venuto a trovarmi quel tuo amico di tanti anni fa, che credevo anche che fosse morto, Rosas... Dio, com'è brutto! Mi ha chiesto un sacco di cose che non ci ho capito un'acca a proposito di una carta da gioco, poi è venuto un amico di Rosas che fa il poliziotto, se è vero, assieme a un collega dall'aria ebete, a chiedere la stessa cosa. Insomma, sono esterrefatta. Tu ne sai qualcosa? Comunque, io sto bene, ho un sacco di impegni, sono spesso in giro. Giorni fa, a Sharm-el-Sheik, ho incontrato il tuo avvocato. Dice di non preoccuparsi, che ha già pronto il ricorso in appello. Ti saluta. Anch'io ti saluto".

Cosa sta succedendo? Non lo sa neanche il prof, ma lo immagina. Rosas si è gettato su una pista e non molla la preda nemmeno su preghiera dell'arcangelo Gabriele. Quanto alle carte da gioco, poi, buio assoluto. Chissà cosa ha capito Nadia!

Il secondo biglietto è di Flora. Auguri, gli scrive di nascosto dal conte, come sta? Mangia abbastanza? Ha freddo? Vorrebbe tanto andarlo a trovare ma se il conte lo sapesse... Auguri anche da parte di Camillo. "Ti penso sempre, ciao, re delle puzzole."

Questa l'aveva persa per strada. Non ci aveva più pensato a quella storia del re delle puzzole da un'infinità d'anni. È come se si fosse accesa una luce nella valle delle tenebre.

La camera di Flora era sempre stata un motivo di grande curiosità per il piccolo Pierfrancesco. Era una stanza molto ampia, nell'ala grande della villa, e la finestra dava sul giardino che confinava col bosco. D'estate entravano mille rumori e altrettanti insetti, d'inverno si vedeva la distesa della neve fino ai primi cespugli del bosco, segnata solo dalle orme dei cani. A volte Flora invitava il piccolo a prendere una cioccolata in tazza coi biscotti, e poi assieme disegnavano su grandi fogli lisci e ci stendevano sopra ampie pennellate di colori diluiti in acqua. Flora e il piccolo Pierfrancesco andavano a esaminare i fogli colorati accanto alla finestra, e Flora diceva: "I tuoi colori sembrano cacca di pollo stitico", oppure: "Sembra che abbiano il raffreddore" o altre espressioni vivaci create apposta per far ridere il piccolo fino alle lacrime.

In realtà Flora era stata la sua vera madre, perché l'altra, quella naturale, era persa dietro i richiami di un mondo lontano e inafferrabile che parlava solo a lei. Il piccolo Pierfrancesco non capiva bene perché doveva chiamare "mamma" quella donna che lui non amava, o che amava solo a causa del suono della parola.

Il padre non c'era mai, la madre nemmeno, Flora invece c'era sempre. È tutto qui, così semplice.

«Flora, tu non ce l'hai un babbo e una mamma?» chiedeva il piccolo.

«Adesso no, perché sono morti. Ma li ho avuti anch'io.»

«E piangi?»

«Perché sono morti? Ormai non piango più. Però ho pianto tanto.»

«E dopo?»

«Dopo sono restata da sola con mia sorella.»
«Qui?»
«Sì.»
«E quando sono morti il tuo babbo e la tua mamma?»
«Tanto, tanto tempo fa.»
«E tua sorella?»
«Meno. Meno anni fa.»
«Com'era tua sorella?»
«Com'era come?»
«Era bella come te?»
«Era molto più bella.»
«Non ci credo. Tu sei la più bella di tutte. Anche della mamma.»

Flora lo abbracciava e lo baciava, e gli dava dei dolcetti alle mandorle che teneva in una scatola di ferro rossa.

Solo più tardi, col passare degli anni, quando ebbe fine il tempo in cui le cose si sanno naturalmente e diviene necessario porsi delle domande, solo allora il prof cominciò a riflettere.

«Oh, Flora, ma tu da dove vieni?» chiese un giorno che faceva un caldo da spaccare la terra.
«Vuoi dire da che città vengo?»
«Sì, dove sei nata.»
«Me lo chiedi ancora? Non lo sai? Hai quasi sedici anni e me lo chiedi ancora?»
«Dimmelo.»
«Da un paesino vicino a Napoli, che si chiama Bagnoli.»
«E perché non hai l'accento napoletano?»
«Perché sono venuta via che ero giovane, e da allora ho sempre abitato qui. L'ho perso.»

Il giovane prof se ne stava accucciato per terra facendo rimbalzare una palla di gomma fra le mani.

«Ma cosa sei venuta a fare qui? Cosa siete venute a fare qui, tu e tua sorella?»

Flora aveva abbandonato l'arazzo che stava costruendo e si era versata una tazza di limonata tiepida.

«Quante domande per una giornata così afosa. Non hai

niente di meglio da fare che stare a chiacchierare con un'anziana signora?»

«Uffa!» esclamò Pierfrancesco senza convinzione.

«Va bene, non fare quella faccia. Solo che non capisco perché stai dietro a queste storie così vecchie. Comunque, te lo dico. Come se non lo sapessi già. Quante volte te l'ho già raccontata questa storia?»

«Una volta di più, una di meno, che fatica fai?»

«I nostri genitori avevano fatto molti sacrifici per darci una buona educazione, allora erano cose che contavano, una buona educazione, un bel portamento, sapere stare in società, e quelle cose che voi giovani non sapete nemmeno più cosa sono. E volevano che Artemisia studiasse, che continuasse gli studi. Così io, che ero la più vecchia tra le due, sono venuta qui a cercare un alloggio conveniente per Artemisia. Perché, se uno doveva andare all'università sul serio, allora non poteva che venire a Bologna. Poi la mamma è morta all'improvviso, e il babbo l'ha seguita pochi mesi dopo. Non c'era più ragione di restare giù. Così ci siamo trasferite qui. E ci siamo restate. Artemisia ha conosciuto tuo padre, si sono innamorati, e il resto lo sai.»

«E tu perché sei restata?»

«Perché ero molto affezionata ad Artemisia, ecco perché. E poi mi ero ormai abituata a questo posto. Ti sembra così strano?»

«Secondo te perché si è uccisa Artemisia?»

«Basta. Non mi piace parlare di queste cose, lo sai. Chi lo sa cosa passa nella testa della gente?»

«Ma così, alla vigilia del matrimonio?»

Flora si era concentrata sull'arazzo. Aveva solo stretto le labbra.

«È stata colpa di mio padre. Ne sono convinto. Secondo te?»

«Che stupidaggini! Tuo padre non c'entra niente. È che Artemisia è sempre stata così, un carattere un po', come dire, volatile, ombroso, fragile. Oggi pronta all'entusiasmo, domani vittima della depressione. Il signor conte non c'entra niente, cosa ti viene in mente?»

«Perché lo chiami "signor conte"?»

«Perché è conte.»

«Oh, Flora, che rompiballe che sei! Hai capito cosa volevo dire.»

«Ho capito che non si dicono queste parole in presenza di una signora, anzi, non si dicono proprio.»

«È tanto che sei qua in questa casa e lo chiami ancora "signor conte". Da dar giù di testa!»

«Oh, abbassa la cresta, ragazzino! Se vuoi fare la contestazione vai in giro per le strade con i tuoi pari a gridare stupidi slogan contro la polizia e lo Stato. Io sono più vecchia di te ed esigo rispetto. Anche perché adesso che tua madre non c'è più, sono io che ti faccio da mamma, che ti piaccia o no. Quindi, usa altri toni se vuoi che continuiamo a parlare.»

«Ma, Flora, cosa c'entra...»

«Sta' zitto. Guarda» aveva detto Flora girando l'arazzo verso Pierfrancesco.

Pierfrancesco si era alzato sbuffando e aveva gettato un'occhiata distratta all'opera di Flora.

«Cos'è?»

«Ti piace?»

«Bello. Cos'è?»

«Questo è lo zodiaco, e questi qui i segni zodiacali, che ho fatto in rosso. In rosso i segni dello zodiaco, in bianco e blu il cielo, il cosmo.»

«E questa cosa verde?»

«Questa è la Terra, gli alberi della terra, le selve, i boschi, le erbe.»

Il giovane Pierfrancesco aveva osservato l'arazzo fingendo interesse, ma la testa era altrove. «Bello» aveva concluso.

«Cosa fai in casa? Non hai riunioni, collettivi, manifestazioni o occupazioni, oggi?»

«Mia madre è sempre stata così?»

«Ti sei svegliato male stamattina? Che cos'hai, con tutte queste domande?»

«Voglio sapere se mia madre è sempre stata matta.»

«Matta... Tua madre da giovane era uno splendore. Si fa presto a dire matta. Lei si muoveva in un piccolo mondo a misura di se stessa, fatto solo dei suoi desideri esauditi.»

«E io?»

Flora tacque e arrotolò l'arazzo.

«Quando sei nato e ti ha avuto fra le braccia, ti ha guardato come se fossi venuto a salvarle la vita. Ha pianto e poi ha sorriso.»

«Cosa vuol dire?»

«Ti ha voluto bene. Io lo so. Forse tu avresti potuto tenerla ancorata al mondo.»

«E invece?»

Flora fece una smorfia. «Invece è andata come è andata. Forse nessuno poteva farci niente. Sono cose che si dicono per dire. Chissà. Era una donna molto buona. Bisognava starle più vicino, essere più attenti. Ma tu non le hai mai voluto bene.»

«No.»

«Peccato. Meno male che lei non capiva.»

«Davvero?»

«Così dicevano. Ma non stiamo a pensarci troppo su. È passato.»

«Di', Flora.»

«Sì?»

«Io sono conte anch'io, come mio padre?»

«Certo.»

«Quindi potrei, per ipotesi, diventare re?»

«Re di cosa?»

«Metti che torni la monarchia, in Italia.»

«Be', ragazzo mio, se fosse per me tu potresti diventare solamente il gran re delle puzzole. Puzzi come se non ti lavassi da Natale.»

«Non è vero!» ribatté Pierfrancesco portando il naso verso l'ascella.

«Il re delle puzzole! Il re delle puzzole!» canticchiò Flora accennando alcuni passi di danza mentre lasciava la stanza.

Flora continuò a canticchiare e a ballare finché non scomparve nella lavanderia dopo la loggia.

Il re delle puzzole.

59
LE MOSSE DELLA GIORNATA

Parte della notte la passa a ragionare sulle ultime novità e per un riepilogo dei fatti a sua conoscenza. Sottovoce, per non disturbare la Grassona che ha la camera da letto dall'altra parte del tramezzo.

Dorme sì e no quattro ore, si sveglia alle sei, bestemmia e mette i piedi sul pavimento freddo.

Il fagotto sul divano, coperto da un panno, dovrebbe essere Rosas. Si vedono solo i piedi; escono dalla parte opposta a dove, probabilmente, c'è la testa. Raggomitolato come un gatto. O come una faina, ma non sono sicuro che le faine dormano raggomitolate. Il televisore è in funzione. Da ieri sera. Senza audio, per fortuna.

Sarti Antonio fa in modo di non svegliare il brutto addormentato e spegne l'inutile scatola.

Quando si spande il profumo del caffè, di solito Rosas si presenta in cucina, le palpebre abbassate e gli occhiali posati di traverso sul naso, a esigere la sua dose di eccitante. Questa mattina non succede.

Con molto riguardo per l'ospite, si lava, si veste... Insomma, fa le stesse cose di una persona normale, il mattino, prima di andare a lavorare. Poi, con una sensibilità che non mi aspettavo, prepara la macchinetta per un altro caffè e la lascia sul fornello con accanto un biglietto: "La macchinetta è pronta. Basta metterla sul fuoco e accenderci sotto. Sei in grado?".

Esce prima che Felice Cantoni suoni il campanello. Sarti Antonio è fatto così. Le mosse della giornata le ha pensate in una notte quasi insonne. Senza problemi di colite, nonostante lo stress. Che stia guarendo?

«Possibile che venga sempre a rompere le palle alle nove di mattina?» borbotta la Bruna, seminascosta dietro il banco. Alza la voce: «Siamo chiusi per tutti, specialmente per i questurini».

«I tuoi clienti non fanno colazione?»

«I miei clienti sono più rispettosi di te e scendono solo quando sentono il profumo di caffè.»

«Preparane uno anche per me» dice Sarti Antonio. «Felice, lo prendi anche tu?»

«Ancora, Anto'? Lo sai che non bevo caffè.»

«Qualche altro accidente. Offro io.»

«C'è una pasta, signora Bruna?»

«Guarda nella vetrinetta. Ci sono gli avanzi di ieri sera. Se c'è qualcosa che ti va... Offro io, tanto l'avrei dato ai maiali comunque.»

Felice Cantoni va e sceglie. La Bruna, due caffè in mano, ciabatta fino al primo tavolino sgombero e dice: «Sentiamo cosa c'è ancora».

«Sai cos'ho pensato questa notte?»

«Se fossi in te adopererei meglio la notte. Pensare fa male. Scopare fa bene» e ride forte. Poi aggiunge: «Anch'io sto passando delle brutte notti».

«Sei malata?»

«Sono sola!» e riprende la risata. «È una malattia anche quella, no?» Appoggia i gomiti al tavolo, il mento alle palme ed è pronta all'ascolto. «Non ho avuto neanche il tempo di togliermi la vestaglia.»

«Stai bene così.» Fa il carino. «Dunque, ho pensato alle cose che mi hai detto su quella sera...»

«Ne ho dette tante su quella maledetta notte che...» Non ha la forza di sollevare il capo dalle mani. È ancora a letto. O vorrebbe esserci.

«Mi hai detto che quella è stata la prima volta che hai visto Elisa.»

La Bruna si aspetta dell'altro. Poi: «Sì, e allora?».

Non c'era una prenotazione del professore per due persone e per la sera del 7? Certo che c'era. E c'è ancora. Basta guardare sul registro. Il professore si è presentato con una signora distinta, elegante, di una certa età, ma ancora piacente...

La Bruna va avanti nella descrizione, abito, capelli, occhi, viso... ed è il ritratto di donna Flora.

È una conferma: l'ipotesi faceva parte dei pensieri della notte e Rosas lo aveva sostenuto di ritorno da Guiglia. Si tratta di capire come lo sapeva il talpone. La sua posizione diventa sempre più equivoca.

Intanto Felice Cantoni, agente, si è mangiato due fette di torta. Dice: «Buona, la fai tu?».

«Tutto quello che serviamo qui, o lo faccio io o lo fa Cesarino. La torta di riso è una mia specialità.»

«Dovresti darmi la ricetta.»

La Bruna si risveglia. «Metti due litri di latte in una casseruola, un etto di zucchero e la scorza grattugiata di mezzo limone. Quando il latte bolle, ci versi due etti e mezzo di riso e un pizzico di sale e fai assorbire quasi completamente il latte...»

«Possiamo rimandare?» chiede Sarti Antonio, sergente.

La Bruna è partita e non si ferma: «... togli il tegame dal fuoco e fai raffreddare mescolando ogni tanto. Triti un etto di mandorle dolci sbucciate e una manciata di mandorle amare. Le mescoli al riso assieme a quattro tuorli d'ovo e alla buccia grattugiata di un altro mezzo limone, mescolando ben bene. Adesso ci metti l'albume montato delle quattro uova, versi in una tortiera e cuoci al forno per quaranta minuti. Hai capito bene o vuoi che te lo scriva?».

«Me lo ricordo, me lo ricordo. Ho buona memoria. E viene come quella che ho mangiato?»

«Sì, se fai come ti ho detto.»

«È finita?» chiede Sarti Antonio.

«Vuoi una ricetta anche tu?» chiede la Bruna.

«No, io voglio sapere perché nel tuo registro delle prenotazioni hai scritto: "Va bene la 13".» Guarda il collega. «Ho anch'io una buona memoria.»

La Bruna solleva il capo dalle mani. Sorride. «E sei venuto fin qui da Bologna, all'alba, per questo?»

«C'è dell'altro. Adesso dimmi della 13. Cos'ha di speciale?»

«Ha di speciale che è la migliore dell'albergo e la do alle persone che ci tengo. Se non sbaglio, l'ho data anche a te e alla Biondina.»

«Sarebbe stato meglio di no» borbotta il mio questurino. Poi: «E perché hai sostenuto, con tanta sicurezza: "Il professore non l'ha ammazzata, quella poveretta"? Tu che ne sai?».

«Ne so abbastanza. La povera Elisa, quando è arrivata qui, aveva paura sì, ma non del professore.» La Bruna si alza. «C'è altro?» Non per il momento. «Allora apri bene le orecchie che ti dico io dell'altro che forse ti serve di più, il mio coglione d'un questurino. La signora che il 7 ha cenato con il professore è stata qui anche la sera del 9.»

E non basta. Donna Flora è arrivata assieme a un signore anziano, molto distinto, hanno fatto apparecchiare per tre, hanno aspettato il terzo, che non si è presentato, e tardi, molto tardi, se ne sono andati.

«Non hanno nemmeno mangiato» e il rammarico di non aver servito tre cene è evidente nel tono di voce della Bruna.

Il signore anziano se n'è andato piuttosto indispettito. Non dice indispettito, non è da lei. E, sempre in piedi dinanzi ai due questurini, conclude: «Adesso ho da fare» e li lascia lì.

Le novità non sono poche né di poco conto, e ci vuole un po' per assorbirle. Sarti Antonio, sergente, raggiunge la Bruna.

«Senti» dice con molta calma. Ci vuole poco a farla arrabbiare. «Perché donna Flora e il conte non erano nell'elenco dei clienti che hai fornito ai miei colleghi?»

«Chi non cena non è mio cliente. Va bene? E poi non avevo fatto la ricevuta fiscale e i tuoi colleghi è su quelle che mi hanno interrogato. A chi ha rilasciato questa? A chi ha rilasciato quest'altra? E i due non erano nemmeno nel registro delle prenotazioni perché si sono presentati senza prenotare. Tengo sempre un paio di tavoli disponibili, nel caso arrivi qualche amico da accontentare e siccome la signora... Come hai detto che si chiama?»

«Flora.»

«Sì. Siccome la signora Flora è un'amica del professore, l'ho accontentata. Ti saluto, questurino!»

In silenzio e a capo chino, Sarti Antonio, sergente, lascia il luogo del delitto. Sulla porta del ristorante ha un'ultima, timida domanda da porre alla titolare del HotelRistorante: «La signora Flora aveva una valigia con sé?».

«No, non l'aveva. Mica era venuta per dormire qui.»

Sull'auto Ventotto c'è un silenzio drammatico. Per tirare un po' su il morale al collega, Felice Cantoni, agente, fa finta di interessarsi alla storia: «Perché dovrebbe aver avuto con sé una valigia?».

Ci mette un po' Sarti Antonio a rispondere. «Gli abiti di Elisa.» Poi si arrabbia. È il momento giusto. Grida: «Come cazzo sono usciti gli abiti di Elisa dalla camera 13 e dall'albergo? E com'è entrato l'abito da sposa?» e continuerebbe se l'inno americano, suonato in tono sommesso ma chiaro, non lo interrompesse. Si guarda attorno, cerca la fonte della musica, guarda il collega...

«Il cellulare, Antonio. Nel cruscotto. Mi hai detto che là deve stare e là sta.»

«A chi cazzo hai dato il numero?» grida. Apre il vano portaoggetti della Ventotto e agguanta il cellulare come se fosse un martello.

«A mia moglie, Anto'. Per i casi d'emergenza.»

«Ma quali casi di emergenza? E prima? Come facevate, tu e quella troia di tua moglie, prima che ci dessero 'sto cesso di cellulare?» e chiude la comunicazione senza nemmeno averla aperta. «Chi ha messo quella marcetta!»

«C'era, Anto', era così quando me l'hanno consegnato.»

«Non voglio più sentire l'inno americano nella mia auto!» E qui, sulla proprietà della Ventotto, Felice Cantoni, agente, avrebbe da ridire, ma la crisi professionale nella quale è caduto il collega gli fa rinunciare a rivendicarne la proprietà. Dice solo: «Che vuoi che ci metta?».

«Quello che ti pare. L'inno di Mameli, se non trovi di meglio.»

Felice Cantoni, agente, annuisce, ma adesso dovrà cercare una cabina pubblica, che sono tutte fuori uso, o fermarsi a un bar per telefonare alla moglie che avrà avuto un buon motivo per chiamarlo.

Prima di entrare in città, incontrano un bar con l'insegna telefonica. Uno degli ultimi, e Felice ferma la Ventotto.

«Vado a prendere un caffè, Anto'. Lo prendi anche tu?»

Felice Cantoni, agente, non beve caffè. Per via dell'ulcera. Il questurino non rileva l'incongruenza e nega con un gesto pensoso del capo. Un Sarti Antonio che rifiuta il caffè è un Sarti Antonio in crisi profonda.

60
VISITA PREMIO

«In realtà a te le cose ti vanno bene qui dentro, prof. Dove lo trovi un posto migliore di questo? Ti danno da mangiare, da bere, da fumare, hai un appartamento tutto tuo, non paghi l'affitto, insegni a una classe, mangi cioccolata, scopi: che cazzo chiedere di più dalla vita? O no? È così, prof, no? Magari ci fossi io al tuo posto. Sei un re. Ho ragione? Dài, tira.»

«Il re delle puzzole» dice il prof lanciando verso il muro una moneta da due euro che scivola su un tratto ghiacciato, e si ferma su una buchetta a mezzo metro dal muro.

«Hai perso ancora» dice contento Tricche-Tracche andando a raccogliere le monetine. «A questo gioco sei tristo che puzzi. Meglio così.»

«Ma noi perché stiamo qui fuori con questo freddo?» dice il prof alzando il bavero del cappotto. «Ho le mani congelate. Per questo vinci. Non riesco a tirare. Ma tu non lo senti, il freddo?»

Tricche-Tracche ridacchia sulle mani rosse per il gelo. «Girano voci» fa sottovoce, come se un microfono-spia volasse invisibile in quel cortile deserto.

«Girano sempre voci» risponde il prof. «Che mi vuoi dire, Tricche?»

«Chiacchiere. Niente, solo chiacchiere. Voci.»

«Sentiamole.»

«Riguardano la ditalara.»

«Che cosa ha fatto?»

«Ha cambiato nome. Adesso si chiama la scopa-prof.»
Tricche si mette a ridere come una foca.
«Non è divertente, Tricche. È tutto qui? Sono queste le chiacchiere, le voci?»
«Dicono che ha i giorni contati.»
«Chi è che lo dice?»
«Le voci.»
«Cosa vuol dire "ha i giorni contati"?»
«Vuol dire che la ditalara non arriva a Pasqua.»
«La trasferiscono?»
«Così dicono.»
«Le voci.»
«Le voci.»
«E perché mai dovrebbero trasferirla?»
«Poco morbida, diciamo.»
«Che cazzo significa "poco morbida"?»
«Significa che non ha occhi di riguardo per chi dovrebbe.»
«Secondo me ne ha anche troppi, di riguardi.»
«Vedi le cose da un punto di vista sbagliato.»
«Io, eh?»
«Tu, sì.»
«Piantala, andiamo dentro. Si gela, qui.»
I due entrano e tirano dei calci al muro per scrollare la neve dalle scarpe.
«Dove vai?» chiede Tricche-Tracche togliendosi il berretto e pettinandosi con le dita.
«In biblioteca» risponde il prof. Si soffia il naso rumorosamente.
«Ah, be', quello è un posto per te, non per me. Divertiti. Ci vediamo a cena.»
«Strano che tu dica così. Mi pare che la biblioteca invece sia un luogo che non ti dispiace poi tanto.»
Tricche-Tracche si ferma e torna indietro. «Parla chiaro, prof. Non capisco.»
«Oh, niente di importante. Voci che girano. Chiacchiere. Sai com'è.»

«Che voci?»

«Dicono, le voci, dicono che tu ti porti in biblioteca delle puttanelle e che te le fai sui tavoli. E poi le paghi in caramelle.»

«Chi lo dice?»

«Voci.»

«Già. Be', che male ci sarebbe? Anche se fosse così, cosa ci sarebbe di male? Lo fanno tutti, no? D'accordo, non si potrebbe, è proibito, ma lo fanno tutti. E non faccio del male a nessuno.»

«Non ti scaldare, Tricche. Non me ne frega un cazzo di quello che fai in biblioteca.»

«Allora perché lo tiri fuori?»

«Per parlare, per fare delle chiacchiere, Tricche! Eccheccazzo! Per parlare, no? Cosa credi, che voglia fare la spia?»

«Se ne parli vuol dire che hai qualcosa in testa.»

«Effettivamente... Come cazzo... Voglio dire: come riesci a procurarti della droga, a smerciarla, a far venire delle puttane, e chissà quante altre cose, così, alla luce del sole, quasi, tranquillamente?»

«E a te cosa te ne frega, prof?»

«Voglio solo capire, Tricche. Nient'altro. Nient'altro.»

«Tieniti la tua curiosità, prof. Se vuoi una donna o delle caramelle, chiedilo e paga. E basta. Non devi sapere altro.»

«Ah-ah-ah, Tricche! Non rompere le palle! Non lo vedi che anche tu sei preso in mezzo?»

«Sei fuori fase, prof. Parli alla cazzo.»

«Stai a sentire. Tu non puoi procurarti la droga, è evidente: stai qua dentro. Però puoi essere un terminale: qualcuno te la procura e tu la rivendi, a equo prezzo, naturalmente: una parte consistente al tuo fornitore, una parte, meno cospicua, a te. Okay? Mi segui? Bene. Adesso, ammettiamo che tu voglia una donna, o un telefonino, o dell'alcol, o quel cazzo che vuoi. Devi pagarlo. Devi chiederlo allo stesso fornitore della droga, poiché c'è una sola persona che fa capo a tutto, non è vero? Quindi: colui che ti fornisce la droga da spacciare è anche quello che ti fornisce le donne e il resto. Cioè, ti dà i soldi che poi tu gli ridai in altra forma, ovvero che tu spendi per comperare qualcosa da lui. Lo vedi? Sei in trappola. Praticamente lavori per il Dodo, lo mantieni, gli fai fare la bella vita.»

«Perché dici che lavoro per il Dodo? Che ne sai?» fa sospettoso Tricche-Tracche.

«Perché è il Dodo quello che si occupa di tutto, non è vero? È lui che procura la droga, le donne e tutto il resto. Chi altri potrebbe essere? Droga, prostituzione, mercati clandestini, denaro sporco: tutto Dodo, no?, sempre e solo lui.»

«Be', se proprio lo vuoi sapere, io col Dodo ho solo rapporti di denaro, compro e vendo. Nient'altro. Non faccio parte della sua cricca, non faccio la spia, non faccio favoritismi, niente. Compro e vendo. E basta.»

«È questo che non capisco. Perché favorisce te e non uno della sua banda?»

«Perché sa che io non faccio trucchi. Di me si può fidare. Non baro sulla merce, e se dico una cosa è quella.»

«Sei fidato. Sì, può essere. Potrebbe anche essere per questo.»

Il prof e Tricche-Tracche hanno raggiunto la biblioteca. Tricche se ne va senza salutare. Se l'è presa per i discorsi del prof.

«Ehi, Tricche» dice il prof chiamandolo alla finestra «Guarda qua.»

«Guarda» ripete il prof non appena Tricche-Tracche gli è accanto. Il dito del prof indica l'entrata al carcere dalla parte posteriore, quella che chiude il campo di calcio. C'è una macchina in sosta davanti al cancello, una macchina grande, lussuosa, potrebbe essere una Mercedes, o una BMW. L'autista sta aspettando in piedi, accanto alla portiera della guida. Una guardia apre il baule e vi deposita una valigetta, piccola ma più grande di una ventiquattrore.

«Che succede?» chiede Tricche-Tracche.

Dalla porta della casa di guardia esce il Dodo, con il

cappotto sul braccio tenendo per mano un giovanottino magro e allampanato, coi capelli lunghi e biondi da modella. Il Dodo si ferma e abbraccia forte il ragazzo, poi lo bacia in bocca ed entra in macchina.

Il prof e Tricche-Tracche si guardano in faccia.

L'auto parte. Il giovanotto resta per un attimo a salutare con la mano, poi entra di nuovo nella casa di guardia.

«Il Dodo è partito» commenta Tricche-Tracche «e ha lasciato solo il suo bello. Non c'è niente di strano.»

«Non capisco» dice il prof. «Dove va?»

«E a te cosa te ne frega? Va da qualche parte: meglio così.»

«Sì, ma... Ha l'aria di una cosa fatta in fretta. Pareva che avesse molta fretta.»

«È un'idea tua. Non è certo la prima volta che il Dodo parte per andare chissà dove.»

«Sì, ma... non so.»

«Tu non lo sai, io non lo so, nessuno lo sa. Ci vediamo dopo. Ah, a proposito: sai quella storia che io lavoro e prendo soldi dal Dodo e poi glieli ridò comperando donne o roba da lui, quella storia lì?»

«C'è qualcosa che non va?»

«No, va tutto bene. Volevo dirti che è la stessa cosa che fai tu normalmente. Solo che il tuo Dodo si chiama Stato, o Esso, o Coca-Cola, o Checcazzonesò, ma è la stessa cosa. Quindi, non fare tanto il drago: ci siamo dentro tutti. Non si sfugge. Né io né te né il Dodo, né nessuno.»

Tricche-Tracche se ne va a terminare la sua lezione di economia in piscina. Il prof resta solo. Ma non a lungo.

Compare Filippo, che lo guarda con i suoi occhi acquosi. Il prof lo segue in silenzio.

La direttrice lo aspetta seduta, fumando. Gli va incontro sorridendo e lo prende per mano.

«Cos'è successo?» chiede il prof.

«Niente. Mi sembra solo che le cose si stiano mettendo a posto.»

«Le cose si stanno mettendo a posto? Bene. A me non pare tanto.»

La direttrice gli porge una busta.

«Qui ci sono i permessi di uscita per te e la tua classe. Si tratta solo di mettere la data. Hai in mente una data?»

«Pensavo a venerdì.»

«Il prossimo venerdì?»

«Sì, se si può.»

«Ma certo che si può. Si può tutto. Io posso tutto, adesso.»

«C'è qualcosa che mi sfugge.»

«Si potrebbe dire forse che mi sento libera.»

«Quand'è che uno è libero?»

«Quando non gli importa più niente del futuro.»

«Uh! Non ne sono sicuro.»

«Non importa. Non hai notato niente?»

«Cosa?»

«Gli uomini non notano mai niente. Per loro è sempre tutto uguale.»

«Hai fatto le pulizie.»

«Non te ne saresti neanche accorto se non te lo avessi detto.»

«Mi hai messo solo sulla buona strada. Allora venerdì vado al museo. L'idea mi commuove.»

«Spero per te che sia una bella giornata. Che ci sia il sole.»

«Tu non vieni?»

«Ah, no. Io me ne sto qui a godermi la mia libertà. I miei ultimi giorni di libertà.»

«Allora è vero quello che si dice.»

«Chi dice cosa?»

«Voci. Che sei trasferita.»

«Sì. Tra un mese me ne vado. Hanno fatto tutto molto velocemente. Pensavo che ci mettessero di più.»

«E sei contenta.»

«Non lo so. Ho detto che sono libera, non felice.»

«Sei libera anche da me.»

«Ho detto che sono libera, non felice.»

«Ho visto che il Dodo stava partendo su una macchina di lusso.»

«Sì. È una cosa che mi fa respirare.»

«Ma tornerà.»

«Sai perché parte? Lo zio ha avuto un infarto. È ricoverato in una clinica romana in condizioni disperate.»

«Lo zio mafioso? Quello del centro-destra che dirige vari traffici?»

«Proprio lui. Prevedo tempi duri per il Dodo.»

«Credi?»

«Ci scommetterei. Peccato che non ci sarò per vedere da vicino.»

«Ti terrò informata.»

«Non so cosa farei senza di te.»

La direttrice sorride ma il prof non è sicuro che sia libera, e nemmeno felice.

61
OLYMPIA

Il prof non ha più ricevuto nessuna telefonata da Tano. Il telefonino comincia a essere un ingombro, nella sua cella. Basta che arrivi una perquisizione ed è fottuto.
 I vestiti gli sono diventati più larghi. Non si è accorto di essere dimagrito. La mancanza di vino e di alcolici, probabilmente. Cosa si indossa per andare in visita a un museo dentro a un cellulare accompagnati da guardie e da brutti ceffi? Un Filippo Lippi richiede la cravatta?
 Visti in un colpo solo e tutti in posa, Tricche-Tracche, il Màccaro, il Redivivo, la Marisa e il Subiolo sembrano un quadro neorealista. Stanno in piedi stralunati, quasi immobili, sorpresi di vedersi puliti, pettinati e soprattutto in libera uscita. Due guardie salgono sul furgone e poi fanno salire gli altri. Altre due guardie prendono posto davanti, alla guida.
 È un bel giorno, freddo come la morte, ma terso, sereno. Nel furgone nessuno parla. Il Redivivo è un mistero. Da quando il prof ha avuto lo scambio di idee con il Dodo, il Redivivo ha smesso di provocarlo, di guardarlo con un sorriso di disprezzo, di urtarlo nelle file per la cena, di dargli sulla voce in aula durante la lezione. Adesso lo evita. Se lo incontra si gira dall'altra parte, finge di non vederlo, abbassa lo sguardo. Perché? Certamente non per paura. Non per paura del prof, in tutti i casi. Anche adesso il Redivivo se ne sta con le braccia appoggiate sulle co-

sce e il capo a penzoloni. Sembrerebbe quasi soprappensiero. Non ha nemmeno fatto storie per andare al museo.

Questo furgone è di quelli aperti, dove si può guardare fuori dal finestrino. Fa uno strano effetto vedere una città in movimento dopo che per tanto tempo si è rimasti lontani da ogni attività normale. Il prof osserva come sbalordito la gente che entra ed esce dai negozi, che attraversa la strada guardando prima da una parte poi dall'altra, che apre il giornale, che impreca dai finestrini delle auto, che si bacia o si saluta dandosi la mano. Da quanto tempo non compie più gli stessi gesti, non obbedisce più a certi rituali, non compera più il giornale, non beve più un Martini da Strichetto parlando di calcio, non... La cosa strana è che si è adattato alla vita del carcere con molta disinvoltura, sposandone i ritmi e i modi senza fatica, quasi naturalmente. Non sente il bisogno di niente. Non si può dire che sia felice, ma neanche infelice. È solo passivo. Ha perso interesse per molte cose, ma non per tutte. Ha ridimensionato le sue curiosità. Passivo. Anche un po' fatalista.

Il furgone si ferma in prossimità del museo, ma non di fronte. Forse stona un cellulare della polizia vicino a tante opere d'arte.

Quando arrivano all'entrata il prof scopre che il Museo Nazionale ospita una mostra di pittori impressionisti, e che ci sono almeno cento metri di visitatori e turisti che aspettano di entrare.

Il prof esclama "merda!" con un sospiro così accorato che gli altri chiedono allarmati "che cazzo c'è?".

«C'è che se dobbiamo fare la fila, rischiamo di scontare qui il resto della pena» risponde il prof.

Una guardia dice "aspettate qui" ed entra da una porta sbarrata da un cordone di stoffa viola.

«Tranne il prof, chi è mai stato a un museo?» chiede il Subiolo.

«Io sono stato in una chiesa» interviene il Màccaro.

«Non è quello che ho chiesto, ho chiesto se siete stati dentro a un museo» specifica puntigliosamente il Subiolo.

«Però c'erano dei quadri anche in chiesa.»
«Ma una chiesa è una chiesa e un museo è un museo.»
«Perché, tu ci sei stato in un museo?»
«Sissignore, io sì che ci sono stato. Molti anni fa, a Firenze. Diverse volte.»
«Sì, per rubare la *Gioconda*» dice Tricche-Tracche suscitando l'ilarità degli altri.
«Sì che c'ero entrato, testa di cazzo, perché nei musei si trovava da far bene coi portafogli. Allora. Adesso c'è troppa sorveglianza, è più difficile uscire. Ma allora ci sono stato. Molte volte. A Firenze. E poi, faccia di merda, la *Gioconda* non è a Firenze.»
«E allora dov'è? A casa tua?» continua imperterrito Tricche-Tracche, insensibile ai malumori del Subiolo.
«È da un'altra parte, ma non a Firenze. Non a Firenze» ammonisce il Subiolo con dito alzato al cielo.
La guardia arriva prima che la discussione degeneri. Si può entrare da dietro, dall'entrata del personale del museo. La direttrice aveva telefonato e preso accordi.
«Astuta la ditalara» sogghigna Tricche-Tracche.
«Tutti qui» ammonisce una guardia. «Non perdiamoci di vista, state tutti qui. Vai avanti tu, prof.»
Il prof fa strada, ma ha difficoltà a tenere tutti uniti dietro di sé, perché c'è ressa al museo. Ci sono famigliole coi bambini che corrono fra le gambe dei visitatori o che piangono in carrozzina, innamorati che si baciano negli anfratti del museo, vecchi che cercano ansimanti i bagni, manager che discutono d'affari e ragazzi delle scuole che si fanno degli scherzi.
La classe del prof non fa scherzi, ma si aggira circospetta tra le opere d'arte come spie talebane alla Casa Bianca.
Il Màccaro osserva impaurito la gente che lo spintona, il Redivivo guarda i quadri con disprezzo, Tricche-Tracche ha l'occhio perso nel nulla, il Subiolo stila un elenco mentale delle signore da derubare e la Marisa finge di prestare attenzione alle parole del prof che spiega.

«Questo mi piace» afferma compiaciuto la Marisa non appena arriva di fronte all'*Olympia* di Manet.

«Davvero?» chiede il prof sorpreso. «Perché ti piace?»

«Perché quella lì ha l'aria da puttana. Assomiglia al Clarinetto» risponde la Marisa valutando attentamente il quadro.

«Chi è il Clarinetto?»

«Una troia di Pescara che quando ti prendeva l'uccello in bocca ti ci faceva sopra una sinfonia.»

«A me non piace quel quadro lì» interviene Tricche-Tracche.

«A te no. E perché a te no?» sospira il prof.

«Perché la battona assomiglia al Clarinetto.»

«Anche tu la conosci, il Clarinetto?»

«Ma certo. Fa la puttana a Pesaro e quando te lo prende in bocca non te lo restituisce più.»

«La Marisa dice che è di Pescara.»

«Pesaro o Pescara c'è poca differenza. Comunque, la Marisa non conosce la geografia.»

«Sono sicuro che è di Pescara» ribadisce la Marisa.

«Non facciamone una questione di vita o di morte. E tu, Màccaro, cosa dici del quadro?»

«Non dico che è brutto, non dico questo. Solo che...»

«Solo che...»

«Anche gli altri quadri, quelli che ci sono qui, non mi convincono del tutto. Hanno dei bei colori, questo sì, ma... Sai cos'è, prof? È che mancano i contorni. Si confonde tutto. A me non mi piacciono per questo. Le persone si confondono con il paesaggio. A me piacciono le cose coi contorni.»

«Vogliamo muoverci da qui o ci passiamo tutto il pomeriggio?» brontola il Redivivo. «Ne ho già piene le palle di questo posto.»

La piccola compagnia lascia l'*Olympia* e cambia sala. Il Màccaro e Tricche-Tracche discutono su Pesaro e Pescara.

Nella nuova sala l'occhio del prof scorge il *Ritratto di Stéphane Mallarmé*, ma non ha il tempo di ammirarlo, perché, proprio accanto a Mallarmé, fa bella mostra di sé Rosas, in carne e ossa. Capelli strafugnati, occhiali a dieci strati, sandali da cappuccino, vestiti trovati in un cassonetto, una sportina di plastica in mano: è proprio Rosas.

«Rosas!»

«Prof. Ti aspettavo.»

I due si abbracciano. È accaduto così, naturalmente, come una volta.

«Rosas.»

«La vuoi smettere di ripetere il mio nome? Penseranno che c'è qualcosa fra noi. Ti aspettavo.»

«Come sarebbe mi aspettavi?»

«Cosa credi che ci faccia qui come un ebete vicino a Mallarmé? Che sia venuto a vedere questa mostra di merda?»

«Ma come facevi a...»

«Dobbiamo parlare.»

«Ma come cazzo...»

«Me l'ha detto la tua direttrice.»

La guardia che è andata a prendere i biglietti si avvicina e fissa Rosas.

«Tu sei Rosa?» chiede con uno sguardo a carrello verticale su Rosas.

«No. Sono Rosas.»

«Rosas. Che cazzo di nome! Da finocchietto» prosegue la guardia.

«Te lo metto in culo quando vuoi» risponde Rosas su di giri.

«Ehi, guardia, lascia perdere» interviene il prof «È un amico, l'ho incontrato per caso. Vengo subito. È tutto a posto, okay?»

«Stai zitto, tu» ribatte la guardia. «A me non me ne frega un cazzo. Se tu sei Rosas, o Rosa, non me ne frega un cazzo. Avete mezz'ora di tempo. Potete andare al bar, al piano di sopra. Io vengo con voi e vi tengo d'occhio. Tra mezz'ora ti riporto indietro, prof. È chiaro?»

«Chiaro» dice Rosas. Prende sottobraccio il prof e lo trascina al piano superiore.

«Ma che succede?» chiede stupito il prof.
D'istinto guarda indietro verso il gruppo dei suoi compagni. Nessuno si è accorto di niente. Solo il Redivivo lo fissa con occhi terrorizzati. La guardia li segue a distanza.
«Ho fame» dice Rosas accomodandosi a un tavolino. «Tu non hai fame? Mangiamo qualcosa.»
Prima che il prof risponda Rosas ha già ordinato il crostino Polifemo e una birra da un litro. Il prof ha ordinato un caffè.
«Non abbiamo molto tempo» attacca Rosas. «Quindi, prima ascolta poi parla.»
«Va bene.»
«Ho letto la relazione sui tuoi casi, quella che hai scritto per la direttrice. A proposito: è stata lei a mandarmi una mail con il tuo resoconto e a dirmi che saresti stato qui oggi. Ha capito che io ti posso aiutare a uscire da quel cesso di posto, e in più è convinta anche lei che tu sia innocente. Cos'è, innamorata di te? Avete scopato? Va bene, non importa. Ascolta. Io mi sono dato da fare, assieme a quel mio amico questurino che sai. Aspetta, aspetta...»
«No, aspetta tu» lo ferma il prof. «Lo sapevo che stavi ficcando il naso nella mia vita. Ma mi vuoi dire che cosa ti ha preso? Io non voglio che t'immischi, non voglio che si vada a ritirare fuori quella storia. Le cose sono andate così, e così sia. Lascia perdere tutto.»
«Adesso basta. Secondo te io sono rincretinito? Vuoi che non capisca cosa c'è dietro questa tua passività? "Le cose sono andate così, e così sia": ma che stronzata è? Cosa credi, io so qual è la verità.»
«Conoscere la verità non è detto che sia una bella cosa.»
«Adesso non ho tempo per queste discussioni. Credi che non lo sappia perché fai così?»
«Dobbiamo proprio parlarne?»
«Sì, e per un sacco di ragioni. La prima è che non mi va che chi ha ucciso Elisa se la passi liscia e passeggi per il centro a guardare le vetrine e a comprare pasticcini; la seconda è che non mi va che uno come te, anche se stronzo,

passi il resto della sua vita a insegnare filastrocche ai detenuti; la terza è che non mi va che Raimondi Cesare si lisci le penne con questa storia; la quarta è che non mi va che Sarti Antonio pensi che io abbia torto sulla morte di Elisa; la quinta...»

«Sono un sacco le cose che non ti vanno.»

«Se non fosse così avrei fatto carriera.»

L'attenzione di Rosas viene attratta dalla cameriera che depone sul tavolo le ordinazioni. Rosas lascia cadere ogni diatriba sulla verità per dedicarsi al crostino Polifemo, sorta di altopiano debordante di carne, peperoni, uova sode e salsa rosa.

Rosas va all'assalto del crostino come un ardito sul Carso.

62
IL REDIVIVO SMETTE DI VISITARE MUSEI

Il prof osserva Rosas battersi contro Polifemo senza arretrare di un centimetro e pensa che gli anni sono passati ma Rosas non è cambiato: sempre la stessa fame, sempre la stessa ostinazione nel perseguire un obiettivo, sempre il medesimo disinteresse per l'apparenza.

Rosas, con la bocca piena, dice: «Dobbiamo parlare. Hai un tovagliolino a portata di mano?».

Il prof gli allunga un contenitore di tovagliolini e dice: «Mangia adagio, che se no ti si ferma sullo stomaco».

«Sì» risponde Rosas pulendosi la bocca. «Ho detto prima che conosco la verità. Be', non è proprio vero del tutto. Ci sono molto vicino, questo sì. Molto vicino. Ma mi mancano ancora degli elementi per arrivare in fondo.»

«Alla verità.»

«Sì.»

Rosas mastica in silenzio un boccone grosso come una slavina, senza smettere di fissare il prof. «Tanto vale che te lo dica» dice non appena ha ingurgitato il blocco e bevuto una sorsata di birra. «Tu sei convinto che il responsabile della morte di Elisa sia Flora.»

«Ma no. Che c'entra Flora?» dice il prof. Ma la voce ha un leggero tremito, e la mano urta la tazzina del caffè.

«È per questo che non hai protestato la tua innocenza. Avevi paura. Hai paura anche adesso. Che si trovi il vero colpevole, cioè Flora, credi tu. E hai deciso di sacrificarti per lei. Nobile. Ma inutile. Anche un po' patetico. Credi che qui abbiano della senape?»

«Mi stupirebbe.»

«Anch'io credo che non ce l'abbiano. In Italia non c'è della buona senape. È dolce quella che abbiamo qui. In Svizzera c'è una senape fantastica, come quella francese.»

«E tu che ne sai della senape svizzera?»

«Ci sono stato in Svizzera, cosa credi. Questo e altro per gli amici.»

«Sei stato in Svizzera. A far che?»

«Hai da fumare?»

«Non si può fumare qui.»

«Teste di cazzo, non si può più fare niente in questo cesso di paese.»

«Cos'hai trovato di bello in Svizzera?»

«Oh, lì. Cioccolata, vino pessimo, patatine fritte, e un sacco di banche. Proprio un sacco. I soldi girano. Dicono che i soldi circolano. In realtà non è vero, o solo in parte, perché passano solo dalle mani dei ricchi a quelle dei ricchi. E anche delle notizie interessanti.»

«Per esempio?»

«Vuoi una birra? Un altro caffè? Un limoncino?»

«No, ma tu prendi pure quello che vuoi.»

«Io sono senza un soldo.»

«Come al solito. Niente è cambiato.»

«Allora, dicevo. Delle notizie interessanti. Tuo padre è stato in Svizzera a curarsi, tempo fa.»

«Non è una novità. Bastava chiedere. Mio padre ci va tutte le volte che può. Per curarsi, per degli esami, per delle settimane in *beauty farms*.»

«Anche Elisa andava in Svizzera.»

«So anche questo.»

«Anch'io sono andato in Svizzera.»

«È un paese molto frequentato. Ho paura che tu mi dica delle cose che non vorrei sentire.»

Il prof ascolta attento e disarmato il racconto di Rosas: l'incontro tra il conte e Elisa, la passione del conte, la proposta di matrimonio e l'intenzione di Elisa di dire sì, e tutto il resto.

Il prof immagina quello che è passato nella mente di Elisa in quegli ultimi giorni, e pensa a come è stato stupido: non ha capito niente di quello che succedeva.

Il prof ha la bocca secca.

Rosas mangia una fetta di torta di cioccolata e non sembra accorgersi del vuoto che il prof ha dentro.

«Quindi» riprende il prof non appena riesce a parlare «Elisa mi aveva dato appuntamento al Bellavista per dirmi che intendeva sposare mio padre, non il suo fidanzato ufficiale.»

«Quell'Odorici? Figurati. Il matrimonio era con il conte. L'Odorici, figurarsi. Un cretino.»

«Va bene. Ma sapere che mio padre voleva sposare Elisa ci aiuta nella soluzione del caso? Chi l'ha uccisa?»

«Calma. Tu hai dei sospetti?»

Il prof non risponde.

«Ma certo che hai dei sospetti» prosegue Rosas. «Anzi, delle paure. Tu sospetti di Flora. Perché?»

«Adesso sospetto anche di mio padre. Lui è il tipo capace di uccidere qualcuno, se gli va. Comunque, l'abito da sposa, gli spilloni... O Flora o mio padre.»

«O te.»

«O me.»

«No, tu no. Che motivo avrebbe avuto Flora per uccidere Elisa?»

«Oh, mille. Mio padre l'ha sempre trattata come una serva, alla fine dei conti. Prima le ha preferito la sorella Artemisia, poi ha sposato mia madre, poi, anche dopo la morte di mia madre, non l'ha voluta sposare, ancora, anzi, l'ha fatta sposare a quel povero mutolo di Camillo e se l'è tenuta come amante, e poi non ha smesso di portarle in casa donne, donnine, baldracche, e tutto il resto. Ragioni per non resistere più e vendicarsi ne aveva a centinaia...»

«Oppure tuo padre. Scopre che Elisa lo tradisce con

mezza università e non lo sopporta. E per di più è anche fidanzata ufficialmente. La segue e l'ammazza.»

I due si guardano e tacciono. Rosas beve lunghe sorsate di birra facendo "aaah" ogni volta che prende fiato.

«Io non so se è stata Flora, tutto è possibile. Ma non lo credo. No, non credo che sia stata lei. Però mi mancano ancora degli elementi. E tu, perché non sei andato all'appuntamento con Flora e tuo padre?»

«Che appuntamento?»

«Me l'ha detto Flora. Voleva provare a riconciliare i due testa di cazzo della famiglia, tu e tuo padre, così ha organizzato un incontro al Bellavista. Ma tu non ci sei andato.»

«Ma no. Non è andata così. Flora mi ha telefonato, è vero, ma aveva fissato l'appuntamento proprio per il giorno e l'ora in cui dovevo vedere per l'ultima volta Elisa. Le ho detto allora che non potevo esserci e di trovare un altro momento. Questo le ho detto.»

«E lei?»

«E lei ha detto che allora avrebbe fissato un altro giorno e mi avrebbe avvertito.»

«Tutto qui?»

«Tutto qui.»

«Ecco» brontola Rosas soprappensiero. «Lei doveva avvertirti. E non l'ha fatto?»

«Non l'ho più sentita.»

«Lo devo dire a Sarti» continua Rosas parlando da solo.

«A chi?»

«Niente. C'è una cosa che ancora non mi è chiara. Guarda.»

Rosas traffica dentro la sportina di plastica.

«Guarda questa cosa» dice porgendo al prof una busta di plastica piena di foglietti di carta scritti a mano o a macchina.

«Cosa devo guardare?»

«Il primo che trovi, i versi scritti a mano. È una fotocopia. Dimmi cosa ne pensi.»

«Non abbiamo più molto tempo, temo. Ma dov'è la guardia?»

Il bar del museo ora è quasi deserto. Il barman sistema le tazzine del caffè. Alcuni visitatori leggono i dépliant e sorseggiano tè. Il prof si alza e ispeziona il locale. La guardia è scomparsa.

«Non c'è più nessuno» dice a Rosas.

«Meglio così. Non mi piace avere la polizia alle spalle. Dài, andiamo avanti. Guarda quel biglietto.»

«Che cos'è?» chiede il prof togliendo dalla busta di plastica un bigliettino con dei versi scritti a mano.

«È il bigliettino che accompagnava l'ariete e l'ippocampo, i due ninnoli che ha ricevuto Sarti Antonio. Ti dice qualcosa?»

Il prof legge a alta voce i versi, lentamente: "La ricchezza ch'è volata / come viene se ne va; / e non sempre sei fermata / dalle sbarre, verità". «Pensi che siano tratti da qualche opera letteraria?» chiede.

«Ho pensato a Metastasio, vedi? Versi pari, ottonari, ritmo melodico, ma non mi convince. Prima di tutto: cosa vuol dire?»

«Sembra un indovinello.»

«Si parla di una ricchezza che è volata via, quindi che se n'è andata, che non c'è più; e di una verità che viene fermata da delle sbarre mentre vorrebbe uscire. Il problema è: qual è questa ricchezza e di quale verità si parla? Chi è ricco in questo affare? O tu o tuo padre. Voi siete le uniche persone ricche legate all'omicidio di Elisa.»

«Una ricchezza volata via, una verità a cui si impedisce di uscire. Ma, anche se si trattasse di me o di mio padre, la nostra ricchezza non è volata via. È rimasta qui, costante. E poi... La verità che corre ma è trattenuta da delle sbarre. A cosa si riferisce? A una prigione? A me che sono in prigione? Ma qui non dice che la verità è in prigione, ma che viene fermata nel suo flusso da delle sbarre, come se un muro si parasse davanti a uno che corre. Verso dove corre la verità? Là dove è volata la ricchezza? Non capisco.»

«Le ho pensate tutte anch'io ma non ci ho cavato né ragni né buchi. Ci pensi su? Io devo riprendere il treno. Se trovi qualcosa fammi una mail dall'ufficio della direttrice. Lei è d'accordo.»

«Sembrate molto intimi, tu e la direttrice» dice il prof indispettito.

«È una brava ragazza» ghigna Rosas pulendosi gli occhiali. «Adatta a te.»

«Va' a cagare. Ci penso, al tuo biglietto. Mi sembra che ci sia qualcosa che mi sfugge, in quei versi.»

«Sai da dove sono tratti?»

«No, non è questo. È come... come se... Non so spiegare. Ci penso. È importante?»

«Forse sì, forse no. Chissà.»

Rosas raccoglie la sua sportina e se ne va, ringraziando per lo spuntino.

Il prof rimane solo nel bar. La guardia non si è fatta viva. Adesso nessuno lo sorveglia. Se volesse potrebbe fuggire.

Il prof paga e scende al piano inferiore. Una guardia gli viene incontro. Ha lo sguardo allucinato e tormenta la pistola con un dito.

«Il Redivivo è sparito» gli dice a bruciapelo.

«Come "sparito"? Si sarà perso. Non siamo più abituati al casino, non a questo casino» dice il prof incredulo.

«L'abbiamo cercato dappertutto. Non c'è» ribadisce la guardia, rossa in viso.

«Non è credibile. Pensate che abbia tentato la fuga?»

«Non lo so. Però non si trova. Ma deve essere ancora qui, perché tutte le uscite sono sorvegliate e nessuno l'ha visto uscire. Dev'essere nascosto qui. Per forza. Raggiungi gli altri all'ingresso e non muoverti.»

Il Màccaro cammina avanti e indietro nervosamente. Gli altri stanno seduti scomposti sui divani prima dell'uscita. Due delle guardie li sorvegliano in piedi. Sono molto nervose.

«Il Redivivo se l'è filata» gli grida il Subiolo non appena scorge il prof.

«Ma non ci credo!» ribatte il prof.
«Non si trova più» interviene il Màccaro.
«Come ve ne siete accorti?»
«Così. Per caso. Ci siamo contati. Dov'è il Redivivo? Avete visto il Redivivo? E tutti: io no, io no, io no. Allora ci siamo messi a cercarlo. Niente. Le guardie non hanno voluto fare casino, e hanno avvisato in camuffa la direzione e i custodi delle uscite.»
«Ma voi pensate veramente che il Redivivo abbia voluto tagliare la corda?»
«Lo sai, il Redivivo non è che ha un gran feeling con noi. Non parla, non si lascia scappare nulla. Ma io non ci credo. Il Redivivo non sarà intelligente ma furbo sì. Lo sa bene che appena si muove alla cazzo lo beccano subito.»
«Quindi, dov'è? Se non è fuggito, dov'è?»
Il prof non sa spiegarsi la scomparsa del Redivivo. Neanche lui crede alla sua fuga.
Il prof sta per fare altre domande quando un urlo attraversa l'atrio del museo.
Tutto accade nello spazio di pochi minuti, ma al prof sembra che gli eventi si susseguano l'uno all'altro per un tempo infinito.
Le guardie e i custodi del museo corrono in su e in giù come inseguiti dal demonio. Qualcuno spalanca le porte e si odono le sirene della polizia e i freni delle auto tagliare l'aria.
Due squadre di poliziotti irrompono nell'atrio e con gesti rapidi e precisi allontanano il pubblico da un corridoio laterale e recintano un ampio settore con del nastro bianco e rosso.
Le due guardie che erano andate a cercare il Redivivo confabulano con le due guardie rimaste a sorvegliare i detenuti, che vengono fatti uscire velocemente e caricati sul furgone con cui erano arrivati. Poi le guardie si allontanano tutte, dopo avere chiuso le porte del furgone.
Nessuno parla, dentro, finché le guardie non ritornano e il furgone parte.

«Abbiamo trovato il Redivivo» dice la guardia che era andata a prendere i biglietti al museo. La guardia non riesce a stare ferma, si agita, sbatte gli occhi. Suda abbondantemente.

«Allora? Dove si era nascosto?» chiede la Marisa.

«L'hanno trovato in due posti diversi» continua la guardia abbozzando un sorriso, ma gli occhi smentiscono qualsiasi ironia della situazione.

«Scappava?» azzarda Tricche-Tracche. Ma lo sa che il Redivivo non scappava.

«No. La testa del Redivivo è stata trovata nel bagno degli handicappati al primo piano, dietro lo sciacquone, avvolta nell'asciugamano del dispensatore. Il resto del Redivivo era chiuso dentro lo sgabuzzino del personale, di fronte. Aveva ancora un coltello affondato nel petto.»

Il prof si stringe nel cappotto.

Nessuno commenta. La guardia continua a parlare, come se le sue parole servissero a tenere lontano i guai.

«Nessuno ha visto niente, nessuno ha sentito niente. Chi lo ha fatto fuori? Voi ne sapete certo più di me. Era vostro amico, compagno. Voi dovreste saperlo.»

Tutti negano, ma debolmente. Pensano ad altro.

«Qualcuno ha detto che è stato un delitto a scopo di rapina.»

«Non ha senso» commenta stupito il prof.

«Dal braccio del Redivivo è stato portato via l'orologio» prosegue la guardia. «Forse era molto prezioso.»

Il prof sta per dire: "Non valeva un soldo bucato" ma poi tace, spinto da una prudente vocina interiore.

63
UN RAPPORTO DELL'OVRA

C'è sempre qualche pratica che non può aspettare domattina e, guarda il destino infame, sempre poco prima della fine del turno. Così Sarti Antonio, sergente, esce alle otto di sera, ultimo dall'ufficio, stracciato nel corpo, nello spirito e nella mente.

«Se torno indietro, cambio mestiere» borbotta lungo un corridoio deserto e in penombra.

Vorrei vedere che mestiere. Uno che sa fare solo il questurino. Bene o male, ma sempre con coscienza professionale e onestà, qualità oggi riconosciute come gravi malattie sociali. Non contagiose, per fortuna.

Nel silenzio del corridoio deserto e in penombra, il rumore irregolare dei tacchi sul pavimento e il botto del pericoloso bastone annunciano, a tutto il personale della questura ancora in servizio, che lo Zoppo è dietro l'angolo.

Spunta, infatti, là in fondo con la sua andatura sciancata. È nero in viso e nell'abito e Sarti Antonio si chiede se, incrociandolo, gli augurerà buonasera o buonanotte.

D'inverno la notte comincia prima e Sarti Antonio è stanco come se mezzanotte fosse passata da un pezzo.

Anticipa i tempi: «Buonanotte, Poli» ma lo Zoppo non gli risponde. Gli punta contro il bastone, minaccioso come un'arma, e si avvicina fino a piantargli sul petto la punta dell'arma impropria. Si ferma e dice: «Non sarà una buona notte, Sarti. Sarà una notte di lavoro».

«Mi dispiace per te.»

«Sarà una notte di lavoro per te» e gli sbatte fra le mani una cartella. Rimette il bastone nella posizione naturale e si allontana.

Prima di sparire dietro l'angolo, lo Zoppo dice: «Ti sei messo in un bel casino, Sarti, in un bel casino. E con brutta gente, oltretutto».

Sul divano del salotto, Rosas è ancora arrotolato sotto il panno.

«Vuoi vedere ch'è morto?» Difficile che un individuo normale se ne stia sdraiato per oltre dodici ore senza muovere un muscolo. Un individuo normale. «Dopo il cadavere nell'armadio, il morto sul divano è la ciliegina.»

«Non sono morto: sto pensando, ma adesso che sei arrivato mi risulta difficile continuare.»

«Sono contento che non sei morto, perché non so cosa avrei inventato per Raimondi Cesare.»

La cartella dello Zoppo finisce sul tavolino basso, dinanzi al divano. Non l'ha ancora aperta. Per paura di cosa ci troverà dentro. Da qualche mese in qua, ha cominciato a odiare le cartelle che gli vengono consegnate in via ufficiosa.

«Non ho avuto tempo per mangiare» mugola il talpone, di sotto il panno.

«Ti credo. Avrai fame.» Altro mugolio che significa sì.

Prepara qualcosa in cucina. Non sa cosa. Usa ciò che trova in frigo e mescola in un tegame sul gas.

«È pronto!»

Rosas si trascina dietro i piedi. Il panno, solo in parte sulle spalle, pulisce il pavimento. Sta scorrendo la cartellina dello Zoppo.

«Chi ti ha dato il permesso?» Rosas non lo sente. «Fai con comodo. Poi m'informi.»

Rosas siede e legge. Legge e mangia. Legge e versa il vino nel bicchiere. Legge e beve. Tutto a memoria, trovando esattamente il piatto, la bottiglia, il bicchiere, la bocca...

Non mangia Sarti Antonio. Ha mandato giù il primo

boccone e ha allontanato il piatto. Immangiabile. Scuote il capo a un talpone che mangia e legge.

«Mi fai un riassunto?»

Rosas solleva il capo e, con gli occhi socchiusi del miope che non indossa gli occhiali, guarda nella direzione del questurino. «Tu non l'hai letto?» Sarti Antonio si limita a negare con un cenno del capo che il talpone non vede e aspetta risposta.

«Me l'hai sequestrata tu...»

«Interessante, molto interessante. Come ci sei arrivato?» e torna alla lettura e al piatto. «Ottimo» dice alla fine, posando la cartella chiusa sul tavolo.

«Che c'è scritto?»

«Ottima la cena, dico. Qui...» e batte la destra sulla cartella «...c'è un bel pezzo di vita del conte, di certi suoi affari sporchi e di alcune persone che hanno avuto la sfortuna di incrociare la sua strada.»

«E ci serve?»

«Ci porta vicino alla verità. Leggi.»

Sarti Antonio, sergente, appoggia i gomiti sul tavolo e si sistema comodo. Dice: «Perché fare fatica in due? Racconta».

E Rosas racconta. La cartella contiene un rapporto strettamente riservato dell'OVRA, Opera Vigilanza e Repressione Antifascista, la polizia politica e segreta durante il regime fascista, sezione di Modena.

Data: 1943.

Oggetto: indagine sulla morte del possidente antifascista Orrico Breventani, trovato impiccato a una trave della cantina, nella sua villa di Spilamberto.

Gli avvenimenti: la guerra è iniziata da poco; la caccia ai nemici del regime è in pieno svolgimento e il Breventani Orrico, noto per il suo antifascismo, riceve ripetuti ordini affinché cessi la sua attività sovversiva. I gerarchi locali, non ottenendo soddisfazione, lo spediscono al confino. Il Breventani non è persona da poco e ha ancora qualche conoscenza a Roma, nei palazzi del Potere. Riesce a farsi commutare il confino in un trasferimento dell'intera famiglia, moglie e due figlie, il più lontano possibile da Modena e in un luogo dove non sia conosciuto.

Il signor Breventani Orrico, convinto che prima o poi il regime cadrà e lui tornerà a Spilamberto, impacchetta le poche cose indispensabili e si trasferisce a Napoli, presso i genitori della moglie, signora Belinda Normanni in Breventani, campana.

Ma il prima o poi diventano anni e a Spilamberto si affievolisce e poi si perde memoria del possidente antifascista. Fino a quando non si ripresenta, inaspettato, in paese.

Accade poco prima che l'Italia venga tagliata in due dallo sbarco degli Alleati ad Anzio e, stando al rapporto redatto di pugno del maresciallo Scopigno, caserma dei Regi Carabinieri di Spilamberto, il Breventani Orrico si ripresenta per "tutelare i suoi interessi in loco e le proprietà che ancora ivi risultano a suo proprio nome, come dichiara il convenuto alla locale caserma dei Regi Carabinieri, colà inviato a presentarsi per spiegare le motivazioni del suo non autorizzato ritorno. Il Maresciallo inquirente ha provveduto a intimare al Breventani di allontanarsi immediatamente, così come predisposto da un apposito ordine delle Autorità Politiche locali. Il Breventani Orrico dà assicurazione al Maresciallo Scrivente e si impegna a lasciare Spilamberto per farvi ritorno solo dietro apposita autorizzazione rilasciata dalle Locali Autorità Competenti.

"Il giorno seguente, lo scrivente Maresciallo Scopigno Salvatore si recava presso la villa del Breventani Orrico allo scopo di verificare il rispetto da parte dello stesso degli ordini a lui impartiti. Non rinvenendo traccia del Breventani, ma notando il portone della villa spalancato in modo sospetto, il sottoscritto Maresciallo effettuava un accurato sopralluogo e aveva così modo di rinvenire il corpo, all'apparenza in stato cadaverico, del Breventani Orrico appeso per il collo a una trave nella locale cantina della locale villa di proprietà dello stesso. Dai primi rilievi eseguiti in loco, la morte sarebbe avvenuta nel corso della notte appena trascorsa. A parere dello scrivente e secondo i rilievi eseguiti e gli indizi recuperati nonché a parere dell'ufficiale medico subito avvertito e convocato, si ritiene che con molta probabilità sia stato lo stesso Breventani Orrico a darsi la morte per impiccagione."

«Il rapporto finisce così» dice Rosas. Si versa un bicchiere di vino, si accorge che il piatto del questurino è ancora pieno e chiede: «Non mangi?».

«Mi è passata la fame.»

«Permetti?» e scambia il piatto vuoto con il piatto pieno. Riprende a macinare cibo. «Dicevo che il rapporto del maresciallo finisce così, ma ne comincia un altro a firma di un agente dell'OVRA, tale... tale...» Controlla. «Tale Coriandoli Assurdo. Che nome assurdo.»

«E il tuo? Rosas: chi te lo ha messo?»

Non risponde. Anche perché Rosas non è il suo nome. Probabilmente. «Dunque questo Coriandoli Assurdo indaga su quello che il maresciallo dei carabinieri ha archiviato come suicidio e anche lui arriva alla stessa conclusione. Ma aggiunge il suo parere sulla motivazione dell'insano gesto.»

Breventani Orrico, arrivato inatteso a Spilamberto, scopre che tutte le sue sostanze che aveva in parte depositate presso banche, in parte date in custodia a privati compiacenti e in parte rimaste nella villa sorvegliata da fidi custodi, sono svanite, non esistono più e lui e le sue figlie sono poveri e disperati. Un futuro tragico per chi ha vissuto una vita nel lusso e senza problemi. Nei pochi giorni che può restare in paese, il Breventani Orrico fa di tutto per rintracciare il patrimonio svanito, che l'agente Coriandoli ricostruisce con precisione. Trattasi di collezioni di quadri dal Cinquecento in poi, libri antichi, oggetti archeologici, gioielli, francobolli, monete, preziosi arredamenti e via via tutto il resto.

Il Breventani si dà da fare, rincorre le informazioni, passa da un conoscente all'altro, chiede, indaga e non arriva a nulla. Resta un futuro di miseria, di fame e stenti per sé e per le figlie e la fa finita.

Rosas ha spazzato anche il secondo piatto di un cibo

senza nome e lo stesso fa con il bicchiere. Si rilassa contro lo schienale, il panno è scivolato sul pavimento, sorride sornione e chiede: «Indovina a chi il povero Breventani aveva dato in custodia la maggior parte del suo tesoro».

«Conte Pierferdinando Tagliacozzi del Paleotto...»

«... e a suo padre, conte Pierluigi, nonno del prof e aderente della prima ora al Partito nazionale fascista, marcia su Roma e gerarca di provata fede. Per ricompensarlo dei servigi e della fedeltà, il Partito fascista lo ha aiutato ad appropriarsi legalmente, bada bene, anche del poco che al Breventani era rimasto, giustificando l'operazione con certi debiti che il Breventani avrebbe contratto con la nobile famiglia Tagliacozzi del Paleotto. In tribunale sono state esibite le prove.»

«Una bella favola, proprio una bella favola. Ma cosa c'entra con noi? Cosa c'entra con la morte di Elisa?»

Rosas si alza e si stira come se fosse appena sceso dal letto. «Devo proprio andare. Grazie dell'ospitalità.» Infila i sandali, rimasti sul pavimento accanto al divano, posa gli occhiali sul naso, rimasti sul pavimento accanto al divano, si guarda attorno, dice: «Cosa c'entra la brutta favola con la morte di Elisa? Leggi il nome delle due figliole del Breventani Orrico» e lascia l'accogliente appartamento per il quale Sarti Antonio, sergente, paga regolare affitto alla Grassona della porta accanto.

«Dove vai?» gli grida dietro il mio questurino. «È mezzanotte passata!»

«Non ti preoccupare per me. Sono stanchissimo: non ho fatto che viaggiare da stamattina.»

Sarti Antonio dà un'occhiata al divano sul quale ha lasciato il talpone uscendo. Ritrovandolo poi al ritorno nella stessa posizione.

La porta si chiude, a Sarti Antonio serve un certo tempo per fissare bene in memoria le ultime novità, poi tira verso di sé la cartella dello Zoppo, la sfoglia lentamente e arriva alle due figlie. Si chiamano Breventani Artemisia, la minore, e Breventani Flora la maggiore.

64
ENIGMI

Non ha mai sentito la direttrice ridere così: un suono deciso e aggraziato a un tempo, che esprime una gioia libera e genuina. Il prof non conosce il motivo di quella risata, tuttavia gli sembra poco opportuno che si rida così di un morto. Ma forse è colpa sua, del suo passato umanistico e un poco ipocrita. Di tutto si può ridere, perché, alla fine dei conti, ogni cosa ha un lato tragico e un lato ridicolo.

«Povero Redivivo» mormora tra i sussulti del riso la direttrice. «Il suo nome non l'ha salvato dalla morte. E adesso non potrà nemmeno essere resuscitato, visto che è diviso in due, la testa in un cesso e il resto in uno sgabuzzino.»

«Fa tanto ridere?» chiede il prof.

«No. Non è per il Redivivo. È tutto l'insieme delle cose che è buffo da morire. Non ti pare?»

«No. Sarà perché mi manca la visione d'assieme» commenta acido il prof.

«Scusami» dice la direttrice soffocando gli ultimi sbocchi di ilarità «ma cosa ti aspettavi, che mi mettessi a piangere per la cruda sorte del Redivivo? Scordatelo. A me che sia morto in quel modo non fa né caldo né freddo, anzi, mi dà una grande euforia. Tra il Redivivo e il Dodo si sono dati tanto da fare in questi anni per rendermi la vita amara che, adesso che sono riusciti a farmi trasferire, non possono nemmeno vedere coronato il frutto dei loro sforzi. Dimmi che non è buffo. Dovevi vederli, quei due, confabulare, punire, dirigere, nascondere, colpire. Mai una prova, mai qualcuno che avesse visto, mai un'indagine seria. E adesso che uno di loro è stato eliminato, tutti, stampa, televisione, ministeri, magistrati, opinione pubblica, e aggiungi chi vuoi del balletto, tutti mi stanno dando addosso, a me, che non c'entro niente.»

«Dodo è ancora vivo e purtroppo vegeto, e non mi sembra che abbia intenzione di andare in pensione.»

La direttrice adesso è seria. Fuma una sigaretta nervosamente, a strappi. «Secondo te, prof, chi ha ucciso il Redivivo?» chiede poi all'improvviso.

«Non saprei» risponde il prof dopo un momento di riflessione. «Non è che non avesse nemici. Chiunque può averlo ucciso.» Non sa perché sente il bisogno di mentire. Sa benissimo chi è stato.

La direttrice apre un cassetto e butta sul tavolo alcune fotografie. «Guarda» dice accendendosi un'altra sigaretta.

Il prof sfoglia le fotografie una per una. Sono foto di un giovane dai capelli lunghi. È nudo e morto, steso sul pavimento, la testa innaturalmente piegata all'indietro. I glutei appoggiano in una pozza di sangue.

«Sai chi è?» chiede la direttrice.

«No. Ha un aspetto familiare, ma così non saprei dire di più.»

«È il cocco del Dodo, la sua ragazzina, la sua sguattera, il suo nettaculo, il suo strofinaccio. Le foto sono state scattate questa notte dalla scientifica. Qualcuno è entrato nell'appartamento del Dodo e ha fatto il servizio alla checca. Anche qui testa staccata di netto e ricomposta sul tronco con la faccia all'indietro, a guardare il culo. Chi l'ha ucciso gli ha anche riempito il culo di pezzi di vetro. Se l'ha fatto quando era ancora vivo o dopo che gli aveva tranciato via la testa, è cosa che accerterà l'autopsia. Sai come l'abbiamo scoperto? Grazie al Dodo. Il Dodo ha telefonato a casa ma nessuno rispondeva. Dopo un po', preoccupato, ha telefonato a una delle guardie che lui manovra e gli ha chiesto di andare a dare un'occhiata. Questo è quello che ha trovato.»

«Come sta lo zio del Dodo?»
«Amen. Non hai letto i giornali?»
«Non in questi ultimi giorni.»
«Deceduto anche lui. Per morte naturale, questo. Almeno pare. Ne hanno parlato tutti i giornali.»
«Sono tempi duri per il Dodo.»
«Se è furbo, qui non si fa più vedere. In ogni caso, lo troveranno dovunque si nasconda.»
«Ma che gente è quella che agisce così? Cosa c'entrava quel poveraccio lì, l'amante del Dodo?»
«È la legge: chi vince fa strame del vinto. È una legge antica, barbara ma indubbiamente efficace.»
«E questa volta chi è che ha vinto?»
«Proprio non lo sai?»
«Tano» dice il prof senza più fingere.
«Non lo sappiamo con certezza, ma io ci scommetterei la camicia. Adesso i vincitori sono Tano e i suoi, i vincitori di tutto. Almeno finché non arriverà qualcun altro che si metterà in testa di portargli via una fetta della torta o magari tutta la torta. E così si ricomincia.»
«E tutto questo ti fa ridere.»
«Non mi fa piangere. Tu non credevi che Tano sarebbe stato capace di uccidere il Redivivo e l'amichetto del Dodo, vero? Tano l'amicone, Tano il protettore, Tano l'allievo, Tano il paziente, Tano il saggio. Invece no: Tano il feroce, Tano il capobanda, Tano il bandito, Tano il massacratore. Cosa ti dà fastidio, che Tano sia così o che uno così sia tuo amico?»

Il prof tace. Non sa cosa rispondere. Non si era nemmeno posto il problema. Non gli sembra nemmeno tanto importante. Forse non rivedrà più Tano in tutta la sua vita. Per lui è stato un amico, ha sentito di essergli amico e che lui gli era amico. Il resto che importanza ha? L'amicizia viene prima della morale.

«L'amicizia viene prima della morale» risponde il prof.
«Va' a cagare. Che c'è?»
La porta si apre ed entra la faccia funebre di Filippo che

porge alla direttrice un telegramma senza dire una parola. Se ne va strascicando i passi.

«È per te» dice la direttrice dopo avere gettato un'occhiata attenta al plico. «Leggilo» e lo mette davanti al prof.

Il prof rigira il telegramma tra le mani. È come se all'improvviso una notte artica fosse calata nell'ufficio della direttrice. Il prof sa cosa c'è scritto nel telegramma, lo sente lungo la spina dorsale.

«Non lo apri?» chiede la direttrice.

«Non dovresti leggerlo prima tu?»

«Posso farne a meno. Leggilo.»

«Sì» dice il prof. Ma esita, si gira il telegramma fra le dita. Poi si decide e lo apre.

Flora scrive che suo padre è morto. Poche parole, secche, abbandonate dalla sintassi. Ischemia cerebrale. Funerali fra due giorni. Stop.

«Stop messo dopo funerali fa proprio ridere. Anche questo è buffo. Mio padre è morto.»

«Mi dispiace.»

«Sì. In realtà l'ho sempre aspettato, e ora che è giunto il momento non sono preparato. Mi sento ridicolo.»

«Non si è mai preparati a certe cose.»

«Dico "mio padre", ma in realtà non lo è mai stato, in nessun senso. Io sono figlio di mia madre e di qualcuno che ha approfittato della sua follia. Il conte non me l'ha mai perdonato. Mi ha sempre ignorato. Per lui sono sempre stato un estraneo mal sofferto. Non sono addolorato, affatto. Non me ne importa niente. Eppure è come se mi fosse venuto a mancare qualcosa. Non so come spiegarlo. Faceva parte della mia vita.»

«Puoi andare ai funerali. È prevista dalla legge la partecipazione dei detenuti alle esequie dei parenti.»

«Non lo so. Non sono sicuro di avere voglia di andarci. Che ci vado a fare? Per avere addosso gli sguardi di tutti?»

«Forse dovresti farlo per Flora.»

«Forse.»

«Ho saputo che al museo hai visto Rosas.»

«Sì. Non ti ho ringraziato per Rosas. Non so se servirà a qualcosa. Ma adesso che mio padre è morto...»

«Vuoi dire che è venuto meno uno dei possibili assassini di Elisa?»

«Qualcosa del genere. Che interesse ci sarebbe a dimostrare che il conte era il vero colpevole?»

«Rimane sempre Flora. È di questo che hai paura.»

«Dirò a Rosas di lasciare perdere tutto.»

«Come credi che Flora abbia preso la morte del conte?»

«Vorrei che la sentisse come una liberazione. Ma sono sicuro che sta piangendo tutte le sue lacrime per quel... quel farabutto.»

«L'ha molto amato.»

«Che consolazione! L'ha molto amato. Questo dovrebbe spiegare tutto?»

«Non lo so. Flora è sposata, no?»

«Sposata, sì. Non so nemmeno se si possa considerare matrimonio. Quel povero muto di Camillo. Anche questa è stata una trovata di mio padre. Sapeva che al mutolo piaceva Flora, voleva che Flora continuasse a occuparsi della casa, non solo della casa, in verità, ed ecco fatto. Mio padre si scopa Flora e anche tutte le altre, Flora si scopa mio padre, che è quello che vuole, Camillo va a letto con Flora, con cui verosimilmente scopa una volta all'anno, e tutti sono contenti.»

«Insomma, Camillo non basterà a consolarla.»

«Camillo è un buon uomo. Ma l'unica cosa che sa fare nella vita è tenere dietro al giardino e obbedire. Per molto tempo ho pensato che fosse un po' deficiente. Invece è solo una persona semplice. Buona e semplice. Credo che anche Flora gli voglia bene, più o meno.»

«Non so se si può volere bene più o meno.»

«È un modo di dire.»

«È un tuo modo di dire.»

Lo psicologo gli viene incontro tendendo la mano.

«L'epifania è passata da un pezzo. Dovevamo incontrarci dopo l'epifania, si ricorda?»

«Certo. Ho avuto molto da fare. Ma siamo sempre in tempo, no?»

«Vogliamo fare giovedì? Sono qui giovedì.»

«No, giovedì devo andare al funerale di mio padre.»

«Ah. Mi dispiace.»

«Grazie. Ma per me non era niente.»

«Ah. Vogliamo parlarne?»

«Abbiamo tempo, no?»

«Certo. Certo. Allora...»

Lo psicologo non sa cosa dire. Il prof non ha voglia di aiutarlo, e poi ha altro a cui pensare.

Lo lascia nel corridoio con un "a presto" che sembra voler dire "addio".

65
I FINTI AMICI

Quasi nuda e di colpo uscita
da una trappola di fango e di ortiche,
la zingara, per conto
del circo, ruba il figlio di un conte.

Mentre la madre chiama,
folle, in piedi sul viale,
il bambino, in alto su una scala,
nel circo imparava a volare.

Si può volare a ogni età;
il circo è un aquilone.
Sulle sue tele, sui suoi cordami,
volano i ladri di bambini.

Derubati, volando hanno ali
di notte, al di là dei fossi,
dove i clamori materni
non si odono nemmeno più.

Torna, mio adorato, bell'angelo mio!
Abbi pietà del mio dolore!
Ma il bambino resta sordo e mangia
la buona minestra dei ladri.

Per quattro volte il sonno gli spezza
il collo a colpi di vino amaro,
vicino al piatto per la minestra,
la sua testa rotola nei mari.

Il sogno abitua a volare.
Il bambino sogna di una statua
spaventosa, ai bordi di un sentiero,
e che vola con le mani.

Il treno è fermo in mezzo alla campagna. Il prof ha alzato gli occhi dal libro che ha iniziato a leggere non appena partiti e guarda dal finestrino cercando di scoprire dove si trova. Ha la testa pesante, un fastidioso dolore al collo. Fuori il cielo è plumbeo e si confonde con i campi grigi di neve e ghiaccio. Il treno è pressoché deserto. È un interregionale, che ferma a ogni sputo di tisico.

«Dove siamo secondo te?» chiede il prof abbassando il libro sulle ginocchia.

«Non so. Io sono di Arzachena.» Il suo angelo custode non guarda nemmeno il finestrino e continua nella lettura di "Tuttosport".

«Arzachena. Dove sta?» chiede il prof.

«In Sardegna» risponde la guardia, ma non ha molta voglia di parlare. Probabilmente è seccato per il viaggio che gli tocca fare, e incolpa il prof del suo malumore.

Il prof torna al suo libro. Pensa che la poesia è molto bella, ma la traduzione lascia un poco a desiderare. O forse non è possibile avere una buona traduzione di quella poesia, poiché è tutta giocata sul doppio valore del verbo francese *voler*, volare e rubare.

Volés, voleurs: derubati, volanti, oppure volati, ladri, oppure...?

Il prof sta per passare a un'altra poesia quando il movimento del suo braccio si ferma di colpo.

Un pensiero gli si è affacciato all'improvviso ai bordi della coscienza.

Il prof rovista nella tasca posteriore dei calzoni e ne cava un foglietto piegato in quattro.

> *La ricchezza ch'è volata*
> *come viene se ne va*
> *e non sempre sei fermata*
> *dalle sbarre, verità.*

Il prof pensa che se al "volata" si sostituisse "rubata" il senso ne verrebbe modificato e la frase apparirebbe più chiara, almeno in apparenza. Significherebbe, più o meno, "la ricchezza rubata". Un francesismo. L'impiego di una parola francese al posto di quella italiana con cui tuttavia presenta molte affinità. Un *faux ami*, come dicono i francesi, un finto amico. Una parola che sembra uguale e invece è diversa. Ovvero, una parola che potrebbe usare un francese che ha scarsa familiarità con l'italiano. Ammettiamo. Accettiamo questo presupposto. Di quale ricchezza si tratta? E chi l'ha rubata? La ricchezza rubata viene e va. Vuol dire che la roba rubata porta male? La farina del diavolo finisce in crusca? L'unico elemento su cui il prof può fare ipotesi realistiche è il soggetto che avrebbe rubato. Dato il contesto, non può che riferirsi a suo padre, buonanima. Che lui abbia fatto fortuna rubando e ricattando è un fatto conosciuto in paese. Qualcuno che lo detesta, che lo odia. Che lo odiava.

Che senso ha il biglietto? Un ammonimento? "State attenti, che chi ruba sarà punito." È questo? "E non sempre sei fermata dalle sbarre, verità." Se si prosegue nell'ipotesi del francesismo, anche questo verbo rientrerebbe pienamente nel caso. "Sei fermata" non costituirebbe più un verbo esprimente una corsa bruscamente interrotta, quanto piuttosto uno stato, una situazione, per cui la verità si troverebbe rinchiusa dentro a delle sbarre, come in una prigione. Imprigionata. La verità è imprigionata. Quale verità? L'unica persona che sta dietro le sbarre è il prof stesso. E lui rappresenta la verità? O sa la verità? Che verità sa il prof?

«Ehi, stai bene?» La guardia adesso lo osserva preoccupato.
«Che c'è?» si scuote il prof.
«Stai bene? Ti senti bene?»
«Ma certo. Perché?»
«Niente. Avevi lo sguardo fisso nel vuoto. Credevo che stessi male.»
«No, sto bene. Pensavo. Mi ero incantato.»
«Ti è anche caduto il libro.»
Il prof si china a raccogliere l'*Antologia della poesia francese del XX secolo*.
Deve dirlo a Rosas. Un'ipotesi balorda. Cosa c'entrano i francesi in quella storia? Il prof non conosce nessun francese che possa avere a che fare con suo padre o le sue malefatte.
No, no. Ragionare. Bisogna ragionare. Prima di tutto il biglietto accompagnava... Ma certo! La collezione Schüfftan! La Francia. La signora Yotte. Il biglietto accompagnava l'ippocampo e l'ariete della collezione Schüfftan, e suo padre quella collezione l'aveva sottratta alla povera e malcapitata signora Yotte. Sì, ma... Madame Yotte è tornata per vendicarsi, per riprendersi il maltolto? Dopo tanto tempo? Senza contare che ormai dovrebbe avere circa novant'anni. Forse non lei, d'accordo. Chi allora? Un erede probabilmente. Secondo la versione di suo padre lei sarebbe fuggita in fretta e furia da Parigi portandosi dietro la collezione di reperti etruschi, o almeno quelli più trasportabili, e il figlioletto. Il figlio di madame Yotte. Potrebbe essere, ma la domanda è: perché dopo tanti anni? Anche lui, se è lui, ammettiamo per un attimo che sia lui, anche lui non è più giovanissimo. Quanti anni, settanta? È verosimile che uno, dopo tanti anni, torni, ormai vecchio, per... Per cosa? Per vendicarsi? Non si è vendicato affatto. Il conte è morto di morte naturale e la collezione Schüfftan è ancora patrimonio di famiglia.
Strada sbagliata, falsa pista. Non è possibile. Cosa dice-

va suo padre del piccolo Yotte? Niente, un bimbo di dieci anni rompicoglioni, mai fermo.

La guardia si è addormentata e russa leggermente. Il prof ha l'impressione che il riscaldamento non funzioni troppo bene, perché sente i piedi gelati. Anche la guardia che dorme tiene le braccia strette al petto nel tentativo di riscaldarsi un poco.

C'è un'altra possibilità. In fin dei conti l'autore del biglietto potrebbe non essere un francese ma uno che sa il francese. Chi è che fa il doppio gioco? Chi è che vuole che si creda che un francese ha scritto il biglietto? E chi conosce il francese tra gli amici e i conoscenti del prof?

Rosas conosce il francese.

Elisa conosceva il francese. L'Odorici no, se non ricorda male. Del giovane foruncoloso con apici giallo e verdi non saprebbe dire.

Lo psicologo del carcere. Aveva un libro di psicologia scritto in francese sul tavolo.

La direttrice?

Il Dodo?

Filippo?

Strichetto?

Raimondi Cesare? Sì Lo studiavano al liceo. Lui sa, o almeno, sapeva il francese. Aveva una pronuncia da salsicciaio.

Ma che modo è di procedere? Non ci si salva più se uno vuole fare la lista di tutti quelli che potrebbero avere scritto il bigliettino con l'intenzione di creare una falsa pista, falsi indizi. Se anche uno non sa il francese potrebbe avere udito, avere chiesto, essere andato, checcazzo!

L'entusiasmo del prof è scemato. La sua intuizione gli sembra ora di scarsa importanza, indegna anche di essere presa in considerazione. Che c'entra tutto questo con la morte di Elisa?

Il treno adesso procede spedito in mezzo alla neve. *Tu-tum. Tu-tum. Tu-tum.*

Non ha mai fatto un viaggio in treno con Elisa.

Anche il prof conosce il francese.

Ne deve parlare con Rosas. O forse no: si farebbe ridere dietro.

L'arazzo di Flora, a un certo punto era diventato molto ampio. Copriva tavolo e debordava dalla tavola del soggiorno. Era molto colorato, e nell'azzurro, in alto, aveva riprodotto le costellazioni, e i segni dello zodiaco.

Sta per addormentarsi, il prof. Di che segno è uno che è nato il 9 marzo? Pesci, il prof è un pesce.

Rosas probabilmente conosce anche l'ascendente. Una volta, in età paleolitica, gli aveva calcolato anche l'ascendente.

Rosas sa certamente l'ascendente, ma Raimondi Cesare no.

Chi sa il francese?

La Bruna? Con tutti i clienti che ha.

Nadia conosce bene il francese. La sua ex moglie lo conosce.

L'*Antologia della poesia francese* scivola di nuovo a terra e il prof, invece di approfittare del sonno della guardia e darsi alla fuga, si lascia andare anche lui come un coglione, e s'addormenta.

66
ACCOMPAGNAMENTO FUNEBRE

La prospettiva ambientale è cambiata poco dal precedente viaggio. Alcuni giorni di un tiepido sole invernale hanno sciolto un po' del manto nevoso che ricopre ancora il parco. È tornato freddo e il ghiaccio si è aggrappato alle ramaglie rinsecchite delle siepi che, alle otto del mattino, sono fragili sotto le rasoiate di un vento arrivato direttamente dai meno trenta del polo nord.

«Grande idea» borbotta Sarti Antonio. «Il funerale di un conte mancava alle esequie alle quali ho partecipato. Sono andato a seppellire muratori e manovali, colleghi e parenti, amici e conoscenti. Mai un nobile.»

«Non è diverso» lo rassicura Rosas.

«Allora, perché siamo qui?» "Qui" è il cancello di Villa Strana, chiuso davanti al muso dell'auto.

«Siamo venuti a scoperchiare una bara di menzogne» e cosa signifchi, solo Rosas lo sa.

Nessuna voglia di scendere al freddo e Sarti Antonio suona il clacson. Si socchiude la solita porta della solita casa del custode e il solito custode, coperto dalla testa ai piedi, si affaccia e grida: «Il funerale c'è oggi pomeriggio. Le visite di condoglianza cominciano alle due e ho ordine di non aprire a nessuno fino a quell'ora».

«Prima o poi lo vedrò in faccia, 'sto coglione» borbotta il mio questurino. Esce dall'auto e il vento gli taglia il viso. Grida: «Dobbiamo parlare con la signora Flora!».

Anche il custode grida. «La signora Flora non vuole parlare con nessuno! Andate via!» E si chiude dentro.

Fra la colonna sinistra del cancello e la siepe di recinzione, c'è un passaggio costruito dalla consuetudine. Sarti Antonio lo usa e, alla casa del custode, grida: «Vieni fuori, brutto figlio di puttana, che t'insegno l'educazione!». Frase antica che connota l'età del mio questurino. Nessuno la pronuncerebbe oggi.

Il figlio di puttana viene fuori e si avvicina a Sarti Antonio, sergente. Fra le mani e sollevato in alto, ha il manico di una zappa, deciso a utilizzarla se Felicità non gli arrivasse dietro e non glielo strappasse di mano.

«Ma babbo! Lo sai che è un poliziotto? Vuoi finire dentro?»

Il vecchio si avvicina, disarmato, al mio questurino, scopre finalmente il viso e pianta due occhi cattivi negli occhi di Sarti Antonio. Gli dice, a brutto muso: «Guarda te che i questurini non mi hanno mai fatto paura e non sarebbe la prima volta che mi mettono dentro! Antonio è sempre Antonio, ricordatelo!».

L'inutile foga del vecchio smonta il mio questurino. «Lo so» dice. «Lo so che Antonio è sempre Antonio.»

Il padre di Felicità passa a vie di fatto: afferra il questurino per il bavero e se lo tira vicino. Ha una gran forza, il vecchio. «Oh, tu, mi prendi per il culo?»

«No, dico che anch'io mi chiamo Antonio. Tutto qui.»

Felicità si aggrappa alle spalle del padre. «Vuoi lasciarlo stare? La signora Flora lo aspetta.»

Antonio il custode lascia Antonio il sergente, gli risistema i risvolti sgualciti del cappotto e gli dice: «Ti aspetta? La signora Flora... È lei la padrona qui. Potevi dirlo subito».

«Antonio» dice il mio questurino «non mi hai lasciato il tempo. Sei peggio di un cane da guardia.»

«Io sono abituato così, caro mio. Se mi dicono di fare una cosa, io la faccio. Anche quando ero emigrato in Francia a lavorare...»

«Sì, babbo, adesso lascia perdere la Francia che il signore non ha tempo e deve andare dalla signora Flora» insiste Felicità. Poi al questurino: «Ti apro il cancello».

Prima di rientrare in casa, l'Antonio custode borbotta: «Il signore non ha tempo». Si volta e grida: «Oh, Felicità! Da quando in qua i poliziotti sono diventati signori?».

«Non ci fare caso, sergente, lui urla, urla, ma non farebbe male a una mosca.»

Per Rosas, là fuori, al freddo polare della pianura padana, non è successo nulla: se ne sta seduto in auto, occhi socchiusi dietro le lenti spesse, avvolto nel panno portato da casa, a fischiettare una sinfonia inventata che non ha né capo né coda.

«Mi raccomando, non ti disturbare» gli dice Sarti Antonio. E l'auto imbocca il viale di Villa Strana.

La loggia è in una penombra rischiarata da due file di ceri sistemati lungo le pareti. Tutto il resto è buio, anche se un sole invernale batte contro il rosone sulla porta d'ingresso, opportunamente oscurato da un panno di velluto nero orlato di rosso cardinale. In tono con la veglia funebre.

Una debole luce esce dalla porta aperta dello studio del conte, assieme al mormorio di preghiere.

«Io non sopporto queste usanze e me ne torno a casa» mormora Felicità.

Odore di cera bruciata e profumo indefinibile, forse di morte.

Il signor conte giace nella bara, illuminato dalla fiamma ballerina di quattro enormi ceri ai lati del catafalco. Le candele fanno cadaverico il viso. Paramenti funebri, messi un po' ovunque, trasformano lo studio in camera ardente e un enorme crocifisso nero incombe sulla bara.

Attorno, quattro donne in nero, una per ogni lato del defunto, si rimandano le orazioni dei morti. Tutto il resto del grande studio è ombra, è morte.

A capo della bara, Flora alza gli occhi, saluta con un gesto della testa i nuovi arrivati, sospende la litania e mormora alle supplici: «Grazie, andate pure, andate».

Le tre in nero si segnano devotamente, sfilano a lato del defunto, gli sfiorano la fronte con la punta della dita, chinano il capo e se ne vanno. Flora, immobile sotto il crocifisso, guarda i due e aspetta. Ma le due strane presenze nella morte del conte, Rosas avvolto nel panno e Sarti Antonio con barba di tre giorni, capelli come si è alzato stamattina e cappotto per nulla adatto a un funerale, non dicono.

«Vi ringrazio per essere venuti, ma siete molto in anticipo e...»

Rosas la interrompe con una domanda al questurino che più cattiva è difficile da inventare: «Secondo te, perché una ragazza bella e giovane diventa l'amante di chi le ha ammazzato il padre?».

Sarti Antonio è senza parole e a Flora si spezza il respiro, si lascia andare sulla sedia che le sta dietro e annuisce. Dice: «Ho capito, ma non ci siete proprio». Cerca di recuperare il respiro profondo prima di partire con la confessione. In una camera ardente con morto e ceri accesi, dolente davanti al cadavere dell'amante, con un questurino in cerca di soluzione e una faina che ha azzannato.

Sì, la famiglia del conte è stata la causa della morte della madre e del padre; sì, le due sorelle, Flora e Artemisia, sono vissute in miseria presso una sorella della madre, a Napoli; sì, Flora e Artemisia, tanti e tanti anni fa, sono tornate solo per vendicarsi dei torti subiti...

«E ci hai messo tanti anni?» la interrompe Sarti Antonio, sergente. Per la prima volta, e senza rendersene conto, le parla con il tu. Le cose sono cambiate: adesso c'è una possibile assassina e non più donna Flora che lo ha cavato dai guai sulla strada per Guiglia e che gli ha parlato con onestà, forse anche con fiducia.

Anche Flora passa al tu. «Sai, siamo arrivate qui, io e Artemisia, dieci anni dopo la morte di nostro padre, con la ferma intenzione di vendicarci.»

I Tagliacozzi del Paleotto, di antica nobiltà di spada, erano riusciti a rimettere in sesto le loro languenti finanze solo verso la fine della guerra, quando, dopo avere aiutato i tedeschi in ritirata, si erano trovati a disporre di un patrimonio di intere ville e case che i tedeschi avevano abbandonato in fretta e furia.

«Avevamo coltivato il nostro odio con amore, io e Artemisia, unico motivo per tirare avanti una vita che non assomigliava a quella promessa dai nostri genitori. Artemisia era bellissima... Le ci volle poco per fare innamorare il conte. Il guaio fu che anche lei s'innamorò di lui. A ripensare, oggi, a quei giorni, non sono sicura se fu veramente un guaio. Non avevo mai veduto Artemisia tanto felice. E ancora più bella. I mesi che visse in attesa del matrimonio, li visse con gioia, da innamorata.»

Donna Flora china il capo, coperto dal velo scuro, e due mani, venute dal buio dietro di lei, le si posano sulle spalle. Solleva il capo e sorride. Il viso di Camillo, sfiorato dalla stessa luce dei ceri sul volto del cadavere, appare più affilato e scarno del solito.

«Ha ascoltato tutto!» dice Sarti Antonio, sergente.

«Non preoccuparti. Mi vede abbattuta e mi consola, mi dà il suo affetto. Mi vuole bene.» Accenna al contenuto della bara. «Ne voleva anche a lui.» Si alza. «Se non c'è altro...»

«C'è dell'altro» dice Rosas. Ha messo fuori la testa dal panno e viene alla luce dei ceri. «Signora, sapeva che il defunto aveva intenzione di sposare Elisa?»

«Sì» mormora la signora. «Di ritorno dalla casa di cura svizzera, mi ha subito detto tre cose: "Flora, non ho più molto da vivere; non voglio che le mie sostanze vadano a quel bastardo; mi sposo".»

«Non ce ne ha mai parlato.»

«Usciamo di qua. Mi pare di pessimo gusto dirci queste cose davanti a lui» e donna Flora lascia la camera ardente.

Fuori, il vento del nord scortica la pelle, ma né lei né Camillo sembrano accorgersene. «C'è il sole, finalmente.»

«Perché non ci ha parlato del matrimonio del conte?» Sarti Antonio, sergente, è tornato al lei.

Flora si appoggia a una colonna, di faccia al sole, e chiude gli occhi. Il buon muto che le fa da marito le tiene ancora le mani sulle spalle. «Da come ne parlava, il conte era stato conquistato da quella ragazza.»

«Si chiama Elisa» precisa Rosas «ma non so ancora perché non ne ha parlato.»

Flora apre gli occhi e guarda Rosas. «Eri molto innamorato di lei...»

«Sono affari che non la riguardano.»

«Vero. Come non mi riguardavano gli affari di cuore del conte. E la notizia non avrebbe comunque modificato le indagini.»

È il momento di Sarti Antonio, sergente. «Lo dice lei. Mettiamo che lei sapesse del matrimonio. Avrebbe avuto interesse a togliere di torno Elisa, no?» Donna Flora non capisce il motivo. «Il testamento, signora. Il patrimonio a Elisa e meno soldi a lei.»

Flora si scosta dalla colonna per rientrare in villa. Gesticola a Camillo, che annuisce e se ne va nel parco. Si lascia dietro le impronte sulla neve. «Sposato o no, le cose per me e Camillo non sarebbero cambiate. Fissata la data delle nozze, il conte aveva modificato il testamento, ma per noi non era cambiato nulla.» Rientra. «Il funerale sarà alle due del pomeriggio. Può controllare dal notaio. Guardini Giancarlo, studio in Modena.»

«Controllerò, controllerò.» Non lo farà, non ce n'è bisogno. «Elisa era molto giovane. Perché sposare una persona anziana come il conte? I soldi non bastano a giustificare...»

Flora sorride triste. «Il conte aveva una qualità che pochi uomini hanno, una qualità che faceva colpo anche su una ragazza giovane e moderna come Elisa» dice. Sparisce nel corridoio di Villa Strana.

«Secondo te, cos'è quello strano profumo là dentro?»

Rosas si aggiusta il panno addosso e ci nasconde dentro quasi tutta la testa. Risponde tranquillo: «Vapori di elleboro» e va a chiudersi in auto.

L'auto percorre il viale. Incrocia un taxi targato Modena. Rosas, che dovrebbe essere infagottato nel panno e quindi non vedere, non sentire e non parlare, grida: «Ferma, ferma!». Sarti Antonio esegue. «Hai visto quello dietro? Sai chi è?»

67
VENTO DI TERRE LONTANE

È un vento che il prof riconosce, quello che gli artiglia il volto a folate. È un vento che ha già visto e sentito da bambino: gli gelava le mani e i piedi e si infilava sotto i cappotti, parente di quella neve che è diventata ghiaccio.

Il prof è sceso dal taxi e si è fermato a guardare la villa. Guardare vuol dire ricordare, per lui. Il prof tiene le mani in tasca e la testa affossata nelle spalle, protetta da una corta sciarpa grigia. Avrebbe dovuto mettere un cappello, o un passamontagna.

La guardia sbatte i piedi per terra e fuma coprendo la sigaretta con la mano, per non disperderne il calore. «Questa è casa tua?» chiede. Il prof fa sì con la testa. «C'è qualcuno che ci viene incontro» continua la guardia. «Li conosci?»

«Uno è Rosas» risponde il prof.

«Ti ci vorrebbe una mantella» dice il prof a Rosas non appena gli arriva di fronte.

«Non ho mica i tuoi soldi» bofonchia Rosas stringendosi nella coperta. Poi con la testa fa un cenno verso Sarti Antonio. «Lui è Sarti Antonio, un mio..., un questurino.»

Sarti Antonio stringe la mano al prof.

«Ah, l'assassino» esclama. Poi, imbarazzato, aggiunge: «Condoglianze».

Il prof dice grazie con una smorfia. Rosas si tira la coperta sugli occhi.

«Cosa facciamo qui? Aspettiamo qualcuno?» chiede la guardia intirizzita.

«Andiamo dentro» risponde il prof incamminandosi verso la villa, seguito dal gruppetto di infreddoliti.

Come lo vede, Flora rimane paralizzata. Poi gli si butta addosso e lo stringe senza dire una parola e piange piano, vergognandosi delle lacrime.

Il prof le sussurra: «Ciao, vecchia».

Rosas si guarda attorno come se non ci fosse nessun altro, Sarti Antonio è sul punto di commuoversi anche lui. La guardia si siede accanto al termosifone dell'atrio alitandosi sulle mani.

L'abbraccio tra Flora e il prof ha l'aria di un risarcimento di tutti gli abbracci mancati negli ultimi trent'anni.

Sarti Antonio sta per sedersi anche lui quando Rosas si scuote dal suo torpore e dice: «Andiamo» dirigendosi con sicurezza verso le cucine, come se avesse vissuto in quella casa da sempre. Sarti Antonio sta per protestare, ma l'occhio di Rosas lo convince a non dire parola. Anche la guardia si alza, ma è indecisa. Sa che è meglio lasciare soli per un po' il prof e quella donna, ma non è sicuro che sia una cosa giusta abbandonare la sorveglianza.

Lo salva la voce del prof che si stacca dalle braccia di Flora. «No, restate. Ci siamo già commossi abbastanza.»

La guardia si risiede. Rosas e Sarti Antonio rientrano lentamente, attenti a non fare rumore. Rosas mangia una mela e guarda Flora come per chiedere il permesso di averla presa.

«Vuoi vedere tuo padre? Vieni» dice Flora al prof prendendolo per mano.

«No. Non voglio vedere quell'uomo. Vorrei non ricordare niente di lui» risponde il prof con uno scatto.

«Ancora, dopo tanti anni! Nemmeno la morte...» esclama incredula Flora.

«Sì. Mi dispiace, il perdono non mi si addice. Era una carogna in vita, non voglio sentire la sua puzza da morto.»

Sarti Antonio e Rosas osservano il prof con attenzione.

Non riescono a credere in quello scatto di nervi ai limiti dell'isteria.

«Cerca di capire almeno tu, Flora. Anche se lo hai molto amato» aggiunge il prof con voce più pacata.

Flora abbassa il capo.

«È presto. E fa così freddo. Anche qua dentro. Mi sembra tutto gelato. Vi faccio un caffè. Vi preparo qualcosa da mangiare.» La voce di Flora pare uscire da un antro lontano.

Nessuno dice niente. Sarti Antonio vorrebbe dire "grazie, non si disturbi", ma il "grazie, molto gentile" di Rosas lo precede.

Flora si volta verso il prof.

«Se tu e i tuoi amici volete, possiamo fare colazione in cucina. È un po' più caldo che in salotto. E poi...» Flora entra in cucina senza terminare la frase.

«... e poi a me piaceva tanto da piccolo mangiare in cucina» prosegue il prof. «Mentre tu scaldavi il latte e preparavi la colazione, io apparecchiavo la tavola. È così? È questo che vuoi dire?»

Flora non risponde. Apre dall'alto la credenza e dispone sul tavolo una pagnotta di pane, del formaggio secco e dei biscotti. Dal frigo prende una brocca di latte e del burro. Si mette a preparare il caffè.

Sarti Antonio guarda affascinato i movimenti della donna. Li ha già visti tanti anni fa, sempre gli stessi, sempre uguali, come se il tempo non fosse passato. Poiché non sopporta i silenzi troppo lunghi, Sarti Antonio, per darsi un contegno, esce con noncuranza dalla cucina con la testa per aria, in atteggiamento di curiosità, ma la sua attenzione viene attratta da un rumore proveniente da una stanza in angolo, prima del corridoio. Sarti Antonio mette la testa dentro con circospezione. È la camera ardente. Quattro enormi ceri illuminano la bara e costituiscono anche l'unica luce della stanza. Su una sedia, di spalle, Camillo, con le mani in grembo, piange chinando la testa verso la salma. Sarti Antonio, timoroso di essere scoperto, si ritira immediatamente e torna in cucina.

La guardia ha trovato posto vicino al camino, e ha ripreso in mano "Tuttosport". «Tira bene» osserva guardando il fuoco.

Il prof si è appoggiato accanto alla finestra e ha gli occhi persi nel paesaggio invernale.

«Che ne è di Flip?» chiede all'improvviso. Ma la guardia non ha sentito.

«Guardia» ripete il prof a voce più alta «hai notizie di Flip?»

La guardia continua a sfogliare il giornale.

«No, nessuna notizia» risponde, e si capisce che Flip è meno importante della Juve.

Mentre Flora sorveglia il latte e il caffè, Rosas le si avvicina e le mette sotto gli occhi l'agenda di Elisa. «Potrebbe dare un'occhiata a questa cosa qui?» le chiede con tutta la gentilezza di cui è capace.

«Che cos'è?»

«Guardi quella scritta, lì, al 15 marzo.»

Flora impallidisce ma non fa una piega.

«Ho visto» dice gelida.

«È la calligrafia del conte? Sa dirmi se è la sua calligrafia?»

Flora stringe le labbra e spegne il gas prima che il latte si versi sulla stufa.

Afferra la lattiera con uno straccio e l'appoggia sulla tavola.

«Mettetevi a tavola. È pronto. Adesso arriva anche il caffè» dice con voce roca. Poi si ferma e guarda Rosas. Ha gli occhi lucidi. «Ma certo che è la calligrafia del conte» afferma decisa.

«Ecco» conclude Rosas soddisfatto.

Sarti Antonio, passandogli vicino per prendere posto a tavola, gli sussurra: «Proprio adesso? Non potevi aspettare, no? Non vedi com'è messa, povera donna?».

Rosas non lo degna di uno sguardo e si siede accanto al prof.

Mangiano tutti di buona lena e in silenzio. Solo Flora si

limita a un bicchiere di latte macchiato. Il prof ha riempito una gran tazza di latte e pane raffermo, con molto zucchero. Sa che quella sua antica abitudine farà piacere a Flora.

«Di' un po'» chiede a un certo punto Rosas al prof. «Com'è che tu hai tanti soldi se tuo padre, il conte, non ti ha mai passato una lira? Non certo con l'insegnamento all'università, suppongo.»

«Eredità della mamma» risponde il prof. «Mio padre la sposò solo per i soldi della sua famiglia. Molti soldi, ma molti molti. Non ho mai capito perché quell'uomo fosse così visceralmente attaccato al denaro. Quando sposò mia madre aveva rimesso largamente in sesto le finanze familiari, eppure si sposò solo per i soldi.»

«È morta giovane tua madre, no?» prosegue Rosas con la bocca piena.

«Sì, giovane e matta. Aveva sì e no quarant'anni. Matta persa. Innocua, dolce, indifesa. In un momento di lucidità, prima che la follia la devastasse completamente, aveva fatto testamento a mio favore. Quella carogna di mio padre naturalmente impugnò il testamento reclamando la sua parte in quanto marito, e ci riuscì, riuscì ad avere buona parte dei beni di mia madre. Ma a me rimase denaro sufficiente per potere vivere bene e a lungo.»

«Bella fortuna!» esclama Sarti Antonio sorridendo d'invidia al prof.

«È stata una disgrazia, no, quella di tua madre?» continua Rosas rivolgendosi tuttavia a Flora.

«È stato mio padre» asserisce il prof scandendo le parole.

«Non dire così» interviene Flora. «Lo sai benissimo che è stata una disgrazia!»

«Se non l'ha uccisa con le sue mani, certamente ne è il responsabile morale» conclude il prof.

«Non posso sentirti parlare così!» si arrabbia Flora.

«E non si sa nemmeno chi è tuo padre, no?» prosegue candidamente Rosas. «Scusa, eh!»

«Non si sa nemmeno questo. Ma cosa c'entra?»

«Niente, è un discorso così per dire.»

«Un discorso alla cazzo, come tuo solito» interviene Sarti Antonio. «Oh, scusi, signora.»

«Allora parliamo d'altro, se questo non c'entra» fa il prof.

Rosas continua a masticare e a sorseggiare in silenzio. «Parliamo di tarocchi, allora» riprende mascherando con la mano un ruttino.

«Tarocchi?» chiede Flora sorpresa.

«Ancora quella storia dei tarocchi!» interviene il prof.

«Certo, quella storia dei tarocchi» sottolinea Sarti Antonio.

«Cosa sono i tarocchi?» chiede la guardia alzando le sopracciglia.

«Va bene. Riassumo» fa Rosas con noncuranza. «Al prof un bel giorno viene recapitato in carcere un mazzo di tarocchi. Tarocchi marsigliesi, per la precisione, con le figure intere, mentre quelli bolognesi, per esempio, hanno le mezze figure. Chi è che recapita le carte al prof? La bella ex moglie del prof, la signora Nadia. Interrogata, la suddetta signora dichiara di avere avuto le carte da Flora, qui presente.»

«È vero» lo interrompe Flora. «Sono stata io a consegnare il mazzo di carte a Nadia, perché, a sua volta, le facesse avere a Pierfrancesco, in carcere. C'era anche una *Divina commedia*, che avevo dato a Nadia.»

«Ma lei, signora Flora» continua imperterrito Rosas «le avrebbe avute, a sua volta, da suo marito Camillo.»

«Vero anche questo. Camillo le ha comperate pensando che Pierfrancesco avrebbe potuto passare il tempo in carcere giocando a carte» conferma ancora Flora.

«È un ben lungo viaggio quello fatto dal mazzo di tarocchi: Camillo li compera e li dà a Flora, che li dà a Nadia, che li dà al prof, che li dà... A chi li dà il prof?»

«Il prof li dà a un suo compagno di cella, il quale, dopo che Sarti Antonio ha ricevuto il bagatto, molto dopo, viene rimesso in libertà, e con la libertà scompare il compagno di cella. Fine della storia» conclude il prof.

«Il problema è» riprende Rosas «se il bagatto è sparito prima o dopo che il mazzo di tarocchi entrasse in carcere.»

«Io non ne so niente. Non so nemmeno di cosa parlate» dice Flora allargando le braccia.

«All'amichetta del qui presente Sarti Antonio, questurino, è stata consegnata una carta del bagatto, tratta da un mazzo di tarocchi marsigliesi. Proprio come quello che lei e Camillo avete regalato al prof.»

«Non è la mia amichetta» ringhia sottovoce Sarti Antonio nelle orecchie di Rosas.

«Sul retro della carta era incollato un foglietto con un paio di versi sibillini, al limite della minaccia: "Per una terra nuova, ogni tomba è un'uscita. Muore solo la morte, immortale è la vita"» continua Rosas come se Sarti Antonio non esistesse.

«Ma cosa vuol dire? Cosa ha a che fare con... con...» si agita Flora.

«È proprio questo che vorremmo sapere» continua Rosas.

«Io non so se il mazzo fosse intero o no» interviene il prof. «L'ho preso e l'ho passato a Tano perché ci giocasse lui.»

«E lei, Flora?»

«Io non lo so, vi dico. A me sembrava che il mazzo fosse nuovo, ma non ci ho fatto caso. La scatola almeno era nuova, o sembrava nuova, quando me l'ha data Camillo.»

«Dovremmo sentire da lui, magari» dice Sarti Antonio e cerca conferme dai presenti.

«Se volete.» Flora chiama a voce alta Camillo, che compare subito sulla soglia della cucina. Ha ancora gli occhi rossi, ma nessuno sembra accorgersene.

L'uomo resta immobile e passa in rassegna i volti che lo osservano aspettando qualcosa da lui. Alla fine si fissa su Flora.

Mentre Rosas ripete la domanda sul bagatto, il prof, appoggiato alla finestra, riflette. Non ascolta ciò che dice Rosas, o Flora. Ma sente Camillo che cerca, a mugolii, di spiegare che lui il mazzo l'ha comperato nuovo, e non sa niente di più, almeno secondo Flora, che traduce quei rumori provenienti dal silenzio.

Il prof sente che qualcosa se ne va, che gli anni della giovinezza vengono strappati via di colpo, come una pelle inutile. Vede la distesa di neve, gli alberi stecchiti, il sole color limone che scivola come una lucertola sul ghiaccio, e sente le voci di Flora e degli altri. Pensa: il conte è morto, e tutto questo finirà con lo sgretolarsi in poco tempo. Pensa anche che ha sempre chiamato il conte "mio padre".

Rosas parla con Flora.

«Cosa significa che lei e sua sorella Artemisia volevate vendicarvi del conte? In che modo?»

Flora fa un gesto come per scacciare una mosca.

«Cose che si dicono. Non sapevamo neanche noi cosa volevamo fare. Vendicarci. Sì, come? Artemisia all'inizio pensava di diventare sua moglie e quindi di ucciderlo, e impadronirsi così di quell'eredità che lui ci aveva sottratto costringendoci a una vita miserabile. Poi si innamorò di lui, e non se ne parlò più.»

«Ma lei continuò a pensarci, no?, alla vendetta.»

«No. Non ci pensai più» risponde Flora, ma la sua voce ha tremato.

Rosas si alza in piedi e, avvolto nella coperta, si avvicina al caminetto.

«Ma che importanza ha? È importante? No che non è importante.» Rosas parla da solo davanti al fuoco. Riflette e parla, senza rivolgersi a nessuno in particolare, se non a se stesso.

Con la coperta si pulisce gli occhiali schizzati di caffellatte.

Sarti Antonio rompe il silenzio. «Come mai è andata al Bellavista anche se sapeva benissimo che il prof non sarebbe venuto?»

«Quando al telefono Pier mi ha detto che non poteva, ho capito che non gli interessava incontrare suo padre. Ma a me è venuto buono lo stesso. Sono riuscita a convincere il conte a seguirmi al Bellavista. Volevo che vedesse di persona chi era Elisa, che la vedesse assieme a Pierfrancesco.»

«E perché mai? Che interesse aveva a fargli scoprire le tresche di Elisa?»

«Volevo che si togliesse dalla testa quell'assurda idea del matrimonio. A una certa età uno deve pensare che ha anche una dignità da salvare.»

«Il conte non ha mai avuto problemi di questo genere» si inserisce seccamente nel discorso il prof.

Sarti Antonio tace, la guardia legge "Tuttosport", Rosas sta in piedi di fronte al caminetto, Flora sparecchia e lava le tazze.

Il prof si avvicina a Rosas e gli parla dell'idea che ha avuto a proposito del biglietto sulla ricchezza e sulla verità.

Rosas ci pensa su, spalanca gli occhi ed esclama: «Ma certo! Ma certo! Cazzo! È così!» mostrando un entusiasmo per lui insolito. Sarti Antonio lo guarda preoccupato.

La cucina è calda ora, il fuoco ha fatto il suo dovere. Flora è uscita. Sarti Antonio dice: «Non ho capito».

Il prof non parla ma sottoscriverebbe le parole di Sarti Antonio.

Rosas borbotta: «Il tarocco di Marsiglia, i francesismi nel biglietto. È ovvio: madame Yotte è tornata».

68
UN FIL DI FUMO

Il corridoio è lungo e semibuio. Tre lampade si sono bruciate sei anni fa e nessuno che le abbia sostituite. Medardi Avantipopolo gli era andato incontro e lo aveva fermato.

«Questa sera alle otto al Bellavista» e aveva proseguito.

Sotto il naso di Sarti Antonio, sergente, era rimasta la puzza di una sigaretta appena fumata.

Adesso sono le sette e mezzo e Sarti Antonio è sulla strada del Bellavista. Da qualche giorno la primavera è dietro la curva. Si fa per dire, perché dietro la curva c'è Pianoro e l'HotelRistorante Bellavista della Bruna. Che oggi è chiuso per turno.

«Se mi ha tirato un bidone...»

Niente bidone: l'insegna è spenta e sono spenti i lampioni del parcheggio, ma ci sono molte auto e s'intravedono, dentro, delle persone che si muovono in una penombra accogliente. Pesci in un acquario.

L'ingresso principale è chiuso. Un'ombra dietro i vetri gli fa segno di proseguire. Si entra dalla cucina e s'incontrano subito un gradevole profumo, la Bruna e Cesarino che, quando ai fornelli c'è la padrona, come in questo momento, gira al largo e fa solo quello che gli si ordina.

«Cos'è la novità?» chiede Sarti Antonio.

«Caro mio» fa Cesarino «serata speciale, cucina la Bruna.»

La Bruna solleva il capo, è seria e fa cenno di togliersi

dalle palle, di andare di là. Di là c'è una quantità di persone. Sedute, in piedi, con il bicchiere in mano e, peggio, ci sono una quantità di sigarette e un fumo da nebbia in val padana.

«Andiamo bene» e Sarti Antonio cerca di mettere a fuoco la compagnia. Tanto per capire con chi dovrà giocare il ruolo dell'infiltrato.

Comincia con un tale, una montagna. Alto e grosso. Una montagna, ma è seduto ed è difficile prendergli le misure. Sembra molto a disagio, ma lo sarebbe chiunque, seduto solo con la parte di culo che sta sulla sedia. Per il resto è sospeso a mezz'aria. Già visto da qualche parte: testa enorme, quadrata, che fa tutt'uno con il collo. Senza mento. O ne ha quattro o cinque che partono dalla bocca e spariscono sotto la camicia. Occhi grandi e rotondi come quelli di un bue. Insomma, assomiglia a un personaggio di Magnus, di quelli che ti devono essere odiosi fin dalla prima vignetta.

Due giovani: lui bruno di pelle, di capelli e d'abito; lei tacchi altissimi, gambe scoperte per una buona parte e abito leggero che lascia immaginare belle cose. Eleganti e seduti al tavolo vicino alla cucina, in modo che chi entra è costretto a passar loro davanti.

Medardi Avantipopolo lo saluta con un cenno del capo. È seduto dinanzi a una ragazza, che è di spalle a Sarti Antonio, con mezza schiena e l'inizio delle natiche scoperte.

Che ci fa qui Felicità?

Sta per andare a chiederglielo, ma viene intercettato da un tale. «Mi chiamo Flip» gli dice. «Ti vuole parlare.»

«Chi?»

Il nominato Flip è pallido, smunto e magro e indossa abiti che gli andavano bene quand'era più abbondante di tre misure. Indica un tavolo con uomo solo. È tarchiato, una cinquantina d'anni, vestito troppo vistoso per essere elegante, e lo capisce anche Sarti Antonio, che di moda ne capisce poco o niente.

«Hai visto la BMW metallizzata qui fuori?» No, Sarti Antonio non l'ha vista, ma Flip va avanti lo stesso. «Lui viaggia così» e il particolare dovrebbe essere risolutivo.

Avanti gli fa un gesto con il capo come per dire: "Vai tranquillo, sergente". E Sarti Antonio, sergente, va. Per niente tranquillo.

«Guarda chi si vede» dice il tipo vistoso che viaggia in BMW metallizzata. «Qua, siedi qua vicino a me. È un bel po' che voglio incontrarti. Adesso la Bruna ci serve una cena come dice lei e poi io e te abbiamo una quantità di cose da dirci.»

«Saluto qualcuno e torno» dice il mio questurino. Va da Felicità. «Che ci fai qui?»

«Non lo so, mi hanno chiamata ed eccomi. E tu?»

«Come te: non lo so, mi hanno chiamato ed eccomi.»

Mangiano alla grande. Non è una tavolata unica. Sono sparsi qua e là, in due o tre per tavolo. Tranne la montagna di grasso che non si muove dalla sedia e gira attorno gli occhi da bue.

Sarti Antonio si sarebbe volentieri accomodato con Felicità, ma così va il mondo e sta seduto con il boss e la Bruna. Cesarino serve. Da cuoco a cameriere.

«Grappa, limoncello o nocino?» grida la padrona quando è certa che tutti sono pieni e il caffè servito.

«Che discorsi fai, Bruna? C'è qualche problema a servirci tutta quella roba lì che hai detto?» chiede il boss. «Ti ho mai rifatto il conto?»

«Per me un altro caffè» dice Sarti Antonio. Comincia ad avere la nebbia nel cervello, per il fumo delle sigarette e per i fumi del vino. Vuole capire bene quello che gli diranno dopo.

Che è: «Qui, attorno a me che adesso ci divertiamo!» grida il boss.

La situazione si sistema come segue: la Bruna, Felicità, Avantipopolo e Cesarino in semicerchio davanti al boss; i due giovani seduti accanto al fumetto di Magnus, di fronte al boss.

Fra l'altro, c'è da notare che il grassone non si è mosso dalla sua sedia e non ha mangiato né bevuto. Probabile dieta, ma sarà un sacrificio inutile.

Flip si è messo, in piedi, dietro Sarti Antonio, seduto, e il suo respiro corto, da enfisemico, arriva sul collo del questurino. Che sopporta. Almeno fino a quando non avrà capito cosa sta per succedere.

«Sapete tutti che qui è successa una cosa molto brutta, una cosa che non doveva succedere» dice il boss. Non era quello che Sarti Antonio, sergente, si aspettava. «E non doveva succedere prima di tutto perché qui è dove io vengo a mangiare e ci sto bene, e poi perché ha portato in galera una persona innocente che mi sta a cuore». Cosa cazzo... «Sei d'accordo, vero, Dodo?» La montagna si muove, e la sedia scricchiola, e borbotta qualcosa che viene dal fondo, proprio dal fondo del suo enorme corpo. «Non fare il furbo con me, Dodo, che non paga e lo sai.» Il boss si alza e posa una mano sulla spalla di Sarti Antonio, sergente, come farebbe con un amico. «Mi dicono che sei una persona onesta, sergente, e che fai il tuo lavoro con coscienza. Non so che senso abbiano oggi onestà e coscienza, ma ognuno crede in quello che gli pare. Con me guadagneresti molto di più. Dunque, se è vero che sei una persona onesta, quando vai via di qui, ti porti dietro quella montagna di merda su quella sedia là.»

No, il mio questurino non c'è proprio. Guarda il boss poi la montagna di merda che ha cominciato a ringhiare e agitarsi come se volesse spezzare invisibili catene...

Cazzo, ma è... è legato!

«Tu... non puoi. È contro la legge» riesce a borbottare Sarti Antonio, sergente. Non è una gran battuta, ma quella gli è venuta.

Il boss guarda Avantipopolo, sorride. «Ma chi mi hai portato, Medardi? Questo è irrecuperabile.» Si china sul questurino e gli mormora all'orecchio: «Quel sacco di merda là ha ammazzato la povera Elisa. Ti va bene se te lo incarto e te lo porti via? Gratis». Si rialza e dice: «Toglietelo dalla sedia e consegnatelo al questurino onesto. Non lo voglio più vedere, non voglio più sentire la sua puzza. Mai più».

Si è alzato anche Sarti Antonio, sergente, ed è più alto del boss.

I due giovani, lui da una parte e lei dall'altra, sollevano di peso il Dodo che, da solo e con le mani legate, non ce l'avrebbe mai fatta.

Il Dodo aspettava solo di alzarsi. Parte a testa bassa, come un toro, verrebbe da dire, e scaraventa tutto il suo peso contro lo stomaco del boss. Lo passerà da parte a parte.

Lo avrebbe passato da parte a parte se, a mezza strada, la sua fronte non avesse incontrato la pallottola calibro 9. Il Dodo s'inchioda; i grossi occhi bovini spalancati e stupiti, guardano dritto in faccia Sarti Antonio, sergente, come se l'avesse ammazzato lui. Meno di un secondo e crolla di schiena sul pavimento. Dalla fronte spaccata gli esce cervello e sangue.

Lo sparo è partito da dietro Sarti Antonio, esattamente da sotto il suo braccio destro, e Flip tiene ancora puntata la Parabellum, dalla cui canna esce un fil di fumo. Dagli occhi di Flip scende una lacrima.

Non gli lasciano il tempo di riprendersi: i due giovani eleganti, lui e lei, gli sono accanto e gli bloccano braccia e gambe. Come facciano, Sarti Antonio non se lo chiede perché il primo pugno del boss gli spacca le labbra e il secondo gli fa schizzare l'occhio destro da ogni parte. O così gli pare.

A giudicare dalla direzione che ha preso, il terzo cazzotto finirà sullo zigomo sinistro e glielo romperà, ma si ferma a pochi centimetri dalla faccia. Il boss si allontana un po', guarda ben bene il lavoro che ha fatto, si accarezza le nocche insanguinate, sorride e dice:

«Mi pare che possa bastare.» Fa cenno ai due, lui e lei, di lasciarlo. Eseguono e al mio questurino mancano i fili e finisce prima sul tavolo ancora apparecchiato e poi sul pavimento. Si trascina dietro la tovaglia e quello che c'è sopra. Attorno vede solo gambe, in movimento e annebbiate. Non sente le labbra e neppure i denti. Sempre che ci siano ancora dei denti nella sua bocca. Sente invece la voce calma del boss, chino su di lui: «Scusami, ma se no come facciamo a sostenere la legittima difesa? Non voglio che ti prendano in mezzo: io so come sono i tuoi colleghi e come la pensano. Pronti a scaricarti se solo gliene dai la possibilità».

Lo hanno sollevato la Bruna e Felicità e lo hanno rimesso sulla sedia. La Bruna si dà da fare per tamponare il sangue dal labbro spaccato e Felicità gli tiene il ghiaccio sull'occhio. Gli dice, e la sua voce è calda come le sue labbra, una sera d'inverno, sul tappeto del salotto di casa: «Tranquillo, adesso è finita».

È finita? Non sa nemmeno cosa sia cominciato.

Glielo spiegano appena torna a capire, un po' annebbiato, ma vigile.

Pare che il Dodo, accusato da Sarti Antonio, sergente, di aver ammazzato Elisa, lo abbia assalito appena ha tentato di arrestarlo e gli abbia spaccato il labbro e massacrato l'occhio sinistro. Ma per fortuna Sarti Antonio si era portato la pistola d'ordinanza, l'ha estratta e ha sparato pochi istanti prima che lo facesse il Dodo.

«Hai dell'occhio, questurino» lo consola il boss. «Chi l'avrebbe detto?»

Sono tutti matti!

«Ma cosa dice quello?» mormora Sarti Antonio a Felicità, che, adesso seduta accanto a lui, gli tiene la testa e lo accarezza amorevolmente sui capelli. Ogni tanto gli porge il bicchierino di grappa. Per tenerlo su.

«Ascoltalo, ascoltalo...»

Lo ascolta: la maledetta notte del 9 marzo, quando hanno ammazzato Elisa, c'erano tutti qui, al Bellavista. C'era anche il Dodo che è salito da Elisa, nella camera 13, l'ha ammazzata, le ha piantato gli spilloni nelle pupille e l'ha chiusa nell'armadio.

E il prof?

Il professor Pierfrancesco conte Tagliacozzi del Paleotto se n'era già andato e quel sacco di merda del Dodo ne ha approfittato. Sono tutti testimoni, compreso lo stesso boss, ma a lui i poliziotti hanno il vizio di non credere.

C'erano Felicità, la Bruna, i due giovanotti incensurati, Cesarino. C'era anche un testimone più che credibile, il collega di Sarti Antonio, sergente, il Medardi Avanti. E se non ti bastano, il boss può portarne altri.

«Quanti ne vuoi te ne porto, dei testimoni» dice. Indica il Dodo cadavere. «Legittima difesa. Gli hai dato quello che si meritava a quel sacco di merda. Fortuna che ti eri portato la pistola».

Con uno sforzo che costa dolore, Sarti Antonio, sergente, riesce a sorridere. Dice: «La mia pistola è a casa, nel cassetto del comodino, in camera».

«No, è qui» dice Flip, e gliela mette sotto il naso.

È proprio la sua! Sua di Sarti Antonio, sergente.

«E ci sono solo le tue impronte, vero Flip?» dice il boss.

Flip sorride, un sorriso mesto mentre gli mostra la destra con il guanto.

«Non funziona» cerca di spiegare il mio questurino. «Ci vogliono prove, faranno indagini... e poi lo sanno tutti che io non ho mai sparato.»

«Ci doveva pur essere una prima volta, no, questurino?»

«Non ti crederanno.»

«Non devono credere a me, ma a te e ai testimoni presenti quando il Dodo ti ha pestato e stava per spararti. Non ti preoccupare: legittima difesa.»

«Io non gli ho...» ma il dolore è forte e il grido finisce in gorgoglio.

«Fa un po' come ti pare» conclude il boss. «Me lo avevano detto che sei un testone della madonna. Ricordati però che in una cassetta di sicurezza di una banca, a tuo nome, ci sono parecchie mazzette da cento euro. Segnate. Vengono dalla vendita di una partita di droga che il Dodo stava trattando per conto dello zio crepato. Fa un po' come ti pare» ripete. «Chissà che qualche tuo collega con meno scrupoli di te non le trovi.»

Ha finito e dà un'occhiata attorno, che tutto sia in ordine, compreso il Dodo dalla faccia sporca del suo sangue e del suo cervello. Se ne può andare, ma prima che esca di scena, Sarti Antonio, sergente, chiede, con il poco fiato che il dolore gli ha lasciato: «Ma tu chi sei?».

«Chi sono?» Si china all'orecchio del questurino. «Sono Gaetano Spillaci, Tano per gli amici e ti voglio bene. Perché?»

69
LA STANGATA

Rosas lo ha ascoltato senza interrompere. Solo quando l'altro si prendeva una pausa, più che giustificata dal suo stato, buttava lì un "poi?".

Rosas ha guardato come gli hanno ridotto il questurino, che i pochi giorni passati non hanno migliorato: viso deformato, occhio destro coperto dal gonfiore, zona viola estesa a buona parte della faccia, labbro inferiore come se fosse stato riempito di silicone. E parlava con la bocca piena di castagne secche. Una fatica della madonna a capirlo. Per fortuna Felicità era presente e traduceva le meno comprensibili.

«Mi ha deddo brobrio gosì: di voglio bene e io l'ho mandato a 'fangulo» e non c'è bisogno di traduzione.

Poi?

Poi le cose non sono finite con il 'fanculo a Tano. Prima di chiamare la centrale, Sarti Antonio, sergente, ha cercato di capirci qualcosa. Si è fatto forza ed è uscito dall'appannamento dove lo avevano spinto il vino e i pugni di Tano. Ha guardato bene in faccia il Dodo. In quello che della faccia era rimasto. Abbastanza per ricordare dove l'aveva già vista, la faccia.

«Ma questo è...» e ha guardato Felicità. «L'identikit. È lui che ti ha consegnato il pacchetto per me con dentro l'ippocampo e il caprone.» Felicità ha annuito. Si è passato una mano sulle ferite, leggero per non soffrire più di quanto già non soffrisse. «E come mai aveva quegli oggetti?»

Gliel'ha spiegato la Bruna. Il Dodo li aveva trovati nella borsetta di Elisa, come l'elleboro che le ha fatto ingoiare di prepotenza.

Sarti Antonio ha fatto una pausa per riposare i muscoli del viso indolenziti.

Poi?

Un momento, cazzo!

Poi a casa del Dodo la scientifica ha trovato gli abiti che Elisa indossava quella sera e la sua borsetta con dentro altro elleboro. Ricordava, no, che il prof ha confermato di aver passato dell'elleboro a Elisa per calmarla nelle sue frequenti crisi di ansia?

«I bardicolari dornano, dornano duddi» ha detto il questurino, più per sua tranquillità che per convincere il talpone.

Rosas non ha capito e ha guardato Felicità. «Ha detto che i particolari tornano, tornano tutti.»

E torna anche che Elisa avesse nella borsetta sia l'ippocampo e l'ariete sia gli spilloni; il conte poteva benissimo averglieli regalati assieme all'abito nuziale che Elisa si era portato al Bellavista per mostrarlo al prof ma poi non ha avuto tempo per farlo.

Anche qui la Bruna è stata esauriente. Elisa non ne ha avuto il tempo perché, appena entrata nel ristorante, ha visto il conte padre e donna Flora seduti a un tavolo. Si è defilata e ha chiesto alla Bruna di fare in modo che i due non vedessero nemmeno il prof. La Bruna ha mandato Cesarino a intercettarlo nel parcheggio e lo ha fatto entrare dalla cucina.

«Ma perché cazzo non lo hai detto a Raimondi Cesare?» ha chiesto allora Sarti Antonio, sergente, alla Bruna. Sottovoce per non sollecitare troppo il labbro spaccato.

«Uno, perché quel coglione del tuo capo mi ha chiesto com'era uscito il prof e non com'era entrato. Due, perché la Bruna non fa la spia.»

Poi?

Poi Sarti Antonio, sergente, che non è il coglione che tutti crediamo, le ha chiesto come mai nel rapporto dei suoi colleghi sui clienti presenti quella sera al Bellavista non figurano tutti quei personaggi che assicurano di esserci stati: Tano, Felicità, i due giovani, il Dodo...

E qui la Bruna non è stata né esauriente né credibile. Ha detto: «Hai ragione, forse mi sono dimenticata di qualche cliente».

«Non raccontarmi balle, Bruna! E le ricevute fiscali? La polizia le ha controllate tutte, tutte avevano un cliente e Tano e i suoi amici non risultavano.»

«Non ho mai fatto la ricevuta fiscale a Tano e ai suoi amici. E non l'ho mai fatta nemmeno a te, se te lo ricordi.»

Se lo ricordava, ma avrebbe evitato di raccontarlo in tribunale.

Finito di ripassare a voce alta, e per Rosas, i troppi avvenimenti accaduti e ascoltati al Bellavista, Sarti Antonio, sergente, ha un paio di domande per Felicità.

«Da quanto frequenti quella gentaglia?»

«Quale gentaglia? Tano, la Bruna e gli altri non sono gentaglia.»

«Lascia perdere. Da quanto?»

«Non lo so. Da tanto, da quando sono arrivata a Bologna. È stato Tano a farmi assumere alle poste.»

«E ti ha dato anche i soldi per farti smettere di lavorare e per comperarti la moto? Sempre lui?»

Felicità non risponde. Chiede: «Come va il labbro? Mi sembra che parli già meglio. Vuoi ancora ghiaccio?».

«Lascia perdere il ghiaccio» dice Rosas. «Poi?»

«Sì, portami un po' di ghiaccio. Parlare troppo mi ha rimesso in movimento il dolore» dice Sarti Antonio.

Mi piacerebbe sapere come va la colite. Da quando Tano lo ha malmenato, pare sparita. Eppure, motivi per tenerla in attività ce ne sarebbero.

Felicità gli applica un sacchetto di plastica pieno di cubetti di ghiaccio e accarezza il viso tumefatto con la tenerezza di un'innamorata. Dice a Rosas: «Lascialo in pace che ha parlato abbastanza. E poi, non è tutto finito? Cosa c'è da sapere ancora?».

«Per esempio perché il Dodo ha deciso di ammazzare una ragazza che nemmeno conosceva. Per esempio perché il Dodo spedisce a Sarti pacchetti e fotografie di Elisa chiusa nell'armadio. Per esempio perché Tano lo ha fatto ammazzare prima di farlo confessare. Per esempio perché deve apparire che sia stato 'sto questurino del cazzo a spargli. Ne vuoi ancora? Perché il Dodo è stato così furbo da tenersi in casa abiti e borsetta di Elisa...»

«Be'» lo interrompe Felicità con un certo imbarazzo «tutte quelle cose lì io non le so, ma posso dirti com'è andata la sera del 9 marzo, quando il Dodo ha ammazzato quella povera ragazza. Posso dirtelo perché io c'ero.»

E lo fa: entrando al Bellavista, Elisa è passata proprio accanto al Dodo, lui l'ha guardata e ha detto: "Ecco, quella è una delle poche donne che mi farei. Anche subito" e gli altri gli hanno riso in faccia. Allora lui si è alzato, è salito al piano di sopra, è stato via un bel po' e quando è tornato, aveva delle macchie di sangue sulla camicia.

«Le abbiamo viste tutti, quelle macchie di sangue, e, non mi ricordo chi, gli ha chiesto cos'era successo e lui ha risposto "cazzi miei". Era salito a mani vuote ed era tornato con una sporta di plastica, di quelle da supermercato, piena, ma nessuno poteva immaginare quello che era successo di sopra.»

Sarti Antonio, sergente, si toglie dalle labbra il ghiaccio, amorevolmente tenuto da Felicità. «Un'altra cosa te la spiego io: a sparare devo essere stato io perché così nessuno è nei guai.» Felicità gli rimette il ghiaccio sulle labbra e il questurino può solo bofonchiare: «Nella merda ci sono io e non quel pregiudicato, in libertà provvisoria. Flip».

«Ti andrebbe un caffè?» chiede Felicità e va a prepararlo.

«Cosa pensi di fare con quella?» chiede Rosas.

«Felicità? Niente. Che devo fare?»

«Ti sta attaccata come se ti volesse sposare domattina.»

«Sta solo occupandosi di un povero ferito. Ha visto come mi hanno pestato. Poi è solo una ragazzina...»

«Sì, una ragazzina con due tette così. Non sarà perché sei diventato un eroe?»

«In che senso?»

«Nel senso che sei il coraggioso poliziotto che ha sfidato la malavita, ha risolto un caso di omicidio e un innocente uscirà dal carcere. A proposito, come l'ha presa il tuo capo?»

«Male, Raimondi Cesare l'ha presa proprio male, ma ha sorriso alla stampa e ha fatto rilevare come la polizia non ritenga mai archiviato un caso che presenti dei lati oscuri e come i suoi collaboratori, sotto la sua oculata direzione, arrivino fino al sacrificio personale pur di far trionfare la giustizia.»

«Classico di un tipo come lui.»

«Sono sicuro che si sta mangiando il fegato e che non vede l'ora di farmela pagare.»

«Non gli ci vorrebbe molto. Basterebbe che si mettesse a ragionare, ma temo che il ragionamento non gli appartenga.»

«Cioè?»

«Cioè non ce la fa a ragionare...»

«No, no. Il mio cioè era: perché non ci vorrebbe molto a farmela pagare?»

Arrivano tre caffè, lo zucchero e Felicità. Il caffè si beve in silenzio e con calma. Ma le parole di Rosas hanno mosso l'ansia al mio questurino.

«Allora?» insiste prima di bere.

Rosas sta già sorbendo. Lo fa con tutti i crismi e poi dice anche "grazie, buono". Si sporge verso Sarti Antonio e chiede: «Davvero credi che sia finita così?».

«No, ci sarà un'inchiesta per la morte del Dodo, io non so cosa dirò...»

«Dirai che è andata come testimoniano i testimoni. Che altro? Farai anche la figura dell'eroe, ma non è questo il punto.» Avvicina di più il suo viso a quello sfigurato di Sarti Antonio. «Davvero credi che Elisa sia morta come ti hanno raccontato?»

«Be', tutto torna, gli indizi a carico del Dodo funzionano, i testimoni concordano nel...»

Rosas lo ferma con un gesto, ma non parla. Fa le cose con calma: si toglie gli occhiali, si passa una mano sul viso, si mette comodo e comincia una delle sue tirate che lo rendono odioso. «Nessun testimone, in quanto uomo, è attendibile. Nessun testimone sarà mai concorde con un altro perché ognuno vede gli avvenimenti, gli oggetti, le persone e il resto secondo la propria ottica, che deriva dalla cultura, dall'esperienza, dalle esigenze, dalle condizioni psicologiche e mentali del momento. Tanto per dirne due. E poiché i testimoni sono accessibili, controllabili, commerciabili, è possibile condizionarli. In una società veramente civile, ai processi si dovrebbe escludere l'audizione dei testimoni e prendere in esame solo indizi razionalmente certi.» È soddisfatto delle sue follie e sorride a se stesso. «Ecco una riforma legislativa rivoluzionaria. Ma nessuno si sogna di farla perché i tribunali vanno bene come sono. Ti regalo l'idea. Non si sa mai.» Fa un'altra pausa. «L'omicidio di Elisa è un esempio clamoroso. Se teniamo conto dei testimoni, abbiamo già l'assassino. Non solo. L'abbiamo anche giudicato e punito. Ma se prendiamo in esame solo gli indizi, ci accorgiamo che la verità è altra e che l'assassino è fuori, vivo e se la ride.» Rimette sul naso le lenti e il mondo attorno a lui torna a fuoco e nitido nei contorni.

Sarti Antonio ha ascoltato, tazzina in mano, senza bere il caffè. Inutile farlo ora, che è tiepido. Lo posa sul tavolino e dice: «Scusa, scusa: quali sarebbero questi indizi?».

«Sai» dice Rosas «a volte mi chiedo se sei tardo o se lo fai per sentirmi parlare.» Non ha più voglia di discutere e la pianta lì.

Sarti Antonio, sergente, guarda Felicità e spera che lei abbia capito più di lui. Felicità si stringe nelle spalle e dice: «Ti preparo un altro caffè. Vuoi?».

«No, voglio sentire l'ultima e poi morire in pace.» Va a sedere accanto al talpone, sul divano. «Dunque, i testimoni non valgono, valgono gli indizi. Quali sono gli indizi che non portano al Dodo?»

Rosas apre un occhio. «Tutti.» Apre anche l'altro. «Perché il Dodo avrebbe dovuto uccidere Elisa?»

«Che ne so! Un raptus e, per il soggetto di cui trattiamo, è più che plausibile. Non è un essere umano...»

«E come se lo è! Lo è tanto che, stando ai testimoni, avrebbe voluto scoparsi Elisa. L'ha fatto?» e alza il tono. «Non l'ha fatto, cazzo! Le pianta invece due spilloni nelle pupille. Non ha senso. Non ha senso che ti spedisca dei simboli, e la foto di Elisa morta! Ma non basta. Che fa dopo aver ammazzato Elisa e averla fatta franca? Va nella cella del prof, l'assassino condannato dal tribunale, ruba il bagatto e lo spedisce alla Biondina! Scrive versi sibillini con dei francesismi... Che ne sa di francese quella bestia? E un delinquente come Gaetano Spillaci si preoccupa di trovarti l'assassino e consegnartelo...»

«È stato in cella con il prof, l'ha conosciuto e forse voleva fargli un favore» lo interrompe timidamente Felicità.

«E gliel'ha fatto!» continua a gridare Rosas. «Gliel'ha fatto sì, ma l'assassino è ancora fuori!» Si calma perché non è nel suo carattere ma, se si tratta di Elisa, va su di giri. «Hai visto *La stangata*?» chiede poi al questurino. «Paul Newman, Robert Redford... Hai presente?» Sarti Antonio ha presente. «Stessa cosa. Quella maledetta sera del 9 marzo, si erano dati appuntamento al Bellavista: Tano, alcuni suoi sodali, il Dodo, il tuo collega Avantipopolo, Felicità, il conte padre, Flora, Elisa, il prof... Per te è normale?»

C'è da riflettere e Sarti Antonio, sergente, lo fa. E gli viene anche un'idea: «Guarda che il discorso che hai fatto per i testimoni vale anche per gli indizi. Cioè, ognuno li vede, come hai detto tu, secondo la propria ottica, che deriva dalla cultura, dall'esperienza, dalle esigenze, dalle condizioni psicologiche e mentali del momento».

«Gli indizi non sono uomini e quindi sono inaccessibili, incontrollabili, non commerciabili, incondizionabili. Sono quelli che sono.»

Il mio questurino non è convinto: «Secondo le tue idee, non si farebbero più processi».

«Lo sostengo da anni.»

Con il talpone non si ragiona. Non con la mentalità della gente normale.

«E adesso?» Di nuovo.

«Adesso spiegami come mai Elisa è arrivata al Bellavista solo con una borsetta da donna. Lo ha detto la Bruna, non io. Poteva esserci dentro l'abito da sposa che il Dodo le ha fatto indossare?»

70
PARTIR, PARTIRÒ, PARTIR BISOGNA

La feroce morte del Redivivo prima, del Dodo poi, e le conseguenti rivelazioni sull'omicidio di Elisa hanno avuto l'effetto di un candelotto di dinamite che esplode in una fogna: tutti si agitano e tutti si immerdano. La polizia ha il suo da fare a spiegare, a modificare, a rettificare e a ritrattare. E perché mai molti dei testimoni decisivi per la soluzione del caso non sono stati né sentiti né presi in considerazione nel corso del processo al prof, persona peraltro di specchiata moralità? La situazione delle carceri in Italia è messa pesantemente sotto accusa dai giornali della destra e della sinistra, e ognuno ha le sue ragioni. Com'è possibile che un efferato assassino fosse nello stesso tempo capoguardia in un carcere del regno? Il nipote di un onorevole ex DC noto per probità e onestà!

In carcere la bordata di merda è arrivata sotto forma di incontrollabile agitazione e coazione alla chiacchiera. Il normale tran-tran quotidiano della modesta comunità carceraria ha subito un'accelerazione mai sperimentata in precedenza: nello spazio di pochi giorni si sono succedute le visite di un ministro, due avvocati, alcuni testimoni, un questore, un capo della polizia, e diversi altri personaggi di riguardo, compresa l'elegiaca intervistatrice di una troupe televisiva.

Il prof è ancora in carcere, ma ormai "lei è libero, dottore, tempi tecnici per le pratiche, poca cosa, e poi potrà riprendere la sua vita normale, io del resto l'ho sempre detto che non era stato lei".

«Tempo due giorni e anche tu sarai fuori, prof.» La direttrice è in jeans slavati e maglietta con maniche rimboccate. C'è un tono allegro nella voce. Troppo allegro.

«Ma cos'è, Casamicciola?» fa il prof indicando l'ufficio a soqquadro, gli scatoloni aperti sul pavimento, i libri e i documenti impilati sulla scrivania e sui divani.

«Tecnicamente si chiamano preparativi per la partenza.»

«Te ne vai?»

«Le cose sono precipitate. Pensavo di avere più tempo. Ma non è che la situazione cambi molto. Meglio così. Prima si ricomincia meglio è.»

«Te ne vai?» ripete il prof incredulo e deluso.

«Te l'ho detto. Stasera raccolgo in macchina le mie cianfrusaglie e parto. Mi hanno assegnato una nuova destinazione.»

«Ma quale nuova destinazione?»

«L'Aquila. Un carcere minorile.»

«Non c'è un carcere all'Aquila!»

«Sei male informato. C'è, ma è in alto. Non mi dispiace l'Aquila, è una bella città. Perché no? Poteva andarmi peggio.»

«È un po' fredda. Però c'è il torrone.»

«A me non piace il torrone, mi rompe i denti. Mi si attacca in bocca. Ci sarà un posto dove fanno dei buoni Martini?»

«Se no fatteli tu.»

«Ho già inscatolato i ferri del mestiere: gin, mixer e il resto.» La direttrice indica un cartone accanto all'armadio già sigillato con nastro adesivo e tutto.

«E io?» chiede il prof. Vorrebbe avere la voce ferma e con un sospetto di ironia, ma la sente tremare.

«E tu i Martini te li fai da solo, oppure li andrai a prendere in piazza Maggiore, verso sera, di primavera. È quello che mi raccontavi, no? Verso sera, in primavera. Ormai è primavera, manca poco. Riprenderai la tua vita di prima.»

«Vorrei dire...»

«Oh, per favore, lascia stare. Salutiamoci così. È stato bello conoscerla, signore, anche per me, lei fa un ottimo tè, grazie, mi saluti la famiglia, presenterò. Meglio così.»

«Mi piacerebbe fare un discorso con dentro delle parole come "amore", "per sempre", "insieme" e quelle cose che si dicono.»

«Ma?»

«Ma non mi viene. Non sono abituato.»

«Quando ti viene fammelo sapere.» La direttrice riprende a impilare libri.

«Perché ce l'hai con me?»

«Non è con te che ce l'ho. Ce l'ho con me. Tu, poveretto, sei pur sempre un uomo.»

«È un male?»

«Cerca di stare bene, e stai lontano dai guai.» La direttrice lo bacia sulle guance e torna ai suoi cartoni.

«Credo di non avere abbastanza coraggio» dice il prof sulla soglia dell'ufficio.

«Allora non sei pronto.»

«Per cosa? Per vivere, per stare lontano dai guai?»

«Non sei pronto per me.» La direttrice gli volta le spalle e lo congeda. «Addio, prof.»

«Arrivederci, Caterina.»

La donna sbatte i libri negli scatoloni con rabbia, ma non si volta. Neanche per dirgli: "È la prima volta che mi chiami col mio nome".

Il pavimento è fatto di pietra rossa, leggermente asimmetrica, lucida, come i pavimenti delle case coloniche di una volta. La loggia è fredda, più fredda del resto della casa e della temperatura esterna.

«Chi è?» chiede una voce lontana e tremolante.

«C'è una visita per lei, don Tazio. Una visita.»

«Chi è?» ripete la voce lontana.

«Non lo so, don Tazio. Un uomo, viene da lontano.»

La donna se ne va e lascia il prof davanti alla poltrona

su cui giace, avvolto da palandrane e coperte, don Tazio, il parroco della chiesetta di San Vito, il prete della sua infanzia.

«Sono Pierfrancesco, don Tazio. Si ricorda?»

Il prete stringe gli occhi e piega la testa, nel tentativo di inserirsi in un fascio di luce che gli permetta di vedere meglio.

«Pierfrancesco» mormora don Tazio, e pare che esali l'ultimo respiro. «Sì che mi ricordo. Come potrei non ricordarmi? Pierfrancesco. Quanti anni!»

«Ma lei non è cambiato» dice Pierfrancesco abbracciando quella figurina che gli tende le braccia.

«Sono vecchio, sempre più vecchio. Sento che ormai il Signore mi vuole vicino a lui.»

«San Vito non può fare a meno di lei, non può andarsene. È ancora presto, mi dia retta.»

«Dice Cicerone...» comincia il prete alzando un dito in aria e fermandosi all'improvviso a riflettere.

«Cosa dice Cicerone?» lo incoraggia il prof.

«Dice Cicerone, ecco, dice che nessun uomo è così vecchio da non pensare di poter vivere ancora un anno.»

«Ma lei non è tanto vecchio.»

«Sono nato prima che scoppiasse la guerra mondiale, la prima dico, quella vera. E sono arrivato qui proprio alla vigilia della seconda.»

«Ne ha viste di cose.»

«Ne ho viste. Ma quello che non riesco a sopportare sono i ricordi. Ne ho troppi, mi stanno addosso tutti i giorni. Mi vengono a trovare solo morti, persone morte, persone della mia giovinezza, della mia maturità, persone, tante persone. E ora sono tutte morte. Mi hanno lasciato il loro ricordo, che ora non riesco più a sopportare.»

«Pensavo che i ricordi facessero compagnia.»

«Anche il carnefice fa compagnia, se è l'unica persona che hai accanto.»

«Ma a lei hanno voluto tutti bene, a tutti lei ha voluto bene.»

«Sì, ma alla fine dei conti avrei preferito che non fosse così. Vedi, il bene ci si presenta in due forme, il bene divino e quello degli uomini. Il bene degli uomini, l'amore, l'amicizia, è quello che ci tiene giù, sulla terra, come una forza di gravità. Ogni volta che muore una persona che amiamo, diventiamo più leggeri, ci alleggeriamo sempre di più, finché, senza più nessuno che ci trattenga a terra, saliamo in cielo lievi, naturalmente, per entrare in un altro regno del bene, nuovo ma diverso. Quelli che vanno ci lasciano una particella di loro, il ricordo. Purtroppo, il ricordo, quando si ha la mia età, diventa insopportabile, e la morte diviene una benedizione. Ma non è per sentire le follie di un vecchio che sei qui, immagino.»

«Lei ha troppi ricordi, io non ne ho. Per questo sono venuto.»

«Ho saputo che ti hanno scarcerato. È una bella cosa. Io ero certo che non eri stato tu a macchiarti di quell'orribile delitto.»

«Vorrei conoscere la verità.»

«Figlio mio, la verità da giovane è una bella donna, cinquant'anni dopo è una vecchia piena di pustole. Non la desidera più nessuno.»

«Lei conosce la verità?»

«No, non la conosco. Voglio solo dire che forse è meglio lasciarla stare la verità, che può non essere utile conoscerla, adesso.»

«Mi aiuti lo stesso.»

«Dimmi come.»

«Lei cosa ricorda di quegli anni?»

«Di quali anni parli, figliolo? Ne ho visti tanti, di anni.»

«Degli anni di mio padre e Artemisia, di mio padre e mia madre, della morte di mia madre...»

«Quante cose vuoi sapere, e quanti anni vuoi tirare in ballo! Sappiamo già tutto, non c'è niente di nascosto. Tu sai quello che so io e quello che sanno tutti. Non essere irrequieto, figliolo, dai pace all'anima tua. *Inquietum est cor meum*, diceva sant'Agostino, prima di trovare la pace nella fede.»

Il prof si alza dalla seggiola di paglia e si avvicina ai pesanti mobili di legno scuro. La luce è debole. Dalla finestra, quasi completamente oscurata da pesanti tendaggi d'altre epoche, entrano solo i riverberi di un timido pomeriggio.

«Lei ha un'età da pensione, padre. Perché sta ancora qui? Dovrebbe già esserlo da molti anni, in pensione» dice il prof guardando il prete così infagottato che ormai si confonde con le coperte e le tende.

«Ormai la parrocchia sta per chiudere. Ce n'è un'altra, più giù, a Spilamberto, più nuova, inaugurata da poco, con un sacerdote giovane, bravo, uno bravo, che parla bene. Io resto qui, mi lasciano stare qui, ancora un poco, fino a che il Signore... Una donna di carità si occupa di me, e le dame della San Vincenzo si danno da fare. Ancora per poco, qualche giorno, o qualche mese, finché il Signore... La morte ha già fatto il nido nelle mie vene.»

La voce del prete è un rantolo monotono, una litania priva di senso.

«Se vuoi, guarda, guarda, in canonica. C'è la storia della parrocchia, la mia parrocchia, un anno dopo l'altro, guardaci, sono libri, li ho tenuti io i diari, un giorno dopo l'altro, per migliaia di ore, e milioni di minuti, tutto ho registrato, e quando sarò morto non rimarrà più niente di questa memoria, di tutte quelle persone che venivano e andavano, e parlavano, che un giorno erano state giovani, e ora sono solo polvere sollevata dagli stracci della morte...»

Il vecchio ormai parla nel sonno e non sa più quello che il cuore gli porta alle labbra. Quando la voce si ferma e il suo respiro diviene un sibilo, il prof si allontana in silenzio ed esce dalla stanza.

La donna lo aspetta seduta nella loggia.

«Non ne avrà ancora per molto» dice piano alzandosi.

«È vecchio» dice il prof.

«Venga» continua la donna come se non lo avesse sentito.

Il prof la segue in canonica. La donna gli accende la luce e gli volta le spalle.

«Resti pure fin che vuole. Io sono di là. Non me ne vado. Stasera verrà qualcuno a darmi il cambio per la notte. Se ha bisogno mi chiami. Credo che adesso stia dormendo.»

La donna lo lascia solo davanti a una grande libreria a vetri, chiusa da una chiave con un fiocco di velluto rosso. Dietro i vetri sono visibili grandi raccoglitori di cartone, o semplici cartelle debordanti di fogli marroncini, o pacchi di carte tenute insieme da un elastico. I pacchi sono sistemati alla rinfusa, alcuni in verticale, altri in orizzontale, uno sopra l'altro. Ogni cartone o pacco o cartella è contraddistinto da un foglio, scritto ora a macchina ora a mano, con sopra l'anno di riferimento. A volte i cartoni sono fuori posto, ma il prof non fa fatica a trovare quello che cerca. Deve solo montare su una sedia e sopportare i nugoli di polvere che si sciolgono nell'aria non appena afferra un cartone e lo tira verso di sé.

Il primo cartone che apre è quello del 1950. Sono fogli grandi e piccoli, a volte pezzi di carta strappati da blocchi per note, a volte fogli protocollo tagliati con un tagliacarte o un coltello. Ogni pezzo di carta contiene una notizia. Le notizie sono scritte a inchiostro, in bella calligrafia.

1° gennaio. Alla Messa delle sei c'è solo la Venturina. Forse avrei dovuto scuoterli un po' di più. Ma in fondo è il primo giorno dell'anno. Alle undici e mezzo il piccolo dei Farolfi ha cominciato a strillare nel bel mezzo della comunione. Qualcuno gli ha dato del laudano e si è calmato. Ho consigliato alla famiglia di farlo vedere al dottore. Potrebbe avere i vermi nella pancia.

2 gennaio. Nevica, nevica, nevica. È venuto Ardente a portare la legna e il carbone col carretto. La signora Attilia ha brontolato per un po' perché ha dovuto pulire di nuovo i pavimenti che lui aveva sporcato di fango e acqua. Che nome, Ardente! Ma chi è che ha il coraggio di dare un nome così a un bambino?

Tutte notizie del genere, cose da poco, i resti scritti di un mondo perduto. 1951. Si è sposata la Viella, è nato Quinto in casa Fagnani, il nonno dei Poggi vuole fare la comunione senza confessarsi, il papa ha fatto appello al buon senso dei capi di Stato per scongiurare una nuova guerra. Alluvione nel Polesine. La Carmen ha una sorella nel Polesine. Lo zucchero aumenta di una lira. Cala la produzione del latte.

Tra il 1950 e il 1956 le notizie sulla sua famiglia sono poche e di scarso interesse. Tranne alcune.

1955. 20 febbraio. La Maria dei Giusti dice che il conte del Paleotto si è invaghito della minore delle due sorelle giunte da poco al Poggio. Sono due ragazze che ancora non conosco. Non per colpa loro, credo, ma solo perché sono di un'altra parrocchia.

1° marzo. Il conte è venuto a Messa, si è confessato e ha fatto la comunione. Non ha parlato né di fidanzamento né tantomeno di matrimonio. Forse sono solo chiacchiere di donnette.

9 marzo. Allora è vero. Il conte vuole sposare Artemisia Breventani, orfana, originaria di Benevento e allevata a Napoli, assieme alla sorella, da degli zii. L'ho vista al rosario. Per essere bella, è bella. Se è anche brava, chi lo sa. Non si è ancora parlato di date. Le due sorelle vivono in casa dal conte. Non è una cosa bella, ma il conte, da questo punto di vista, è un galantuomo. E poi, in villa, ci sono anche cuochi, autisti, domestici. E le due sorelle vivono assieme in un'ala della villa diversa da quella del conte. Insomma, *omnia munda mundis*.

1956. 18 settembre. La giovane fidanzata del Conte, Artemisia, è morta ieri per una malaugurata sorte. Nel tentativo di calmare un dolore ha ingerito una dose eccessiva di elleboro, e non c'è stato niente da fare. Che disgrazia! Come è potuto accadere? Il conte è straziato dal dolore. Proprio alla vigilia delle nozze! Ma così ha voluto il Signore, sia fatta la sua volontà.

È vero, cose che si sapevano. Il prof sfoglia distrattamente le carte sparse davanti a lui. Niente di interessante. Nascite, morti, malattie, matrimoni, raccolti, tempeste di grandine, feste dell'Immacolata. Pasque e Natali. Il prof sta per riporre i cartoni al loro posto nella biblioteca di vetro, quando il suo occhio viene attratto da una busta avorio, bordata con un fregio azzurro e oro, spuntata fuori dalla massa delle carte distese sul tavolo. La busta porta una scritta in rilievo con il nome e l'indirizzo di una Congregazione mariana di Lourdes. Dentro, due foglietti con notizie del 1956, evidentemente fuori posto, che don Tazio ha inserito all'interno di quella busta, che doveva contenere un foglio diverso.

Il prof legge i due biglietti, e quando la lettura è terminata scopre di avere le labbra secche e la mano scossa da un incontrollabile tremore.

Ha questa faccia, dunque, la verità? Ha questo potere, di asciugarti la gola, di fare impazzire le mani, di bagnarti la fronte?

Il prof affonda le mani nelle carte e le valuta rapidamente, e non si dà pace finché non trova il foglio che originariamente stava nella busta coi bordi dorati. È la lettera di padre Gilles Pellissier S.J. Anche il foglio ha i bordi dorati e le listelle in azzurro. Un foglio così bello, con i colori del paradiso, che ospita i dolori dell'inferno.

Il prof si alza e faticosamente rimette a posto i cartoni, le carpette, i pacchi. Nella sua tasca sono finiti i due foglietti del '56 e la lettera dorata con relativa busta.

Il prof spegne la luce e se ne va. Non ci sono rumori. Don Tazio dorme, e forse anche la donna dorme.

Appena fuori viene colto dall'affanno. Deve sedersi sul muretto e restare fermo a osservare i cani che corrono sul sagrato.

71
RITORNO A VILLA STRANA

«Aspetta» dice Rosas. L'auto Ventotto è ferma davanti al cancello di Villa Strana. Spalancato, questa volta. Forse perché il signor conte è morto e non c'è più nessuna riservatezza da proteggere. Anche le finestre e la porta della casa del custode sono spalancate. Forse per far entrare il tiepido del sole.

«Aspetta» dice Rosas, e Sarti Antonio, sergente, torna alla Ventotto. «Hai pensato bene a cosa chiedergli?»

«Mi vuoi insegnare il mestiere?»

«Ne avresti bisogno. Il fatto che sia stato a lavorare in Francia non significa niente. È sempre un italiano e non potrebbe scrivere come un francese.»

Sarti Antonio, sergente, guarda il talpone e gli chiede: «Finito? Posso andare?».

«Fai come ti pare, però dopo mi porti dal parroco. In un paese come questo, ne sa di più il parroco che il maresciallo dei carabinieri.»

«Andiamo a Spilamberto, mi porti dal parroco...» borbotta Felice Cantoni, agente. Alza la voce: «Oh, questo non è un taxi! E noi dovremmo essere in servizio».

Non lo ascoltano: Sarti è già ripartito verso la casa del custode e Rosas si è rilassato sul sedile posteriore e ha chiuso gli occhi. Lui scende, apre il bagagliaio, prende fuori il piumino e lo passa sulla Ventotto. Comincia dal tetto e poi le fiancate. Non un segno sulla carrozzeria che è lucida e splendente come appena uscita dalla catena di montaggio.

Felicità lo ha visto arrivare e lo aspetta seduta sui due gradini di casa. Sarti Antonio le arriva davanti e lei chiede: «Non è ancora finita o sei qui per vedermi?».

«Tuo padre?» chiede secco il mio questurino.

«Mio padre cosa?»

«Dov'è?»

«Cosa vuoi da lui?»

«Che t'importa?»

«Hai un mandato?»

Se vanno avanti a domande, non finiscono più.

Felicità si alza, si appoggia allo stipite e le si scopre una porzione di pelle sotto l'ombelico. È una bella ragazza, ma anche se non lo fosse, per Sarti Antonio, sergente, sarebbe difficile continuare a fare il questurino carogna. Dice: «Mi è piaciuto fare l'amore con te».

Felicità sorride: «Anche a me».

«Sarebbe bello rifarlo.»

«Chissà che non ci capiti. Grazie per essere venuto a dirmelo. Vuoi farlo sapere anche a mio padre?»

«No, voglio sapere qualcosa della sua vita in Francia.»

«È andato in chiesa. Da un po' di tempo è cambiato: non ha mai sopportato il prete e adesso va in chiesa tutte le mattine. Sarà la vecchiaia.»

«O sarà il rimorso.»

«Per cosa?»

«Niente. Ci devo parlare» ma la ragazza si toglie dallo stipite per rientrare in casa.

«Oh, ma sei proprio tosto, tu! Stai ancora a pensare a quella storia. Ti hanno servito il responsabile e non ti basta.» Rientra ma rimette fuori la testa. «Oh, e poi hai ammazzato un delinquente e va bene così!»

«Io non ho ammazzato nessuno!»

«Se vuoi mio padre, lo trovi in chiesa. Entrando, primo banco a sinistra, davanti all'acquasantiera. Sta inginocchiato e prega» e Felicità sparisce dalla vita del mio questurino. Forse per sempre.

Se il cammino del sole va da est a ovest, adesso il prof guarda il nord, quindi anche la chiesetta è rivolta a nord. Perché non ha la facciata verso sud, cioè verso Roma? I musulmani non pregano forse guardando la Mecca?

L'ombra degli alberi cade in direzione est. Se si trovasse nel deserto non riuscirebbe certo a venirne fuori aiutandosi col sole. Morirebbe di sete e di sudore.

I suoi pensieri sono come quei cani che si rincorrono sull'erba lontano. Impazziti. Illogici. In libertà. Senza legami con la realtà.

Quando era uscito di prigione, il Màccaro, Menelik, il Jab e gli altri lo avevano salutato con un "torna presto" scherzoso ma neanche tanto. La Marisa aveva detto: "Mi mancheranno le tue lezioni di lingua" e tutti avevano riso. Filippo aveva articolato uno "scusi, buona fortuna" che, detto da lui, valeva come un'orazione di Demostene.

Lo psicologo aveva biascicato un "buona fortuna" sorridendo e tirando un sospiro di sollievo, il prete si era limitato a un cenno del capo.

Caterina era partita senza farsi più viva. Si era portata via tutto, e il suo studio pareva un terreno di sterpi, piatto e irsuto.

Uscendo il prof aveva gridato agli amici "tornerò a trovarvi", e la guardia giovane gli aveva detto "nessuno torna mai a trovare nessuno".

Adesso era fuori e osservava il cielo, e stava col cappotto aperto per il primo sole.

Bisogna decidersi. Non può restare lì fino a sera. Quella storia deve avere una fine. E presto. E poi dimenticarsi di tutto. E andare via per un po', in montagna, o al mare, o in un luogo caldo e silenzioso.

Si alza e se ne va. Si lascia la chiesa e il sagrato alle spalle, riprende il sentiero sassoso, le mani in tasca e gli occhi a terra.

Dovrà aspettare la corriera sulla strada statale. Da quando è uscito dal carcere non ha più avuto voglia di guidare l'auto.

Una macchina lo incrocia, lo passa, si ferma e fa marcia indietro. Rosas abbassa il finestrino: «Ero sicuro di incontrarti qui». Il prof fa un cenno d'assenso. «Trovato qualcosa di interessante?»

«Niente» risponde il prof. «Niente d'interessante. Due chiacchiere con il parroco.»

«Già» fa Rosas. «Allora è inutile che andiamo a parlarci anche noi.»

«Inutile, sì» dice il prof. Gira attorno alla Ventotto, sale dietro, accanto a Rosas. «Andiamo.»

«Dove vuole essere accompagnato il signore?» chiede Felice Cantoni. La sua ironia passa inosservata.

Anche Sarti Antonio ha qualcosa da dire: «Veramente io sono venuto per incontrare...». Lascia perdere. «Torniamo alla villa, Felice.»

«Agli ordini.»

Il tragitto in macchina è fatto di sobbalzi e silenzi. Solo Sarti Antonio dice "occhio, Felice!" ogni volta che l'auto sta per finire in una buca scavata nell'asfalto dal gelo dell'ultimo inverno e che resterà fino a chissà quando. Ma Felice Cantoni, agente, ci tiene alle sospensioni della Ventotto e, con improvvise sterzate, le evita quasi tutte. Rosas dorme e, se non dorme, è come se. Immobile, quasi un inca peruviano.

La villa sembra deserta. Tutto il paesaggio, tutta la regione, il mondo intero sembrano deserti. La terra ha assorbito a fatica la neve e adesso è una spugna che sputa fuori acqua.

L'auto Ventotto passa dinanzi alla casa del custode e Sarti Antonio crede di vedere Felicità. Annebbiata dietro le tendine della finestra al piano di sopra.

Flora li aspetta sotto il porticato di Villa Strana e, rientrando, dice soltanto: «Volete del tè? L'ho appena fatto».

«No, grazie» dice Felice Cantoni. «Io bevo solo camomilla, ma non adesso.» Apre "Stadio" e cerca notizie del Bologna.

«Ci aspetti qui?» gli chiede Sarti Antonio.

«Che altro fa un tassista? Aspetta i comodi dei clienti, no? Ma tu vai, vai pure e non ti preoccupare.» Una brutta giornata per Felice Cantoni, agente. E per la Ventotto.

«Tutto bene?» chiede il prof appena seduti nella cucina di Flora.

«Niente di nuovo» risponde Flora. «E tu?»

«Niente di nuovo. Comincia a fare caldo.»

«Ti aspettavo» dice Flora distribuendo i cucchiaini.

«Davvero?»

«Adesso che il conte non c'è più, tutto questo è roba tua.»

«Ha lasciato tutto a te. Io non ho alcun diritto. E poi è giusto così.»

«Sì, ha lasciato tutto a me. Ma di diritto spetta a te. E io non ho intenzione di prendermi quello che non è mio. Sono contenta così.»

«Piantala, Flora. Non è per questo che sono qui.»

«Ah, no?»

«No. Lo sai.»

«Non lo so, no! Ma sono sicura che me lo dirai.»

«Dov'è Camillo?» chiede il prof guardandosi attorno.

«In giardino, in camera, nel bosco. Non saprei. Perché?»

Il prof non risponde.

Sarti Antonio, unico rimasto in piedi, non sarebbe qui per il tè e quello che si dicono i due appartiene a un altro mondo. Non lo capisce. Si china su Rosas: «Io vado a cercare il padre di Felicità. Poi ti racconto. Tu resta, resta pure».

Altrettanto sottovoce, Rosas gli dice: «Ti conviene restare».

«A fare che?»

«Ti divertirai più che parlare con l'emigrato. Siedi e prendi un pasticcino.»

DIDASCALIE

«Io potrei avere un caffè?» chiede il mio questurino. Il tè non l'ha mai entusiasmato.

«Glielo preparo.»

Ma Sarti Antonio, sergente, ha il suo metodo. Dice: «Lasci, lo faccio io. Intanto lei parli con il prof. Qualcun altro vuole il caffè?». Nessuna risposta. Prepara comunque la macchinetta media. Non gli farà male. Crede.

«Sai, Flora, c'ero quasi cascato» dice il prof.

«Cioè?»

«Sì, me l'avevi quasi fatta. Quasi.»

«Anche a me» dice Rosas. «L'unico che non c'è cascato è Sarti Antonio, ma lui è del mestiere.»

Il mio questurino è indeciso fra la solita presa per il culo di Rosas quando vuol fare lo spiritoso a tutti i costi e un'affermazione sensata. Non si sbilancia e sta sulle sue.

Flora guarda tutti, tesa. Gli occhi dicono "non capisco" e il prof dice: «Sono triste per te, ma anche per me. Vuol dire che non ti ho mai capita. Per tanti anni ho creduto quello che non era. Non ho visto e non ho capito. Ancora adesso non riesco a credere che tu abbia potuto agire in modo così spietato, freddo, odioso».

«Ma cosa...» Flora si spaventa, portando le mani al petto. «Cosa stai dicendo?»

Rosas gusta i pasticcini e il tè poco zuccherato, come deve essere. Sorride a Flora. «Buoni» dice. «Li ha fatti lei?»

Flora non gli risponde. La tormentano pensieri terribili e si vede. Continua a mormorare: «Cosa stai dicendo? Cosa stai dicendo?».

«Dice» continua Rosas, e il ghigno dei tempi peggiori, di quando sapeva cos'era la lotta, gli torna sul viso. «Dice che lei ha ammazzato Elisa. Buono anche il tè, Flora.»

«Pazzia» mormora la donna. E scuote il capo. Si avvicina al prof e gli grida sul viso: «Non è vero! Lo sai che non è vero!».

«È vero, è vero» dice calmo il prof. L'aggressività della donna lo lascia indifferente e parla come se non si trattasse di omicidio, come se lui non fosse stato chiuso in carcere per un delitto di Flora. «Forse avevi paura che Elisa ti portasse via l'eredità, che, sposata lei, mio padre ti cacciasse di casa, che ancora una volta ti preferisse un'altra, dopo Artemisia, dopo mia madre.»

«Non è escluso che abbia ucciso anche loro» aggiunge Rosas. Cinico e beffardo come non lo è mai stato.

«Ma la cosa che mi sconvolge è che non t'importava niente se io passavo in galera il resto della mia vita!» Il processo è finito e il prof si alza. «Lo spiegherai ai giudici. In fondo a me non interessa perché lo hai fatto.»

Anche nei conti del questurino le somme tornano.

Adesso Flora non si tiene più e grida: «Ma cosa dite? Siete matti! È falso e lo sapete bene tutti! È falso! È in...».

Forse avrebbe detto "incredibile", ma l'interrompe una voce che nessuno dei presenti, compreso il sottoscritto, ha mai sentito. Una voce dall'inflessione feroce.

«*Taisez-vous, salauds! Salauds, petits cons! De quel droit, de quel droit? Foutez-moi le camp, hors d'ici, sales gueules, vous n'êtes que des enfoirés, fichez-lui la paix, la paix! Sortez, sortez, ou bien, parole, votre misérable vie va se terminer ici, de ma main!*»

Camillo grida, rosso in volto, a gambe larghe sulla soglia della cucina. È pronto a sbranare, il falcetto stretto nella destra.

In cucina tutti sono immobili, come per un maleficio, e guardano il piccolo, dolce, mite, imbestialito Camillo.

Flora si passa una mano fra i capelli scompigliati e mormora: «Camillo».

Il prof si rilassa sulla sedia di cucina, forse la stessa sulla quale sedeva da bambino mentre Flora gli preparava da mangiare, e tira finalmente un lungo sospiro liberatorio.

Non è per nulla rilassato Rosas. Anzi, il ghigno gli si fa più profondo. Non si preoccupa degli occhiali che stanno di sbieco sul naso, guarda Sarti Antonio e gli dice: «Sergente, ti presento il signor Camille Yotte. La memoria non ti manca e sai di chi parlo». Una pausa e poi: «Parigino di nascita, marsigliese di esilio, spilambertese di vita».

«Cosa succede? Cosa succede?» chiede Flora cercando con le mani dove appoggiarsi. La disperazione, la paura, l'incredulità le passano negli occhi velati. Trova lo spigolo della credenza e vi si aggrappa come un pugile colpito.

Camillo non ha bisogno di sostegno: si è appena lanciato contro il prof, il falcetto alzato. Non ci arriva. Sarti Antonio sbilancia la sua corsa con un colpo di piede. In questa storia ha già sentito di troppi morti e troppi ne ha visti. Prende al volo il falcetto mentre Camillo cade a terra, urtando una sedia e trascinandosi dietro la tovaglia con tazze, zuccheri, teiere e pasticcini. Non fa niente per rialzarsi. Resta sul pavimento appoggiato a un braccio. Pare che singhiozzi.

È il prof che si china su di lui e lo aiuta a rialzarsi. Gli dice: «Avanti, Camillo, è finita. Coraggio, tirati su».

Camillo si tira su, aiutato dal prof. Si siede, appoggia i gomiti sul tavolo e piange. Piange senza curarsi degli altri, senza cercare di nascondere le lacrime, piange senza vergogna. Nessuno ha il coraggio di spezzare con le parole quel momento di liberazione auspicato e atteso per tutta una vita.

Flora è la statua della morte. «Non è più muto» sillaba a fatica.

«Non lo è mai stato» dice il prof.

«Non lo è mai stato» dice Rosas. È soddisfatto, incazzato, ma soddisfatto. È arrivato dove voleva arrivare. «Il suo unico difetto è che parla francese.»

Flora non si è mossa dall'angolo della credenza. «Parlate di cose che non capisco, di una persona che non conosco, di una vita che non mi riguarda. Ditemi qualcosa, perché mi sento di morire.»

Il prof l'abbraccia. «Mi dispiace, mi dispiace, ho dovuto fare così per costringere Camillo a venire fuori. Era l'unico modo. Dovevo accusare te per costringerlo a parlare.»

Camillo piange in silenzio, le lacrime scorrono dagli occhi senza sforzi e senza smorfie.

«Cosa aspetti a mettergli le manette?» dice Rosas a Sarti Antonio. Nel tono della sua voce c'è ancora tanta cattiveria.

«Le manette, sì. Non le ho, non le porto mai con me.» Mi sarei meravigliato del contrario. Come per la pistola. Sono altri che la tirano fuori dal cassetto del comodino. Si china su Camillo. «Ma tu non hai nessuna intenzione di scappare, vero?»

Pare che i giochi siano arrivati alla fine. Non c'è più molto da fare, se non ascoltare il prof. «In carcere avevo molto tempo e ho avuto modo di pensare a quello che è successo. La chiave di tutto non poteva essere nel presente di Elisa né nel mio. Era sepolta nel passato, in tempi remoti, quando non ero ancora nato, all'epoca del matrimonio mai avvenuto fra mio padre e Artemisia. Don Tazio è stato sempre un parroco molto scrupoloso: a partire dal '51 ha minuziosamente annotato tutto ciò che è successo in parrocchia, le nascite, le morti, le malattie, le carestie, tutto, insomma. Ci ho passato sopra un po' di tempo su quelle carte polverose e tra i fogli del '56 ho trovato delle notizie interessanti. Eccole qua.»

Il prof toglie dalla tasca i due foglietti trovati in canonica, e legge.

«C'è scritto: "7 maggio. Stamani si è presentato in parrocchia un giovane munito di una lettera del padre Gilles Pellissier S.J., parroco a Marsiglia. Il buon padre chiede di aiutare il giovane a trovare lavoro dalle mie parti. Si chiama Camille, è muto, ma è un bravissimo giardiniere, dotato delle più straordinarie qualità per i fiori e le piante. È timorato di Dio e pieno di buona volontà. Il padre è morto tanti anni fa per cause legate alla politica e alla guerra, mentre la madre se n'è andata da poco, di malattie varie, in povertà. Per questo Camille ha voluto andarsene dalla Francia, dove aveva troppi ricordi tristi. Ho tenuto un po' Camillo qui in parrocchia, e devo convenire con il giudizio del padre Gilles: è un bravissimo ragazzo, modesto e rispettoso e, nel suo lavoro, diligente e preciso. Potrei raccomandarlo al conte che ha sempre bisogno di giardinieri ed è sempre scontento di quelli che ha, se non sapessi della sua avversione per il popolo francese. Chissà da dove gli viene questa avversione, forse dai ricordi della guerra". Ecco il secondo biglietto, del 21 maggio: "Sono passato sopra le mie perplessità e ho raccomandato il giovane Camillo al signor conte. Non mi ha chiesto da dove veniva e io non gliel'ho detto. Forse, in quel momento, aveva altri pensieri per la testa. Il Signore perdonerà questa piccola omissione. Camillo ha preso servizio ieri. Vedremo come se la caverà. Riuscirà a sopportare i suoi costanti malumori? Preghiamo il Signore".»

Camillo tiene il capo tra le mani, e mormora come una litania: «*Toute ma vie, toute ma vie*». Poi drizza la testa e ingoia le lacrime. La sua voce è profonda, calda, ma è contratta, diseguale, spesso stridula, a scatti. Il suo italiano è molto stentato. «Quel porco, quel miserabile, quel mascalzone, che Dio lo sprofondi nell'inferno più nero. Ha ucciso mia madre. Lui l'ha uccisa, perché è morta di dolore e di rabbia. Ha rovinato la mia vita.»

«Camillo parla» dice Flora disorientata.

«Avrebbe potuto farlo anche prima. Solo che non voleva» dice Rosas. Si alza e va accanto a Camillo. Lo afferra per gli stracci, lo solleva dalla sedia e se lo porta vicino al viso. Non ci vuole molta forza per farlo: Camillo è minuto. Ma non è da Rosas, proprio no. «Figlio di puttana! Perché Elisa?» Sarti Antonio glielo toglie dalle mani e Camillo si lascia andare sulla sedia. «Tranquillo» dice Rosas «tranquillo che non te lo sciupo.»

«Ma perché?» chiede ancora Flora.

Il prof la consola: «Perché non voleva che si capisse che era francese. Il suo progetto era di venire qui solamente per vendicarsi del conte, che aveva sedotto e abbandonato la madre dopo averla depredata della collezione etrusca. Camillo voleva vendicarla e rientrare in possesso di quello che riteneva proprietà sua. Camillo era piccolo quando la madre aveva conosciuto il conte, ma fino alla morte di lei era stato allevato dai racconti rabbiosi e straziati della donna, che lo aveva cresciuto nell'odio e nell'idea di vendetta. Così, morta la madre di dolore, Camillo, senza un soldo, senza nessuno al mondo, pensa che sia giunto il momento di mettere in atto il suo piano. Si fa raccomandare dal suo parroco, giunge in Italia, poi a Bologna, e quindi a Spilamberto». Il prof si ferma per prendere una sigaretta e passarne una a Rosas. Che Rosas accende.

«Sono più di quarant'anni che Camillo è in Italia, a contatto col conte, addirittura a casa sua. Avrebbe potuto ucciderlo mille volte. Perché non l'ha fatto?» si chiede Sarti Antonio. Certe cose proprio non le capisce.

Rosas fuma una normale sigaretta come fosse uno spinello. Lunghe tirate a occhi chiusi trattenendo il respiro. Quando butta fuori il fumo, comincia a parlare. «Vero. Ma Camillo non voleva uccidere il conte, non era questa la sua vendetta. No. Voleva che il conte soffrisse, che soffrisse atrocemente, come sua madre, come lui che aveva visto sua madre soffrire e morire. La morte era troppo poco. Camillo venne qui con l'intenzione di entrare in contatto col conte e studiare poi il modo di vendicarsi nella maniera più feroce. Il suo accento francese avrebbe potuto insospettire il conte, sempre molto guardingo e diffidente. Si finse muto. Magari lui sperava che fosse una situazione di pochi giorni, o poche settimane, giusto il tempo di portare a termine il suo progetto e poi via, uccel di bosco. Invece fu muto per più di quarant'anni.»

73
IL PASSATO È PIÙ FEROCE DEL PRESENTE

Storia greve, pesante di ricordi, di veleno e di silenzi, che si rivela pezzo dopo pezzo, con frasi spezzate e in pessimo italiano. Anche di rancori che vengono da tempi feroci, e coltivati come le piantine della serra di Camille Yotte, ancora disperato per non essere arrivato alla sua vendetta.

Una storia che il prof può aggiornare con i suoi ricordi e Rosas completare con le sue deduzioni. Flora, la più disperata di tutti, aggiunge brandelli straziati della sua vita.

Il conte vuole sposare Artemisia? Meraviglioso! Ecco la vendetta del giovane Camille Yotte: far soffrire il conte uccidendo l'oggetto del suo amore, Artemisia. Lo fa senza la minima esitazione. È un esperto di erbe e usare l'elleboro è un gioco da ragazzi.

Ma non conosce l'essenza intima del conte, che non è affatto addolorato. È infuriato. Per lui quella tragica vicenda è solo un contrattempo. In realtà, di Artemisia non gli importava niente, voleva solo una moglie che gli desse un figlio. E Camillo è costretto a ricominciare tutto daccapo. Con Berenice. Che lo disorienta, non la capisce, ha dei comportamenti insoliti che fanno infuriare il conte. In paese si sa che Berenice va con tutti, disinvoltamente, senza nemmeno cercare di nascondersi.

Per questo della morte violenta di Berenice non poteva che essere accusato il conte: gelosia. Ma Camillo non sa come vanno le cose del mondo, non sa che il conte conosce e muove troppi interessi e non sarà incriminato. Poi, Berenice era più o meno matta: a chi poteva giovare smuovere il fondo del mare? E Berenice finisce la sua esaltata vita nella botte madre.

Ancora una volta Camillo ha fallito.

Poi arriva Flora che cambierà la vita di Camillo. L'ha avuta sotto gli occhi per anni, è bella, dolce, paziente. Se ne innamora. Flora non si accorge di quel piccoletto muto, discreto, timido, che vive nell'ombra, ma il conte la convince a sposarlo "perché" dice "è l'unica maniera per potere continuare a vivere assieme in villa senza far chiacchierare l'intero paese. Compreso il buon don Tazio, che della situazione soffre molto".

«Ti eri accorto della relazione di Flora con il conte?» Ma Camillo pare non capire la domanda.

Passa tutta la vita senza dire una parola, in silenzio. Non esprime un'idea, un parere, non dice il suo amore a Flora come non dice il suo furore al conte, niente. Ingoia, ingoia, ingoia. In attesa della vendetta che verrà? Per amore di Flora? Per incapacità di fare altrimenti? Fatto sta che a un certo punto della sua vita di attesa, l'idea della vendetta è quasi sepolta. Fino a quando si accorge che Flora è agitata, c'è qualcosa di nuovo in villa: il conte sposerà Elisa. Flora è fuori di testa, non è più lei. Voci, discorsi, litigi...

La notte del 9 marzo segue Flora e il conte al Bellavista. Sa che Flora ha intenzione di mostrare al conte che razza di donna è quella che lui vorrebbe sposare.

Entra al Bellavista dalla finestra del bagno. Ci potrebbe passare solo un uomo piccolo e smilzo. Uno come lui. Sale le scale, cerca la stanza di Elisa, la maledetta stanza numero 13, entra, stordisce la ragazza con del cloroformio, le versa in bocca un concentrato di elleboro, la veste con l'abito da sposa che si era portato dietro, e... tutto il resto.

Ma perché uccidere Elisa?

Semplice. È perfino logico, coerente con la personalità di Camillo. Uccidendo Elisa si sarebbe vendicato una volta per tutte, perché lui stesso avrebbe poi fatto in modo che gli indizi portassero al conte: l'abito da sposa, l'ippocampo e l'ariete, la foto, la poesia... Niente, questa volta, lo avrebbe salvato dal carcere. E lui, Camillo, gli avrebbe ricordato, giorno dopo giorno, la sua vendetta.

Ma di nuovo i conti non tornano e da quel momento la sua vita diventa un inferno.

Un lungo, pesante silenzio. Sarti Antonio, sergente, si alza e va a preparare un'altra macchinetta di caffè. Chiede: «Ci sono altre tazzine? Per lo zucchero posso usare quello sul pavimento. Non mi formalizzo» e mentre il caffè sale, si chiede: «Il cavallo marino, il caprone, il bagatto... Che senso avevano?».

Camillo lo guarda, si alza e se ne va. Forse ha fatto un cenno con il capo, ma non se n'è accorto nessuno. Lo seguono e ancora il mio questurino deve rimandare il caffè. In fila, sul poco di neve che resta sull'erba del parco. Sulla Ventotto, dinanzi al porticato, Felice Cantoni si è addormentato, il giornale sul petto.

Nel capanno degli attrezzi, i quattro si fermano perché anche Camillo si è fermato davanti alla porta della serra. Poi si stringe nelle spalle ed entra. L'aria è tiepida, umida, profumata di terra matura e satura di fiori verdi, di tutti i tipi di verde. Ma nessuno sembra colpito dal regno di Camillo.

Sul grande tavolo dove si svasano, si trapiantano, si curano i fiori, ordinati secondo una disposizione a spirale, stanno distesi tutti i pezzi della collezione Schüfftan. Una visione affascinante, per chi capisce il valore degli oggetti.

«Un gioco!» esclama il prof incredulo. «Tutti i pezzi della collezione non sono altro che un grande gioco per adulti. Non le costellazioni, non la mitologia greco-etrusca, ma un gioco. Un prezioso gioco dell'Oca etrusco! Un gioco di quelli che i *Tursenòi* giocavano per vincere la fame nel racconto di Erodoto. Camillo ha scoperto che la collezione Schüfftan aveva un senso, dopotutto.»

C'è il cane, l'orso, il guerriero, la madre, la città, il mercante, tutti in forme diverse, ma tutti legati da sottili richiami interni. E al centro...

Rosas solleva delicatamente la figurina che sta al centro della spirale e la mette sotto gli occhi di Sarti Antonio. Dice: «Guarda!».

«Il bagatto» dice il prof. «Al centro del gioco c'è il giocoliere, quello che muove i destini del mondo, che premia o punisce, il dio, il referente universale.»

In effetti l'immagine che Rosas tiene ancora sotto gli occhi del mio questurino assomiglia al bagatto: una figura con uno strano copricapo e degli oggetti indefinibili in mano.

«Allora» si stupisce Sarti Antonio, sergente «è tutto un caso. Non c'entra nulla...»

«C'entra, c'entra» dice Rosas. «Casualità è solo il numero tre che ricorre in questa storia. Ma per Camillo questi simboli sono il senso della sua vendetta. Ha scelto il mazzo dei tarocchi da mandare al prof. Per lui è l'equivalente del gioco della collezione Schüfftan, entrambi decisi dalla figura principale, il bagatto nei tarocchi, quel buffo ometto nel gioco dell'Oca etrusco.»

Camillo fa sì con la testa, tutto concentrato su quella distesa di figurine e di simboli. Flora è pallida, i suoi occhi non si muovono.

«E adesso?» chiede il prof.

Rosas guarda Sarti Antonio.

«E adesso, e adesso... Adesso, Camillo... insomma, bisognerà che io chieda un mandato d'arresto. Intanto Camillo viene con me in centrale per un controllo. Questo lo posso fare. Poi ci sono una quantità di cose da chiarire... E anche la collezione, quella lì, il gioco etrusco. Dovrà essere restituito alla soprintendenza delle Belle arti, al museo di Marzabotto. Non può mica restare in giro.»

Si volta per comunicare la sua decisione a Camillo. Non c'è più. Non c'è neppure Flora.

74
L'EQUILIBRIO È RISTABILITO?

Non sono nemmeno in villa. Sarti Antonio, sergente, la perquisisce dalle cantine all'acetaia, in soffitta. Comprese le stanze del tesoro, che stranamente trova aperte. La morte del conte ha cambiato anche questo. Poi si tratterà di capire se, assieme a Camillo e Flora, sono spariti anche oggetti preziosi. Ma ce ne sono tanti che ci vorrà un bel po' a fare un inventario serio. E comunque non toccherà a lui.

Di ritorno in cucina lo comunica ufficialmente al prof e a Rosas. Il prof si stringe nelle spalle e dice: «Se c'è una cosa della quale non mi preoccupo, è che fine faranno i tesori accumulati da mio padre. E se Flora e Camillo se li sono portati via, hanno fatto bene. Io non li rincorrerò».

«Certo» borbotta il mio questurino. «Magari toccherà a me andarli a cercare» ma per lui il problema adesso è un altro: tornare da Raimondi Cesare, ispettore capo, e presentargli un altro finale.

«E il Dodo? Ammazzato un innocente...»

«Dodo non è mai stato innocente» s'inalbera il prof che ha capito il borbottio di Sarti Antonio. «Ha ammazzato, e come se ha ammazzato. Bocciapersa è stato solo l'ultimo. Nessun rimpianto!»

«Facile per voi. Ma io ho un dovere...»

Rosas lo interrompe con violenza: «Piantala con la tua mentalità da questurino del cazzo. Non sopporto più i tuoi conati di coscienza. Ma ti sei accorto in che mondo vivi? Ti sei guardato attorno?».

«No» dice sottovoce Sarti Antonio. Non ha né voglia né forza di arrabbiarsi: una giornata infame. «No, aspetto che me lo spieghi tu, questo mondo di merda.» Scuote il capo e passa oltre. Chiede al prof: «Che ne farà, professore, dell'acetaia?». Una strana preoccupazione, con i problemi che dovrà risolvere. «Mi dispiacerebbe che andasse perduta. C'è un profumo lassù, un odore di vita nuova...»

«Se la vuoi, te la regalo.»

«Sì, e la metto in soggiorno.»

«La regalerò a qualcun altro. C'è gente, qui a Spilamberto, che vive per le acetaie.»

Ognuno vive come crede e per ciò che crede. Camillo era vissuto con il solo scopo di far soffrire il conte Pierferdinando Tagliacozzi del Paleotto. Non c'era riuscito, anche se aveva fatto di tutto.

«Oh, Anto', ce ne hai messo di tempo. Cosa sei stato a fare là dentro?»

«Niente, Felice, proprio niente. Torniamo a Bologna.»

Prima, l'auto Ventotto si ferma davanti alla casa del custode e il prof scende. Anche Sarti Antonio ha una gran voglia di scendere. Per salutare Felicità. Chissà se la rivedrà ancora? Non lo fa.

Il prof sta dentro un bel po' ed esce accompagnato da Antonio, il padre di Felicità. Che gli dice: «Stai tranquillo, Pier, alla villa ci penso io. L'ho fatto per una vita, ormai. Ma tu non la vendere, Pier, non la vendere» e la sua voce trema. Se ne va per non piangere davanti al ragazzo che ha visto correre nel parco, tanti anni fa.

«Antonio» gli grida dietro il prof «Antonio, mi raccomando, occupati dell'acetaia!» Antonio annuisce ma non si volta.

Un viaggio silenzioso con Rosas che, nel sedile posteriore accanto al prof, pare dormire. Bologna non è lontana e improvvisamente il prof dice, come se rispondesse a una domanda che nessuno gli ha fatto: «No, Flora non ne sapeva niente. Io ne sono sicuro. Il conte non amava parlare delle sue malefatte e non le ha certo parlato della collezione Schüfftan, degli etruschi, dei reperti, dell'ebreo parigino, e di tutto il resto». Fa una pausa e poi, come se parlasse per sé: «Chissà perché il conte me l'ha raccontata la storia della collezione Schüfftan. Forse era ubriaco, per dirmi queste cose, forse si sentiva solo, forse aveva paura che la collezione, una volta morto lui, andasse dispersa. Non so, ma non importa».

Sarti Antonio non trova niente di meglio da dire che: «È qui da un sacco d'anni, ma lo parla proprio male l'italiano, quando lo parla».

Rosas è uscito dal coma postsoluzione: «Dopo tanti anni di silenzio non pretenderai che parli come Dio comanda. Accontentati dei suoi mugolii».

«Forse parlava solo quando pregava» dice Sarti Antonio.

Rosas si sporge avanti e posa una mano sulla spalla del mio questurino. Se non conoscessi Rosas, direi che è un gesto d'amicizia. O un grazie per averlo salvato dal falcetto di Camillo. Ma è un attimo. Ritira la mano e chiede: «Dove andrai a cercarlo?».

«Chi ti ha detto che toccherà a me?»

«La consuetudine: sono sempre tue le grane che nessuno vuole.»

Il viaggio finisce in silenzio e il taxi Ventotto, al volante Felice Cantoni, scarica prima il prof, in via Ca' Selvatica, poi Rosas in via della Castellata. Prima che Rosas chiuda la portiera posteriore, Sarti Antonio, sergente, gli dice: «Oh, sia chiara una cosa: per quello che mi riguarda, la storia è finita all'HotelRistorante Bellavista, con la morte accidentale del Dodo. Se tu vuoi sfogare il tuo rancore su chi ha ammazzato Elisa, ristabilire, come si dice, l'ordine turbato, dovrai farlo da solo, questa volta. Io non ci sono».

Rosas chiude la portiera e si china in quella davanti e fa segno a Sarti Antonio di abbassare il vetro. Poi mette dentro la testa e, a due dita dal naso del questurino, dice: «Le molte facce della verità, amico mio! La verità è un cubo e le sei facce ti sembrano uguali, eppure fanno parte di un mondo e di uno spazio diversi e separati. Le puoi guardare tutte e sei e giurare che è una sola». Sorride.

«Non ho capito una madonna» dice il mio questurino.

«Voglio dire che l'assassino di Elisa potrebbe essere sul serio il Dodo, ma anche Camillo. Ciao» e poco lontano si gira. «Oppure Flora, o il fidanzato di Elisa, o Brufolo, o il conte.»

«E perché non Rosas?» grida Sarti Antonio dal finestrino. Recita: «"Per vedere l'assassina, servon occhi da faina." L'unica faina che conosco sei tu!».

«Hai ragione. Come vedi, non c'è nessun equilibrio da ristabilire. La società che ci siamo costruiti non è mai stata in equilibrio.»

L'ultima fermata della Ventotto è in questura, ufficio di Sarti Antonio, sergente, dove Imposimato Salvatore cerca di spiegare, in un rapporto ai superiori, che l'extracomunitario trovato in possesso di una carta d'identità con sopra la foto del presidente della Repubblica potrebbe essere un terrorista; Medardi Avanti se la vede con uno dei trenta mariti della mediocre buona società bolognese, traditi dalla moglie; Tarchiati Fedele interroga lo spacciatore di pastiglie d'ecstasy al borotalco.

«Oh, Sarti!» gli dice subito Avanti. «Dove sei stato? Il dottore ti ha fatto cercare dappertutto: cellulare spento, radio di bordo spenta... Dove sei stato?»

«A puttane!»

«Diglielo a lui: ti aspetta.»

Non è poi troppo arrabbiato. Solleva gli occhi dalle pratiche... Da quando lo frequento, e saranno secoli, Raimondi Cesare, ispettore capo, è sempre occupato con delle pratiche. Solleva gli occhi dalle pratiche, fa segno di sedere, si prende il suo tempo e poi estrae dal cassetto la rivoltella e la punta sul mio questurino. Che alza le mani.

«Che fai? Che fai Sarti? Abbassa le mani, è vero come si dice, e riprenditi la tua pistola. La commissione ha finito i lavori e, sulla scorta dei rilievi e delle risultanze della scientifica sul luogo del delitto, è vero come si dice, e dai riscontri sulla traiettoria del proiettile e sulla tua pistola, ha stabilito, è vero come si dice, che hai agito per legittima difesa.»

Sarti Antonio, sergente, si riprende la pistola e la tiene come se gli bruciasse le mani. Chiede: «È tutto, dottore?». Il dottore annuisce, già ripiombato nelle pratiche.

Un giorno gli chiederò, per favore, di mostrarmene qualcuna. Potrebbe essere interessante.

«Ah, Sarti» dice Raimondi Cesare quando il mio questurino è già sulla porta per uscire. «Complimenti, è vero come si dice.»

«Grazie, dottore, ma per cosa?»

«Per la tua mira: centrato in pieno. Ti alleni spesso al tiro?»

È in piazza Maggiore, diretto a casa e risponde: «Mai, non mi alleno mai».

75
LA FINE DI TUTTE LE STORIE

Strichetto serve con brio i cocktail e le tartine. Sembra che la primavera abbia un benefico effetto sui camerieri. Rosas senza dire né a né b afferra una tartina al salmone e la inghiotte come farebbe un pescecane con una sardella.

«Disgustoso» dice Sarti Antonio. «Ma come fai a essere sempre così affamato?»

Rosas non risponde, troppo occupato a contemplare le altre tartine. Il prof stringe delicatamente tra le dita il bicchiere del Martini, lo assaggia e lo accarezza con la lingua chiudendo gli occhi e alzando il volto al cielo. Sarti Antonio è al secondo caffè.

I tre si godono i primi tepori e contemplano la piazza in silenzio. Ma è un silenzio pensato. Anche troppo.

«Cosa c'entrano gli spilloni negli occhi di Elisa?» chiede, o si chiede, il mio questurino.

Evidentemente gli altri aspettavano solo l'occasione. Rosas dice subito: «Un'accusa e un ammonimento. Camillo voleva dirti: "Caro il mio questurino non vedi la verità, guarda meglio"». Infila in bocca un'altra tartina e continua, a bocca piena: «Questo poi è il senso di tutti i messaggi di Camillo. Il continuo richiamo alla collezione Schüfftan, la sua ossessione, il simbolo della sua infanzia, del padre, della madre, della vendetta. Tutto».

Forse è davvero tutto e di nuovo il silenzio fra i tre. Non

in piazza, dove i piccioni inseguono i bambini per avere il mangime. Stanno diventando aggressivi. I piccioni.

«Abbiamo notizie?» chiede a un tratto il prof.

Prima o poi la domanda doveva arrivare e un brivido al ventre avverte Sarti Antonio di una colite in avvicinamento. Si sforza di ignorarla. Non sa per quanto. «Niente» dice facendo a pezzetti un tovagliolino di carta.

«Nessuna nuova, buona nuova» chiosa Rosas, sempre con la bocca piena.

«Neanche il cibo riesce a impedirti di dire stronzate?» ribatte Sarti Antonio.

«Voi che ne pensate?» chiede il prof.

«Raimondi dottor Cesare pensa...» comincia Sarti Antonio.

«Ho detto "voi", non ho detto "Raimondi Cesare"» lo interrompe il prof. «So bene cosa pensa quel coglione: che io dovrei essere ancora dentro.»

«Flora e Camillo se ne sono andati, semplicemente. Hanno preso su e se ne sono andati. Hanno piantato baracca e burattini e chi s'è visto s'è visto» dice Sarti Antonio.

«Si direbbe che ti dispiaccia» dice il prof.

«Ma certo che gli dispiace» interviene Rosas appoggiandosi allo schienale della poltroncina e accendendosi una canna grossa come la Bertha. «Lui è pur sempre un questurino. Gli interessa solo che i colpevoli siano puniti e la legge rispettata. Non è fatto per le sfumature.»

«Guarda che questo è un discorso che abbiamo già fatto, talpone: la verità non esiste, l'equilibrio turbato non è turbato... Non mi hai convinto.»

«Se ne sono andati così, a piedi? L'auto è ancora al suo posto, no? È così?» cambia discorso il prof.

«A piedi, in treno, in autobus, in corriera... chi lo sa. Sappiamo solo che la villa è deserta, non c'è più nessuno. Quando ci siamo andati c'era solo un gran silenzio dappertutto. Abbiamo chiesto al padre di Felicità, al parroco, in paese, ai vari negozi che gli portavano la roba... Abbiamo diramato comunicati, avvisi, alle polizie ferroviarie, ai treni, insomma. Non un cane che li abbia visti. Sono come svaniti nell'aria.»

«Potrebbero essere morti. Magari si sono uccisi assieme, gettandosi nel macero, o giù dai Sassi di Rocca Malatina» sospira il prof.

«Io non ci credo» fa Sarti Antonio.

«Ha parlato l'oracolo. Perché no, di grazia?» dice Rosas. Lo spinello non gli fa bene.

«Secondo me Antonio ha ragione» dice il prof. «Non è gente da uccidersi, quella. Uno che è capace di fingersi muto per una vita, non si uccide per così poco.»

«Tre delitti li chiami "così poco"?» ironizza Sarti Antonio.

In piazza Maggiore si alza il vento, e porta via tovaglie, tovagliolini e i diversi pareri e le molte parole.

«Che ne è della collezione Schüfftan?» chiede poi il prof.

«Un gran casino, il ritrovamento della famosa collezione sta diventando un gran casino» risponde Sarti Antonio. «Sarà difficile raccontare la sua storia senza raccontare anche la storia di Camillo, di madame Yotte, e di tutti gli altri, e anche di noi. Non so. L'abbiamo recuperata. Era ancora tutta nella serra, ben ordinata. Credo che adesso stia alle Belle arti. Tutta una vita senza parlare. Non riesco a crederci.»

«A me non me ne frega niente. Me ne vado» dice Rosas. Si alza e con le mani si spazzola le briciole dai calzoni.

«Aspetta» dice il prof. «Vi faccio vedere una cosa» e depone teatralmente sul tavolino, fra i bicchieri, la carta del bagatto.

«Ancora!» esclama Sarti Antonio.

«Ancora, ma non è quello che hai avuto fra le mani tu. Me l'ha dato Tano. Cioè, non direttamente. Era venuto in carcere a trovarmi e come omaggio mi ha dato una chiave. Me ne sono ricordato solo ieri. Era la chiave di una cassetta al deposito bagagli della stazione. Dentro c'era il mio orologio, che aveva strappato dal braccio del Redivivo, probabilmente mentre lo faceva fuori, e questo bagatto.»

«Un altro» ripete ancora Sarti Antonio.

«Un altro, sì. Ha voluto dirmi che è lui, adesso, che tira le fila di tutto.»

La novità non scompone Rosas. «Me ne vado. Ah, sai cos'ho pensato, prof? Ho pensato che ci sono delle buone probabilità che Camillo sia tuo padre.»

«Che stronzata» dice il prof, ma è impallidito.

«Perché no?» continua Rosas. «La buon'anima di tua madre, all'epoca, la dava a tutti. Perché non a Camillo?»

«Lei non la dava a tutti, è che tutti si approfittavano di lei. Non era in grado di scegliere. Accoglieva tutti. Si illudeva che tutti le volessero bene.» Pensa e poi: «È possibile. Comunque, meglio lui che il conte».

«Be'» li saluta Rosas «io vado.»

Ha la testa affondata nelle spalle e le mani in tasca. L'impermeabile del dopoguerra è liso e scolorito, e ondeggia al dolce soffiare del vento della sera, mentre si dirige verso l'Archiginnasio.

«Vado anch'io» dice Sarti Antonio, stringendo la mano al prof. Si avvia verso la questura. E per una volta tanto non ha pagato lui.

Il prof torna a sedersi al tavolo.

Qualcosa dovrà pur fare, ora.

Adesso è pronto. Dopo quella storia è pronto. Crede di essere pronto. Bisogna avere coraggio. "Andrò all'Aquila e ci resterò alcuni giorni" pensa. "Aspetterò fuori dal carcere minorile mangiando torrone. Poi si vedrà."

Pensa: "Un film americano" uno di quelli che raccontano storie inverosimili. Così è questa storia iniziata mille anni fa.

Si alza, mette dei soldi sotto un bicchiere, e se ne va. Bisogna ridare un senso a tutto.

Basta.

Titoli di coda.

Per Sarti Antonio, sergente, c'è ancora qualcosa da fare. Intanto montare una porta blindata e non consegnare più.

a nessuno le relative chiavi. Non è possibile che il primo che passa gli entri in casa, gli porti via la pistola, la usi per ammazzare il prossimo e poi lui la rimetta al suo posto, nel comodino, sotto i fazzoletti, come se niente fosse capitato.

Quella pistola, cazzo, ha ucciso! E non l'aveva mai fatto prima! Vuol dire poco se non è stato lui a tirare il grilletto: gli altri non lo sanno e non lo sapranno mai!

E poi c'è quella maledetta mazzetta. Gli è tornata sotto gli occhi mentre metteva la pistola fra i fazzoletti e i calzini. Ha rivisto anche la cartellina rosa strettamente riservata. Prima o poi il capo se ne ricorderà e gliene chiederà conto.

Mi piacerebbe esserci per vedere cosa inventerà il mio questurino. Ci sarò, ci sarò e come, mentre restituirà la mazzetta.

Lo aspetta davanti al portone di casa sua, sua di Avantipopolo, nascosto dietro una colonna del portico e nel buio della notte. Gli piomba alle spalle mentre Avanti infila la chiave nella serratura e gli fa cadere il mazzo.

«Ma sei matto? Potrei anche sparare. Non fare mai più questi scherzi...» poi vede la mazzetta che Sarti Antonio gli porge. Non la prende e chiede: «Perché?».

«Perché non mi va» risponde dimesso il mio questurino. Poi il tono diventa offensivo. «Ridalli al tuo padrone.»

Non sa, il mio disperato questurino, che tutti abbiamo un padrone. Anche lui. E anche i padroni.

«Tu sei proprio matto. Che t'importa...» Sarti Antonio, sergente, spinge di prepotenza la mazzetta nella tasca della giacca di Avantipopolo e se ne va. «Ehi!» gli grida dietro l'altro. «Ma lo sai quanti sono? Eh? Lo sai?»

«No, non lo so, non li ho contati, ma non mi frega niente» borbotta il mio questurino, di nuovo nascosto nell'ombra dei portici di Bologna.

RINGRAZIAMENTI

Un ringraziamento particolare al ristorante Il Bagatto di Nervi per le tovagliette che hanno ispirato alcune situazioni del romanzo.